서문

아동문학 연구의 토대 구축을 위하여

『한국 아동문학비평사 자료집』은 이십세기 초부터 한국전쟁 직전까지의 아동문학 관련 비평문을 모아 전사(轉寫)한 것이다. 주로 일제강점기와 해방기의 비평문이다. 한국전쟁 이후의 비평문도 일부 포함되어 있는데, 대체로 사적(史的)인 정리나 회고 성격의 글이라 아동문학을 이해하는데 도움이 되는 것들이다. '아동문학 관련 비평문'이라 한 것은 이론비평과 실제비평, 서평(書評), 서발비평(序跋批評) 등 아동문학 비평뿐만 아니라 소년운동과 관련된 비평문들도 다수 포함하였기 때문이다.

문학 연구는 문학사로 귀결된다. 사적 연구(史的硏究)는 일차 자료 확보가 무엇보다 중요하다. 그중에서도 비평 자료는 작가와 작품에 대한 이해를 위해 반드시 필요하다. 이것이 『한국 아동문학비평사 자료집』을 편찬하는 이유다. 지금까지 아동문학에 관한 비평 자료는 방치되었거나 매우 제한된 범위 내에서 소수의 연구자들이 관심을 가졌을 뿐이다. 최근까지 아동문학에 대한 연구는 현대문학 연구자들의 관심분야가 아니었다. 아동문학과 가장 친연성이 강한 교육대학에서는 작품을 활용하는 실천적인 교육 방법에는 관심이 많았지만 학문적 접근은 대체로 소홀했었다.

원종찬이 '한국아동문학 비평자료 목록'(『아동문학과 비평정신』)을 올려놓은 지도 벌써 20여 년이 가까워 오지만, 아동문학 비평에 대한 연구는 여전히 미흡하다. 아동문학 작가나 작품에 대한 서지(書誌)는 오류가 많고, 작가연보(作家年譜)와 작품연보(作品年譜)가 제대로 작성되어 있지 못한 경우가 태반이다.

최근 현대문학 연구자들이 대거 아동문학 연구로 눈을 돌리면서 일정한 성과가 있었다. 하지만 연구 토대가 불비하다 보니 한계가 많다. 토대가 불비한 아동문학 연구의 현황을 타개하자면 누가, 언제, 무엇을 썼는지에 대한 자료의 정리가 필수적이다. 정리된 자료는 목록화하고 찾아보기 쉽게 검색 기능을 제공해야 할 것이다.

이 자료집은 일차적으로 아동문학 비평문을 찾아 전사하여 모아 놓은 것이다. 언뜻 보면 찾아서 옮겨 적는 단순한 일이라, 다소 품이 들긴 하겠지만 별반 어려울 게 없을 것이라 생각하기 쉽다. 그러나 실제 작업을 진행해 보면 난관이 한둘이 아니라는 것을 알게 된다. 먼저 아동문학 비평 자료의 목록화 작업이 녹록하지 않았다. 원종찬의 선행업적이 큰 도움이 되었지만 보완해야 할 것이 많았기 때문이다. 게다가 일제강점기의 통일되지 못한 맞춤법과 편집 상태는 수없는 비정(批正)과 각주(脚註) 달기를 요구하였다.

자료의 소장처를 확인하는 것도 지루한 싸움이었다. 소장처를 안다 하더라도 입수하는 것은 생각만큼 용이하지 않았다. 자료를 선뜻 제공하지도 않지만, 제공한다 하더라도 까다로운 규정 때문에 어려움이 많았다. 1920년대 잡지 대여섯 권을 복사하는데 10여 차례 같은 도서관을 찾아야 했다. 지방에 있는 편자로서는 시간과 비용과 노력이 여간 아니었다.

자료를 입수했다 하더라도 문제는 또 있었다. 원자료(原資料)의 가독성을 높이기 위해 영인(影印)이 아니라 전사를 하고자 한 데서 비롯된 것이다. 암호 판독 수준의 읽기 작업이 필요했다. 1회분 신문 자료를 읽어내는 데 하루 종일 걸린 적이 한두 번이 아니었다. 마이크로필름 자료의 경우 한글도 그렇지만 한자(漢字)의 경우 그저 하나의 점(點)에 다름없는 것들이 허다했다.

10여 년 동안 이 작업을 진행해 오면서 공동작업의 필요성이 간절했지만 현실적인 여건이 따르지 못해 여러모로 아쉬웠다. 전적으로 홀로 전사 작업을 수행하느라 십여 년이나 작업이 천연(遷延)될 수밖에 없었다.

그러나 나선 길을 성과 없이 중동무이할 수는 없었다. 매일 늦은 밤까지 수업을 제외한 대부분의 시간을 신문 자료와 복사물 그리고 영인본들을 뒤져서 자료를 가려내고 옮겨 적는 작업에 매달렸다. 시간이 갈수록 자료의 양이 늘어가고 욕심 또한 커졌다. 새로운 자료를 하나둘씩 발견하다 보니 좀 더 완벽을 기하고 싶었던 것이다. 자료 발굴에 대한 강박증이 돋아났다. 그러다 보니 범위가 넓어지고 작업량이 대폭 늘었다. 석사과정 당시 자료의 중요성을 강조하던 선생님들 덕분에 수많은 영인본을 거의 무분별하게 구입해 두었는데, 새삼 많은 도움이 되었다.

일제강점기의 아동문학은 소년운동과 분리되지 않는다. 소년운동은 사회운동의 일 부문 운동이었다. 이 자료집에 '소년회순방기(少年會巡訪記)'를 포함한 소년운동 관련 자료들이 많은 이유다. 소년운동이나 소년문예운동에 관한 기사 형태의 자료들이 아동문학을 이해하는 데 요긴하지만, 이 자료집에서는 갈무리하지 못했다. 따로 정리할 기회가 있을 것으로 생각한다.

자료를 전사하면서 누군지도 모르는 수많은 필자들을 만났다. 각종 사전을 두루 찾아도 그 신원을 알 수가 없었다. 잡지의 독자란과 신문 기사를 통해 필자들의 신원을 추적하였다. 아직 부족한 점이 많지만, 대강은 가늠할 수 있는 정도가 되어 자료집의 말미에 '필자 소개'를 덧붙일 수 있게 되었다. 하지만 분량 때문에 '작품연보'는 뺄 수밖에 없었다. 일제강점기 다수의 필자들은 본명 이외에 다양한 필명(호, 이명)으로 작품 활동을 하였다. 이들의 신원을 밝혀 '아동문학가 일람'을 덧붙였는데, 연구자들에게 많은 도움이 될 것으로 생각한다.

이 자료집을 엮는데 여러 기관과 사람의 도움을 받았다.

신문 자료는 국사편찬위원회의 '한국사데이터베이스'와 한국언론진흥재단의 '미디어가온', 국립중앙도서관의 원문 자료 서비스와 네이버(NAVER)의 '뉴스 라이브러리', '조선일보 아카이브' 등의 도움이 컸다. 인터넷을 통해 확인할 수 있고, 검색 기능까지 제공되기 때문에 무척 편리했다. 그러나 다 좋을 수는 없듯이 결락된 지면과 부실한 검색 기능 때문에 아쉬움 또한 컸다. 결락된 부분은 『조선일보』, 『동아일보』, 『시대일보』, 『중외일보』, 『중앙일보』, 『조선중앙일보』, 『매일신보』 등의 영인 자료를 찾아 보완할 수 있었다. 부실한 검색 기능을 보완하기 위해 지루하기 이를 데 없는 신문 지면의 목록화 작업을 오랜 시간 동안 수행해야만 했다. 『조선일보 학예기사 색인(朝鮮日報學藝記事索引)』은 부실한 검색 기능을 보완하는데 큰 도움이 되었다. '조선일보 아카이브'가 제공되기 전 마이크로필름 자료를 수시로 열람할 수 있게 해 준 경북대학교 도서관의 도움도 잊을 수 없다.

잡지 자료는 『한국아동문학 총서』의 도움이 컸다. 경희대학교 한국아동문학연구센터에 소장되어 있는 이재철(李在徹) 선생 기증 자료와 연세대학교 학술정보원 국학자료실의 이기열(李基烈) 선생 기증 자료, 서울대학교, 고려대학교, 서강대학교, 이화여자대학교 도서관의 여러 자료들에 힘입은 바가 크다. 이주홍문학관(李周洪文學館)에서도 『별나라』와 『신소년』의 일부를 구할 수 있었다. 아단문고(雅丹文庫)에서 백순재(白淳在) 선생 기증 자료를 통해 희귀 자료를 많이 찾을 수 있었다.

자료를 수집하는데 많은 분들의 도움을 받았다. 부산외국어대학교의 류종렬 교수는 애써 모은 『별나라』와 『신소년』 복사본을 아무런 조건 없이 하나도 빼지 않고 전량 건네주었다. 이 작업을 시작할 수 있게 밑돌을 놓아주어 고맙기 이를 데 없다. 신현득 선생으로부터 『별나라』, 『신소년』, 『새벗』 등의 자료를 보완할 수 있었던 것도 생광스러웠다. 한국아동문학연구센터의 자료를 마음대로 이용할 수 있도록 도와주었을 뿐 아니라, 빠진 자료를 찾아달라는 무례한 부탁조차 너그럽게 받아 준 김용희 선생의 고마움을 잊을 수 없다. 희귀 자료의 소장처를 알려주거나 제공해 준 근대서지학회의 오영식 선생과 아단문고의 박천홍 실장에게도 고맙다는 말을 전해야 한다.

막판에 『가톨릭少年』을 찾느라 애를 썼다. 성 베네딕트(St. Benedict) 수도원 독일 오틸리엔(St. Ottilien) 본원이 한국 진출 100주년을 맞아 소장자료를 공개하였다. 베네딕트 수도원의 선 신부님과 서강대 최기영 교수를 거쳐 박금숙, 장정희 선생으로부터 자료를 입수할 수 있었다. 자신들의 연구가 끝나지 않았음에도 흔쾌히 자료를 제공해 주어 귀중한 비평문을 수습할 수 있었다.

자료 입력이 끝나갈 즈음, 마무리 확인을 하는데 수시로 새로운 자료가 불쑥불쑥 나타났다. 많이 지쳐 있던 터라 타이핑 자체가 싫었다. 이때 장정훈 선생의 도움이 없었으면 마무리 작업이 훨씬 더뎠을 것이다. 학교 일이랑 공부랑 겹쳐 힘들었을 텐데 무시로 하는 부탁에 한 번도 싫은 내색을 하지 않고 도와주었다. 자료를 찾기 위해 무작정 동행하자는 요구에 흔쾌히 따라주었고, 수많은 자료를 사진으로 찍어 주었던 김종헌 선생의 고마움도 밝혀 두어야 한다.

수민, 채연, 그리고 권우는 나의 자료 복사 요구를 수행하느라 자기 대학 도서관뿐만 아니라 이웃 대학의 도서관을 찾아다녀야 했고, 심지어 다른 대학 친구들을 동원해 자료를 복사해야 했다. 언제 벚꽃이 피고 지는지도 모르고 산다며 푸념을 하면서도, 주말과 휴일마다 도시락을 싸고 일상의 번다한 일을 대신한 집사람에게도 고마운 인사를 해야겠다.

10년이 넘는 시간을 이 일에 매달렸는데, 이제 벗어난다고 생각하니 한편 홀가분하면서도 아쉬운 점이 없지 않다. 자료 소장처를 몰라서, 더러는 알면서도 이런저런 어려움 때문에 수습하지 못한 자료가 적지 않기 때문이다. 눈 밝은 연구자가 뒤이어 깁고 보태기를 바란다. 학문의 마당에서 '나를 밟고 넘어서라'는 자세는 선학과 후학 모두에게 꼭 필요하다고 생각한다.

끝으로 이 자료집은 1920년대까지 다른 출판사에서 첫째 권이 간행된 후 여러 사정으로 중단되었다. 새로 보고사에서 완간하게 되었다. 많은 자료를 보완했고, 아동문학과 소년운동을 나누어 편집했다. 자료집의 발간을 흔쾌히 맡아준 보고사 김흥국 사장과 박현정 편집장, 부실한 교정(校正)과 번거로운 자료 추가 요구를 빈틈없이 처리해 준 황효은 씨에게 감사를 드린다.

2019년 정월

대명동 연구실에서 류덕제

일러두기

1. 이 자료집에 수록된 모든 글은 원문(原文)을 따랐다. 의미 분간이 어려운 경우는 각주(脚註)로 밝혔다. 다만 다음과 같은 경우에는 각주를 통해 따로 밝히지 않고 바로잡았다.

   가) 편집상 오류의 교정: 문맥상 '文明'을 '明文'으로 하거나, '꼿꼿하게 直立하여 잇지 아니며/고 卷髮로써 他物에다 감어가하/'와 같이 세로조판에서 행별로 활자가 잘못 놓인 경우, '꼿꼿하게 直立하여 잇지 아니하고 卷髮로써 他物에다 감어가며'로 바로잡았다.

   나) 괄호와 약물(約物)의 위치, 종류, 층위 오류의 교정: '(a), (B), (C), (D)'나 '(가), (2), (3), (4)'와 같은 경우, '(A), (B), (C), (D)'나 '(1), (2), (3), (4)'로 바로잡았다. 같은 층위이지만 '◀'이나 '◎' 등과 같이 약물이 뒤섞여 있거나, 사용해야 할 곳이 빠져 있는 경우, 일관되게 바로잡았다.

2. 띄어쓰기는 의미 분간을 위해 원문과 달리 현재의 국어표기법을 따랐다. 다만 동요(童謠), 동시(童詩) 등 작품을 인용하는 경우 원문대로 두었다.

3. 문장부호는 원문을 따르되, 일관성과 통일성을 위해 추가하거나 교체하였다.

   가) 마침표와 쉼표: 문장이 끝났으나 마침표가 없는 경우 마침표를 부여하고, 쉼표는 의미 분간이나 일관성을 위해 필요한 경우 추가하였다.

   나) 낫표(「 」), 겹낫표(『 』): 원문에 없지만 작품에는 낫표, 신문과 잡지와 같은 매체, 단행본 등에는 겹낫표를 부여하였다.(『별나라』, 『동아일보』, 「반달」, 『어깨동무』 등)

   다) 꺽쇠(〈 〉): 단체명에는 꺽쇠를 부여하였다.

라) 큰따옴표(" ")와 작은따옴표(' '): 원문에 외국 인명, 지명 등에 낫표나 겹낫표를 사용한 경우가 있어 작은따옴표로 통일하였다. 한글 인명이나 지명, 강조나 인용 등의 경우에 사용된 낫표와 겹낫표는 모두 큰따옴표로 구분하였다. 다만 본문을 각주에서 인용하는 경우에는 한글이라 하더라도 작은따옴표를 사용하였다.

4. 오식(誤植)이 분명한 경우 본문은 원문대로 하되 각주를 통해 오식임을 밝혔다. 이 자료집의 모든 각주는 편자 주(編者註)이다.

5. 원문에서 판독할 수 없는 글자는 대략 글자의 개수(個數)만큼 '□'로 표기하였다. 원문 자료의 훼손이나 상태불량으로 판독이 불가능한 글자의 개수를 헤아리기 어려운 경우에는 '한 줄 가량 해독불가' 식으로 표시해 두었다. '×××'나 '○○○'와 같은 복자(伏字)의 표시는 원문대로 두었다.

6. 인용문이 분명하고 장문인 경우, 본문 아래위를 한 줄씩 비우고 활자의 크기를 한 포인트 줄여 인용문임을 쉽게 알아보도록 하였다.

7. 잡지나 책에서 가져온 자료일 경우 해당 쪽수를 밝혔고(예: '이상 5쪽'), 신문의 경우 수록 연월일을 밝혀놓았다. 단, 원문에 연재 횟수의 착오가 있는 경우 각주로 밝혔으나, 오해의 소지가 없을 경우에는 그대로 두었다.

8. 외국 아동문학가들의 성명 표기는 필자와 매체에 따라 뒤죽박죽이다. 일본어 가타카나〔片仮名〕를 한글로 표기하는 데서 비롯된 것으로 보인다. 이해의 편의를 위해 원문 아래 각주로 간단하게 밝혔다. 자세한 것은 자료집의 말미에 실은 '외국 아동문학가 일람'을 참조하기 바란다.

차례

아동문학

소년운동

아동문학

柳在衡, "『朝鮮』『東亞』兩紙의 新春 當選童謠 漫評(上)", 『조선일보』, 1931.2.8.

日刊紙의 新春文藝에 應募된 當選童謠로 『朝鮮日報』 八篇과 『東亞日報』 八篇(選外 佳作 包含하야) 十六篇에 對한 簡單한 評 等을 잡오랴 한다.

評의 歷史라든가 또는 立場은 評 自體에 잇서서 自然 鮮明히 될 것이다. 大體로 內容과 形式의 調和 卽 統一 如何에 그 作品의 效果 有無 또는 程度의 差異가 생기는 一般的 批評 標準에 依할 것은 勿論이다. 卽 作者의 意圖한 바 把握한 思想의 內容을 重視하는 同時에 그 內容을 內容化할 만한 表現技巧의 形式의 優劣 如何를 嚴重히 하랴 하는 것이다. 또 一便으로 表現은 平凡할지라도 훌륭한 內容을 가젓다면 그 部分的 價値를 認定하는 同時에 平凡한 內容에 新鮮하고 부르기 조흔 表現을 形成하엿다면 그도 內容 評價 認定에 지지 안흘 만한 價値賦與를 忘却치 안흐랴 한다.

×

或 論者 잇서 表現手法의 技巧를 化粧이라 하야 一蹴하고 單純化 簡潔化를 主張하는 바 업지 안흐나 그러나 單純 簡潔이라는 것도 表現形式을 云謂하는 結局 技巧에 不過하다는 것을 아러야 하겟다.

그리고 內容을 일운 思想은 無産兒童의 大衆性을 抱有[1]한 社會的 政治的 價値 如何를 云謂함은 毋論이다. 卽 '푸로레타리아'의 '이데오르기—'를 把握햇느냐 안헛느냐가 나의 期待하는 批評의 對象이다.

그러나 現在 日刊紙面을 舞臺로 하고 生産되는 大槪가 所謂 第二期라는 目的意識의 作品을 發見하기에 困難한 것은 童謠作家들의 擧皆 共認하는 事實일 것이다. 卽 現童謠壇의 一部를 形成하고 잇는 童謠作家의 培養所 日刊紙面에 生産되는 作品의 大槪가 조흔 思想을 가젓다 하야도 現在까지의 現象으로 보아 自然生長期의 過程에 잇다는 것이 속일 수 업는 事實이

1 '包有'(싸서 가지고 있음)의 오식이다.

다. 그러나 이 現象은 決코 意外事도 아니며 쏘한 憂慮할 바도 아니다. 다만 社會史의 그것과 가티 童謠壇 發展過程의 한 階段에 不過한 것이다.

朝鮮日報

물네방아 睦一信

一節 三聯으로부터

동네방네 굶주린
가연집집에

여긔서 우리는 悲慘한 洞里 生活相을 엿볼 수 잇스며 그리하야 飢餓에 彷徨하는 不幸한 마을 사람으로 하야금 그 現實은

골고로 논아주면
조흘텐데요

하고 平等을 主唱하지 아니할 수 업게 하엿다. 二節 三聯에서

배부르고 돈만흔
부자집으로
퍼나려 보내는게
얄미웁지요

하고 現社會를 暴露하면서 그 矛盾과 不合理에 咀呪와 怨恨을 가저오게 하엿다. 그러나 그것은

아니아니 물네방아
철을몰나서

의 "철"을 아는 時期가 오면(勿論 도라온다) 富者집으로만 들러갈 理가 업

다. 洗練된 表現과 함께 이 作은 新春의 優秀品이다.

그러나 우리는 一步 進하야 "철"이 나도록 努力해야겟다.

柳在衡, "『朝鮮』『東亞』兩紙의 新春 當選童謠 漫評(中)", 『조선일보』, 1931.2.10.

거라지의꿈 宋昌一

乞人! 이 世上에 最大 不幸한 人間이 아닌가. 食과 住와 衣가 업고 父母 親戚이 업는 不詳한 人間이다. 그러나 不幸한 그만큼 또한 自己의 不幸이 무엇 때문에 도라오는가를 切實히 體驗할 機會를 가지고 잇다. 그만큼 現在의 모든 矛盾과 不合理에 對한 叛逆者이리라. 그가 活動으로서의 叛逆者는 되지 못하고 잇지만 意識上의 叛逆者로서는 可能하겟다. 그러나 이 世上 사람들은 이 不詳한 乞人을 아니 그 偉大한 叛逆者 乞人을 웨? 賤視하야 오는가. 이 짱의 젊은 사람들이 반길 이가 無産者의 無産者 이 乞人이 아닌가. 그만콤 압 世上에 對한 憧憬이 늘 잇는 것이다.

그러나 實로 그러나 말이다. 그것이 한낫 無力한 꿈인데야 —— 것침업는 表現 眞實味 업는 內容

×

해를잃엇소 鄭刀令

太陽을 등진 무리 ——

太陽이 三角形으로 또는 四角形 長方形으로 變하지 안햇는지 그 色彩 白金色 그대로 잇는 그조차 모르며 不撤晝夜하고 電燈 및 工場 속에서 勞働하는 少年職工의 不運 겨을 아침 새벽 거리를 것는 少年의 可憐한 姿態 工場生活의 운김을 쏘이지 안은 사람도 넉넉히 그 情景을 推想할 수 잇다. 表現에 四三五나 四四五調에 比하야 二三五調가 씩씩한 律格이여서 조왓다. 그러나 이 作者에게 한 말 할 것은 우리가 해를 일은 것이 아니다. 스스로 注意가 不足하야 過失한 탓으로 일흔 것이 아니라 빼앗긴 것이다. 무엇 때문에 누구한테? 그것은 누구나 다 가티 아는 일이겟지! 우리는 해를 차저 와야겟다.

×

비오는밤 林春吉

이 作은 엇던 詩劇 或은 童謠劇의 一場面을 聯想케 한다. 對話體의 童詩로서 可憐한 情景을 고흔 '리듬'으로 노래한 것이다. 밤비 네리는 海邊에서 두 母子가 或은 두 母女가 水平線 넘어로 사라지는 쪽배의 白帆을 손가락질하며 눈물로 도라스는 哀처러운 情景 오히려 侍湯 가는 當者보다도 그를 同情하며 칙은히 여기는 그 母子의 憂慮하는 心思로 하야금 讀者의 마음을 엷은 哀愁로 끌고 가게 하엿다. 한울이 슯어서 눈물지엿는지 모른다. 아니 그럴 理는 업다. 그러나 그때의 그들은 그리 解釋하는 것이 當然하리라. 理智的 批判을 네릴 餘裕가 업시 벅찬 感情 世界의 황홀한 꿋 그것은 純粹藝術이다. 그리하야 이 「비오는 밤」은 우리들의 갓가히 할 作品이 아닌 것을 알 수 잇겟다.

×

방아 安秉斗

手工業時代에서 機械의 大量生産으로 轉變되는 今日의 當然한 理勢이다. 勤勞하야도 生活安全을 保障치 못하든 무리로 실낫 가튼 勤勞의 힘조차 아서 가니 더 말할 나위도 업다. 그저 平凡! 그리고

아침방아찌여라
저녁방아찌여라

한 後斂은 아무 意味업는 修飾을 爲한 修飾에 不過하다.

×

달구지ㅅ군 鄭宇烽

勤勞役軍 「달구지ㅅ군」으로 부르기 조흔 씩씩한 노래다. 輕快하고 簡潔

하야 더욱 좃타. 생각컨대 「해를 일엇소」 作者의 表現手法과 同一하다. 同一한 作者인지?

행랑사리 燒石

행랑사리의 生活을 單純한 語句 素朴한 題材로 表現한 平凡한 作이다.

어머니기다리는밤 馬霞山

數만흔 工場 數만흔 職工 職工에 매달녀 사러가는 數만흔 家族 그 아들과 딸 —— 이 悲慘한 生活情景. 우리들은 그 實際生活을 보지 안코도 慘酷한 狀態를 直面하야 보는 듯하다. 더구나 그것이 철모르는 어린 子女들의 情景에 이르러서는 心臟을 움직여 놋는다. 한번 더 읽게 하고 읽으면 눈물을 나게 한다. 그러나 이 눈물은 그럿케 갑 헐한 感傷的 눈물만은 아니다. 그 눈물과 함께 思索을 길너 주는 貴한 눈물인 것을 斷言한다.

柳在衡, "『朝鮮』 『東亞』 兩紙의 新春 當選童謠 漫評(下)", 『조선일보』, 1931.2.11.

東亞日報

동리사람 失名氏

거북하나 억제로래도 思想을 말한다면 미적직은한 同情心의 槪念을 엿볼 수 잇다고 하겟다. 萬若 無産兒童으로서 自己 父兄이 雪寒을 무릅스고 나무를 해 오는 處地에 잇는 境遇라면 「동리사람」을 노래할 수 업는 것이다. 結局 이 作은 餘有 잇는 '부치 쑤르쪼아'의 根性에서 나온 作品이다.

산우에兄弟 李丙祥

平凡한 '스켓취'이다.

눈쏫새 毛鈴

純粹한 童心의 發露體. 十歲 以下의 幼稚園兒의 童謠로 薦하고 십다.

단풍 盧良根

可哀로운 作이다. 이 以上 더 말하고 십지 안타.

칠판의노래 尹泰泳

「칠판의노래」를 노래하게 한 것은 朝鮮의 現實이다. 農村의 恐慌이 學園을 蠶食하는 沒落過程의 一層面이다. 언제 쏘 그 옛날이 돌아올는지 하고 그리워하엿다. 그리워할 것도 아무것도 아니다. 그것은 廻避에 不過한 일이다. 쏘는 自棄하는 나머지에 할 소리가 아닐는지 하고 疑心한다. 別달니 取할 것이 업다.

×

눈오는아침전신주 金桑木

담뱃대 趙默

연필을일코 李一昇

童謠 習作時期에서 보는 그런 作品이다. 卽 技巧를 修練하며 나가는 過程의 作品이다. 더 加評할 거리가 못 되기에 畧하며 이것으로 個評을 씃치거니와 大體로 質的 進展을 보이지 안흠은 여간 遺憾이 아니다. 그리고 그것이 『東亞日報』에 잇서서는 全部가 技巧에 偏重하야 우리들의 期待하는 童謠가 一篇도 업는 것은 實로 可惜한 노릇이라 아니 할 수 업다. 다만 『朝鮮日報』의 「물네방아」 一篇이 우리들의 失望을 늑여주며 全童謠作家로서 "철" 잇는 「물네방아」가 되도록 힘써야 할 新春童謠壇에 던저진 선물이라 하겟다. (씃)

李周洪, "兒童文學運動 一年間-今後 運動의 具體的 立案(一)", 『조선일보』, 1931.2.13.

첫 말

나는 過去 一年間 朝鮮푸로레타리아 兒童文學運動에 對한 決算的 批判과 또 一九三一年을 展望하면서 將次로 발 압헤 밀려 잇는 우리들 運動課題에 對한 管見을 具體的으로 써 보려 한다.

主로 文學運動에 觀한 것을 쓰지만 必要를 늣기는 대로 演劇 音樂 繪畵 遊戱 等에까지의 一般藝術 또 童話隊 勢農少年團[2] 作家同盟 等 實際運動에까지 言及코저 함을 미리부터 말해 둔다. 便宜上 體系的 中心이 일허지거나 節章의 混沌이 如干 잇드래도 그냥 쓰여지는 대로 쓰기로 한다.

……○……

朝鮮의 文學運動에 잇서서 特히 兒童文學運動의 領域에 잇서서 지난 一九三○年은 確實히 鬪爭의 一年이엇다. 一九二九年이 初步的 啓蒙的 自然發生的임에 反해서 三○年은 보담 數步 前進한 目的意識的 ××의 活氣에 찬 朝鮮兒童文學運動史上에 劃線할 一年이엇다. 作家들의 意識水準이 均騰해진[3] 것 엇던 一定한 統制된 機關이 업스면서도 作家들의 團合이 組織的으로 容易하게 된 것 또『별나라』『新少年』두 雜誌가 飛躍的 發展을 보여 機關紙와 마찬가지로 우리들의 計劃的 運動이 無難히 實現化된 것 또 社會的으로 讀者大衆의 階級的 意識이 어느 程度까지 速度로 覺醒해저서 前年보담도 半 以上 힘을 덜고라도 倍 以上의 效果를 어들 수 잇게스럼 指導者들의 힘이 모자라지 안는 것 等이 그 主要한 原因이라고 볼 수 잇다.

實로 지난해의 兒童藝術運動에 잇서서『별나라』『新少年』은 참으로 큰

---

2 '勞農少年團'의 오식이다.

3 '均等해진'의 오식이다.

일을 하엿다. 數三 新聞에 理論發表를 빌린 外로 作品으로는 전혀 이 두 雜誌에서만에 볼 수 잇다.

……○……

그러면 지난해에 잇서서 무슨 運動을 쏘 엇더케 하엿는가. 以下 各 部門으로 드러가서 쓴다.

그리고 遺憾되는 일이지만 지금 내 손에 何等의 資料가 들어 잇는 것이 업슴으로 作品의 統計를 대일 수도 업스며 쏘 必要한 곳에서도 一一히 作品을 引用하지도 못한다. 그리고 쏘 數三 新聞을 通해서 張善明 동무 外 數人의 作品 製作에 對한 理論[4]과 申孤松 梁雨庭 동무 外 몃 사람의 童謠 童詩 等에 關한 論爭[5]도 잇섯고 未知의 동무 몃 사람의 運動理論 等이 잇슴을 記憶하지만 亦是 資料를 가지지 못한 關係로 이 밋헤서 쓰집어낼 수 잇는 대로는 引用하겟지만 不得已 그대로 지나처 버리고 마는 데가 잇다 하드래도 具體的 論判이 어려움을 미안해 하는 同時에 그것이 모다 우리 一年間의 運動에 잇서서 意義 잇는 業績을 남기고 全體로의 큰 役割을 하엿슴과 쏘 큰 구석을 차지할 만한 것이엇슴을 附記하여 둔다.

---

4 張善明의 「新春童話 概評－三大 新聞을 主로(전7회)」(『동아일보』, 30.2.7~15)와 「少年文藝의 理論과 實踐(전4회)」(『조선일보』, 30.5.16~19), 柳雲卿의 「童謠 童詩 製作 展望(전22회)」(『매일신보』, 30.11.2~29), 李虎蝶의 「童謠 製作 小考(전5회)」(『매일신보』, 31.1.16~21) 등을 가리킨다.

5 申孤松의 「童心에서부터－旣成童謠의 錯誤點, 童謠 詩人에게 주는 몃 말(전8회)」(『조선일보』, 29.10.20~29)과 「새해의 童謠運動－童心純化와 作家誘導(전3회)」(『조선일보』, 30.1.1~3)가 있었고, 이에 대한 반론인 李炳基의 「童謠 童詩의 分離는 錯誤－孤松의 童謠運動을 읽고(전2회)」(『조선일보』, 30.1.23~24)가 있었다. 신고송(申孤松)과 이병기(李炳基)를 반박한 梁雨庭의 「作者로서 評家에게－不的確한 立論의 危險性: 童謠 評家에게 주는 말(전2회)」(『중외일보』, 30.2.5~6), 李炳基를 반박한 申孤松의 「童謠와 童詩－李 君에게 答함」(『조선일보』, 30.2.7), 梁雨庭을 반박한 申孤松의 「現實逃避를 排擊함－梁 君의 認識誤謬를 摘發(전2회)」(『조선일보』, 30.2.13~14), 九峯山人의 「批判者를 批判－自己辯解와 申 君 童謠觀 評(전21회)」(『조선일보』, 30.2.19~3.19), 신고송과 구봉산인을 반박한 梁雨庭의 「童謠와 童詩의 區別(전3회)」(『조선일보』, 30.4.4~6), 그리고 九峰學人의 「童詩抹殺論(전6회)」(『중외일보』, 30.4.26~5.3)과 「'푸로레' 童謠論(전15회)」(『조선일보』, 30.7.5~22) 등을 가리킨다.

그러나 우리는 지난해를 滿點으로 淸帳해 버릴 수는 업다. 우리는 더욱 그 속에서 만튼지 적든지 誤謬를 犯하엿슴과 캐여 나오지 못한 모든 微弱을 發見한다.

그럼으로 우리는 남은 다음 해에 이 모든 誤謬를 淸算하고 바른 主張을 積極的으로 展開 活躍하여서 보다 더한 成長과 보다 더한 發展을 보지 안흐면 안 된다. 일상 열 間을 뛸라면 열한 間을 뛰여야 하고 한 놈의 ×××를 ×하랴면 다시 한 놈의 ×××를 ×할 만한 힘을 남겨 두어야 하는 것이 ××過程에 잇는 우리 푸로레타리아트의 하는 일이다.

그러면 그다지 脫線되지 안흘 限度 안으로 나는 여긔서 다하지 못한 말은 이 아래에서 쓰기로 하고 各別의 部分으로 옮긴다.

童 謠

우리는 過去 一年間 作品行動에 잇서서 第一 注意할 만한 것이 이 童謠에 잇섯다.

作家들의 作品에 쏠리는 特別한 精力으로 보던지 또 作品의 量으로 보아서나 왼 作家는 이 童謠에만 專心하엿다 할 만큼 우리는 童謠를 만히 썻다. 이것은 作家들의 專門的 機能의 偏重에 原因된 것이 아니라 모든 客觀的 狀勢가 이러케스럼 하엿든 것이다. 웨 그러냐 하면 몬저 兒童文學作品의 만흔 部類 중에서도 第一 갓가히 兒童大衆을 接近할 수 잇는 것이 이 童謠이다.

……○……

그것은 더욱이 아즉 모든 事物에 對한 認識力이 薄弱한 兒童들에게 —— 意識水準이 低劣한 兒童 未組職 兒童 等等 —— 內容으로나 形式에 잇서서 무엇보담도 그 自體가 音樂的 文學的 要素를 具備하여서 그들의 感情과 情緖에 쉽게 共鳴과 共感을 주기에 適當한 形態임으로써이다. 理智的 思索的의 것보담은 韻律的으로나 色彩的으로에 가장 갓가히 被動되는 것이 어룬(大人)들과도 다름업는 本能的 發露이다.

李周洪, "兒童文學運動 一年間－今後 運動의 具體的 立案(二)", 『조선일보』, 1931.2.14.

그럼으로 平時에 別로히 音樂的 素質이 稀薄한 사람으로 서로 群集이나 데몬 째의 鬪爭歌 等類에 平時 以上의 音樂的 衝動과 鑑賞的 滿足을 늣기는 거와 마찬가지로 이 모든 藝術的 要素를 具備한 童謠를 接할 째에는 平時에 文學的 素質이 稀薄한 兒童으로서도 多分히 愛着을 늣기고 쏘는 불러 보고 십흔 衝動을 늑길 쑨만 아니라 다 가튼 兒童文學 部門 中에서도 少年小說이나 少年詩와는 달리 훨신 理解하기에 쉽고 쏘 長行의 小說類는 얼는 볼랴고도 하지 안치만 이 몟 줄 안 되는 것만은 지내면서라도 보아치움즉한 時間的 便宜가 잇는 것도 童謠를 가장 讀者들에게 읽히는 原因이 되는 것이지만 보다도 朝鮮에서 가튼 特殊한 環境에 잇는 各 少年雜誌는 四五十 페지 되는 全페지에서 四페지나 五페지씩의 長行物類만은 여러 개 실릴 수 업는 關係로 가장 紙面을 節約할 수 잇는 童謠 이것을 提供하는 經濟的 條件도 잇는 것이다.

……○……

그쑨만 아니라 客觀的 一般 現勢는 兒童文學이라면 이 童謠쑨인가고 疑心하기 쉬울 만큼 讀者들에게는 넘우도 이것이 過重한 힘으로 壓頭하엿다. 그것은 지난해에야 마츰 朝鮮의 세 新聞이 모다 八페이지로 느리는 바람에 이 童謠作品이 故意 以上으로 만흔 發現을 보엿다. 이야말로 三○年은 童謠의 豊年이요 童謠의 洪水 時代엿다. 이러케 新聞들이 童謠의 大量生産을 하는 바람에 自然히 이것만이 가장 만흔 讀者를 獲得하엿든 것임으로 다른 雜誌 等屬에 잇서서도 計劃 以上의 量으로 그들과 對立하지 안흐면 아니 될 關係도 만헛는 것이다.

……○……

그런데 兒童文學運動史上으로 보아 二九年만 하여도 우리는 그 속에서 何等 明確한 階級的 이데오로기를 엿보지 못하엿다. 아니 어느 모에서든지 조그만한 萌芽를 摘出할 수 잇다 하드래도 그것은 或은 民族的 或은 人道主義的 無抵抗主義的 思想으로서의 손에도 다이지 안흘 만한 눈섭 以下이요 全體로 보아서는 그야말로 팟죽 以上의 混沌이엇다.(그때애도 『별나라』만은 階級的으로 越步的 發展을 보엿스나 全體的으로 보아서는 亦是 統一을 엇지 못하엿다.) 嚴正한 意味에서 우리는 三○年을 무더 버린다 하자. 그러나 올케 三○年을 비롯해서 社會的으로 階級的 對立이 尖銳化해 질사록 어느 쪽에든가 直屬치 안흐면 아니 될 어린 階級人인 兒童도 極히 自然發生的이나마 從來의 그 모든 뿌루조아들의 ××××에 乃至 藝術 等에까지 ××지 안흐려 鬪爭意識이 白熱化지는 "客觀 情勢"에 따라서 우리는 더욱 굿센 基柱로써 저들과 對立한 것이다.

……○……

그러나 初期까지는 아즉도 푸로레타리아 童謠란 것도 저들의 藝術形式을 그대로 繼承하여 가지고 觀念的으로 조곰씩의 社會主義的 意識을 약념으로 或은 比喩的으로 너은 것에 不過하엿다. 勿論 그것은 發展過程의 必然的 狀態이엇다. 그러나 陣營이 漸次로 구더지는 反面에 그야 目的意識的으로 "宣傳 煽動 組織" "武器로서의 藝術"이란 標語의 다른 푸로레타리아 藝術의 한 部門으로서 充實한 內容과 새로운 形式으로서 그러케 數만흔 新聞 童謠들이 階級的 利害가 相反하는 一部의 超階級的 童心藝術論者的 童謠作家의 몃 少年들의 손을 거쳐 나와서 意識的 無意識的으로 現實을 逃避하고 階級的 兒童의 心性과 理解力을 無視하고 自己의 어름어름한 人生觀과 世界觀을 아즉 모든 事物에 對한 批判眼이 좁고 認識이 不足한 兒童의 觀念을 漸漸 自己에게로 갓가히 끌어가려는 얄미운 그들의 內在的 意圖와 아즉 認識이 不充分해서 自己가 어느 階級에 屬해 가지고 잇는 것도 모르고 또는 알면서도 發表慾에 汲汲하야 自己 本來의 階級的 立場과 利害를 이저버린 一部의 賣名 文學少年들의 一般讀者의 階級的 成長을 妨害하는 노략질 等을 除斥하면서 또한 事實이 事實 그것이라 그까진 건 問題도 삼지 안코서 우리들 目標한 길로만 驀進한 것이다.

……○……

이리하야 우리는 이 속에서 優秀한 作家와 優秀한 作品을 만히 어덧다. 三○年間에 잇서서 가장 만흔 活動을 한 作家로서 우리는 金炳昊 申孤松 李久月 梁雨庭 朴世永 孫楓山 嚴興燮 朴轍 동무들을 든다. 그리고 作品으로서는 「물총」 「불칼」(楓山) 「모숨기」 「더운날」(炳昊) 「미럭과 장승」 「우는 쏠 보기 실혀」(孤松) 「논 임자」, 「중놈」(久月) 「싸로 잇다」 「망아지」(雨庭) 「손님」 「시계」(世永) 「인쇄긔계」(興燮) 「수염과 배」(轍) 「편싸홈」 「모긔」(向破) 等을 헤일 수 잇겟지.

또 作品評에 힘을 다한 이는 오즉 金炳昊 동무 한 사람쁜이다. 군데에 싸라 좀 더 깁게 멈을지 안코 或은 忽待한 늣김을 주는 데가 업지는 안헛스나 大體로 쪽바른 눈으로서 그 곳고 바름을 일치 안헛다. 우리에게는 아즉 둘도 업는 소중한 評家이다.

그런데 여긔서 그냥 지내 버릴 수 업는 것은 아즉 檢閱局에 드러 잇슬 新興童謠八人集 『불별』[6]에는 이해의 作으로 誌上에 發表치 안흔 것이 만히 잇스니 이것은 三○年의 큰 文獻的 業蹟이라 아니할 수 업다.

……○……

그러면 다음은 過去의 그 속에서 무엇을 摘拔해서 過誤를 究明하지 안흐면 아니 되는가.

첫재로 兒童을 對象으로 周密한 態度와 纖細한 用力으로서 가장 兒童이 쉽게 빠르게 알리려는 作品이 作家 自身의 氣分과 熱이 압서서 그 內容의 構成으로나 —— 取材 用語 文化 及 意識水準 —— 表現形式의 嗜好的 傾向에까지도 兒童에 對한 生理學的 無理解와 少年運動에 對한 無理解로 너무 어렵거나 빡빡하기로 해서 여간해서는 兒童이 容易이 咀嚼하고 玩賞 解得하기 어려울 것을 우리는 往往히 보앗다. 이것은 다만 童謠의 容器를 빌어 쓴 어룬의 詩나 노래임즉한 讀者對象을 忘却한 自家撞着에서 나온 現實 錯覺이라 안흘 수 업다. 쏘는 取材로나 表現으로나(그것이 定型律로 되어 잇다 하자. 不定型律로 되어 잇다 하자.) 그 作品은 불

6 이 글이 발표된 뒤에 『(푸로레타리아童謠集)불별』(中央印書館, 1931.3)로 발간되었다.

려지고 노래할 수 업는 것이 만히 잇다. 무어니 하여도 이것은 作家의 作品에 對한 細密한 注意가 缺如된 까닭이다. 童謠는 불리는 것이 目的인 以上 우리는 取材 內容에 잇서서나 表現 技巧에 잇서서 훨신 沈着히 注意를 드려야 할 것이다.

李周洪, "兒童文學運動 一年間－今後 運動의 具體的 立案(三)", 『조선일보』, 1931.2.15.

……○……

韻律的 生命 音樂的 要素 이것이 다른 兒童文學과 童謠의 本質인 것이요 또 그것만이 童謠가 童謠로서의 特殊한 機能을 가진 것이다. 그러고 우리는 흔히 童謠가 —— 一般 兒童文學도 —— 亦是 다른 푸로레타리아 藝術과 한가지로 "아지 푸로 … 武器로서의 藝術"이라고 너무도 公式的 小兒病的으로 보아서 '아지 푸로'가 곳 ××××가티 역이는 이를 동무 중에서 본다 —— 이것은 發表되기 前의 作品에서 흔히 보는 現狀이다 —— 그러나 意識水準 文化水準이 어른과 갓지 아니한 兒童들을 對象으로 하는 만큼 —— (中略) 分離하여서 어른들의 鬪爭에 結合식히는 것이 兒童藝術의 根本任務이다. 일상 아모리 ××이 ×迫하여도 大衆의 動員이 업시 少數의 前衛만으로는 ××이 안 되는 것이다.

……○……

그럼으로 나는 여긔서 日本의 同志 槇本楠郎[7] 군의 말을 引用하자.

---

7 마키모토 구스로(槇本楠郎, 1898~1959)는 오카야마(岡山) 출신으로 와세다대학(早稲田大學) 예과를 중퇴하였다. 프롤레타리아의 해방을 위해 "兒童もまた闘士である!(아동도 또한 투사이다)"라고 주장하며 "무기"로서의 아동문학을 주장하였다. 저서로 『プロレタリア兒童文學の諸問題』(世界社, 1930.4), 『プロレタリタ童謠講話』(紅玉堂書店, 1930.6), 『新兒童文學理論』(東宛書房, 1936.7) 등이 있다.

兒童文學의 참 使命은 飛躍的으로 푸로레타리아의 政治的 슬로-간 等을 直接 解說하는 데에 잇는 것이 아니라 차라리 이러한 슬로-간을 生長과 함께 저절로 抱懷식혀서 實現치 안코는 안흘 만치 참으로 根本的으로 兒童을 푸로레타리아의 一圓으로 成育식히는 데 잇다. 즉 크게 말하자면 第一期 푸로레 칼트의 目標는 푸로레타리아 ××을 完成식히기 위한 訓練이고 敎化이지만 兒童文學은 그 알파벳의 ABC, 오케스트라의 大組織(이것이 當然 ×의 슬로-간으로 되어 잇다 —— 槇本 ——)의 音階 도레미파를 틀림업시 가르키는 데에 잇다. 그리고 그 指導者는 그냥의 語學者 音樂家로서는 안 될 것을 레-닌도 똑똑히 말한 바와 갓다.

이러케 어른의 文學과 兒童의 文學은 그 使命으로나 그 機能으로나 根本的으로 달는 性質임을 우리는 잘 認識하지 안흐면 안 된다.

……○……

그리고 지난해의 中半期까지도 우리가 써 온 童謠는 거의가 個人的 立場에서 쓴 것이엇다. 勿論 그 境遇에 짜라서 이러한 童謠도 必要할 째가 잇는 것이지만은 그째그째의 情勢와 要素에 짜라서 우리는 모다 集團的 立場에서 데모歌 ××××흔 集團的 作品을 써야 할 것이다. 그러나 그 후로는 一一히 枚擧할 수는 업서도 우리는 意識的으로 그러한 童謠를 여러 篇 쓰기는 하엿다. 그러고 今後로 우리들은 作品製作에 直面해 가지고 注意할 것은 亦是 槇本 동무가 具體的으로 規定한 바도 잇지만은 "抽象的 批判에 依한 槪念的 評家에서가 아니라 對象의 階級層群의 相違 地域的 文化的 生活的 相違 年齡性 組織 未組職 平常時 非常時 等 特殊 事情을 잘 秤量하여서 或은 노래할 것 或은 動作에 옴길 것 或은 들릴 것 等"을 特色 부처 가지고 製作하여서 本來의 效果를 내어야 할 것이다.

……○……

그러면 다음은 三一年의 朝鮮의 兒童文學은 푸로레타리아 兒童文學에서 만히 차즐 수 잇다. 그것은 발서 쁘르조아 兒童文學이란……………………
보라 그들은 지금 편지동요니 그림동요니 別別 化粧을 해 가지고 ×× 卽前의 最後 발악을 하면서 必然的으로 沒落하고 잇지 안는가. 막다른 골목에서 뒤풀이만 작구 하는 이제는 구린내 나는 手法 技巧(그들에게 본시 階級的 內容으로는 問題도 안 삼거니와) 變態的으로 墮落하는 思想的 傾向 벌서 그들에게는 ××도 ××도 ×××지 못한다. —— 그런데 가장 期待를 만히 가지는 새로운 童謠作家로서 鄭祥奎 李在杓 孫桔湘 李東珪 李龍燮 朴古京 趙宗泫 等 諸군은 三○年으로부터 이러난 참다운 童謠의 基趾를 도두어 노흔 큰 일꾼들이엇다 —— 最近에 와서 새로히 조흔 빗을 보이는 이와 저쪽에서 轉換한 이와 다시 大勢에 따라 할 수 업시 文名(卒이다)만 保全하려 헛되이 轉換然하는 이들도 보이나 여긔서는 안 쓴다 —— 努力과 鬪爭計量表는 언제든지 눈압헤 잇는 것이다. (下略)

李周洪, "兒童文學運動 一年間－今後 運動의 具體的 立案(四)", 『조선일보』, 1931.2.16.

童 話

三○年에 잇서서 아니 우리들에 잇서서는 그 存在까지도 疑心할 만큼 우리들은 童話를 만히 쓰지 안헛다. 그것은 우에도 말한 바와 가티 諸者大衆의 吸收情勢에 關係된 또 朝鮮 特殊한 經濟的 難關도 큰 原因이지만 事實에 잇서서 우리는 童話 方面에 힘을 넘우 드렷고 또 擧皆는 時間的으로 不自由도 잇섯든 것이다. 三○年에만으로도 全혀 업는 것은 아니엿다. 「고래」(宋影) 「고양이 색기」(興燮), 「꾀꼬리 꿋」(慶鎬), 「두겁니와 개고리」(向破)가 잇기야 하지만은 量으로나 質로나 그다지 注意를 끌지 못하엿다. 그러나 다음부터는 단연히 童話 方面에 發展을 促進식히지 안흐면 안될 것이다. 作品만 조흔 것이 나오면 얼마든지 讀者를 獲得할 수도 잇스려니와 小說類의 形式과 한가지로 첫재 具體的 說明的으로 敎化하기에 適當할 뿐 아니라 兒童性에게 程度의 智的 統制와 藝術的 整理를 주는 것으로 特色하는 兒童文學 가운데의 다른 部門보다도 意識水準이 나즌 兒童 또 더욱히 年少한 兒童에게만 읽혀서 效果 잇는 것이다.

……○……

兒童 特有의 —— 兒童만이 가지는 特殊한 一切의 觀念世界 卽 夢幻的 空想과 제멋대로 생각하고 궁리하는 데로부터 出發하는 여러 가지의 觀念 感情이 立體化한 더 자세히 말하면 넉넉히 發達치 못한 兒童의 머릿속에 비최이는 現實的 時代思潮 다시 이 現象에서 생겨지는 왼갓 夢幻과 不具와 誇大化 等等에 依해서 얼켜진 特殊한 認識의 世界는 本能으로 童話를 求해 드린다. 이 그들의 欲求에 따라서 이 童話 —— 一般 兒童文學 —— 란 그릇을 빌여서 科學的 社會的 맑쓰主義的 이데오로기를 注入하여서 아즉 批判力과 認識力이 不足한 그들의 觀念을 어른의 푸로레타리아트가 가질 觀念에까지 誘導케 하는 것이 우리 맑스主義的 藝術家의 根本的 使命이다. 그러고 어느 것에도 그러하지만 우리는 늘 —— 그들의 吸收的 趨勢를 잘 補足하지 안흐면 안 된다. 刻刻으로 浮動하는 流行的 思潮 이動的 客觀狀勢는 兒童에게까지도 오늘 童謠 讀者는 반듯이 明日의 童謠 讀者로 그냥 두지는 안는다.(더욱히 오늘날 가튼 가진 奇形을 濫造하여 내는 反動敎×의 激浪에 치밀리는 그들에게) 毋論 어데까지든지 저들의 모든 뿌르조아的 感情을 排擊하는 우리이지만 지금 큰 힘으로 近代人(兒童에게도)의 感情을 支配하고 잇는 쩌내리즘 니히리즘 가튼 것에 손에 대이고라도 그것은 다만 兒童을 푸로레타리아 이데오로기에 歸納케 하는 한 힘으로 빌려 가지고 所期한 目的 內容에 組織化식히며 따라서 여긔서 아지푸로하는 것이 그저 公式的으로 單純한 理想論에만 흘으는 것보다는 現實에 보담 만히 强하게 兒童을 움즉이게 하는 힘을 일치 안는 便이 나흘 것이다.

……○……

나는 『新少年』에 쓰인 「항아 장군 이야기」, 「합소문 이야기」 가튼 것을 재미를 내여 再讀 三讀하는 兒童을 곳곳에서 만히 보앗다. 이것은 勿論 現勢의 英雄的 軍事的 探偵的 모든 ××的 뿌루조아 敎化에 感染되여서 支配를 밧는 까닭이다. 그럼으로 우리는 이런 힘을 逆用하여서 푸로레타리아 英雄的으로 길러 내지 안흐면 안 된다. 여긔서 나는 다시 强調하기 위해서 流行은 現實이다. 이것을 社會文化의 行進에서 分離해 가지고 그저 一種의 輕薄한 氣分으로만 注目을 避하는 것은 卽 現代에 對한 微細한 辨證法的 考察을 忘却하는 것이다……. 우리는 旣成 諸 感情에 隷屬되여서 안 될 것은 勿論이지만 이것을 함부로 排擊해서 푸로레타리아 哲學 우에 固定化해도 안 된다.

李周洪, "兒童文學運動 一年間-今後 運動의 具體的 立案(五)", 『조선일보』, 1931.2.17.

웨 그러냐 하면 이러한 固定化는 運動을 中斷하는 것 가튼 結果를 招來한다. 웨 그러냐 하면 푸로레타리아 童話運動이 兒童大衆이[8] 속에 沈淪해서 이것을 우리들의 밋흐로 動員식히지 안흐면 안 되는데 兒童 自身이 가장 强烈히 支配되여 잇는 社會的 思潮 —— 가령 니히리즘을 온전히 排擊해서 反對 側에 固定化하는 것은 卽 兒童大衆을 아지, 暗示, 敎化하기 위해서의 저들(兒童)에서 共感性을 쓰러내는 가장 效果 잇는 그것을 이러케 無視하는 것은 兒童 그 自體의 現在의 童心 感情을 認定하지 안는 것이고 同時에 兒童을 쓰러내지 못하는 結果를 낼 것이라고 主張한 日本의 同志 大河[9] 君의 말을 여긔 옴긴다.

……○……

그리고 製作에 잇서서는 압날에 日本에서도 現實 非現實 問題에 對한 具體的 理論이 만헛지마는 問題는 取材 如何에 잇는 것이 아니고 이제오로기 問題에 잇다. 原則的으로 보아서는 푸로레타리아의 모든 것이 現實的이

8 '兒童大衆의'의 오식으로 보인다.

9 오카와라 히로시(大河原浩)를 가리키는 것으로 보인다.

어야 하겟지만은 現實의 兒童의 要求와 效果 與否를 淸算하여서 이로울 때에는 설사 非現實을 쓴다 하드래도 그것은 相關업슬 것이다. 兒童은 어룬보다 훨신 空想이 自由奔放한 것임으로 取扱如何 境遇關係에 따라서 非現實이 도리혀 有效할 때가 만흔 것이다. 여긔에 對해서 同志 亞江勈力 군의 "兒童의 經驗한 社會的 內容이 作家의 ××的 階級觀에서 처지는 同時에 거긔에 싸여 잇든 非現實 一切을 敏捷하게 具體的 現實에 轉換한다"고 한 말은 가장 適切한 것이다. 그리고 童話가 童謠보다 "持入"이 困難한 關係로 오늘날 朝鮮에서와 가튼 ×××한 檢閱制度 밋헤서는 읽키기 위한 作品보다는 들리기 위한 作品을 製作하여서 口傳的으로 普及식히는 것이 어느 편으로 보아서나 便宜가 만흘 것이다. 또 作品은 물론 童謠와 한가지로 抽象的 批判에 依한 槪念的 評價에서 나아가 미리부터 讀者 對象을 明確히 認識한 後에 層, 性, 年齡, 組織未組職, 意識 及 文化水準 等別에 따라서 特色을 부처야 할 것이다.

今年에 드러서 나는 여러 作家 同志들에게 童話運動에 徹底한 努力을 재촉하여 마지안는다.

少年小說

少年小說은 童謠 다음으로 만흔 作品을 헤일 수 잇다. 두 雜誌마다 每號에 두세 篇씩은 실엿다. 이해의 少年小說을 主要히 쓴 作家로 嚴興燮 尹基鼎 宋影 金性奉 向破 太英善 李明植 安平原 吳慶鎬 李東珪 具直會 군들의 조흔 作品을 어덧다. 이에서 우리는 이해에 새로 쓰는 이들의 優秀한 作品으로 太의 「土車」 李의 「人血注射」 安의 「林間學校」 吳의 「어린 피눈물」 具의 「절눔바리와 거지」 東珪의 「두 가지 正義」 等을 추려낼 수 잇다. (中略)

그리고 少年小說도 童謠와 한가지로 만흔 讀者를 가지고 잇다. 이것은 文學的 素養이 잇는 或은 多分히 가지고 잇는 年長兒童들이 더욱 조하한다. 역시 童話와 마찬가지로 아니 그보담도 더 現實的이요 具體的이요 說明的이요 敎化的이기 때문에 ×의 文學으로서의 役割을 가장 쉽게 한다. 勿論 藝術性의 本質로 보아 그 모든 것에 잇서서 어른의 小說과 다름이 업다. 卽 廣義의 어른 小說에 屬하는 것이다. 다만 그 使命을 積極的으로 또 廣汎하게 다하기 爲해서 그 對象에 依해서 質的 形態的 技術的 分化를 必要로 한 것이다. 또다시 말하면 어느 區別이 업시 兒童이 理解하고 認識하고 感得할 만한 內容으로 兒童이 읽을 수 잇는 볼 수 잇는 單純한 體制와 쉬운 말로써 具象해 논 것임으로 少年小說도 어른小說에 屬하는 한 種類이며 또 어른小說의 한 分野이다.

李周洪, "兒童文學運動 一年間－今後 運動의 具體的 立案(六)", 『조선일보』, 1931.2.18.

少年詩

지난해에 잇서서 少年詩는 다른 部門에 比해서 퍽 不振하엿다고 볼 수 잇다. 質로 量으로 본 作品 그것보담도 이것을 쓰는 作家가 얼마 되지 안는 것이다. 金海剛 申孤松 동무가 몃 번 썻고 ―― 初期에는 炳昊 동무도 썻다 ―― 安平原 吳慶鎬 車紅伊 李聖洪 等 여러 사람들이 썻다. 우리는 「採鑛夫」 「어린이날」(車紅伊) 「새벽」(吳慶鎬) 「논밧이 썻서요」 「말 궁둥이를 싸르며」(李聖洪) 等을 優秀한 作品으로 해인다.

少年詩는 童話에 比하여서 極히 少數의 讀者를 가지고 잇다. 大衆的이 아니다. 一部의 인테리에 屬하는 特別한 文學的 素質을 가진 年長少年들이 이 讀者이다. 取材의 內容이라든지 表現形式 ―― 文學的 技巧에 잇서서 小說과 가튼 寫實(勿論 경우에 싸라 반듯이 그러치도 안치만 흔히)이 아니고 童謠와 가튼 저절노 노래와 動作이 싸러 나올 만한 보담 端的인 定型律의 리뜸이 아니라 그 속이 幽遠한 象徵的 比喩的 暗示的이기 째문에 그 感覺的 效果性으로 보아서 童謠보다는 훨신 距離를 멀리해서 特別한 文學的 素養이 잇는 讀者가 아니면 잘 理解하고 消化할 수 업시 되엿다.

……○……

그러나 이것은 압흐로 斷然히 技術的 方向을 轉換하지 안으면 아니 될 當面課題의 하나이다.

저를 쑤르조아들의 그거와 가티 過去의 詩는 —— 少年詩도 超現實的으로 大衆과는 距離가 멀엇다. 그러나 오늘부터 쓰는 이 少年詩는 亦是 오늘에 쓰는 어룬詩의 "工場으로! 農村으로!"의 標語에 짜라서 훨신 大衆的으로 兒童을 接近하지 안흐면 아니 된다. 그리하야 少年詩도 少年詩로서의 藝術的 役割을 遂行할 것이다. "童詩와 童謠는 區分할 수 업다" "童詩와 童謠는 根本的으로 區分이 잇다" 等으로 申孤松 梁雨庭 宋九峰 間의 論爭을 비롯해서 또 宋 君의 「童詩抹殺論」[10]이 잇서지만은 이해 안으로 何等 結末이 업시 넘어갓슴으로 다음은 三一年에서 다시 具體的 歸結이 잇슬 것을 미루고서 나는 여긔서는 그 是非를 말하지 안는다.

兒童劇

教育人民委員會의 校外教育의 部分的 聯關을 가지고 잇는 소벳트 露西亞의 兒童劇에 對한 關心은 여간한 것이 아님을 우리는 언제나 늣겨 온다. 모스코에 잇는 여러 兒童劇場에는 언제든지 쌕쌕한 兒童들의 群集을 들어보게 되고 擧皆는 兒童 自身으로 演出하는 것이지만 또 어룬의 俳優로서 演出하는 것도 우리들에게는 注意를 쓰으는 일이다.

勿論 이것은 藝術本能의 滿足을 爲해서만 하는 것이 아니라 委員會의 教育的 職能과 密接한 關係를 가지고 잇는 것이다.

……○……

兒童劇을 조화함은 露西亞 兒童에만 限한 것이 아니다. 어제든지[11] 마찬가지일 것이다.

音響 色彩 言語 動作 等으로 얼킨 綜合的 藝術인 劇은 다른 모든 形式보다 第一의 大衆的이다. "持入"이 容易치 못한 또 意識水準이 나즌 未組

10 구봉학인(九峰學人)의 「童詩抹殺論(전6회)」(『중외일보』, 30.4.26~5.3)을 가리킨다. '九峰學人'은 송완순(宋完淳)의 필명이다.

11 '어데든지'(어디든지)의 오식이다.

職兒童 文字를 解得치 못하는 無識한 兒童에게는 이 우에 업슬 것이다. 무어니 하여도 아지푸로性은 劇에 짜를 것이 업슬 것이며 또 年齡, 性別, 層別로 해서 함께 모히지 안는 兒童들에게 더구나 集團的 ××觀念과 ××的 訓練에 必要한 것은 말할 것도 업다. 特別히 經濟的 條件을 帶同하는 映畵 그것보담도 朝鮮의 處地에 잇서서는 그 經濟的으로나 觀客의 消化水準으로도 이 劇이 훨신 發展할 可能性을 가젓다. 곳곳마다 劇場이 잇고 잇다 해도 ××의 彈壓이 심하다고 할 수는 잇지만은 우리 지금 處地에서는 반드시 劇場이 必要한 것도 아니고 또 劇에만 彈壓이 잇는 것도 아니다. 問題는 다만 運動者의 努力 如何에 잇는 것이다. 都會에서는 말할 것도 업지만은 시골에서는 간간이 드러오는 "閔伯爵 閣下께옵서 北滿洲 視察을 가옵실 때" 式의 巡廻劇團에도 그들은 별별 애를 써 가며서도 擧皆는 엇더케라도 구경을 하고야 만다. 그쁜에 그치는 것이 아니라 劇團이 써나간 몃츨 뒤에까지라도 그 波紋은 써지지 안코 그들의 입에서는 俳優들의 (臺詞) 흉내가 나오며 머릿속에는 그 劇의 스토리가 또렷하고 또 모이면 動作의 흉내를 낸다.

李周洪, "兒童文學運動 一年間-今後 運動의 具體的 立案(七)", 『조선일보』, 1931.2.19.

이러케 더구나 特殊한 兒童에게는 衝動的 感覺的 印象的인 것이다. 階級的 利害를 沒覺한 或은 矛盾된 反動的 墮落的인 것에 그들은 왜 陶醉하는가. 그것은 너무도 劇에 굼주렷고 劇藝術에 對한 本能的 慾望 枯渴한 까닭이다. 그럼으로 우리는 우리들의 劇을 너어 주지 안흐면 그리고 우리들의 使命을 다하지 안흐면 안 된다.

우리들 作家 中에서 兒童劇을 쓰는 이는 별로히 업섯다. 나는 지난해에 대여섯 篇을 써 보앗스나 하나도 신통한 것은 업섯다고 본다. 初期에 쓴 것은 極히 觀念的이요 象徵的의 것이엇다 —— 그런데 이것은 다른 作品보다 더한층 檢閱의 ××함을 지내 아렷다. 勿論 作品과 가티 個人的 또 文化的 觀念을 對象하는 것이 아니라 어데까지던지 實際를 土臺로 또 集團的 大象을[12] 對象하는 것만큼 ××의 檢眠도 但只 다른 作品과 同等視하지 안는 것이겟지 ——

나는 同志들의 이 方面에도 特別한 留意가 잇기를 바란다.

노 래

여긔서 노래라고 하는 것은 童謠의 作曲化한 것 曲符鬪爭歌 等을 말한 것이다.

朝鮮에서 푸로레타리아 音樂運動이 出發하기는 雜誌『音樂과 詩』(九月創刊)가 나오고 난 뒤로부터 비롯하엿다고 볼 수 잇다. 그리고 푸로레타리아 童謠의 作曲化한 것도 그때부텀이다. 그전에 久月 동무의 曲이 만히 發表되엿고 또 나도 몃 개를 시험해 보앗지만 嚴密히 보아서 모두가 哀愁的 同情的 極히 初期의 自然生長的인 童謠에다 曲조차 뿌르조아 童謠曲의 類型的 舊殼을 完全히 못 버서나고 音樂的 技術로 보아서도 그 全體의 리뜸과 멜로듸가 푸치 뿌르조아的이 아니면 流行歌類에 갓갑거나 傳統的 古典味에 물드린 것이 만헛다고 하는 것이 正當할 것이다.

……○……

그러나 우리는 다른 藝術的 部門과 한가지로 스타트를 끈헛스니 그것은 「거머리」(李一權 曲), 「새 훗는 노래」(李久月 曲), 「편싸홈」(白破[13] 曲)의 세 개를 어든 것이엇다. 우리는 여긔서 過去의 모든 舊型을 써나 「세 훗는 노래」에서 農村 푸로레타리아 兒童만이 가질 수 잇는 ××스런 感情의 自由스런 表現을 보앗스며, 「거머리」에서 皮肉感[14] 憎惡感을 火動시키는 尖銳味를 發見하엿다. 그리고 「편싸홈」도 어데까지던지 單純하게 굵은 線과

12 '大衆을'의 오식이다.

13 '向破'의 오식이다.

14 '皮肉'은 "빈정거림, 비꼼, 야유" 등의 뜻의 히니쿠(皮肉)라는 일본어이다. '皮肉感'은 "빈정거리는 느낌" 정도의 뜻이다.

戰鬪的 旋律을 얽어내여 보려는 것이엇다.

이리하야 三○年의 우리들 樂曲은 이로부터 始作하엿다.(또 이로써 해안에 거두어드렷다.)

그리고 이 作品들은 在來와 달니 個人的 立場을 써나 무두가[15] 集團的 立場에서 쓴 것이 特色이다.

째에 짜라 곳에 짜라 單獨으로 불을 수 잇는 童謠의 作曲化도 必要하지만 보다는 集團的 노래의 作曲에 重要視하지 안흐면 안 된다. 그리하야 工場에는 工場歌 農村에는 農村歌 少盟에는 少盟歌 또 데모가 ××歌 ××歌 우리는 미리부터 ×××××으면 아니 될 것이다.

特히 이 方面에 一般 同志들의 가장 만흔 期待를 짊어지고 잇는 久月一權 동무에게 激勵하여 마지안는다.

그 림

童謠와 한가지로 아니 보담 兒童을 第一 깁버하게 하는 것이요 가장 密接한 關係를 가지고 잇는 것이 그림이다. 아직 노래를 부를 줄 모르는 어린애가 그림을 보고는 아는 것으로 보아서 童謠보담 더 距離가 갓가운 것이다. 올된 아희로는 발서 돌만 지내도 새 그림 보면 잭잭 소 그림 보면 엄마— 한다. 그럼으로 그림은 年少兒童 文盲兒童들에게까지 消化된다. 그리고 直覺的인 싸닭에 視覺을 通해서 理解로나 時間을 通해서 便宜로나 第一 아지性이 잇고 第一 普及性이 잇고 大衆的이다. 우리에게는 그림 專門雜誌가 업섯고 特別한 經濟的 條件(銅版, 亜鉛版, 石版 等)을 가지는 挿畵 等類에서도 차저보지 못한다. 구태여 찾는다면 僅少의 갓트 表識 挿畵 等에서 쑨이다.

15 '모두가'의 오식이다.

李周洪, "兒童文學運動 一年間－今後 運動의 具體的 立案(八)", 『조선일보』, 1931.2.20.

……○……

『新少年』에서는 誌上 푸로레타리아美術展覽會를 시험코저 하엿스나 遂行하지 못하엿고 『별나라』에서는 姜湖 林學先[16] 鄭河普 동무들의 그림을 發表하엿슴은 반가웁든 일이엿다. 그러나 크게 보아 그다지 큰 效果를 어덧스리라고 보지 못한다. 「工場」(林)은 보는 少年의 그 몃 사람이 그것을 消化햇는지 모르겟고 —— 構成派 立體派 印象派 等等 表現手法의 大衆에서 距離를 가진 藝術 乃至 모든 것은 지금에 잇서서 우리들은 단연 삼가지 안흐면 아니 될 것이다. 「망보는 少年」 「小作 少年 데모」 「工場 少年 데모」(鄭)는 어느 程度까지의 煽動性과 未成品的 魅力이 도리혀 兒童에게 一種 愛着을 늣기게 할 만하지만 全體로 보아서 그 手法上 筆致로 보던지 表現의 角度가 모다 兒童의 共感性에 꽉 바로 붓지는 못하엿스리라고 생각한다. 그보다는 「傳令少年」(姜)이 만흔 效果를 어덧스리라고 본다. 그럴 때 特異한 밤 空氣와 그럴 때의 人物의 心理的 變化現象의 그 表情으로부터와 畵面 全體에 收監되여 잇는 雰圍氣가 모르는 가운데에 異常한 힘으로 兒童의 客觀的 衝動을 鼓動식힐 것이다.

……○……

그리고 이곳에서 다시 말하지 안흐면 아니 될 것은 그림은 다른 文字的 原稿와 달러서 미리 檢閱을 안 맛는 關係上 차라리 發表가 더 不自由한 것이다. 그것은 마치 新聞紙法에 依한 雜誌가 미리부터 躊躇해서(勿論 朝鮮의 그것에는 特殊한 事情이 잇지만) 伏字를 안 써도 조흠적한 곳에 往往히 쓰이고 마는 廢端이 잇는 거와 맛찬가지로 그림 亦是 여간해서 檢閱에

16 '林學善'의 오식으로 보인다. 임학선(林學善, 1904~?)은 1931년 도쿄(東京)미술학교 서양화과를 졸업한 서양화가이다.

通過되엄즉한 것이라도 미리부터 躊躇해서 본뜻을 이루지 못하는 일이 만타. 그럼으로 우선 나도『新少年』表紙畵를 그렷슬 때에「담 演說」,「스트라익의 아츰」,「傳令」等은「×××」,「××××」,「××××」×××××××××엇다.

何如間 우리는 將次로 엇더한 方策을 쓰더라도 이 그림에 만흔 活躍이 잇서야 할 것이다. 挿畵로 하여금 그 作品의 魅力을 갓게 할 쑨 아니라 또 讀者에게 對한 그 作品의 媒介者임은 挿畵가 잇슴으로 그 作品을 더 읽히고 덜 읽키는 現實的 證據로도 알 수 잇는 것이다. 冊을 쥐면 몬저 그림부터 뒤적여 보는 것과 朝鮮 兒童들이 日本 雜誌를 조화하는 것도 亦是 모두가 兒童이 그림을 얼마나 조와하는가를 雄辯으로 證言하는 것이다.

……○……

무어니 하여도 兒童雜誌에는 그림이 만히 잇서야 한다. 우리는 完全히 '쑤루조아'的 手法을 脫殼해 가지고 어데까지든지 그들 勞農少年들의 生活感情과 한가지로 굵은 線과 單純한 色彩로서 그들을 갓가히 갓가히 親할 수 잇는 길을 찾지 안흐면 아니 될 것이다. 그들은 日常으로 엇던 그림을 조화해 보나 그들에 벽에는 엇더한 그림이 오려 부처 잇나 늘 우리는 이것을 注視하지 안흐면 아니 된다. 그리하야 참으로 그들의 가장 感動케 하는 군데를 把握해서 或은 逆用 或은 正面으로 그들의 要求에 適應케 해서 푸로레타리아 그림의 部分的 役割을 다하지 안흐면 안 된다.

作家同盟

오늘날까지 우리 作家들의 사이에는 아즉도 何等의 有機的 機關이 업섯다. 이때까지의 運動도 모두가 地方分散的 狀態에서 持續되여 나왓다. 일로 보와서 藝盟에서 童文班을 둘 일이지만은 지금 곳 그리하지 못할 형편에 잇다면 위선 싸로히라도 兒童文學作家同盟을 組織하여야 할 것이다. 그리하야 組織化한 運動線의 尖端에 서서 製作運動 等에 關한 決定的 指導理論과 嚴正한 批判 討議가 잇서야 할 것이다. 이리하여야 有機的 結合인 作家同盟의 具體的 團合으로서의 할 職能을 다할 수 잇슬 것이다.

여긔 對해서는 너무도 必要에 넘치는 일임으로 나는 區區한 說明을 畧하여도 조타.

戰線의 組織 統一과 鬪爭力의 擴大强化를 確保하기 위해서 나는 하로밧비 朝鮮푸로레타리아兒童文學作家同盟의 結成을 促進한다.

李周洪, "兒童文學運動 一年間-今後 運動의 具體的 立案(九)", 『조선일보』, 1931.2.21.

實際 運動

우리는 藝術이기 前에 몬저 社會人인 것을 이저서는 안 된다. 雜誌에 —— 機關紙 等에도 —— 原稿의 몃 篇씩 쓰는 것만으로 우리들이 할 일을 다하엿다고 생각해서는 안 된다. 우리는 兒童文學 指導者이기 前에 몬저 實際 少年運動의 '올가나이저'이어야 한다.

> ×에 屬하지 안는 藝術家를 무더 버려라! 文筆的 超人을 무더 버려라! 文筆的 活動은 全般 푸로레타리아 運動의 一部分이 되지 안으면 아니 된다…… 文筆的 活動은 組織的 計劃的 統一的 ×××(當時의 社會民主主義) 活動의 一構成部分이 되지 안으면 아니 된다. —— (레닌) ——

××的 過程에 잇는 우리들의 藝術運動이란 모두가 그러케 되지 안으면 아니 된다. 勤勞兒童을 우리들의 系統 속에 組織化해 가지고 勤勞階級의 ××에 結合식히고 또 兒童 自身도 여러 가지 形態로 나타나는 資本主義와 兒童의 ××와 ×××아的 敎育에 對해서는 이미 다 認識하는 바이다. 現階段에 잇서서의 兒童藝術作家의 存在理由를 그럼으로 우리는 다른 데서 求하지 안는 것이다.

……○……

"맑스主義者란 階級××의 承認을 푸로레타리아트의 ××의 承認에까지

延長한 者에만을 말하는 것이다. 이 속에서야 맑스主義者와 普通 小쁘루조아지와의 가장 深淵한 差異가 存在한다. 이것이 맑스主義의 眞實한 理解와 是認의 試金石이다." —— 레닌 —— 우리는 童謠나 童話를 써서 내트리는 것만으로는 아모것도 안 된다. 그 속으로 드러가서 實演하고 活用함으로써 우리들의 作品은 徹底히 또 積極的으로 그 使命과 役割을 다하는 것이다. 都市에 잇는 作家는 童話會 音樂會 等을(勿論 實際 잇서서 容易한 일은 아니다) 자주 열도록 할 것이다. 그리고 地方에 잇는 作家는 몬저 勞農少年團 가튼 것으로 만들어서 먼저 少年들의 組織化에 힘을 다할 것이다. 勿論 여러 가지 障碍와 不得已한 事情이야 만흘 것이다. 그러나 이 階段에 잇는 우리들의 運動은 個人的 便宜(?)를 다 볼려면 階級的 事業은 못하고 마는 것이다. 問題는 個人的 事情에 잇는 것이 아니고 황상[17] 階級的 利害에 걸려 잇는 것이다. 團結이 업시는 斷然히 우리들의 ××는 아니 ××× 우리는 언제나 理論과 實際 觀念과 具體 이것이 徹底히 互相符合됨으로부터 우리들의 所期한 目的은 成果하는 것이다.

作品을 질어지고 兒童大衆 속으로!

作家이기 前에 少年運動者로!

이 슬로-간 밋헤서 우리는 作品을 製作하지 안으면 아니 된다.

今後 運動에 關한 提意로 스포쓰 遊戲 等에까지 쓰고저 하엿스나 다음 따로히 쓸 機會로 미루고 여긔서는 둔다.

끗 말

蒼卒히 씀으로 以上의 말 가운데는 만흔 그릇됨과 모자람이 잇슴을 自認한다.

그것은 다음 機會에 조용히 다시 할 것을 自期한다.

다만 말한 要點은 過去 一年 동안의 過誤를 淸算하고 올흔 길을 보다 發展식히자는 데 더 말하고저 함이 업다.

17 '항상'의 오식이다.

鄭潤煥, "一九三○年 少年文壇 回顧(一)", 『매일신보』, 1931.2.18.[18]

머리ㅅ말

筆者가 이 글을 草할 때 미리 覺悟한 바 各 方面의 駁論과 抗議를 바들 것이다.

年少淺識한 까닭에 往々不適한 곳은 곳처 보기를 바란다.

그런대 이 글은 評論도 아니고 一種의 筆者의 率直한 感想文(讀後感?)이라 할 수박게 업다.

一九三○年의 朝鮮少年文壇은 너무 貧弱하엿다. 質로 볼 째에는 多少 뒤써러진 感이 업스나 量으로 볼 째에는 너무나 少年文藝運動의 沈滯를 새삼스럽게 늣기게 되엿다.

旣成作家들은 왜 沈默만 직히고 잇는지? 멋々 新進作家들의 口尙乳臭한(筆者 亦 그럿치만) 作品으로 一九三○年의 少年文壇이 構成되엿다 하여도 過言이 아니다.

指導者級에서도 別다른 産物은 업섯다. 이에 各々別하야 論하건대 一九三○年의

童謠界

는 多少 活氣가 잇서 보인다.

『별나라』의 '푸로레타리아' 童謠와 『每日申報』의 紙面擴張에 隨하야 設立된 "少年文壇"과 各 新聞雜誌에 發表된 作品 中에 過半數가 童謠일 것이다.

그러나 이 모든 童謠 中에 어느 한 篇 우리가 읽고 부를 만한 노래 잇는가? "왜 압날의 光明을 노래하지 못하는가?" 좀 더 飛躍하여 보자.

農村少年들의 호미와 광이에 시달닌 노래 工場少年들의 機械에 싀달닌

18 원문에 '南海 鄭潤煥'이라 되어 있다.

노래보담도 좀 더― 意識的 노래 光明에 가득찬 노래를 듯고 십다. 勿論 우리의 環境이 그리된 것만큼 問題이지만은 暗黑裡에서 헤메일수록 光明의 노래를 불너야 할 것이다.

指導者

級에서도 富裕한 (各 方面) 한 作家는 통트려 嚴興燮 朴世永 李周洪 林知[19] 韓晶東 李久月 等의 몃 篇도 못 되는 佳作이 잇고 孫楓仙[20] 申孤松 梁雨庭 氏도 만은 活動을 보혀 준다.

『별나라』의 金海剛 氏의 少年詩가 몃 篇 잇스나 亦是 힘업는 作品이고 李久月 氏의 彈力 잇는 作品이 조곰 活氣가 잇서 보힌다.

『별나라』 六月號에 發表된 連作敍事童詩 「脫走 一萬里」가 눈에 씌이며 조곰 새로운 氣分이 낫하나며 『어린이』 四月號의 봄마지 童謠 四篇도 쇄 무던하다.

『少年世界』에는 朴古京(木古京?) 氏의 意識不分明의 童謠와 崔壽煥 氏의 亦是 그러한 童謠가 잇슬 섇이다.

各 新聞紙上에 務表되는[21] 尹石重 氏의 作品도 쇄 만흐나 하낫트 取할 썻 업고 全鳳濟 氏의 "그림童謠"가 異彩를 放할 섇이다.

더욱―― 指導者級의 精進을 빌며

旣成作家

들은 一九三○年에 限하야 全部 退步이다. 그中 金光允 君 鄭祥奎 君 蔡圭哲 君 安平原 君 南應孫 君들의 活動이 잇섯스나 이것 亦 보잘것업고 往年 鎭南浦 〈붓춤社〉의 活 이[22] 猛烈하드니 요즈음 晋州 〈새힘社〉도 〈붓춤社〉에 지々 안흘 活動을 準備하고 잇다.

(近日 社誌 發刊한다드냐?)

---

19 '林和'의 오식이다.

20 '孫楓山'의 오식이다.

21 '發表되는'의 오식이다.

22 '活動이'에서 '動'이 빠진 오식이다.

이 中 金光允 君의 「구든 쌍 파자」(『별나라』 五月號) 鄭祥奎 君 「밤길」(『별나라』 四月號) 車又永秀 君의 「저녁고동」(『별나라』 二月號) 趙宗泫 君의 「엄마생각」(『朝鮮日報』) 孫桔湘 君의 「봄날 行進曲」(『少年世界』 五月號)이 잇슬 쑨이다.

旣成作家들의게 一言하노니 왜 그럿케 沈默만 직히고 잇는지 조금 活氣를 내여 썹내여 보라.

鄭潤煥, "一九三○年 少年文壇 回顧(二)", 『매일신보』, 1931.2.19.

新進作家

그들은 넘어 亂筆的이다. 되나 안 되나 發表하는 作品으로 우리 童謠壇은 衰微하기 짝이 업다.

李在杓 君의 「공장의 엄마」(『별나라』) 韓春惠 君의 「낫달님」(『별나라』) 金哲洙 君의 「새우 쓰는 處女」(『朝鮮日報』) 金昌南 君의 「이슬」이 조금 成功이라고 볼 수 잇고 田植, 金基柱, 李華龍 君들의 亂筆的 童謠가 或 보힌다. 吳京昊 君은 요즘 回覽誌를 發刊한다든가?

會寧 韓泰鳳 君, 忠州 韓百坤 君, 洪川 金春岡 君, 南海 朴大永 君도 각금 紙上에 낫하나며 博川 金秉淳 君은 筆致는 조금 幼稚하나마 意識은 相當하다.

世上도 不景氣인 만큼 그놈의 不景氣가 우리 童謠界까지 侵入하엿스니 이놈을 쏘츨 對策을 講究합시다.

이러한 一九三○年의 童謠界는 너무 쓸々하엿다. 그러면

小說界

는 엇더한 方向으로 轉換되엿는냐?

新年 曉頭 『어린이』 紙上 「少年 四天王」과 「아름다운 犧牲」을 비롯하야 『별나라』의 「어린 英雄」과 其外 長短篇間 無慮 數十餘 篇에 達할 것이다.

그中 北極星 作인 「少年 四天王」은 日本雜誌 『少年世界』에서 본 듯십흐나 아즉 끗흘 안 막엇슴으로 이것 亦 疑問이나 現在에 잇서서는 佳作이라고는 볼 수 업다. 「어린 英雄」은 題材는 조흐나 筆致가 아조 틀엿다.

崔秉和 氏의 『별나라』에 連載하는 「鐵童少年」은 相當하다만은 이것 亦 日本雜誌에서 題材를 得한 것이 두어 篇 잇다.

『少年世界』의 姜晟周 氏의 外國童話 飜譯인 「怪燈」과 李赤岳 氏의 「暗窟王」은 相當하다.

李久月 氏의 「少年行進曲」은 너무 ××的이다.

『별나라』 安俊植 氏의 「호떡先生」을 눈물로 읽엇다면 梁孤峯 氏의 「석돌이의 작난」은 우슴으로 읽엇슬 것이다. 그리고 李明植 氏의 「무지개」는 空想的이다. 鶯峯山人의 「저울은 어대로」는 別로 잘된 作品은 아니다.

『어린이』의 短篇小說들은 大概 잘되엿스나 四月號 李明植 氏의 「봄!봄!봄」은 小說도 아니고 隨筆도 아니고 무엇인지?

『少年世界』의 特選小說 等은 보잘것업고 八月頃 『朝鮮日報』 "어린이조선"에 連載된 鄭祥奎 君의 「천수의 소원」도 相當하며 李在杓 君의 「물 푸는 여름」은 아즉 幼稚하고 結末을 지우지 안니하엿스니 웬일일고?

그리고 某々 指導者들의 合作小說이 發表되엇다지만 안타가웁게도 筆者는 보지 못하엿다. 『每日申報』의 「눈보라」도 相當한 것이다.

이와 갓치 小說界도 量으로는 進步라 할 수 잇스나 質로는 어느 하나 우리가 닑고 색여 둘 것이 잇는가?

다음 戱曲, 隨筆, 作文 等은 오히려 쓰지 안는 것이 上策일 것이다.

大槪 우리 少年文壇의 一九三○年度 回顧는 이것으로 結末이나 끗흐로 이런 말을 하고 십다.

"指導者이고 作家이고 너무나 少年文藝運動에 無責任하다."

附記. 原稿는 벌서 써 놋코 망서리다가 잘못된 것도 조금 곳첫는데 오히려 곳친 것이 험인가 십흐다. 이제사 發表하는 理由는 社會의 攻擊을 두려워하야.(神經質이다!) 妄言多謝.

玄東炎, "童話教育 問題—全 氏의 「現朝鮮童話」論 批判(一)", 『조선일보』, 1931.2.25.

우리가 흔히 생각하기 쉬운 뿌르조아 生活標準에서 더구나 兒童은 現實을 脫却하야 觀念化하기 쉽고 偶像化하기 쉬울 것이다.

理知와 思想의 터는 完全히 處女地에 잇는 그들에게(덕더구나 現 朝鮮 無産兒童) 科學的 土臺에 立脚한 現實 童話를 들려줌은 반듯시 必要할 쌘만 아니라 더구나 現下 教育을 밧는 우리 無産兒童에게 積極的 教化道具로써 切實히 必要한 것이다.

○

이에 朝鮮 兒童은 엇더한 童話를 要求하는가? 아니 그보다 엇더한 童話를 들려주어야 그들에게 生命이 되며 糧食이 될 수 잇슬가? 함은 決코 적은 問題가 아니다.

나는 때마츰 지난 十二月 二十七日付『東亞日報』學藝欄에서 全壽昌 氏의 「現朝鮮童話」[23]란 論題를 보앗다. 氏는 多年間 兒童教育에 重鎭이시며 쏘다시 童話教育에도 着實한 분이심은 우리가 氏의 論文을 通해만 보아도 可히 推測할 바이다.

그러타. 氏는 開城에선 童話家로 名星이[24] 藉藉하신 분이다.

그럼으로 氏가 이번에 처음 論文을 提供하심에 나는 滿腔의 歡喜로써 百 퍼센트의 企待를 가지고 읽어 보지 안흘 수 업섯다. 그러나 氏의 論說은 나의 바랫든 思惟와는 霄壤의 差[25]가 잇섯다.

○

그러면 氏의 論한 바 所謂「現朝鮮童話」論이란 무엇인가? 뿌르조와

23 전수창(全壽昌)의 「現朝鮮童話(전5회)」(『동아일보』, 30.12.26~30)를 가리킨다.

24 '名聲이'의 오식이다.

25 '霄壤之差'로 "하늘과 땅 사이의 차이라는 뜻으로, 사물들이 서로 엄청나게 다름을 이르는 말"이다.

立脚地에서 出發한 非實際的 非現實的 概念說이엿다.

그의 論調에 잇서서는 現下 朝鮮情勢에 對한 科學的 觀察 —— 社會的 階級意識은 全然히 忘却하얏다.

짜라서 氏의 理論은 空中樓閣과 가튼 朝鮮 兒童에 對한 希望이 假說이요 英雄主義와 理想主義를 內包할 뿌르조아 童話論이엿다.

그의 理論的 根底가 애초에 階級을 超越한 個人的 主觀에 基礎를 두엇스면 客觀的 社會性에서 出現치 안흔 것부터 矛盾이다. 그러면 氏는 現實 朝鮮童話의 善惡 區別은 어더키 論하얏스며 그 取捨選擇은 如何히 論及하얏는가?

여긔에 順次로 그의 論文을 解剖한 후 그의 矛盾性을 摘發하야 檢討하야 보기로 하자.

×

一. 宗敎童話 神話 宗敎傳記

二. 科學童話 自然界談 歷史談 發明發見話

三. 情緖童話 슯흔이야기 사랑이야기

四. 笑話 우스운이야기

이것이 氏의 童話를 細別的으로 分類한 考察인가 보다!

이 中에 朝鮮兒童은 엇더한 童話를 조화하는가. 一千餘名의 學童에게 그 嗜好를 比較한 結果 슯흔이야기를 第一 만히 조화한다고 하기에 氏는 痛歎을 마지안는다 하섯다.

> 그럼으로 그들이 부르는 노래를 들어도 悲哀에 저즌 歌詞요 談話 中에도 한숨 석긴 柔弱한 語調가 殆半이며 將來에 큰 希望을 꿈꾸든 것도 몃 十步를 것기 前에 거진 다 五里霧中에 埋葬된다. 그런 까닭에 그는 넘우도 피가 식엇다! 四肢에 血管이 벌서 半이나 凝結되엿다. 半身不遂와도 다름이 업다.

엇저면 氏는 朝鮮兒童의 可矜한 窮狀을 이러케 잘 描寫하섯슬가? 그러면 氏여! 朝鮮兒童은 半身不遂와 갓다고 嘲弄하시려는가? 왜? 朝鮮兒童

은 感傷的 童話를 조화하고 無氣力한 얼골엔 "개나리쏫"이 피는지를 모르시는가?

玄東炎, "童話敎育 問題－全 氏의 「現朝鮮童話」論 批判(一)", 『조선일보』, 1931.2.26.

○

朝鮮의 全人口의 八○% 以上은 壓倒的 搾取를 當하고 잇는 農民이 아니든가?

이들은 富力의 발길에 채이고 ………………………… 債鬼한테 부닥기어 精神을 차리지 못한다. 이러한 無産階級 弱小民族에 태여난 朝鮮의 아들과 쌀들이 엇지 階級의 설움이 업스며 눈물이 업스랴.

그러나 그들은 理智的 判斷力이 貧弱하고 感情的 情緖는 銳敏하기 째문에 自己네 生活感情을 再現식히는 슬픈이야기를 조화할 뿐이다.

이것이 大人과 달은 兒童心理의 貧弱한 本質이다.

우리는 이런 感傷的 '로맨틔씨씀'에 흘으기 쉬운 兒童을 大人의 觀念으로 携導함에서 童話敎育의 必要를 늣기며 또 敎育者의 使命이 여긔에 잇는 것이다.

○

그리고 氏는 朝鮮兒童은 겁쟁이라 하섯다! 그러타. 氏의 말과 가티 朝鮮兒童은 洋服 입은 사람만 보아도 무서워하고 뻙언 테 두른 巡査만 보아도 무서워 다라난다.

이 얼마나 겁쟁이냐고 —— 하시엿지만 朝鮮兒童의 恐怖的 潛在意識을 왜? 모르시는가.

째로는 우리네 아버지 어머니가 싸닭 몰을 싸귀를 맛는 것을 보고 들을 때 朝鮮兒童은 그를 무서워하는 것이며 悲憤에 못 니겨 두 주먹을 부들부들 쩌는 것이다. 또다시 氏는 思考力이 缺乏이니 觀察力이 不足이니 하심은 아마 兒童의 本質的 心理를 모르시고 하는 말슴 갓다. 여긔에 兒童은 人間으로써의 不完全한 未成品과 갓다 함을 氏께 일러 드리고 십다.

○

그러기에 兒童文學이 싸로 잇는 것이다.

大人文學은 智識的 客觀的이라 하면 그 反面의 兒童文學은 類型的 主觀的 要素를 多分히 內容하야 平易簡明하게 取扱하는 것이다.

그리고 童話에 擬人法을 使用함도 이 때문이다. 朝鮮의 兒童은 氏의 말과 가티 半身不遂요 못난이요 겁쟁이요 忍耐性이 업서 成長해도 偉人은 못 된단 말인가.

그리고 偉人은 되고 십다 하나 偉人될 方法은 차즈려 안 하니 —— 이런 短點이 모다 누구의 罪이며 그 原因을 어데서 차즐가 하시면서 氏는 이것이 모다 兒童敎育의 缺乏한 그네들의 家庭 父母의 잘못이라 하얏다.

그러타. 우리네 封建因習에 저즌 父老階級들은 子息을 얼마나 專制的으로 束縛하얏든가? 그리고 筆者도 家長總督의 嚴酷한! 隷屬 밋혜 얼마큼 意氣를 죽이고 자라난 것을 설어한다. 그러나 그러타고 우리는 氏와 가티 朝鮮兒童의 悲憤에 빠진 原因을 單只 여긔에서 찻고 말려고는 안한다.

○

氏는 어느 幼稚園 席上에서 “子女敎育을 몰을진대 産兒를 制限하거나 그도 못하면 죽어 버려라” 하고 大氣焰을 吐하섯다고 하섯다. 呵呵.

이것이 氏의 傑作에 吐說이 아니엿드면 누가 감히 이런 말을 할가? 父老階級의 잘못에 呼訴하야써 兒童社會에 樂園을 建設하겟다는 氏야말로 눈쓰고 꿈꾸는 사람이 아니실싸? 朝鮮社會의 經濟組織은 兒童敎育의 保護를 快히 許與하는 줄 아시든가? 朝鮮의 아버지 어머니는 子息에게 冊子를 읽어 보라고 안 햇기 때문에 朝鮮의 兒童은 오날 가튼 現象에 빠젓단 말인가?

한숨과 눈물이 썩어 냄새 나는 凄凉한 陷穽에 우리의 어린이들을 쓰러 넛코

쓰낼 줄을 全然 모르고 깃분 노래를 부르라고 챗죽질하지 안엇든가.

氏의 말과 가티 朝鮮 父母가 그러케 殘忍無道한 父母엿든가.

그럼 父母階級에 隷屬된 封建道德에 날거진 遺習만 打破하면 氏의 말과 가티 三千里江山에 태여난 어린 靈들은 꼿필 수 잇슬가?

玄東炎, "童話教育 問題—全 氏의 「現朝鮮童話」論 批判(二)", 『조선일보』, 1931.2.27.

이는 社會的 根本的 缺陷이 經濟的 土臺에 잇다는 것을 全혀 忘却하고 단지 風習 改革으로 兒童社會의 모든 矛盾을 救出하려는 妄想이다.

朝鮮 內에 참다운 家庭이 몃치나 되며 學校教育을 밧는 兒童이 몃치나 될가?

社會的 家庭的 生活保障이 업는 헐벗고 굶주린 우리 無産階級兒童은 家庭扶養의 補助役割을 하기 爲하야 潺弱[26]한 두 억개에 쓰라린 傷處의 못을 박지 안흐면 안 되지 안는 것이 아니든가?

氏여. 이는 父老階級의 壓迫이 아니다. 對立階級은 우리의 '피오닐'들까지 가난의 구렁이에 쓰러 넌 것이다. 이러한 階級의 尖銳化한 社會에선 家長的 封建遺習 가튼 것은 自然히 消滅되는 것이다.

○

그러나 階級의 설움을 全혀 모르는 氏는 쏘 무어라섯든가.

이웃집을 보라. 그들은 어린이들에게 行進曲을 불러주면서 福스러운 땅으로 引導하고 잇다.

---

26 '孱弱'의 오식이다.

이는 朝鮮 內의 뿌르조아의 家庭生活의 安逸함을 말한 것은 아니라 하야도 뿌르조아 文明이 極度에 達한 安樂한 生活을 하는 外國兒童을 가르침일 것이다. 富貴로운 父母의 庇護 아레 자라는 그 집 子息들의 입에선 平和의 '멜노듸'가 흘러나올 것이다. 氏의 皮相的 觀念엔 그들이 封建的 殘存性을 抛棄하엿기 때문에 幸福되게 사는 줄 아시는 모양이다.

그러나 그와 反對로 그들은 支配階級이기 때문에 現代的 生活을 하는 것이다.

飢餓的 窮乏에 억매는 우리 無産階級兒童은 精神的으로도 疲弊할 것은 사실이다.

○

나는 다시 붓대를 돌려 氏의 朝鮮童話의 善惡論의 規定한 데 드러가 批判하야 보기로 한다. 그럼 氏는 먼저 不合當한 童話는 무엇무엇을 말하섯든가?

독갑이이야기 무서운이야기 슬푼이야기 等을 말하섯다.

자라나는 兒童이 意氣를 죽이며 偶像化식히는 이런 種類의 이야기는 兒童의 絶對禁物임은 누가 否認하랴?

우리가 독개비나 神이란 觀念에 사로잡히고 또 失望과 落望에 눈물을 흘리는 것은 모다가 封建的 思想 觀念의 餘毒이요 現實生活의 破綻에서 나온 것이다. 이런 不活潑한 노래는 우리 現實 朝鮮童話로써 歡迎할 수 업슴은 肯定하는 바이다.

그러타고 나는 氏의 選擇한 所謂 適合한 이야기란 種類를 現實 朝鮮에서 容納한다는 것도 아니다.

○

녯날의 와싱톤이나 톨쓰토이 린컨 가튼 偉大한 英雄을 거울 삼는 歷史이야기가 우리 現 朝鮮兒童에게 참 必要할가?

배곱흔 조선아동에게 녯날의 英雄崇拜心이나 培養하면 무슨 소용이 잇슬가!

우리 無産階級에 處한 가난한 兒童에게 그까진 썩어진 偉人이야기를 糧

食으로 여기고 들려준다면 그들은 消化不良으로 滯症이 생길 것이다.

가난한 兒童이 팡을 찻는데 물을 주는 거와 가티 그들을 한갓 英雄心만 鼓吹식혀 虛風船이를[27] 맨들자는 말이 아닌가?

피가 끌코 주먹을 부등켜 쥐는 그런 英雄的 童話가 兒童에 關해서 얼마큼 效果가 잇스나 自己를 搾取하는 支配階級의 心理를 助長식힘에 큰 危險性이 잇는 것이다.

○

그 다음 氏는 發明이야기를 말하섯다.

> 넓은 倉庫(宇宙)에 가득 찬 神秘를 사랑하는 우리 兒童에게 紹介하지 안흐려는가. 이것이 發明發見의 童話의 열쇠가 될 것은 實이다.
>
> 由來로 倉庫 中에 감추인 幸福을 쓰낸 사람은 그 數를 헤아릴 만큼 少數이다.
>
> 그러타고 깁고 깁흔 곳에 숨겨 잇는 것이 아니다. 눈 압헤 구을고 발뿌리에 채지만 이마의 땀을 두려워서 집지를 안는 까닭이다. 우리는 過去의 發明家의 苦心慘憺한 努力 後 成功 後의 以上 업는 깃붐을 兒童에게 일깨워 주자!
>
> 全人類의 期待하고 잇는 엇더한 것을 獨創的으로 發明發見하기에 努力하도록 그 길을 열어주자. 그들에게 훌륭한 羅針盤은 이 童話이다.

이것을 보면 氏가 우리 朝鮮兒童에게 實際를 떠난 英雄主義 心理와 理想主義 心理를 얼마나 膨脹식히려인지 알 것이다. 勿論 우리도 英雄과 理想을 버리는 것이 아니다. 그러나 그 意義가 다르다. 이는 朝鮮의 現實과 너무나 因緣이 먼 架空說에 不過하다.

朝鮮에 科學的 發達도 勿論 必要는 하지만 그보다 根本的 問題를 忘却하얏다.

○

家庭의 電氣化 醫藥의 發明 等 未曾有의 發達은 全人類의 日常生活에 잇서서 얼마나한 惠澤을 주웟다. 그러나 全世界 十七億 人口 中 그러한

27 '虛風扇이를'의 오식이다.

安樂의 器具를 享有하는 者 멧 萬分之一이엿든가!

人間이 科學을 爲해서 사는 것이 아니라 科學이 오히려 人間을 爲하야 생긴 것이라면 왜? 世界의 全人類는 점점 더 窮極化해 가는가?

玄東炎, "童話教育 問題－全 氏의 「現朝鮮童話」論 批判(三)", 『조선일보』, 1931.3.1.

우리는 여긔에 科學의 進步를 잠간 停止하고! 在來 發明한 科學으로 全人類에게 社會化하고 普遍化식히기 爲하야 努力할 때이다. 그리고 朝鮮兒童에게 苦心慘憺한 科學者의 成功談을 들녀주기 前에 全人類의 또 自己네의 가난을 幸福케 하기 爲하야 努力하여야 할 이야기와 또 그러케 努力한 사람들의 이야기를 들려줄 때이다. 正히 이것이 더 急하지 안흘까?

○

그 다음 大自然이야기를 또 하섯다.

이도 朝鮮兒童에게서 有名한 博物學者 昆蟲學者가 나야 하겟다는 偉大한 말이시다. 우리 朝鮮兒童이 꼿 한 포기에도 留意하여야 여긔에서 眞理를 探究하려고 애쓸 때가 올 것은 안다. 그러나 우리는 生物學을 硏究하기 전에 그보다 急한 現實社會 問題를 解決해야 할 것이 當面한 問題이다. 兒童은 未知에 갓득 찻다고 現實 朝鮮兒童에게 英雄主義 理想主義를 涵養식힘은 決코 現實을 바로 본 教育者의 것이 아니다.

朝鮮의 兒童에게도 크나 적으나 解決식혀 줄 當面的 問題가 許多한데 왜? 이런 '파라다이스' 가튼 空想에 헛배를 불려줄 께 무엇일가?

이것이 朝鮮 現實을 忘却한 超階級論者의 概念說이다!

이는 絶對多數한 朝鮮의 無產兒童을 뿌르조아지 人生觀 世界觀으로 輸送식히자는 것이다. 이것이 欺瞞이 아니고 무엇인가? 아니라면 氏의 錯覺이다!

○

또다시 氏는 情緖的 童話로 適合한 것은 슬픈이야기라 말하섯다.

同情의 美德을 發揮케 하야 與衆으로 同苦同樂하게 할 責任을 가지게 하는 것은 오직 이 童話이다. (畧)

죽어가는 사람에게 生命을 난홀 줄 알고 困窮을 난홀 줄 안다면 個人의 그 家庭社會는 더할 수 업시 幸福스러어질 것이다. 더구나 우리들의 形便을 同情으로 한 덩어리가 되지 안흐면 안 될 境遇이다.

卽 이 人道主義 童話를 奬勵하자는 말이다. 偶然히 利害相反하는 階級社會에서 우리가 人道主義 正義를 說破한다고 저를 支配階級의 好意的 努力과 溫情的 犧牲으로 同苦同樂을 바랄 수 잇슬가?

그리고 支配階級에 保護와 敎化를 밧고 사는 쁘르 子息들이 飯食을 난호와 먹고 生死를 가티 할 同情의 한 뭉치가 된다 함은 千萬不當한 말이다.

또 우리 多數한 無産兒童은 그들의 歇價한 同情을 밧는 댓자 늘어가는 가난을 막을 수도 업는 것이다. 그 다음 氏는 笑話를 말하섯다.

"世上의 모든 複雜한 생각은 全然 忘却되고 別有天地에 놀 때이다."

그러면 氏는 肉體의 苦痛도 다 닛고 굶주림도 階級의 나노임도 모다 잇고 오직 喜樂이 充滿한 '에덴'에 거닐 수 잇다 하시엿다. 乃終엔 이것이 또 무슨 無批判한 말이실가?

헐벗고 굶주린 우리 無産兒童에게 허리가 부러지게 우수울 이야기를 들려주워 그들의 肉體와 精神을 發育케 한다 함은 참 얼마나 웃으운 滑稽談일가? 또 一時的 階級의 설음을 잇게 하고 그들을 別有天地로 遊離케 함은 쁘르조아의! 欺瞞手段으로 볼 수밧게 업다.

맨 씃흐로 "神話"를 말하신 氏는 ——

아모런 逆境이 眼前에 가로노혓슬지라도 그 信仰으로 能히 突破하고 나아갈 수 잇다. 그리고 來世觀을 가지게 함으로 善은 싸르고 惡은 버리게 하야 사람의

潔白한 本性으로 도라가게 할 수 잇는 것이다.

그러니 우리는 宗教童話가 우리 兒童生活에 適合하단 말인가? 이는 虛無한 觀念世界에 兒童을 迷惑식히여 그들에게 宗教란 阿片을 針 노와 中毒者를 맨들잔 말이다.

아모런 逆境이라도 信仰으로 突破하기는 커냥 우리는 死物化한 神의 假像에 永久히 捕虜가 되어! 얼마나 不活潑햇섯는지 몰은다.

우리 朝鮮 無産階級兒童은 괴롭고 즐거운 것을 하나님의 所定이라 함을 疑心한다.

萬有를 支配하는 神께 우리 無産階級兒童은 人生의 幸福을 엇지 못하얏슬 뿐더러 따스한 愛撫도 밧지 못햇다. 눈 나리는 크리쓰마쓰 날 밤! 하나님의 聖堂에선 뿌르조아 子弟들이 神秘에 眞景인 天國 遊戲를 함을 볼 때 그는 自己의 身勢를 생각지 안 할 수 업다.

그들은 또 '쌘타크로스' 할아버지한테 膳物을 바덧다고 자랑하지만 우리 無産兒童은 잠을 잣스나 禮物도 밧지 못햇섯고 神의 주는 幸福도 밧지 못햇다.

오히려 아버지가 ××놈한테 매를 맛는 쑴만 쑤엇다.

○

여긔에 우리 朝鮮 푸로레타리아 兒童은 마음대로 幸福을 준다는 하나님의 本心을 不信하는 正義感이 喚起한다.

여긔에서 善惡을 區別한 古色蒼然한 宗教說을 疑心한다.

都大體 善이란 무엇이며 惡이란 무엇인가? 이것은 무엇에서 發生하는 것일까? 우리 아버지는 勤勞햇지만 貧寒에 쏘들리여 乃終엔 할 수 업시 ××를 하고 만 일이 잇다. 이는 무엇 때문인가? 이러케 無産階級에 處한 兒童은 驚異的 現實을 對할 때 "웨"?라는 疑心을 품고 이 問題를 解決하려고 興味를 가지는 것이다.

이러한 때 非理論的 非科學的 不可思議한 觀念世界로 携導함이 氏는 適合한 童話라 하는가? 이는 此岸의 眞理를 彼岸에서 찻게 하는 欺瞞이다!

○

우리는 여긔에 神秘의 天國的 敎訓을 斷然히 排斥하고 그들을 邪道에서 正路로 救出해야 할 것이다.

우리의 岐路에 선 人生問題를 現實에 提醒식혀 階級에 對한 科學的 眼目을 열어 주워야 할 것이다.

우리의 슬품과 깃븜 善惡的 發端이 모도가 物質的 土臺에 잇는 것이고 우리가 가난한 까닭을 그들에게 일깨 줄 것이다.

그러나 氏의 所謂「現朝鮮童話」論은 이것을 말하얏든가?

아니다. 오히려 쑤르조아 立脚地에서 出發하야 奴隷의 宗敎 奴隷의 敎育을 奬勵하자고 依然히 暗示하얏다!

卽 氏는 現 朝鮮兒童의 生活感情을 階級的 生活感情에 組織化하지 못하고 오히려 現實 쑤르조와 社會의 繼承者로써 우리 多數한 無産階級 兒童을 그 곳으로 輸送하자고 論하얏슴에 나는 斷然히 氏의「現朝鮮童話」論을 社會的으로 埋葬하야 버린다.

끗흐로 나는 氏의 思惟에 너무나 어그러지는 論駁을 하엿슴을 謝過하는 同時에 나는 나의 理論이 어듸까지든지 社會的 階級的 見地에서 冷靜히 批判하얏음을 밋는다. (끗)

주요한, “童謠月評”, 『아이생활』, 1931년 2월호.

새해의바람

韓晶東

새해라 날이새면
동방내짱에
희망을 가득실은
해님은웃지

금년은 순한동무
양의해란다
곤풀밧헤 매-매
반가운노래

동무님네 올해는
우리것일세
우슴으로 새긔쌀
날니여보세
(『어린이』 正月號)

【評】 七五조의 평범을 전번에도 말햇다. 이것은 곡조도 七五조의 단조한 것이오 내용도 무미한 것이다. 희망, 우슴, 새 기빨 등은 조흔 관념들이나 아모런 구체적 사실이 없다. 어찌해서 올해는 우리 것인지 그 필연성이 없다. “순한 동무 양”과 “희망 가득 실을 햇님”과가 어떠한 련결관게가 잇는지 분명치 안타. 모든 노래를 더 구체적으로 호소하는 무엇이 잇서야 아니 될까.

젊은이의노래

睦一信

1
동산에는 붉은해 솟아오르네

힘ㅅ줄뻐친우리의 아츰이로세
새빩안붉은화살 희망의화살
구비구비줄기찬 아츰이로세.

2

두루두루퍼지는 광명의화살
골작마다뫼마다 마음속마다
길길히파무치는 희망의화살
빗난대로가삼에 싸혀두리라.

3

힘ㅅ줄뻐친팔다리 쑥쑥뻣고서
빗난햇발향하야 다름질치세 (이상 32쪽)
우리는이강산의 씩씩한아들
주린동포 먹여줄일군이라네

(『宗教教育』 一月號)

【評】 이것도 "주린 동포 먹여 줄"이라는 사실 외에는 다 추상적이다. 희망의 화살이란 비유는 아모 구체적 사실의 배경 혹은 암시가 없슴으로 공허한 부르지짐이 되엿다. 그것으로 첫 두 절을 불너 노앗스니 수박에 물탄 셈이다. 마그막 한마듸를 하랴고 十一行을 허비할 필요가 잇슬까. 마그막 넉 줄 만이면 그만이다. 이것도 단조한 七五調.

울기쟁이리선생님

순봉

우리우리 야학교
리선생님은
울기쟁이선생님이라
별명낫다오
우리보고 무슨말슴
하시다가는
써덕하면 우시지
맘도약하지

×　×

우리우리 야학교
리선생님은
어젯밤도인순이가
밥을못먹어
야학교에못온다는
말을듯고는
돌아서서 우시는데
모다웃엇지
－ 솟 －

一二. 一八

(『東亞日報』 一月 二日)

【評】 울 줄 아는 선생님은 복이 잇습니다. 우는 선생 밑에서 공부하는 생도들은 복이 잇습니다. 우리 학교의 모든 선생님이 다 이 선생님 같이 울 줄 아는 선생이엇드면 우리 사회가 얼마나 더 좋아젓슬른지 모를 것입니다. 이것도 七五조.

눈

金榮相

펄-펄 함박눈이
나려와서요
이짱이 고르지못해
보기실타고
허허벌판 은세게로
이루웟서요
사람이 지나가면
외치는듯이
쌔도독 발미테서
소래칩니다

(『朝鮮日報』 一月 十日)

【評】 아까운 想이다. "세상이 고르지 못해"라는 想과 "쏘드득 외친다"는 想과는 상당히 암시력이 잇는 상이다. 그러나 그것을 深刻化, 醇化하지를 못햇다. 곡조도 역시 七五調를 벗지 못햇다.(이상 33쪽)

金基柱, "一九三○年에 對한「少年文壇 回顧」를 보고－鄭潤煥君에게 주는 駁文(二)", 『매일신보』, 1931.3.1.[28]

지난 二月 十八日부터 二日間『每日申報』學藝面을 通하야 鄭 君의「一九三○年의 少年文壇回顧」[29]란 一論文이 發表되엿다.

나는 적어도 우리 一年間에 少年文壇의 回顧란 題名에 얼마즘 깃분 마음이 쏠니여 눈을 닥거 가며 읽어 보앗다.

그러나 너무 幼稚無實한 테-마에 나의 처음 뜻한 바에 豫想이 속아 넘어간 것을 보고 저윽히 나는 失望 안이 할 수 업스며 따라서 痛嘆치 안을 수 업섯다. 그럼으로 나는 鄭 君의 行動을 그대로 默過하여 버릴 수는 업는 것이다. 웨? 그것은 우리의 좀 더 眞實한 理論 樹立의 擁護를 爲하야 權力잇는 評論家의 出現을 企待하기 때문에…… 그러나 나는 本是 壹個人의 限한 理論과 駁論을 爲하야 貴重한 紙面을 더럽힐 本意가 안이엿다. 그러나 一個人으로 말미암아 一般에게 害毒을 넙힐 때에는 不得已 一個人이라도 犧牲식힐 수박게 업는 故로 故意 업는 이 붓을 들어 本文을 草한 것이다.

卽 이번 鄭 君은 얼마나 우리 文壇의 沒落을 表徵하엿스며 또 얼마나 過誤를 犯하엿는지 筆者가 말하지 안어도 賢明한 讀者 諸君은 더 잘 明白히 理解하실 것으로 밋는다.

그럼으로 評論이 評論으로서의 아무런 價値를 許할 수 업는 以上 이곳에 句々히 列擧하야 말하지 안으려 한다. 도라보건대 過去 一九三○年에 우리 少年文壇은 다른 部門보다 比較的 얼마즘 새로운 發展의 異彩를 發揮하야슴에도 不拘하고 習慣的 舊型의 言詞로서 言必稱 沈默이니 退步니 밉살스럽게 써들며 盲目的 小主觀에 偏見으로 張皇하게 그야말노 雄筆을 휘두름에는 누구나 보는 사람으로 하여금 不快한[30] 感想과 腰折의 痛嘆을

28 '二'회로 표기되어 있으나 내용으로 보아 '一'회의 오식이다.

29 鄭潤煥의「一九三○年 少年文壇 回顧」(『매일신보』, 31.2.18~19)를 가리킨다.

마지안이하여슬 것이다. 萬一 鄭 君의 豪言한 바와 事實이 갓다면 얼마나 우리의 文壇의 情境이 悲慘하고 不幸할 것이랴. 그러나 그것은 鄭 君의 輕薄한 態度와 偏俠한 小主觀的 見地에서 나려 본 無識이 우리 一九三○年의 文壇을 그러케 억울한 탈을 씨운 것이지 決코 鄭 君의 輕率한 行動 그대로의 沈默과 退步를 現出한 그것은 안이엿다. 君은 좀 더 公大한 正見으로서 우리의 文壇을 對하라. 그리 當치안은 虛無麥浪한 言詞를 부즐업시 重言復言하지 말고 좀 더 自重하야 確實한 立場에서 具體的 眞正한 理論을 取하라.

한갓 名譽慾에만 씔니여 虛僞的 用心에 置重하지 말고 좀 더 實踐的 構內에서 力量과 素養에 힘쓸 것이다. 아모리 것츠른 붓긋을 휘두른대야 自己의 無識만 暴露식힐 싸름이지 別로 神通한 所得과 빗나는 名望이 썰처지지 안을 것이다.

金基柱, "一九三○年에 對한 「少年文壇 回顧」를 보고－鄭潤煥 君에게 주는 駁文(二)", 『매일신보』, 1931.3.3.

이제 評論 아니 評論이라기에는 너무나 未洽하고 不具體하다. 君이 草한 認識不明의 混亂한 一文으로서 우리는 果然 무엇을 엇어스며 또 얼마마한 效果를 보왓는가! 말하자면 다만 寒心한 일이다. 實로 鄭 君의 휘둘너 논 雄筆이야말로 氣막히지 안을 수 업섯다. 眞所謂 一個 群小한 自體로서 評家然하게 活氣가 업느니 精進하라느니 旣成作家가 엇저하다는 둥 등에 참으로 要領不適의 豪言을 吐함은 君 自身으로서도 良心이 부쓰럽지 안은가 말이다. 이번 君의 亂敗한 行動으로서 우리의 一九三○年의 文壇은 實로 氣막힌 억울한 榮光을 밧게 된 것이 아닌가. 그리하야 餘地업시

---

30 '不快한'의 오식이다.

우리의 一年間 文壇에 所産된 收穫이란 君의 薄弱한 態度에 짓밟혀 埋葬이 되고 만 셈이다. (事實로 그럿케 될 理도 無하나마…) 이 얼마나 誤謬의 넘친 害毒의 影響인가? 萬一 君이 우리 文壇을 얼마즘 尊重視한다면 이러한 惡戱의 亂筆行動을 敢行치 안엇슬 것이다. 다만 철업슨 玩兒의 作亂이라면 天眞으로 돌니고 말면 容許할 수 잇다고 할 수는 잇슬 터이나 그러나 그 玩兒의 풀 수 업는 作亂에도 자칫하면 危險性을 씨칠 수 잇슴에 오직 걱정이다.

그럼으로 애초에 이 짜위 無價値한 似而非的 論家의 存在를 徹底히 掃蕩식혀야 하는 同時에 우리의 健實한 文壇을 爲하야 밧비 埋葬하여야 할 것이라고 主張한다. 鄭 君에게는 좀 甚하달는지는 몰으거니와 어듸까지든지 權威 잇는 理論의 樹立을 擁護하기 爲하야 不可不 이 一文을 草한 것이다. 따라서 鄭 君에게 忠告하고 십흔 것은 좀 더 깁흔 硏究와 修養을 싸은 뒤에 眞摯한 意識과 愼重한 態度로서 眞實한 主義主張으로 우리의 文壇을 所重히 對하기를 바란다. 그리고 新聞社 當局에서도 이에 더한층 關心하야 한 페-지의 紙面이라도 濫用치 말고 좀 더 徹底한 意味에서 揭載하야 주기를 바란다. 나는 이 無實不當한 論旨를 對하야 더 길게 말하기를 避한다. 마즈막으로 오직 親愛하는 鄭 君에게 一言하노니 明日에 새로운 光明을 爲하야 더 힘써 硏究에 充實하기를 再言하야 둔다.

一九三一. 二月 卄二日

素民學人, (自由評壇-新進으로서 旣成에게, 先進으로서 後輩에게) "公開反駁-金泰午 君에게(1)", 『조선일보』, 1931.3.1.[31]

우리는 우리들의 反對者를 어듸까지든지 追窮하야 嚴酷正當히 批判 分析하는 同時에 最後의 克服을 期待하지 안흐면 안 된다 —— 한 社會에 여러 가지 眞理라는 것이 竝存할 수 업는 것인 만큼 正當하고 偉大한 한 개만의 眞理를 爲하야는 雜多한 非眞理는 抹殺하드라도 우리는 —— 아니 이 社會는 조고만치의 損失도 늣기지 안흘 것이다.

一定한 社會는 一定한 賦與된 한 개의 眞理에 依하야서만 支配되는 것이다.

그러면 今日의 社會에 잇서서 우리는 엇쩌한 眞理에 支配되고 잇는가? 하나 今日에 잇서서의 眞理는 임의 死滅하얏다.

×

우리는 새 社會의 眞理를 찻지 안흐면 안 되게 되엿다. 그 새 眞理는 一八一八年에 토리-아에서 나흔 偉大한 探究者에 依하야 벌서 發見된 지 오래이다. 今日의 問題는 그것을 實現식히고 안 식히는 데에 잇다. 一部에서는 지금 이 眞理의 支配 밋테서 十有餘年의 實踐的 步武를 쩨어 노흐며 왓다. 一九一七年은 이 眞理의 實踐的 誕生의 第一聲을 發한 永久히 빗나는 紀念할 해이엿다. 지금 새로운 眞理는 世界 六分之一의 土地에서 時間的으로 그 完全에 達하면서 잇다. 그리고 精神的으로는 이 새로운 眞理가 온 宇宙를 支配하게 되얏다. 우리는 이 새 眞理의 世界的 實現을 머지 안흔 將來에 確實한 信念을 가지고 約束할 수 잇다.

적어도 社會의 進步 文化의 進化 生活의 發展을 進步的 見地에서 科學的으로 觀察할 수 잇는 者이라면 이것을 否認치는 못할 것이다.

×

31 '素民學人'은 송완순(宋完淳)의 필명이다.

그러나 우리는 往往히 제법 쏙쏙하다는 有識者(?) 中에서 이러한 새 眞理의 否認者와 沒理解者가 더러 잇슴을 본다. 그中에는 意識的 拒否者도 잇고 無意識的 沒理解者도 잇다. 前者는 積極的 決定的이지만 後者는 消極的 浮動的이다. 한데 여긔에는 이러한 畸形的 分子도 잇다. 卽 消極的 浮動的인 沒理解者이면서도 積極的 決定的으로 어써한 것에 對하야 反對하랴는 者 또는 하는 者 —— 이러한 무리는 純全한 盲目者임으로 別로 問題視할 것도 업지만 아즉도 大多數가 無意識한 者 만흔 곳에 잇서는 이를 決코 傍觀하는 것은 도로혀 危險한 것이다. 더구나 이러한 者가 有識한 체하고 또는 어느 편에 加擔하는 체할 쌔에는 보다 더한 危險性이 잇다.

×

한데 우리는 이러한 種類의 무리의 한 사람으로 金泰午라는 분을 —— 아니 그의 "理論"을 여긔에 分析하야 보랴 한다.

金 君은 多年 "少年運動 指導者"로 만흔 "功績"을 싸아 온 者의 하나이다. 우리는 初期의 兒童藝術에 잇서서의 君의 功勞를 決코 無視하는 者가 아니다. 하나 社會는 固定된 것이 아니다. 흐른다. 流動한다. 짜라서 意識도 끈힘업시 發展되는 것이다.

우리는 社會를 意識을 動的으로 認識 把握하지 안흐면 안 된다.

金 君은 이것을 一九二七年에 遂行하얏다. 確實히 君은 先驅者이엇다 하나 君의 社會意識의 動的 認識 把握은 自身의 鞏固 確乎한 自律的 能動的의 것이 못 되고 남의 춤에 놀아나는 格의 追隨的 受動的 盲目者의 그것이엇다. 보라. 一九二七年頃 우리 "少年運動 指導者" 金泰午 君의 理論은 얼마나 고양이 눈처럼 右往左往하얏는가를!

×

아츰에는 福本和夫[32]의 門下에 參拜하고 저녁에는 洪陽明 君의 傘下에

32 후쿠모토 가즈오(福本和夫, 1894~1983)는 일본의 경제학자, 과학기술사가(科學技術史家), 사상사가(思想史家), 문화사가(文化史家)이다. 일본공산당(제2차 공산당)의 간부이자 그 이론적 지도자로 활약하였다. 1920년 도쿄제국대학(東京帝國大學) 법학부를 졸업하였다. 1922년 문부성(文部省) 재외연구원으로 영국, 독일, 불란서에 2년 반 동안 유학, 헝가

서 비를 避한 것이 우리 金 君이엇다.

誤謬는 누구든지 犯한다. 그러나 그것을 可及的으로 明確 迅速히 止揚하는 者야말로 賢明한 者이다. 誤謬의 合理的 正當化는 "罪惡의 昇天"이 아닐 수 업다.

비록 一九二七年에 誤謬를 犯한 君일지라도 一九三一年에는 誤謬를 淸算한 者이면 고만일 것이엇섯다.

하나 金 君은 一九三一年에 잇서서는 一九二七年에 잇서서보다 더 큰 誤謬를 決定的으로 드듸고 넘엇다. 이제야 君의 그 節操한 反動的 態度는 아조 固定된 것인 것처럼 보인다. 그것은 君의 「少年文藝運動의 當面에(의)가 올타 任務」[33]라는 것을 보면 잘 알 수 잇슬 것이다. 오날의 君의 態度는 決定的으로 反動的이다 —— 비록 設使 無意識한 짓이엿는지는 몰으지만은.

×

하나 君은 決코 이번 行動을 無意識하게 한 것은 아니다. 豹變無常한 君임으로 또 나종에는 싼소리를 할지도 몰으나 아모리 君이 고양이 눈 가튼 行動을 하드라도 君의 짓이란 모다 그러니까 우리는 그것을 偶然視 안는다.

金 君이여. 一九二七年에 君을 "敵"으로 論鋒을 견우지 아니치 못하게 되얏슴을 遺憾으로 생각할 쑨이다.

리 철학자인 루카치(G.Lukacs) 등을 통해 마르크스주의를 공부하였다. 1925년 10월호 잡지 『マルクス主義』에 논문을 발표하였고, 1926년 야마카와 히토시(山川均)의 협동전선 당론은 경제투쟁으로부터 정치투쟁으로의 변증법적 발전을 이해하지 않은 양자의 절충주의라고 비판하였다. 1928년 6월 하순 오사카에서 체포되어 1934년 12월 대심원 판결에서 징역 10년형이 확정되어 1942년 4월 석방되었다.

33 "「少年文藝運動 當面에('의'가 올타) 任務」"로 해야 할 것인데 괄호의 위치가 잘못된 오식이다. 김태오의 「少年 文藝運動의 當面에 任務(전7회)」(『조선일보』, 31.1.30~2.10)를 가리킨다.

素民學人, (自由評壇－新進으로서 旣成에게, 先進으로서 後輩에게) "公開反駁－金泰午 君에게(2)", 『조선일보』, 1931.3.6.[34]

(A) 君은 첫재로 "少年"이라는 것을 "어린이" 一般으로 看做하는 모양이다. 그렇나 又 이렇게도 보는 모양이다.

第二章 "童謠運動"이라는 데에 가서 "小學校" "從來 唱歌라는은[35] 自己 少年時代의 空想과……" 云云한 것을 보면 아마 君은 "少年時代"라는 것을 小學兒童 以前의 幼年으로도 보는 것 같다. 그렇지 않으면 小學兒童을 小學大人으로 보든지 ――

나의 생각에는 "少年"이라는 것은 小學 兒童에게도 않이고 中學 程度의 年齡에 字意로 보거나 事實로 보아 가장 適當하다고 본다. 그럼으로 "少年" 云云하는 데에서는 童謠 가튼 것을 말할 것이 못 된다. 웨 그렇냐 하면 童謠는 中學 程度(但 年齡上에 있어서 만이다) 以下의 小學 程度의 年齡의 兒童과 幼年에게만 適當할 것임으로이다. 少年에게는 童謠가 必要할 것 없고 또 耆好[36]치도 않을 것이다. 그럼으로 君은 "少年"과 "兒童"을 뒤범벅 맨듦음에서 비롯하야 誤謬의 第一步를 내듸듸었다. ("少年"과 "兒童"과 밋 童謠 適用에 對한 年齡的 區別은 筆者 임의 數次 論한 바 있고 앞으로 더욱 明確한 論을 展開식히랴 한다.) 그렇나 本文은 君의 글을 對相으로 한 것인 만큼 都通 "少年運動" 또는 "少年文藝運動"이라고만 하야 두겠다.

○

34 이 글의 원래 제목은 "玄東炎, 「童話敎育 問題－全 氏의 '現朝鮮童話'論 批判(四)」(『조선일보』, 31.3.6)"으로 되어 있다. 그러나 현동염이 전수창(全壽昌)의 「現朝鮮童話」을 비판한 글은 「童話敎育問題－全 氏의 '現朝鮮童話'論 批判(전4회)」(『조선일보』, 31.2.25~3.1)으로 끝을 맺었다. '素民學人'이 '金泰午'에게 공개반박한 글이 1회로 완결되지 않고 끝이 났었는데, 내용을 뜯어보니 잘못된 제목으로 수록된 이 글이 바로 '素民學人'의 이어지는 글이다.

35 '唱歌라는 것은'의 오식이다. 김태오의 원문도 그렇다.

36 '嗜好'의 오식이다.

(B) "少年運動은 指導者로써 實際的 運動이라 하겠고 少年文學運動은 指導者로써 間接 指導運動이라고 規定할수 있다"고 君은 말슴하시었다. (傍點 筆者)

우리는 이 말을 이렇게 解釋한다. ── 卽 少年運動은 實際運動의 直接 指導的 主體이고 少年文藝運動은 實際運動의 □體로서(客體가 아니다) 間接的으로 少年運動을 指導하는 것이라는 말로.

그렇나 이는 誤謬이다.

勿論 少年運動과 少年文藝運動과는 짧으지 않은 것이 아니다. 하나 少年運動이란 무엇이냐? 그것은 少年에게 適當한 몯은 分野 몯은 部分이 結合하야 形成된 綜合的 全體運動이다. 그렇면 그것의 形成된 內部 主體 다시 말하면 內部的 中心要素 中에는 몯은 部分의 決定的 要素가 반듯이 있어야 한다. 同時에 그 몯은 部分은 다 같이 少年運動이라는 結團體를 形成하는데 必要한 各自의 實際的 實踐的 機能과 役割을 갖지 않으면 않 된다. 그렇면 그것은 비록 全體의 一部分이라 하드라도 實際運動이 아닐 수 없다.

少年文藝運動도 少年運動 全體의 一部로서 훌융한 實際運動인 同時에 少年運動 全體의 直接 指導體의 하나이다. 아니 少年文藝運動은 少年文化의 中樞를 全擔하다싶이 하는 것임으로 全體運動 內에서 가장 重要한 地位에 있게 되는 것이다.

勿論 全體의 結合體에 比하면 적은 것임은 틀임없겠지만 그렇다고 全體運動의 궁둥이만 좇자단이는 受動運動은 아닌 것이다. 少年文藝運動은 언제나 全體運動 內에 있어서 한갖이로 (署)的 活動과 自律的 能効的 行動을 하는 全體運動의 直接的 一 指導體인 것이다.

○

(C) 君은 또 理論과 實踐의 互相 離融을 憂慮하야 細心의 注意를 우리에게 던저 주시었다.

여긔에 우리는 무슨 異議가 있으랴? 于先 君의 말을 옳다고 해 두자.

하지만 이러한 말 한마듸쯤은 해 둠즉하다 ── 卽 아모리 理論과 實踐이 交互作用을 하지 않으면 아니 된다 하드라도 理論은 最初 行動 後에

낳은 것이니 저멀이 原始時代를 생각해 봅시사고.

理論은 實踐을 規定한다. 하나 實踐을 낳지는 못한다. 하나 實踐은 理論을 낳는다!

한데 우리는 金 君에게 失禮 되는 말을 한마듸 하지 않을 수 없다.

그것은 君은 너무 남의 말을 몰애 借用하기를 一手로 하는 모양인 것이다.

一九二七年에도 拙者 "宋"의 말을 한 자 않 빼이고 自己말처럼 으젓하게 몃 줄 몰애 借用한 일이 있었으나 五年 後인 今日에도 食前 대ㅅ바람에 本色을 廣告한대서야 君을 爲하야는 甚히 애처러운 일이며 苦笑할 일이 아닌가. 君의 "頭語" 中間과 後半 몃 마듸는 一九二七年에 쓴 「空想的 理論의 克服」[37]이라는 幼稚한 "宋"의 論文의 序頭 中에서 陰借한 것이 아닌가. 勿論 여러 갖이 글에는 같은 文句도 많을 것이지만 君의 前後 行動으로 보아서 우리는 君이 남의 궁둥숨에만 놇아나는 이라는 것을 이 조고마한 事實에서도 앎을 수 있는 것이다. 一九二七年붙어 一九三一年까지 우리는 君의 말슴을 苦笑로 對할 뿐이다.

37 송완순(宋完淳)의 「空想的 理論의 克服－洪銀星 氏에게 與함(전4회)」(『중외일보』, 28. 1.29~2.1)을 가리킨다. 1927년에 썼다고 한 것은 신문에 발표되기 전 송완순 본인이 집필한 시기를 말하는 것으로 보인다.

張成寬, "(동무소식)尹池月 君이여", 『매일신보』, 1931.3.11.[38]

◀ 尹池月 君이여! 나는 이 글을 쓰고 십허서 쓰는 것은 절때(絶對)로 아니다. 君의 將來도 爲할 兼 여러 동무게 이런 말씀할 兼 不得已 쓰지 안으면 안 되엿다. 二月 四日附로 發表된 題 「별」이란 것은 全然 君의 作品이 아닌 줄노 생각한다. 그것이 昨年 四月 上旬 『朝鮮日報』 李華龍 君의 作品을 그대로 쓴 것이다. 조곰도 틀림업스니 이 뒤에는 一首를 쓸지라도 純全한 君의 作品을 쓰라는 것이다. (平壤 張成寬)

尹池月, "(동무소식)張成寬 君에게", 『매일신보』, 1931.3.25.

張成寬 君에게 = 나는 這間 『每申』 三月 十一日付 동무소식欄에서 平壤 張成寬 君의 글을 보고 억울함을 금치 못한다. 勿論 同志 諸君도 그 글을 보앗스리라! 그러나 나는 妥當치 못한 文筆에는 어듸까지든지 不服한다. 勿論 이것은 나― 個人에게만 그런 것이 아니라 누구를 勿論하고 다― 그런 것은 더 말할 것도 업는 것이다. 나는 良心을 가지고 이 글을 쓴다. 나는 張 君에 指摘을 조곰도 傷害하랴는 것은 아니다. 그리고 張 君에게 嫉妬의 意味로 이 글을 쓰는 것도 아니다. 二月 四日付 本紙에 記載된 나의 作品 「별」이 『朝鮮日報』에 記載된 李華龍 君의 作品을 竊取하엿다는 것만은 나의 참된 良心으로써 否認한다. 그 作品은 내 마음의 流露인 創作品이다. 그런데 李 君 作은 昨年 四月에 發表되엿다고 하고 나의 作品은 今年

38 원문에 '平壤 張成寬'이라 되어 있다. 「별(동요)」(尹池月 ; 『매일신보』, 1931.2.2)의 발표일자가 다르다. 이화룡(李華龍)은 『조선일보』에 7편의 작품을 발표했는데 「별」은 없다. 장성관의 착오인 것 같다.

二月에 發表되엿스니 나는 不得已 外形的으로는 不避의 힘을 쓰게 될 것이다. 짜라서 張 君의 붓끗도 이러트시 當然하다고 본다. 그러나 나는 文壇의 그 野劣한 盜文犯은 아니다. 언제든지 우리의 新進文壇의 絶對한 將來를 爲하야 不休의 努力을 앗기지 안는 者이다. 그리하야 나는 우리 文壇上에 이러한 鬼漢의 出現을 恒常 憂慮하야 마지 안는다. 그런데 나는 도리혀 意外의 험을 쓰고 나니 참으로 不快는 더 말할 길이 업다. 이제 同志 李華龍 君과의 徹底한 論議도 잇슬 대도 잇스려니와 나는 이 外樣內異의 억울을 변명치 안을 수 업다.

그리고 正義의 旗빨을 날내인다. 쯔트로 그 作品을 滿天下 同志드레게 다시금 紹介하고 붓을 던진다. (尹池月)

별

어엽분 하날에
빗나는별은
은하수 강까에
한데모여서
밤이면 다리놋는
병정이래요

×

천년에 또만년을
일만하여도
은하수강이가
하두넓어서
밤이면 다리놋는
병정이래요

李益東, "동무소식", 『매일신보』, 1931.3.26.[39]

◀ 나는 本報 紙上에 發表되는 少年作品을 滋味잇게 보든 中 今日[40] 二十一日 本報 第四面에 실린 裡里普校 韓相震 君의 作品 「눈물지는 밤」을 읽고 문뜻 언젠가 한번 본 듯한 感想이 머리에 써올낫다. 이 作品은 昨年 언젠가 한번 『朝鮮日報』에 記載된 金柳岸 君의 作品[41]을 가저다가 약간의 글字를 갈고 自己의 名義로 記載한 것으로 생각한다. 그러나 나는 이 作品에 對하야 무어라고 말은 아니 하고 兩人의 作品을 對照한 터이니 評은 記者 先生님들 하고 每申 동모 여러분에게 맛김니다. 먼저 『朝鮮日報』 紙上에 發表되엿든 金柳岸 君의 作品을 쓰겟습니다.

눈물지는 밤

보슬보슬가는비
　　내리는비는
후원못맹꽁이
　　슬피울지요
맹꽁맹꽁맹꽁이
　　우는밤은요
나는나는잠못자
　　눈물집니다
우리동무김무산
　　세상써난일

39 원문에 '海州 李益東'이라 되어 있다.

40 '今月'의 오식이다.

41 김유안의 「눈물지는밤」(『조선일보』, 30.5.11)을 가리킨다. 『조선일보』에 발표된 원문과 아래 인용문 사이에는 표기상의 차이가 약간 있는데, "내리는비는"이 아니라 "내리는밤은"이고, "후원못맹꽁이"가 아니라 "후원못속맹꽁이"이며, 두 번의 "눈물집니다"가 "눈물짐니다"로 표기되어 있다.

생각생각눈감고
　　눈물집니다
　　(故金巫山靈前에)

눈물지는밤[42]

裡里普校 韓相震

보슬보슬 가는비 내리는밤은
뒷산에서 맹꽁이 슬피울지요
맹꽁맹꽁 맹꽁이 우는밤은요
나는나는 잠못자 눈물짐니다
나의동무 조우경 세상떠난일
생각생각 눈감고 눈물짐니다
(故 趙又慶 靈前에 올님)

○ 뒷산에서 맹꽁이 슬피울지요 하얏스니 山에서는 맹꽁이 아니웁니다. (海州 李益東)

◀ 남의 것을 도적질함은 一生의 수치도 되려니와 自己의 精神을 돌오혀 남에게 빼앗기는 것입니다. 잘 쓰나 못 쓰나 제 精神으로 제 것을 써야 합니다. 그래야 發展이 잇고 向上이 잇는 것입니다. 韓 君은 良心을 속이지 안는 사과와 다시는 그런 짓을 하지 안켓다는 맹서가 잇기를 바랍니다. 그리고 나의 허물을 가르처 주는 벗에게는 언제든지 感謝하십시요.[43]

---

42 裡里普校 韓相震의 「눈물지는밤」(『매일신보』, 31.3.21)과 인용문 사이에는 표기상의 미세한 차이가 있다. 인용문의 "뒷산"과 "슬피울지요"가 원문에는 "뒤산"과 "슲히울지요"로 되어 있는 정도다.

43 이 부분은 이익동이 쓴 것이 아니라 『매일신보』 학예면 편집자가 쓴 말로 보인다.

南在晟, "(文壇探照燈)金亨軾 君의 버들편지는 剽窃", 『동아일보』, 1931.3.31.[44]

『每日申報』 三月 二十四日(第八千四百四十五號) 五面 八段에 鐵山 金亨軾 君의 「버들편지」라는 題下의 童謠 一篇은 徐德出 氏의 「봄편지」라는 童謠이다.

〈朝鮮童謠硏究協會〉 編인 『朝鮮童謠選集』[45] 第一百三十五頁에 記載된 徐德出 氏의 「봄편지」와 比較하야 보기로 하자.

봄편지

蔚山 徐德出

연못가에 새로핀
버들입흘 싸서요
우표한장 붓처서
강남으로 보내면
작년에간 제비가
푸른편지 보고요
조선봄이 그리워
다시차자 옵니다

또 『每日申報』에 發表된 金亨軾 君의 作은

버들가지

鐵山 金亨軾

압시내에 새로핀

44 원문에 '平壤 南在晟'이라 되어 있다.

45 조선동요연구협회(朝鮮童謠硏究協會)가 편찬한 『朝鮮童謠選集－1928年版』(博文書館, 1929)을 가리킨다.

버들닙을 쏙짜서
우표한장 붓치고
편지한장 잘써서
강남나라 제비께
버들편지 보내면
朝鮮나라 봄님이
그리워서 차저오겟지

以上과 가티 그러면 이 二編 童謠를 놓고 볼 때에 單只 잇다금 가튼 句가 잇슬 뿐이고 어대 둘이 꼭 가트냐?고 金 君이나 뉘나 反問한다면 그러면 筆者는 이가티 對答할 것이다. "비록 語句는 잇다금 틀렷다 할지라도 着想이라든가 筆致 及 調가 이러케까지야 비슷할 수 잇겟는가?"고.

張寒夢, “동무소식”, 『매일신보』, 1931.3.31.

◀ 平壤의 吳光鎬 동무! 그대와 나와의 一面識은 업스나마 마츰 조그마한 忠告를 가지고 우리의 압날을 爲하야 가티 싸와 나갈 交友의 前提를 삼고 십다. 저번 二月 卄六日인가보다. 本報에 揭載된 君의 童謠 「모란봉」은 果然 君의 創作이엇든가? 良心에 물어보라.

그 얼마 前이다. 利原 尹池月 동무로부터 亦是 利原 李文學 君의 童謠를 某紙에서 剽窃하엿다고 그러케 親切한 忠告를 밧고도 一向 自覺이 업시 不過 數日에 쏘다시 남의 作品을 빼서 가고도 創作然하게 내여놋는다는 것은 넘우나 우리 少年少女의 文壇을 無視하엿고 쏘한 君 自身을 爲하여서도 좃치 못한 擧動인 줄 안다.

君의 「모란봉」은 昨年 가을(時日은 未詳하나) 『朝鮮日報』에 揭載되엇든 金靑波의 童謠 「금강산」의 題目만 곳친 剽窃이 안인가.[46] 君도 모름직이 우리 少年少女의 文壇을 爲하야 半分의 힘이라도 加하려거든 좀 더 修養과 創作에 힘써 從前의 誤謬을 淸算하고 꾸준한 精進을 바라는 것이다.(成川 張寒夢)

◀ 만일 日後부터 남의 글을 剽窃하는 이가 잇스면 우리는 우리의 每申文壇과 여러 동무의 威信을 爲하야 다시는 그들의 글은 創作이라 하드라도 실리지 안켓습니다.(C 記者)

◀ 每申 少年 여러 동무를 爲하야 日夜 努力하시는 記者 先生님! 저도 압흐로 만흔 愛護와 指導를 밧고저 하오니 널니 사랑하여 주소서(成川 張寒夢)

◀ 고마운 말슴입니다. 가티 힘을 합하야 나아갑시다. (C 記者)

46 김청파(金靑波)의 「금강산」(『조선일보』, 30.10.26)과 오광호(吳光鎬)의 「모란봉」(『매일신보』, 31.2.26)은 다음과 같다.

金靑波의「金剛山」		吳光鎬의「모란봉」
지난공일 어머님과 아버님따라 세계자랑 금강산을 구경갓지요 만물상과 폭포수를 보긴햇스나 적은뇌로 그형상을 엇지그릴가 ◇	풀과나무 누릿불깃 단풍들어서 금강산을 금빗츠로 장식한곳에 손님들이 소리놉혀 노래부르면 압뒷산이 즈릉즈릉 울러냄니다 ◇	지난공일 아버지와 어머님따라 조선명승 모란봉을 구경갓지요 大同江과 箕子陵은 보긴햇스나 적은뇌로 그형상을 엇지그릴가 ×
빗죽빗죽 놉흔뫼봉 하날에닷고 쿵쿵쏴쏴 씻는폭포 무서웟지요 간곳마다 대웅전이 솟아잇는데 졸졸졸졸 시냇물이 흘려갑니다 ◇	쏘가고저 쏘보고저 나의금강산 돌처스지 안는것을 써나온뒤로 어나뉘가 금강산에 놀고잇스며 어나뉘가 내금강산 직혀주는가	웃쑥쑷쑥 푸른솔밧 하날에다코 촬々々々 흐른물결 무서웟지요 간곳마다 『빵』장사는 건일고잇서 『빵』사라고 손님한테 차저옵니다

閔鳳鎬, "(自由評壇－新進으로서 旣成에게, 先進으로서 後輩에게) 今春 少年創作(一)", 『조선일보』, 1931.3.31.

昨年末 本欄에서 某某 兩君 間의 評文은 私感에 치우친 反駁을 爲한 駁文을 쓰는 데서 徹頭徹尾 自畵自讚 自家誇張 宣傳을 하엿다.

> 批評家란 적어도 能히 作家의 全人格的 基調를 차저내고 또한 한줄기 作品 안에서 그 傾向을 말하야 作家 全體를 거나리고 새로운 方途로 끌고 나아갈 수 잇는 明敏한 頭腦의 所有者라야만 할 것이다.

라고 萬丈의 大氣焰을 吐하엿지만은 이거야말로 넘우나 評家禮讚, 評家萬能說의 認識錯誤다.

萬一 그의 말과 갓다면 筆者는 벌서 이 붓대를 들 生意도 할 수 업게 된다. 그럿타고 筆者 自身이 이 붓을 들 만한 充分한 資格과 豊富한 素養이 잇다는 것도 아니다. 그저 筆者는

> 評者란 活動寫眞의 辯士와 갓다. 辯士가 活動寫眞을 代辯하며 解說하듯이 評家도 觀衆과 가튼 讀者에게 그 作品의 調和 程度를 說明하여 줄 쑨이요 作品이나 作家에 對하야는 아모 權利도 업다. 쑨만 아니라 作品도 한 個의 確實한 存在인 以上 批評으로써 그 本質的 價値가 左右될 理는 絶對로 업다.

이러한 어썬 先輩와 가튼 見解를 가지고 잇는 點에서 이 붓을 들 수 잇는 조고만 勇氣를 어덧슬 싸름이다.

그러면 筆者의 書案에 갓추어 잇는 評의 對象이 될 作品부터 해여 보기로 하자! 『新少年』 『별나라』 『어린이』 一 二 三月號 所載 少年小說과 『아이생활』은 一 二月 兩號는 手中에 업고 二月號 一卷이 잇슬 쑨인즉 거긔에 잇는 創作만을 가지고 이 評筆을 달이여 보기로 한다.

『新少年』

農村의 黃昏 (姜鷺鄕 作)

作者는 여긔서 무엇을 表現하려 하엿는지 멧 번 읽어 보아야 도모지 作者의 意圖를 捕捉할 수가 업다.

鐵洙와 英洙의 두 少年은 어쩌한 機業을 갓고 잇는 少年이기에 다른 일 하는 것은 업시 그러케 千篇一律的으로 每日 풀만 베고 잇섯든가? 作者는 그들을 가라처 農業少年이라 하엿스나 農業에는 그런 固定的의 分野的 任務는 업는 것이다.

作者는 農村 云云하지만은 農村의 實情은 조곰도 모르는 것 갓다. 農村의 描寫를 그저 지게나 지고 풀이나 베고 소나 먹인다면 그걸로써 넉넉한 것으로 생각할는지 모르나 그것은 一面의 皮相的 見解는 될지언정 具體的 描寫는 되지 못한다.

作者는 그들의 아버지가 풀을 베이다가 죽엇다니 배암(蛇)에게라도 물리여 中毒이 되엿던가? 그럿치 안흐면 낫(鎌)에 致命傷을 입엇든가? 그것도 아니면 生活難을 悲觀하고 自殺이라도 하엿던가? 作者는 이것을 讀者에게 明示하여야 할 것이 아니냐? 그저 죽엇다고만 하면 讀者는 궁금하다.

그리고 쓰테 가서 英洙의 가슴속엔 깃븜이 넘처흘넛다니 무슨 깃븜이냐? 아버지의 죽엄을 생하고 슬퍼하든 그가 그러케 갑작이 깃버할 무슨 根據가 잇느냐? 讀者는 迷宮으로 빠진다.

이 作品의 作者의 意圖는 조곰도 보혀 주지 못하고 한갓 보잘것업는 抒景에 그첫슬 짜름이다. 레벨 以下의 作品이라는 것이 妥當한 말이겟다.

○

億龍의 父子 (盧良根 作)

近來에 어더 보지 못하든 감 잇는 作品이다. 스토리나 技巧나 修辭이나 描寫나 하나도 허술한 곳이 보이지 안는다. 人物의 配置라든지 對話의 精密에 잇서서는 感歎할 만한다.

一年內 피땀을 흘리며 農事를 지엿건만 打作 마당에 가서는 빈손 털어쥐

고 돌아서면서도 오히려 不足 되든 우리 農村의 細民層! 그들의 勤勞의 報酬는 무엇이냐? 한갓 더 묵어운 負債와 侮辱과 飢餓가 잇슬 뿐이다.

地主와 舍音에게 二重의 搾取를 當하고 債鬼에게 졸리고 飢寒에 쏘들리는 億龍이의 父子! 그들은 우리의 自身이며 우리의 어버이다! 億龍이는 特異한 才質과 뛰여나는 부지런함이 잇섯건만 月謝金을 내이지 못하야 學校에서 쏫기여 낫다. 그러나 그는 落心하지 안헛다. 어버이를 도와 부지런히 일을 하엿다. 그는 勤勞하기만 하면 먹을 수 잇는 것으로 생각하엿든 것이다.

閔鳳鎬, "(自由評壇－新進으로서 旣成에게, 先進으로서 後輩에게) 今春 少年創作(二)", 『조선일보』, 1931.4.1.

그러나 그의 象牙塔은 現實의 睥睨[47] 아래 餘地업시 깨여지고 마럿다. 그의 目前에 나타나는 現實은 넘우도 엄청나는 正反對엿든 것이다. 여긔서 그는 주먹을 부르쥐엇다. 不合理한 이 世上이 미웟든 것이다.

하나도 欠잡을 곳 업는 完成된 作品이다. 비록 '아지·푸로'의 效果는 업다 한들 眞正한 '푸로레타리아·리알이씀'에 立脚한 것만으로도 看過치 못할 作品이다. 작자의 將來가 크게 囑望된다.

이 作品에서 애써 그 矛盾을 指摘한다면 布木店의 外上 이야기일 것이다. 現今이 아니면 外傷이라도 뿌르가 아니면 安心하지 못하는 布木業이 小市民層 乃至 小뿌르조아들은 億龍이네 가튼 第四階級에 處한 無産者에게 外上을 주엇다가 數次 바드러 단니는 그런 受苦를 앗기리만큼 賢明한 것이다. 作者는 아마 그것을 미처 생각지 못하엿든가 보다.

○

---

47 '비예(睥睨)'는 "눈을 흘겨봄"이란 뜻이다.

光明을 차저서 (盧良根 作)

이 作品은 前者에 比하야 遜色이 잇는 作品이다. 前作보다 '이데올로기'에 矛盾이 잇다. 飢寒에 우는 푸로層 乃至 룸펜層들은 豊年에서 무슨 救援이라도 어들 것가티 그저 無條件으로 豊年豊年하고 苦待한다.

그러나 豊年이 돌이어 더한層 極甚한 困窮과 艱難을 가저다 주는 것은 깨닷지 못한다. 올흔 일이다. 우리 푸로레타리아트에게는 豊年이 들건 凶年이 들건 매한가지다.

勇哲이! 그는 우리의 形便으로 高等普通學校쯤이나 卒業한댓자 別로 神通하고 시원스런 것이 되지 못하는 것만은 바루 알엇다.

그리고 한 分이 새로운 아버지의 囊中을 낙구어다가 自身만 便安이 지내는 것이 得策이 아닌 것도 잘 알엇다. 그러나 그는 자기의 고사리 가튼 주먹을 아모리 쑤다리여도 한 씨의 팡을 엇기 어려운 것은 알지 못하엿다.

그의 지금 가는 길이 光明의 길이 아니다. 씃업는 苦痛과 크다란 困窮을 前提로 한 氣맥히는 出發點이 될 쑨이나 作者는 어찌하야 그의 압길을 光明의 길로 보앗든가? 여긔에 作者의 크다란 矛盾과 錯覺이 잇는 것이다.

紅色의 小包函 (安平原 作)

이 作品은 實感다운 實感을 늣겨 주지 못하고 넘우도 抽象的이요 觀念的이요 또 槪念的이다. 作者는 넘우도 自己의 主觀을 내여세우기에 汲汲하야 事件의 連絡을 일코 撞着에 엉크러젓슬 쑨이다.

한갓 돈을 벌어서 자기 집에 보내는 것으로 最大의 目的을 삼는 그런 보잘것업는 一個의 勞働者면야 그러한 遠大한 抱負와 高邁한 理想과 健實한 鬪爭과 猛烈한 活動이 잇슬 수 업다.

作者의 觀念的의 虛構한 理想과 소뿌르적 燥急한 主觀이 主人公으로 하여금 그러한 허수아비를 맨들고 마럿다.

○

이 外에도 具直會의 「참된 背信者」와 李東珪의 「곡마단」이 잇스나 長篇이기로 評은 畧하거니와 空然한 잔말을 重言復言하야 페지 數나 늘이는 그런 無用의 長篇讀物은 讀者로 하여금 支離한 하흠을 자아낼 쑨이니 明皙

한 短篇에 훨신 미치지 못한다는 것만을 말해 둔다.

閔鳳鎬, "(自由評壇－新進으로서 旣成에게, 先進으로서 後輩에게) 今春 少年創作(續)(三)", 『조선일보』, 1931.4.2.

『별나라』

처음 學校 가든날 (田植 作)

『별나라』에는 創作이라고 이것 한 篇이 잇슬 뿐인 것은 큰 遺憾이엇다.

現今 少年創作壇에는 三人稱 "그"를 쓰지 안코 一人稱 "나"를 쓰는 表現手法이 盛行한다. 그中에도 그 手法이 表現에 容易(?)해서 그런지는 모르지만은 新進 가온데 그 傾向이 만흔 것이 事實이다. 하여튼 그것이 새로운 手法은 아니라 할지라도 少年少女들에게 感銘 깁게 하는 데에는 그 效果가 크리라고 밋는다. 이 小說도 그 型에 屬하는 類다.

龍壽는 가티 놀든 동무들이 다 學校에 가는 것을 볼 때에 自己도 가게 해 달라고 父母를 졸낫다. 어린 마음에 沈着히 先後를 生覺할 만한 餘裕가 업섯든 것이다. 그러나 큰집 令監은 自己 아들 萬石이는 學校에 보내면서도 龍壽다려는 學校에 가서 무엇을 하느냐고 相關없는 수중을 하엿다.

여긔서 어린 龍壽의 머릿속에는 크다란 懷疑가 일어낫다. "萬石이는 學校에 가는데 나는 웨 學校에 가서 所用이 업는가?" 龍壽는 이러케 부르지젓다.

그러나 作者는 그의 懷疑를 解決하여 주지 못하엿다. 그의 움트는 意識을 살여 주지 못하엿다. 여긔서 못처럼 企待하엿든 이 作品은 失敗로 돌아갓다. 그리고 作者는 龍壽 兄의 입을 빌어 우리의 가난한 原因을 無識에서 차저내려 하엿다. 果然 우리는 無識한 때문에 飢餓의 線上에서 呼哭하는가?

여긔서 푸로애 탈을 쓰려는 作者의 小뿌르조아的 潛在性과 機會主義的

反動的 意識이 暴露된다 할 것이다.

『어린이』

少年職工 (崔秉和 作)

中產階級의 沒落! 그 子弟들은 轉職! 이것은 現下 우리 社會에서 흔히 볼 수 잇는 現狀이다. 이 作品은 그 題材는 極히 平凡하며 表現手法이나 修辭만은 能熟하다 하겟스나 內容에 잇서서는 넘우도 機械的이요 觀念的이다. 어린 哲秀는 피쌈을 흘이여 가며 工場에서 勞働하면서도 조금도 괴로운 줄을 모르고 오히려 깃버하고 자미잇서 하엿다고 作者는 말한다.

아! 이 무슨 欺瞞的이요 誘惑的의 言辭이냐? 이 世上에 勞働치고서 苦롭지 아니하고 滋味잇슬 그런 반가운 勞働이 어듸 잇슬가보냐? 이것이 勞働은 神聖하다! 勞働者는 自力를 自食하는 거룩한 人物이다! 라고 우리를 꾀이고 달내는 저 쑤르조아지의 말과 조곰이나 무엇이 달을 것이 잇슬가보냐?

여긔서 作者의 改良主義的 機會主義的 小쑤르조아지의 根性이 暴露된다. 우리는 우리 이마에서 한방울의 쌈이 흘을 때에 그만한 苦勞가 잇스며 우리 입에서 갓분 숨이 터저 나올 때에 우리 가슴속에는 그만한 어썬 뭉치가 치미는 것이다.

그러나 作者의 小쑤르조아지의 遊戱的 觀念이 우리를 欺瞞하려 하엿다.

동무야! 이러한 쑤르조아의 走狗的 任務의 忠實하려는 反動的 作品을 排擊하자!

물나장이 엄마 (李泰俊 作)

우리는 封建的 思想에 捕虜되고 因襲的 觀念에 感染된 低能하고 無識한 어머니를 가젓다. 우리의 어머니는 어머니의 權威를 가지고 우리를 强壓하며 專制하려고는 할지언정 우리에게 무엇 하나 참다운 指導와 明晳한 敎示를 주지 못하는 어머니가 만흔 것이 事實이다.

그저 우리를 앗기고 사랑은 하지만은 그것은 돌이어 우리를 그릇칠 危險性이 多分이 包含된 盲目的의 사랑인 것이다.

天下의 父母여! 당신네는 우리 동생 노마의 억지를 어쩌케 바드시렵니까? 나는 이 小說을 幼稚園의 어린 동생들보다 우리 어머니에게 一讀을 勸하고 십다.

나의 淺薄한 所致일는지 모르나 나는 이 作品이 少年文藝의 嚆矢이리라고 生覺한다. 別로 取할 만한 內容은 적다 할지라도 過渡期의 過程을 過程하는 우리에게 잇슬 수 잇는 簡潔한 作品이다.

閔鳳鎬, "(自由評壇 - 新進으로서 旣成에게, 先進으로서 後輩에게) 今春 少年創作(完)", 『조선일보』, 1931.4.3.

눈물의 신세 ═ 나는 여기서 評筆을 멈추고 讀者 諸君이 眞摯한 指導와 嚴正한 敎示를 바랄 쑨이다. 왜냐? 하면 自己의 作品을 自己가 評하는 것은 正評을 엇을 수 없는 無謀한 짓임을 알기 째문이다.

그런데 나도 나의 作品에서 深刻히 늣기는 바지만 나의 作品이 한갓 現狀描寫에 그칠 쑨이요 한거름 더 나아가서 指導的 任務와 아직 푸로的 役割을 하지 못하는 것이 事實이다. 이것은 나 스스로도 自認하며 큰 遺憾으로 역이는 바다. 明日를 約束하여 둘 쑨이다.

○

慶喜의 마즈막 (金永壽 作)

넘우나 로맨틱하고 센틔멘탈하다. 우리는 이러한 哀愁的 感傷的의 藝術至上主義的 産物을 어린동무들에게 읽히고 십지 안타. 慶喜는 남과 가티 奢侈한 구두를 신어보겟다는 虛榮心에서 벙어리에 五圓을 모으다가 죽엇다. 푸틔・쁘르조아의 귀염동이로 고이고이 자라다가 病席을 하직한 그의 幸福된 죽엄에 우리는 조고만 同情도 가지 안는다. 우리는 그러한 人道主義의 미지근한 눈물을 흘이기 前에 먼저 입을 악물 데가 잇다! 주먹을 부르쥐일 데가 잇다!

동무야! 이러한 藝術至上主義的 反動的 作品에서 흘리는 그 갑싼 눈물을 거두어라! 우리는 눈을 홉뜨고 좀 더 자세히 볼 것이 잇다!

『아이생활』

玉順 (金鍾淵)

少年 豆腐장사 (韓泰鳳 作)

前者는 創作이라기보다 取할 것 업는 宗敎的 童話의 한 句節이라 하겟고 後者는 前者보다는 훨신 낫게 小說의 形式을 갓추우려 하엿스나 그러나 그것도 發表慾에 汲汲한 어린 功名心이 觀念的 遊戱的으로 아모러케나 써 노흔 習作品이라 評의 對像이 되지 못한다.

康濟의 꿈 (高文洙 作)

정애의 설움 (全德仁 作)

高 君의 作도 小說다운 小說이 되지 못한다. 우리는 이러한 作品에서 아모러한 感銘도 衝動도 暗示도 밧지 못한다. 바랄 수도 업다. 조케 말하자면 어린 同生의 無邪氣한 習作이라 할가? 私事로운 말이나 高 君은 創作의 길을 버리고 散文의 世界로 들어가는 것이 어써할는지?

全 君의 作도 隨筆式 散文套로 아모러케나 美感的 感傷的의 文句만 重復하여 노왓슬 다름이다.

한 말로 말하야 煩言의 勞를 앗기고 십흘 만큼 幼稚한 習作이다. 作者에게 一言하고저 하는 바는 센티맨타리즘의 傾向을 버리라는 것이다. 웨? 斯途는 進就性을 막기 째문에…….

×

쑷흐로 갓잔흔 總察일는지 모르나『아이생활』編輯者에게 作品을 좀 撰擇하라고 付托하고 십다. 幼稚拙劣한 習作品을 濫載하는 것은 雜誌 販賣에 철업는 讀者를 誘引하는 有利한 政策은 될는지 모르나 雜誌의 品位를 低下케 하는 것이며 發表慾에 汲汲한 어린동무들의 野卑한 功名心을 助長挑發식히는 것은 크게 삼갈 바이기에 말이다.

拙稿를 마치며 遺憾히 생각하는 것은『어린이』三月號가 아모리 企待되여도 나오지 안허서 前言에서 말한 約束을 억이게 된 것이다.

以上 雜誌 外에 新義州에서 어린동무 멧 사람이 힘을 合하야 發行하는

『별탑』誌 三輯이 手中에 잇기는 하나 筆者의 事情上 評은 그만두거니와 介中에 어썬 創作은 참아 어린동무들에게는 읽힐 수 업는 '에로틱'한 筆致가 露骨的으로 들어난 것은 顰蹙할 일이엿다.

그리고 小說 가온대 ×와 ○과 또 漢文字를 함부로 석거 노와서 讀者의 氣分이 흐리고 感情이 惡化하여지는 것은 또한 어찌할 수 업섯다. 妄評多罪.

宋影, "兒童劇의 演出은 엇더케 하나?", 『별나라』, 통권48호, 1931년 3월호.

여긔에서는 兒童劇이 무엇이고 엇덧타는 것은 말하지 안는다.

다만 실지로 演出은 엇덧케 하나 하는 것만 대강 써 놋켓다.

그리고 연극을 전문으로 하는 이에게 보라는 것보다도 여긔에는 小學校의 先生님이나 또는 少年同盟들 갓튼 단톄의 指導者 되시는 분에게 보시도록 쓴다.

이것이 이번 童劇 特輯號를 내여놋는 것이 학교 강습소 야학교 또는 소년동맹 각 조합의 학예회나 긔렴식의 한 가지 順序를 채우는데 도움이 되엿스면— 하는 "뜻"에서 내여놋는 까닭이다.

一. 脚本을 잘 알아보아야 한다.

먼저 演出者는 연극의 각본을 잘 알어야 한다. 엇더한 作品이며 作品의 뜻은 어듸 잇스니가 엇덧케 낫타내여야 하겟다는 "작정"을 하여야 한다.

그리고 한거름 더— 나아가서 原作의 낫타나 잇는 內容을 점 더 쪽々하게 낫타내여 보겟다는 수단이 잇서야 한다.(이상 28쪽)

二. 出演者

그리고 다음은 出演者의 재조와 생긴 것을 잘 알아보와서 役을 적당하게 잘 노나 주어야 한다.

그리고 대개가 出演者는 연극을 전문으로 하는 배우(俳優)가 아니요 무대에 경험이 업는 학생이나 소년 회원인 까닭에 더-한층 연극을 잘하려면 힘이 더 드는 것이다.

다음에는 女子를 男服을 식히거나 男子를 女服을 식히거나 또는 어른이나 "늙은이" 갓튼 役을 식히여서는 아니 된다.

될 수 잇는 대로는 연극의 나오는 人物의 "나이"와 出演者의 "나이"가 비슷하도록 하여야 한다.

그러치 안으면 전문긔술이 업는 "보통 아이"들로써는 더— 연극을 망처

놀 염녀가 생긴다.

三. 台詞(쎄립푸)[48]

대사(台詞)는 劇白 쏘는 科白이라고도 한다. 즉 "말"이다.

이 말하는 것은 제일 첫재가 지여서 하지 말아야 한다.

책을 읽듯이 아모런 表情도 업시 쑥々 외오거나 쏘는 연설하듯히 악을 쓰거나 쏘는 신파 연극(김도산이나 림성구[49] 일행 갓튼 연극단 말이다)의 배우갓치 아조 자연스럽지 못하게 소리를 질느고 "아니" 소리나 만히 너어서 쓸데업시 감격하고 소용업시 흥분이 되여서는 아니 된다.

그러면 엇덧케 하여야 하나?

"우리들의 말하는 것과 갓치 하되 점 크게만 하여야 한다."

울 째 울고 웃을 째 웃고 아조 천연스럽(이상 29쪽)게 연습을 식히여야 한다.

그리고 그 연습식히는 법은 먼저 각본을 한 벌식 벗기어 나너 주되 자긔의 맛튼 역의 말만 외여 오라고 하고 말이 다 외여지거든 表情이나 動作도 가리키여야 한다. 그리고 脚本 以外의 "말"은 절대로 하지 못하게 하여야 한다.

그리고 연극을 할 째에도 무대 위에서 가만히 읽어 주어야 한다.

四. 表情, 動作, 排列

슯흔 이야기를 하는대 벙긋〳〵 웃는다든지 퍽 몸이 압허서 억제로 거러가는 것을 쑤벅々々 성한 사람갓치 거러가서는 아니 된다.

말과 몸과 얼골이 구격이 꽉々 마저야 한다.

긔착 자세를 하고 서셔 말만 외오기만 하면 벌서 동작에는 락제다.

다리 한번 팔 한번을 연극이야기와 들어맛게 연습을 식혀야 한다.

그리고 들어오고 나가는 것도 무대의 왼편 바른편을 잘 생각해서 정할 것이며 엇던 특별한 경우 이외에는 등을 관중에다 두지 말도록 할 것이다.

---

48 '쎄립푸'는 'せりふ(台詞)'로 대사(臺詞)의 일본어 발음이다.

49 김도산(金陶山, 1891~1921)의 본명은 '진학(鎭學)'으로 연극인이다. 임성구(林聖九, 1887~1921)도 신파극(新派劇) 초창기의 연극인이다.

엇절 수 업슬 때에는 비스듬이 서야 할 것이다.

그리고 고개를 숙인다든지 천정을 치여다보든지 하게 하여서는 아니 된다.

이외에 舞台, 裝置, 照光, 其他는 이 아래의 다른 분의 이야기가 잇서서 그만둔다. (끗) (이상 30쪽)

林和, "舞臺는 이럿케 裝置하자—(照明과 化粧까지)", 『별나라』, 통권48호, 1931년 3월호.

專門으로 연극을 하는 이에게 하는 말이 아니다. 학교, 강습소, 노동야학의 학예회나 혹은 소년동맹 조합소년부의 긔럼식 갓튼데 上演하려는 동무들에게 보히려는 것이다.

우리들은 먼저 이제까지의 "다식판" 갓튼 일정한 법측 잇는 무대형식에 얼키지 말 것을 약속하자.

이제 까지의 舞臺 몃 가지

三面壁— 즉 세 편이 벽이 되고 한 편으로는 관중을 보게 하는 무대가 이제까지의 무대의 전부를 차지하고 잇섯다.

자연주의(自然主義)의 무대장치도 그러하고 그 외(이상 31쪽)에 표연파(表現派)니 미래파니(未來派) 또는 구성파(構成派)니 하는 모든 주의 모든 류파의 무대장치는 모다— 이 "세 쪽이 벽"인 형식을 버서나지 못하엿다.

그러나 우리들

소학생 소년동맹원 야학생 소년 농민 노동자들이 집안이나 회관이나 들— 갓튼 데에서 우리들끼리 하는 연극에는 이 갓튼 "세 편이 벽"이라는 무대형식을 버릴 수도 잇는 것이다.

室內에셔는

방 안이나 회관이나 강당 갓튼 데에서는 무대의 넓히와 위치(位置)를 보와서 形으로 두 편을 비스듯이 "벽"으로 하여도 조타. 그러면은 門形의 무대보다도 구경군의 보는 폭이 넓어질 것이다.

그리고 背景 갓튼 것은 단순한 背景幕이 조타.

가령 산이나 바다이면 산을 거리고 바다를 거려 논 幕을 치면은 거기에 대한 小道具(푸나무니 언덕이니 하는 것들) 갓튼 것이 필요하게 되니가. 이보다도 산이나 바다와 갓튼 배경이 필요한 때는 푸른 빗의 막 공장 갓튼 것이 배경이 될 때에는 검정막 갓튼 純色幕이 조타.

色紙 應用

그리고 마분지나 색조희 갓튼 것을 잘 이용하는 것이 조타.

가령 공장 장면 갓튼 것은 검정막을 처 놋코 거긔에는 다홍조희로 연통이나 두어 개 그리고 그 아래로 프른 빗으로 집웅이나 그리고 노랑조희를 ㅄ불々々해서 연긔갓치 붓처 노면은 공장 긔분이 날 것이다.

그리고 바다면은 푸른 막을 치고 거긔에다 붕어와 낙지 갓튼 것을 몃 개 오려 붓치면은 그만이다.

그리고 소나무가 필요한 ㅼ새는 조그만 가(이상 32쪽)지를 갓다가 ㅄ자 놋튼지 ㅼ또는 둣거운 마분지로 소나무 모양갓치 하기만 하면 조타.

엇덧튼지 간단하고 돈이 안 들면서 "긔분"만 잘 낫타내는 것이 연극이 아닌 우리들의 힘쓸 일이다.

野外에셔는

들에서 할 ㅼ새에는 나무 밋 조금 놉흔 언덕으로 무대를 그냥 삼는 것이 조타.

그리고 정 놉흔 곳이 업스면 간단하게 비게를 매여 노와야 할 것이다.

그리고 照光(즉 빗을 빗초이는 것은)은 들에서 할 ㅼ새에 해빗을 자연스럽게 리용하는 것이 조타.

물론 방안에서는 저녁이면 붉은 빗 밤이면은 푸른 빗 대낫이면 노란 빗 갓튼 것을 쓰되 점더 주인공을 인상 깁게 하려면 무대 위에서 내리 빗초이는 것이 조타.

化粧은 엇덧케 하나?

화장은 특별한 경우 이외에는 그냥 하는 것이 조타.

졂엇는대 늙으니 노릇을 하거나 공장노동자 노릇할 아희가 업고 모다 얼골이 하얀 아희만 잇슬 ㅼ새에는 검은 선을 점 칠하는 것이 조켓다.

그리고 나무군이 필요하면 실제에 나무군이나 ㅼ또는 나무군갓치 생긴 아희로— 소년직공이 필요한 ㅼ새에도 역사 맛창가지다.

녹[50] 그리고 입은 옷 그대로 가장 소박하게 하는 데에 그 갑은 더— 잇다.

우리들의 아동극은 될 수 잇는 대로 소박하고 간단한 가운데에셔 그 효과

를 더— 낫타내여야 한다. (솟) (이상 33쪽)

50 '녹'은 불필요하게 더 들어간 오식으로 보인다.

李粉玉, "처음 出演해 보든 이야기－「소(牛)兵丁」의 '福萬'이로!", 『별나라』, 통권48호, 1931년 3월호.[51]

이 연극은 나의 단기든 학교의 선생님의 지으신 것이며 쏘 出演도 해 주섯습니다.

劇이라고는 學校에서 학예회 때밧게 나가 보지 못하든 제가 처음으로 서울 天道教記念舘 갓튼 큰 집안에서 수천 명 구경군을 눈 아래에 두기는 넘우나 겁이 낫습니다.

그러나 연출하시는 선생님 말슴이

"엇더튼지 겁만 내지 말고 정말 네가 그 연극의 주인공 갓튼 마음만 먹으면 된다."

하시든 말슴만 니저버리지를 안슴니다. 더군다나 "말"(劇白)하는 것이 童詩劇이니만치 여간 어려웟든 것이 안니며

제가 맛튼 "福萬"이의 노릇은 感化院에서 도망해 가지고 나와서 흘너 단기다가 다시 잡히여가는 슯흐고도 분한 役이엿기 때문에 목소리는 되골짜지 우는 듯시 하지 안흐면 아니 되엿습니다.

쩌러진 양복을 입고 캡을 푹 눌너 쓴 뒤에 얼골에는 분과 검정빗으로 化粧을 하고 처음 무대를 발불 때에는 목소리가 썰니고 고개가 저절로 숙으려젓습니다. 그러나 다른 아희들이(동내아희들로 나온 동무들) 나를 욕을 할 때에 나는 저절로 분한 생각이 나면서 나는 정말 나는 이저버리고 정말 "福萬"이갓치 생각이 되엿습니다. 그리고 정말 목소리는 우는듯히 구슯흐게 나왓습니다. 이리면서 써들든 수천명의 구경군들도 조용하여젓습니다. 이러니까 작구작구 나는 정말 복만이갓치 되여서 씃까지 劇白 한마듸도 니저버리지 안코 幕이 닷처젓습니다. 그리자 손벽 치는 소리가 요란하게 나면서 "재미잇다" "잘햇다" 하는 소리가 낫습니다. 이 소리에 나는 다시

---

51 원문에 '鶯峯會 李粉玉'이라 되어 있다.

내 정신이 낫스며 짜라서 이제까지 "엇더케 하나" 하든 걱정과 "겁"은 업서지고 도로혀 "또 한번 해 보왓스면" 하는 생각(이상 34쪽)이 낫습니다.

그 뒤의 거북님의 사신의 龍王으로도 나와 보고 「쫏겨간 先生」의 "女학생"으로도 나와 보고 모다 한 연번이나[52] 무대를 발버 보왓습니다.(이상 35쪽)

---

52 '열번이나'의 오식이다.

崔瓊淑, "처음 出演해 보든 이야기 -「밤ㅅ길」의 '少女職工'으로!", 『별나라』, 통권48호, 1931년 3월호.[53]

낫에는 煙草工場에를 단이고 밤이면 야학을 단기는 少女工 정순이는 어느 날 야학에를 가니가 先生님들은 무슨 일이신지 어듸를 가섯다고 하고 또 등도 업서셔 문을 닷치엿습니다.

그래서 여러 동무기리 울고 섭々해 하는 것이 「밤ㅅ길」의 內容입니다.

그런데 저는 연극에는 만히 나가 보지는 못하엿습니다만은 제가 실상에 잇서셔도 낫에는 고무공장에를 단기고 저녁에는 야학에를 단김니다.

그래서 그 연극을 련습할 때부터 나의 지내 가는 것과 내가 맛튼 "정순"이 役이 갓기 때문에 연극을 하는 것 갓지가 아니하고 똑 내가 당한 일을 다시 흉내 내는 것과 갓햇습니다.

그리고 만일 지금 내가 단기는 학교가 연극 속의 이야기처럼 못하게 되여서 문을 닷게 된다면은 맘이 엇덜가? 하는 생각이 작구 들어갓습니다.

이레서 련습할 때부터는 "劇白"이 잘 외여지고 表情 갓튼 것도 자연스럽게 되엇섯습니다.

그러나 방 안도 아니요 널은 학교 마당에다가 네 간이나 되는 舞台를 만들어 놋코 그 아래에 마당에는 千명도 넘은 사람들이 꽉 들어찻슬 때에는 마음이 여간 두군거리엿든 것이다.

그러나 막이 턱 – 열니가 두군거럿든 마음도 업서지고 차고 나아가니가 저절로 내 생각이 또 나서 순々하게 잘 맛치엿습니다.

엇덧튼지 막을 열녀고 하는 때와 막을 처음 열어서 맨 처음에 입을 벌이기가 제일 어려운 때라고 생각됩니다.

그 뒤부터는 아모럿치도 안튼데요.(이상 35쪽)

---

53 '白鳥會 崔瓊淑'으로 되어 있다.

權煥, "序文(一)", 『(푸로레타리아 童謠集)불별』, 중앙인서관, 1931.3.

우리는 모다 가난한 집 아히들이다. 헐벗고 굼주리는 가난한 집 아히들이다.

우리는 모다 공장에서 마치 들고 쇠 뚜다리는 직공의 아들딸 광산에서 광이 들고 석탄(石炭) 파는 광부의 아들딸 농촌에서 지주의 땅을 빌려서 가러먹는 농민의 아들딸이다.

부자집 아히들은 따뜻하고 부드러운 비단옷 입고 공긔(空氣) 조흔 학교에 가서 뛰놀며 공부한다. 그리다가 집에 도라오면 아버지 어머니의 무릅미테서 고기 쌀밥을 배가 터질 때까지 먹은 뒤에는 달고 맛 조흔 양과자(羊菓子)를 이(齒)가 압흐도록 씹는다. 분 바른 누나의 피아노 소리와 마추어 춤추며 노래 부른다.

그러나 우리는 뼈와 심줄이 아즉 봄바람에 자라난 풀대처럼 연하고 부드러운 팔다리로 햇빛 업고 몬지 찬 공장 안에서 긔게를 돌리는 아히들이다. 아버지 뒤를 따라다니며 거름 짐 지고 소와 말 먹이는 아히들이다. 그리고도 고기 쌀밥은 커냥 조밥, 피죽도 업서서 굼주리는 아히들이다. 비단옷은 커냥 무명옷 삼배옷도 업서서 헐벗고 울울 떠는 아히들이다.

우리는 가난한 집 로동하는 아히들이다. 그래서 우리는 그러한 부자집 아히들과 이해(利害)도 다르고 생각도 다르다. 그들의 억머구리처럼 부른 배가 더불너 나올사록(이상 1쪽) 마른 북어 가튼 배는 더 홀 줄어들어 간다. 그들은 언제든지 깃부고 교만한 생각박게 나지 안치마는 우리들은 언제든지 서러웁고 분한 생각박게 나지 안는다.

그런 쌔문에 그들의 노래와 우리들의 노래까지도 다르다. 그들에게는 그들의 부르는 노래가 따로 잇고 우리들에게는 우리들의 부르는 노래가 따로 잇다.

그들의 노래는 그들이 고기 쌀밥과 양과자를 배가 터지도록 먹고는 심심푸리로 부르는 노래이고 우리들의 노래는 배가 곱하서 치워서 분해서 서러워서 부르는 노래이다.

다만 그들의 노래는 그들의 노래 짓는 아저씨들이 책(冊)을 만들어 낸 것이 만히 잇지만은 우리들의 노래는 이때껏 한 책으로 되여 나온 것이 하나도 업섯다. 그러나 이 『불별』은 우리들의 노래 짓는 아저씨들이 우리들의 부르는 노래만 지어 모아서 우리들게 보내는 책이다. 이것은 우리 조선에서는 가장 처음 되는 우리들의 노래책이다.

우리들 조선의 가난한 집 수백만 아이들은 이 책이 나온 것을 다 가치 깁버하며 다 가치 한 책식 가지자! 그래서 부자집 아히들이 그들의 노래를 억머구리처름 부른 배로 뛰놀며 부를 때에 우리는 우리들의 노래를 마치 소리와 광이 소리에 맞추어 힘찬 소리로 부르자!

一九三一

朝鮮푸로레타리아藝術同盟 權 煥 (이상 2쪽)

尹基鼎, "序文(二)", 『(푸로레타리아 童謠集)불별』, 중앙인서관, 1931.3.

나는 동요를 모른다. 그러나 동요의 필요는 잘 안다. 그러키 때문에 나는 재래의 소위 동요 — 비과학적 공상적 비현실적 동요 — 를 근본적으로 거부하며 미워한다. 더구나 童心 운운한 초게급 동요는 게급사회에 잇서서 도저히 존재할 수 업다.

여긔에 필연적으로 푸로레타리아-트 동요가 발생하야 날로 성장할 것은 당연한 일이며 사회적 현실적 게급적 사실이다.

이제 우리들의 동요 작가들의 손으로 동요집이 발간되는 것이 우연한 일이 아니다. 그만치 푸로 동요가 성장되엇다는 표상이며 ᄯᅩ한 여러 동무의 의식적 활동인 동시에 문화전선에 잇서 한 부분의 게급적 사업이다.

이러한 이미로 보아 이 책이 널리 퍼지기를 바라며 또한 미듬성 잇는 여러 동무가 집필한 점으로 보아 이 동요집을 서슴지 안코 어린이 대중과 푸로레타리아 동요단에서 활동하려는 미지의 동지들에게 권하는 바이다.

朝鮮푸로레타리아藝術同盟 尹 基 鼎 (이상 3쪽)

金炳昊 외, "동생들아! 누이들아!", 『(푸로레타리아 童謠集)불별』, 중앙인서관, 1931.3.

사랑하는 가난한 집 누이와 동생들아!

우리는 참으로 너의들을 사랑한다. 맛잇는 과자도 사 주고 십고 빛 고흔 옷도 해 주고 십다. 재미나는 노리개나 불기 조흔 나팔인들 얼마나 조와하겟나. 너의들이 조와하는 것이면 모두 다 해 주고 십헛다. 더구나 너의들이 읽어서 재미나고 유익할 조흔 책을 자주자주 만들어 주고 십허섯다. 그러나 우리는 모두 다 가난한 집 사람들이 아니냐. 남보담 죽도록 부지런히 일해도 과자가 무어냐 옷감이 무어냐 우리들에게는 인쇄소도 조희도 업구나. 그것은 엇재서 그럴까? 이곳에서 구구히 말하지 안트래도 영리한 너의들은 잘 알겟지.

그런데 사랑하는 어린 동생들아!

너의들은 이 책을 보고 저네들이 만드러 내는 책보다 크지 안코 곱지 안타고 혹이나 섭섭히나 생각지 안켓나? 그러타. 우리는 돈 업는 사람이기 때문이다. 우리도 너의들과 가치 옷 밥이 업고 돈이 업는 사람들이니 이러케 되는 것이 맛당한 일이 아니겟나. 그래도 우리는 가진 애를 다 썻다. 너의들을 참으로 사랑(이상 4쪽)함으로서야 차마 말 못하게 굴므며 떨면서 꾸며 낸 것이다.

이 책을 만드러 낸 것은 아모 다른 뜻은 업다. 이 책을 파러서 돈을 버을랴는 것은 아니다. 이것은 너의들에게 읽히랴는 것이다. 다 가치 가난과 설음 속에서 사는 정다운 우리 가난한 동무들에게 읽히자는 것이다. 밤낫 아름답고 사치한 것만 조와하는 부자들의 자식들이 안 사 보면 엇대? 실타고 내어버린들 무슨 상관이냐!

사랑하는 동생들아 쏘 어린 누의동생들아!

너의들은 이 책을 퍽 정답게 보아 줄 줄 안다. 왜 그러냐 하면 저네들의 것과 가치 밤낫 우리를 속이고 우리를 꼬집고 하는 글이 아니기 때문에…….

이 책은 참으로 너의들만을 위해서 만든 것이다.

우리 우리씨리가 아니면 어느 놈이 우리를 이롭게 하겟나. 우리 가난한 사람들을 이롭게 하는 이는 오즉 우리 가난한 동무들박게는 업는 것이다.

그럼으로 우리는 이 책이 너의들의 손에 쥐여질 것을 생각할 때에 얼마나 깃븐지 모른다.

그런데 정다운 동무들아. 어린 누의와 동생들아! 끄트로 한 말만 더 하고 (이상 5쪽) 두자.

너의들은 이 책을 뜻잇게 보아 다고. 모르는 것이 잇스면 엽헤 동무한테서라도 무러서 기어코 알고 읽어 다고. 그러면 너의들은 우리가 무엇 때문에 이 책을 만드럿슬까 하는 것을 깨달으리라. 그러치. 그래서 너의들이 어떤 처지에 잇고 어떤 길로 나아가야 할 것을 아러야 된다. 쏘 우리는 이다음에도 이런 책을 만히 만드러 내여노흐련다. 그리고 차츰차츰 너의들도 올흔 길로 눈이 떠는 사이에 우리들의 힘도 한정 업시 커질 것이다.

너의들은 내일 ××을 준비하는 씩씩한 어린 일군들이 아니냐. 또 우리들은 지금 ×을 들고 나선 너의들의 썩썩한 형과 옵바들이 아니냐.

그러타. 우리는 우리우리끼리 이러케 한 덩치가 되어야 하는 것이다.

용감하게 무섭게 어서 자러라!

어서 무럭무럭 커라!

一九三一年

이 책을 꾸며 낸 여들 사람 (이상 6쪽)

朴璣爀, "童謠作法", 『(創作鑑賞)朝鮮語作文學習書』, 以文堂, 1931.3.[54]

一七. 童謠作法

(1) 童謠는 무엇이냐

大體 童謠라는 것은 무엇이냐? 이것이 第一 먼저 생기는 疑問이외다. 簡單히 말하겟습니다.(이상 84쪽)

두 글자의 뜻과 같이 "兒孩의 노래"입니다. 좀 더 仔細히 말하면 어린이나라의 生活을 그대로 아모 技巧 없이 表現한 것입니다.

흔이 어린이나라는 "詩의 나라"라고도 말합니다. 그곧에는 새파란 한울이 잇고 타는 듯한 저녁노을이 잇스며 木化송이 같은 白雲이 떠돕니다. 그리고 春夏秋冬으로 피는 얌전한 꽃 자는 아기의 숨길 같은 바람결 고요한 江 우에 하늘 그리는 물결 달 별 모다 어린이나라의 詩입니다.

어린이나라는 人生의 聖地입니다. 無限이 澄潔하고 自由롭습니다. 十五夜 밝은 달이 낮 같으면 서로〜 손을 잡고 마을거리로 뛰여단이며 누가 걱정을 하거나 말거나 밤 깊어 가는 것도 모르고

달아〜 밝은달아
李太白이 노든달아 (이상 85쪽)
저긔〜 저달속에
게수나무 박혓스니
....
....

하고 부릅니다.

---

54 책의 제목처럼 작문학습서이므로 관련이 없는 부분은 빼고, 「童謠作法」과 「鑑賞法」 부분만 수록하였다.

여름 캄캄한 밤에 조고만 반딧불이 불을 켜 가지고 空中을 날어단이는 것을 보고는 어린이 마음은 맥 레뛉니다. 어두운 밤에 불을 켜 들고 산 넘고 물 건너 어듸로 가나? 아마 어머니 찾어가는가 부다. 생각하고 自己가 고기 바드러 가신 엄마를 찾어 동생과 같이 솔광불 켜 들고 찾어가든 때를 생각합니다. 그리고는 반딧불의 가는 곧을 치어다보다가는 그때에 저쪽에서 반딧불이 또 하나 날어 오면 반딧불의 어머니가 오는 줄 알고 엄마를 찾어갓던 어린 반딧불의 깃븜을 생각하고는 (이상 86쪽)

반짝— 반딧불이
엄마찾어 울며가네
반짝— 반딧불이
한쪽손에 등불들고
엄마찾어 山넘어가네
山넘어가다 엄마맛나
울던애이 모다하며
적은집을 찾아가네.

라고 부르는 것입니다. 또 높은 한울에서 밤새도록 반짝이는 별을 치어다볼 때에는 그 별나라를 몹시 憧憬도 하며 그것이 무엇인지를 몹시 알고 싶어 합니다.

별님

반짝— 반짝이는 (이상 87쪽)
어린별님 나는알수없어요
왜그리 높이 이世上우에 잇는지를
한울의 금강석같이
반짝— 반짝이는
어린저별님 나는알수없어요
당신은 무엇하는지를
타는 불같은 해가 지고서

모도다 어두운 빛에 싸일때
당신은 적은빛을 내입니다.
반짝～ 반짝이는
어린 저별님 나는 알수없어요
당신은 무엇인지를 (이상 88쪽)
캄캄한 밤길가는 나그네들은
당신의 적은 불빛에
감사의 절을 합니다.
당신이 그같이 반짝이지안흐면
어듸로 갈런지 方向을 모릅니다
반짝～ 반짝이는
어린 저별님 나는 알수없어요
당신이 무엇인지를

이와 같이 어린이들의 보고 듯고 늣긴 것을 純潔하게 自由롭게 愉快하게 音樂的 韻律로써 表現된 것이라 말하겟습니다.

(2) 童謠의 材料는 무엇?

"그러면 童謠의 材料는 무엇인가요?" 하고 물을 이가 잇슬는지도(이상 89쪽) 모르겟습니다.

作文의 材料를 말할 때에도 말한 듯도 합니다마는 "당신의 生活과 周圍의 것이 모다 童謠의 材料라고" 말하겟습니다.

"先生님 왜 그럿습니까?" 하고 또 물을는지도 모르겟습니다. 그럿타면 또 좀 더 仔細히 말하겟습니다.

우에 어린이의 나라는 모다 詩라고 말한 것을 記憶하고 잇는지요? 모든 것이 詩的이고 奇蹟이며 驚異입니다. 새빨갓케 물드린 저녁노을이 잇고 나무그늘에서 노래하는 어린 새 봄에 피는 어린 꽃 여름 한울의 소낙비 가을山의 알낙달낙한 丹楓 겨울의 하얀 눈 山谷을 흐르는 기름 같은 시내물 무르닉은 林檎 같은 해 둥군 달 金剛石 같은 별들 가는 바람에 날리는 거미

줄 꽃 우에 춤추는 나비를 七色 다리의 무지개 문풍지 울리는 바람 이 모든 것이 童謠의 材料 아닌 것이 없읍니(이상 90쪽)다.

이것들을 보고 늣긴 대로 쓰면 아름다운 童謠가 될 것입니다.

버들

연못가에 수양버들
봄긔운에 잠을깨여
가지〰 싹이나네
뾰죽〰 놀웃〰.
축축처진 버들가지
봄바람을 반기난듯
여엽브게 나부겨서
이리흔들 저리흔들.(이상 91쪽)
黃金같은 꾀꼬리는
가지우를 단이면서
봄을즐겨 노래하네
꾀꼴〰 〰〰.
오고가는 아해들은
피리내서 입에물고
봄의흥을 못이겨서
닐々날々 〰〰.

(3) **眞實한 마음과 愉快한 마음**

作文에서도 말한 바이지마는 더욱 童謠를 쓰자면 모든 理智와 虛飾을 버리고 眞實한 마음을 가저야 합니다. 이 眞實한 마음이 없이(이상 92쪽) 童謠는 決코 쓸 수 없는 것입니다. 眞實한 마음으로 쓴 童謠이래야 비로소 童謠의 價値를 얻게 되며 또 讀者에게도 깊은 感動을 주는 것입니다. 獨逸 詩人 '꾀-테'는 詩人은 眞實을 사랑하여야 한다고 말하엿습니다.

眞實을 사랑함은 어찌 詩人뿐이겟습니까?

童謠를 쓰는 우리도 眞實을 사랑하여야 합니다. 萬一 眞實이 없고 虛僞

의 童謠라면 讀者에게 아모 늣김도 줄 수 업고 따라서 一毛의 價値도 없읍니다. 또 愉快한 마음을 가저야 합니다. 맛치 어린 새들이 봄 따뜻한 날 꽃 피인 나무가지에서 새파란 한울을 치어다보며 노래함과 같이 늘 愉快한 마음을 가지고 노래 부르지 안코는 견대지 못하리 만치 되여야 합니다. 여긔에서 비로소 아름다운 童謠가 자라납니다. 이것으로 보아 童謠는 짓는 것이 아니고 自然히 깃븐 가슴 속에서(이상 93쪽) 흘러나올 것입니다.

또 銳敏한 感受力을 가저야 될 것도 말하여 둡니다.

귀뚜라미

귀뚜라미 귀뚤〱
어제밤도 귀뚤〱
마루밑에 귀뚤〱
달뜬것도 모르는지
오늘밤도 귀뚤〱.
엄마찾는 귀둘인지
동모찾는 귀둘인지 (이상 94쪽)
밤깊은줄 모르는지
애타게도 귀뚤〱.

(4) 童謠를 씀에는 어떤 形式을 取할가

童謠는 어떤 形式으로 써야 늣긴 感情을 表現시킴에 適當할가? 늣김을 表現함에 一定한 形式은 없다 할지라도 그래도 늣긴 感情을 韻律的으로 表現시킴에 適當한 것은 四四의 形式이라 하겟습니다.

새야〱 파랑새야
녹두밭에 안지마라
××××××××××
다북〱 다북예야
이삭머리 종々땃코 (이상 95쪽)
네어대로 울며가니

××××××××××

朝鮮의 옛적부터 傳하야 나려오는 童謠는 全部가 四四로 되엿습니다. 그럿타고 絶對로 여긔에 服從할 것은 아닙니다.

晩秋

一 왓네︿ 가을왓네
뒤동산엔 고흔丹楓
앞마당엔 지는落葉
二 왓네︿ 가을왓네
마루밑에 귀뚤︿
지게문에 똑딱︿ (이상 96쪽)

엄마를일흔새

냇가의 버들가지 높은가지엔
엄마를 일허버린 어린새가요
바람이 소리치며 불어오면은
혹시나 떠러질가 겁이나서요
두날개 가는털을 발々떨면서
엄마를 불으노라 작고웁니다
냇가에 각색꽃은 방긋웃고요
벌나비 나풀나풀 춤을추어도
반공에 종달새가 노래하여도
가엾은 어린새는 엄마그리워 (이상 97쪽)
구슲은 제신세를 생각하고는
짹々々 외-ㄴ종일 슬피웁니다
왼종일 울기에도 밧븐신세도
어느듯 해빛발은 서산에빛워
엄마를 일허버린 어린새는요
캄캄한 외로운밤 무서웁다고
구슬피 애처롭게 우는소리엔
나도요 슲은눈물 짓게됩니다

朴璣爀, 「鑑賞法」, 『(創作鑑賞)朝鮮語作文學習書』, 以文堂, 1931.3.

一八. 鑑賞法

먼저 鑑賞이란 것은 무엇인지를 말하여 두겟습니다. 우리가 다른 사람의 글을 읽을 때에 아모 생각 없이 無意味하게 읽을 것은 아닙니다.(이상 98쪽) 잘 理解하고 깊이깊이 읽어 보아야 합니다.

어떤 作品이던지 作者의 魂이 숨어 잇스며 生命이 숨어 잇는 것입니다. 우리는 그 作品을 읽음으로 作者의 魂을 찾어 自己의 魂과 굳은 握手를 하게 하여 作者의 生命과 나의 生命을 融合시켜야 합니다. 그러면 鑑賞은 어떤 必要가 잇나? 다른 사람이 글을 鑑賞함은 作文을 익숙하게 함에도 必要하지마는 自己의 마음을 培養함에도 至極히 必要합니다. 作文을 熟達케 함에는 만히 씀과 함께 만히 鑑賞하여야 합니다. 우리는 다른 사람의 글을 鑑賞함으로 因하야 自己가 아직 經驗치 못하엿던 生活도 經驗할 수 잇스며 따라서 우리의 生命은 充實하여지며 生命은 점점 伸長합니다.

그러면 鑑賞할 때에는 어떠한 注意가 必要한가? 이것이 남은 問題입니다. 第一 먼저 沈着한 마음으로 천천히 읽을 것입니다.(이상 99쪽)

읽을 때에는 自己도 作者가 되여 읽을 것입니다. 作者는 무엇을 쓸라고 하엿는지 어떠케 생각하고 잇는지도 생각하여 볼 것입니다.

또 읽은 뒤에는 批評도 하여 보아야 합니다.

(1) 題材는 어떤지.

(2) 觀察은 精密히 하엿는지.

(3) 作者의 마음이 잘 表現되엿는지.

(4) 또 다른 틀림은 없는지.

(5) 表現法은 어떠한지.

病든 누이

"옵바" 힘없이 부르는 소리에 "왜?" 보든 冊을 놋코 고개를 돌려 누이를 보앗다.(이상 100쪽)

솜이불자락으로 빼빼 마른 두 팔을 내여놋코 밧삭 탄 두 입술을 벌리고 누이는 나를 보고 잇섯다. 복성스럽게 통통하던 얼골은 十餘日 毒感에 밧삭 파리하엿고 서늘하던 두 눈까지 뒤통수에서 잡아단이는 것같이 움쑥 들어갓다.

"괴로우냐? 응!" 닥여 앉어 머리를 만지면서 돌어다보니 눈에는 눈물이 가득하게 고여 잇섯다. "왜 우니—" 하고 그 가는 손을 쥐여 줄 때에 내 눈에도 눈물이 가리웟다.

"죽으면 어떠케 해— 나는 죽기 실혀—" 하면서 머리를 흔든다. 저 애가 왜 저런 不吉한 소리를 할가? 생각할 때 나는 겁이 나기 시작하엿다. 해빛이 빛외인 창문에 두 마리 파리가 가는 소리를 내이며 날으는 것도 근심스러워 보엿다.

이 글을 鑑賞함에는 第一 먼저 모든 것을 잊고 沈着한 마음으로 천(이상 101쪽)천이 읽어 보시오.

이 글의 作者는 누구며 무엇을 하는 사람인지를 생각하야 보시오. 그리고 병든 누이는 몇 살이나 먹엇슬는지도 생각하여 보시오. 作者는 무엇을 몹시 아프게 늣기엿습니까? 諸君도 作者와 같이 病든 누이 곁에 앉어 죽기를 실허하는 것을 보고 잇는 것같이 假設하고 想像하야 보시오. 萬一 自己도 이와 비슷한 經驗이 잇스면 그때 일을 생각하야 보시오. 作者와 같은 感想을 얻을 것입니다.

점으는 江邊

西山 머리로 누엇〰 넘어가는 붉은 해빛에 비낀 鴨綠江 下流에는 하로 終日 暴風에 시달리는 白帆이 粉紅빛 西照를 안고 맥없이 도라간다. 石煙이 헤매는 草岸에는 갈매기가 안탑게도 울고(이상 102쪽) 가고 안개에 무친 저쪽 숲속에서는 송아지의 우름소리가 구슬피도 들려온다.

이때에 江 우에 떨어젓든 夕照는 쓸어지는 줄도 모르게 쓸어지고 나무 그늘같이 서늘한 夜色이 江 언덕에 물들기 시작할 때 한울에 火星 하나이 맨 먼저 눈을 뜬다. 그리고 江岸에는 잔모래를 시처가는 물결 소래가 철석〰 하고는 퍽 고요한대 잇다금〰 바람이 슬칠 때마다 몇 그루의 나무닢 소래가 스르릉〰 黃昏의 寂寞을 깨친다.

읽은 뒤에 어떤 感想을 얻엇습니까. 詩같이 아름다운 글(文章)입니다. 作者는 만흔 注意와 銳敏한 觀察의 눈으로 刻々히 變化하여 가는 黃昏의 江邊의 自然을 그대로 그렷습니다. 讀者 諸君도 作者와 같이 점으러 가는 江변에서 곱게 變하여 가는 黃昏의 自然을 바라보고 잇는 것같지 안습니까.(이상 103쪽)

路上의 늣김

해 떠러진 뒤에 荒凉한 넓은 벌판을 것는 나의 어정거리는 발낄은 自然히 速히 떠러진다.

길가에 늘어서 잇는 電信柱는 빨리 가는 나를 挽留하는 것 같이 黃昏 中에 우춤〰 높이 섯고 쉬지 안코 猛烈히 불어오는 蟾津江 찬바람은 살을 베여 내일 듯이 面上을 시처가는대 희미하게 보이는 遠近 村落의 저녁연긔는 戰場터의 구름같이 참담하게 둘려 잇고 저 멀고 먼 내ㅅ가에는 船舶의 등불이 이곧저곧서 반짝〰 일어날 때이엿다.

힘없이 들려오는 雙溪寺 暮鍾소리는 寂寞한 山川을 깨트리난대 더구나 이 거츠른 벌판을 지나가는 나의 心懷가 어떨소냐.(이상 104쪽)

뒤에서 수군〰 市邊에서 도라오는 사람들은 온갓 물건을 등에도 지고 옆에도 끼고 깃븐 듯이 집으로 도라가지마는 우리 집은 이곧에서 몇 里나 되나 하고 생각하는 동안에 어느듯 한 旅舍에 다달아 들어갓다.

해진 뒤에 山꼴길이나 넓은 벌판길을 걸을 때는 말할 수 없는 寂寞을 늣긴다. 空然히 무섭기도 하다.

讀者 諸君도 점으러 山꼴길이나 넓은 벌판길을 걸엇슬 때의 남은 記憶과 比較하야 보시오.

乞人

白雪은 날리여 희뜩〰하고 바람은 쌀쌀하야 모질도다. 이와 같이 칩기도

無情한 冬節에다 떠러저 가는 옷 한 겹만 입고 담모퉁(이상 105쪽)이에 서서 살을 에여 갈 뜻한 찬바람을 마시며 늣기고 잇는 거지의 소리는 참으로 사람 되고는 몰은 체하고 잇슬 수가 없엇다.

어머니께서 "世上에는 가엾은 사람도 잇고나" 하시며 나가섯다.

거지가 하는 말이 "저는 다름이 아니라 시골서 다만 어린 동생을 다리고 잇다가 그 兒는 그 洞內에서 다려가고 저 혼자 살 수가 없어서 서울이나 오면 무슨 수가 잇슬가 하고 왓더니 버리도 없고 먹을 것도 없어서 이 모양입니다" 하엿다.

어머니께서 돈을 주시니 바다 들고 "참 고맙습니다. 이 恩惠는 언제나 갚을가요" 하고 어대로 가버렷다. 나는 그 거지가 간 뒤에 아! 世上엔 나보다 더 幸福한 사람은 없갯다.

저 사람에 比하면 얼마나 幸福스러운가 하고 혼자 이 생각 저 생각(이상 106쪽) 하엿다.

읽은 뒤에 批評하여 보시요.

돌아가신 형님 생각

쓸쓸한 山기슭에 산들〳〵 和한 바람이 지나가니 天下에는 다스한 봄기운이 러라.

곳곳마다 아즈랑이 빛이요 아름다운 종달새 솔이뿐이여서 萬物이 平和의 꿈을 뀌는 時節을 당하엿다. 그러나 아! 구슴은 이 몸은 봄을 마질 때마다 참을 수 없는 도라가신 형님의 생각이 난다. 再昨年 三月 初九日 새벽 닭 우름소리 나자 꿈밖에 世上을 리별하던 그때야말로 생각할수록 기가 막히고 한없이 설음의 눈물이 흘은다.

뜰 앞에 형님이 심어 둔 봉선화나무는 봄바람에 불리여 아름다운(이상 107쪽) 꽃이 피엿다.

나는 그 꽃가지를 잡고 무심히 서서 이러케 불럿다.

아! 봉선화꽃아
나의 형님의 손끝에 남아잇는
봉선화꽃아!
너는 어듸갓다 왓느냐?
나의 형님은 어듸 잇드냐?
말좀 하여주렴으나

아! 형님이여 永訣의 형님이여
왜 일즉이 世上을 배반하섯습니까
적막한 永遠의 길로
어머님과 누님이 그리워서 (이상 108쪽)
홀로 이世上을 떠낫습니까
말좀 하여주소서.

(1) 作者는 무엇을 讀者에게 發表하려 하엿습니까.
(2) 읽고 第一 만히 늣긴 곧이 어듸입니까.
(3) 中心點은 잘 表現되엿습니까.
(4) 作者와 갈은 感想을 얻은 이는 없읍니까.
(5) 批評하야 보시오.

집 직이던 밤

바람 몹시 부는 겨울밤은 차차 깊어 갓다. 쓸쓸한 오막사리 우리 집에는 나와 우리 동생 단 두리서만 孤寂한 집을 직이며 품파리 가신 어머니가 도라오시기를 매우 고대하고 잇는 때 뚜러진 창구멍으로는(이상 109쪽) 찬바람이 솔솔 기여 들어 와서 저녁불도 못 땐 冷突방을 더욱이나 쓸쓸케 하야 놋는다. 아즉껏 저녁도 굶은 어린 동생은 춥고 배곱하서 지금엔 엄마를 불으며 작고 울어대인다.

아! 順姬야! 울지 마라! 족음만 잇으면 엄마가 너 줄 菓子 사 가지고 올 것을 너— 작고 울어만대면 고양이가 방문을 열고 야-응 야-응 물러 들어온다. 나의 驚怯한 말소리에 동생은 고만 울든 울음을 뚝 끈치고 나의 품안으로 밧삭 다겨 붓는다. 나는 두 팔로 동생을 꼭 끼여안은 후 고히 잔등을 두드리며 자장노래를 불너 주엇다. 나의 자장가 소리에 順姬가 겨우 잠을 들여 할 즈음에 기다리고 바라던 門소리가 들엿다.

나는 단숨에 야 順姬야— 깨여라 엄마가 왓다. 잠들랴든 동생은 이 소리에 깜짝 놀래서 고개를 들어 엄마요— 엄마요— 몃 번(이상 110쪽)이나 웨처 불너 봐도 반가운 대답 소리는 나지 안코 문소리만 삐꺽거렷다. 아! 엄마가 아니다!

바람이 몸부림처서 문이 흔들이는 것이다.

이때 나와 동생은 고만 失望하얏다. 밤은 고만 어둠 속으로 깊어 가는대 어머님은 어쩐 일로 아즉껏 안 오실가? 이제는 별별 疑心스러운 생각과 무서운 생각만 떠올낫다.

어린 동생은 다시금 엄마를 웨처 불으며 울기 시작하는대 딸아 내 마음까지 슯은 생각이 복밧처 고만 울고 십헛다. 애타는 마음을 것잡을 수 없서 포대기로 동생을 꼭 싸 업은 후 엄마를 차저 등불을 켜 들고 문밖 길을 나섯다.

咫尺을 分別치 못할 그뭄밤! 바람소리만 사나운대 반짝이는 등불이 길을 引導하는 대로 딸아 洞口 밖을 나섯슬 때엿다.(이상 111쪽)

갑작이 발길이 쑥 밋그러저 두 몸은 고만 어름장 깔인 우에 아!이고머니 하는 소리를 치면서 나가잡바젓다. 고만 정신이 혼돈되여 아-이고머니 하는 呻吟소리만 지를 때 어둠 속에서 자박︿ 발자취 소리가 갓가히 들이자 "아! 저게 누구일가?" 하는 말소리! 그는 分明히 내 어머님의 音聲임을 생각할 때 엇지나 希望에 넘치는 목소리인지 어대가 앞은지? 어대가 닷첫는지도 모르고 고만 벌덕 일어나며 한다름에 뛰여가 "아! 어머니여!" 하고 얼사안엇다.

등에 업혓던 順姬도 깃븜에 넘치는 울음소리로 "아! 엄마" 하고 소리 질넛다.

고요한 마음을 가지고 여러 번 읽어 보시요.

반다시 讀者諸君도 깊은 늣김을 얻을 것이외다. 作者와 같은 늣김(이상 112쪽)을 얻을 것이외다. 여긔서 諸君의 生活은 새롭게 되며 더한층 아름답게 됩니다.

봄의 아침

義務와 責任을 完全히 하랴고 우는 닭의 소리에 검은 장막은 차차 사라지고 東方은 已白하도다. 東方 하날은 紅色으로 물드리고 萬天下는 비로서 검은 장막 속을 버서낫도다.

끝업는 한울은 개이고 개여 푸른 빛 넘칠 듯하도다.

이집 저집서 사람들의 떠드는 소리는 漸々 높아진다. 따라서 밥 짓는 煙氣는 다토아 올은다. 때때로 불어오는 溫和한 바람은 졸고 잇는 杜鵑花를 흔들고 나의 몸에 부닥칠 때마다 無限한 快味를 맛보게 한다.(이상 113쪽)

발서 東方 雉岳山에는 五六寸의 光線이 天下를 엿보고 잇다. 제비와 참새는 各己 才操를 다하며 노래를 마음껏 불너 떠오르는 해님을 迎接하는 듯하다.

西쪽 하날에 졸고 잇던 별(星)들도 어느듯 깨여 몸을 감추니 해는 勇氣 잇게 올나왓다.

晴々한 한울에는 如前히 둥군 해가 빛나니 봄빛은 더욱 새롭게 보인다.

읽은 뒤에 批評하여 보시오.
取材는 엇더합니가.
表現은 엇더합니가.

어머니 山所에 갓슬 때 (이상 114쪽)

앞 南山에는 杜鵑새 울고 뒷동산에는 철죽꽃이 나날이 고와 가는 이른 봄 저녁이엿습니다.

京城 가섯던 누이가 어머님의 生前에는 오지를 못하고 어머니가 도라가신지 다섯 달 만에 도라왓습니다.

누이가 집에 도라오자 그 길로 나하고 어머님의 山所로 갓섯습니다.

"저것이 어머님의 묘냐?" 山모롱이에 둥그럿케 보이는 묘를 가르처 물엇다.

나는 갑작이 가슴이 답답하야지며 겨우 "네" 하고 對答하엿습니다.

누나는 두 눈에 눈물이 글성︿︿하여지며 한숨을 길게 내쉬더니.(이상 115쪽)

어머니가 "半年만 더 사르시지!"

어머님의 묘가 갓가와질사록 울음이 북밧첫습니다. 누이는 묘 앞에 꾸러안더니 울기를 시작하엿습니다.

어머니! ︿︿ 제가 온 줄 아십니가?

어머니! 저 어린 春實이를 두고 왜 도라가섯서요. 가엽슨 春實이를 엇더케 하여요? 어머니! 누이의 울음에 따라 나도 한참 울엇습니다.

해는 世上에 나갈이 不幸한 사람이 잇는 것을 아는지 모르는지 西山에 기우러지기 始作하엿습니다.

우리는 철죽꽃을 만히 꺽어다 어머님 묘 앞에 꼬자 드렷습니다.

도라서 올 때에는 뒤에서 어머님의 (이상 116쪽)

"너이들 잘 가거라."

이런 목소리가 들이는 듯하엿습니다.

作者가 第一 깊이 늣긴 곧은 어듸입니가.
表現이 잘된 곧은 어듸입니가.
이 글을 읽고 諸君의 第一 깊이 늣긴 곧은 어듸입니가?

잠 아니 오던 밤

房 안은 검은 장막에 싸이엿고 房바닥은 漸々 식어 간다.

나는 왜 그리 잠이 오지를 안는지 둥그래지는 눈을 깜작〜하고 잇슨 즉 別々 생각이 次例로 난다. 도라가신 어머니 생각 죽어버린 同生 생각 나도 어머니만 生存해 게시면 남과 같이 따뜻한 사랑도 밧고 또 이다지 困難은 아니 되지만 참 야속한 일도 잇고(이상 117쪽)나?! 衣服이 漸々 떠러저 가니 이번에는 누구에게 私情을 하나?

이때 남의 私情 모르는 北風은 쇄쇄 불어 窓에 부디치며 근심 말고 자라는 듯하엿다.

이 글은 作者의 속임 없는 글입니다. 純眞한 表現입니다
讀者에 만흔 늣김을 줍니다.

올챙이의 旱災

한울도 딱하다. 여러 農民이 哀乞하고 歎怨하기를 달 半이나 되엿는대 아즉도 비 한 방울 오시지 안는다.

田畓 五穀은 모조리 타 죽고 水食조차 떠러질 地境이다. 사람마다 "왜 비가 좀 오시지 안나. 우리는 모다 죽는가부다. 몃칠만 더 가물면 죽는다" 하며 걱정을 한다.(이상 118쪽)

오날도 논물을 보러 나갓다.

보기에도 참혹하다. 논바닥은 龜裂이 지고 심은 모는 生々한 氣가 조금도 업고 노랏케 되엿다. 논뚝에 안젓노라니 稀微한 무슨 소리가 들인다. 四方을 두루〜 살펴보다 논구렁에서 올챙이들이 한데 모여 웅성거리는 것을 보앗다.

地面이 다른 곧보다도 나저서 몃칠 前까지는 물이 잇서서 물을 찾어 몰녀든 모양이다.

至今은 물 한 방울 업다. 몃 千 몃 萬 마리가 잇는지 알 수 없다. 거이 다 뚱々한 배를 내밀고 죽엇다.

若干 살어 잇는 올챙이들은 죽은 동모들의 屍體를 깔고 둔한 꼬리를 휘둘으며 풀풀 뛴다. 내가 보고 잇는 동안에도 죽은 것이 만은 듯하다.(이상 119쪽)

그들의 고함치는 소리가 들이는 듯하다.

饑饉에 쪼들니는 同胞들의 慘狀이 눈앞에 떠오른다.

하나님이여! 이 죽는 者에게 비를 주시옵소서 하고 빌엇다.
해는 한글같이 나려쪼인다.

作者의 銳敏한 感覺과 注意 깁은 生活은 마침내 이 글을 쓰게 한 것입니다.

이 글의 中心點은 무엇입니가?

描寫 잘된 곳은 어듸입니가?

읽은 뒤에 批評하야 보시오.

소 잡는 것을 보고

부실〰 나리던 봄비가 끄친 어느 날 저녁이엿다.(이상 120쪽)

아즉 해는 잇슬 터인대 빛은 보이지 안코 몹시 흐리터분하고 음산하엿다.

내가 學校에서 도라오던 길에 山 밑에 잇는 屠殺場에서 今時 목숨이 끈어지는 듯한 도야지의 고함 치는 소리가 들엿다. "올치 도야지를 잡는구나" 하고 好奇心에 팔녀서 屠殺場으로 뛰여갓다.

큰 도야지 한 마리가 땅 우에 옆으로 누엇는대 목에서는 朱紅 같은 피가 콸콸 쏘다지고 잇다. 도야지는 각금 꾸룩〰할 뿐이다. 그럴 때마다 피가 살때같이 뻣친다. 손에 칼을 든 사람은 물끄럼이 나려다보고 잇다.

키는 조고마코 毒하게 생겨 보이는 사람이 저고리를 벗어 앞뜰에 노앗다.

말장에 매여 잇든 황소를 풀엇다. 나는 "저 소도 잡을나나" 하고 혼(이상 121쪽)자 생각하엿다. 그 황소는 옆에 잇는 풀을 無心히 뜯어먹고 잇섯다. 황소는 사람의 손에 끌여 안으로 들어갓다.

시커먼 집 속을 드려다 보더니 무엇을 感覺하얏는지 뒷발을 벗드듸고 코로 냄새를 쿡쿡 맛드니 크게 두어 번 소리를 질넛다.

황소는 할 수 없이 끌여 들어가 복판에 섯다. 한 사람이 쇠몽치로 머리를 내려 치니 力士의 황소는 고만 쓰러저 버렷다. 나는 이 慘景을 볼 때에는 毛骨이 송연하엿다.

칼을 들고 껍질을 벗기기 始作하엿다. 음침한 집 속에는 소 도야지들의 귀신들이 아우성을 치고 잇는 듯하엿다. 不過 數十分도 못 되는 生命을 앞에 두고 풀을 뜯어먹는 황소는 얼마나 사람을 원망하엿슬가.

이 글의 作者는 엇던 사람입니가?

取材는 엇더합니가?

作者는 무엇을 만히 늣기엿습니가.

表現의 잘된 곧은 어듸입니가?

諸君은 무엇을 깁이 늣기엿습니가.

鳳川의 달빛

달빛 그 빛이야 어대서 본 들 곱지 아니하리요마는 가을 달빛이 잔잔히 흐르는 江물 우에 빛이니 더욱 맑고 깨끗하다.

江 언덕에 느러선 白楊나무 숲은 달빛에 함빡 저저 고요히 잠든 듯하며 그 밑으로 보이는 白沙場은 달빛을 얼마나 먹음엇는지 하야케 빛난다. 白楊나무 아래 白沙場 사이를 鳳川은 달빛을 굴니며 잔잔히 흐른다. 말할 수 없는 高調로 흐른다.(이상 123쪽)

江물 오른便에는 물방아가 비극 소리를 치며 도라가는대 달빛에 빛취여서 볼 만하게 반작인다. 참으로 고요한 달밤이다.

이 글의 描寫 잘된 곧은 어듸입니가?

第一 무섭든 밤

밤은 얼마나 깊엇는지 깊은 산속같이 고요하엿다. 間或 나무닢 떠러지는 소리가 東窓 밖에서 들이여 조는 듯한 귀뚜람이의 소리가 들일 뿐이엿다.

아버지는 학교에 宿直하러 가시고 비인 방 안에는 나 혼자 잇섯다. 갑작이 무서운 生覺이 連해 난다. 이불을 뒤집어쓰고 빨이 잠니나[55] 들나고 하엿스나 눈은 점점 더 둥그래지는 것같다.

참다 못하야 "아버지－" 하고 고함을 첫다. 소래가 사라진 뒤에(이상 124쪽)는 더 적적하야지고 갑작이 참을 수 없게 무서웟다. 學校가 갓차웟스면 뛰여라도 가고 싶엇다.

이불 우에서는 무엇이 눌으는 듯하고 문밖에서는 큰 범이라도 와 안즌 것도

---

55 '빨니 잠이나'의 오식으로 보인다.

같다.

눈을 딱 감고 이불을 꼭 쥐고 잇섯다.

瞥眼間 몃칠 前에 본 들것에 메고 가든 송장 생각이 낫다. 눈앞에 뚜렷하게 보이엿다.

죽은 송장이 머리를 풀어헤치고 달여들어 오는 듯하엿다.

나는 속으로 모든 것이 다 일이 없다. 迷信이다. 이러케 生覺하면서도 왼 몸에 찬물을 끼엇는 듯이 소름이 쭉쭉 끼치엿다.

아삼푸레하게 이젓든 무서운 記憶이라고는 모다 낫다. 옛날이야기 속에 잇는 독갑이이야기 귀신이야기 호랑이이야기—.(이상 125쪽)

아— 얼마나 애를 썻는지 입술이 까실〱 탓섯다. 먼동이 튼 후에야 잠이 들엇섯다.

읽은 뒤에 批評하야 보시요.

다리 업는 방에 다리

"파득〱" 하는 소리가 冊床 밑에서 나기에 나는 無心히 허리를 굽히고 드려다보앗다.

파란 구실같이 둥구런 두 눈을 똑바로 뜨고 잴눅한 고개를 반짝 들고 내다보는 양은 몹시 성이 난 듯하다. 그러나 몸을 꼼작도 못하고 장판 우에 꼭 붓터 잇다. 손으로 집어내기가 무서워서 鉛筆 끝으로 뚱구처 끄내니 길다란 날개만 파득〱하며 몹시 몸을 움지기엿다. 하도 異常하기에 찬찬히 드려다보니 뒷다리가 모(이상 126쪽)다 떠러젓다.

"올치— 仁順이가 어제 뒤밭에서 잡아가지고 '방애다리 방애쩨라' 하며 가지고 놀던 것이로구나." 문득 생각낫다.

하도 불상하야 앞마당 지치포기 우에 언저 주엇다. 풀 냄새를 맛느라고 그러는지 적은 입을 오물〱하며 한참 업드렷다가 새파란 풀 우에서 마음대로 뛰고 십흔지 나래를 확 페치고 푸들적그렷다. 그래도 조곰도 것지를 못한다. 나는 하도 딱하야 저녁바람이 산들그리는 無窮花 포기 속에 느어 주엇다.

벳쟁이 곱게 우는 이 밤中에 다리 압흔 방애다리는 고요히 잠이나 들엇는지?!

批評하야 보시요. (終) (이상 127쪽)

尹鼓鐘, "剽窃에 對하야－曉汀 君에게 드림", 『매일신보』, 1931.4.8.

模倣을 지나 創造로 들어가는 것이 世上의 藝術家의 必然的으로 밟지 안으면 아니 되는 過程이다. 이 過程을 밟는 데는 不斷한 努力과 精勵가 必要하다.

이 過程을 밟지 안코 發達에만 汲々할 째엔 必然的으로 藝術家로서 가장 忌避할 剽窃行爲를 犯케 되는 것이다.

그것은 模倣의 域에서 脫出할 努力과 精勵가 不足함으로서 그러하다.

나는 여기에 그 不斷한 努力과 精勵를 게으르게 하고 模倣의 域에서 發表에 汲々한 結果 남의 作品을 剽窃 發表한 우리의 童謠界에 만흔 功勞가 잇는 동무의 일을 말하려고 한다.

萬一 信實한 藝術家的 良心을 所有하엿다면 이 소릴를 듯고 一考할 바가 업지 안흘 것이다.

×

그것은 本紙(『每申』) 今年 三月 六日 第四面에 실린 金曉汀 君의 童謠 「첫봄」이란 것이다. 二段으로 크게 실리인 이 曉汀 君의 童謠는 曉汀 君의 創作한 童謠는 決코 아니다. 그것은 남의 것을 剽窃하야 發表한 것이다. 昭和 四年 三月號 업서진 『새벗』 第一一四頁 "讀者作品"欄을 본다면은 누구든지 이 作品이 曉汀 君의 創作한 作品이 아니이고 "咸興 荷西里"에 當時 居住하든 "金碧波" 君의 「첫봄」인 것을 알 수 잇슬 것이다.

다만 "金碧波" 君의 「첫봄」과 달으다면 "碧波" 君의 童謠가 全部 二節인데 曉汀 君의 것은 三節인데 쑨이다. 그리고 말을 몃 마듸 박구어 노앗슬 쑨이요 本意는 小毫도 틀리지 안는 것이다.

例를 들면 "레"를 "절"이라고 하는 것 等이다. 曉汀 君은 나의 이러한 말에 이러케 反駁할른지 몰은다.

"題目이 가틀 쑨 句節이 더하고 말이 달으니 나의 作品이다. 文句 몃을

借用하엿슬 뿐인데 剽竊은 무슨 剽竊이냐?"

萬一 그런다면 나는 君에게 이처럼 말하리라.

"詩나 童謠란 적은 文字로 表現된 만큼 全篇을 通하야 創作한 것이 만어야 한다. 남의 句節을 借用한다면은 그것은 創作한 것이 못 된다"고…….

×

新聞과 雜誌에 剽竊 行爲의 盛行을 볼 때 누구든지 그러한 者에게 不快를 늣기며 嘔吐할 그 무엇을 늣긴다.

이것은 文壇과 '쩌너리즘'의 變態를 意味한다. 過去에 잇서 『每申』 童謠壇뿐 아니라 모든 童謠界에 活動하야 寄與가 만코 만흔 사람의 囑望이 만흔 曉汀 君이 이러한 行爲를 犯함을 볼 때 曉汀 君의 藝術에 對한 良心과 努力을 다시금 새삼스럽게 懷疑치 아니할 수가 업다.

×

나는 曉汀 君의 잘못을 向하야 險口하는 것이 本意가 아니이다. 사람이란 잘못을 가짐으로서 弱點을 가진 것이다.

曉汀 君의 一時의 잘못을 크게 罰하려고 하지 안는다. 發表의 快味에 醉하야 不知不覺으로 加한 行爲라고 解釋하고 더 크게 이 以上 말하려 하지 안는다. 다만 君의 將來에 거듭 이러한 不祥事가 업도록 希望할 뿐이다.

×

나는 이 一文이 君의 藝術에 對한 良心에 鞭韃함이 잇스면 甚幸으로 생각할 것이며 더욱히 그러하다면 曉汀 君의 將來를 향해 萬歲를 부름을 禁치 못할 것이다.

×

曉汀 君이여. 잘못을 알라.

三. 八. RK 집에서

白村人, "동무소식", 『매일신보』, 1931.4.14.[56]

◀ **韓相震 君** – 君의 名義로 發表되는 童謠를 하나도 아니요 여러 개를 보앗다. 그런데 그 童謠가 하나도 빼지 안코 남의 것을 剽竊한 것이라고 나는 認定한다. 君은 남에 것을 훔처다가 『每申』에 或은 『東亞』에 함부로 自己 創作然하고 發表하는 剽竊漢이다. 이런 괘씸한 즛이 어데 잇단 말이냐? 이미 『東亞』에서도 君의 剽竊을 指摘하고 『每申』에서도 여러 번 指摘하엿다. 그러면 이번이 몃 번재이냐? 君아 손을 곱아 세여 보아라. 君은 名譽에 팔녀 남의 것을 剽竊하는 자이다. 君은 이 글을 보고도 오히려 깃버하리라 웨? 韓相震이라는 自己 일흠이 한 번 더 發表되기 째문에 – 나는 몃츨 前에 君의 謝過도 보앗다. 그것도 君의 名譽를 爲한 謝過지 眞心의 謝過는 아닌 줄 안다. 謝過한 지가 몃츨이나 되느냐? 四月 二日附 本紙 四面에 「빗방울」이라는 이미 作曲까지 한 尹石重 君의 童謠를 훔치다 發表하엿다. 동무의 忠告를 여러 번 밧고도 反省치 안는 君은 하로밧비 물너가거라. 君아! 가만히 안저 생각해 보아라. 그리고 反省하여라. 마즈막으로 編輯者의 精密한 考選을 빌고 紙面關係로 대강 쓴다. (白村人)

◀ 剽竊 作品을 編輯者가 一一이 알 수 업습니다. 이것은 여러분이 指摘하여 주서야겟습니다. 白村人에게 감사합니다. (C記者)

56 '白村人'은 전식(田植)의 필명이다.

鼓鍾生, "(文壇探照燈)少年 連作小說 「마지막의 웃음」은 權景完氏의 原作", 『동아일보』, 1931.4.22.[57]

藝術에 對한 良心에 背馳된 行爲를 取한 藝術家에 對하야 藝術과 社會는 그 藝術家의 埋葬을 必要로 한다. 萬若 그러한 藝術家의 存在를 容許한다면은 藝術 全體를 一良心에 背馳된 者로 하야금 汚濁의 陷穽에 墜落시키어 버리는 것이다. 藝術에 對한 良心에 背馳된 行動 中에도 第一 可恐할 行爲는 남의 作品을 自己의 것으로 發表하는 剽窃行爲이다. 이것은 藝術道德上으로쓴 아니라 社會의 모든 道德上으로 보아서도 容恕할 수 업는 行爲이다. 이것은 남의 所持品을 窃取하는 世上의 盜賊行爲와 何等의 다름이 업는 行爲이다. 어써한 見地로서 對할 째 世上의 각금 잇는 行爲보다도 더 큰 罪惡일 것이다. 藝術家의 良心을 去勢當한 行爲이다. 社會는 여기에 對하야 嚴重한 制裁로서 그러한 破廉恥漢을 埋葬하여 버리여야 한다. 그러할 義務와 責任이 잇는 것이다.

×

나는 여기에 最近에 잇슨 可恐할 大膽과 讚嘆할 勇敢(?)을 具備한 세 나어린 藝術家들의 剽窃行爲를 暴露시키려고 한다. 剽窃行爲에 三人의 共犯者가 잇는 것은 剽窃行爲가 存在한 歷史上으로 朝鮮쓴만 아니라 世界的으로 初有事라고 할 수 잇슬 것이다.

그것은 『東亞日報』 今年 二月 三日부터 學藝欄에 連載된 少年 連作小說 「마지막의 웃음」[58]이다.

---

57 '鼓鍾生'은 윤고종(尹鼓鍾)이다. '權景完'은 시인이자 평론가이며 조선프롤레타리아예술동맹의 맹원인 권환(權煥)의 본명이다.

58 『동아일보』(31.2.3~18)까지 총 10회 연재된 '소년연작소설'로 작품 제목은 「마지막의 웃음」이 아니라 「마지막 웃음」이다. 1~3회는 金龍俊 作 崔鍾漢 畵로, 4~6회는 崔鍾漢 作 金英僯 畵로, 7~10회까지는 古懷 作 김말레리아 畵로 된 연작소설이다. 1회에서 4회까지를 '第一回', 5회부터 8회까지는 '第二回', 9회 10회를 '第三回'로 하였다. 『新少年』에는 「마지막의 우슴」(1926년 2월호, 3월호), 「마지막 우슴」(1926년 4월호, 목차에는 '마지막의 웃음')으

第一回에 金龍俊 君 作 崔鍾漢 君 畵로 몃 回가 나오고 第二回는 第一回 揷畵에 傑作(?)을 보여 주든 崔鍾漢 君이 쓰고 金英僯 君이 亦是 傑作(?)인 揷畵를 그리엇다. 第三回에는 正體 몰을 古懷라고 하는 號로서 누구인가 썻고 揷畵는 金마리아라는 이름으로 그리어 連載되엇다.

그것이 十回 가량 連載되고 씃낫다. 씃난 것이 二月 十八日이다. 連載되어서 休載되는 날도 여러 번이여서 三日에 시작된 것이 十八日로 겨우 十回 內外의 것이 씃난 것이다. 왼 마지막 完結될 째 操心스러웁게도 "註"라고 쓰고 "이 小說에 주연 인물 윤갑두는 삼년 전 겨을 하루의 日記를 가하야 개작한 것을 기 쓰고 말해 둡니다"고 하야 노앗다.

처음 보는 이들은 그 梗槪의 훌륭함에 누구든지 놀라지 안을 수가 업슬 것이다. 더욱히 三人의 連作 少年小說로서 近來에 업는 傑作이라고 생각하얏슬 것이다. 나 亦是 그처럼 생각하고 읽엇든 것이다. 그러나 그러나 놀라지 말라. 讀者는 감쪽가티 속임을 當하얏든 것이다. 三人의 剽窃 行爲의 産品이엿든 것이다.

×

一九二六年(大正 十五年)『新少年』二月號(第四卷 第二號)를 보면은 讀者가 그들의 巧妙한 手段에 籠絡된 것을 알 것이다. 同號 第五○頁로부터 第五十三頁까지 「마지막의 웃음」이란 少年小說이 잇다. 作者는 權景完이라는 이이다. 「마지막의 웃음」은 同號뿐 아니라 다음 三月號 四月號 五月號까지 連載되엇다.

×

主人公인 尹甲斗 이름부터 權景完 氏의 尹甲斗와 同一하다. 그리고 비웃 팔러 다니는 것, 비웃을 中心으로 닐어나는 일(주인집 子息의 日本말 어머니의 同情 等) 돈 일전으로 胡떡을 입에 너엇다 내는 것 等 一寸一厘도 權景完 氏의 作品의 梗槪와 틀리지 안타. 筆致라든가 技巧 方面에는 족음씩 틀리는 데 잇지마는 그것도 大同小異이다. 權景完 氏의 것은 마지막에

로 게재 되었다.

와서 甲斗의 누의동생이 호떡을 보고 빙글에 마지막 웃음을 웃고 죽는 것인데 連作에는 甲斗가 縊死하는 데에 끗을 맷첫다. 다만 마지막 一回쑨 틀릴쑨 그 外에는 틀리지 안는다.

×

나의 本意는 藝術家의 本領을 喪失한 三人을 酷한 人身攻擊으로 對하려는 것은 아니다. 다만 萬人의 아페서 埋葬하야 버리려는 것이다. 힘써 말하거니와 社會는 藝術家에 向하야 藝術에 對한 良心을 要求한다. 萬一 그러치 안는다면 社會는 그 藝術家를 埋葬하야 버릴 것이다. 三人은 共히 이 埋葬當할 行爲를 犯한 것이다. 거기에 對하야 社會的 制裁가 업다면은 그들의 猖獗은 一層 激烈하야 神聖할 文壇을 冒瀆하야 버림에 니르를 것이다. 筆者가 幼稚하고 拙劣한 이 一文을 씀은 이러한 將來를 念慮함에서 지나지 안는 것일다.

金管, “우리들은 엇더한 노래를 불너야 조흔가”, 『별나라』, 통권49호, 1931년 4월호.

우리들은 여지것 음악에 대해서 쪽바른 리론(理論)을 갓치 못하엿다. 다시 말하면 우리들에 음악을 완전히 찻지를 못하엿다는 말이다. 그래서 이번 달부터 다달이 음악 이야기를 알기 쉬웁게 여러 가지로 써 볼 것이다. 처음으로 음악이란 것은 엇더한 것인가!를 쓸 작정이엿스나 그것은 다음으로 밀우고 이번에는 노래(童謠)에 잇서서 엇더한 것을 불너야 조흘가 하는 것을 써 보기로 하자! － 管 －

노래는 가장 음악 가운데에서도 커다란 힘이 잇는 것이다. 노래 가운데서도 요(謠)와 곡(曲)으로 맨드러진 것이 즉 동요(童謠)다. 여러 동무들은 노래를 모르는 이가 한나도 업슬 줄 안다 － 노래는 아러도 곡조(曲調)가 서툴너서 못하는 이가 잇더라도 －

그러나 내가 여러 동무의 부르는 노래를 하나식 못 드럿다 하기로 여러 동무들이 불으는 노래가 모다 조타고는 말할 수(이상 20쪽) 업다. 웨 그러나 하면?

온 세상에서 불니우는 노래(우리는 童謠만 한해서 말하기로 하자. 혹시 넓은 범위에서 유행가라든지 민요라든지 그 외에 노래도 말하겟스나) 가운데에는 우리가 불너서는 못쓸 것이 잇다. 노래는 불느라는 것인데 엇제서 못 부를 수가 잇나? 하는 의심이 날 것이다. 그것은 이러한 탓으로다.

공장에서 일하는 어린동무들이나 농촌에서 일하는 어린동무들이나 즉 무산소년소녀들이 불너야 할 노래가 짜로 잇기 째문에 그 박게 암만 훌륭하고 만히 흐터진 노래가 잇더라도 그것은 우리들이 헛되게 입에 불너서 못쓴다.

여러 동무들이 혼자서나 여럿이 서서 노래를 부른다고 치자. 가령 그 노래가 다만 달(月)을 아름답다고만 노래한 것이라든지 토키(兎)나 원숭이를 주(主)로 한 우슴거리나 방정마진 것만을 노래한 것(여기에서 그 實例

는 못 드나마)이라면 (우리 동무들 그 짜위 고약한 것도 부를니야 업겟지만) 우리에 마음은 자긔도 모르게 그 노래가 끼처 주는 영향(影響)을 밧게 되는 것이다. 만약에 작고만 그 따위 시드러진 아름목갓치 짜뜻한 아름다웨 보히기만 하는 노래는 아편(阿片) 모양으로 우리들에 정신(精神)을 차차 희미하게 만드는 것이다.

그 대신으로 우리들이 불너야만 할 노래는 쏘 퍽 만타. 가령

우리들은 힘이잇게 일하는동무
갓치웃고 갓치우는 정다운동무
두리둥々 펄々々々 소리놉히자
발맛치어 저벅々々 우리는가자

활발하고 용감 되고 힘이 넘처흐르는 피가 끌토록(점々 뜻을 색이고 불으고 불으면) 될 것이다.(이상 21쪽)

즉 우리의 힘 우리의 마음이 뿌리박힌 노래야만 한다! 그러면 우리는 엇더한 노래를 불너야 조흔가? 하는데 잇서서 대강은 짐작되엿슬 것이다.

여기서 우리들 노래를 레(例)를 일일이 들어서 이런 것 저런 것 하기는 퍽 복잡해지니까 압흐로 『별나라』에 실니우는 것이라든지 혹은 다른 방법으로 나오는 째가 잇슬 것이다.

마지막으로 한 가지 부탁은 입에 달다고 삿카린이란 해로운 것을 먹는 것과 갓치 유행가(流行歌)를 부르는 것을 주의하여야 할 것이다.

다른 소설이나 동화(童話)나 시(詩)나 아동극(兒童劇)에서 우리들에 것이 잇는 것과 갓치 노래도 역시 참다운 우리들이 불너야 할 것이 잇다는 것을 아럿슬 것이다.

×

좀 더 자세히 쓸여든 것이 편즙 시일이 촉박한 관게로 뜻과 갓지 못하엿고 쏘 한아 유감은 이러한 노래는 엇더하다는 것을 해부(解剖)해서 여러 동무 압헤 보이지 못한 것이다.(이상 22쪽)

鄭哲, "(읽은 뒤의 감상)『불별』은 우리들의 것", 『별나라』, 통권49호, 1931년 4월호.[59]

산 넘고 바닷물 건너 한 권의 책이 왓다.

그 책은 우리들의 여러 아저씨의 손으로 나온 조선서 처음인 푸로레타리아 童謠集『불별』이다.

우리들의 아저씨들은 우리들을 위하야 이 책을 꾸며 내섯다.

조금도 거짓 업는 우리들의 노래다. 공장에서 쉬는 時間, 農場에서 쉬는 시간 아니 쌈하는 그때 우리는 이 노래를 부르자. 朝鮮의 노동소년소녀 동무들!! 우리들은 아저씨들의 피(이상 25쪽)끌는 序文과 불타는 노래들를 벌서 읽엇슬 줄 안다. 나는 동경에서도 멀리 떠러저 잇는 鐵工場이 만흔 工場村에 사는 職工少年이다.

우리는 공장 직공회를 조직하고 한 달에 네 번식 모이여『별나라』를 읽엇다. 그리고『新少年』도 읽엇 밧다.

그러다가 요새 와서는『불별』이 나왓기 때문에『불별』을 읽기에 야단들이다.

그리고 노래도 만이 배워서 꽤 노래하게 되엿다.

여러 동무들! 동무들은 깁버하라.

우리에게도 이런 책을 갓게 되엿슴으로 여러 동무들은 꼭『불별』을 읽어라. 그리고 넓히 선전하야 왼 세상을 우리들의 노래로 덥도록 하자.

멀니서 여러 동무들의 몸 튼튼하기를 바라며 우리는 우리끼리 노래 부르기를 멀니서 빈다.

그리고『불별』을 우리들에게 만드러 주신 여덜 아저씨들의 근강을 빌며 압흐로도 쓰닐 사이 업시 우리들에게 조흔 노래를 들여주시기 바란다. 一九三一. 三. 一〇日 (이상26쪽)

---

59 원문에 '東京 鐵工場 鄭哲'이라고 되어 있다. 정청산(鄭靑山)의 필명이다.

洪銀星, "朝鮮童謠의 當面 任務", 『아이생활』, 제6권 제4호, 1931년 4월호.

元來 나는 童謠 作家가 아니외다. 때아서 童謠에 對한 常識도 薄弱하기 짝이 없음니다. 그러나 그래도 굿태여 請하시는 바와 같이 몃 줄 말삼하라고 하시면

一. 童謠라 하면 곳 어린이의 놀애이란 말과 같이 活潑한 少年의 氣像이 낫타난 것이라야 할 것이라 하오며

二. 딸하서 어린이들이 입에 맛처서 能히 自由自在하게 다시 말하면 自然스럽게 불을 수 잇는 것이라 생각하오며

三. 무슨 作品이든지 그러치오마는 時代的 瞬間性을 띤 作品 다시 말하오면 流行的의 作品은 眞正한 意味에 잇서서 藝術的 價値가 稀薄한 것이오매 永遠한 悠久性을 띠게 한 作品이라야 될 것이라 생각합니다. 例컨대 「달아달아 밝은 달아」의 童謠는 우리 朝鮮 萬代까지라도 어린이들이 불을 것이 아니오니까.

四. 朝鮮 童謠의 現階段的 當面任務는 우리들이 늘 보고 듯고 하는 우리 朝鮮 民族이 共通으로 밧고 잇는 悲哀와 沈痛한 生活의 表現을 要할 것이며 悠遠한 將來의 幸福을 憧憬하는 ××的 氣分이 濃厚한 것이라고 생각합니다. 다시 말하면 共同一致로 우리가 깨달어 하려고 하는 바 單一線에 進出하는 意味의 作品이여야 하겟다는 말입니다.

五. 以上에 말삼 드린 것을 實現하기 위하야 在來 童謠를 全的으로 抛棄又는 整理하면서 製作해 내어야 될 것이라고 생각합니다.(이상 5쪽)

金泰午, “童謠運動의 當面 任務”, 『아이생활』, 제6권 제4호, 1931년 4월호.[60]

！머리ㅅ말！

소년문학(少年文學)운동 가온데 가장 중요한 지위를 점령하고 잇는 것은 동요(童謠)와 동화(童話)일 것이니 나는 여긔에 잇어서 동요운동만을 말하고저 하는 것입니다. 옛날붓터어(단군한배 때붓터) 조선에도 동요가 업지 안은 배는 안이나 재래(在來)로 소년문학을 꾸밈에 긔초가 되는 이 보물(寶物)인 동요를 니저바린 대신에 퍽으나 등한해 온 것은 속일 수 업는 사실이외다.

그리다가 조선에도 막연하나마 신흥동요운동이 싹트기 비롯한 지가 지금으로붓터 십년 전의 일이라고 볼 수 잇습니다. 그때는 외국동요를 번역하며 조선 전래(傳來)동요의 사사조(四四調)를 본떠서 신문이나 잡지에 간간히 발표하게 되엇습니다.

× ×

그리자 조선에 소년운동이 긔운찬 소리로 부르짓고 나타날 때 소년문학운동 ― 다시 말하면 이 동요운동도 더 새로운 발전(發展)을 보게 된 것입니다. 그 후 一九二七년 九월에 조선에 잇서서 특히 동요연구에 만흔 뜻을 가진 몃 분들의 알선으로 ― 〈조선동요연구협회〉가 창립된 이후로 그 선전(宣傳)과 보급(普及)에 힘쓴 결과 그 보람이 만이 나타나게 되엇습니다. 그리하여 근대에 와서 신문이나 잡지상으로 조선의 어린 맘을 읇을 수 잇는 예술품(藝術品)인 이 보물(寶物)을 차즈려고 또는 맨들려고 애쓰는 어린동무들이 날로 왕성하여 가는 것은 실로 압흐로 오는 우리 조선을 위하야 깃버하기 마지안습니다.

말이 선 박그로 나간 것 갓습니다마는 동요운동의 당면 임무를 말하랴

60 원문에 '朝鮮童謠研究協會 金泰午'라 되어 있다.

니까 우에ㅅ 말을 하는 것도 뜻 없는 배는 안입니다. 다시 말하면 우리는 전과 갓치 한 줄에 쏘인 그저 막연하게 동요를 쓸 것이 안이라 이제부터는 여러분이 동요를 쓰실 때에 먼저 지금의 조선이 어쩌한 특수환경에 처하야 잇다는 것을 깨닫고 쓰서야 될 것을 알어야 됩니다. 지면(紙面) 관게도 됨으로 나는 여긔에 극히 간단한 세 가지 당면 임무를 말하고저 합니다.

一. 창가(唱歌)를 배격(排擊)할 것

재래(在來) 조선에서 유치원이나 보통학교에서 배우는 창가는 어린이의 맘과는 조곰도 부칠(이상 6쪽)성이 없는 대개는 공리적(功利的) 목적을 갖이고 지은 노래이기 때문에 자긔 소년시대의 공상(空想)과 곱고 깨끗한 맘성을 돌아보지 않고 다만 리지(理智) 그것에만 팔려서 마츰내 평범한 수공품(手工品)을 맨들어 교훈과 지식을 넣어 주겟다는 공리적 가요(歌謠)이기 때문에 어린이의 감정생활(感情生活)에는 하등의 교섭(交涉)이 없엇든 것은 누구나 부인할 수 없는 사실일 것입니다.

세상에서 불러야 아모 재미도 없고 부자연(不自然)에 빠지거나 사리(事理)만 밝히거나 한 창가만 유치원이나 소학교 과정(科程)에까지 넣어서 우금껏 배우게 한 것은 암만 생각해 보아도 찬성할 수 업는 일입니다. 그럼으로 우리는 어린이생활에 아모짝에도 쓸모없는 이 창가를 배격하는 동시에 어린이생활에 한시라도 없지 못할 예술적 향기가 있는 새로운 동요를 유치원이나 보통학교 과정에 넣어 교수하게 하여야 할 것이니 이 역시 동요운동의 당면 임무의 하나임을 제창(提唱)합니다.

二. 씩씩하고 예술적(藝術的)인 동요를 수립(樹立)할 것

우리의 모든 환경과 립장(立場)이 막다른 골목에 니르럿다고 락심만 해서는 절대 금물(絶對禁物)입니다. 근래에 와서는 동요 작품의 거이 전부가 '쎈티멘탈'적 동요 그것입니다. 우리의 현실이 이처름 비참한이만치 그런 동요가 필연적 소산(所産)이라고 말할 수 있으나 우리는 너머나 값싼 눈물만 흘이면서[61] 신세타령! 팔자타령!으로만 만족할 수 없는 것이니 좀 더 힘 있는 건전한 노래(健全한 童謠) 또는 '유모어'적 노래를 요구합니다. 말

하자면 동요작가들은 조선의 어린이로 하야곰 씩씩하게 뻗어 나아가고 힘을 길러 주어야 된다는 것입니다.

× ×

그럼으로 우리는 그 흠점을 보충하기에 만족한 속살(內容)이나 꾸밈(形式)도 등한이 볼 수 없는 동시에 무엇보다도 예술적(藝術的) 향긔(香氣)가 있는 건전(健全)하고 '유모어'적 새로운 동요를 창작(創作)하여 어린이로 하여금 노래로 부를 수 있게 춤을(舞踊) 출 수 있게 하겟다는 것이 우리 신흥(新興)동요운동의 당면 임무(當面任務)일 것입니다.(이상 7쪽)

三. 동요작곡집 발행을 촉진(促進)할 것

동요는 음악과 서로 떠러지지 못할 친밀성(親密性)을 갖이고 있읍니다. 동요가 음악화(音樂化)하야 동요 곡조가 되고 동요곡이 무용화(舞踊化)하야 동요유희(童謠遊戲)가 되는 것입니다.

그럼으로 동요는 말(言語)의 조자(調子)가 음악적으로 우수(優秀)하여야 할 것은 물논이오 동요를 지을 때는 속살인 생각(思想)과 감정(感情)을 중요하게 아는 것과 마찬가지로 용어(用語)와 '리듬'에 일층 주의하여야 할 것이니 글자 하나에도 길이(長) 넓이(廣) 높이(高)가 있고 강약(强弱)이 있으며 음색(音色)이 있음으로써외다. 그럼으로 동요작가들은 이 점에 특히 류의(留意)할 것입니다.

× ×

최근에 와서 동요작곡집이 종종 나타나게 됨은 실로 기뻐할 바입니다. 그렇나 유감스러운 것은 어떤 것은 대부분이 재래에 어른들이 불으든 어려운 창가와 같은 곡보에다가 억지로 동요를 끌어넣어 곡을 맨든 것이 있으니 우리는 그 선택 취급에 등한해서는 안 될 것입니다. 이 점에 있어 〈조선동요연구협회〉의 "소임"이 크다고 봅니다.

동요작곡가(童謠作曲家)는 동요의 시상(詩想)을 자긔의 심금(心琴)에 울려 악상(樂想)으로 나타(表現)난 것이어야 할 것이니 우리는 충실한 동

61 '흘리면서'의 오식이다.

요작곡가의 배출(輩出)을 바라서 마지안는 동시에 동요작가로써의 동요작곡가를 요구합니다. 그래야만 참다운 동요곡을 맨들(創作) 수 있기 때문이외다.

〈조선동요연구협회〉에서는 작곡집을 추천하여 지금 소년대중이 절실히 요구하는 동요작곡집(童謠作曲集)을 발간(發刊)하여야 될 것이며 딸아서 그 선전(宣傳)에 게을리하지 말 것입니다. 그리고 각 출판업자(出版業者)들은 넘어 다 영리(營利)에만 몰두(沒頭)하지 말고 좀 더 넓은 의미(意味)에 있어서의 이런 작곡집을 출판하기를 긔대(企待)하는 바입니다. 또는 소년잡지사(少年雜誌社)와 신문사(新聞社)에서는 그 보급(普及)에 힘써 주기를 부탁합니다.(이상 8쪽)

! 맺는말 !

나는 우에 있어서 간단하나마 조선동요운동의 당면 임무를 단편적(斷片的)으로 말햇습니다. 소년문예운동(少年文藝運動)으로 보아서 작년 일 년을 통하야 가장 활긔(活氣)를 띈 것은 동요작품일 것입니다. 참말 전에 없든 다량생산(多量生産)이었읍니다 그렇나 그 질(質)로 보아서 무게 있는 작품이 적은 점에서 한숨을 쉬게 되었읍니다. 우리는 작품 한 개를 내어놓더래도 신중히 생각하여 무게 있는 것을 발표하여야 될 것입니다. 여긔에 한마듸 말할 것은 근래에 여러분들 가온데 동요작품을 많이 보내며 작곡(作曲)을 해서 보내 달나고 심하여는 날ㅅ자까지 정하고 작고 독촉을 하는 분네들이 많으니 실로 답답한 일입니다 작곡이란 것은 그렇게 쉬운 것으로 알어서는 안 될 것이며 또는 책임이 있는 것입니다. 혹시 여러분이 보내시되 가장 자신 있는 작품을 보내 주시기를 부탁합니다.

× ×

이처름 신흥동요운동이 날을 거듭하여 발전하게 됨은 실노 기뻐할 현상입니다. 우리는 이 一九三一년(辛未年)붙어는 좀 더 운동을 통일적(統一的)으로 조직적(組織的)으로 전개(展開)해 가기를 비는 바입니다. 말하자면 동요작가들은 지금 백여 명의 회원을 갖이고 있는 — 조선동요운동의 총본영(總本營)이라고 말할 수 있는 〈朝鮮童謠研究協會〉의 긔ㅅ발

아래로 한데 힘을 뭉처서 나아가야 될 것입니다 그리하여 우리 앞에 당면한 동요운동의 모든 문제를 하나식 풀어 나아가기를 성심껏 비는 바입니다.

一九三一. 正. 二六 脫稿 ㅡ (이상 9쪽)

주요한, "童謠月評", 『아이생활』, 제6권 제4호, 1931년 4월호.

봄길

金青葉

－ 一 －

봄바람 스처넘는 꼬부라진길
할머니 다리아파 쉬어가는길
× × ×
늘어진 버들가지 춤추는알에
새놀애 들으면서 쉬어가는길
－ 二 －
이길로 가고가면 간도가는길
이웃집 순희언니 이사가든길
× × ×
길가에 꽃을꺽거 나를달래고
풀피리 뜻어불며 둘이울든길
(『東亞日報』, 三月 五日)

【評】 버들가지 춤추고 새는 노래하는 봄이엇마는 먼 간도로 리별한 어린 시절 친구를 추억하고 그리워하는 봄 깁브고 즐거워야 할 봄이 도리어 검은 그림자 치는 봄입니다.

선명한 화폭에 얼룩이 간 풍경입니다. 이것이 조선의 현대 민요의 한 긔본적 곡조가 될 것은 의심 없읍니다. 이 동요에는 그 쓴맛이 좀 더 철저히 표현되지 못한 것이 유감입니다.

눈물

平壤 姜順謙

어머님을공연히

속상케하고
오히려내마음이
더설어워서
우리집뒤담에서
울엇습니다.

× × ×

저녁해가뷁어케
빗친담뷁에
눈물젓은손끗으로
『어머니』라고
몃번이나되쓰면서
울엇습니다
(『東亞日報』 三月 五日)

【評】 感傷主義는 決코 덮어놓고 排斥할 것이 아닙니다. 이 노래에 나타난 感傷主義와 같 (이상 58쪽)은 것은 매우 興味 잇는 感傷主義입니다. 그것은 兒童心理의 現實에서 따온 것이기 때문입니다. 虛僞의 感情이 아닌 까닭 억지로 짜내는 눈물이 아닌 까닭입니다. 童詩로서 流行하기 쉬운 作風입니다. 그러나 그것만을 너무 濫作하면 結局 內容 없는 恨嘆主義에 빠질 念慮가 없지 아니합니다.

희망의씨를뿌리자

高文洙

오 농부여! 이짱의少年農夫여!
二千萬겨레의生命을 북도다줄
그갑무거운 養分을 제공할
조선의 그대들이여!
봄이외다.
죽엇든生物이 새로운生命을 품고
다시금사러나는 희망에찬시절이외다

길써나는 도랑물 좔좔흐름에
보라 말근희망이 싸르는것을……
들으라 아즈랑이 춤추는들에
가득넘친 봄의노래를……
오― 農夫여! 이짱의少年農夫여!
그대들의 억세인 무쇠팔을부르것고
거츠른이짱에 開拓의광이를 나려
압날의 쏫피여 열매매즐
희망의씨를 뿌리사이다.
二千萬겨레의 붉은生命의 쏫을피울
그갑무거운 희망의씨를 심우사이다.

一九三一. 一. 一三

(『新少年』, 三月號)

【評】希望의 봄 그 快活한 情調와 樂觀的인 希望을 우리는 祝福합니다. 어듸까지든지 晴朗하고 順調인 노래입니다. 그러나 그 快活한 氣分을 나타내는 材料가 豊富히 使用하엿다고는 말할 수 없읍니다. 比喩는 平凡하외다. 形容詞는 缺乏하외다. 暗示가 없고 너머 열습니다. "希望의 한 시절" "맑은 希望" "希望의 씨"…… 너무도 抽象的이외다. 우리는 노래를 지을 때에 농사짓는 이상으로 ― 적어도 그만큼은 힘을 드려야겟습니다. 가꾸고 김매고 물주고 힘을 드려야겟습니다.

농학박사

金鍾大

우리식구 열식구
오늘오늘 오형제
벌거숭이 두동생
농과대학 예비과
흘버슨 세형제
농과대학 실습과

쌈과피로 월사금
우등졸업 하얏지
농학박사 되엿지.
(『新少年』 三月號)

【評】 "땀과 피로 월사금" 한마디를 취합니다. 그 밝에는[62] 결국 잘 어울리지 안는 비유법입니다. 억지로 갓다가 부친 노랩니다. 감격성이 없고 재주를 부렷습니다. 그것도 잘못 부렷습니다.(이상 59쪽)

62 '밖에는'의 오식이다.

리은상, "옛날 조선의 어린이들의 노래-'어린이날', 어린이들에게", 『동아일보』, 1931.5.3.

편즙하시는 선생에게로부터 "옛날 어린이들의 노래" 속에서 특히 열 살 안쪽에 지은 것 네다섯 개만 골라 우리 여러 어린이에게 보여달라는 부탁을 받앗습니다.

그러나 참고할 만한 시간 여유도 없이 급작스리 말슴하시는 것이라 좀 더 좋은 것을 고르지도 못하고 긔억 되는 대로 몇 개 알려드립니다.

◇

창밖에 우는새야
어늬산서 자고왓노
산엣일 너는알지
진달래꽃 언제피노
(原詩)
牕外彼啼鳥 何山宿便來
應識山中事 杜鵑開未開

이 노래는 그 생각이 참 동요답습니다. 지금으로부터 한 구십년 전 헌종(憲宗) 임금 때의 사람 서긔보(徐箕輔)란 이의 안해 박죽서(朴竹西)[63]란 녀자가 열 살 때에 지은 것입니다. (혹은 여듧 살에 지엇다고 적힌 대도 잇스나 그의 시집(詩集)에는 열 살이라 쓰엿습니다.)

우리 조선에는 녀자 시인도 수백 명이나 되거니와 그이들 가운대서도 이 죽서란 녀자는 이같이 어린 때로부터 재주가 많앗습니다.

◇

63 박죽서(1817~1851)는 조선 철종 때의 여류시인으로, 호는 반아당(半啞堂)이다. 서기보(徐箕輔)의 소실이다.

秋月이 滿庭한데
슬피우는 저기럭이
霜風이 日高하면
돌아가기 어려왜라
밤중만 中天에떠잇어
잠든나를 깨오나니

이것은 우리 조선의 노래인 시조(時調)라는 것입니다. 이 시조는 김긔성(金箕性)[64]이란 이가 여듧 살 낫을 때에 지은 것입니다. 시조는 전부 어른들이 지은 것이요 열 살 안쪽의 어린이로 시조를 지은 것은 지금까지에 나타난 수천 수의 시조 가운데 오로지 이것 하나뿐입니다. 참 귀한 노래입니다. 예전의 어린이들은 조선 노래인 이 시조를 어릴 때부터 듣고 배우고 하엿든 것인 줄 짐작됩니다.

◇

구름은 뫼락헤락
달은찻다 기울만정
이내마음 가시쟌소
인간에 많은병이
상사에밖 또잇는가
(原詩)
雲聚散
月盈虧
妾心不改
世間多病
是相思

이 노래는 지금으로부터 한 륙백년 전 고려(高麗) 마지막에 나라를 위하

64 김기성(1752~1811)은 조선 후기의 문신, 가인(歌人)이다. 초명은 두성(斗性), 자는 성여(成汝), 호는 이길헌(頤吉軒)이다.

야 피를 흘린 정몽주(鄭夢周)란 어른이 일즉 아홉 살 되시엇슬 때 외삼촌의 집에 가서 게시다가 그댁 게집종이 자긔 남편에게 편지 한 장을 써 달라 함으로 이 노래를 편지 대신 써 주엇다는 것입니다.

◇

가재야 가재야
너도엄마 잃엇느냐
나도엄마 잃엇노라
너먹을줄 내알건만
엄마여윔 날같기로
너를놓하 보내노라
(原詩)
鰲兮鰲兮
汝亦失母乎
吾亦失母矣
吾知其烹汝食之
汝之失母猶我也
是以放汝

이 노래는 자래노래(石鰲歌)니 지금으로부터 한 五백여 년 전 고려 마지막 때에 나라가 점점 망하여 가는 것을 보고 벼실을 버리고 슬픔을 먹음은 채 멀리 경상도 시골로 가 남은 해를 숨어 지난 길재(吉再)란 어른이 일즉 여듧 살 되엇을 때 그 아버지 길원진(吉元進)이란 이가 보성(寶城)이란 곧으로 구실 살러 가면서 록(祿) — 월급 — 이 적어 내외만 떠나고 아들 길재는 외가에 맡겨 두고 떠낫드니 어느 날 길재는 혼자서 냇물가에 나가 놀면서 가재 한 마리를 잡앗다가 도로 냇물 속에 놓아주며 이 노래를 지어 부르고 울엇다는 것입니다.

그는 어머니를 그리는 마음이 이렇게도 지극하엿고 또 그 순결한 생각이 물고기에게까지 밎엿습니다. 순정 그대로 노래한 동요입니다. (五月 二日)

尹鼓鐘, "藝術家와 剽窃(一)", 『매일신보』, 1931.5.22.[65]

一

한 藝術家가 美的 衝動에 依하야 한 새로운 藝術의 創作을 다하얏을 때 그 藝術家는 神聖한 美의 使徒로서 存在를 承認 바든 것이다. 藝術家의 才能 如何와 그 創作品의 傑作 劣作은 問題가 아니 된다.

神聖한 藝術家의 態度와 不屈한 意志로서 自己의 使命에 邁進할 때 地位와 名譽를 所有치 안은 一無名의 藝術家라 할지라도 발서 이 世上에 그 以上 업는 尊敬할 藝術家라고 할 것이다.

그것은 웨 그러할까?

眞摯한 尊敬할 一美의 使徒로서 美의 創造에 가장 忠實하엿슴으로 그러하다.

그러나 한번 世上에서 요란하게 써들며 支持를 밧고 數만흔 崇拜를 밧는 偉大한 一世의 大藝術家라 할지라도 美의 使徒로서 그 神聖할 創造의 本意를 忘却하고 絶對로 神聖할 藝術의 本領을 冒瀆한다면은 그 藝術家는 조곰의 價値도 업는 腐敗한 老朽한 似而非 藝術家의 一人으로 墮落하여 바리는 것이다. 그러한 藝術家는 前者 —— 一無名의 藝術家에게 比較하면은 天地의 差를 發見할 汚濁한 藝術家이다.

우리는 空虛한 轉變無常한 世上의 쩌-내리즘에 依한 流行文名에 批判眼을 쌧기지 안코 美의 使徒로서 美의 創造에 努力하며 天賦의 使命에 邁進하는 不撓不屈한 意志를 所持한 藝術家만을 眞實한 藝術家라고 支持하여야 한다. 自己의 등진 큰 責任과 使命을 忘却하여 바리고 藝術의 神聖에 背反된 行爲를 犯할 때 如何히 過去에 잇서 絶對的 民衆의 支持와 崇拜를 바든 藝術일지라도 헌신짝과도 가티 排棄함에 愛着을 두어서는 아니 된다.

---

65 이 글은 아동문학과 직접 관련되는 것은 아니다. 일제강점기의 아동문학에 흔했던 표절 문제에 관한 당대의 인식을 살펴보기 위해 수록하였다.

우리는 過去의 諸 時代의 歷史에 잇서서 지낸 功勞에 依하야 處置를 게을이함으로서 想像할 수 업는 破綻을 誘致한 例를 만히 본다. 더욱히, 藝術의 神聖과 藝術家로서의 高潔할 節操를 忘却하고 破廉恥한 行爲를 犯하엿을 때 社會는 거기에 對하야 斷乎한 制裁를 加하지 안으면 아니 된다.

將來를 念慮하야 徹底的으로 民衆의 압헤서 埋葬하여 버리는 일은 가장 進步的인 社會의 가진 當然한 義務다.

民衆의 當然히 가저야 할 權利의 하나이라고 할 것이다.

二

藝術家의 高潔한 節操 그것은 創作에 對한 熱火 갓흔 良心을 닐음이다.

藝術의 創作에 臨하야 老齡의 偉大한 藝術家는 天眞爛漫한 童心의 結晶을 目的하야 努力한다. 童心 - 이것은 이 世上에 업는 良心의 일홈이다.

藝術家는 이 世上에 가장 道德的 觀念이 强한 사람을 닐은다.

尹鼓鐘, "藝術家와 剽窃(二)", 『매일신보』, 1931.5.23.

그들은 自己가 目的하는 創作品에 對하야 不得已 良心을 所有치 안을 수 업게 되는 것이다. 創作品이 不信과 歪曲에 充滿되엿을 때 藝術家로서의 存在가 危險에 臨한 것을 意味한다. 藝術家 卽 良心이라고 닐으는 것은 여기에 잇는 것이다.

過去의 歷史上에 偉大한 創造의 結晶을 이 世上에 내여오는 모든 藝術家는 누구── 할 것 업시 藝術에 對한 熱火 가튼 良心을 所持하엿든 것이다.

그들에게 잇서서는 藝術에 對한 良心이 全 生命이엿스며 全 生涯이엿섯다.

남몰을 藝術을 爲한 努力과 苦痛은 自己의 所持한 藝術家 特有의 良心을 爲한 努力과 苦痛이엿섯다. 萬一 藝術家의 良心이 缺如하엿다면 그 藝

術家의 藝術에 對한 落伍를 意味하엿든 것이다. 藝術家의 全 一生은 藝術에 對한 良心如何에 左右되엿다.

그것은 藝術을 相對로 하는 社會가 그러하기를 要求하엿스며 藝術自體가 그것을 必要로 하엿다.

榮譽 잇는 過去의 偉大한 藝術家일지라도 一朝에 社會에서 埋葬當하며 그 榮譽을 奪取當함은 이 良心의 缺如에 大部分의 原因이 잇다.

藝術家의 生命은 良心이라는 어느 文豪의 말은 時代를 超越한 永遠不變의 眞理이다.

社會에서 附與된 地位를 奪取當하고 名譽의 絶頂에서 汚濁의 陷穽에 墮落하여 바리는 行爲는 剽窃行爲이다.

藝術家를서 一次 "剽窃漢"의 汚名을 닙자 발서 藝術家로서의 存在할 資格을 拒絶當한 것을 意味하며 自手眼盲으로 自己로서 存在를 拒避하는 것일다.

"剽窃" —— 이는 藝術家와 藝術이 存在하고 社會의 支持가 藝術에 必要할 그날까지 時代를 超越하고 存在할 藝術의 神聖冒瀆의 中의 最大한 罪惡의 하나이다.

三

文壇 乃至 藝術 全 部門의 "剽窃"이 存在하는 그 瞬間까지는 藝術家의 全部가 諸 教徒와 가튼 美의 使徒라고 할 수가 업스며 絶大한 特權을 所有할 權利를 所有치 못함을 意味한다. 그리고 藝術作品 全部로서 百代의 산 聖典에 比較함은 可笑할 自負의 一種이라고 할 것이다. 眞實한 人生의 指南針이 되며 人間生活에 必要不可缺의 것이 되려면 爲先 藝術 全 部門 內에 棲息한 藝術家의 高潔할 節操가 必要한 것이다.

高潔할 節操 —— 그것은 剽窃의 根本的 絶無를 意味한다.

現實의 歪曲 僞造의 梗概 等도 不純한 行爲이라고 할 수 잇는 것이다.

그러나 今日의 切迫한 問題는 藝術家로 쏘 剽窃行爲의 根本的 退治인 것이다.

萬若 藝術家로서 가장 忌避하여야 할 剽窃行爲가 藝術 全 分野에 存續

한다면 社會의 不安과 不信이 極度에 達한 이 社會는 旣存 藝術 全部를 否定 埋葬하여 바릴 것이다.

剽窃과 藝術家를 一丸으로 하야 ── 이것은 筆者의 獨斷이 아니요 嚴然한 客觀的 事實인 것이다.

五. 二.

李孤月, “(受信局)反動的 作品을 淸算하자!!”, 『별나라』, 통권50호, 1931년 5월호.[66]

至今에 우리의 童謠界를 一覽하면 日刊 三新聞 學藝欄과 月刊 諸少年讀者欄에 發表되는 童謠의 數量으로는 퍽 만흐나 그 質에 잇서서는 아조 貧弱한 感이 만타. 즉 다시 말하면 우리 푸로 少年들이 가삼에서 쓰겁게 울어나온 참되고 힘 잇는 作品이 些少한 反面에 쁘르조와들이 배부르고 한가한 남아지에 興이 겨워 “달이 밝다 꼿이 붉다!” 하는 等 反動的 童謠作品이 만히 橫行한다는 말이다. 우리는 英國이나 米國과 갓튼 富饒한 나라 少年들이 안이다. 가난한 朝鮮에 태여나 옷과 밥이 넉넉치 못한 少年들이 안인가! 그러면 배곱하 울고 잇는 우리로서 어느 餘暇에 가만히 안자 “달이 밝다 꼿이 아름답다” 하는 閑暇한 노래를 부르고 잇슬 것인가? 아니다 우리는 우리의 實生活에서 떠나지 안는 노래와 삶을 불으짓는 힘 잇는 노래를 불너야 할 것이다. 그리하야 우리 童謠作家는 總動員으로 그들 反動的 童謠作家를 우리의 陣營 內에서 모조리 逐出식히고 그들 作品을 撲滅하는 同時에 우리의 삶을 찻는 긔운 나는 노래를 불으자! 最近 『별나라』와 『新少年』 兩誌가 그 誌面에 率先하야 푸로 作品만 실는 것이 조흔 傾向이라 하겟다. 우리는 이때가 反動作品을 淸算할 時機임을 忘却치 말자.

一九三一. 三. 二○ 〈글벗社〉에서 (이상 45쪽)

66 원문에 '三長 글벗社 李孤月'이라 되어 있다.

金血起, "投稿作家 여덜 동무에게", 『별나라』, 통권50호, 1931년 5월호.[67]

나는 他鄕의 職工少年이다.(이상 45쪽) 힘 잇는 職工少年이다. 무엇이 무서우며 무엇이 걸일 것이 잇는냐. 朝鮮에 잇는 동무들아. 너이들도 힘 잇게 일하고 잇는 걸 안다. 그리고 때때로 긔게 밋헤 모이여 무엇을 의론하고 잇슬 것이다. 너이나 우리나 하는 일 또 의론하는 일은 다 갓흘 것이다. 朝鮮의 동무들아. 나는 너이들 중에 무척 약한 동무를 발견햇다. 그 동무들은 이런 동무들이다.

朴炳道, 趙敬信, 睦一信, 鄭賢杰, 朴約書亞, 金聖道, 李鍾淳, 金大昌

나는 왜 약하다고 말하는 것일가. 왜 主張과 主義가 업느냐 말이다. 너이들은 自身을 생각해 봐라. 小說이나 童話나 童謠를 왜 작난거리로 아느냐. 너의들의 主義를 노래하며 너의들의 부루지즘이 이 童謠 詩가 아니냐. 그럿타면 너의 主義 主張은 어늬 쪽으로 가든지 決定되여야 할 것이다.

그러나 너의들은 아즉도 主義 主張 업는 죽은 사람이다. 풀속에서 썩는 호박이나 갓다. 깨다러라. 그리고 너의 노래는 너의 생활에서 쏘다지는 그 분함 또 압흐로 쌈에 대한 ××을 노래하라. 너이들은 왜 이 雜誌에는 이럿케 노래하고 저 雜誌에는 저럿케 노래하느냐 말이다. 너의들은 發表心을 버려라. 그 發表心을 갓는 그네들은 돈 잇는 아들들이 하는 일이다. 우리는 우리의 진정한 노래를 부르자. 그리고 主義 主張를 굿게 가지자.

雜誌의 主義를 짜러 글 쓰는 者를 나는 써근 호박이라고 말하야 두고 八人 동무 몸 근강과 함께 참다운 동무가 되기를 멀이서 빈다. 쓸々한 벌란

67 원문에 '北滿洲 金血起'라 되어 있다.

에서[68] 八人 동무는 노하거나 그러지 말고 잘 自己를 생각해 봐라. 그러면 쏘 어데서인지 만나자.(이상 46쪽)

68 '벌판에서'의 오식이다.

姜昌福, "읽은 뒤 감상", 『별나라』, 통권50호, 1931년 5월호.

나는 金光均 氏의 「少年部는 작구 組織된다」[69]를 읽엇다. 그럿타. 우리는 우리끼리 모이여야 한다. 그리고 입으로만 써드는 탈 쓴 그네들을 우리들은 여지업시 박차 버리고 마러야 한다.

그리고 우리는 少年會에서 "우리를 사랑하야 다오" "우리들은 天使"이라고 부루짓든 그 부루지즘을 매장하여야 하겟다.

그리고 우리는 이럿케 부루짓자.

"소년직공의 야업은 반대한다."

유년 견습직공에게도 월급을 주고 노동시간 여섯 시간으로 할 일 소년 점원의 대우개선 공장의 위생의 설비 완전을 요구 조선의 업는 소년소녀 동무들 그네들도 다 소년회을 버리고 조합소년회로 모이자.

우리는 한 집안 식구가 되지 안흐면 안 된다. 공장에서 농촌에서 상점에서 우리들의 리익을 위하야 갓치 울고 갓치 날쒸는 그 동무가 아니면 우리는 의리의 쯧을 달할 수 업다. 우리는 조합소년부로 모이자는 것이다. 너의들도 金光均 氏의 글을 읽고 소년회를 버리고 조합소년부로 모일 것을 나는 밋는다. 나도 오늘붓터 동리 아저씨들과 조합소년부 조직에 밧부다.

그래 오늘도 늣도록.

조합 등잔 아래에서 의론하고 결심하고 내일붓터 동무들을 차저다니기로 하엿다.(이상 58쪽)

69 군산 김광균(群山 金光均)의 「(少年報告文學)少年部는 작구 組織된다」(『별나라』, 통권49호, 1931년 4월호, 2~3쪽)를 가리킨다.

李文海, “동무소식”, 『매일신보』, 1931.6.2.

◀ 나는 지난 四月 二十八日 附『東亞日報』文藝欄에서 平壤 元寶成 君의 發表한

님그리는 봄

一. 진달레의쏫이피면
　　　오신다든님
　진달레의봄은가도
　　　아니오시네
二. 진달레쏫필적마다
　　　그리운생각
　진달레쏫질적마다
　　　매치는설음
三. 녕변에도약산동대
　　　야즈라진바위
　한송이진달레쏫
　　　간들거리네
四. 봄만가고안올줄은
　　　쌘이알면서
　속아～십년에도
　　　닛지못하네

를 본 일이 잇다. 나는 그 當時 허리가 끈허지도록 웃고 마랏섯다. 내 겻헤 잇든 벗들도 나와 갓치 웃고 말앗다. 그것은 내가 퍽 오래전부터 愛誦해 오든 劉道順 氏의

진달내쏫

　진달내의봄이되면

오신다든님
진달내의봄이가도
안이오시네
진달내쏫필적마다
그립은생각
진달내쏫질적마다
매치는설음
녕변에도藥山東臺
야즈러진바위
한송이의진달내쏫
간들거리네
봄만가고안올줄은
뻔이알면서
속아〰십년에도
닛지못하네

그것과 秋毫도 틀림이 립는[70] 짜닭이다. 다못 題目만 「진달내쏫」을 「님 그리는 봄」이라고 곳치여 내엿슬 싸름이다. 나는 그 當時에 함께 안젓든 여러 벗들과 한가지로 그것을 엇썬 어린 동모의 한 장난 그대로 돌니고 말앗다. 그런고로 그때에는 이런 글쓰기를 퍽으나 躊躇하엿다. 웨 그러냐 할 것 가트면 아모 철업는 어린 동모의 일이니 그만 웃고 말자고 하는 생각이엿다. 그러나 요즈음 들은 즉 元 君은 間或 그런 즛을 지금도 하는 모양이다. 나는 더— 참지 못하게 되엿다.

元 君의 將來를 생각하는 마음으로 그대로 버려두워서는 아니 되리라고 생각되엿다. 그래서 부질업슨 즛인 줄 뻔연히 알면서도 몃 줄 써 보는 것이다.

元 君이여. 그런 것을 장난질 칠 짬이 잇거든 차라리 그 方面에 對한 책들이나 만히 닑기를 바란다. 그러고서 元 君 自身이 손소 좀 써 보는

70 '업는'(없는)의 오식이다.

것이 어쩐가. 나는 조곰도 元 君을 미워해서 이러는 것은 아니다. 이 點을 잘 깨다러 주기를 바란다. 이런 즛을 하는 동모는 비단 元 君뿐만이 아니다. 요즈음 그런 類의 作品(장난)이 퍽이나 성히 流行되다십히 만히 記載되는 모양이다. 그들에게도 만히 反省이 잇기를 바래는 바다.

씃호로 나는 特히 各 新聞 雜誌社의 文藝部에 게신 여러 先生들의 만흔 注意가 必要타고 밋는다. (平安南道 平壤府 倉田里 李文海)[71]

◁ 元 君은 李 君에게 感謝하십시오. 그리고 일후부터는 그런 일을 하지 안키로 맹서하십시요. (C 記者)

71 발표지와 일자를 확인해 보니 다음과 같다.
劉道順, 「진달내쏫」(『별건곤』, 제4권 제3호, 통권20호, 1929년 4월호, 5쪽).
平壤 元寶成, 「님 그리는 봄」(『동아일보』, 31.4.28).

"동무소식 (紙上慰安)산노리童謠會", 『매일신보』, 1931.5.27.

投稿 寫眞 募集

그동안 우리 農村 少年少女들은 거름 실기에 밧 갈기에 논 부침에 쏘 무엇〱에 말할 수 업시 힘들게 분주하엿습니다. 이제 이 압날은 더한층 분주할 것입니다.

우리는 논 부침 씃난 요즘 바늘씃만한 짬을 타서 그동안 우리의 시달림을 조금이라도 풀기 위하야 우리의 處地를 우리 스스로가 위로하기 위하야 萬物이 무럭〱 자라는 이때에 과자ㅅ봉지나 가지고 山에 올나 하나둘 집어먹으면서 東西南北에 갈나 잇는 동무들의 살림 事情도 들으며 希望 抱負도 이야기하다가 마즈막에는 우리들의 童謠를 힘차게 불너 하로를 보냅시다. 이것이 紙上慰安 산노리童謠會를 여는 所以입니다.

◇ 會日　六月 十五日

◇ 寫眞 募集　동무들의 얼골을 익히기 위하야 寫眞을 募集합니다. 만약 寫眞이 업스면 名刺만한 조희에 일홈을 적어 보내 주십시요.

◇ 投稿 募集

一. 希望 동무들의 希望을 간단히 써 보내십시요.

二. 童謠 第一題 「종달이」

三. 童謠 第二題 「첫녀름 아츰」

四. 童謠 第三題 「나가자!」

以上 三題를 다 지여 보내십시요. 혹 하나나 둘만 지여도 관계치 안습니다.

五. 其他 짤막하게 滋味나는 것을 만히 써 보내십시요.(發表는 每申 紙上에)

◇ 主意

가. 投稿와 寫眞은 六月 十日까지 到着하게 하십시요.

나. 住所를 쪽쪽히 쓰고 雅號와 本名을 記入하시요.

다. 投稿는 平北, 宣川郡 深川面 磨星洞 鳳峴齋 內 〈호무社〉로 보내십시요.

"(紙上慰安)산노리童謠會(一)－主催 宣川호무社, 後援 每申 學藝部", 『매일신보』, 1931.6.17.

標語 ═ 즐겁게 웃자

開會辭 ═ 여러 동무께서 먼 길을 무릅쓰시고 와 주시니 무어라고 感謝의 말슴을 들일지 모르겟습니다.

그동안 우리들의 고달품을 조금이라도 풀기 위하야 오늘날 이러케 "紙上慰安 산노리童謠會"를 여는 줄은 이미 여러분께서 다 아시겟거니와 오늘은 우리 스서로가 위로하는 날이니싼 여긔 모히신 여러 동무들은 그 전 슬픔과 분함을 一掃해 버리고 오늘은 다 깁붐으로 우슴으로 보냅시다. 잘못해서도 웃고 잘해서도 웃고 그저 우서 보냅시다.(司會)

司會 — 자— 이제 일홈 부르겟습니다. 雅號로 부릅니다.

○ 江原道 고개에서 밤 주어먹는 이 오섯소

◇…네. 栗嶺 吳允模요

○ 平壤 밋치광이 물결 오섯소?

◇…네. 狂波 黃順元이요.

○ 鐵山 꿈 잘 꾸는 이 오섯소?

◇…네. 夢多見人 金亨軾이요.

○ 龍岡 섬돌회 동무 열다섯 다 오 오섯소?[72]

◇…네.

---

72 '다 오섯소?'에 '오'가 한 번 더 들어간 오식으로 보인다.

○ 宣川 달 가운대 잇는 이는요?

◇…네. 桂樹 桂潤集이요.

○ 定州 李 主事 文炳 氏 오섯소?

◇…네.

○ 定州 李 선달 元文 氏도 오섯소?

◇…여기 잇소.

○ 定州 李義炳 초시도 오섯소

◇…여기 잇소.

司會 ― 이 세 분은 웨 雅號가 업소?

○ 鐵山 국화송이 오섯소?

◇…네. 菊朶 劉天德이요.

司會 ― 이제부터는 간단히 부릅시다.

◇…네. 張孝源이요.

○ 文川 鄭然八

◇…네.

○ 鳳山 李成根

司會 — 順序대로 이제 龍岡 섬돌會員 一同이 「종달이」이라는 노래로 合唱이 잇겟습니다. 노래는 鄭龍益 氏 作인대 作曲은 업서서 되는대로 한답니다.

金鍾淵 金稼淵 金穜淵 文昌鳳 文楨鳳 文楨三 金楨寬 金楨勳 金楨烈 金楨輔 朴鎰浩 鄭龍益 金東八 金尙烈 安完榮 자― 登壇하십시요.

제털감투쓰고서 양반투하나
긴대가업스니까 그놈은쌍놈

×

양반은주의닙고 갓을쓰는대
감투만썻스니까 쌍놈참으로

×

깃분때노래함이 양반이온대

슬픈째노래하는 종달이쌍놈
(大笑 拍手)

司會 – 자– 얼마나 자미잇습니까. 이제는 차례로 나와 하십시요.

定州 李元文 「종달이」

1 종달︵종달새 공중에써서
두날개로춤추며 노래를해요
햇님이종달새를 나려다보면
북그럽다싹구로 짱에나려와
숫놈하고무엇을 주어먹지요
2 나는︵밧매다 그걸잡으려
호미노코쒸여가 새를차즈면
종달새고무에고 뵈지도안코
머리에서종달々 노래하지요

龍岡 安完榮 「종달이」

종달이놉히써서 노래를하면
황천간누나생각 그립소이다
◇
종달이노랫소리 들을째마다
누나음성그리워 눈물집니다
◇
종달이는깃버서 노래하지만
나는우름소래로 목이메인다
◇
즐거움을춤추는 그곳에가서
너는가티깃브게 노래하여라
◇
슬픈마음가득한 나의귀에는
네노래듯기실타 물너가거라

鐵山 **劉天德** 「종달이」

동무들아저것봐라 저것을봐라
종달이네마리가 구름을타고
오르락내리락 노래를한다
◇ ◇
아마—저것들도 아마것들도
구름타고비비배배 노래부르며
우리처럼무슨노리 노는가보다

○ 座中에서— 조타— 拍手

金城 **吳允模** 「종달이」

비비배배 비비배배
하늘놉히서
우는종달새
눈쓰고도못보는
농사ㅅ군들을
비우슴인가?
× ×
비비배배 비비배배
밀밧속에서
우는종달새
김매는우리에게
빨니매라고
재촉함인가?

司會 — 다음에는 咸鏡南道 洪原서 오신 張孝源 동무께서 講演이 게시겟습니다. 써들지 마십시요. 과자는 잡수서도 괜치 안습니다.

"(紙上慰安)산노리童謠會(二)", 『매일신보』, 1931.6.18.

張孝源 登壇 －拍手－

에－ 저는 이제 紹介를 바든 張孝源이올시다.

啓蒙運動에 努力하자! 하는 問題로 몃 마듸 하겟습니다.

經濟恐慌이 甚한 우리 農村에 학교 못 가는 어린동무들이 얼마나 만습니까? 우리들은 우리 아는 대까지 가르처 줍시다. 우리는 다 가티 文盲退治하기 爲하야 야학을 세웁시다.

그리고 "경 읽기" "점하기" 가튼 迷信을 打破합시다. 그래야 우리 농촌이 빗나겟습니다.

－ 退壇

○ 座中에서는 짝한 講演이구려! 하하하하－

司會 － 이번엔 제가 한마듸 부르겟습니다. 特別히 잘 들어주십시요. 하하!

宣川 **田植** 「종달이」

닙푸르고 쏫치피는
　　　　봄도라오면
종달이는 세상왓다
　　　　평화롭다고
힘껏맘껏 자유로히
　　　　노래부르네

◇

우리살님 봄철가티
　　　　평화로웁고
우리몸이 종달가티
　　　　자유로우면
우리들도 힘껏맘껏
　　　　노래하리라

○ 座中에서 — 司會 영감 썩 잘합니다그려!

司會 — 이번에 나오는 鐵山 金亨軾 君은 우리 〈호무社〉 社員으로서 제가 잘 아는 터입니다. 君은 再昨年에 어린 몸으로도 獨逸 배루린大學 音樂科를 優秀한 成績으로 卒業햇다는 데 特히 獨唱에 일홈이 놉답니다. 노래는 어쩌한지 몰르나 목청은 조습니다.

鐵山 **金亨軾** 「종달이」

종달이 아씨님은 이상하지요
머리에다별나한 관을써서요

○ 座中에서 — 大拍手. 再請이요.

司會 亨軾 君! 재청이니까 쏘 나오십시요.

登壇 — 退壇

○ 座中에서 — 짧은 것이 遺憾이요.

龍岡 **朴鎰浩** 「종달이」

염치업는 종달이 수단을부려
어린나븨 쎄들을 모아가지고
뒷동산 쏫밧헤 쏫구경가죠

×

어린나븨 쎄보고 춤추라하고
저는놉히 도두써 노래를하며
장한듯이 비배배 노래부르죠

平壤 **黃順元** 「종달이」

새봄올쌘 종달새 노래햇건만
봄이느저 써날쌘 설고설어서

공중에서 봄감을 조상합니다.

——◇——

새꼿피고 닙돗는 봄님을보고
다른곳에 가서도 꼿펴주어라
종달새는 울면서 부탁합니다

洪原 **張孝源** 「종달이」

종달〰종달새가 노래부르면
기음매던동생아해 피리만들어
닐날〰종달소래 맛처부면은
종달〰음악회가 열니입니다

司會 – 이번에는 定州 李義炳 氏께서 "우리 少年의 責任"이라는 問題로 講演이 잇겟습니다.

定州 **李義炳**

오늘 여긔 모인 동문들은 다 朝鮮 少年입니다. 將來에는 우리들이 朝鮮의 일꾼이 될 것입니다. 여러분! 沙漠가티 쓸々한 朝鮮을 花草밧을 맨드는 것도 우리의 책임이요 우리 조선을 세상에 빗내는 것도 우리들의 책임인 줄을 닛지 마십시요.

"(紙上慰安)산노리童謠會(三)", 『매일신보』, 1931.6.19.

○ 座中에서 – 올흔 말슴이요.

司會 – 요 다음에는 美術家인 宣川 桂潤集 君께서
"그림童謠"가 잇습니다. 잘 구경하십시요.

宣川 **桂潤集** (그림은 略)

금빗가튼 햇님이
　　　　소아 오르니
첫녀름의 아츰강변
　　　　상쾌하구나

×

파란물결 늠실〰
　　　　춤을 추고요
선들〰 아츰바람
　　　　나무흔드네

文川 **鄭然八** 「첫녀름아츰」

1. 나우리누나 이슬밧테
　　　　쏑짜러가고
나는나는 형님짜라
　　　　논과밧흐로
지심매려 일즉이
　　　　나아갑니다
2. 샛밝안 아츰해가
　　　　솟아올으고
남산밋헤 흰안개가
　　　　사라질째면
울엄마는 조반니고
　　　　나온답니다

平壤 **黃順元** 「첫녀름아츰」

갈피〰 싸엿든
　　　　검은휘장이
닭의울음 군악에
　　　　막이열리니
호미들은 농부는

노래부르며
밧과논의 일터로
차저갑니다
×
첫여름의 아츰은
고요도한대
여기저기 목동이
꼴을비려고
들판으로 소타고
나가는모양
녯날의 장수가티
씩々합니다

○ 座中에서 — 再請이요 — ︿
다시 黃順元 登壇 — 退壇
(拍手)

鐵山 **劉天德** 「첫녀름아츰」
첫녀름의 아츰은
기분이조와
아츰밥을 일즉먹고
광이를메고
논드렁길 좁은길을
것노라면은
칩도덥도 아니한
맑은바람이
동쪽으로 살랑︿
부러를오며
애기벼를 잘잣느냐
쓰러주면서
서늘하게 옷자락을

펄々날녀줘

×　×

첫녀름의 아츰은
　　기분이조와
아츰밥을 일즉먹고
　　호무를들고
산쏠길 ᄶᅩ분길을
　　것노라면은
록음청々 욱어진
　　수림 속에서
황금가튼 ᄭᅬᄶᅩ리는
　　단잠을 깨여
ᄭᅬ꼴〜 우렁차게
　　벗을 부르고
뻑꾹〜 뻑꾹새
　　노래합니다

"(紙上慰安)산노리童謠會(四)", 『매일신보』, 1931.6.20.

定州 **李文炳** 「첫녀름아츰」

잠을깨서 문열고
　　내다를 보니
청천하늘 푸른산
　　경쾌하구나
두주먹 불은쥐고
　　쒸여나와서
뒤동산과 압들을
　　두루살피니
산이든지 들이건

여름이되어
봄쏫들은 다지고
닙만퍼젓네
눈비비며 호무든
저소년보게
이슬길을 지나서
밧흘향하네
가련한 풀이슬은
발에채와서
소리업시 사르르
써러지누나
버들나무 가지에
매미소리는
여름의 소식을
전해주노나

司會 — 黃海道 鳳山 게신 李成根 동무께서 "우리들의 힘"이라는 問題로 講演이 잇겟습니다.

鳳山 **李成根**

여러분! 저기 저 논과 밧테 푸른 곡식을 보십시요. 저게 다 우리들의 힘으로 된 것입니다. 우리들이 봄 내 수고한 땀방울입니다. 저것이 우리를 살니겟고나! 하고 생각할 때 우리는 얼마나 깃븜니까? 이만합니다.

宣川 **田植** 「첫녀름아츰」

첫녀름의 아츰은
신선도 하지
해쓰기전 일즉일어
밥도안먹고
괭이메고 호미들고
들로향할때

아츰바람 선들〳〵
　　　　니마스치네
　　　◇
첫녀름의 아츰은
　　　　신선도하지
이슬길 논드렁을
　　　　밟아나가서
물맑은 논바닥에
　　　　드러설째면
샛빨안 햇빗치
　　　　맥감겨주네

鐵山 **金亨軾**「첫녀름아츰」

일어나라동무야
　　　　해돗기전에
호미들고논밧흐로
　　　　김매려가자

司會 ― 宣川 桂潤集 君께서 멀니서 오신 동무를 위하야 강낭이(옥수수) 썩을 한 바리 가저왓습니다. 얼마나 고마운 일입니까? 다 가티 난호아 먹고 시작합시다. 다 오시우.

司會 ― 자― 이전 쏘 시작합시다.

定州 **李文炳** 「나가자」

나가세 나가세
　　　　우리소년아
용감하고 씩々한
　　　　우리 동무들
농촌으로 발맞춰
　　　　가티나가세

『소시랑』『호미』는
우리보배요
운동장과 쌍터는
논과바티네
세상천하 보배는
농사뿐일세
아츰일즉 일어나
일하러가세
지게지고 소몰고
행진가하며
철퇴가튼 팔때기
힘을올녀서
하로종일 논바테
땀을흘리며
지지말고 이기며
일해나가세
이세상 만민들을
누가살니나
농사하는 우리가
먹여살리지
이세상 용사들은
우리뿐일세

○ 座中에서 - 조흔 노래요
再請이요 -

“(紙上慰安)산노리童謠會(四)”, 『매일신보』, 1931.6.21.[73]

鐵山 鄭天德[74] (나가자)

동무들아나아가자
배움의길로
우리들도남과가티
잘살을나면
뭣보다도배고배워
알어야겟다
◇ ◇
우리들은일자무식
판무식되여
남들한테수탄천대
소김을밧고
오늘날이때까지
살어왓다오
◇ ◇
동무들아다시한번
외우치노니
우리들은다가치
배움의길로
흐린머리깨다듬어
빨니나가자
◇ ◇
우리들이배와알면
그다음에는
오늘의오리도

73 ‘四’ 회로 된 것은 ‘五’ 회의 오식이다.

74 ‘劉天德’의 오식이다.

잘살것이오
가난한우리살님
평화롭다오

司會 — 다음에는 平壤 黃順元 君의 意味 깁흔 노래가 나옵니다.

平壤 **黃順元** 「나가자」

주먹을 붉근쥐고
나아가보자
압헤잇는 물건을
밟아버리고
우리들의 진심을
무겁다말고
압흐로 행진하여
뛰여나가자

농촌의 깃발
놉히날니며
우리의 호매소리
행진곡삼어
서로〜 손잡고
붓드러가며
거츤뜰로 짱파려
나아가보자

○ 座中에서 — 과연 우리들의 노래요. 拍手

鐵山 **金亨軾** 「나가자」

나가자 동무야 논과바트로
우리의 압길은 노력과싸움
힘써서 일하며 싸와나가자

○ 座中에서 — 목청 큰 글. 拍手

司會 — 제가 마즈막으로 부르겟습니다.

宣川 **田植** 「나가자」

동무야 놀지말고
　　　　일해나가자
일하고야 먹는다
　　　　먹고야산다
　　◇
동무야 한자두자
　　　　아라나가자
아는것이 힘이다
　　　　아라야산다

司會 — 노래는 이는 마즈막입니다.

閉會辭 = 紙上慰安 산노리童謠會는 씃이 낫습니다. 그동안 고달품을 오늘 슬컷 풀엇습니다. 또 래일부터는 힘을 내어 일을 합시다.

宣川 桂潤集 氏 강냥이썩을 가지고 와서 대단히 고마웟습니다. 자— 이전 다 헤집시다.

(劉天德) =씃=

安俊植, "단, 한 곳, 단, 한가지", 『별나라』, 통권51호, 1931년 6월호.[75]

프른 그늘이 욱어진 여섯 해 전 六月 一日은 나의 처음 나오든 날이다.

그때의 나는 덥허놋코 "가난한 동무"의 동무가 되겟다고 소리를 첫섯다. 다음 해 또, 다음 해! 나희가 세 살이라고 되여서 또다시 六月 一日 날을 마즐 때에는 나는 엇덧튼지 "가난한 동무"면은 누구든지 다 "동무"가 되겟다고 하든 것을 버리엿다.

가난하다고 다— 우리의 동무가 아니다. 공장의 동무! 농촌의 동무(이상 2쪽)만이 우리의 동무인 것을 알엇다. 또 그 이듬해

나희가 다섯 살이 먹든 생일에는

또 나는 동무를 더— 쏙々히 하고 십헛다.

공장의 소년이라고 농촌의 소년이라고 나의 동지(동무라고 하는 것보다)가 아니다라는 것을 알엇다.

그러면?

가장 용감한 조합소년부의 동무만이 더— 우리의 동지이라는 것을 알엇다. 나는 이렇케 변하여 왓다.

그리고 지금부터는

하소연과 탄식 막연한 "압흐로"를 버린다.

들의 갈 곳은 단 한 곳밧게 업가ㅅ다. 할 일도 단 한가지밧게 업우리다.[76] (이상 3쪽)

75 이 글은 『별나라』 발행인이었던 안준식이 '5週年紀念號'의 권두언으로 쓴 것이다. 『별나라』 잡지를 이해하는 데 도움이 될 것으로 생각해 수록하였다.

76 '우리들의 갈 곳은 단 한 곳밧게 업다. 할 일도 단 한가지밧게 업다.'의 오식이다.

編輯局, "별나라는 이러케 컷다－별나라 六年略史", 『별나라』, 통권51호, 1931년 6월호.

一

一九二六年 六月 一日에 처음으로 우리 『별나라』는 이 세상에 나왓다.

가난한 동무를 위하야

갑싼 잡지로 나오자

이것이 처음의 우리들의 브르지즌 막연한 표방(슬로간)이엿든 것이다. 커다란 자본가의 돈도 업고 그저 빈주먹 그대로 다만 겨우겨우 그달을 지내여 가는 조그만 인쇄소를 안준식 동무님이 가지신 그것으로 겨우 경영의 도리를 어덧다.

그리고 월급쟁이로! 중학생으로! 다 각각 일이 잇는 동무들이 모혀서 남는 시간으로 겨우 편즙을 하고 지내게 되엿스니 처음에 힘쓰신 동무들은 崔秉和, 金道仁 동무들이시엿다.

二

一九二七年 六月 一日 첫 번으로 맛는 큰 잔치는 一萬 讀者와 갓치 맛게 되엿다. 더욱히 一萬 독자가 누구나 다－ 갓튼 가난한 동무(이상 4쪽) 고생하는 동무 쌈 잘하는 동무인 것이 얼마큼 별나의[77] 애쓴 것을 말하엿든 것이다.

망태를 들고 호미와 함마를 쥐고 찌저진 책보를 가진 一萬의 노농 소년소녀들이 고기 한칼도 넛치 못한 소멋국을 먹으면서 하로를 잘 지내엿다. 그러나 더-한층 힘이 잇다는 악들를 썻스니 그것이 六月 十八日, 十九日 두 날 동안에 열니인 全國少年少女作品展覽會이엿든 것이다. 作品 總數가 三萬 점 갓치 구경하여도 조흘 듯헤서 벌녀 논 것만이 五千여 점이엿다. 그중에도 거림이 더－ 만핫스니 崔泰元 君의 作品「쓸쓸한 曠野로－」가

77 '별나라의'의 오식이다.

제일 크게 질는 소리엿다. 살 수가 업서서 北으로 北으로 가는 가난한 농사꾼의 쓸쓸한 모양! 그러나 원망과 결심이 찬 비참한 모양! 이 얼마나 우리들의 가슴을 울니엿든가?

이틀 동안 구경꾼이 겨우 二萬 三千 명 밤에 열니는 긔렴식에만 二千여 명 이것으로 첫돌을 맛치엿든 것이다.

三

一九三〇年 역시 두 호나 나오지를 못하엿다. 그리고 네 번재 돌 날 紀念으로 全國少年少女雄辯大會를 열녀고 하엿다. 참가한 연사가 북으로는 간도로브터 남으로는 제주도가지 三千里 구석구석에서 모다 百여 명이나 되엿섯다. 그러나 少年少女에게는 웅변이 소용업다는 까닭 밋헤서 中止를 당하고 말엇다. 그래서 할 수 업시 紙上웅변대회를 열어서 겨우 우리들의 意氣를 엿보게 되엿섯슬 뿐이다.(이상 5쪽)

그리고 百여 군대의 지분사에서 개최하려든 긔렴사업도 다— 꺼그러지고 말엇다.

五

이렇케 우리 『별나라』는 커젓다. 그래서 지금에는 三萬의 독자와 갓치 굿게 손목을 쥐엇다.

그리고 이제까지의 그릇된 소년운동을 박처 버리고 우리들은 우리들의 조합소년부로! 들어가게 되고 또! 힘 잇게 벗티게 되엿다.

六

처음브터 지금까지 『별나라』를 짜어 놋튼 이가 아래와 갓다.

安俊植　金道仁　崔秉和　朴世永　林和　宋影　廉根守　嚴興燮

그리고 글을 쓰는 동무님들이 작구작구 갈니여 가다가 지금갓치 우리들의 리익과 또는 압길만을 위하야 갓치 거러가는 아저씨들과 동무들로 된 것이다. 그리고 달이나 새나 노래하든 작문련습과 노래 되푸리만을 요리조리 어엽부게만 꾸며 놔서 우리들의 눈을 속이고 우리들의 할 일을 방해하는 그들의 잡지와 완연히 달나젓든 것이다.

지금까지 發行된 잡지 수효가 약 五十五萬二千여 冊이오

독자가 약 二萬六千七百여 명이나 된다.

넘어저도 쏘 일어난다

쓸데업이 날뛰지만 안는다

우리들의 소식! 공장과 농촌의 소식만을 그중 중요하게 실으려고 한다. 모든 납분 것을 인정 업시 잡아낸다.

이갓치 우리 『별나라』는 쑥쑥하고 힘이 세이게 되엿다.

萬歲다―
별나라 萬歲다!

(이상 6쪽)

申孤松, "(一人一話)六年 동안의 價値", 『별나라』, 통권51호, 1931년 6월호.

나는 작년부터 일본으로 건너와서 지내게 되엿다. 수륙 수천리를 써러저 잇는 이곳에서도 늘 『별나라』만은 생각하고 잇다. 그리고 이번에는 제오주년을 맛는다고 하니 나는 깃븐 생각을 못 니기엿다.

그것은 누구나 다— 알고 잇슬 것이다. 나 혼자 깃분 것이 아니겟다. 『별나라』만이 오직 조선의 소년 업는 소년의 동무인 동시에 그대들을 지도하여 온 것을 생각할 쌔에 누구나 『별나라』에 대하야 감사한 생각이 업겟고 지々할 생각이 업겟느냐 말이다.

이러한 생각에서 조선에 잇서서 엇던 다른 잡지는 몃 십 년을 하여 왓든 조금도 깃불 것이 업슬 것이다. 우리들은 생각한다. 이 압흐로 더욱 『별나라』의 독자가 더욱 늘수록 그만큼 조선의 업는 소년은 깨다러 간다든 것을 증명하는 것이다.

내가 어렷슬 그쌔에는 아무 생각이 업시 지내 왓다. 그러나 지금 생각하니 그때도 이 가튼 『별나라』라도 잇섯드면 하고 분한 생각이 난다.

그럼으로 이번 『별나라』 오주년 긔렴에 당하야 조선의 업는 소년은 더욱 지지의 굿은 맹세를 하고 더욱〳〵 발전식힐 책임이 다— 잇다는 것을 생각하고 나가자.(이상 7쪽)

朴血海, "(一人一話)體驗이 第一", 『별나라』, 통권51호, 1931년 6월호.[78]

사람은 만이 보고 만히 알아야 합니다. 그럼으로 학교에서 배흘 때에도 선생님의 말슴을 잘 드른 것이면 내 머리속에서 떠나지 안습니다.

나는 그전에 선생님의 말슴만 잘 듯고 시험을 치러서 조흔 성적을 어더 본 일도 잇습니다. 그럼으로 엇던 학교에서는 실험긔를 장만해 놋코 일일히 실험케 합니다. 하여간 지금의 우리로서는 모든 것을 생각하는(槪念) 것으로서만 잘되는 것이 아닙니다. 엇더한 방면에든지 상당히 경험 즉 자긔가 체험해 보는 것이 제일입니다. 그전과 가치 책상에만 ᄯᅡᆨ박이 안저서 잇서서 글을 쓰랴 해도 안 됩니다. 우리는 일을 해 나가는 중에 엇는 경험에서 비로서 조흔 것이 날 것이며 갑 잇는 것이 나올 것입니다. 예전 모양으로 꼿이나 노래하고 아름다운 자연이나 상찬하는 쓸데업는 생각으로도 능히 대중을 늣기게 한 때는 이미 갓다. 그럼으로 조그만 글 한 장을 짓드라도 우리는 건성 쓸 수 업다. 모두가 그짓말 갓하야 말이다. 우리를 그저 공장이고 농촌이고 어듸서든지 만흔 체험을 엇자. 이리하야 장래의 우리들의 무긔를 튼々하게 하자. 미래의 승리는 오직 여기에 잇다. 보고 읽고 로동자 농민 아저씨들 조금이라도 도와주는 소년들이 되여야 할 것이다.(이상 8쪽)

78 '朴血海'는 박세영(朴世永)의 필명이다.

柳相成 외, "(별님의 모임)낡은 뒤의 감상", 『별나라』, 통권51호, 1931년 6월호.

◎ 나는 權煥 先生님이 지은 「봄 업는 동무」를 읽고 얼마나 깨달엇겟습니까. 올타! 그러타! 하고 힘것 생각을 굿게 하엿습니다. 나는 이곳 農村에 잇는 로동소년이올시다. 여러분! 우리들끼리 힘을 合합시다.

南海　柳相成[79]

◎ 五月號에 실닌 五月 風景은 모다 힘차고 굿세엿다. 그중에도 나는 李周洪 孫楓山 兩 先生의 것을 두 번 세 번 읽엇다. 얼마나 씩々하게 五月을 알려 준 글인지 모르겟다.

元山 金允世

◎ 나는 요지음 읽든 동요 가운데에서 지난 五月號에 실닌 李向破 先生의 「가나다노래」와 鄭青山 兄 「어린이날은 광고날이라지」를 읽고 그 필치(이상 43쪽)가 생각과 갓치 새로운 데에는 감 하지[80] 안을 수 업섯다. 동무들. 우리들의 동요를 직히자.

晋州 朴文泳

◎ 安雲波 先生의 「호떡先生」이 지난 五月號에 긋이 낫다. 나는 第一回부터 愛讀하든 사람 중의 하나이다.

◎ 이번 다시 게속해서 한번 죽 읽어 보왓다. 우리들에게 "신 先生" 가튼 先生이 생겨나기를 바라며 또다시 쓰실 「우리 아버지는 장님이다」도 매우 궁금하게 기달려진다.

市內 朴小用

---

79 뒤에 '유상모(柳相模)'로 개명하였다.(「少世 電信局」, 『少年世界』, 1932년 12월호, 27쪽)

80 '감탄하지'의 오식으로 보인다.

◎ 朴世永 先生 作 連載小說 「火星少年」은 퍽 자미잇고 有益하게 보아 나려옵니다. 歐羅巴 各國의 모든 이야기가 이 소설을 읽고 잇는 가운데 저절로 알게 되여 마치 西洋 사람의 作品 갓트나 이것은 朴世永 先生의 創作이라 한다. 압흐로 어터케 되여질넌지 답々하다.

平壤 高 生

◎ 嚴興燮 先生의 連載小說 「옵바와 누나」는 五月號에 二回까지밧게 나지(이상 44쪽) 안엇다. 우리들은 主人公인 태식과 태순이가 엇더한 일을 압흐로 할 것인가를 이 作品 가운데에서 차저내려고 한다.

第二回에 나타난 것만으로도 태식과 태순이는 순진한 시골서 자라난 가난한 집 아들쌀이 다― 그들이 서울로 왓다! 어터케 될가! 우리가 흔이 격고 보고 듯는 사실을 이 小說을 通하야 쏙々히 바로잡자.

晋州 大安洞 崧南生 (이상 45쪽)

崔曾石, "(읽은 뒤의 감상)『별나라』를 읽고!", 『별나라』, 1931년 6월호.[81]

나는 뜻밧게 한 권에 책을 바다 들게 되엿다. 이것은 元山에 게신 朴永夏 동무로부터 보내 주신 『별나라』엿다.

朴 동무로부터 보내 준 것이 비록 감사한 닐이나 그리 깃부지 안이하엿다. 그것은! 나는 조선에서 發行하는 소년잡지는 던저 버린 지 오랫다. 따라 『별나라』도 안 보기로 결심하엿든 것이다. 나는 벌서 滿 一年間이나 『어린이』 『신소년』 『별나라』 『새벗』 『少年世界』 여러 잡지를 보지 안엇다. 이것은 참말 우리가 읽어야 할 잡지는 업기 때문이다. 잇때썻 그저 큰 뜻도 업시 다만 자味에만 쓸여 잡지를 보든 나는 비로소 깨달엇다. 그럿타. 자미잇다고만 보와서는 안 된다. 아모리 보면 자미잇난 것 갓하여도 그것은 우리에게 도로혀 해를 준다. 맛치 '삭카링'이 맛잇다고 작고 먹으면 도로혀 해독을 밋치는 거와(이상 45쪽) 갓치!

그러고 노래 童話 무에든지 우리가 불너야 할 것은 짜로 잇는 것임을 깨달은 나는 어느 째나 우리 압홀 고대로 그려 내고 참으로 來日이란 히망에서 싸워 나가는 잡지가 나올가 하고 고대하엿든 것이다. 그러고 우리에게 왜 그러한 긔관좃차 업는가고 모르난 나로서도 비록 울고 십헛다. 그리하야 어린이 잡지 잇든 것은 모다 불살너 버리고 동경서 발행하는 『××星』를 읽기 시작하엿다. 아— 그러나 나는 깃부지 안을 수 없섯다. 『별나라』가 이와 갓치 자라날 줄 누가 알어스랴. 나는 한번 읽은 뒤에는 이째것 읽지 안은 것이 너무나 북구러웟다. 비록 괴로운 속이나 우리를 위하야 더 큰 뜻으로 나오는 『별나라』 우리가 안어 주지 안으면 안어 줄 사람이 누구겟는가. 나는 그동안 지나온 닐이 너무나 罪惡 갓하여서 이 붓을 들어 여러 동지들과 쌈 흘니시는 여러 先生끠 容恕를 비난 바임니

81 원문에 '鏡城 朱北 崔曾石'이라 되어 있다.

다. 인제로부터 서로 힘을 합하야 『별나라』를 읽글여고 쏘한 약속하는 바임니다. 아못조록 압흐로 더욱 쑤준하여서 배움에 굼주린 우리를 익글어 주옵소서. 그리고 쏫치 피고 열매까지 매저 지엿다. 참으로 깃분 날임니다. 우리에게도 그러한 기관이 잇게 된 것이! 무엇보담 배워 줌이 만흐리라고 밋는 바임니다. 科學이 무엔지 세상이 무엔지 잘 모르난 우리는 압흐로는 『별나라』로 말미(이상 46쪽)암아 눈을 쓰리라고 밋습니다. 그러고 쑷흐로 여러 동지들과 약속하나이다. 공장에서 농촌에서 배우고 십허도 베우지 못하는 동무들이여. 『별나라』를 힘 잇게 들고 나가자. 이것은 우리 깃빨이며 우리들이 배움의 곳이다. 우리가 힘 잇게 잇글어 줄사록 『별나라』는 힘세여질 것이다. 그리하야 왼— 조선 천지를 『별나라』로 덥자. 동무들아 잇지 말아.(이상 47쪽)

田植, “七月의 每申－童謠를 읽고(一)”, 『매일신보』, 1931.7.17.

◇

朝鮮少年文藝의 一部門인 童謠는 날이 갈스록 달이 갈스록 늘어 간다. 作家가 수업시 느는 同時에 作品이 수업시 生產된다. 少年雜誌에는 大部分이 童謠이고 新聞 兒童欄에는 每日 童謠가 揭載된다. 朝鮮의 少年文藝運動에는 童謠가 長足 進步라 아니 할 수 업다.

그러나 그 수업시 生產되는 童謠가 모다 참된 良心에서 우러나온 創作이며 닑어서 有益되고 불너서 影響이 잇슬 만한 그 참된 作品들일 것일까?

또 그 수업시 느는 作家가 自己의 名譽를 爲하거나 或은 심々푸리로 或은 趣味로 童謠를 짓지 아니하고 모다 少年文藝運動에 힘쓰겟다는 구든 맘을 가젓스며 그러치 안흐면 工場에서 農村에서 또는 다른 모든 일에서 늑긴 바를 그대로 쓰는 그런 참된 作家들일 것일까?

나는 여기서 이 문제를 해석하지 안커니와 童謠를 짓는 여러 동무들이여! 깁히— 이 두 문제를 생각해 보십시요.

이제 나는 每申 七月 童謠를 讀하며 나의 늑긴 것 생각한 것 또는 바라는 것을 적어 볼까 한다.

◇

「개고리의 설음」 梁春錫

冬眠하든 개고리가 모심으려 잡은 논물에 잠을 깬 것을 比喩하야 지은 童謠이다.

가엽슨 개고리 신세! 애달픈 개고리의 사정! 참으로 설습니다. 집 업는 것처럼 서른 것이 어데 잇겟습니까? 이 童謠를 닑고 가난한 우리들을 생각할 때 뼈가 쏘고 가슴이 아픔니다그려!

質에 잇서는 遜色이 업스나 外的 技巧가 좀 서트르다 보겟다.

◇

「종소래」 黃順元

"동무들아 깨여라 일터로 가자" 하는 시원한 句도 잇긴 하나 도모지 緊張味가 업다. 愉快味가 업다.

◇

「잠자는거지」 黃狂波[82]

表現이 잘되엿다. 한번 닑으니 저절로 두 번 닑어진다. 피곤해서 맥업시 해 가는 줄 모르고 담정 밋헤서 쿨쿨 잠자는 늙은 거지님의 자태가 눈압헤 아른거립니다. 빨니 가서 깨우지 아느시렵니까?

本紙에서 黃 君의 童謠를 자조 봅니다. 어린 몸이라 생각하고 君의 才質이 남보다 훨신 超越하엿다고 생각합니다. 一層 더 努力하십시요. 君의 將來를 期待하야 마지안습니다.

◇

「아츰과 저녁」 玄順鳳

늘 불너 오는 平々凡々한 노래다.

◇

「첫봄」 고넬료

이것도 늘 불너 오는 노랜대 表現의 솜씨가 어리다. 格調가 아닌 것이 귀엽다. 만히 닑고 만히 쓰십시요.

田植, "七月의 每申－童謠를 읽고(二)", 『매일신보』, 1931.7.18.

◇

「단오명절」 黃順元

嘆息의 노래다. 단오날 새옷을 닙고 훨-훨- 그네 뛰는 것을 보고 호무 들고 김매면서 얼마나 맥업는 한숨을 쉬엿겟습니까? 이 童謠를 닑으니 지

---

82 황순원(黃順元)의 필명이다.

난 端午에 내 마을에서 김맨 농사꾼 생각이 다시금 새로워집니다.

남들은 명절이라고 깃버서 노는 데 명절도 모르고 김매는 것이야말로 얼마나 가엽슨 사정입니까? 그러나 이런 가엽슨 사정을 가진 분이 하나둘이 안인 것을 아라 두십시요. 그리고 嘆息이란 朝鮮 어린이의 禁物인 줄을 아라 두십시요. 우리는 이런 困境을 當할 째마다 더한층 힘 잇는 우슴을 웃고 힘써 나가지 안으면 안 될 것입니다.

表現이 느리다.

◇

「긔차」 安完榮

內容이 넘우 單純하다. 才에는 能하다 보겟다. 童謠를 짓기 爲한 童謠는 童謠의 本分을 버서나는 것이다.

◇

「지리한 밤」 南洋草

아버지 病床 엽헤 피곤히 안저 밤새기를 기다리는 듯하외다. 아버지 병을 간호하시노라고 쓸니는 등불과 함께 밤새는 당신의 맘이 참으로 거륵하외다. 着想이 조타. 드물게 보는 作이다.

◇

「내 동생」 劉霞園

엄마 업는 아이는 불상한 법입니다.

마즈막 節이 잘되엿다. 너무나 곱다란 名詞와 形容詞를 고르노라고 애를 쓴 듯하다. 곱다랏케 짓겟다는 愛着心을 버려라. 힘을 보여라.

◇

「걱정마세요」 黃順元

그럿습니다. 피가 끌코 맘이 살앗는대야 걱정이 잇겟습니다. 우리들은 이 童謠를 再讀三讀합니다. 그리하야 모든 感傷主義를 버립시다.

快作이다. 日就月將을 빈다.

◇

「봉선화」 池福文

어떤 意味로서 지엿는지 모르겟습니다. 抒情詩를 읽는 感이 업지 안습니다.

田植, "七月의 每申－童謠를 읽고(三)", 『매일신보』, 1931.7.22.

「농군의 아들」 雪州生

잘 지엿습니다. 당신은 산ㅅ골에 잇는 참다운 농군의 아들입니다.

着想이 조타. 그런데 八五調를 짓노라고 너무 애쓴 듯하다. 童謠라는 것이 반다시 七五調라든지 八五調라든지의 律調가 마저야만 되는 것이 아니다. 律調가 안 맛는다고 억지로 律調를 맛추다가는 도리혀 잘된 童謠를 그릇되게 하기가 쉽다. 이 童謠의 둘재ㅅ줄에 잇는

"농군의요 아들이라 무섭지안타"

이런 것은 억지로 八五調를 만든 것이다. 입에서 나오는 대로

"농군의 아들이다. 무섭지안타"

한 字가 업서도 이러케 썻스면 八五調보다 얼마나 맥근하냐? 쓸대업는 글자를 억지로 넛치 말 것이다.

如何間 여러 번 童謠를 지여 본 사람의 글이다. 內容이 高貴함을 取한다. 一步前進을 빈다.

◇

「童謠三首」 桂潤集

……「나븨아씨」……

表現이 곱다.

……「제비」……

역시 表現이 곱다. 잠드는 제비와 함께 나도 갓치 잠들넌다.

……「개고리」……

보잘것업다.

◇

「녀름아츰」 趙宗纘

淸新한 맛이 업다. 그저 그러타.

◇

「술취한 아버지」 梁春錫

술이란 물건은 참으로 敗家亡身하는 물건인가 합니다. 수구스러히 싼 가마니를 파라서 술을 다 사 자시는 당신의 아버지는 自滅할 수밧게 업슬 것입니다. 당신의 아버지 가튼 사람이 하나둘이 아니요 全朝鮮에 수업시 만은 것을 생각하면 禁酒運動이 다시업시 必要합니다. 이 童謠를 읽고 당신의 가난한 살님을 잘 알겟습니다. 마즈막 줄이 힘이 업다.

田植, "七月의 每申－童謠를 읽고(四)", 『매일신보』, 1931.7.24.

「주인 령감」 桂潤集

이런 일은 農村에 얼마든지 잇다. 地主에게 支配를 밧는 農民은 말할 수 업시 불상한 것이다.

이 童謠는 억지로 지은 듯십다. 그래 맥이 안 난다. "석자 셋치 담뱃대"라고 요러케 딱々히 밝히지 안어도 조치 안으냐? 이것은 아마 調律을 맛추노라고 쓴 줄로 안다.

한 步 훨신 더 나아가 君의 분한 맘과 원통한 그 맘속에서 울어나오는 노래를 소래 놉히 불너다고.

◇

「봄아츰」 李文海

당신은 한가한 몸이웨다. 오스스 부는 봄바람에 씰니워 들에 나갓다니. 당신은 너무나 할 일 업사웨다. 이 童謠를 당신과 한 마을에서 사는 일군[83] 少年에게 닑어 주어 보시요. 그 소년은 조을 것입니다.

너무 맹랑한 수작에 지나지 못하다. 벌판에 나갓스면 농부의 땀방울로 된 그 어린 벼! 그 大自然을 웨지 못하엿던가? 너무나 氣分에 흐른 童謠이다.

◇

「외구름」 李文海

表現의 手段이 能하다.

◇

「우리집 살림」 安完榮

이 童謠를 읽고 당신의 가난한 집 사정을 잘 알앗습니다. 당신의 집은 복이 잇습니다. 당신은 눈물 잇으며 당신의 처지를 생각하지 말고 未來의 우리들 세상을 생각하고 힘써 호미소리를 부릅시요.

셋재 節은 散文이 되고 말앗다.

◇

「수닭과 암닭」 安完榮

암닭의 알 난 때의 스켓취가 보다 調律이 整齊된 反面에 句間에 意味가 잘 通하지 안는다.

◇

「우리집 톡끼」 安完榮

나는 이런 童謠를 노리개 童謠라 부르고 십다.

內容을 돌아보지 안코 形式에만 技巧를 다 부어서 곱게만 만드는 까닭이다.

다시 한 번 이 童謠를 읽어 보자.

◇

뜰압헤 장미쏫
　　즐겁겟지요

---

83 '일문'(일꾼)의 오식으로 보인다.

나븨떼들 모혀와
　　춤을추닛가
　　◇
우리집 토끼는
　　적々하겟지요
쇠사슬 구물속에
　　가첫스닛가

자— 어쩐가? 이 童謠가 「우리집 토끼」라 題目을 거러 노코 무엇을 그렷는가? 이 童謠는 「우리집 토끼」에 對해서 지은 게 아니라 "닛가"라는 韻을 내여노코 지은 押韻 童謠라 하겟다. 作者는 「우리집 토끼」에 對한 構想은 하지 안코 "닛가"의 表現에만 盡力하엿슬 것이다. 이 童謠는 읽은 대만 興味가 잇슬 짜름이지 內容이 보잘것업는 것이 숨길 수 업는 事實이다. 이런 童謠가 다른 內容을 主로 한 童謠보다 도리혀 힘들 줄로 안다. 가튼 갑시면 웨 이런 아무것도 取할 것 업는 힘드는 童謠를 짓느냐 말이다.

이 童謠와 비슷한 鄭明杰 君의 童謠를 하나 紹介한다.

귀쓰람이

가랑닙히 쏘르르
　　굴너를가고
밤알이 쏘르르
　　굴너를오구
귀쓰람이 쏘르르
　　노래를하오
　　(昨年『東亞日報』所載)

一字一句가 틀님업시 事實로 이러햇는지는 쪽々히 모르거니와 지금 記憶에는 이러케 생각난다. 이것이 安 君의 作과 마찬가지다. 「귀쓰람이」라 題하여 노코 「귀쓰람이」를 읇은 것이 아니요 "쏘르르"만 곱게 表現한 것에 지나지 못한다.

◇

「물방아」 盧翼炯

너무 格調를 整齊하노라고 당신의 構想대로 잘 안 된 듯십습니다. 無用한 글자를 너허서 낡기가 자미업다. 表現이 서투르다. 作品을 지여 노코는 만히 推敲하십시요.

◇

「故鄕길」 黃狂波

고향길을 그리워하는 생각이 잘 表現되엿습니다. 별로 흠 잡을 데가 업다. 다시 한 번 부르고 십다.

◇

「허재비」 沈松香

着想이 어리다.

◇

「수양버들」 黃順元

技巧가 용타. 兒童 自身의 純潔한 맘속에서 나왓다 보겟습니다.

◇

「예수님 맛나려」 梁春錫

당신은 眞實한 예수 信者웨다. 썩보다도 돈보다도 고흔 의복보다도 누덕옷이라도 "참맘"만 잇스면 그만이라는 예수 밋는 당신의 마음이 참으로 거룩하웨다. 着想과 表現이 다 서투르다.

◇

「누나」 金亨軾

힘이 업다. 感傷에 흐르지 안토록 하여라. 耽美에서 버서나라. 한번 읽어서 힘이 날 그런 童謠를 要求하야 마지안는다.

◇

「엄마 일흔 새」 金聲哲

남의 童謠를 模倣한 듯합니다. 獨唱은 模倣으로부터 되는 것입니다. 만히 익혀서 獨唱에 힘쓰십시요. 곱다란 句節만 골나 써서 意味가 通하지 안는 대도 잇거니와 內容은 도모지 보잘것업다.

田植, "七月의 每申－童謠를 읽고(四)", 『매일신보』, 1931.7.25.

◇

「달」 安完榮

平凡하다.

「닭소리」 安完榮

空想이다. 表現이 너무 서트르다.

◇

「전신주」 金亨軾[84]

兒童 自身의 自由詩라 하겟다.

◇

「농촌의 느진 봄」[85] 梁春錫

－아침－

表現이 서툴다

－한낫－

지금 農村 한낫의 '스켓취'다.

흠잡을 때 업다.

◇

「보슬비」 孫淸溪

설은 사정입니다. 시름업시 나리는 보슬비를 보고 눈물 흘니지 말고 지

84 '金亨軾'의 오식이다. 김형식(金亨軾)의 「전신주」(『매일신보』, 31.7.11)를 가리킨다.

85 '－아침－, －한낫－'으로 나눈 것은, 양춘석(梁春錫)의 「농촌의 느진 봄」(『매일신보』, 31.7.12) 원작을 보면 '아침'과 '한낫'으로 나누어 발표했는데 그걸 가리킨다.

금의 處地를 꾹 참고 주먹을 불끈 쥐고 들로 나가십시요.

너무 쎈치맨탈하다.

◇

「생일날」 孫正鳳

생일날을 기다리는 憧憬이 잘 表現되엿다고 본다.

우리들도 당신과 가티 생일날에 다 쌀떡 조떡을 논아 먹게 된다면 우리들의 살님은 얼마나 平和하겟습니까?

◇

「우리집 쌀독」 安完榮

집 살림을 걱정하는 당신의 말은 말할 수 업시 무던하웨다.

쌀 업슴을 걱정하는 맘이 잘 表現되엿다.

◇

「눈물의 돈」 桂潤集

이런 일이 農村에 얼마든지 잇습니다. 우리들은 이런 글을 읽을 째마다 분하기도 하고 슬프기도 합니다. 참으로 '돈'이라는 것은 생각할사록 눈물밧게 안 납니다.

"勤勞에 貧賤이 업다" "一勤天下無難事" "勤則必成" 이런 글을 녯어른의 일커른 바입니다. 녯적은 모르지만 지금에 와서는 이런 말이 다 헛수작에 지나지 못합니다. 새벽에 조밥 한 술 먹고 나가 어둡게야 돌아오는 달구지꾼을 누가 부즈런치 안타 하겟습니까? 참 부즈런한 일꾼입니다. 그러나 그 달구지꾼에게는 끼니 쌀이 업습니다. 어린애 신을 고무신이 업습니다. 이것은 우리가 깨다러야 될 일입니다.

이 童謠에 어떤 달구지꾼의 生活相이 잘 나타낫습니다. 精進을 빕니다.

◇

「꼬부랑 령감」 李文海

李 君의 童謠는 웨 그리 平凡한지 모르겟습니다. 才가 能한 탓인지 質은 늘 平凡하웨다.

◇

「동무를 두고」 盧翼炯

고향의 동무를 리별하기는 누구나 설은 법입니다. 압동산을 넘기가 참아 어려워서 설어하는 당신의 맘이 잘 나타낫습니다.

◇

「잠든 거지」 狂波生[86]

編輯子가 不注意냐? 投稿者가 不注意냐? 지난 七月 二日 附 本報에 揭載되엿든 것이다.

田植, "七月의 每申－童謠를 읽고(五)", 『매일신보』, 1931.7.26.

◇

「두견새」 李文海

感傷的 童謠이다. 우리는 이런 童謠를 닑을 째마다 우리의 意氣는 줄어진다.

技巧는 잘되엿다.

◇

「염주」 朴星剛

表現이 곱다

◇

「샘물」 安完榮

朱耀翰 詩集『아름다운 새벽』에 잇는「샘물이 혼자서」를 模倣한 作이라. 模倣은 누구나 하는 법이다. 그러나 이러케 內容은 갓치 하고 글 句만 곳처 놋는 것은 模倣이 아니다.

參考上 두 분의 글을 比較해 보기로 하자.

---

86 황순원(黃順元)의 필명이다.

샘물

安完榮

샘물이 돌-돌
　　장단을친다
험악한 바위
　　돌틈에서
　◇
샘물이 졸졸이
　　춤추며간다
늘어진 덤불
　　숩새이로
　◇
풀은 아름답고
　　하날말근대
흐르는 그소래
　　우러난다

샘물이혼자서

朱耀翰

샘물이 혼자서
　춤추며 간다
　　산골작이 돌틈으로
샘물이 혼자서
　우스며 간다
　　험한산길 꼿사이로
하늘은 말근대
　즐거운 그소래
　　산과들에 울니운다
　　　(一九一八)

이러케 比較해 보니 安 君은 朱 氏의 作을 보고 지은 것이 分明하다.

남의 作品에다 글 句만 곳처 넛는다고 君의 作이 안 되는 것이다. 反省을 促한다.

◇

「우리동생」 金亨軾

着想이 서틀다. 웨 그리 平凡에 흐르고 마럿는가? (繼續)

田植, "七月의 每申－童謠를 읽고(六)", 『매일신보』, 1931.8.8.

◇

「공장누나야」 朴星剛

着想과 表現이 잘되엿다. 만히 지으십시요.

◇

「까마귀」 盧翼炯

單調롭다.

이 童謠에 우주(宇宙)라는 句가 잇스니 宇宙라는 것은 兒童에게 알아듯지 못할 말이다. 童謠에는 어린애들의 日常 하는 말을 써야 되는 것인데 이러케 宇宙라는 어려운 文句를 썻스니 이 童謠를 읽는 어린이들은 不快할 것이다.

당신은 宇宙라는 文字를 장한 듯이 쓴 듯하나 함부로 어려운 熟語를 쓰는 것은 도리혀 童謠의 領域을 버서나는 것인 줄을 깨다르십시요.

◇

「여름밤」 黃順元

여름밤의 情緖가 잘 낫타낫다.

◇

「어린 農夫」 盧翼炯

학교 못 가는 어린 農夫는 참으로 불상합니다. 그러나 그에게는 힘이 잇습니다.

어린 農夫의 살님사리가 잘 나타낫다.

◇

「초생달」 金亨軾

보잘것업다.

◇

「형님마음」 劉天德

당신의 형님은 眞實한 啓蒙運動家외다. 코피 흘니는 당신 형님 압헤서 글 배우는 야학생들은 복이 도라올 것입니다.

全文을 通하야 하나도 흠 잡을 대 업다. 잘되엿다.

◇

「모힘」 黃順元

어쩐 날 밤 少年會 總會의 '스켓취' 가 봅니다.[87]

童謠답게 잘 表現되지 안혓다.

◇

「봄꿈」 盧雲溪

이 童謠를 척 보아서는 아모 흠이 업는 듯하나 몽중세게(夢中世界)라는 것이 童謠에 適當치 안흔 말이다. 먼저번에도 말햇거니와 이런 어려운 말은 제발 좀 쓰지 마시요.

◇

「황송아치」 池福文

아모 取할 것 업는 作이다.

◇

「소식이 업네」 桂潤集

單調롭다.

◇

87 "'스켓취'인가 봅니다."의 오식으로 보인다.

「봄에 부른 노래」 宋白夏

抒情詩라 보고 感想을 적지 안는다.

◇

「누나생각」 李文海

表現이 잘되엿다.

"정다우신 우리누나 게실그때엔"

이 句가 좀 滋味 업다.

◇

「새벽 종소래」 宋白夏

全文을 낡어 보아서 이것은 童謠라 하겟다. 우스웨서 한 번 더 낡어 보니 爽快는 하다만은 "햇님경레쑤ㅅ모닝"이라는 것이 너무 우습다.

田植, "七月의 每申－童謠를 읽고(七)", 『매일신보』, 1931.8.9.

어린애가 아츰해를 보고 아츰 인사를 하는 것인 듯하나 朝鮮 兒童에 '쑤ㅅ모닝' 할 어린애들이 어데 잇단 말이냐? '오하요－' 할 애들은 잇슬지 몰나도 '쑤ㅅ모닝' 할 애들은 업슬 것이다. 아마 英語를 배우는 어린애는 모르거니와 都是 '쑤ㅅ모닝'이라는 것이 適當치 안흔 말이다.

讀者 여러분! "햇님경레쑤ㅅ모닝"이라는 것이 얼마나 우습습니까? 英語 아는 자랑인 듯십습니다.

이 童謠를 幼年들이 부르게 지은 듯하나 우리말도 분간 못하는 幼稚園 애들에게 何必 英語를 알게 할 必要가 무에란 말이냐? 至今도 幼稚園 애들에게 배워 주는 童謠에 外國語를 포함한 것이 잇스나 이제부터 우리로서는 그런 童謠를 안 지어야 될 것이다.

作者가 마즈막에 마음대로 힘 잇는 曲을 붓처 노래를 불너 보자 하엿스나 나는 '쑤ㅅ모닝'이 우스워서 못 불느겟소.

◇

「일터로 가세」 崔錫崇

漢字를 쓴 것이 滋味업다.

◇

「변쏘 들고」 朴映河

句間의 意味가 잘 通하지 안는다. 表現이 서투르다.

◇

「이슬비」 朴映河

보잘것업다.

◇

「색캄한 밤」 金亨軾

참 혼낫겟습니다.

◇

「달밤」 桂潤集

平凡한 스켓취다.

◇

「숭을 봐도」 朴星河

당신의 意氣는 용하외다. 부자집 애들이 아무리 놀녀 주더라도 당신은 낙심 말고 발거름 맛추어 물을 기르십시요.

技巧가 서틀으다.

◇

「빈대 벼룩」 吳允模

빈대 벼룩은 얄미운 놈입니다. 죽도록 일해도 가난한 우리를 마음대로 빠라먹는 그 빈대 벼룩은 사정업시 죽여야만 될 것입니다

技巧가 너무 서틀다.

◇

「녀름비」 朴仁守

詩웨다.

◇

「모기」 朴星剛

그럿습니다. 때려죽이십시요.

着想이 조타.

◇

「미욱한동생」 崔錫崇

"動物을 愛護하라"고 일느십시요.

◇

「봄소식」「별님애기」 李文海

곱다란 作이다. 藝術的 냄새가 놉다.

◇

「첫여름」 黃狂波[88]

첫여름의 實景이 잘 나타낫다.

田植, "七月의 每申－童謠를 읽고(八)", 『매일신보』, 1931.8.11.

◇

「아우여」 盧雲溪

아우 누나를 생각하고 힘썻 공부하십이요.

◇

「무던한 할멈」 菊朶生[89]

참으로 사랑 만흔 할머니외다. 좀 지리하게 되엿다.

◇

88 황순원(黃順元)의 필명이다.

89 유천덕(劉天德)의 필명이다.

「비맞는 밤에」 崔隱卿[90]

“돈함부루 쓰든것을 한만합니다” 누가 돈을 함부루 썻단 말입니다? 당신의 構想을 알 수가 업습니다.

◇

「녀름의配達夫」 遙浪兒

表現이 잘되엿다.

◇

「밤비」 金亨軾

表現이 잘되엿다. 童心에서 우러나온 노래다.

◇

「강아지」 高東煥

表現이 좀 서틀다.

◇

「설은 애기」 宋白夏

참으로 분합니다.

調和가 잘 안 된 듯십습니다.

◇

「술마시는 형님」 玄順鳳

無知한 당신의 형님은 自滅할 수밧게 업지요. 表現이 서틀다.

◇

「시골여름밤」 玄青波

着想을 모르겟다.

◇

「강아지」 南洋草

無味한다.

◇

---

90 ‘崔隱卿’은 최은향(崔隱鄉)의 오식이다.

「참새」 朴仁守
보잘것업다.

◇

「매암」 朴仁守
單調롭다.

◇

七月의 童謠는가[91] 이제야 씃치 낫다. 다른 달에 比하야 童謠가 만치도 안헛거니와 質도 昨年에 比하야 조곰도 進展의 맛을 보이지 안는다. 昨年에는 동요에 等級을 추려서 賞을 준다고 해서 그랫던지 相當한 童謠가 만앗것만 今年은 그런 童謠가 하나도 보이지 안는다. 그리고 昨年에 쓰던 作者도 한나 보이지 안는다. 어쩌케 된 일이냐?

쯧트로 作者들에게 한마듸 말하려 한다. 너무 곱게 짓겟다고 업는 재간을 도치거나 律調를 整齊하노라고 意味도 通치 안는 글짜를 넛치 말으십시요. 글자를 곱게 모왓다고 童謠가 아니며 律調를 整齊햇다고 童謠가 되는 것이 아니웨다. 形式도 形式이러니와 內容의 豊富한 作을 기다려 마치지안습니다.[92]

그리고 너무 七五調에 置重하지 마십시요. 지금의 童謠는 너무 七五調나 八五調化한 듯십습니다. 처음에 童謠를 짓는 분도 七五調나 八五調만을 짓노라고 애쓰는 듯합니다. 三四年 前에는 四四調化 햇드니 지금은 七五調 八五調化햇습니다. 그저 內容이 굿세고 부르기 쉽고 부르기 조케만 지으십시요. 藝術이 人間生活의 反映이라야 하겟다. 童謠를 짓기 爲한 童謠를 짓지 말나는 말을 切實히 말해 둔다.

1931.8.2. 호무社에서

---

91 '童謠는'에 '가'가 불필요하게 더 들어간 오식이다.
92 '마지안습니다.'에 '치'가 불필요하게 더 들어간 오식이다.

月生, "(어린이란)소년소녀의 친구 方 선생님 이야기－구슬가티 귀한 그 一生(上)", 『동아일보』, 1931.7.26.

소파 방정환(小波方定煥) 선생님－ 인제는 고만 이 세상 사람이 아니신 선생님 아! 방 선생님은 바로 오늘 저녁때 홍제원화장장(弘濟院火葬場)에서 한줄기의 연긔로 허무하게 살아저 버리시고 마럿습니다.

그러나 우리 소년소녀운동의 거두로 十여년 동안을 오직 한 골스로 맘것, 힘것, 정성것 활약하시든 선생님은 과연 三十三년간이란 짧은 한평생을 금가티 귀하고 구슬가티 맑고 중하게 보내섯든 것입니다. 우리는 이때에 방 선생님을 추억하는 맘으로 선생님의 그동안 밟아 가신 노력(努力)의 길의 모양과 흔적을 잠시 살피어볼가 합니다.

……○……

선생님의 소년시대에는 어려운 고비와 눈물겨운 마듸가 나무의 옹이와 가티 만엇습니다.

일즉이 어머님을 여이시고 몹시 사랑하야 주든 누님까지 세상을 써나 버린 후는 남류달리 외롭고 설어운 소년시절을 가지섯든 것입니다.

그럴스록 어릴 째부터 그림그리기와 동요 짓기에 재미를 부치시고 열심히 공부하야 아동잡지에 동요가 당선되어 상을 타신 일도 잇섯습니다. 특히 열 살 째 소학시대에 〈소년립지회(少年立志會)〉라는 것을 모은 것이라든지 중학시대에 〈록성사(綠星社)〉라는 것을 짜아가지고 『신청년(新青年)』이란 잡지까지 발간한 것을 보면 얼마나 영특한 모범 소년이엇든지를 곳 짐작할 수 잇습니다.

학교는 보성(普成)소학교 선린상업(善隣商業) 보전 법과(普專法科), 일본 동양대학(東洋大學) 문과(文科)를 졸업하섯는데 대학에서 학생생활을 해 나가는 동안에 특별히 어린이문제와 동요 동화에 대해서 만흔 연구를 싸하 조선에 나와 전수히 어린이만 위하야 활약하실 결심을 일즉이부터 품고 게섯습니다.

아모튼 조선서 최초로 신작 동요를 발표한 이가 방 선생님이엇습니다.
(사진은 씨의 최근과 어릴 때)

형제별

날저므는 하눌에
　　　별이 三兄弟
반짝반짝 정답게
　　　지내-더니
웬일인지 별하나
　　　보이지 않코
남은 별이 둘이서
　　　눈물 흘닌다

註. 이것은 氏의 作. 朝鮮 最初 童謠입니다.

月生, "(어린이란)소년소녀의 친구 方 선생님 이야기-구슬가티 귀한 그 一生(中)", 『동아일보』, 1931.7.28.

조선서 제일 먼저 소년문제를 연구하고 소년운동을 창도(唱導)한 이가 역시 방 선생님입니다.

一九二二년 二十四세 때에 방 선생은 일본 동경서 멧멧 동지(同志)로 더부러 소년소녀 문제를 연구하는 단체 〈색동회〉를 맨들엇습니다.

이 회야말로 조선소년운동에 즉접 간접으로 큰 힘이 되엇습니다. 그해 여름에 서울 천도교당에서는 〈색동회〉 주최로 전조선소년지도자대회가 열리엇습니다. 이때에도 반 남어는 전혀 방 선생님의 힘으로 회가 진행(進行)되엇습니다. 그러고 방 선생님은 그해 봄부터 『어린이』라고 하는 잡지를 맨들어 내섯습니다. 『어린이』에 대해서는 여러분이 넘우도 잘 알고 게실 터이니까 새삼스럽게 되푸리할 필요도 업겟습니다.

그러니 『어린이』가 세상에 나온 지 벌서 十년 지난 十년 동안 방 선생님은 이 『어린이』를 통하야 조선의 소년소녀를 훌륭한 사람이 되게 하기에 힘쓰신 분입니다.

선생님은 자나 깨나 한시라도 조선의 소년소녀를 이즌 적이 업섯습니다. 일하는 여가에 혹시 친구끼리 모여 안저서 써드는 때에도 어린이들을 어써케 지도햇스면 조흘가 하는 정성을 모르는 동안에 나타냇섯습니다.

방 선생은 동화의 창작(創作)이나 번역으로뿐이 아니라 동화구연(口演) —— 동화를 이야기 하는 것 —— 으로도 조선서 제일 유명한 분이엇습니다. 선생님은 서울서는 '라듸오'로는 물론 조선 十三도 이름 잇는 지방 치고는 아니 가신 곳이 별로 업스며 그런 곳에 가시기만 하면 수백 수천의 듯는 사람들을 슬픈이야기로 울리기도 하고 웃으은이야기로 웃기기도 하얏습니다. 어느 지방에서든지 이야기 잘하시는 선생님이란 별명까지 지어냇습니다. 방 선생님은 여러 곳에서 수만흔 소년소녀에게 들려준 주옥 가튼 이야기를 모아 한 권의 책을 맨들엇습니다. 그것이 바로 유명한 『사랑의 선물』입니다. 조선 어린이로서 아마 이 책을 못 읽은 이는 드물다 하야도 과언이 아닐 것 갓습니다. 그러케 이 책은 어린이들에게 널리 알리워지고 만히 팔리엇습니다.

◀ 사진(왼편의 양복 입고 수염 부친 분)은 방 선생이 일본류학생회에서 연극하시든 장면

——◇——

귀뜨람이

귀뜨람이 귀뜨르르
가느단소리
달님도 치워서
파랏습니다.

울밑에 과꽂이
네밤만자면
눈오는 겨울이
찾어온다고

귀뜨람이 귀뜨르르
가느단소리
달밤에 오동닢이
떨어집니다.

註. 十年 前 氏의 童謠

月生, “(어린이날)소년소녀의 친구 方 선생님 이야기-구슬가티 귀한 그 一生(中)”, 『동아일보』, 1931.7.29.[93]

방 선생님의 성질은 매우 부드러워서 누구에게든지 용서성이 만코 항상 부즈런하고 꾸준하야 일하기를 조하하시면서도 틈틈이 묵상하는 시간만은 노치지 아니하섯습니다. 그러고 늘 새 계획과 새 방침을 생각해 내는 동시에 좀 더 장하게 좀 더 놉게 활동하기에 힘을 쓰섯습니다.

“내 몸이 몹시 뚱뚱하고 커서 그런지 남에게 눌리거나 남의 미테서 굴르기는 과연 실타.”

선생님은 롱담 쓰테 연극하는 어조로 이와 가튼 말슴을 하실 적도 만핫습니다.

……◇……

조선 전체 어린이의 하나가는 친구이든 방 선생님은 다시 말할 것 업시

---

93 ‘下’의 오식이다.

한 집안에서도 원만한 어른이섯고 너그러운 조흔 아버님이섯습니다.

천도교 교주(天道教教主) 고(故) 의암 손병희(義菴 孫秉熙) 선생의 셋재 싸님으로 일즉이 맹자(孟子) 론어(論語)까지 읽고 시내 동덕(同德)녀학교를 졸업한 손용화(孫溶嬅) 씨가 바로 방 선생님의 부인이신데 이 두 분의 품속에서 그동안 四남매 자녀가 자라나고 잇섯습니다. 선생님은 금년 네 살 먹은 제일 쓰테 싸님 영숙(榮淑)에게까지라도 존대를 하섯습니다. 이만치 어린이의 귀중함을 대접하얏고 어데까지 재미잇는 동무가 되섯든 것입니다. 그뿐만 아니라 행낭것이라는 말도 다 폐지하고 집안의 일해 주는 어멈 할멈에게도 쪽가티 경어(敬語)를 쓰섯습니다.

—— ○ ——

돌연히 신장염(腎臟炎)으로 하고 시픈 일을 다 못하시고 이 세상의 사랑하는 모든 것을 남기고 써나가시게 되는 그 순간의 방 선생님의 락망(落望)은 얼마나 컷섯스며 그 슬픔은 얼마나 지텃겟습니까. 그러나 그러나 방 선생님은 마즈막 숨질 쌔까지 끔직이 침착하고 엄숙만 하섯습니다.

"친구여 일 만히 하시오. 나는 갑니다."

하는 짧은 마즈막 말로 방정환 선생님은 짧은 귀한 일생을 앗갑게 마치섯습니다.

◀ 사진은 선생님이 어느 해 겨울에 손수 맨든 눈사람과 가티 백이신 것 (씃)

——◇——

눈

하늘에서 오는눈은 어머님편지
그리우든 사—정이 한이업서서
압바문안 누나안부 눈물의소식
길고길고 씃이업시 길다랍니다.

겨을밤에 오는눈은 어머님소식

혼자누은 들 창 에 바—삭바삭
잘자느냐 잘크느냐 뭇는소리에
잠못자고 내다보면 눈물납니다.

註 氏의 最近 作品

주요한, "童謠 鑑賞", 『아이생활』, 제6권 제7호, 1931년 7월호.

잘 지은 동요라도 볼 줄을 알아야 재미가 잇습니다. 이달부터 동요를 한가지식 가지고 그 뜻을 설명하고 그 잘된 점을 해석해서 동요를 읽는 이와 짓는 이의 참고가 되게 하고저 합니다.

제비야

韓晶東

사랑하는 제비야
봄바람 불면
바다 천리 산 천리
넘나라오렴

압뚝의 수양버들
느러진 가지
물차는 봄을 보소
부럽지 안쏘?

버들에 눈도 트네
논 물도 찻네
봄이란 두번 업네
제비야 오렴 (『어린이』 四月號)

【글자 해석】 ◀ 넘나라. 넘어서 날아 ◀ 앞뚝. 동리 앞에 잇는 뚝, 강변에 물이 넘지 않도록 흙으로 높이 싸아 막은 것을 뚝이라 한다. ◀ 물차는. 물은 강물, "찬다"는 냅다 따린다는 뜻, 다시 말하면 버들가지가 물에까지 느러저서 바람 불 때마다 물을 건드리는 것을 "물찬다"고 한 것이다. ◀ 눈도트네. 나무가지에 새싹이 돋는 것을 눈이 튼다고 한다. ◀ 논물도찻네. 찻다는 것은 가득하게 되엇다는 말. ◀ 봄이란. "봄이라고 하는 그때는" 하

는(이상 22쪽) 말을 주려서 "봄이란"이라고 햇다. ◀ 두번없네. 한 번만 오고 두 번재 오는 법은 없다는 뜻.

【노래의 뜻】 봄이 다시 왓다. 봄바람이 스르르 불어오면 만물이 소생한다. 봄이 왓다는 소식을 여러 가지로 알 수 잇지마는 그중에 두어 가지 예를 들자면 동리 앞에 강까에 길게 싸인 뚝에 섯는 수양버들 나무에는 새싹이 파릿파릿 터 오르고 그 가지가 휘느러저서 마치 봄빛을 환영하는 것처럼 바람이 불어올 때마다 강물을 툭툭 차고 잇다. 겨울 동안 물이 말라서 흙이 들어낫든 논에도 봄에 눈 녹은 물이 나려와서 논물이 하나 가득 차서 봄날의 유쾌하고 가득한 기분을 나타내는 것 같다.

이런 때가 되면 작년 봄에 와서 놀든 제비가 반드시 생각난다. 그래서 제비야 사람의 말을 알아들을 수 잇으랴마는 내 어린 맘에는 제비를 내 동무처럼 생각하고 어서 와 달라고 부탁하고 싶다.

"사랑하는 제비야, 시방 너 잇는 곳이 이곳서 얼마나 먼 지 나는 몰은다. 그러나 그것이 천리 되는 바다 저편이요 천리 되는 산 저편이라 하드라도 네가 좋아하고 네가 부러워하는 봄이 왓으니 바다 천리 산 천리 다 넘어서 이 봄나라로 날아오려무나. 시방 이 삼사월 좋흔 시절은 한 번 지나가면 다시 명년을 기다리기 전에는 두 번 오지 안는다. 이때를 노치지 말고 어서 와서 나하고 놀아보자."

이렇게 우리들의 마음은 속색이고 잇는 것이다.

【비평】 이 노래를 특히 택한 것은 그 속에 함축이 많은 것입니다. 다시 말하면 간단한 말 가운데 여러 가지 뜻이 포함되어 잇는 까닭이외다. 노래라고 하는 것은 이렇게 깊은 뜻이 잇어야 하는 것이외다. 봄이 좋다 좋다 하고만 써 놓는다고 노래가 되는 것이 아니고 어떻게 좋다고 하는 것을 구체적으로 나타내여야 보는 사람이 좋은 것을 참으로 감각하게 됩니다. "압뚝" "수양버들" "물차는" "눈도트네" "논물도찻네" 이 몇 마디로 봄의 경치를 잘 그려 냇습니다. 이 몇 마디를 볼 때에 우리는 우리의 상상력을 가지고 그 이상의 모든 봄의 좋은 경치를 상상할 수 잇습니다. 이것을 가르켜 노래의 암시성이라고 합니다. 암시가 너무 심하게 되어서 소위 상징파 모양으로

독자가 그 뜻을 못 알아보게 되면 도리여 실패로되 도모지 암시적이 없시 전부 쏟아 놓으면 노래로서는 실패임니다. 만일 이 노래를 가령

우리동네 앞에는 뚝이 잇지요
뚝우에는 수양버들 높이 서잇네
수양버들 가지는 봄이되면은
가지가지 느러저 춤을춘다오

이 모양으로 만드러 놓으면 아주 맛이 없어지고 맘니다. 요새 잡지 같은 데 많이 나는 동요라는 것이 이 비슷한 것이 많습니다. 좀 더 관찰력을 넓고 깊게 길러 가지고 좀 더 말을 주리고 맛이 잇게 표현해야 되겟습니다. (이상 23쪽)

金月峰, "(受信局)李孤月 君에게", 『별나라』, 통권52호, 제6권 제6호, 1931년 7-8월 합호.

李 君!

五月號의 受信局을 通하야 君의 「反動的 作品을 淸算하자!」는 一文은 우리의 精神을 表明—乃至 陣營의 整頓을 부르짓즌 点에 잇서서 勿論 반갑게 아니 경건한 態度로 注意하야 읽엇다.

그리하야 君의 根本精神에 對하야는 물논 同感이다. 大贊成이다.

그런데 그 글을 通하야 군데〳〵 흘너 잇는 意識—卽 君의 把握한 이데오로기—에 잇서 不正確한 点이 업지 안흠으로 그를 指摘하야 討究하랴 한다. 그것은 물논 우리의 그것에 堅實을 피하기 위하야서이다.

그러면 이 아래 간단히 指摘하기로 하자!

君은 日刊新聞 等 其他의 反動作品의 橫行을 말한 뒤 "우리는 英國이나 米國과 갓흔 富饒한 나라 少年들이 아니다. 가난한 조선에 태여나 옷과 밥이 넉々지 못한 少年들이 아닌가!" 하얏다.

여긔에서붓터 우리는 君의 不正確한 — 초게급, 민족的 — 意識을 엿볼 수 잇는 것이다. 君은 아마 英國이나 米國의 少年들은 모다 富饒한 生活을 하는 것갓치 意識하는 듯십다.

君! 全世界의 "돈"이 절반이나 모혓다는 米國에 잇셔 이번 "공황"에 六百萬이란 놀날 만한 數의 失業者를 내엿다는 事實은 君은 忘却하려는가? 아니 듯지도 못햇더란 말인가?

그런데 君은 또 씃헤 가서

"우리 童謠作家는 총動員으로 그들 反動的 童謠作家를 우리의 진영 內에서 모조리 逐出……" 云云하엿다.

君! 그것은 "우리의 陳영에 잇서 逐出"이 아닐 것이다.

웨냐(?)하면 그들은 벌서 그들의 陳영을 차리고 잇는 것이다. 말하자면 싸홈인 것이다. (씃) (이상 23쪽)

金藝池, "(受信局)『파랑새』 發刊을 듣고, 『별나라』, 1931년 7-8월 합호.[94]

『불별』 하나밧게, 가지지 못한 우리들의 童謠壇에 있어서 三長 〈글빛社〉[95] 李孤月 동무의 主觀으로 純童謠雜誌 『파랑새』를 發刊한다는 消息이 『별나라』, 『新少年』, 『朝鮮日報』 等 紙上으로 나타남을 볼 때 나는 깃버 마지못하며 더욱 만은 期待를 가지고 잇는 것이다. 그것은 더욱 이번 本誌 受信局을 通해 「反動的 作品을 淸算하자」라고 意思 發表한 孤月 동무의 힘으로 꿈여지는 雜誌라고 하여서 또 나는 李 동무를 우리 편 동무로 밋었음으로엿나이다. 그러나 誌名을 『파랑새』라는 새 글자 속에는 무엇이 暗示되엿습닛까? 遊興的 亨樂的[96] 무엇이 含有되엿습니까? 나의 認識錯誤나 無知暴露인지 몰으겟지만 나는 다만 그 일홈이 너무 弱한 듯십흐며 더욱 저들 것갓치 들니여집니다.

그러치마는 或 客觀的 情勢의 不美点으로 말미아마 外虛內實인지 몰으겟지만 우리들의 雜誌라면 어느 程度까지 內外에 分別이 없이 무섭게 만들어저야 할 것이다.

또는 古謠, 民謠 等도 募集하신다지요? 그러하면 우리 편 동무인 孤月君의 頭腦는 몹시도 밋어지지 안습니다.

우리는 형락덕 藝術至上배의 兵卒이나 또는 민족덕 ××가 아닌 이상 행토藝術에[97] 관심할 餘裕와 生活을 가지고 잇습닛까? 오직 鄕土藝術 그도 君의 力說, 淸算 云云의 作品이란 말이외다. 동무여 부대 付托하노니 本欄을 通해 君의 참된 意圖를 發表한 뒤 原稿募集에 着手하여 쥬기를 바라며 이 雜誌는 純全한 우리들의 雜誌가 되기를 期待하여 마지못한다.(이상 24쪽)

94 원문에 '利原 불꼿社 金藝池'라 되어 있다. 김명겸(金明謙)의 필명이다.
95 '〈글벗社〉'의 오식이다.
96 '享樂的'의 오식이다. 아래에 "형락덕"이라 한 것도, "享"(향)을 "亨"(형)으로 오독한 것이다.
97 '향토藝術에'의 오식이다.

微笑, "파란 만튼 方定煥 先生의 一生", 『어린이』, 제9권 제7호, 1931년 8월 20일 발행.[98]

동서를 물론하고 위대한 인물일사록 그 어릴 때의 생활은 대개 불행한 이가 만엇습니다.

그와 맛찬가지로 方 선생의 어릴 때도 몹시 불행하야 어려운 고비와 눈물 겨운 일이 만엇습니다.

우선 선생은 아조 어리엿슬 때 사랑 만흐신 어머님을 여의시고 그 뒤를 니여서 또한 다정한 누님마저 일허바리엿습니다. 그리하야 남류달리 외로운 몸을 하라버지·할머니·또 아버지와 삼촌 되시는 분을 모시고 눈물로 지내시엿습니다. 그 후 얼마 지나서 새어머니가 들어오시엿스나 웃전지정을 못 붓치시고 오즉 그림그리기와 글짓기에 재미를 붓치여 지내시면서 하라버지께 한문을 몃 해 동안 열심히 배우시엿습니다.

×

그리다가 일곱 살 되든 해에 집에서 말리는 것도 불구하고 선생보다 두 살 위이신 삼촌을 따라서 학교(普成小學校)에를 처음으로 갓다가 교장 선생님(盧伯麟 氏)께 입브게 보여서 곳 앗기고 위하든 머리를 썩둑 잘나 버린 후 그 학교에 입학을 하시엿습니다. 그러나 큰일 난 것은 그때만 해도 머리만 싹그면 당장 죽는 줄로 아는 때엿는데 이제 겨우 닐곱 살밧게(이상 26쪽) 안 된 어린애가 어른한테 알니지도 안코 넌즛이 나가서 머리를 홀싹 싹고 당긔에 달린 머리를 파ㅅ단가티 대룽대룽 들고 집에를 들어가 노앗스니 집안 어른의 눈에는 맛치 귀여운 손자가 목을 뎅겅 잘러서 손에 들고 오는 것가티 보엿슬 것입니다. 그래서 선생의 조부 되시는 어른께 피가 줄줄 흐르도록 종아리를 맛고 증조모님과 조모님은 밤새도록 "엇던 몹쓸 놈이 남의 집 귀한 어린애의 머리를 잘너 노앗단 말이냐"고 비혀 논 머리를 붓잡

98 '微笑'는 이정호(李定鎬)의 필명이다.

고 밤새도록 대성통곡을 하시엿다는 일화까지 잇습니다.

선생은 어렷슬 때부터 이럿케 과단성이 잇섯습니다. 그리하야 그 학교에를 단이는 중에 〈소년립지회(少年立志會)〉 —— 열 살 때 —— 라는 맛치 지금의 소년회와 가튼 것을 조직하고 동무들을 모아서 동무 간에 친목을 더욱 돈독히 하고 토론회와 연설회를 갓금 열어 변설(辨說)의 수련을 부지런히 하시엿습니다.

선생은 그때에 발서 어린이운동의 거륵한 정신이 싹트기 시작하엿든 것입니다.

그러나 리해가 업는 어른들은 그것이 큰일 날 짓이라고 까닭 업시 방해를 하야 간판을 엽헤 끼고 회관이 업서서 길거리로 헤매 단이며 눈물을 흘리신 적도 만엇습니다.

그리다가 열아홉 살 되시든 해에 선린상업학교(善隣商業學校)에 입학을 하시여 약 二년간 단이시다가 퇴학을 하신 후 문학 방면에 뜻을 두시여 그 방면으로 공부와 연구를 부지런히 하시엿습니다. 그래서 스므 살 때에 발서 문예잡지 『신청년(新青年)』이라는 것을 몃몃 동지와 가티 발간하시여 힘쓰시다가 그것이 여의치 못하게 되니까 이번에는 녀성 잡지 『신녀자(新女子)』 영화 잡지 『록성(綠星)』을 몃 달간 발간하시엿습니다.[99] 그리고 곳 일본으로 건너가시여 동양대학 문과(東大文科)에 입학하시엿는데 그때부터 주로 아동예술(兒童藝術)에 관한 연구를 만히 하섯습니다. 쁜만 아니라 특별히 남다른 처지와 환경을 가진 조선의 불상한 어린이들을 엇더케 교양 지도해 나갈까 하고 날마다 머리와 마음을 썩이섯습니다.(이상 27쪽)

그리하야 우선 방학 중에 귀국하시여 천도교회(天道教會)에서 뜻 맛는 이 몃 분과 상의하신 후 비로소 조선소년운동의 첫 봉화(烽火)인 〈천도교소년회〉를 조직하시고 방학 기간이 찰 때까지 친히 나스서서 열심히 회원을

99 이 글처럼 『綠星』의 발행인이 방정환이라고 한 기록이 더러 있으나 사실이 아니다. 판권장에 따르면, 편집 겸 발행자는 이일해(李一海)였다. 『綠星』은 도쿄(東京)에서 1919년 11월 15일자로 창간되었다.

모고 조직을 튼튼히 하고 선전을 굉장히 하엿습니다. 그리고 그때부터 어린 사람에게 일체로 경어(敬語)를 쓰도록 하시엿습니다.

선생의 노력이 헛되지 안어서 다시 일본으로 건너가실 임시해서는 회원이 약 四五백 명이나 되고 기초도 큰 단체인 교회를 배경으로 하엿기 때문에 제법 튼튼하게 자리가 잡혓섯습니다.

그 후 동경에 가신 후에도 자조 통신으로 지도자 여러분을 독려하야 회의 발전을 도모 노력하시엿습니다. 그리하야 처처에서 소년회가 벌 떼가티 니러나고 이를 성원하는 분이 점차로 늘어갓습니다.

선생은 그러시는 한편으로 또한 그곳 류학생 중에 마음과 뜻이 맛는 몃 분을 추리여 순전히 어린이문제 연구단체인 〈색동회〉를 조직하야 더욱 공부와 연구를 싸으신 후 우선 어린 사람을 위하는 잡지 발간의 뜻을 두시고 천도교회와 개벽사의 후원을 바더 『어린이』 잡지를 손수 편즙하시엿습니다.

그래서 공부하시는 틈틈이 이를 정성껏 짜서 조선으로 내보내시여 발간을 게속하시엿습니다. 그러시다가 그 이듬해 봄에 비로소 력사적으로 긔렴할 "어린이날" 운동을 제창하야 〈천도교소년회〉 명의로 이를 공포하자 전선 소년단체는 물론이요 사회적으로 일반 어른들까지 이에 호응하야 자못 성황으로 제일회 긔렴을 맛추엇습니다.

그리고 그해 녀름으로 곳 〈색동회〉 여러분과 가티 전선소년지도자대회(全鮮少年指導者大會)를 발의 소집하시엿습니다. 그때 이에 참가한 유치원 선생님과 소년회 지도자와 학교 선생님만이 근 二十여 분으로 가장 원만하게 대회를 맛추엇슬 뿐 아니라 그 대회가 직접 간접으로 세상에 씻처 준 효과도 적지 안엇습니다.(이상 28쪽) 그뿐 아니라 그때부터 선생은 조선 십삼도를 골고루 도라단이시면서 어린이 문제에 강연과 동화를 하시여 수만흔 사람에게 크듸 큰 감격과 충동을 주어 직접 간접으로 어린이운동을 도으섯습니다. 그리고 선생은 처처에서 어린 사람들에게 들려주신 자미잇고 유익한 이야기를 모아 한권의 책을 맨드섯스니 이것이 조선에서 처음 동화집인 『사랑의 선물』입니다.

×

그 이듬해 봄에는 아조 학교를 완전히 맛추시고 귀국하시여 개벽사에 정식 입사를 하시고 어린이 잡지와 어린이운동의 발전을 위하야 적극적으로 노력을 하시엿습니다.

그리고 그해부터는 〈천도교소년회〉의 단독의 힘을 가지고는 어린이날 거렴 운동을 좀 더 원만하게 하지 못할 것을 깨다르시고 즉시 경성 四十여 소년단체를 전부 망라하야 〈소년운동협회(少年運動協會)〉라는 긔관을 조직하시고 대규모로 이 운동에 헌신적 노력을 하시엿습니다.

그러다가 운동 리론상 틀리는 일이 잇서 운동협회 속에서 일부의 사람이 탈퇴를 하야 〈五月會〉라는 대립 단체를 만들어 일시는 운동상 여러 가지 지장과 혼란을 거듭하엿섯스나 량편의 양보로 다시 서로 련합이 되야 〈소년련합회(少年聯合會)〉[100]가 생겨지고 선생은 그 회의 중앙위원장으로 피선되야 또한 만흔 정성과 노력을 밧치섯습니다.

선생은 이럿케 어린 사람 운동을 위하야 힘과 마음을 다하야 애쓰섯슬 뿐 아니라 또한 이와 직접 관련이 되는 조선의 장래 어머니가 될 여자들을 위하시여 『신녀성(新女性)』이라는 잡지를 새로 발간케 하고 거기에도 친히 책임자가 되야 힘써 오섯습니다.

"어린 사람의 운동도 크지만 제일에 압흐로 그들을 직접 낫코 기르고 교양해 나갈 어머니들의 문제도 또한 큰 것이다."

하시고 이를 주장 실시케 하신 것입니다.

그리고 선생은 재작년 十月에 만 三개년 동안을 두고 세계 二十여 개국의 아동들의 작픔을

—(第四十一頁 下段으로 繼續)— (이상 29쪽)

—(第二十八頁의 繼續)—

모아 세계아동예술전람회(世界兒童藝術展覽會)를 열어 조선 아동예술계의 큰 충동과 자극을 주는 큰일을 하시엿습니다.

---

100 정식 명칭은 〈조선소년연합회〉이다.

×

그럿케 해 오신 지가 해ㅅ수로 十년 하고도 하나를 더 꼽을 수 잇게 된 오늘에 갑잭이 "신장염"이라는 고약한 병마의 침로를 바드시여 경성제국대학 내과(內科)에 입원하신 지 만 두 주일 만에 앗가웁게도 세상을 떠나시엿습니다.

×

선생은 성질도 매우 부드럽고 착하시여서 밧그로 여러 사람들의 경모를 바드섯지만 안으로 집안에 잇서서도 가장 원만하고도 너그러우신 착한 아버지시엿습니다.

집에는 선생의 유족으로 그의 부인과 四 남매의 자녀가 자라나고 잇는데 금년 네 살밧게 안된 짜님에게까지 경어(敬語)를 써 오시엿고 일해 주는 어멈과 할멈에게까지 짝듯이 존대를 해오시엿습니다.(이상 41쪽)

주요한, "童謠 鑑賞", 『아이생활』, 제6권 제8호, 1931년 8월호.

이달에 난 잡지들 가운데서는 여기에 적당한 동요가 업섯습니다. 그래서 묵은 잡지를 손에 잡히는 대로 두지다가 『별나라』 작년 유월호에서 하나 짜왓습니다.

初夏行進曲

우리들은 힘이 잇게 일하는 동무
갓치 웃고 갓치 우는 정다운 동무

두리둥둥 펄펄펄 소리 놉히자
발마추어 저벅저벅 우리는 가자

맑게개인 첫녀름의 하늘을 보라
광채나는 첫녀름의 태양을 보라

연기업는 연통을 뒤에다 두고
기름 뭇고 땀밴 옷을 몸에 걸치고.

〔字意〕 일하는……일한다는 것은 두 가지로 해석할 수가 잇습니다. 곳 사회적으로 운동을 한다는 뜻도 되고 쏘는 공장이나 밭에서 육체노동을 한다는 뜻도 됩니다. 여기는 아마 노동한다는 뜻으로 해석함이 적당할 듯합니다. 같이웃고……함께 웃는다는 말이어니와 그것은 그냥 시간적으로 같은 때에 웃는다는 말이 아니라 서로 동정하고 서로 사랑하고 서로 이해하기 때문에 웃고 울고 하는 모든 감정에 서로 공명이 된다는 뜻입니다. 첫녀름……여름이 겨우 시작된 때, 그리 덥지도 아니하야 기운이 나는 때입니다. 이 용감한 행진곡을 부르기에 꼭 알마즌 시절입니다. 광채…… 빛. 태양……해. 연통……굴둑 다시 말하면 공장의 굴둑. 뒤에다 두고……공장에서 나와서 넓은 천지로 행진하니까 공장의 굴둑은 우리의 뒤에 남아 잇을

것이 아닙니까. 기름…… 공장에서 쓰는 기게 기(이상 14쪽)름이 옷에 묻엇습니다. 땀밴…… 공장에서 일할라기에 땀이 옷에 배엿습니다.

〔大意〕 첫여름이 왓습니다. 상쾌하고 원기 나는 시절입니다. 이때에 한 떼의 소년 노동자들은 이 첫여름을 마지하러 넓은 드을로 나갑니다. 그들은 발을 마추아 나갑니다. 공장에서 입든 옷에는 기게 기름이 묻고 땀이 배어서 더럽게 되엇습니다. 그 옷이야 말로 인류 사회의 발달을 위해서 근육을 활동시킨 귀중한 노동의 옷이지마는 현대에 잇어서는 도리어 이것을 천하다 더럽다고 보는 것입니다. 그러나 이 옷을 비록 부자 사람이 더럽다 냄새난다 하드라도 노동소년에게 잇어서는 자랑거리의 옷입니다. 그럼으로 첫여름의 행진곡에 잇어서 그들은 이 귀한 옷을 억개에 걸치고 활기 잇게 자랑스럽게 발거름 마추아 나가는 것입니다. 밝게 개인 하늘, 광채가 찬란한 해는 그들의 용감한 행진을 환영하는 것같습니다. 그들의 기상을 대표하는 것같습니다. 북소리를 두리둥둥 울려라. 우리의 기빨을 펄펄펄 날려라. 저벅저벅 발거름을 마추어서 앞으로 나가자. 우리는 노동하는 동무들이다. 우리는 비록 지금 천대를 받고 학대를 받지마는 장래는 우리의 세상인 줄을 알기 때문에 힘 잇게 자신을 가지고 일들을 한다. 우리는 뜻이 같은 동지다. 웃을 때도 같이 웃고 울 때도 같이 우는 동무들이다. 우리 정다운 동무들이 발거름을 마추어서 첫여름의 밝은 천지에 행진하는 것이 얼마나 유쾌하냐, 얼마나 장엄하냐. 이날에 우리가 행진할 때에 공장의 연통에는 연기가 없어젓다. 그것은 우리가 일을 쉬는 까닭이다. 우리의 힘은 능히 이 사회의 모든 공장의 기게를 쉬게 할 수 잇는 것이다.

〔鑑賞〕 장쾌한 리듬과 강건한 사상을 가진 노랩니다. 흠을 말하자면 아직 좀 깊은 맛이 적다고 하겟스나 이런 종류의 노래는 돌이어 너무 뜻이 깊으면 탈입니다. 알기 쉬운 말을 가지고 이만큼 기운 잇게 만들기가 어렵습니다. 잘못하면 아주 딱딱하고 생기가 없어지는데 이 노래는 그렇지 안씁니다.

이와 같은 노래를 높이 부르며 행진하는 우리의 무리가 많아지기를 축수합시다. 축 느러진 조선 사람의 억개가 으쓱 올라 갈 날이 잇기를 축원합시다.(이상 15쪽)

南夕鍾, "(隨想)가을을 안고-생각나는 것들(二)", 『매일신보』, 1931.9.6.[101]

싀골의 어린 시절

훈々한 바람이 선들바람을 못 니겨 어듸로인지 도망질을 쳣다. 아마도 가을은 틀림업시 바람부터 온다. 산에도 들에도 가을은 왓다. 哀愁와 悲哀로써 苦悶과 눈물을 짜어내는 가을은 금년도 오고야 말엇다.

돗는 달 지는 해 덧업시 지며 눈 나리고 서리 나리고 이슬이 나리고 비가 나리드니 지금은 만산이 붉음으로 丹裝하는 놀기 조흔 깃붐의 가을은 왓다.

나는 어느 진 여름 卽 첫가을만 되면 이치지 안는 싀골의 어린 시절이 눈아풀 거술게 군다.

잠자리가 훨々 아지 못하는 나라로 가을의 征服이 두려워 다라나버리는 첫가을 普通學校에 每日가티 冊褓를 씨고 단기든 어린 때 그 時節은 참으로 나에게 幸福을 맛볼 때로 맛뵈여 주엇든 것이다. 이제 생각하면 철업시 배가 곱흐나 헐벗으나 아무것도 몰으고 지게를 지고 나무를 하면 나무를 하고 바틀 매면 바틀 매고 소를 몰면 소를 몰고 꼴을 비여 오면 꼴을 비여 오고 이가티 나에게는 조금도 게으름이 업시 실症이 업시 農村의 일이라고는 맛볼 때로 맛보앗다.

내가 어쩌케 되여 이가티 고히고히 자라든 故鄕을 등지고 나오게 되엿는가. 頭腦는 벌서부터 압흠을 늣긴다. 또 나는 將次 어듸로 가려나.

×

봄 되면 바구니 씨고 들로 헤매며 냉이를 캐고 또는 바테 씨도 뿌리고 걸음도 뿌리고 밤이면은 집신과 색기도 꼬아 보고 가을 되면 秋收하려 밧비

---

101 이 글은 엄밀한 의미에서 비평문이라 하기 어렵지만, 아동문학 비평과 작품 발표에 중요한 역할을 한 남석종(남응손)의 이력을 살필 수 있는 글이라 수록하였다. 연재 횟수가 '二'로 되어 있지만 확인해 보니 '一'이 맞는 것으로 보인다.

날처도 보앗다. 나는 그 사이 조금고 게으름 업시 學校만은 다녓다. 내가 게으름이 업다기보다도 父母님의 熱心과 誠力이엿겟지.

普通學校를 卒業하는 봄 나의 家庭은 나의 工夫의 門에 열쇠를 굿게 채여버렷다. 채버렷다기보다도 열쇠를 채이지 아니하면 아니 될 形便이엿다. 그러나 나는 故鄕을 쒸처나와 어썬 學校에 試驗을 본 結果 多幸히 入格이란 깃붐을 안게 되엿든 것이다.

이때로부터 나에게는 배우겟다는 向學熱은 猛烈히 사라질 줄을 모르고 불 붓고 잇섯다. 그리하야 나는 엇지〱 學費를 마련하야 一學期를 남과 가티 다니게 되엿든 것이다. 그러나 이의 幸運은 永遠히 이 不幸兒에게 繼續될 리 업섯든 것이다.

南夕鍾, "(隨想)가을을 안고－생각 나는 것들(三)", 『매일신보』, 1931.9.8.

여름 放學이 지난 뒤 二學期 開學 日字는 다라왓다. 九月 壹日.

그러나 나에게는 조곰도 容納할 餘裕가 업섯다. 惡搾한 環境은 오직 어린 心臟을 餘地 업시 쏘각쏘각 찌저노코야 말엇다. 이것이 나에게는 絶望이엿다. 언제이고 잇처지지 안는 어린 시절 첫가을만 되면 녯날의 첫가을 어린 時節의 눈물을 吊喪하는 것이다.

×

그러나 이로 하여금 나에게는 奮怒 咀呪 向上 奮鬪 決心이 생겻다. 이것이 나의 압길을 開拓하여 준 달고 단 선물이란 것을 생각하면 나는 但只 나의 前途를 開放하여 주는 조흔 機會엿다는 것만을 깁히〱 感謝하며 언제이고 二學期 時節만 다라오면 달 밝은 가을밤의 川邊에 그림자를 동무하야서 녯날을 그려 보고 그려 보고 한다.

人生이란 아무 事業의 成功이나 失敗이나 모-두 어드런 轉機의 着眼으로 決定되는 것이다.

永遠히 사러저버린 어린 時節 뒷동산에 올나 차저볼까 南山 꼭댁이에서 차저볼까 漢江에 나가 푸른 물결 우에서나 차저볼까. 아니면은 '내틔부'의 山野에서 그의 그림자나 차저볼까. 오-직 차저볼 길이 漠漠하다. 그저 地球와 해와 달은 無窮한 어느 곳으로 나의 어린 시절의 그림자를 실고 살어젓슬 쁜이다.

달밤이면 생각하는 나의 녯 자최.

城津江에서 읇흔 노래가 벌서 사라진 지 오래다. 五里나 되는 城津江橋를 회바람을 동무하야 건너왓가 갓다 하든 그 달밤의 자최.

오- 그는 나의 靈과 肉을 씨저내고 잇다. 하날은 맑엇다. 구름은 오락가락 다리 아래 우우 쫠々 흐르는 퍼런 물결의 두 그림자는 비최여 보고 아지 못하는 우슴을 울고는 暗々裏에 未來의 幸福을 未來의 씩々한 鬪爭을 約束한 그대여.

只今은 어느 곳에서 무엇을 하고 잇는가. 어린 가슴의 압흔 씨름을 주고 사러진 그대. 無情도 안은가. 野卑하지 안은가. 情과 愛를 몰으는 同志 相對者 손목을 노치 못할 그대. 오날이라도 하루밧비 도라오소서.

달밤이면 첫가을의 버레소리를 들으며 나는 더욱 옛날의 記憶이 새로워 한숨과 눈물로 밤을 새운다네.

그리고 漢江에 나가 城津江을 그려 보며 물밋 그림자를 바라볼 째 내 한 그림자가 퍽으나 외롭읍니이다.

그대여 부대 그대 뜻을 일우소서. 玉體 健康하야 언제이고 나의 손목을 간가히 억세게 잡어 줌을 미드며 첫가을의 써올으는 煩悶과 서름을 익이지 못하야 이곳에 붓을 들엇노라.

星村, "田植 君의 童謠評을 읽고—그 不徹底한 態度에 反駁함(一)", 『매일신보』, 1931.9.6.[102]

나는 君의 評을 처음부터 끗까지 잘 닑엇다. 그런데 내가 이 붓을 든 動機는 첫재 말과 實行이 不同함에 잇다. 君은 처음에 말하기를

"수업시 生產되는 童謠가 모다 참된 良心에서 우러나온 創作이며 읽어서 有益되고 불너서 影響될 만한 그 참된 作品들일 것인가?" 그리고 또 다음에 "그 수업시 느는 作家가 自己의 名譽를 爲하거나 或은 趣味로 童謠를 짓지 아니하고 모다 少年文藝運動에 힘쓰겟다는 구든 마음을 가젓스며 그러치 안으면 工場에서 農村에서 또는 다른 모든 일에서 늣긴 바를 그대로 쓰는 그런 참된 作家들일 것일가?"라고 하엿다.

자— 그러면 이제로부터 君이 얼마나 盜作을 發見하엿스며 얼마만큼 참되지 못한 作家들을 참된 길을 밟도록 引導하엿는가 보자!

이는 참으로 '五十步로 笑百步'의 格이 아닐는지 모르나…….

먼저 나는 七月 七日부터 新聞을 보앗는 고로 그 前에 揭載되엿든 童謠는 닑지 못하엿다는 것을 言明하여 둔다.

… ◇ …

君은 安完榮 君의 作 「우리집 톡끼」를 評하야

"內容을 도라보지 안코 形式에만 技巧를 다 부어서 곱게만 만드는 까닭이다"라고 말하엿고 黃順元 君의 「수양버들」에 가서는 "技巧가 용타. 兒童自身의 純潔한 맘속에서 나왓다 보겟습니다"라고 하엿다.

이 무슨 젊은 사람의 '오망'이냐!

君이야말노 참으로 맘을 굿게 가지라!

「주인영감」 桂潤集

이것은 比較的 잘된 作品이라고 할 수 잇다. 田植 君은 이것을 억지로

---

102 원문에 '細友舍 星村'이라 되어 잇다.

지은 것이라고 하엿지만 概念으로만 지은 것이 아니다. 地主에게 無條件 압박을 밧는 農民의 원한을 조곰이나마 나타내려고 애쓴 자최가 보인다.

'석자세치'라고 한 것은 '석자넘는'이라고 하엿스면! 하는 感은 잇지만은 表現이 서투르다는 것밧게 업다.

星村, "田植 君의 童謠評을 읽고-그 不徹底한 態度에 反駁함(一)[103]", 『매일신보』, 1931.9.8.

「농촌의 느진 봄」 (梁春錫 作)

여기에 흠잡을 데가 업다고?

君은 어린사람의 말과 어른의 말을 分間치 못하는가? 아즈버니 아즈머니 가튼 말은 童心을 나타낼 만한 童謠에 適合한 語句인 줄 아는가? 아스라! 空然히 童謠를 評한다는 名譽心 또는 優越感을 갓지 말고 正當히 評하여 보라. 批評家의 態度를 忘却치 말나!

「생일날」 (孫正鳳 作)은 아-모 데로 보드래도 보잘것업는 取할 것 업는 作品이다. 그럼에도 不拘하고 君은 '잘 表現되엿다'라고 稱讚하엿다. 이것이 참된 作家를 企待하는 그의 머리속에서 나온 말일가? 熱病 알는 사람의 몸가티 웨 그러케 變化가 만흔지 몰으겟다. 그것으로써 君의 뜻을 넉넉히 짐작하겟다.

「우리집 쌀독」 (安完榮 作)

잘못된 곳이 만타. 이 童謠를 둘잿 節에 "쌀독마다 헹-〰비엿답니다"라고 하엿는데 가난한 사람네 집에 무슨 쌀독이 만허서 "쌀독마다"라고 하엿는가?

그리고 安 君은 슷절에 "어찌하면 쌀독을 가득채울지?"라고 한 것을 보아

---

103 '二'의 오식이다. 이하 회수(回數)가 '二, 三'으로 된 것도 '三, 四'가 되어야 옳다.

쁘르죠아지－를 무척 동경하고 잇는 것을 넉넉히 삶힐 수 잇다. 田植 君의 눈에는 그림자가 치여서 그런 것을 보지 못한 모양이다.

「동무를 두고」 盧翼炯 作

이것이 어듸로 보니 잘되엇느냐? "님"이라는 詩語를 童謠에 가저다 붓치고 쓸데업는 文句를 길게 느러논 것이 잘된 點이라고 할싸? 意氣 잇고 사나히답지 못한 文句의 陳列이다.

「염주」 朴星剛 作

"表現이 곱다"고 말하엿지만은 事實 이런 보잘것업는 것들은 좀 썝아노코 評을 할 만한 것으로만 하엿스면 엇더할른지? 表現이 어쩌타 技巧가 어쩌타 하는 것은 그리 甚하게 말할 배 아니다. 勞働者 農民의 立場에서 嚴密하게 冷靜한 態度로 評筆을 드는 것이 참된 評이라고 보겟다.

安完榮 君의 「샘물」까지 模倣作品 둘을 쓰집어내엿다. 이런 일이 잇슬때마다 좀 더 具體的으로 말하고 反省하도록 責하여야 할 것이다. 이것도 評家의 義務의 하나이다.

星村, "田植 君의 童謠評을 읽고－그 不徹底한 態度에 反駁함(二)", 『매일신보』, 1931.9.9.

장하다. 盧翼炯의 作 「카마귀」에서 宇宙라는 文句를 發見하고 굉장히 써드는 君은 참으로 장하다. 君은 近視가 아닌가?

크다란 것은 보는데 조그만 것은 조금도 못 보는 近視가 아닌가?

「여름밤」 黃順元 作

이것은 自然主義者가 쓴 글이다. 모든 方面으로 苦憫을 當하고 잇는 우리의 입으로 어찌 하여서 이런 말이 흘너나올 수 잇슬싸? 우리들의 立場을 여기서 確定하여 주지 안은 것이 君의 失策이라고 하겟다.

「어린 農夫」 盧翼炯 作

아모래도 君은 眼境을 씨여야 할 것 갓다? 농한기라는 말은 쉬운 말인가.

이러케 말하면 "그러케 잘 알거던 君은 웨 評하지 안코 남의 評한 것만을 是非하는가?" 하고 君은 反駁할는지 모르나 그러타고 나는 嫉妬心으로써 이런 苦言을 하는 바는 아니다.

「봄에 부른 노래」 宋白夏 作

內容만은 抒情詩라고 할 수 잇스되 形式만은 童謠의 가죽을 쓰고 잇스니 만치 쓰인 대로 評하는 것이 올타고 생각한다.

「일터로 가자」 崔錫崇 作

漢字가 석기엿기 때문에 評할 勇氣조차 업서지고 마는가?

이것은 참으로 매우 잘된 作品이다. 나는 崔 君에게 反動的 作品을 짓지 말고 恒常 쑤준히 이런 참된 有益한 것으로만 써 주기를 바란다.

이런 것 저런 것 하고 여러 가지 얼넉이 作品을 쓰는 사람이 만타. 이런 것은 조곰도 말치 아니하고 하나〜〜의 作品만 떼여서 評한 것이 素人의 態度이다.

「녀름비」 朴仁守 作

"詩외다"라고 한마듸 하엿스니 무엇인지 도모지 모르겟다. 이러케 모호하게 評하는 데가 어듸 잇는가? 되는대로 하면 그만인 줄 아는가? 詩면 詩가 엇더타는 것 ── 卽 內容을 ── 말해야 評이지 詩와 童謠를 分別하기 위하야 이 글을 쓰지는 안엇겟지?

「미욱한 동생」 崔錫崇 作

그 한마듸로 이 童謠의 評을 다하엿다고 할 수 잇슬가? 評은 조곰도 하지 안코 皮肉的으로 "動物을 愛護하라고 일느십시요" 한마듸로 評을 햇다고 보겟느냐 하면 絶對로 그러치 안타. 內容에 잇서서 가난한 우리가 아모것도 取할 것이 업스면 업다고 하고 참된 作品을 지으라고 아니 참된 作品을 짓도록 잇그러 주어야 올치 안은가?

星村, "田植 君의 童謠評을 읽고－그 不徹底한 態度에 反駁함(三)", 『매일신보』, 1931.9.10.

「봄소식」 李文海 作

이것은 아조 보잘것업는 것이다. "藝術的 냄새가 놉다"라는 어림업는 말을 어듸다가 하는가? 評하기 前에 "참된 作品, 참된 作家" 하고 써든 君이 이런 말을 할 評家의 態度를 알헛는가 모르는가 알 수 업는 일이다.

君이여! 龍頭蛇尾와 가튼 일을 하지 말고 徹底하게 씩々하게 自己의 참된 主義主張 미테서 씃々내 변함업시 評하여 주기를 바란다.

「비 맛난 밤에」 崔隱鄕 作

"누가 돈을 함부로 썻단 말입니까?" 君은 그것도 모르는가? 그런 말을 하자면 먼저 自己의 人格을 생각하여 주기 바란다. 이 童謠는 배부른 놈의 수작을 적어 논 것에 지나지 안는다는 것을 君은 指摘할 수 업섯든가?

"돈함부루 쓰든것을"이라 하엿스니 돈이 만허야 함부로 쓸 수 잇스며 함부로 쓸 수 잇는 사람은 부자박게 업다. 그리고 쌔-쓰를 타겟다는 것도 어썬 少年이 하는 말인가?

나는 이런 反動的 作品을 쓴 作者에게 쪽々한 글을 쓰지 안으려면 우리 陣營에서 나가라고 권하는 同時에 어물――하고 마라 둔 君을 責한다. 구렁에 빠진 사람이 잇스면 누구를 勿論하고 손을 잡어다려서 救해 주어야 한다. 이것이 참된 評家의 使命이며 따라서 義務일 것이다.

「설은 애기」 宋白夏 作

傑作이다. 드물게 보는 作品이다. 이런 作品을 "참으로 분합니다"라는 同情의 말 한마듸로 簡單히 評할 수 잇슬가? 쓸대업는 作品은 빼여노코라도 이런 훌륭한 作品을 評하는 것이 조흘가 한다.

◇

君은 果然 씃々내 評하기 前에 말한 그런 생각을 가지고 童謠를 評하엿는가? 君의 評文을 다시 한 번 읽는다면 아마 過誤를 犯한 곳이 얼마나 되는지 可히 알 수 잇슬 것이다. 그것은 내가 우에 指摘하야 말한 것이 그 대개라고 하겟다.

나는 以後에 君의 참된 評家로써의 態度를 企待하며 이만 붓을 던진다.

一九三一年 八月 一八日 細友舍에서.

金海林, "(동무소식)未知의 同友 順元 君!", 『매일신보』, 1931.9.9.

◀ 未知의 同友 順元 君! 君이 『每申』 紙上을 通하야 끈임업시 童謠를 써 줌에는 異國山河의 靑衣族으로 벗 삼어 가는 모-든 동무들은 날로 進展되여 가는 現下 朝鮮少年文壇의 童謠界를 祝賀하는 同時에 君의 장래를 촉망할 ᄯᅡ름이다. 親愛하는 未知의 벗 順元 君! 君이 멧 달 전 『東亞日報』 紙上을 통하야 「追憶」[104]이란 題目 下에 少年小說을 쓰지 안엇나? 그 小說을 ᄭᅳᆺᄶᅡ지 본 나는 몃 해 전에 『새벗』인가? 『少年朝鮮』인가? 何如튼 少年雜誌에서 「犧牲」이란 小說을 본 것과 조음도 틀님업는 것을 ᄭᅢ달을 ᄯᅢ 「犧牲」의 原作者가 君이 아니엿음은 明白함에도 不拘하고 君이 웨? 前者의 作 그대로 題目을 곳처 轉載하엿을가 하는 것이 疑問이엿다.

그러면 君의 作 「追憶」 그 小設의[105] 主人公인 英一이란 少年이 自己 三寸과 가티 平壤 某 中學校 二學年에 入學하야엿다는 것과 ᄭᅳᆺ다운 處女의 寫眞을 몰내 간직하엿든 것이 담님 先生의 손에 들어가게 되여 事務室에 볼녀 가서[106] 不正學生이란 책망을 듯고 집에 돌아가서 쓴 것이 事實을 告白한 自敍傳이엿다. 英一은 그 다음날 學校 々長 先生한태 그 글을 보내엿다. 校長 先生은 여러 學生 압헤서 그 글을 朗讀하엿다. 그 글에 씨운 것을 대강 말하면 英一이 세 살 ᄯᅢ에 自己집(商店)의 큰 火災가 일어나서 二層 침실에 자고 잇는 英一이와 英一의 누이(五才)와 그리고 食母로 잇는 全敬淑이란 女子가 어미 업는 아해를 재우고 잇다가 不意之變을 당하야 敬淑 그는 自己 한 몸을 불 가운데 犧牲하여 英一을 구원하고 英一의 누이ᄭᅡ지 구원하려다가 不幸이도 불 가운데서 죽고 만 英一의 잇지 못할 恩人의 寫眞을 自己 三寸에게서 엇게 되여 날마나 時마다 ᄭᅳ내어 보앗다는 그러한 것을

---

104 黃順元, 「追憶(전3회)」(『동아일보』, 31.4.7~9)을 가리킨다.

105 '小說의'의 오식이다.

106 '불녀가서'의 오식이다.

쓴 것이 족음도 틀님업슴에야 엇지하랴?

未知 順元 君! 사람은 正當한 良心의 保持者이다. 그리하야 그 良心을 더럽히지 안흐려는 것이 사람으로서의 찬양할 아름다운 點이다. 創作然한 君의 剽切[107] 作品에 對하야 君을 미워할려는 것도 아니다. 다만 압흐로 現下 朝鮮少年文藝에 立脚한 君의 前路에 도음이 될가 하야 아니 참다운 同友가 되여 주기를 빌며 君에게 一言으로써 忠告를 與하노니 切實한 反省이 잇기를 期待한다.

(間島 南陽城에서 金海林)

107 '剽竊'의 오식이다.

동아일보사, "서늘하고도 밤이 긴 가을철은 아이들도 독서할 때다 -학년을 따라 조하하는 책도 가지가지, 지도는 어써케 해야 할까(上)", 『동아일보』, 1931.9.16.

어느듯 독서하기 조흔 가을철이 또다시 돌아왓습니다. 더욱이 최근에는 독서에 취미 부치는 아이들이 점점 만하진 것은 진실로 축하할 바입니다. 아이의 생활은 어썬 것에 관해서든지 항상 다소의 지도를 요구합니다. 자연이 되는대로 방임해 두자는 동긔는 조타고 생각할 수 잇드라도 필경은 낫븐 결과에 도달하게 되고 마는 것이 두렵습니다. 아이의 독서에 대해서 질기는 경향(傾向)이라든가 지도상의 주의의 요점(要點)을 알고 어대까지 아이의 독서에는 다소 간섭을 해 주어야 합니다. 아이의 독서에 대해서 조하하는 모양은 대체로 다음가티 변화합니다.

(가) 유치원 시대

동적(動的)인 그림 률동적(律動的) 그림을 특히 조하합니다. 물론 글자는 읽지 못하지만 읽어 들려주어 알어드를 만한 쉬운 말로 된 동요 가튼 것에 그림과 어울리어 노흔 것에는 재미를 붓칩니다. 현대 고명한 동화가(童話家)와 동요가(童謠家)의 작품을 어울려 노흔 그림책 가튼 것이 조흡니다마는 조선에는 아즉 흔치 안흔 것이 유감입니다.

(나) 보통과 一二三년 시대

무조건으로 동화 가튼 것을 조하할 시절입니다. 그 내용의 반 이상은 못 알어드를 것이 잇스면서도 몃 구절 아는 것에 재미를 붓칠 때입니다.

(다) 보통과 四년 시대

경험이 늘어 가고 체력이 자라난 때임으로 모험담 탐정담 가튼 것을 즉 원긔 나고 통해지는 것을 질깁니다. 최초에는 가공적(架空的)인 것에도 만족해하다가 점점 사실적 영웅(英雄)의 활동 무용전(武勇傳)으로 옴겨집니다.

(라) 보통과 五六년 시대

일층 예전 시대의 무용전에 계속하야 영웅의 전긔(傳記) 가튼 것을 조하하는 한편으로 또 현실적 맛을 가진 소설 종류에 호긔심을 갓기 시작합니다. 특히 이런 경향은 녀아들에게 만흡니다. 더욱이 이 시긔가 되면 아이의 지식이 다방면으로 진전이 됨으로 지리(地理) 력사(歷史) 리과(理科) 방면 혹은 수공(手工) 방면에까지 생각이 버더 나갑니다.

동아일보사, "서늘하고도 밤이 긴 가을철은 아이들도 독서할 때다 –학년을 따라 조하하는 책도 가지가지, 지도는 어떠케 해야 할까(下)", 『동아일보』, 1931.9.17.

× ×

이러한 아이의 자연성(自然性)을 교육상 물론 살려 주어야 합니다마는 여긔 대해서는 반듯이 알에와 가튼 지도를 할 것을 니저서는 아니 됩니다. 아이의 조하하는 대로 내버려 두어 아이가 제 맘대로 택하게 하는 것은 아이에게 대해서 극히 불친절한 일입니다.

(1) 다방면의 것을!

독서 취미는 아모리 만트라도 좁은 범위의 것만 읽게 해서는 못씁니다. 五六년 시대가 되면 조하하는 감상적 소설 문예물에 기울어지랴는 녀아가 잇습니다. 문학적일 뿐만 아니라 지리적이고 력사적이고 리과적인 것도 읽도록 권해 줄 필요가 잇씁니다. 특히 종래의 아이의 독서물의 대부분은 문학적인 것이엇습니다. 월간 소년소녀 잡지에도 리과적인 것이 극히 적은 것이 유감입니다. 재미잇는 리과(아이의 과학) 가튼 것이 쪽가티 만하야 할 것입니다.

(2) 품위 잇는 것을!

내용 체재가 쪽가티 조촐한 것으로 택해야 합니다. 영화(映畵)에 교육적 의미가 잇서야 하는 것과 가티 독서에도 모범할 만한 것이 표함되어야[108] 합니다. 렬등이고 증오의 감을 씨칠 내용을 가진 독서물에는 경계를 해야 합니다. 쏘 작자의 인격(人格)에 대해서도 주의해 주는 것이 리상이겟습니다.

(3) 국민적 재료를!

국민적 정신의 긔초를 닥거 줄 때는 꼭 어릴 때쁜입니다. 일생 중 이 시대가 가장 국민적 정신을 길러 주어 성공하기 쉬운 때입니다. 그럼으로 위선 국민적 전설의 동화전긔(傳記), 신화(神話), 영웅전(英雄傳) 가튼 것에는 국민적 지조(志操)를 다분으로 길러 줄 만한 요소가 만흔 것입니다.

(4) 취하지는 말게!

독서 취미를 길르는 것은 조흔 일이지만 아이에게는 학과 이외에 부업으로 여기도록 습관을 길러 주어야 합니다. 본직으로는 학교의 과정이라는 것을 항상 닛지 말게 해 줍니다. 학과와 가정 작업을 제처버리고 독서에 취하는 것은 독서가 오히려 해가 되는 상태에 빠지는 것입니다. 이 점은 극히 주의할 것입니다.

(5) 아이에게 독서!

아이의 생활을 풍부하게 하는 것은 결코 독서쁜이 아닙니다. 이외에 실물 관찰 여러 가지의 제작(製作) 혹은 재배 이외에도 긴요한 작업(作業)이 잇습니다. 이러케 다방면에 미치게 하야 사람으로서의 원만한 발달을 하게 해야 합니다. 독서를 아이의 생활의 업지 못할 일부분인 것은 사실입니다마는 지도함이 업시 함부로 읽고 만히 읽게만 할 때에는 돌이어 페해를 닙게 합니다.

---

108 '포함되어야'의 오식이다.

田植, "反駁이냐? 評이냐?－星村 君의 反駁에 回駁함(一)", 『매일신보』, 1931.9.18.

어썬 作品을 보고 그 批評이 民衆의 생각에 어그러진 째에는 그 批評을 한 評者에게 抗議 쏘는 反駁하는 것은 定理일 것이다. 그러나 民衆의 어썬 立場에서 어썬 作品을 批評하지 안엇슴에도 不拘하고 한 個人의 作品 感想 卽 讀後感을 보고 反駁하기 爲하야 批評이라고 처서 淺薄한 感情을 압세우고 無智하게도 덤비는 것은 反駁은커녕 어린애의 작난이 아니면 아무것도 아니다.

이제 나는 〈細友舍〉 星村 君의 내게 對한 當치 안흔 어리석은 反駁文을 읽고 돌녀 駁하려 한다.

×

星村 君! 나는 九月 六日의 『每申』 四面을 펼처서 「田植 君의 童謠評을 읽고」[109]라는 題目을 보고 코웃음을 하엿다. 그리고 너무 어이업서 소리 내어 허々 하엿다. 웨? 나는 童謠評을 한 적이 업기 째문에…!

星村 君 이것이 무슨 잠꼬대인가? 할 일 업스면 가만 잇기나 하지 이게 무슨 어리석은 수작인가? 내가 언제 童謠를 評한다고 君에게 言明햇드냐? 참으로 우습다. 내게 말할 것이 잇스면 冷情한 態度를 가지고서 正々堂々하게 말할 것이지 웨 업는 말을 함부로 지여 가지고 淺薄한 學識을 나타내며 無智한 感情을 압세우고서 자기의 心量을 폭 터러 뵈는 것은 무슨 수작이란 말이냐? 田植 君의 童謠評이라니? 웬 童謠評이란 말인가?

내가 「七月의 每申 童謠를 읽고」[110]라는 童謠 讀後感을 쓴 적 잇는데 아마도 君은 이것을 보고 評이라 하는 모양이다. 참으로 우습다.

---

109 세우사 성촌(細友舍星村)의 「田植 君의 童謠評을 읽고(전3회)」(『매일신보』, 31.9.8~10)를 가리킨다.

110 전식(田植)의 「七月의 每申－童謠를 읽고(전8회)」(『매일신보』, 31.7.17~8.11)를 가리킨다.

君아! 批評과 讀後感이란 가튼 것인 줄로만 아느냐? 모르면 가만잇지 무얼 안다고 하느냐? 評과 讀後感의 定義부터 아라 가지고 짓거려라.

「七月의 每申 童謠를 읽고」는 나 個人이 七月의 童謠를 읽고 感想된 것을 쓴 것이다. 이것을 나의 主觀的 評이라면 모르거니와 星村 君의 勞働者 農民의 立場에서 云々하는 그런 評은 아니다.

星村 君! 내가 처음에 이러케 말하엿다.

"이제 내나 七月의 『每申』 童謠를 讀하며 나의 늣긴 것 생각한 것 또는 바라는 것을 적어 볼 싸 한다."

君은 나의 글을 잘 닑엇다면서 이것은 웨 깨닷지 못하엿느냐? 君이 神經衰弱에 걸녀 視力이 缺乏하여 못 보앗는가? 君은 讀後感을 評이라 써들엇스니 이 무슨 識者의 '오망'이엿드냐?

나를 反駁한다는 君의 글을 끗까지 읽고 나니 하하 참말 우습구나!

反駁이냐? 評이냐?

田植, "反駁이냐? 評이냐?－星村 君의 反駁에 回駁함(三)", 『매일신보』, 1931.9.19.[111]

다시 말하면 나를 反駁한 것이냐? 그러치 안흐면 七月의 童謠를 評한 것이냐? 어느 것인지 모르겟다.

남의 「童謠評을 읽고」라는 假題를 거러 놋코 中間에서 못나게도 아니 自己는 장한 듯이 지난 七月 童謠를 評해 노흔 꼴이란 어찌 숭거운지 모르겟다.

君아. 童謠評을 할나거든 冷情하게 선뜩 나서 하여라.

---

111 회수(回數) 번호가 '二'가 되어야 하나 '三'이라 하여 오식이다. 이하 '四, 五'도 한 회씩 앞당겨야 한다. 또 '五' 회(回)는 두 번 있다.

里村 君[112]! 評家에게 注意를 식히느니 참된 評이 어써타니 評家의 義務 態度를 말하느니 東에 갓다 西에 번쩍 格으로 아는 대로 느러노흔 것은 도리어 君의 身分을 써러트리는 줄을 알아라!

里村 君! 나는 勞働 農民의 立場에서 評한다는 말을 한 배 업다. 讀後感이 니까 틀닌 것이 잇다면 나의 鑑賞이 서트른 것밧게 업다. 깁히 反省하여라.

君아! 君은 날더러 얼마만큼 참되지 못한 作家를 참된 길을 밟도록 引導 하엿는가 하엿다. 내가 "모다 참된 作家들일 것일가" 하는 疑問을 表햇다뿐 이지 참된 길로 引導하엿다는 말을 어대 하엿드냐?

星村 君! 그러면 君은 至今은 創作만 잇스며 참된 作家만 잇단 말인가? 屢々히 新聞雜誌에 指摘하는 剽窃作品을 君은 못 보앗는가? 앗가운 일이 다. 神經衰弱을 고처 視力을 튼々케 하여라.

이만하고 그만두어도 조흐나 또 君의 淺薄한 感情을 일으킬지 몰나의 君의 改評에 나의 辨을 加하기로 하자.

安完榮 君의 「우리집 톡기」와 黃順元 君의 「수양버들」의 技巧라는 것에 무슨 疑問이 잇는가? 韻을 내여노코 짓는 押韻童謠는 構想 卽 主題를 잘 表現하려 하지 안코 形式만 表現한다 말이다. 卽 外的 技巧를 形式에만 다 붓기 때문에 內容이 豊富치 못한 童謠가 된단 말이다. 黃順元 君의 「수 양버들」은 構想 表現 推敲 等의 技巧가 용하단 말이다. 어듸 내가 技巧를 否認한 적이 잇는가? 精神 차리세!

田植, "反駁이냐? 評이냐?－星村 君의 反駁에 回駁함(四)", 『매일신보』, 1931.9.20.

「주인영감」 桂潤集 作

112 '星村 君'의 오식이다. 이하 "里村"도 마찬가지로 "星村"의 오식이다.

君은 "배크다란" "뚱々이" 이런 句가 잇스면 모다 프로 童謠인 줄만 아는가? 가엽다. 멋모르고 헤매는 者여!

우리가 "석자셋치"라는 句를 볼 때 童謠를 짓기 爲하야 調律을 맛추기 爲하야 속 다는 感이 잇지 안은가? 七五調 (四三, 五)에 無限히 애써서 너무 空想的으로 되지 안엇는가?

君은 梁春錫 君의 「농촌의 느진 봄」을 評하면서 이러케 말하엿다. 한층 더 장한 듯이

"空然히 童謠를 評하는 名譽心 또는 優越感을 갓지 말고 正當히 評하여 보라. 批評家의 態度를 忘却치 말나!"

이 말을 뉘게 한 말이냐? 도로 君에게 돌녀보낸다. 깨다름이 잇스라!

星村 君! 누가 評을 하엿기 여긔에 批評家의 態度를 말하엿느냐? 童謠讀後感을 評이라 고처 反駁하면서 批評家의 態度를 말하면 君을 장한 사람으로 녁일 줄만 알앗는가?

「생일날」 孫正鳳 作

이 童謠가 表現이 잘된 것만은 事實이다. 이것이 勞働者 農民의 아들에게 適合한지 안한지는 別問題이다. 내가 勞働者 農民 立場에서 評한단 말을 하지 안엇기 때문에!……

「우리집 쌀독」 安完榮

"어찌하면 쌀독을 가득채울지"

이것을 뿌르조아지－를 憧憬한 말이라 하엿다. 그러케 생각할지도 모르나 가난한 집에서 쌀독을 가득 채운다고 兒童에게는 뿌르조아 心理가 되는 것이 아니다. 어쩌한 兒童을 勿論하고 一定한 思想이 確立되기 前에는 즉 어쩐 사람의 指導를 밧기 前에는 누구나 個人的 利己主義者이다. 자긔 물건을 조와하고 중히 여긔고 남의 것이야 아무러케 되엿든지 자기 것만 잘되면 그만이라는 心理가 잇기 때문이다.

「염주」 朴星剛 作

여긔에서 "勞働者 農民의 立場에서 嚴密하게 冷情한 態度로 評筆을 드는 것이 참된 評이라"고 評의 定義를 말하엿다. 장하다. 용타.

그리고 "表現이 어써타 技巧가 어써타 하는 것은 그리 甚하게 말할 배 아니다" 하엿다. 그러면 조곰은 말해도 일업단 말이냐? 어리석다.

또 보잘것업는 것들은 좀 썹아 놋코 評을 하자고 참으로 글 모르는 사람은 사람이 아니라는 格일세! 여긔서 君의 英雄的 心理를 넉넉히 살필 수 잇다.

安完榮 君의 「샘물」에 이르러서는 評家의 義務를 말하엿다.

評家의 義務를 아는 훌륭한 反駁家외다. 누가 反省하라 責하지 안엇든가?

「어린농부」 盧翼炯 作

細友 金星村 君이 여긔 와서야 겨우 눈썻다.

"그러케 잘 알거든 君은 웨 評하지 안코 남의 評한 것을 是非하는가? 하고 反駁할는지 모르나…"엿다.

나는 評을 하지 안엇기 째문에 그러케 反駁할 사람은 아니다. 이러케 駁하고 십다.

"아지도 못하면서 무얼 짓거리느냐? 나는 評한 사람이 아니다. 君의 所謂 反駁文이라는 것은 내게는 하나도 當치 안은 수작이니라."

그리고 君은 또 "나는 嫉妬心으로써 이런 苦衷을 말하는 바는 아니다" 이러케 말하엿다.

當치 안흔 쓴소리 단소리를 함부로 해 오다가 여긔 와서 巧言으로서 것싹대기를 말하는 君은 참으로 怜悧한 者이다. 얼마나 사람답지 못한 소리냐?

田植, "反駁이냐? 評이냐?－星村 君의 反駁에 回駁함(五)", 『매일신보』, 1931.9.22.

「봄에 부른 노래」 宋白夏 作

"內容만은 抒情詩라 할 수 잇스되 形式만은 童謠……" 이게 무슨 숭거운 말이냐? 內容이 抒情詩인데 形式이 童謠면 童謠가 되느냐? 그러면 童謠의 形式이란 무엇이냐? 呵呵.

「일터로 가자」 崔錫崇 作

君은 이 童謠를 매우 잘된 作品이라고 反動作品을 짓지 말나는 等 쑤준히 有益한 作品을 지으라는 等 아주 好評을 吐햇다. 君은 어듸가 매우 잘되ㅅ다 하느냐? 着想은 조흐나 表現이 어리석지 안흐냐?

君은 아마 "일터" "굿센주먹" "불끈쥐고" "決心" "勇敢" 이런 글句를 보고 매우 잘되ㅅ다 하느냐? 이 童謠는 늘 부르는 노래의 文套를 쓴 것인데 무엇이 그리 新氣가 잇느냐?

「미욱한 동생」 崔錫崇 作

여긔서는 評의 目的을 말햇다. 어제는 評家의 義務와 態度 오늘은 評의 目的 대단히 분주하다. 여긔는 評을 햇다는 評 소리가 더 만타. 反駁쟁이가 反駁하기 爲하야 고처서 하는 評 소리가 그다지 조흘 게 무어냐? 그다지 評을 하고 십거든 그 조흔 評家의 義務와 態度 그 조흔 評의 目的을 가지고 君의 式대로 보잘것업는 것은 좀 쏍아 놋코 잘 評해 보라!

星村 君! 朝鮮의 少年文壇도 進展햇다. 讀後感을 反駁하기 爲하야 評이라 고처 짓거리는 君의 態度를 누가 올타 하겟느냐?

「봄소식」 李文海 作

星村 君! "藝術的 냄새가 놉다"라는 말을 어써케 解釋하고 되지 안케 멋모르고 써들엇느냐?

"藝術을 爲한 藝術"의 作品 卽 藝術至上主義者의 글이란 말이다. 이만 햇스면 君은 짐작하겟는가?

어림업는 말이라니 그러면 勞働者 農民의 立場에서 云々하는 君은 藝術至上主義者인가?

田植, "反駁이냐? 評이냐?－星村 君의 反駁에 回駁함(五)", 『매일신보』, 1931.9.23.

「비맛는 밤에」 崔隱鄕 作

여긔에서 君은 이러케 말햇다.

"굴엉에서 빠진 사람이 잇스면 누구를 勿論하고 손은 잡아다려서 救해 주어야 한다. 이것이 참된 評家의 使命이며 짜라서 義務일 것이다."

「설은 애기」 宋白夏 作

여기에 와서는 쓸대업는 作品을 빼여놋챠 하엿다. 이것이 자기의 참된 主義 主張 밋헤서 씃씃내 변함업시 評하야 된다는 星村 君의 말인가?

君은 웨 그리 變化가 만흔가? 남을 反駁하려거든 君부터 마음 굿게 가지라.

×

君은 마즈막에 이러케 말하엿다.

"君은 果然 씃々내 評하기 前에 말한 그런 생각을 가지고 童謠를 評하엿는가? 君의 評文을 다시 한 번 읽는다면 아마 過誤를 犯한 곳이 얼마나 되는지 可히 알 수 잇슬 것이다.

그것은 내가 우에 指摘하야 말한 것이 그 대개라고 하겟다.

나는 以後에 君의 참된 評家로써의 態度를 企待하며…"

여기서 내가 무슨 큰 評文을 쓴 것가티 들추엇스며 나를 무슨 評家처럼 놉혀 노앗다. 星村 君! 이것이 무슨 망녕된 작난인가. 反駁하기 爲하야 當치 안흘 말을 하니 星村 君! 망녕인가?

反駁狂인가?

讀者여 銘記하라. 朝鮮 少年文壇의 거즛말 反駁家 細友舍 星村 君을!

星村 君! 君은 나의 讀後感을 評이라 고처 反駁한다고 無識하게 써들은 것은 君의 淺薄한 感情에서 우러나온 것이다. 星村 君! 모든 것을 君의 良心에 빗최여 反省하라.

君의 이번 反駁文이 感情에서 나오지 안엇다면 名譽心에서 나온 것이고 그러치도 안타면 愚者의 작난일 것이다.

星村 君! 크게 反省하여 眞實한 사람이 되라. 勞働者 農民의 立場에서 云々하는 君이 그러케 거즛말을 짓거러서야 될 일인가? 좀 더 徹底한 理論을 確立하여 가지고 評도 하며 反駁도 하라! 그것을 오직 바란다.

= 씃 =

馬海松, "山上隨筆(一)", 『조선일보』, 1931.9.22.

富士見 高原에서

富士見 高原이란 富士山을 보는 —— 혹은 富士山이 잘 보인다는 高原이라 東南便에 쏙쏙히 그 山을 볼 수가 잇다. 長野縣에 잇고 所謂 日本 알프스를 압흐로 北알프스를 뒤으로 보는 곳에 잇다. 海拔 三千三百尺. 이곳 停車場은 日本 第一 놉흔 곳이라 해서 有名한 곳이다.

이곳에 正木 博士의 日光療養所가 잇다. 高遠의 大氣와 安靜과 山上의 日光浴으로 所謂 不治의 病을 征服하려는 곳이다

이곳에 처음 온 것이 一九二八年 겨을 十一月이다. 積雪이 數尺이오 零下 十度의 酷寒을 무릅쓰고 再生의 길을 이곳에 차젓다.

生死의 警戒를 멧 번이나 往來하면서 "一年만 참아주시오" 딸기와 갓흔 아름다운 피방울을 吐할 때마다 "한번 歸國하고야—" 그것이 所願이엇다.

겨을이 가고 봄이 오매 積雪은 녹아 가고 집새는 지적지고 시악시 患者와 看護婦들이 廊下를 노래 半으로 뛰여단일 때에는 나도 精神을 차리고 석 달 동안 돌아눕지도 못하고 누은 채로 지내든 病床을 날여서 자츰자츰 '베란다'에 나아가서 하늘을 치어다보고 물올은 白樺나무와 솔나무 벌판을 바라보며 하늘이 이러케도 아름다웟나 나무나무가 이러케도 아름다웟나 이山 저 山이 이러케도 아름다웟나 구름이란 이러케도 아름다웟나 世上이란 이러케도 조흔 곳이엇든가 하고 눈에 보이는 것 귀에 들니는 것 모든 것을 고맙고 즐겁워햇스니 이것이 再生의 第一步이엇든 것이다

발등 五分 —— 이란 日光浴을 始作해서 第二日 十分 第四日 十五分 —— 이러케 하기를 三百五十餘 時間 十一個月 몸둥이와 얼골을 黑人과 가티 하고 튼튼한 몸으로 山을 날여서 東京으로 간 것이 一九二九年 十月이다.

第二의 故鄕 —— 틈을 내일 수 잇스면 오고 疲困하면 오고 —— 實로 이번이 第七回의 登山이다.

오면은 생각한다 —— 이러케 世上은 아름답고 삶이란 貴한 것이니 —— 하고 그것은 決코 富士山을 보고 늑기는 感懷가 안이다. 구름 만흔 日本의 하눌을 보고 늑기는 感懷가 안이다. 生과 死의 境界線에 서서 오히려 나는 이곳에 보이는 압山 뒷山 가온데 松岳山을 보고 南山을 보고 北岳山을 글이며 이곳 山 우에서 보이는 맑고 깨끗한 하눌을 朝鮮의 하눌로 보는 까닭이다.

나는 돌아가고 십다. 하눌을 보며 山을 보며 朝鮮을 그리워한다. '라듸오'의 '라우드 스피커'를 껴안고 몟 해만에 듯는 朝鮮의 소리를 목 미우게 마신다. "우리에게는 自由가 잇다"고 부르짓는 라듸오·드라마의 반가운 소리가 들닌다.

方定煥 君

方定煥 君의 訃報를 밧기는 千萬意外의 일이엇다. 方 君은 엇던 意味로 보든지 앗가운 사람이다. 君의 夭逝를 衷心으로 哀悼하는 바이다.

數月 前에 東京 왓슬 때 나의 事務室을 차저와서 數時間을 이약이햇슬 때에도 나는 하고 십흔 일이 만흐되 몸이 이 모양 되야서 한 사람 씰에 못 가게 되니 不幸이라 하매 君은 아즉것 病다운 病을 격근 일이 업스니 이 健康이 무엇보다도 자랑이라고 하며 陽氣가 그리 더웁지도 안은데 땀을 훔치며 썰썰 우슨 일이 잇섯스니 이 健康에 對한 自負와 過信이 君의 制世를 갓갑게 하지 안엇나 생각하면 한層 더 앗가운 일이엇다. 三十三歲의 活動期에 슨 方 君을 朝鮮의 世上은 아즉 보내고 십지 안헛슬 것이다. 우리들의 마음이 亦是 그러하니 ——

方 君과 우리들(우리들이란 主로 〈색동會〉)은 近年에 와서 오히려 相反하는 사히에 잇섯다. 友誼는 依前 두터우면서 方 君의 『어린이』 編輯方針 兒童指導方針에 對하야는 우리는 오히려 對立的 態度를 가지고 잇섯든 것이다. 말하자면 君의 英雄主義와 눈물主義를 極力 排斥한 것이다.

우리들은 새로히 機關紙를 가지려고까지 計劃한 일이 잇섯다. 그러나 小波 亦是 同志의 强硬한 一致 意見을 저바리지 못하야 後를 約束하고 그 後의 『어린이』가 漸漸 우리들의 意見에 갓가워 오매 우리들은 은근히

君의 今後를 一層 더 期待하든 것이다.

馬海松, "山上隨筆(二)", 『조선일보』, 1931.9.23.

꼿과 별과 天使와 公主의 꿈갓치 아름다운 이약이와 눈물을 줄줄 흘니게 되는 哀話만이 兒童의 情緖를 保養함이 아니요 兒童敎育의 根本義가 아니다. 어른이 엇더한 쌔든지 淫蕩한 이약이를 질겨하는 것과 갓치 어린이는 엇더한 쌔든지 슬픈이약이를 듯기 조와하는 것이니 듯기 조와한다고 그것이 兒童을 爲함이 안이요 能이 아니다 —— 이것이 우리의 主張이다.

우리는 "世上에 一命을 타고 낫스니 世上을 幸福되게 할 義務와 그 幸福을 밧을 權利를 爲하야서는 水火를 가리지 안을 勇敢한 사람 되게" 指導할 것이요 그러기 爲하야 우리는 "現實을 —— 가장 正確한(卽 科學的) 쪽쪽한 눈으로 본 現實을 가장 巧妙한 方法과 技巧로써 가르치며 또한 正確히 볼 수 잇도록" 指導할 것이다. 이것이 우리의 主張이다.

이 우리들의 主張을 方 君은 期於코 贊成하고 同意는 表하얏스나 그 事業에 나타나기는 적엇고 오히려 今後에 期待함이 만핫든 만큼 그만큼 君의 夭逝를 앗가워하는 바이다.

그러나 君과 가티 情熱과 感激을 가지고 終始一貫 兒童硏究와 兒童運動에 從事한 사람이 드물고 君과 가티 우리나라 어린이들의 尊敬과 信賴를 바든 참된 意味의 "어린이의 동무" 된 사람이 드물 것이니 이를 朝鮮의 損失이라고 볼 수 잇다. 우리들의 周圍가 또한 갑작히 寂寂해짐을 늣긴다.

톡긔와 원숭이

나는 「톡긔와 원숭이」란 童話를 創作햇다. 元來 나의 童話는 「洪吉童」이란 小說을 童話로 곤치어 쓴 以外는 大概 創作이다.

十年 前일까? 「어머님의 선물」이란 붓그러운 童話를 썻쓸 째에도 이약이를 꿈이기 始作한지 約 一年 後에 비로소 原稿로 써서 發表한 것이다.

一年 동안 이리 생각 저리 생각하며 童話會에서 이러케 이약이해 보고 저러케 이약이해 보고 하는 中에 漸漸 조흔 童話가 되여 가는 짜닭에 그 後의 數篇의 童話도 大概 或 數個月 或 一個年 或 二個年 동안을 걸니어 쓴 것이다.

「바위나리와 애기별」이란 童話는 日本 건너오기 前 開城에서 第二回 "어린이날"의 童話會에서 口演한 일이 잇섯고 그 後 日本에서 二年을 지낸 後 第三年 新年號의 『어린이』에 發表하얏스니 그間 三四年을 지낸 것이다.[113]

그럼으로 몟 篇 안 되는 童話이나마 年代를 짜라서 읽어 보면 엇더한 徑路를 엇더케 밟아서(思想・藝術) 잘앗는지 알 수 잇서서 愉快하다.

「톡긔와 원숭이」도 「호랑이와 고쌈」(未稿) 「올 줄 몰으는 아해」(未稿)와 갓치 임의 六七年 前에 創作한 것이다.

「바위나리와 애기별」을 發表한 것은 正月인 줄로 記憶한다. 〈색동會〉가 모혓슬 째 그 자리에서 이약이한 일이 잇섯고 그 後 —— 이제로부터 三四年 前 내가 病을 엇기 前에 이것을 『어린이』에 連載할 세음으로 第一回를 써서 『어린이』에 보낸 일이 잇섯스나 繼續할 能力이 업슴으로 揭載를 中止하고 그 後 몟 번 다시 쓰고 다시 쓰기 始作하야 오늘 겨우 첫머리 原稿 두 張을 쓰고 잇는 터에 보내온 『어린이』 八月號에 四年 前의 原稿가 揭載되여 잇슴을 보고 적지 아니 놀내인 것이다.

「톡긔와 원숭이」는 이곳에 갓치 入院하고 잇는 友人 日本의 戰旗派 左翼作家 藤澤桓夫[114]가 今年 三月號 『改造』에 發表한 「芽」[115]라는 小說 가온대

113 마해송(馬海松)의 「바위나리와 애기별」(『어린이』, 제4권 제1호, 통권36호, 1926년 1월호, 4~9쪽)을 가리킨다. 이 작품은 『어린이』, 제12권 제6호, 통권121호, 1934년 6월호, 53~57쪽)에도 다시 수록되었다.

114 후지사와 다케오(藤澤桓夫, 1904~1989)는 일본의 소설가이다. 1927년 도쿄제국대학(東京帝國大學) 국문학과에 입학하였고, 재학 중 프롤레타리아 문학으로 전향하였다.

115 마해송의 「토끼와 원숭이」는 후지사와 다케오의 「싹(芽)」(『改造』, 1931년 3월호)에 삽입된 적이 있는데, 이는 후지사와 다케오가 마해송의 이야기를 듣고 작품화한 것이다. 마해송은 1928년 11월부터 1929년 10월경까지 나가노현(長野縣) 후지미(富士見)에서 폐병으로

揷話로 쓴 일이 잇섯다. 이것은 小說 自體가 筆者를 모델한 것임으로 아는 사람은 알려니와 作者가 發表하기 前에 國外 小說家의 小說 가온데 揷話로 發表되여 잇슴은 奇怪한 일이요 疑訝를 밧기에 넉넉한 일이나 如上한 來歷을 가지고 잇는 까닭이다.

左右間『어린이』에 第一回가 발표된 以上(舊稿이기 不滿이 잇스나) 이것을 繼續하야 쓰고자 한다.

이 童話는 現今의 나의 思想과 立場을 確實히 하고 나의 現今의 兒童指導의 精神을 具體化한 것이니 어린이들과 함께 指導者들의 愛讀을 바라는 바이다.

三年 四年 동안 이리궁저리궁 생각해서 한 개의 童話를 쓴다는 일은 참으로 愉快한 일이다. 小說이나 戱曲보다도 더 純粹한 藝術을 創作하는 것 가태서 무엇보다도 滋味잇고 愉快한 일이다.

요양을 했고 이때 후지사와 다케오도 같이 요양생활을 했다. 「싹(芽)」은 박숙경의 번역으로 『창비어린이』(제10호, 2005년 가을호)에 수록되어 있다.

뎡홍교, "취윤소녀회의 긔념작품전람회를 보고", 『조선일보』, 1931.10.5.[116]

낫과 밤으로 취운정(翠雲亭)을 스치여 나려 불니는 바람결에 지내가는 행인의 귀를 기우리게 하는 것은 시내 가회동 한 구석에서 어린이들을 기르기에 힘쓰고 잇는 〈취운소년회(翠雲少年會)〉에서 경영하는 주학과 야학에서 흘러나오는 남녀(男女) 어린 동모들의 "배워야 산다" "아는 것이 힘"이라는 표어 아래서 한 자 두 자 과학적 방면으로 거러가는 배움에 소리인 것입니다. 이와 가티 어린 사람들을 교양에 노력한 지

삼년재 마지하는 〈취운소년회〉의 학원이 십월 삼사 량일 동안을 두고서 학원 창립 삼주년 긔념으로 회원 작품전람회(會員作品展覽會)를 개최하게 되엿다는 소식을 들을 때에 조선의 륙백만 어린 동모이며 아울너 지도자 제씨와 한가지로 이 회를 위하야 낫과 밤을 헤아리지 안코서 꾸준히 힘써 일하시는 지도자 제씨에게 감사를 아니 들일 수 업는 것입니다.

◇

이와 가티 열리는 아동작품전람회실에는 서화실(書畵室)과

재봉실 (再逢室)로 나누워서 서화실에는 남자부 회원의 출품으로 도화(圖畵)며 습자(習字)며 작문(作文) 등이 진렬되여 잇스며 재봉실에는 녀자부 회원들이 힘드리여서 출품한 여러 가지의 자수품(刺繡品)으로 방석, 골모, 손수건

저고리 치마 등 울긋불긋하게 색색이로 진렬하야 노흔 것입니다. 이것을 보면 〈취운소년회〉의 어린 동모들의 작품을 비평하려 고평하려는 것은 안입니다. 오즉 깃붐에 우슴뿐이 소사올을 뿐인 것입니다. 이야말로 여러 가지 방면으로

쏘들니는 조선의 가정에서 자라나서 배워야 되겟다는 결심 미테서 비

116 '뎡홍교'는 정홍교(丁洪敎)이고, '취윤소녀회'는 '취운소년회(翠雲少年會)'의 오식이다.

와 눈을 헤아리지 안코서 오늘날까지의 배운 결정이 아니고 무엇이겟습니가. 그러고 조선의 어린 동모들이 한 사람 두 사람식 우리 사회가 바라고 잇는 희망을 도달케 되리라는 표현이라고 하겟습니다.(〈취운소년회〉 전람품)

白鶴瑞, "每申 童謠評－九月에 發表한 것(一)", 『매일신보』, 1931.10.15.

一. 먼저말

『每申』 童謠評 때문에 前ㅅ달에 本欄에서 田植 君과 星村 君과의 紙上大論戰이 니러낫섯다.[117]

筆者도 亦是 섯불니 하다가는 或여 그 模樣으로 싸홈통에 끼지나 안을런지? 그러나 그러타고 들엇던 붓대를 그냥 슬그먼이 던지고 만다는 것은 取할 바 態度가 아니기에 評筆을 달니기로 하엿다. 主觀에 빠저 筆者도 誤解하야 그릇 評함이 반듯이 업스리라고 壯談할 수는 업는 일이다. 讀者諸君은 此點에 對하야 追後로 筆者에게 卽接 書信도 조코 本紙를 通하여서라도 조흐니 서슴지 말고 痛快한 反駁과 가르침을 주기를 바라는 바이다.

二. 總評

『每申』 紙에 發表되는 作品이 其前부터라도 그러하엿지만은 九月에 發表된 것을 본다면 大槪가 平凡한 自然을 스케취한 것이나 그러치 안흐면 空然한 哀傷에 흘는 것들이다. 勿論 筆者부터라도 文藝蔬方面에[118] 趣味는 만흐면서도 習作時代이고 더욱이 初步期인만치 爲先 宇宙와 自然부터 그려 보게 되는 것이겟고 手法이 익숙하지 못하고 보니 自然 平凡한 作品이 되여 버리고 마는 것이다. 그리고 우리의 周圍環境이 悲慘한 處地에 陷落하여 잇슴으로서 作品이 哀傷的 傾向이 잇다는 것도 不可避의 事實이라 하겟다. 그러나 엇던 事業에 失敗를 하엿다고 울기나 하고 애쑤진 눈물이나 쥐여짜고 잇서서는 아무것도 되지 안는다. 한번 失敗를 하여스면 그

---

117 전식(田植)의 「七月의 每申－ 童謠를 읽고(전9회)」(『매일신보』, 31.7.17~8.11)에 대해, 성촌(星村)이 「田植 君의 童謠評을 읽고－그 不徹底한 態度에 反駁함(전4회)」(『매일신보』, 31.9.6~10)으로 반박을 하자, 다시 전식이 「反駁이냐? 評이냐?－星村 君의 反駁에 回駁함(전5회)」(『매일신보』, 31.9.18~23)을 통해 재반박을 한 것을 가리킨다.

118 '文藝方面에'에 '蔬'가 잘못 삽입된 오식으로 보인다.

失敗의 구렁이에서 나와 가지고 失敗에서 成功을 엇기까지에 힘써 努力해야 하는 것과 가티 아무리 周圍環境이 그러타고 눈물에 저즌 힘업는 노래만을 불느고 잇슬 것이 아니라 한거름 나아가서 우리의 살ㅅ길을 차즈려는 힘 잇는 노래를 불너서 우리들로 하여금 우리의 힘을 우리가 키워서 우리의 압길을 우리가 스스로 開拓해 나아가야만 할 것이라고 생각한다.

× ×

諸君이 힘써 지은 新秋의 우리들 少年文壇의 收穫 一部分인 本紙 九月 童謠를 어듸 檢討하여 보자!

三. 作品細評

九月 一日附부터 發表된 順序대로 적어 가며 評을 하여 보겟다.

○ 嚴昌燮 君의 「달노리」 ＝ 平凡한 스케취일 뿐만 아니라 手法이 퍽도 서틀러 보인다. 배노리 한단 말인가? 좀 더 現實과 符合되여야 할 줄로 안다.

○ 盧翼炯 君의 「思恩曲」 ＝ 構想과 表現이 아울너 平凡하다. 또한 새로운 맛이 업다.

○ 劉逸鮮 君의 「故鄕」 ＝ 故鄕을 몹시도 그리워하는 안타까운 마음을 엿볼 수 잇다.

白鶴瑞, "每申 童謠評－九月에 發表한 것(二)", 『매일신보』, 1931.10.16.

▶ 南洋草 君의 「종소리」 ＝ 平凡한 스케취에 긋치고 말엇다. 同人의 作 「문각씨」도 무에무엔지 몰을 作品이다. 作品이란 여러 사람이 읽어 보고서 알어야만 그 作品의 價値를 어들 수 잇는 것이다.

▶ 全得星 君의 「工場課長님」 ＝ 식검어케 타고 노-라케 말는 공장 職工들은 기름이 흐르는 工場 監督이 아무런 '야까마시'[119]를 하드라도 그에 服

從해야만 한다. 그것이 卽 職工의 道理이라는 것이다. "얼골은쌕쌕"이란 것이 좀 어색하다. 그리고 끗 聯에 "이말듯고도직공님들은 고개숙이고일만하누나"가 무엇을 暗示하는 것 갓다.

▶ 鄭萬金 君의 「學生의 行進」 ＝ 힘찬 作品이라고 본다. 그러나 世上사람들의 求景거리나 만들고저 하는 그러한 行進이여서는 안 될 것이다.

▶ 金血灘 君의 「줄줄비」 ＝ 大自然의 스켓취! 솜씨만은 고운 편이다. 좀 더 피 끌는 作品을 바란다.

▶ 崔錫崇 君의 「어린애」 ＝ 어린애 노는 一面을 그린 것이다. 어린이의 눈으로 맘으로 보고 생각한 그것이며 取할 것은 업지만은 퍽도 純潔하다.

▶ 梁春錫 君의 「어린이의 偉力」 ＝ 어린이의 녯날 이야기하는 것을 그린 것으로 取해 볼 것은 업다.

▶ 黃順元 君의 「버들개지」 ＝ 前番에 黃 君이 『少年朝鮮』誌(昭和 三年 七月號)에 朴弘濟 氏가 쓴 小說 「어엽뿐 犧牲」을 「追憶」으로 改題하야 自己의 創作처럼 버저시 發表한 것을 엇던 동무가 發見하고 동무소식欄을 通하야 黃 君을 몹시도 攻擊해 준 일이 잇섯다.

여긔에 이 作品도 『少年朝鮮』誌(昭和 四年 三月號)에 鄭明杰 君이 쓴 「운암햇날의 버들」과 비슷하다는 것이다. 『少年朝鮮』에 쓴 鄭 君의 作品은 이러하다.

시냇집에 큰처녀 버들의처녀
한자두자 존머리 갈갈이푸러
어름거울 노코서 단장하다가
그만이도 아차차 잠이들엇네
× ×
사르르 눈써보니 온머리백발
누가볼싸 북그러 잠잠잇다가
뒷집에 솔총각도 백발이니라

119 'やかましい'는 "시끄럽다. 요란스럽다. 성가시다"는 뜻의 일본어이다.

자긔신셴 다닛고 방긋우섯네

黃 君의 이 作品은 評을 그만 두고 諸君의 생각에 막기여 버린다. 黃君도 다시금 反省하여 보라. 創作에 힘쓰기를 眞心으로 勸告한다.

白鶴瑞, "每申 童謠評 - 九月에 發表한 것(三)", 『매일신보』, 1931.10.17.

▶ 趙炳圭 君의 「동무들아!」 ═ 表現이 아즉 서투르다. 힘차게 쓰려 한 그 마음만은 可讚이다.

▶ 吳允模 君의 「개고리」 ═ 참외 사려 들에 나가다가 개고리가 압흐로 뛰여나와서 두 눈을 휘두루기로 그게 무서워서 발ㅅ길노 거더찻더니 오줌을 갈기고 물속으로 뛰여들어 가 버렷다. 무서운 것을 차 던지기는 엇더케 하엿단 말이냐? 아무것도 아니다.

▶ 孫正鳳 君의 「가을소식」 ═ 싸늘한 가을ㅅ바람이 가을 消息을 傳해주는 것은 事實이다. 그러나 이것은 벌서 몃 백 번 몃 천 번 불느고 또 불는 찍썩이가 아니냐 말이다. 좀 더 새로운 노래 힘 잇는 노래를 불너 보자!

▶ 孫正鳳 君의 「물작난」 ═ 構成과 表現도 別노 讚辭 바들 만한 것이 못된다.

▶ 南洋草 君의 「病友에게」 ═ 동무의 病을 슯허하는 것임을 알겟다. 그러나 버들나무 밋헤서 무릅을 쑬코 동무의 병 낫기를 빌고 잇는 君의 모양이 우습게 눈압헤 뵈이는 듯하다. 두견새의 울음을 너은 것은 조치만은 "뭉게── 써오르는 흰구름"이 여긔서는 좀 어울니지 안는 듯십다.

▶ 孫正鳳 君의 「슯흠」 ═ 千里 밧 他鄕에서 도라가신 어머니를 그리워하고 배 주리는 동생을 보고 십허 하는 안타까운 그 마음을 엿볼 수 잇다.

그러나 그러타고 구즌 비에 마음이 약해저서 눈물이나 쥐여짜고 잇서서는 아무것도 아니다. 굿센 마음으로 나아가라!

▶ 南洋草 君의 「나발꼿」 ═ 싀집가신 누님이 남겨 두고 가신 선물의 나발꼿을 동생이 썩거서 나발 불고 잇는 것이다. 平凡하고 哀傷的이다. 여긔서도 取할 것이 업다.

▶ 金亨軾 君의 「녀름 二題」 ═ 비…… 녀름ㅅ비는 얄미웁다는 것이다. 김매러 가면 오고 애기 젓 먹이려 가면 오는 비는 얄미웁기도 하겟지만은 녀름ㅅ비는 퍽 무서운 것이다.

무지개…… 이것도 技巧뿐이요 平凡한 스켓취에 긋치고 말엇다.

▶ 楊仙泉 君의 「端午노리 조치만은」 ═ 업는 집 아희의 깨긋한 걱정이다. 밤나무에 매인 그네를 자구 구르면 밤도 떠러질 것이요 들판에서 씨름하다가는 곡식도 짓밟기 쉬울 것이다. 그러치만 씨름터로 넓게 닥거슬 것이요 그네도 큰 집 마당에 매여슬테지… 밧쑥서나 씨름하고 밤나무에 매고 그네를 쒸는 동리는 부자는 업는 모양이다.

▶ 楊仙泉 君의 「개암이의 죽엄」 ═ 설어운 作品이다.

▶ 崔殷桓의 「고기잡이」 ═ 別노 보잘것업는 作品이다.

▶ 盧翼炯 君의 「산과 달」 ═ 산과 달……산과 달은 녜나 지금이나 變함이 업다. 우리의 人生事는 어이 그리 變遷이 만흔지?……

▶ 遙浪兒 君의 「녀름ㅅ비」 ═ 금음밤에 나리는 녀름비가 흉년 들을 비라면 엇지 얄밉다고만 할 수 잇스랴?……

▶수문마을[120] 君의 「조희배」 ═ 그 조희배는 누가 띄윗거나 장마 통에 우산 쓰고 장화 신고 돌아다니며 코노래 부른 것박게는 아무것도 못된다.

▶ 高東煥 君의 「故鄕생각」 ═ 달 밝은 밤에 홀노 잇노라면 故鄕 생각이 自然이 나는 법이다. 그러치만 이런 것은 벌서 녯날 사람들이 불너 온 노래에서 본뜬 것에 지내지 안는다.

---

120 '수문마을'은 최은향(崔隱鄕)의 필명이다. 간혹 성(姓)을 빼고 "隱鄕"이란 이름을 사용하기도 하였다.

白鶴瑞, “每申 童謠評－九月에 發表한 것(四)”, 『매일신보』, 1931.10.21.

▶ 沈香松 君의 「고둥 울기만」 ＝ 젓 달나고 우는 어린 동생을 부듸 안고서 저녁 해도 서산을 넘고 하나둘 반짝이는 별빗을 바라보며 공장에 가신 어머니를 기다리는 한 場面이다. 哀傷的 描寫에 긋치고 말앗다.

▶ 穆仙泉[121] 君의 「쌜々이 할머니」 ＝ 쌜々이 할머니라는 것은 아마도 참새를 가르침인 게다. 참새는 해가 저야만 쌜々거리는 것은 아니다. 構想도 조치 못하거니와 表現도 잘되지 못햇다.

▶ 夢草 君의 「첫가을」 ＝ 보드라우면서도 은근한 힘을 주는 作品이다. 첫가을임을 완전히 表現하엿고 외로운 마음속까지도 엿볼 수 잇다. 構想과 表現이 아울너 九月 分 『每申』 紙上을 通하여는 可히 白眉이라고 내여세울 만하다. 그냥 넘어가기가 악가우니 讀者 諸君과 함께 다시 한 번 닑어 보자.

첫가을 저문날에
강ㅅ가에 홀노서서
풀닙피리 입에물고
슯히부는 이곡조를
들어줄이 뉘잇는가?

×

적막한 이가을은
또다시 왓건마는
수이오마 가신님은
가을도 몰으시나
소식조차 끈첫네
이가을 이슯흠이

121 ‘楊仙泉’의 오식으로 보인다.

님의몸에 늣겻다면
이석양에 홀노서서
피리부는 나의마음
그도또한 아르련만?

▶ 安完榮 君의 「청개고리」 ― 장마ㅅ비가 나릴 때면 청개고리가 울어 청개고리가 그 어머니를 개천 가녁에 무더 두고 비가 오면 떠나려갈까(?) 그것이 걱정되여서 운다고 하는 傳說이 잇다. 이 作品이야말노 이 傳說을 紹介한 것에 不過한다. 自他가 旣知인 것을 이제 뒤늣게 紹介할 必要는 업는 것이다. 空然한 虛榮心에서 울어나온 作品으로 볼 수박게 업다.

▶ 崔殷桓 君의 「쏘르릉물」 ― 取해 볼 것이 업다는 것보다도 作者는 무엇을 노래하엿는지 알 수가 업다.

▶ 朴仁守 君의 「하로밤을」 ― 가을날에 하로밤을 그려 본 듯하나 別노 神通치 못하다.

▶ 安莞影[122] 君의 「비ㅅ방울」 ― 構想도 조커니와 表現을 簡單히 하여서 퍽도 輕快한 맛이 잇다. 同 君의 前者의 「청개고리」보다 훨신 낫다.

▶ 楊仙泉 君의 「매사냥」 ― 構想과 手法이 아직 서투르다.

▶ 桂潤集 君의 「고향 그리워」 ― 哀傷的으로 힘업는 表現에 긋티고 말엇다.

▶ 春夕 君의 「고동소래」 ― 工場에서 쫏겨난 職工이 떠나가면서 불은 노래이다. 作者는 애닯은 場面을 그리려 하엿스나 그것이 잘 表現되지 안엇다.

▶ 安完永[123] 君의 「구름」 ― 手法은 조타. 부드러운 筆致이다. 한갓 배부른 이의 코노래로서 適當하다고 하겟다.

▶ 金永根 君의 「일하러 가세」 ― 힘 잇게 노래하려 한 그 想만은 조타.

122 안완영(安完榮)의 필명이다. '安莞影, 岸莞影' 등으로 표기하였다.

123 「구름」(『매일신보』, 31.9.10)의 작자는 '安完榮'이어서 '安完永'은 오식이다.

表現이 잘되지 못한 것은 좀 섭섭하다.

▶ 崔錫崇 君의 「돈 닷돈」 ＝ 아모것도 바랄 것 업고 取할 것 업는 쓸데업는 붓작난이다.

▶ 高東煥 君의 「서로쑥참자」 ＝ 누구〳〵 할 것 업시 업는 집 아희는 서로 서로 쑥 참어가면서 지내야 한다. 平凡한 듯하면서도 어듸인가 힘찬 맛이 잇다.

▶ 朴仁守 君의 「어린 갈매기」 ＝ 想과 手法이이 아울너 아모것도 아니다.

白鶴瑞, "每申 童謠評－九月에 發表한 것(五)", 『매일신보』, 1931.10.22.

▶ 隱鄕 君의 「술주정꾼 영감님」 ＝ 平凡한 스케취.

▶ 朴星剛 君의 「우리 일터로!」 ＝ 現實을 노래하려 한 그 理想만은 可讚이나 表現이 다 되지 못하엿다.

▶ 朴永夏 君의 「農村의 아츰」 ＝ 農村의 아츰 一面을 如實히 그려 내엿다. 君의 作品을 보면 大槪가 現實을 노래하엿다.

▶ 고넬뇨 君의 「우리집 살님」 ＝ 가난한 살님을 하는 男妹 米國으로 돈버리 가신 형님이 돌아오면 부자가 되여 잘 살니라는 생각을 하고 잇는 것이다. 쓸데업는 理想보다 어서 거리로 나가서 부즈런히 일해서 버러드리라. 哀傷的이면서도 平凡한 作이다.

▶ 金星映 君의 「우리 누나」 ＝ 그저 平凡하다.

▶ 劉霞園[124] 君의 「눈물 흘니는 밤」 ＝ 間島로 돈 벌너 가신 아버지가 그리워서 밤마다 눈물 흘니는 것을 平凡하게 느러노은 것이다.

---

124 유천덕(劉天德)의 필명이다.

▶ 朴仁守 君의 「가을아침」 ═ 平凡한 스케취다.

▶ 淸進浪人 君의 「도라가신 아버지」 ═ 도라가신 아버지를 그리워하며 눈물지는 것이다. 哀傷的이요 쏘한 新興氣分이 업다. 좀 산뜻하게 쓸 수 업슬까?

▶ 朴仁守 君의 「쪽달배」 ═ 平凡한 自然의 스케취이다. 朴 君의 作品이 擧皆 그러하다. 아모것도 바랄 것 取할 것 업는 것들이다.

▶ 朴星剛 君의 「멋쟁이 미워」 ═ 그러타! 멋 부리는 놈들은 제비들도 미워할 것이다. 그런 人物들은 어서〱 하로밧비 處分하여 버려야 하겟다.

▶ 黃順元 君의 「꼿구경」 ═ 이것도 平凡한 붓작난에 긋치고 말엇다.

▶ 蔡澤龍 君의 「가을밤」 ═ 누구나 볼상 잇는 가을ㅅ밤의 平凡한 스켓취이다.

▶ 수문마을 君 「동무 모여서」 ═ 대가리만 잇고 꼬리는 업는 作品이다. 아니 꼬리가 잇기는 하면서도 너무 숭거웁다. 前者의 「조희배」가 그러한 것을 보니 君의 作品이 모다 그 짜위인 모양이다. 더욱 더 努力하라.

▶ 李文海 君의 「두 男妹」 ═ 보두라운 솜씨이다. 너무 哀傷的으로 흘으지 말라.

▶ 수문마을 君 「여름ㅅ밤」 ═ 農村의 여름ㅅ밤 一面을 드러내인 平凡한 作品이다.

▶ 蔡夢笑 君의 「落葉」 ═ 君의 이 作品은 別노 잘되엿다고 볼 수 업다. 君은 일즉이 『少年朝鮮』誌에서 活躍하다가 同誌가 廢刊된 後에 『文藝狂』誌에 잠싼 뵈이더니 『별탑』誌 專賣通報에서 쏘 차저보앗다. 『별탑』誌도 休刊 中이고 하여 이즈음 오래간만에 本紙에서 君의 作品을 보앗다. 그러나 筆者의 期待에 어그러짐은 퍽도 섭々한 일이다.

▶ 蔡奎明 君의 「비오는 밤」 ═ 녀름밤에 쭈룩〱 비가 작구 나려서 곡식을 바리게 되겟다고 걱정을 하는 場面이다.

▶ 李文海 君의 「봄ㅅ제비」 ═ 構想도 表現도 모다 平凡하다. 取해 볼 것 업다.

▶ 南洋草 君의 「나븨」 ═ 平凡하다. 무어슬 붓잡어 보려 하엿스나 되지

안엇다.

▶ 崔錫崇 君의 「노래하것만」 ═ 筆致만은 고우나 哀傷的이요 힘업는 作品이다.

白鶴瑞, "每申 童謠評－九月에 發表한 것(六)", 『매일신보』, 1931.10.23.

▶ 朴仁守 君의 「저녁째」 ═ 農村의 저녁을 그린 것이다.

▶ 朴仁守 君의 「그리운 學校」 ═ 月謝金이 업서서 學校에 못 가는 서름도 퍽으나 하다. 그러나 설어워만 하고 잇다고 學校에 가게 될 理는 업다. 어서어서 부즈런히 일해서 月謝金을 작만해야 하지 안느냐?…

▶ 高녤료 君의 「나와 놀자」 ═ 헛수고에 헛조희만 버렷다.

▶ 朴永夏 君의 「풍쟁이」 ═ 李 君은 아마 이 一篇을 우슴써리로 쓴 듯하다. 想은 取할 것이 업지만은 手法은 퍽도 進步되엿슴을 알겟다.

▶ 盧雲溪 君의 「봄날 산보」 ═ 題目과 內容이 잘 어울리지 안는다. 그리고 늘 하는 소리를 되푸리한 데 지내지 안는다.

▶ 金亨軾 君의 「헤염」 ═ 녀름날에 헤염치는 것이 조키도 하겟지만은 그러타고 언제나 깃불 것은 아니다. 想을 마음대로 表現하지 못햇다.

▶ 梁春錫 君의 「長靴」 ═ 소낙비 머즌 뒤로 개울물이 넘처흘을 째 장화를 신ㅅ고 막우 돌아단기니 동무들이 부러워하고 햇님까지도 부러워햇다. 平凡한 스켓취요 업는 집 아희에게 자긔의 일을 장한 드시 호장하는 것박게 아무것도 아니다. 想도 그다지 조치 못하고 우리가 要求치 안는 作品이다.

▶ 朴仁守 君의 「잠자리」 ═ 어린애의 노는 場面을 平凡하게 그려내엿다. 좀 더 압흐로 나아가기 새롭고 힘 잇는 作品을 우리는 要求한다.

▶ 金曉汀 君의 「가을」 ═ 이 作品도 그러하거니와 金 君의 筆致만은 아름답다. 技巧만은 可讚이다. 그 솜씨로 좀 더 힘 잇고 새로운 것을 써

주엇스면 조켓다. 우애도 몃 번 말햇거니와 벌서 녜전 하라부지들이 몃백 번식 우려먹은 것은 作品의 價値가 업슬 뿐더러 우리는 그런 것을 要求치도 안는다. 作品 中에 九月山을 引用한 것으로 밀우어 보아 金 君은 筆者와 그다지 멀지 안은 곳에 잇는 듯하다만은…… 少年文壇을 爲하여 만은 努力을 앗기지 말어 주기를 바란다.

× ×

筆者는 여긔에서 暫間 一言을 하고저 하는 바는 九月分 十八日로 二十日까지의 三日分이 評者의 손에 잇지 안음으로 萬萬遺憾이라고 하지만은 이것만은 不得已 빼여놋는 수박게 업다. 評者가 作品도 蒐集하여 놋치도 안코서 무슨 評을 한다고 떠드느냐 하겟지만은 그런 것도 아니다. 筆者가 前부터라도 評筆을 들녀고 구든 決心을 하엿든 것이라면 두말업시 속속 蒐集하여 두엇슬 것이엿지만은 그러치 안코 月末에 니르러서야 엇던 友人의 勸告도 잇고 하야 비로소 낡은 新聞 뭉치를 쓰집어내여 보앗더니 업서진 것이 남은 것보다 만엇든 것이다. 그만두려다가 그래도 이왕 마음먹엇던 것을 그냥 말기가 섭섭하여서 十餘處 『每申』 讀者를 訪問하야 모와 들엿스나 結局 우에 말한 三日 分만은 保管해 둔 집이 업섯고 終乃 求之不得이엿든 것이다.

白鶴瑞, "每申 童謠評－九月에 發表한 것(七)", 『매일신보』, 1931.10.24.

▶ 桂潤集 君의 「나그네 오신 날」 ＝ 이것도 亦是 評해 볼 것 업는 平凡한 스켓취이다.

▶ 金亨軾 君의 「고기 낙는 녀름」 ＝ 엇더케 보면 잘된 듯도 하다만은 想을 다 들어내지 못하엿다고 본다. 그리고 平凡한 描寫에 긋치고 말엇다.

▶ 崔殷桓 君의 「싼짝싼짝」 ＝ 엇더타고 말해 볼 아모것도 못되는 것

이다.

▶ 金曉汀 君의 「올가을」 ═ 技巧에 숫치고 말엇다. 우에도 말하엿지만은 金 君의 作은 現實을 노래하지 못하고 낡은 틔 잇는 것이 험이다. 金 君의 精進을 期待린다.

▶ 朴仁守 君의 「언니생각」 ═ 平凡한 作이다. 作者는 좀 더 힘쓰라.

▶ 春烱盧[125] 君의 「형님생각」 ═ 가을철이 되면 客地에 나가 잇는 사람이 새삼스러히 그리워지고 客地에 잇는 사람은 집 생각이 한층 새로워진다. 멀리 게신 형님을 그리워하는 心情을 그려내엿다.

▶ 崔錫崇 君의 「農村의저녁」 ═ 글을 爲한 글이다. 글을 爲하야 글을 써서는 안 될 것이다. 오즉 우리를 爲하야 글을 써야 할 것이다.

▶ 趙漢鳳 君의 「가을ㅅ밤」 ═ 農村의 가을ㅅ밤을 보드러운 筆致로 그려내엿다. 산뜻한 맛이 업는 것은 유감이다.

▶ 고넬료 君의 「동글 햇님」 ═ 가튼 말을 겹々이 느러노흔 것과 單調로 씻기 때문에 輕快한 맛은 잇다만은 自然을 그린 것밧게 아무것도 업다.

▶ 고넬료 君의 「乞兒의 希望」 ═ 想은 조타. 表現도 過히 험잡을 것은 업다만은 힘찬 맛이 업다. 無氣力하다. 이런 것은 될 수 잇는 대로 힘차게 써 노아야 할 것이다.

▶ 李文海 君의 「단풍닙 하나」 ═ 언젠가 確實히는 記憶되지는 안는다만 아마 『朝鮮日報』에서 이 題目에 이와 비슷한 作品을 본 일이 잇다. 或여 그의 모작이나 안일는지?……

▶ 高넬료 君의 「설은 편지」 ═ 私生活 感情에서 울어난 스켓취이다.

▶ 崔春海 君의 「덧니빠지」 ═ 덧니빠지것을인동무들이[126] 놀닌다고 그게 슬혀서 쓴 것이다.

▶ 金曉汀 君의 「노을 쓰는 나라」 ═ 作品을 남달리 커다란 活字로 揭載

---

125 '盧春烱'의 오식이다. 두 편의 「형님생각」(『매일신보』, 31.9.20; 『매일신보』, 31.9.23)은 지은이가 '盧春烱'이다.

126 '덧니빠지인 것을 동무들이'의 오식으로 보인다.

하엿스나 爲先 큼직하게 써 노코 보자. 妙한 筆致로 自然을 그리엿다. 取해 볼 것은 업지만은 作者는 남이 보지 못한 것을 차저보고 그것을 붓잡어 노래한 것에 이 作品의 生命이 잇다.

白鶴瑞, "每申 童謠評-九月에 發表한 것(八)", 『매일신보』, 1931.10.25.

▶ 高넬료 君의 「號多」[127] ═ 아모것도 아니다.

▶ 朴仁守 君의 「가을밤」 ═ 미지근한 가을ㅅ밤의 景致이다.

▶ 隱鄕 君의 「우리 큰兄님」 ═ 平凡한 스케취에 긋치고 말은 듯하면서도 은근이 숨어 잇는 힘이 나타나 보인다. 한 節을 더 셋드라면 조와슬 뜻십다.

▶ ㄹㅇㅅ 人生의 「불앗씨」 ═ 그래 그놈의 개똥버래를 끗끗내 잡지 못하고 바지만 바리고 말엇단 말이냐?… 平凡한 作品이다.

▶ ㄹㅇㅅ 人生의 「초가을」 ═ 초가을 농부의 집을 잘 그리엿다.

▶ 李文海 君의 「달ㅅ밤」 ═ 平凡하고도 哀傷的이다. 씃々한 마음을 기르기에 힘쓰라!

▶ 李文海 君의 「가을뜰」 ═ 노란 국화가 방그레 웃고 온갓 풀꼿이 시드러지는 가을 뜰의 一面을 如實히 그리엿다. 李 君의 보드라운 筆致만은 可讚할 만하다. 더욱더 精進을 期待한다.

▶ 高넬뇨 君의 「가을달ㅅ밤」 ═ 가을달ㅅ밤의 景致을 平凡하면서도 輕快하게 그리엿다. 첫머리에 "개고리운다"는 文句를 쓴 것만은 좀 不自然한 感이 잇다. 개고리가 가을에는 全然 울지 안는다는 것은 아니지만은 흔이 첫녀름에 요란히 쩌들어대는 놈을 가을에 약간 몃 놈식 운다고 그것을 너엇

127 高넬료의 「호외」(『매일신보』, 31.9.27)의 오식이다. "號外"의 "外"가 "多"로 오식된 것이다.

슴은 作者의 失敗라 하겟다. 讀者와 作者는 다시금 그 作品을 뒤처 보고 생각해 보라.

▶ 朴仁守 君의 「우리 언니」 ＝ 우리는 일꾼이 되여야 한다. 지게 지고 나무하러 단기는 것을 비웃는 동무가 잇다면 비웃는 그 동무가 참 동무라고 미들 수 업다. 그대의 언니는 장하다. 압길이 만타. 平凡한 스켓취이다.

四. 評을 맛치고

잘되고 안 된 것은 둘ㅅ재 問題로 하고 筆者의 薄識幼眼으로 보고 늣긴 바의 讀後感에 갓가운 九月 每申 童謠評은 이것으로 쓰츨 막엇다.

評을 맛첫스니 한마듸의 評後餘言이 업슬 수 업다. 作品들을 본다면 모-다가 平凡한 自然을 描寫한 것들일 쑨더러 남은 티 잇는 것들쑨이다. 그리고 글을 爲한 글이요 空然한 虛榮心에서 울어난 붓작난이 만타.

끗흐로 『每申』文壇에 主要 生產者인 崔錫崇, □□□, 南洋草, 楊仙泉, 安完榮, 朴仁守, 高넬료, 李文海, 金曉汀, 朴星剛, 夢草 等 諸君의 倍前의 健鬪를 빌고 그만 擱筆한다.

妄言多謝―

編輯室, "어린이는 변한다", 『어린이』, 제9권 제9호, 1931년 10월호.[128]

『어린이』는 변한다. 변하는데도 두 가지 길이 잇슬 것이니 한 가지 길은 뒤로 물러가는 잘못 변함이요 다른 한 가지 길은 아프로 새로워저 가는 잘 변함을 가르킴이다. 『어린이』가 변한다 하면 장차 어느 편으로 변할까. 제군은 무한이 주목하고 『어린이』의 가는 길을 감시하리라. 그러나 우리는 단언한다. 한 치 두 치라도 아프로 나가면 나갓지 뒤로 물러서는 미련한 짓을 하지 아니할 것만은 현명한 만천하 독자제군에게 성명하야 둔다.

『어린이』!

『어린이』가 세상에 나온 지 이믜 아홉 살이다. 석 달만 지나면 열 살의 고개를 넘는 날이다.

열 살! 十년 얼마 안 되는 듯 시퍼도 생각하면 지나온 길이 아-득하다. 사람도 커 노코 보면 이제 와서 제절로 큰 것 갓지만 열 살까지 크라면 그러케 가소롭게 크는 것은 아니다. 할아버지 할머니 아버지 어머니 아저씨 아즈머니 언니 누나 또는 심지어 이웃 사람 학교 선생님까지의 신세도 만히 입고 수고도 만히 끼치고야 마럿슬 것이며 위터로운 고비 어려운 목을 지나기도 적지는 아니하엿슬 것이다. 잡지로서의 『어린이』도 또한 그러하엿다. 여러 선배와 만흔 동무들의 붓들고 이끄러준 덕택으로 오늘만큼 커 온 것은 속일 수 업는 사실이다.

과연이다. 우리 『어린이』는 만흔 사람의 힘과 덕택으로 고이고이 과히

128 글쓴이는 본문에는 아무런 표시가 없지만 목차에 '編輯室'이라 되어 있다. 이 시기 『어린이』를 편집한 이가 신영철(申瑩澈)이므로, '編輯室'은 신영철로 보인다.

신영철이 『어린이』의 편집을 맡은 기간은 1931년 8월부터 1932년 9월까지다. 이 기간 동안 『어린이』도 『신소년』이나 『별나라』와 같이 계급적 현실인식이 두드러진 작품을 많이 실었다. '변한다'는 말은 이러한 뜻을 지닌 것이어서, 엄밀한 의미의 비평문이 아니지만 『어린이』의 변모양상을 알려주는 지표라 생각해 이 글을 수록하였다.

큰 고생과 큰 험난은 업시 오늘까지 커 온 것이다. 제 그림을 제라서 칭찬하는 것 갓지만 『어린이』는 조선소년문예운동의 첫 깃발을 날니고 맨 선두에 압장서서 나온 만큼 조선소년문예계에 한 귀퉁이 공로라도 끼친 것(이상 2쪽)만은 남이나 우리가 다 가티 인증하는 바이다.

그러나 『어린이』가 자칭 공로자라 하야 집안의 터주ㅅ대감처럼 버티고만 안젓스면 그것은 어린이가 이믜 늙음이요 어린이가 스스로 무덤ㅅ자리를 파고 안젓는 것이다. 어린이는 결코 나히 늙은 노인이 아니요 무덤 ㅅ자리를 파고 드러갈 어린이도 아니다. 어린이는 결코 그러케 미련한 어린이가 아니다. 그러케 쉽사리 늙어 조라들 어린이가 아니요 뒷거름질처 숨어버릴 어린이는 아니다. 어린이는 어대까지고 어린이다. 백년을 가도 어린이요 천련을 가도 또한 어린이다. 세월은 천련만련을 갈망정 어린이가 늙거나 업서질 법은 절대로 업는 것이다.

그러나 십년 전의 어린이와 십년 후의 어린이가 고냥 고대로 잇다면 그것은 확실히 퇴보요 천련 전의 어린이나 천련 후의 어린이가 고냥 고대로 잇다면 그것은 두말도 할 것 업시 아모런 생명이나 활동이 업는 무생물게(無生物界)의 물건이나 마찬가지의 어린이이다. 그러나 무생물게의 돌이나 바위도 십년 백년 지나면 바람과 비에 싸씨고 갈려서 모냥이 변하고 윤택이 나는데 항차 생명이 잇는 생물(生物)로서 지혜가 잇는 사람으로서 더구나 가장 진취성(進就性) 잇는 어린이로서 십년이나 백년이나 지나도 그때 어린이가 마찬가지 그때 어린이라면 그것은 확실히 인류진화법측(人類進化法則)에 어그러짐이다. 그러키 때문에 실제로 어린이는 가튼 어린이라 치더래도 십년 전 그때의 어린이와 십년 후 그때의 어린이와는 어느 모로 보든지 판이한 것이다. 더구나 백년 천련의 차야 말할 것이 무엇 잇스랴.

그럼으로 『어린이』는 변하려 함이다. 아프로 한거름을 나서서 새로운 길을 밟어가려 함이다. 즉 오늘의 소년잡지를 만들려 함이요 또는 압날을 바라보고 나가는 소년잡지를 만들려 함이다.

『어린이』는 원래 조선의 소년소녀를 위하야 나왓고 십년 간 정성과 마음과 힘을 기우려 분투해 나오기도 또한 조선의 소년소녀를 위하야서 그럼이엇다. 다시 말하면 일본의 어린이를 위하야(이상 3쪽) 나온 것도 아니요 중국의 어린이를 위하야 나온 것도 아니며 또는 영국・미국・독일・불난서나 로서아・이태리 가튼 나라의 어린이를 위하야 만든 것도 아니엿다. 그러기 때문에 우리는 조선 어린이의 생활에 맛는 『어린이』를 짜기에 애를 써온 것이다.

그러타. 히나마쓰리(ヒナマツリ) 봉오도리(ボンオドリ)[129] 가튼 것을 조선 소년에게 이야기하면 그것이 무엇인가 하고 덩둘해 한다. 서양 어린이는 고양이나 개를 제 동무보다 더 가까이 알지만 조선의 어린이들은 고양이와 개를 대하면 그러케 친밀하게 지나지는 못한다. 그것을 보면 도리어 무서워서 우는 아이들이 만타. 그러기에 조선서는 어머니들이 우는 아기를 달랠 때에도 저 고양이 보아라 저 개 보아라 하고 위협을 한다. 서양 아이들은 큐우삐(人形노리개) 가튼 것을 가지고 잘 놀지만 그와 인연이 먼 조선 어린이들은 그것을 보면 사람 죽은 해골이나 아닌가 하고 실혀하는 수가 만흐며 외국 아이들은 공원에 가 공 던지고 그네 타고 모래작난하고 하지만 조선의 어린이들은 공원에 가는 대신 공장에 가야 되고 공 던지는 대신 긔게를 돌려야 되고 그네 타는 대신 지게를 저야 되고 모래 가지고 노는 대신 괭이로 흙을 파야만 되며 학교에 가는 대신 일터로 차저 나가야 되고 서재에서 공부하는 대신 길까에서 자전거를 달려야 되며 자긔집 유희실에서 작난하고 노는 대신 좁은 방안에서 울고 찟코 맛고 꾸중 듯고 해야만 되며 우유 커피차를 먹는 대신 조밥 보리죽을 달게 먹지 안흐면 안 되는 형편에 잇는 것이 오늘의 조선 어린이다. 그런 고로 조선 어린이에게 서양 이야기를 하면 두렷두렷하고 잘못 알어듯는다. 서양 아이들이 어엽븐 인형가티 날르는 제비가티 놀고 뛰고 한다면 조선의 어린이들은 새까만 자긔 얼골이나 손발을 드려다보며 세상에 어대 그런 아이들이 잇슬 것이냐고 고개를 돌릴는지도 모른다. 그것은 전연이 그들 어린이와 우리 어린이의 사는 주위와

---

129 'ひなまつり〔ひな祭(り)・雛祭り〕'는 "3월 3일의 여자 아이의 명절에 지내는 행사(제단(祭壇)에 일본 옷을 입힌 작은 인형들을 진열하고 떡・감주・복숭아꽃 등을 차려 놓음)"를 말하고, 'ぼんおどり〔盆踊(り)〕'는 "음력 7월 15일 밤에 남녀들이 모여서 추는 윤무(輪舞)(본래는 정령(精靈)을 맞이하여 위로하는 뜻으로 행한 행사임)"를 말한다.

환경이며 사는 처지와 정도가 근본적으로 달른 싸닭이다. 그러기 째문에 그들은 그들 어린이를 위하야 읽키는 잡지를 만드러 준다. 그러면 우리도 우리 어린이들을 위(이상 4쪽)하야 읽킬 만한 잡지를 만드러야 할 것은 물론이다. 만일 그들의 흉내를 내겟다고 덤비면 그것은 조선의 어린이와는 인연 먼 잡지가 되고 말 것이다. 그런지라 우리 『어린이』는 가장 우리 조선 어린이와 인연 가싸운 잡지가 될려고 애쓰는 것이다. 즉 조선 어린이가 읽고 시퍼 하는 잡지가 되기에 최선의 힘을 다하고 잇는 것이다.

과연 세월은 흘러간다. 시대를 변해 간다. 머믈르지 안는 세월이라 세월은 가튼 세월이라도 십년 전의 세월은 벌서 오늘의 세월이 아니다. 퇴보하지 안는 인간이라 인간은 가튼 인간이라도 십년 전에 난 인간과 오늘에 난 인간과는 확실히 그 정도가 틀리는 것이다. 그러기 째문에 십년 전에는 왕자님이 말을 타고 공중으로 달렷다, 공주님이 마귀에게 속아서 가시길에 헤매다가 다시 나왓다, 요술쟁이 할멈이 사람을 돌라서 산에 드러가 욕을 보이엿다는 이야기를 하면 듯는 어린이들이 조와라고 손벽을 치며 날쒸엿다. 그러나 오늘 어린이들은 그런 이야기를 드르면 코우슴을 치게 되엿다. 그런 그짓말이 어대 잇느냐고 반박을 하러 든다. 그것은 오늘의 어린이가 확실히 한층 더 쌔엿다는 증거다.

그리하야 이야기를 듯고도 자긔 생활과 비취여보고 과확적으로[130] 해석하려 든다. 그것이 오른 일이다.

여긔서 『어린이』는 변한다. 한층 더 새로워진다. 『어린이』는 묵은 『어린이』에서 다시 한 거름 나서서 오늘의 새 『어린이』가 되려는 것이다. 즉 오늘의 조선 어린이 생활에 맛는 다시 말하면 오늘의 조선 어린이들이 절실히 요구하고 잇는 더욱이 압날을 바라보고 자라나는 어린이들이 간절히 요구하며 읽고 시퍼 하는 그런 잡지로 변하랴는 것이다.

만천하 六百만의 조선 소년이여! 오늘의 새 『어린이』로 다 가티 도라오라.(이상 5쪽)

---

130 '과확적으로'는 '과학적으로'의 오식이다.

金大鳳, "新興童謠에 對한 片見(1)", 『조선일보』, 1931.11.1.

(一)

新興童謠를 解釋하고 鑑賞하야 그 價値를 決定함에 이르러서는 新興童謠의 特殊性을 認識하고 그 自體의 本質的 社會性과 現實性을 追究함에 잇슬 것이다.

이러한 追究가 認識을 聯合하고 統一해서 作品 中에 含有한 그 眞價를 發見 把握하랴는 것이 評者의 態度일 것이다.

그러나 往往 우리는 感情을 超越할 수 업는 만큼 誤認된 見解와 不明確한 見地에서 이와 가티 할 態度를 一笑에 부치고 童謠作品에 對하야 贊成側이면 過評을 하고 否定側이면 一蹴해 빼리랴는 傾向이 잇스며 또한 固執하는 바이다.

그러하다고 그 作品의 固有 價値가 削減되거나 그 價値 以上 加增되거나 하지는 안흘 것이다.

거기에는 評者의 邪曲한 心情을 摘出하고 自己의 無知를 暴露하는대 아모것도 업슬 것이다.

그럼으로 缺點否定 或은 美點發見에만 有意치 안코 적으나마 愼重한 態度로 남의 作品을 理解하고 好意的 討究에서 所得이 잇서야 할 것이다. 이러한 意味에서 新興童謠를 보고저 한다.

(二)

新興童謠壇을 展望함에는 其 方面에 勵力하시는 制作家의 作品을 들고 말함이 童謠壇의 區區한 現象을 總括할 수도 잇고 時代的 그 關係性을 엿볼 수 잇슬 것이다.

그럼으로 그것이 筆者의 本意이겟지만 新興童謠壇 諸氏 作品보담 바든 바 感銘이 크고 印象 깁게 한 無名作家의 作品을 힘써 들고저 한다. 그것은 그들의 純眞한 作品 속에서 新興童謠와 그 傾向의 本質의 알 수가 잇고 그들이 處한 環境에서 나혼 自然意識과 그들이 依存한 階級 이대오르기를

批判하기에 適切한 까닭이다.

『東亞日報』新春當選童謠 中 失名氏 作
「동리사람」[131]을 읽어 보자

동리사람 도토리알
다주어 오니
다람쥐 양식업서
굶고 웁니다.
× ×
동리사람 나무닙을
다긁어 오니
산토기 잘곳업서
추어 썹니다.
× ×
다람쥐 산토기는
생각도안코
동리사람 어찌그리
무심할가요

이 作品의 內容을 보아 첫재 兒童의 具體的 觀念을 抽象的 觀念에까지 끌으고 가는대 魅力을 늑기게 한다. 勿論 新興童謠에 잇서서는 兒童의 具體的 觀念을 具體的 表現에 制作하는 것이 至當하며 絶對 要求되는 일이다.

그러나 表現된 바 一節 二節을 보아 그 具體的 觀念이 無産兒童의 共通的 一般性을 가지고 잇고 表現의 動機가 生活苦로부터 어든 着想에 起原을 두엇스면 第三節로 보아 第一 第二節의 具體的 觀念을 抽象 觀念化하야

131 「동리사람」(失名氏; 『동아일보』, 31.1.3)은 1931년도 "少年少女 新春文藝"에 1등으로 당선된 동요작품이다.

다. 그것이 兒童으로 하여금 自我生活 方面에 對하야 男像力[132]을 發揮케 하고 社會的 知能을 廣汎케 한 것이며 兒童教化에 잇서서 作品 內容의 不可分離의 要素로 되엿다. 다시 內容으로 보아 兒童의 率直性과 現實的 부르지즘(呌喚은 안이만) 이만 新興童謠의 美로 되엿다.

其外 形式을 보면 自然서롭고 故意가 업서 單的 表現과 音樂的 리듬에 構成되여 잇다.

金大鳳, "新興童謠에 對한 片見(完)", 『조선일보』, 1931.11.3.

봄날의나무군을

진달래 만발한
이산등길은
그누구가 단기라고
화려한가요
푸른산 붉은쏫이
아름다워도
이길것는 이몸은
설어 웁니다.
× ×
이산에서 저산으로
옴기여 우는
뻐국새 우슴도
새신찌로다
아버님 안계신
가난한 살림

---

132 '想像力'의 오기로 보인다.

오늘도 병든어머님
굶으섯다오
× ×
산에서 산으로
좁고먼길은
나무꾼 짬방울로
길을닥구요
비단길 꼬부랑길
저고개길은
돈잇는니 지랄하는
노리터라요

이 노래에는 어는 不合理에 對한 咀呪가 보인다. 이 咀呪는 相對的 實生活 形態에서 必然으로 成立되는 兒童의 階級意識이다. 表現에 잇서도 그 生活의 日常語로 表現된 것이 注目된다.

『어린이』所載 吳世昌 作

우박

우박이 쏘다진다
한울에서
김매는 농부들은
짜리지말고
놀면서 밥만먹고
낫잠자는놈
이마에나 써러저
놀내주어라

이 童謠는 感覺的으로 自然意識을 노래하얏다. 勿論 어린이의 自然意識이라면 文化的 傳統的 關係로 相異야 잇지만 "놀고먹는 놈은 人類 生活團

內에서 逐方식히자" 한 普遍化된 그들 意識 밋헤서 自我 階級에 對한 利益擁護와 搾取階級에 對하야 可憎서러운 꼴을 比較하야 觀照식혓다.

(三)

이外 만흔 作品이 잇지만 이만 긋치기로 하고 이 세 作品을 統括하야 보면 新興童謠는 生活苦에 起原을 두고 階級感情을 읊흐는 데 形式과 韻律 內容과 取材 또는 用語에 잇서서도 熟考할 點이 잇는 줄로 밋는다.

鄭寅燮, “學生劇의 標語”, 『조선일보』, 1931.11.28.

學生에 對한 생각은 퍽도 뿌리가 깁허

一. 教育的 見地

二. 藝術的 立場

三. 社會 事情

四. 經濟 問題

五. 技術 問題

等의 各 方面으로 考察하야 體系 잇는 論述을 要하는 것이다.

그러나 筆者가 直接 問題로 紙上으로 或은 演壇에서 數次 提唱한 바가 잇엇음으로 이제 쏘다시 反復하기를 畧하고 一九三一年은 朝鮮 劇界에 學生劇의 實際를 만히 남겨 주엇다는 것을 記憶함으로서 몃 개의 標語를 解說함에 긋치려 한다 —— 쏘한 極히 簡單하게

一. 學生劇은 全人的 教育의 綜合 手段이다

—— 劇은 空間藝術과 時間藝術의 모든 分野를 內包하야 잇고 生動과 觀衆과 光學 等의 要素를 가젓음으로 그 美育上의 價値와 科學 學習上의 價値는 全的이다.

二. 學生劇은 劇術研究의 實驗的 天眞性을 가젓다

學生劇은 다른 不純한 目的을 爲하야 現出되는 것이 아니요 그 純情한 研究精神의 學究的 發露라 하겟다. 이 點에 잇서서 다른 營業的 研究團體와는 다른 獨特한 地位를 가젓다고 할 수 잇다.

三. 學生劇은 商業的 娛樂主義의 劇界에 爆彈을 던진다

興行의 拜金主義가 社會에 끼치는 모든 罪惡을 一掃할 만한 清淨劑가 될 수 잇는 것이다. 첫재 學生들은 眞理를 사랑하는 가장 銳角的인 感情의 所有者이다. 그리고 그들은 職業 俳優도 아니요 損益을 絶對 拘束으로 보는 處地도 아니다.

四. 學生劇은 知識階級의 敎化的 任務를 可能케 하는 實質的 集合 價値이다

學生의 知的人으로서의 任務는 劇術을 通하야 가장 具象的인 實感을 民衆에게 提示하는 데서 그 所任을 履行하는 바가 잇는 것이요 基本的 靈感을 舞臺上에서 豫言하고 啓蒙하는 것이다. 그리고 그것은 調和된 集合行動의 試鍊을 준다.

五. 學生劇은 學生으로 하여금 社會의 呼吸을 알게 하는 有力한 媒介物이다

劇 中에서 처음으로 體驗하는 社會上의 實踐에 依하야 學窓 以後의 社會呼吸을 몬저 理解하게 되는 것이요 後援 廣告 宣傳 會計 檢閱 許可 等의 各種 實行을 通하야 先輩들과의 面識 社交 其他 만흔 試鍊을 밧는 것이니 狹意의 學窓生活에 制限된 意識과 智力은 實社會에 接觸함으로 말미암아 그 압길을 圖謀해 나가는 힘을 주는 것이다. 朝鮮 學生들이 正히 이것이 必要하다.

六. 學生劇은 乾燥한 學究生活에 新鮮한 慰安을 준다

—— 他鄕에서 온 學生은 勿論이려이와 一般 學窓生活에 高尙한 美化가 잇슬 것인 즉 쓸쓸한 敎室과 嚴肅한 校庭에 각금 無限한 藝術의 香氣를 늣길 것이니 이것은 後日에 생각할 때 "젊은 녯날의 자미잇는 追憶"을 자아내는 것이다.

七. 學生劇은 眞正한 新劇의 同伴者이다

一般 劇界를 振興식히는 刺戟이 될 것은 勿論이로되 知識 程度로서 精神的 同情心으로 보아서 新劇을 가장 理解해 줄 사람은 學生일 것이요 또한 가장 純眞한 支持者일 것이다.

八. 學生 英語劇은 語學工夫의 조흔 手段이다

모든 學生이 時間과 努力을 만히 들여 苦痛을 밧는 語學 中에도 問題가 가장 만흔 —— 그리고 또한 가장 必要한 —— 英語學習의 效果를 생각할 때 英語劇의 實演은 積極的으로 主唱하고저 하는 바이다. 그 效果는 큰 것이다.

×

簡單하나마 學生劇의 立場과 效果를 代表的으로 命題化하야 分解하면 大畧 以上 八個의 範圍에 잇는 것이다.

鄭鎭石, "朝鮮 學生劇의 分野(上)", 『조선일보』, 1931.11.29.

一. 緖言
二. 民衆 敎化로서
三. 趣味
四. 眞實한 劇 運動으로서

一. 緖言

가장 綜合이며 事實的이오 通俗的인 만큼 社會와 文化運動의 斷然한 一翼的 任務를 다하야 世界思潮에 刮目할 만한 派流를 形成하고 잇는 것이 現下 世界의 演劇運動이다.

오즉 單純한 娛樂機關의 하나이오 低級한 敎化의 材料로밧게 生覺되지 못하엿든 在來 朝鮮의 演劇運動도 關心者 自體의 內在的 努力과 함께 再上되여 가는 本質的 價値와 이에 反應하는

大衆의 支持圈의 擴大로 말미암아 微弱하나마 어느 程度의 分明한 發展을 보여 주고 잇스니 級數的으로 浮沈하는 劇團의 出現이며 學術的 硏究의 增加와 이에 따르는 文獻의 보임이라든지 다시 學生 中心 또는 純然한 素人의 劇運動이 地理的으로도 相當한 進展을 보여주고 잇는 事實 等이다.

本是 朝鮮은 演劇의 歷史가 貧弱한 社會이다. 그야 都目演戲라든지 꼭두각씨 산듸노름 망석중놀이 等의 劇形式 圈內에 들 수 잇는 것이 업는 것은 아니엿스나 멀리 西歐民族이라든지 中國은 勿論이오 日本 舊劇의 傳統이 千餘年의 歷史를 가지고 잇다는 事實에 比較해 본다면 넘어나 微弱햇든 것이다.

그럼으로 남들이 新劇運動의 旗폭을 펴득이여

現代人의 纖細한 感覺世界를 展開하며 積極的 進出을 힘쓰고 잇슬 즈음에 우리는 비로소 劇의 樹立이 몃몃 先驅의 손으로 日本 新派劇에 憑據하야 始作되엿스니 이것이 지금은 떠나기 三十年 內外의 事實이엿다.

그 後 오날까지의 數만은 個人의 努力과 團體히 不純한 功獻은 朝鮮에도 眞實한 意味의 新劇運動이 머리를 들게 만들엇고 多數한 劇團의 이름과 아울너 熟達한 演妓까지도 보여 주게 되엿다. 비로소 우리도 世界가 問題 삼는 劇 問題는 問題 삼게도 되엿고 藝術運動으로서의 演劇의 價値며 敎化 運動을 重大視하기도 비롯한 것이다.

이러한 客觀的 追勢의 發展을 따라 學生의 演劇도 擡頭하게 되엿스니 그 重要한 外現으로 '세부란스' 醫專이 今年에 第五回 分劇의 밤을 公演하엿고

梨花女專이 第三回 演劇祭를 準備하고 잇는 것과 延專 學生의 學生劇 等이다.

그러나 이것을 한 개의 演劇運動으로 보기에는 넘어나 曖昧하리만치 大概가 行動의 根本 土臺를 構成한 學術的 研究團體의 實驗이 아니오 或은 校友會 或은 學生會 或은 親睦會의 이름으로 表現된 것이엿든 만큼 何等의 統一된 理論的 展開나 研究的 態度가 적엇든 것은 勿論이다.

이 不活潑한 發展 原因의 첫재는 當事者 自體가 學生들이니만큼 對社會 活動의 積極的 進出을 생각함이 적엇든 것이오 둘재는 一般 外部人의 關心이 特히 劇團人까지라도 學生劇運動에 對하야 그다지 重要視하지 안엇기 째문이다.

鄭鎭石, "朝鮮 學生劇의 分野(中)", 『조선일보』, 1931.12.1.

一. 民衆 敎化로서

現下 朝鮮의 敎育狀態는 各個 學校의 性質을 쌀아 모든 客觀的 畸形情勢와 竝行하고 잇스니 自我의 探索이 分明하여지면 分明하여질사록 머러지는 社會와 또는 個性과의 距離를 自醒할 째에 不滿을 밧어 가면서라도 當面한 現實 朝鮮이 學生에게 지우는 文化的 運動에 손을 대이게 되는 것이다.

準備는 實踐을 前提로 한다. 우리가 學生生活을 하는 것은 後日에 社會的 實踐을 前提로 하는 것이니 그 實踐의 主體인 社會의 急迫性을 全然 無視할 수가 업는 것이다. 現在 朝鮮의 經濟的 社會的 實情은 우리로 하여금 모든 價値를 創造하는 必要를 가지게 하려 한다.

學生의 本質이 배움에만 잇다거나 學生生活의 最大 效果는 單純한 頭腦로만 穫得할 수 잇다든가 하는 觀念的 理論이 問題가 아니다.

이에 學生의 文化的 意義가 잇는 것이다. 學生의 몸으로 民衆敎化의 前衛가 되며 農村振興의 指圖를 보여야 한다. 大衆藝術의 普及運動도 必要하며 言論出版의 啓蒙的 役割도 하여야 하는 것이다.

現在 朝鮮에 校內에 잇서서 校內에 一定한 部署를 定하야 對外的 活動을 하고 잇는 것은 出版部 雄辯部 音樂部 美術部 等을 둘 수 잇스나 本是 몃치 되지 안는 專門 以上 程度의 學校이요 亦是 形骸 그것쁜이오 社會와 民衆에 反響식힘이 넘어나 微弱한 것이엿다. 더구나 演劇 方面에 잇서서는 一定한 部署 制定의

活動은 하나도 업섯든 것이다. 藝術家의 藝術이 民衆의 藝術로 奪還될 때에 그 一部內으로서의 劇에 잇서서도 民衆藝術로의 劇運動이 이러난 것이다.

民衆의 눈이 藝術的 藝術의 잇서서 盲目일지는 모르나 生活組織의 基礎가 되는 人間的인 藝術에 잇서서까지 無關心은 아니다.

現下 朝鮮에 잇서서 一般 民衆이 要求하는 劇은 在來의 新派劇는 아니며 構成的 藝術劇도 아니다.

朝鮮 民衆은 가장 純眞한 그들은 劇을 通하야 비로서

現在까지의 體驗과 知識의 範圍로 想定치 못하엿든 明確한 自我를 차저낼 수 잇는 것이다.

明確한 自我認識은 必然的으로 思想의 確立과 行動의 具體化를 가저오는 것이다.

가장 우리 學生劇에서 關心할 自我表現의 것은 敎化劇으로 唯一한 意義를 가진 것이다.

卽 舞臺를 通하야 社會的으로 現存한 自我를 探究하야 明日의 自我를 發見함으로써 모든 思想과 行動의 體系를 세우게 하는 것이다.

鄭鎭石, "朝鮮 學生劇의 分野(下)", 『조선일보』, 1931.12.2.

現在 朝鮮人의 智識 程度는 全人口의 八割 以上의 文盲을 가젓다. 또한 그들의 눈은 社會의 發展을 떠나 單調로운 視覺의 反復만이 잇스며 그들의 感情도 歷史的 自卑感이 固結化 된 鈍感을 形成하고 銳敏한 藝術心理는 그들과 머러진 지 임의 오래다.

여기에 學生劇運動의 任務가 잇다.

그 具形的 世相의 報告 物質 精神界의 諸相은 無識한 그들에게 잇서 **理論的** 因果問題의 머리 아픈 說明보다 數倍의 深刻한 效果가 잇슬 것이다.

또한 朝鮮의 數十萬 學生 더구나 數千 專門 程度 以上 學生에게 잇서서는 各其 地方的으로 偶然히 被選된 幸運者이다. 自己 地方을 中心으로 이만한 敎化運動에 努力한 義勇도 잇는 것이며 經濟的으로도 極히 容易한 일일 것이다.

우리는 在來劇에 對한 歷史的 惡感과 似而非 劇人들이 망처 노흔 一般民衆의 劇에 對한 本質的 誤解를

藝術의 眞正과 誠實된 方法으로 解疑식힐 任務가 잇다.

一般의 根本的 信任을 가진 學生의 몸으로는 이 또한 容易한 일일 것이다.

眞實한 劇運動으로서

演劇運動이 人間社會의 眞正을 探究하랴는 科學的 思想體系를 包含한 것이라면 우리는 現實 朝鮮의 現狀을 把握하야 劇 自體 요는 그 本質上 거의 障碍 밧지 안을 可能性을 가진 것이다.

朝鮮의 演劇運動은 다른 文化 쏘한 劇을 要求하는 民衆을 對象으로 하여야 하며 同時에 物質的 營利를 問題 삼지 안는 社會的 藝術的 使命을 正當히 實踐할 수 잇는 同志의 合同體라야만 될 것이다.

이 點으로 보아

學生劇 研究部의 活動은 가장 正當한 것이며 一般 劇運動 不振의 原因은 構成하고 잇는 諸 問題에 잇서서도 學生劇運動으로서 運動 部門에 잇서서나 맛찬가지로 經濟的 不安定이 그 不振의 重要한 原因을 造成하고 잇스니 이에 싸르는 劇團의 短命과 營利化 舞臺人의 思想的 流動 頹廢的 生活樣式 等이 그것이다.

朝鮮에 잇서서 劇團이 元來 營利機關으로 組織된 것은 勿論이오 大衆敎化와 文化運動의 任務를 自負하고 나슨 劇團일지라도 生命延長의 經濟的 要求는 大衆的 興味에 附合되는 演劇을 上演케 되는 것이다.

쏘한 한 개의 劇團이 解散될 째에 關係人의 向方은 主義와 定見을 顧慮할 餘地업시 生活保障에 威脅과 가티 無節操한 所屬을 敢行하고 잇는 것이다. 或은 映畵界로 或은 樂團으로 或은 墮落과 頹廢의 生活樣式을 取하는 일까지 特例라 하기에는 넘어나 만흔 것이다.

나는 이의

倫理的 評價를 나리자는 것이 아니다. 오즉 學生劇 運動으로서는 이러한 困難을 超越할 수가 잇다는 것이니 첫재로 이는 各 學校 內에 劇研究部를 設置할 수 잇는이만큼 團體 存續의 經濟問題를 써날 수가 잇는 것이며 둘재 公演에 際하야 大衆의 娛樂的 興味를 追從할 必要가 업슴으로 過大한 上演 費用을 要하지 안는 것이다. 營利的 慾求를 써나니만큼 眞實한 演劇의 當面 社會的 關係를 科學的으로 究明하야 언제나 社會의 어썬 程度의 敎化者가 될 수 잇는 것이다.

團體의 性質이

同志의 合同 研究體인 만큼 共同目標가 統一되며 個人에 잇서서 全部가 學生이니만큼 比較的 生活이 安定되야 經濟窮迫으로 오는 私生活에 惡影響이 업슬 것이다. 이에 學生劇運動은 더욱 發展이 잇는 것이다. (完)

編輯人, "讀者 作品號를 내면서", 『어린이』, 제9권 제10호, 1931년 11월호.[133]

사랑하는 애독자 제군! 우리는 매양 잡지를 꿔밀 때마다 씃업는 깃븜을 느낍니다. 그것은 우리 몃 사람의 글을 써서 여러분에게 보인다는 것보다도 여러분이 『어린이』는 다 각기 자긔 잡지거니 하고 사랑하야 읽어 주며 쏘는 이리저리하야 나가자고 정다운 의논을 하야 주는 동무가 만흔 까닭입니다. 그러기 때문에 우리 역시 이것을 우리 몃 사람의 잡지요 개벽사의 독차지한 잡지가 아니라 만천하 조선 소년소녀의 잡지거니 하고 밋습니다. 여러분이 이것을 읽어 주시지 아니하면 우리가 무엇 하랴고 그 하기 어려운 고심을 하야 가며 이것을 만드느라고 애타고 잇겟습니까. 우리가 어려운 것도 고생되는 것도 불고하고 이것을 만드는 것은 다만 여러분이 잇기 때문입니다. 여러분이 지(이상 2쪽)극히 사랑해 주시고 도아 주시고 후원해 주시고 지지해 주시는 까닭입니다. 그리고 그 까닭으로 해서 우리들도 어려운 것이나 고생되는 것을 모다 이저버리고 여러분을 위하야 이것을 만들기에 오직 전심전력하는 것입니다. 그리고 깃븜을 느끼며 힘을 느끼는 것입니다.

사랑하는 애독자 제군! 『어린이』는 여러분의 잡지입니다. 『어린이』의 잘 커 나가고 못 커 나가기도 여러분 손에 달렷습니다. 우리는 오직 여기에 잇서서 여러분의 심부름만 충실히 할 쌘입니다. 『어린이』가 잘 커 나가면 여러분이 힘을 만히 썻다는 표적일 것이고 만일 잘못 커 나간다면 그것은 여러분의 성력이 부족한 탓이 될 것입니다. 『어린이』의 책임은 우리에게도 잇거니와 여러분의 등에도 짐이 지워저 잇는 것을 깨다러 주십시요. 그리고 이 아프로의 길에 더욱 그러한 줄을 기피 깨다러 주십시요.

독자 작품 특집호! 긔위 시작한 것이니까 이번에 내기는 냅니다마는 그런 특별난 이름을 부칠 필요가 아프로는 업다고 생각합니다. 언제든지 독자

133 '編輯人'은 이 당시 『어린이』의 편집을 맡은 신영철(申瑩澈)로 보인다.

에게 개방하겟습니다. 몃 사람의 이름 난 분들의 글만 실커나 몃 사람의 오락 긔구는 결교[134] 만들지 안켓습니다. 조흔 글만 만히 보내 주십시요. 이번에는 어쩐 일인지 만족한 작품이 그러케 모여지지 못한 것을 매우 섭섭히 아나 그러나 아프로는 만족한 작품이 반드시 만히 모혀지리라고 쏙 밋고 잇습니다.(이상 3쪽)

그런데 긔왕 작품 이야기가 난 길이니 한마듸 써 두겟습니다.

요새 소년 작품을 보면 쏙 두 가지 조류(潮流)가 흘러 잇습니다. 고읍게 고읍게만 지으랴고 애타는 작품과 힘차게 억세게 지으랴고 노력하는 작품 그 두 가지입니다. 그리하야 고읍게 지으랴는 작품은 문득 죽은 어머니 생각, 간도 간 동무, 별아씨의 눈물ㅅ소리가 반드시 나오고 힘차게 지으랴는 작품에는 부자놈 지주영감 월사금 못 내여서 퇴학당하고 주먹 쥐여진 이야기가 나옵니다. 다 각기 보는 바 생각하는 바가 달른 바에야 어찌 쏙 자긔 생각과 가튼 작품만 나오기를 바라겟습니싸마는 우리는 그 만흔 작품을 읽을 때마다 조선에는 웬 어머니 업는 소년이 그리 만코 간도 간 동무가 그리 만코 눈물이 그러케 만흔지 참말 싹해 못 견될 때가 만흡니다. 제발 그 죽어 가는 소리는 좀 하지 마십시요. 어머니가 불상이 죽엇스니싸 자식도 눈물만 흘리다가 싸러 죽어야 올켓습니싸. 별이 쌴쌱쌴쌱 빗날 때 무슨 새 광명이 비치는 것 갓지는 안코 슬픈 사정 잇는 색씨가 눈물 흘리는 것처럼만 보입니싸. 제발 그런 소리는 그만두기로 합시다.

쏘 한편에는 피 끌코 주먹 드는 작품입니다. 힘차 보이고 긔운 잇서 보이는 편으로 보면 장이 미덤썽이 잇는 것 가트나 실상은 그러케 끌치도 안는 피, 그러케 쥐지도 안흔 주먹을 보기에만 끌는 체 쥐는 체하는 헛피 헛주먹이 만흔 것 가틉(이상 4쪽)니다. 그런 멋모르고 날쒸는 헛긔운의 작품은 그러케 찬성하기도 어렵거니와 쏘는 검열할 때에 통과되지도 안습니다.

그러기 때문에 우리는 헛우름 헛눈물의 작품도 요구하지 안커니와 쏘는 헛피 헛주먹의 작품도 그러케 바라지 안습니다. 다만 케케묵은 과학적 아닌

134 '결교'는 '결코'의 오식이다.

헛소리 헛리론을 버리고 오늘 시대 또는 오늘 조선 소년의 현실에 비처서 그들의 압길에 새로운 길을 가르처 주고 새로운 국면(局面)을 열어 나가기에 필요하고 유익한 작품을 내여 가장 근실하게 가장 튼튼하게 헛긔운에 날뜨지 안코 헛공상에 빠지지 안코 오직 참다웁게 나갈 수 잇는 그러한 작품을 요구합니다. 그리고 그것이 우리의 올흔 길이요 또는 그 박게 길이 업는가 합니다.

만천하 애독자 제군! 미적직은한 말일는지는 모르지만 우리가 제군에게 바라는 바는 그것이요 또는 본지를 혁신하엿다는 것과 아프로 취할 길도 역시 그것입니다.

새로운 것!

참다운 것!

그것입니다. 그러케 『어린이』를 키워주시기 바라며 아페 독자 제군의 작품을 소개하기로 합니다.(이상 5쪽)

李東珪, "童謠를 쓰려는 동무들에게", 『新少年』, 1931년 11월호.

나도 決코 優越한 立場에서 이 글을 쓰려는 것은 아니다. 동요를 쓰려는 동무 그리고 지금 쓰고 잇는 동무들에게도 忠告的으로 이 글을 읽어 달나고 하야 쓰는 것이다.

까닭에 童謠論을 쓰는 것도 아니요 다만 조고마한 感想 비슷한 것을 말하고 십다.

近來 새로히 童謠를 쓰는 동무들의 作品을 보면 自己의 實感에서 우러나오지 못한 거짓 作品이 만타는 것이다.

이것은 童謠의 생명을 죽이는 것이며 童謠로서의 價値를 喪失케 한다. 童謠 內容에다 덥허노코 공장이니 로동자이니 뚱뚱보이니 이런 말만을 집어너흐면 그것이 푸로레타리아 童謠인 줄로 誤解하는 동무도 만타. 무엇보다도 童謠에는 眞實味가 잇서야 한다. 억제로 짓는 作品 그것은 假ㅅ자 동요밧게 못 되는 것이다. 우리들이 每日 보고 듯고 늣기고 하는 데서 우리는 만히 우리들의 노래 될 재료를 엇을 수 잇는 것이 아닌가? 우리(이상 14쪽)는 늣긴 바를 正直하게 노래하자는 것이다. 가을밤 하날에 달을 바라볼 때 봄 동산에 꼿을 볼 때 "아! 밝은 달이여" "아— 아름다운 꼿!" 하는 이것이 가난한 동무들에게 잇서서는 거짓인 것과 가치 덥허노코 공장 누나니 싸홈을 하는이 배불뚝이니 하고 글자를 맛추어 놋는 것 이것도 역시 거짓노래이다.

우리가 少年作品에다 强熱한 푸로레타리아 意識을 注入식힌다는 것은 無理일 것이며 읽는 동무들에게 그것이 잘 消化되지 아니할 것이다. 엇던 동무는 자긔 自身이 엇더한 思想을 가젓다는 것을 編輯者에게 알니기 위하야 일부러 無謀에 갓갑다 할 만큼 어려운 말을 느어 지어 보내는 동무도 잇다. 그리고 여간 濫作이 만치 안타는 것이다. 한 편의 글을 보내드래도 自信 잇는 글을 보내며 眞實한 作品을 보냇스면 조흘 것인데 모다 內容을 解剖해 보면 똑 갓흔 千篇一律的의 作品을 제목만 달느게 하야 한

번의 五六篇 七八편씩 보내여 그중에 나은 것을 내여달나고 한다. 그들은 다만 自己 作品이 發表되는 것만을 바라는 野心밧게 가지지 아니한 것이다. 그리하야 이러한 野慾은 드듸여 投稿狂을 만들게 하고 잡지의 主義에 따라 作品行動을 하는 卑劣한 동무을 낫게 한다. 이들의 짓는 것은 勿論 眞正한 푸로 童謠가 아니다. 그리고 이런 동무들은 여간 얄믜운 것이 아니다. 『新少年』에는 『新少年』 雜誌의 뜻을 밧처 쓰고 다른 잡지에는 亦是 그 잡지의 主義를 맛추어 쓴다. 그런 것은 우리들이 다 볼 수 잇는 것이다. 이 잡지에도 일음이 잇고 저 잡지에도 일음이 잇는 것을 우리는 여러 번 본다.(이상15쪽)

그리고 나나 人身攻擊을 하고 십지는 안타마는 얼마 前에 우리 童謠壇에서 일홈을 날니든 趙××이라면 동무들은 알는지 모른다. 그 동무는 한참 푸로 동요를 쓰며 푸로 童謠作家의 탈을 쓰고 수만흔 無産少年大衆을 롱낙하엿든 것이다. 그가 오늘날 變節漢이 되여 곰팡내 나는 封建的 詩調 부스럭이를 뿌로조아 新聞에 發表하는 것을 우리는 본다. 그가 眞正한 푸로 作家이엿다면 결단코 오늘날 이런 일이 업섯슬 것이다. 眞正한 계급의식의 把握者이라면 그런 變節이 잇슬 니 업다. 그는 한때 自己 作品을 실니고 십흔 불갓흔 野心에서 거짓 탈을 쓰고 橫行하엿든 것이다. 그리하야 그것이 眞正이 아니엿고 一時의 假裝이엿든 까닭에 얼마 아니 되여 그의 탈은 벗겨젓스며 긔여히 正體를 낫하내고 마럿다는 것이다. 이것은 決코 趙 하나만을 말하는 것이 아니다. 지금도 나의 눈에는 그런 것들이 만히 보인다. 그들은 우리들의 精神을 冒瀆하는 자이닛가 우리들은 徹底이 排擊하야 우리 陣營 內에서 逐出하지 안으면 안 된다.

그리고 요새 다른 作品을 모방하여 쓰는 傾向이 만으며 덥허노코 漠然하게 激勵와 叫呼의 文句만을 羅列식혀 놋는 이들도 만타. 지을 때 너머 興奮된 感想을 가저서는 참된 글을 쓸 수 업는 것이다.

藝術이란 自己가 늣긴 感情을 다른 사람에게 傳하며 同時에 思想을 感染식히는 手段이닛가 童謠藝術에 잇서서도 이 原則으로부터 버서날 수도 업다. 까닭에 우리는 童謠藝術을 通하야 우리들의 思想과 感情을 여러 사람

에게 感染식힌다.(이상 16쪽)

童謠을 쓸 때 自己가 所屬되여 잇는 立場 즉 土臺를 떠날 수는 업다. 갓흔 꼿을 보아도 보는 사람의 늣기는 感情은 다르다. 갓흔 꼿이라도 슲은 사람에게는 그것이 슲으게 늣겨지고 깁분 사람에게는 그것이 깁부게 늣겨진다. 그러면 그 사람에게는 꼿을 볼 때 거긔서 이러나는 感情 外에 그것을 슲으게 또는 깁부게 決定하는 根本 原因이 잇슬 것이다. 배곱하 우는 아해에게는 작난감을 주어도 우는 것가치 배곱흔 사람에게 보이고 늣겨지는 꼿은 결단코 깁부게 낫하나지는 아니할 것이니 이것으로 보아도 우리는 가난한 그 동무들이 "푸른 하날 은하수" 하고 노래 부르며 쓰는 그 정신의 거짓됨을 알 것이다. 그렂타고 우리는 노래를 지을 때 墮落的 自暴自棄的이여서는 안 된다. 그것은 읽는 사람의 이러날냐고 하는 마음을 絶望의 구렁이로 引導케 하는 外에 아모 役割을 못하는 것이며 또 우리들은 압헤 希望이 업고 進路가 업는 것이 아니닛가 自暴的의 글을 쓸 原因이 업는 것이며 따라 나아갈 길을 가라치고 가라안진 마음을 격공식혀야 하며 팔자에만 미루고 運命만을 생각는 그 마음을 잡아 깨여 이르켜야 한다. 그러치만 우리는 童謠 그것만에 이 큰 役割을 强要하는 것이 아니다. 언제든지 이러한 意圖 아래 글을 지어야 한다. 그러닛가 無理하게 强熱한 意識을 注入할냐고 애쓰는 그것은 結局 큰 效果도 낫하내지 못하며 읽는 사람도 意味조차 解釋지 못하게 된다. 相對層이 兒童인 만큼 意識의 水準도 거긔 比例하야 얏허야 할 것이다. 먼저 말한 바와 가치 童謠論을 쓸냐고 한 것(이상 17쪽)이 아니엿고 너머 억제로 童謠를 쓰는 동무들이 잇슴으로 忠告하려고 붓을 드렀든 터임으로 範圍를 좁게 잡아 쓰려고 한 것이 이러케 커젓다. 그리고 우에 쓴 말이 너머 弱하게 된 것을 용서하라.

다시 말하고 십흔 것은 반듯이 "공장" "로동자" "뚱뚱보" 이런 말을 너야 그것이 푸로 童謠라는 것이 아니며(그러타고 그런 文句를 使用치 말나는 것은 아니다) 眞實味가 잇고 좀 새로운 맛이 잇는 것을 쓰기 바라며 작고 새로운 境地를 開拓하는 것도 童謠 作家의 임무이닛가 槪念에 흘은 똑갓흔 똑갓흔 따위에 글만을 짓지 말고 좀 새롭고 씩씩한 길을 열어 보자는 것이다. 八九月號의 尹在舜 君의 「나무꾼」 이것이 代表的 作品이라는 것이 아니라 나는 다른 感情도 업는데 억제로 푸로 동요로 만드러 노은 作品보다 얼마큼 實感的이라는 것이다. 그는 나무꾼의 생활 그것을 無理 업시 잘 表現햇다고 나는 본다.

더 할 말 업서 이만 붓을 놋는다. 다 가치 硏究하고 힘써 주기를 빈다.

(이상18쪽)

新少年社, "兒童藝術硏究會의 誕生과 우리들의 態度", 『新少年』, 1931년 11월호.

九月 十七日 우리는 新聞紙上으로 兒童藝術의 硏究와 製作 및 普及을 目的으로 〈新興兒童藝術硏究會〉가 創立되엿다는 消息을 接하엿다. 至今까지 우리에게 그만한 機關이 업섯슴이 퍽 遺憾이엿섯스며 이러한 機關의 出生의 必要를 늣겻든 것도 事實이다.

『新少年』의 立場이 絶對 勞農少年들 層에 잇고 그 機關이 少年藝術에 關한 것인 만큼 우리로서는 無關心할 수 업는 것이다.

그리하야 우리는 雙手로 그의 出生을 歡迎하는 同時에 冷靜한 態度를 아니 가질 수 업다. 目的의 眞實한 正體를 汲取할 수 업는 該會의 하는 일이 將次 엇더케 그리고 얼마큼 우리 勞農少年들에게 效果를 줄지 그것은 그들의 事業의 實現을 보지 안코 우리는 斷言할 수 업는 것이다.

그리하야 우리는 어서 그 會의 成果의 낫하나기를 渴望하며 過去의 經驗과 今後의 警戒로도 이런 機關의 出現을 冷靜히 批判할 必要에 닥드려지는 것이다.

果然 우리들의 압헤 엇더한 事業을 보여줄지 엇더한 役割을 할지 우리는 嚴格하게 冷靜하게 無慈悲하게 兒童藝術硏究會의 活動을 監視하며 批判하자!(이상 19쪽)

孫桔湘, "『新少年』 九月 童謠評", 『新少年』, 1931년 11월호.

我等의 兒童文壇은 엇더한가. 進步的이냐 退嬰的이냐. 勿論 期日을 經過할사록 過去보담 作品 生産이 質로 量으로 보아 發展的 過程에 잇다는 것이다. 그리고 産出된 그 作品의 意識的 傾向이 엇더하냐. 過去의 封建的 自然主義的 所謂 藝術至上主義的 뿌르文壇 分野에서 科學的 唯物的 푸로레타리아文藝 戰野로 多少 轉換的 傾向을 보여주고 잇다. 이러한 發展期에 잇는 우리들의 文壇에 近來에 作品을 評定하여 주는 이가 한 사람도 업다. 過去에는 兒童文學에 關心을 하는 旣成文人들이 多少 作品의 評價를 해 주엇스나 近日에 와서는 一切의 就筆을 中止하고 잇스니 作家로서 大端이 섭섭이 생각하는 바에 익숙지 못한 手法으로써 첫 試驗的으로 『新少年』 九月號 童謠評을 써 보기로 하엿다.

童謠 「비나리는 날」 金明謙, 孫赤波 作

作家는 이 作品에서 多小의 資本家 地主階級과 小作人 게급의 生活狀態를 表現하엿스나 槪念的으로 흘너 바렷다.(이상 34쪽)

"넓은 들도 진흙바다 되여버려요" 하는 진흙바다라는 것이 이상하며 "담놉흔 집 방속에는 낫잠만 자고 도지 바들 걱정부터 하게 되는데"가 이 作品을 살녓다고 할가 좀 現實的 根本問題로 드러가자.

童謠 「나무꾼」 尹在舜

表現이 조타. 木童의 生活 그대로이다. 우리들은 수양버들 밋헤 노는 돈 잇는 권세 잇는 아해들을 부러워 말자. 우리들은 질거운 내일이 잇스니.

"나무 베일 나인 때문에"라는 곳에 무산 兒童이 하지 아니하면 아니 되는 勞働을 말하엿다. 作家여 좀 더 前進하야 우리들의 싸홈을 노래하자!

少年詩 「고깃배를 기다림」 姜聖九

왜 그들은 늙은 병든 어버이를 두고 떠나지 아니면 아니 되엿나? 이 社會의 必然的 恐慌에 急速度로 生活 상태가 파멸하기 때문이다. 作家는 ××한 무리와 싸우며 하는 말에 我等의 투쟁을 表現하려 하엿스나 抽象

的이엿다.

少年詩「農少年」 吳庚昊

마젓다. 그러타. 農少年의 手足은 人間의 生命이다. 亭子 밋헤 잠자는 그들을 식혀 보라. 그 확확 끌는 太陽 밋헤서 일을 못해 날 것이다.

童謠「말과 소」 李東珪

그 牛馬의 身邊을 조곰도 生覺지 안으며 自己들의 利益을 위하야 그들은 일을 식힌다. ×× 당하는 로동자 농민의 生活을 表現하엿다. 끗헤 "어서 나는 다라나고 십다"는 것보다도 반항的 一句로 끗을 매젓드라면 하는 생각이 잇다. 李 君은 푸로레 文壇의 가장 勇敢한 투사이다. 좀 더 躍進을 빈다.(이상 35쪽)

童詩「어머니와 아들」 林春峰

공장의 勞働少年이여 悲觀하지를 마라. "왼 하로를 더운 불길 압헤서" "몸이 弱해진다고 감독에게 빰을 맛는다고" 우리는 빰을 마즐 때마다 강철가튼 ××的 ××的 意志를 强化식혀야 할 것이다. '차라리 죽느니만 못하다'고 얼마나 弱한 소리냐.

童謠「언니게서 온 편지」 金月峰

언니게서 異常한 먹기동을 세운 片紙가 왓다. 왜 글을 쓰지 못하고 먹기동을 세워 暗示하지 안으면 아니 되엿나. 月峰이여. 그 편지까지도 自由롭지 못한 것을 보고 何等 그들에 대한 感情이 업섯든가.

童謠「여름밤」 宋鐵利

이것도 低級한 農民의 生活狀態이다. 過去에 잇서서 얼마나 이러한 노래를 불너 왓슬가. 좀 躍進하야 참된 우리의 노래를 지어 보자.

童謠「배타고 가는 아버지」 李聖洪

우리들은 생명을 위하야 위험한 것을 알면서도 海上에 배를 띄우지 아느면 안 된다는 것이다. 별 신통한 作品은 아니다.

童謠「너름」 金明謙

압헤 잇는 尹在舜의 「나무꾼」과 거반 갓흔 뜻이며 별것 잡을 만한 대가 업다.

童謠「소곰」 尹在弼, 尹在舜

貧寒한 家庭을 生覺한 것이나 無味하다. 우리들은 모든 것을 생각할 때에 좀 똑똑하게 구석만 생각지 말고 그 全體를 原因을 생각해 보자.

童謠「우리들은 숫 뭇는 아희」 金月峰

破滅의 過程을 밟고 잇는 生活狀態 都市에서 農村으로 또 다시 無人地境의 山中으로 우리는 밀녀가지 아느면 아니 되(이상 36쪽)엿다. 좀 새로운 감이 잇스나 쓸데업서 길게 벌녀 노앗다. 끗헤 "산에서도 인제 뭉칫네" 하고 집단的 民衆을 말하여 노코 何等의 意識的 集團的 行動의 意思表現도 업슴이 섭섭하며 全文을 通하여 읽기가 어색하니 공연이 글짜를 맛출냐고 애를 쓴 모양이다.

童謠「듯기 실타」 朴衡壽

유한계급의 享樂的 遊戱器. 그러나 굼주린 우리들에게는 그런 노래가 滿足은커녕 도로혀 귀 압흐게 미웁게 되엿다. 皮肉的이며 자미잇다.

童謠「放學이 되면」 崔隱鄕

우리들은 無知한 農村의 少年을 敎養식히자. 그래서 깜악눈을 띄우고 우리가 농군인 것을 알니며 할 일을 가라치자.

童謠「나의 동무」 韓柱碩[135]

無味하다. 興味를 끌지 못한다.

「점심 시간」 花石山人

「大地와 싸우는 마음」 尹池月

우리들은 恒常 悲觀的 哀傷的 氣象을 버리고 勇敢한 긔상을 가지자. 점심시간 벤도를 안 가저왓다고 눈물 흘니지 말자. 大地와 싸우는 마음에는 悲관的 哀傷的 氣分을 늣겻스나 우리들은 항상 立場을 생각고 活潑하게 우리의 노래를 부르자.

---

135 '韓柱項'의 오기다. 『신소년』(1931년 9월호)의 본문에는 활자 '項'이 깨어져 판독이 불분명하나 목차에는 '韓柱碩'이 아니라 분명하게 '韓柱項'이라 되어 있다. 일제강점기 '韓柱碩'이란 이름으로 작품을 발표한 사람은 없고, 『조선중앙일보』, 『매일신보』 등에 함경남도 북청군(北靑郡) 출신의 '韓柱項'이란 이름으로 작품을 발표한 예를 다수 찾을 수 있다.

「農村夜學生 登校曲」 李昌鉉

참으로 광이 호미를 벗을 삼고 일하는 동무 배움의 주린 農村少年의 부를 노래다.

「두 동무」(朴映河 金斑均) 「두 언니」(朴在德) 「떨어」(徐性浚) 「자동차」(金振鎔)

모다 平平凡凡하다. 新興的 氣分을 多小 엿볼 수 잇스나 모다 이럿타 할 만한 것이 업다.

×

九月號의 童謠는 모두가 過去의 時代遲한 小뿌르的 分野로부터 飛躍하며 새로운 意識的 傾向을 보여 주엇스나 全部가 抽象的으로 드러가고 말엇다. 作家들이여 具體的으로 活躍하기를 빌며 또 다음을 期하고 붓을 놋는다.(이상 37쪽)

崔靑谷, "(時代와 나의 近感)童話에 對한 近感", 『時代像』, 제2호, 1931년 11월호.

"『時代像』이 指定한 題目을 내여주며 쓰라는 附託! 몃 番이나 拒否하여도 쓰라는 再三 附託! 그러나 내여 세운 題目과 가티 이지음에는 잘 볼 수 업고 보기에 드믄〳〵한 童話에 무슨 感想이 잇슬 것이냐마는 몃 줄 쓰겟다."

1. **童話 發表 數는 完全히 줄엇다.**

童話의 發表는 少年雜誌와 新聞 學藝面을 떠나서는 잘 볼 수 업슴은 事實이나 新聞紙上은 좀체로 童話가 드믄〳〵함으로 問題가 안 되나 아직까지도 그 發行을 보게 되는 雜誌 『어린이』와 『별나라』를 들처보와라. 겨우 한두 편에 끗치는 것을 그나마 한두 편의 童話라 한들 그 內容의 批判을 加하고 십지 안타! 三○年度보다도 今年에 들어와서는 더욱 發表의 數가 적음을 自己로서는 遺憾으로 生覺한다.

遺憾으로 生覺하는 反面엔 압흐로 眞正한 "우리들의 童話!"가 製作 發表되리라 밋고 再進出를 爲한 敗北(準備?)이라고 밋겟다.

그러나 어느 程度까지 期待된 童話가 製作 發表될 것인지 두고 보면 알겟다.

2. **그 發表 爲主가 준 것은 큰 收獲이다.**

譯을 한 童話를 發表하면서도 創作童話다! 이미 發表된 남의 童話를 뻔〻하게 自己의 童話처럼 編輯者를 속여 發表되는 童話! 무엇인지 알 수 업는 것을 가지고도 童話라고 하든 一單 發表 本位의 童話家가 이지음 現狀(다 그러타 함은 안임)으로 보와 完全히 줄어진 것은 차라리 童話가 民衆에게 供給이 안 되여도 큰 收獲이라 안이 할 수 업다.

3. **雜誌 編輯者의 不當性**

雜誌 編輯者로서는 그 社 그달의 方針과 境遇에 딸아 그 編輯方法이

달을 것이다만은 한 가지 遺憾되는 것은 作品의 內容보다 定한 頁를 채우든 感이 만어 오든 中 近者에 와서는 더한層 不快한 感이 든다.

雜誌 編輯者의 그달 그달의 手苦야 누가 몰으것이냐만은 頁 채운 것이 엇지 눈에 띄우지 안으랴. 朝鮮은 特殊한 地帶이라 文化事業에 任務인 雜誌는 오즉 파는 雜誌라느니보다 읽키는 雜誌가 되여야 한다.

그리고 雜誌에서 童話를 볼 수 업슴은 우에서 말한 事情 以外에 싼 事情이 잇는지는 몰은다만은 日本 少年雜誌 中 少年俱樂部流의 風도 업다고 못하겟다.(이상 10쪽)

金永八, "(時代와 나의 近感)放送 片感", 『時代像』, 제2호, 1931년 11월호.

곰팡내 나는 말을 빌어서 말하면 "세월도 빠르기도 하지. 내가 放送局에서 JODK를 불너온 지가 五個 星霜이 되엿고나" 하는 것밧게는 아모 이럿타고 말할 것이 업다.

勿論 말노는 쉬웁지 그야 내 나희 三十인대 그中의 五年이라는 것이 그다지 오랜 것도 안이요 오래다는 생각도 가저보지도 안는다. 그러나 三十안의 五年 —— 빗나는 靑春 그中에도 쏫다운 靑春期의 五年이라는 것이 決코 우수웁게 넘기일 五年도 안이다. 그러한 쏫다운 靑春期의 五個 年間을 나는 JODK의 노래로 맛치고 마럿다.

◇

생각하면 放送局에 드러와서 果然 아모것도 한 것도 업다. 妓生아씨의 紹介 五年間이 나의 生活이엿든가? 하는 생각도 잇고 前日의 나의 抱負(別抱負도 업섯겟지만)를 그나마도 아조 석히여버린 것이 五年間의 生活이엿든가를 생각할 째에 나는 이제 새삼스럽게 感情無量할 짜름이다.

怪物과 가튼 마이크로폰은 나의 둘도 업는 伴侶物이오 貞洞 白堊館은 나의 보금자리로 五年間에 그래도 나의 조그마한 良心은 朝鮮 音樂을 復活케 하고 振興케 하자는 실 가튼 이 마음이 家庭에서 드러서 과이 辱되지 안을 音樂을 찻기에 努力도 하엿고 냇 다네는[136] 活躍도 하엿다.

그래서 屋外放送을 하여 보겟다고 힘도 써 보고 朝鮮의 宮中樂도 民間에 紹介하여 보앗다. 歷史談도 紹介하엿고 朝鮮樂을 日本에도 紹介하여 보앗다.

◇

이리하야 五年을 보냇다. 그만하면 怪物인 마이크로폰과도 親하엿슬 것

---

136 '냇 다네는'(내 딴에는)의 뜻이다.

이지마는.

그래도 엇제 그런지 그놈만 대하면 가슴이 두군〳〵 안이 먹은 술이 취하야 맛치 處女가 사랑하는 사람과 맛낫슬 때와 조금도 다름업는 感情을 가지게 된다. 더욱이 屋外中繼放送을 할 때 엽헤 사람이나 만이 서서 말하는 나의 얼골이나 치여다 보는 때에는 얼골에서 쥐가 오를 듯하다.(勿論 나야 수접어서 그럴 것이지만?)

◇

이라하야 나의 生活은 五年間을 지낫다. 同情할 點도 同情할 수 업는 點도 이 生活을 이러케 하고 잇는대 어느 때 그 怪物과 離別할는지 그것도 保障할 수 업시…………………… 끗(이상 7쪽)

“京城保育 綠羊會의 童謠童劇의 밤－本社 學藝部 後援으로”, 『조선일보』, 1931.12.3.[137]

어룬이나 어린이나 자미잇슬 순서로 이달 팔일 밤
공회당에서 개최

시내 경성보육학교(京城保育學校) 〈록양회(綠羊會)〉 주최와 본사 학예부 후원으로 이달 팔일 오후 칠 시에 시내 장곡천정공회당에서 동요, 동극(童謠, 童劇)의 밤을 개최하기로 되엿는데 경성보육학교 학생의 총출동과 작곡가와 일류 악사들의 출연으로 아래와 가튼 자미잇는 동극과 아름다운 동요 등이 잇는 바 조선에서는 이러한 모임이 처음인 만큼 이채를 띠우리라 더라.

開會辭

一. 齊唱	一年生 中
A. 고드름　B. 옥토끼　C. 단풍닙	尹克榮 曲
二. 獨唱	金奎烈
A. 씨 하나 뭇고　B. 스무하로밤	朴泰俊 曲
三. 遊戲	甲子 園兒
四. 童謠遊戲	二年生 中
A. 버들피리　B. 개고리	
五. 對話童謠	一年生 中
푸른 羊과 헐버슨 나무	鄭淳哲 曲
六. 園兒童謠	金永福[138]

137 이 글은 아동문학 비평문과 직접 관련이 없으나, 녹양회 공연에 대한 비평문이 이어지고 있어 전후 사정을 이해할 수 있도록 하기 위해 수록하였다.

138 '金元福'의 오식이다. 아래도 같다.

A. 어미새　B. 애 보는 애기　C. 암닭 세마리

D. 버들피리　E. 코기리 코　F. 노루　G. 힌그림

H. 고양이　I. 감나무 미테 원숭이　　鄭淳哲 曲

七. 外國童謠　　鄭淳哲

A. 五月아기씨(佛)　B. 새벽닭(露)　C. 썰매(보헤미아)

D. 에스키모 애기(에스키모)　E. 줄넘기(캐나다)

F. 고양이(英)　G. 별(英)　H. 심술쟁이(英)

八. 童劇 「허수아비」(一幕)　　二年生 中

登場人物　繼母, 少女, 허수아비, 참새, 아버지　　鄭寅燮 作,

鄭淳哲 曲

第二部

一. 齊唱　　一年生 中

A. 고향한을　B. 잠자는 미럭님　　朴泰俊 曲

二. 律動

A. 곤도라　B. 비올라

三. 獨唱　　朴今禮

A. 늙은 잠자리　B. 눈　C. 도라오는 배　　鄭淳哲 曲

四. 童謠 童話(초ㅅ불)　　金福鎭

五. 獨唱　　金永福

A. 봄노래　B. 진달네　C. 녯이약이

D. 가을나비　E. 굴뚝쟁이　　鄭淳哲 曲

六. 外國 자장가　　鄭淳哲 曲

佛, 獨, 아메리카 人支, 印度, 켈트人

七. 童話劇 「破鍾」(四幕)　　二年生 中

登場人物　王, 侍女 二人, 鑄工, 道師, 母, 少年,

隣家女 三人, 女王, 王女, 侍女, 엿장수, 村長　　鄭寅燮 作

入場料　壹圓・五十錢・學生 卅錢

"京城保育 綠羊會 主催, 童謠童劇의 밤-어린이의 세계를 보라, 明八日 長谷川町公會堂에서…", 『조선일보』, 1931.12.8.

긔보한 바와 가티 경성보육학교 록양회(京城保育學校綠羊會) 주최와 본사 학예부(本社學藝部) 후원으로 명 팔일 밤(明八日) 일곱 시에 경성공회당(京城公會堂)에서 열리는 제일회 "동요동극의 밤"(第一回童謠와 童劇의 밤)은 과연 아동교육계와 일반사회에 큰 센세이슌을 일으키여 당야의 성황은 물론이려니와 주최 측에서는 장소의 협착을 념려하야 좌석을 더 준비할 터이며 당야의 프로그람은 본보에 이미 보도한 바 금번 특히 조선서는 처음이라고 할 만한 여러 가지 자미잇고도 새로운 순서인데 동요(童謠)에 잇서서도 이때까지 전연 도라보지 아니한 유아동요(幼兒童謠)와 또한 외국아동이 가장 조와하고 불으는 각국 유아동요와 "외국 자장가"가 가장 인긔를 끄을 모양이요 그 외에 새로운 형식의 하나로 대화동요(對話童謠)가 귀엽고도 재미스러운 어린아기의 동요동화(童謠童話)가 잇다고 한다. 그리고 동요의 출연자로는 록양회 회원인 경성보육학교 학생 이외에 조선에 잇서서 일류의 녀 피아니스트 김원복(金元福)이 원아동요(園兒童謠)를 독창할 모양이고 "외국동요"와 "외국 자장가"는 동요 작곡게의 권위 정순철(鄭淳哲) 씨가 역시 독창한다 한다. 그리고 동극에 잇서서는 조선서 처음이라 할 수 잇는 정인섭(鄭寅燮) 씨 작 동요극(童謠劇) 「허수아비」는 이 극을 통해서 현재 조선 가정의 어린이의 비참한 생활과 또는 조선현실이 이 헐버슨 「허수아비」와 가튼 말 못할 설음에 울고 잇는 것을 상징한 일막극이요 다음 역시 정인섭 씨 작 「파종(破鍾)」은 신라(新羅) 시대의 유명한 「어밀내종」 전설을 제재로 하야 쓴 사 막(四幕)극인 바 이 극에서는 과거의 퇴패된 사회에서 갑 업는 권세와 시위 때문에 얼마나 만흔 생명이 희생되여 잇스며 그중에도 아모 죄업는 어린이가 권력 때문에 희생이 된다는 것은 그 사회의 멸망을 의미하는 것이요 이 어린이를 싸고도는 당시 사회와 모성애를 그려 내인 실로 침통한 사실의 동화극(童話劇)이며 짤아서 사극(史劇)이다. 이러한 내용을 가진 이 모험을 아동교양의 의미로 보거나 또는 어른들의 아동에 대한 리해와 새로운 계몽을 넓히여 주는 점으로 보거나 실로 귀중하고도 이의 있는 모험이라 한다.

李軒求, "兒童文藝의 文化的 意義－綠羊會 '童謠 童劇의 밤'을 열면서(一)", 『조선일보』, 1931.12.6.

三一運動 以後로 朝鮮의 少年運動은 同時에 兒童文藝를 그 同伴者로 하야 啓蒙運動의 一翼的 役割을 行使해 왓다. 然而 朝鮮의 兒童文藝運動은 一九二三年의 『어린이』 雜誌 創刊으로 비롯되엿든 것이다. 그때 少年運動의 標語는 어른들 專橫社會에서 餘地업시 萎縮되여 잇는 어린 生命을 좀 더 自由롭게 또는 거룩하게 키워 나가자는 데 가장 큰 目標를 가젓스며 또는 "十年 後의 조선을 생각하자!" 하는 標語로 未來 朝鮮을 建設할 '넥스트 제너레-슌'에 對한 敬虔하고도 眞摯한 期囑을 가지고 왓든 것이다. 이리하야 朝鮮에서

所謂 兒童文藝가 樹立되여 온 지 어느듯 九個 星霜을 지내 왓다. 그러나 오늘에 잇서서 過去의 兒童文藝(그는 少年文藝엿다)를 文化的으로 또는 社會的으로 그 功過를 考察할 때 여러 가지 理由와 條件을 들 것이다. 몬저 童謠만으로 보더라도 맨 처음에는 純然한 外國童話(안더-슨, 그림 其他)의 飜譯 紹介가 故 方定煥 氏의 『사랑의 선물』을 비롯하야 朝鮮의 坊坊曲曲의 少年에게 傳播되여 少年들로 하여금 아름다운 想像과 夢幻世界에서 雀躍欣喜하게 하엿다. 그러나 이러한 外國童謠가 紹介되는 反面에 吾人은 다음과 가튼 不備를 늣기게 되는 것이다. 卽 外國童話運動이 理論으로나 實踐으로나 엇더한 經路를 밟아서 發展되여 왓스며

엇더한 文化的 乃至 藝術的 價値를 가지고 왓는가 하면 學的 硏究와 紹介가 竝行되지 못하엿다는 것이다. 換言하면 完全한 童話文學이 形成發達하지 못하엿슴으로 다음과 가튼 結果와 缺陷을 뵈여 주게 되엿다. 卽 童話文學을 兒童 自身의 心理와 生理的 發育 階梯를 따라 그네들의 "마음의 糧食"으로 提供하지 못하엿슴으로 그는 흔히 偏頗된 十三四歲의 少年少女의 嗜好에만 適應되는 境遇가 만헛스면(이것은 童謠 童話에 잇서서도 그러하엿다) 또 한가지는 例컨대 '그림' 兄弟가 이 童話를 蒐集하게 된

社會的 文化的 意義를 沒覺 乃至 等閑視햇슴으로 '그림'과 가튼 朝鮮 傳來 童話의 全國的 蒐集 硏究家가 全然 하지 못하는 結果를 根致하게 된 것이다. 卽

朝鮮 在來文化의 一部門인 童話의 遺産을 도라보지 안헛다는 것이다.

그리고 童謠에 잇서서는 童話와는 反對로 外國童謠의 紹介가 全然 缺如하엿스나 그 反面에 日本童謠가 全的으로 普通學校 兒童에게 供給되엿다는 것이다. 뿐만 아니라 새로운 童謠는 童話와 가티 十歲 以上의 兒童이 아니면 充分히 理解하지 못할 偏狹된 發達을 遂行하여 왓다. 짜라 童謠界에 잇서서는 다른 곳의 童謠의 紹介가 日本 것에만 局限되엿다는 것과 또 하나는 朝鮮 傳來의 固有童謠의 體系的 又는 全鮮的 蒐集이 업섯고 創作童謠가 千篇一律的 少年少女 童謠에 끗치고 만 傾向이 만헛다는 것이다.

그러나 童謠와 童話에 잇서서는 그래도 이러타 할 文化的 役割의 一部를 다해 와서 어느 때는 少年雜誌가 朝鮮 雜誌界의 量的 覇權을 잡엇든 일도 잇섯든 것이다마는 이러한 兒童文藝運動의 最大의 缺陷을 兒童文藝란 그 表現에 잇서서

퍽 簡素明易하며 짜라 習作的 文學 氣分의 試驗舞臺로 利用하기에 가장 容易하엿다는 理由도 잇스려니와 그보담도 兒童 自體의 理解가 全然 업섯다는 것이 가장 큰 理由이다. 卽 兒童을 充分히 理解해야 그 心理와 生理的 發育을 土臺로 하야써 가장 그네들이 조와하고 또는 그네의 感情과 意志의 發達에 適當한 兒童學의 硏究가 樹立이 업엇다 하는 것이다. 그럼으로 多少 文筆에 才能이 잇는 者는 한갓 自己의 小世界 乃至 自己의 想像(잘못하면서 幻想曲想으로 흘너)을 人工的으로 馳騁케 한 弊害를 發生식히게 된 것이다. 여기에서 吾人은 兒童世界에 對한 새로운 認識과 理解에서 出發하지 안으면 今後의 兒童敎化運動 文藝運動은 永遠히 姑息 沈滯狀態에 빠지고 말 것임을 切感하고 잇다.

李軒求, "兒童文藝의 文化的 意義－綠羊會 '童謠 童劇의 밤'을 열면서(二)", 『조선일보』, 1931.12.8.

兒童文藝를 論爲할 때 몬저 兒童問題로부터 出發하지 안으면 안 되는 것이요 또 兒童問題를 論爲할 때 兒童이란 무엇인가?로부터 始作해야 할 것이다. 그럼으로 兒童을 論爲할 때 當然히 兒童을 그 出生으로부터 生理的 有機的 發育과 生活環境이 밋치는 社會的 影響 及 兒童心理의 年齡에 依한 發展을 具體的으로 그 成長의 過程에서 精確하게 把握하고 認識하지 안으면 안 된다. 이러한

根本的 基礎的 素養이 업슴으로 해서 兒童의 全的 生活의 表現樣式인 遊戱本能을 全然 忘却하고 잇다는 것이다. 卽 兒童을 다만 感傷的 小世界의 파랑새로만 생각하고 兒童의 다른 一面 —— 快活하고도 明朗하며 恒常 行動的인 —— 을 無視하여 왓다. 그럼으로 그는 自然 幼兒의 世界를 써나 少年少女의 世界를 그 全的 對象으로 하는 傾向을 産出하게 된 것이다. 그러나 人生의 가장 重大한 時期는 幼年期다. 그는 다만 生理的 意味에서만이 아니고 "세살 버릇이 八十까지"라거나 詩人 '옛츠'가 "네 살 때와 가티 賢明하라"는 말과 가티 이 重大한 幼兒敎育에 對하야 朝鮮의 兒童敎育界 兒童文藝는 全然 處女地 狀態에 잇다. 現在 朝鮮에서 幼稚園 敎育이

普通學校 敎育 以上으로 必要을 늣기면서 幼稚園敎育에 對해서 疑心과 甚한 이는 幼稚園의 無用을 論하기까지에 일으럿다. 이러한 缺陷이 어대서 基因하는가? 그는 更說할 것도 업시 幼兒敎育에 對한 理解의 缺乏이다. 現在 幼稚園兒의 불으는 童謠를 들을 때 그 大部分이 큰아이들(少年少女)이 불으는 것을 爲意味하게 아니 넘어나 慘酷하게도 흉내 내고 잇스며 그네들의 듯는 이약이는 少年少女나 어른들이 재미스러워 하는 이약이를 作亂처 가며 쏘는 조을녀 가며 멍하게 안자 듯고 잇는 것이다. 그리고 그 어린애들은

마음대로 쒸여 놀 砂場 하나도 가지지 못하고 그야말로 溫室食物과

가티 軟弱하게 키워지고 잇는 것이다. 쑨만 아니라 도로혀 童謠에 잇서서 日本말로 된 幼兒童謠 '리즘'을 조와하는 奇異한 現象을 演出하고 잇다.

이러한 悲慘한 現象을 볼 째 朝鮮에 잇서서 幼兒敎育 乃至 兒童文藝의 重要하고도 切實한 當面의 文化的 意義와 急務를 째닷게 될 것이다. 그러면 如何히 이 問題를 하로밧비 解決할 수 잇슬가?

李軒求, "兒童文藝의 文化的 意義-綠羊會 '童謠 童劇의 밤'을 열면서(完)", 『조선일보』, 1931.12.9.

兒童은 感情의 世界에서 生活한다. 그네의 生活 全部는 遊戲에서 새로운 世界의 建設의 未來를 準備하고 잇는 것이다. 그럼으로 이러한 兒童生活을 充實하게 發達식히기 爲하야는

自身에게 合致되는 노래와 이약이와 遊戲 對象(自然과 事物)을 주어 모든 行動과 想像과 勞働의 自發的 衝動에서 나오는 劇的 世界를 建設케 함에 잇다. 이것이 곳 兒童敎化의 急務요 쏘한 先鋒이 아니고 무엇이랴?

이러한 意味에서 朝鮮의 兒童文藝는 새로히 兒童世界를 發見하야써 거기로부터 새로운 兒童敎化運動을 일으키는 데서 비로소 眞正한 文化的 意義와 兒童文藝의 健全한 發達을 企圖할 수 잇스며 實踐할 수 잇는 것이다.

쌀아 兒童文藝로서 이러한 文化的 意義의 具體的 發現을 爲하야서는

一. 朝鮮 在來 兒童文藝의 硏究에서 朝鮮兒童의 獨特한 感情의 發見

二. 外國 兒童文藝의 眞正한 體系 紹介와 比較 硏究

三. 幼兒를 本位로 한 새로운 兒童文藝의 樹立

四. 一般 社會人이 兒童世界의

具體的 表現인 兒童文藝와의 接觸을 圖하는 機關과 會合

모름직이 未來의 朝鮮, 未來의 새로운 社會를 爲하야 努力하는 우리들은 이 重大問題를 다시 생각하여야 하며 그리하야 眞正한 理解者가 되기 爲하

야는 자조 이러한 機會와 接觸하여야 할 것이요 그리하는 中에서 吾人은 一般的 兒童問題에 對한 正確한 批判者 指導者 保護者가 될 것이다.

一九三一. 十二. 五日

H生, "京城保育 綠羊會의 童謠 童劇의 밤을 보고", 『조선일보』, 1931.12.11.

지난 八日 夜 京城公會堂에서 열린 〈綠羊會〉 主催 "童劇의 밤"을 보앗다. 朝鮮에 잇서서 兒童藝術의 모임이 얼마 잇섯다고는 하나 이번 가치 童謠, 童劇으로써 兒童藝術의 참다운 純眞性을 表現한 것은 퍽도 드물엇스리라고 본다. 그리하여 첫재 〈綠羊會〉의 첫 試驗인 이 公演이 大體로 보아 相當한 成績을 내엇다는 것을 一言하여 그들의 兒童藝術研究에 꾸준한 努力을 빌어 두자.

그런데 나는 무엇보다도 이 公演에서 童劇에 對하여 評이라는 것보다는 感想된 바를 멧 마듸 쓰고자 한다.

첫재 鄭寅燮 氏 作 「허수아비」의 一幕 童謠劇은 農村을 背景으로 繼母 — 에서

虐待밧는 어린 處女의 애닯은 情景을 그려 내인 것으로 農村情調가 相當히 잘 表現되엿다. 어린 處女의 물레를 돌리며 도라간 어머니를 생각하면서 노래하는 哀傷的 氣分은 어미 업는 어린 사람들의 가슴을 더욱 흔들엇고 繼母의 殘忍스러운 虐待의 台詞와 動作은 퍽도 能難하게[139] 이 劇을 잇끌어 갓다. 허수아비는 動作보다도 노래에 잇서서 그 노래가 헐벗고 쏫겨가는 무리의 情景을 잘 낫나타내엿다고[140] 본다. 그리고 "참새들"도 別로 어삭한 것은 업섯스나 아버지의 役은 演技나 台詞가 別로 잘되지 못햇다. 그러나 全體로 보아 이 一幕劇은 童謠劇으로 相當한 好成績을 보혀 주엇다고 본다.

그 다음 同 氏 作 童話劇 四幕物 「破鍾」을 보자. 이것은 新羅時代 "에밀레鍾"의 傳說에서 取材한 것것으로[141] 戱曲 構成上으로 보아 前後 連絡이

139 '能爛하게'의 오식이다. 이하 이 글의 '能難'은 모두 '能爛'이다.

140 '낫타내엿다고'에 '나'가 더 들어간 오식이다.

조금 難解되는 것과 ᄯᅩ 王后와 王女가 아모리 母性愛와 人類愛를 熱熱히 늣긴다 해도 그것으로 王后가 病드러 죽고 ᄯᅩ 王女는 그것으로 發狂ᄭᅡ지 된 것은 조금 疑心되는 點이라고 보나 그러나 이 童話劇에서 우리는 未知의 잇쓸리이는 힘이

確實히 잇는 것을 發見하엿다.

그것은 勿論 王權의 專制에 犧牲되는 百姓과 더구나 天眞스러운 어린이를 憐愍하는 心情의 發露에서 그러할 것이다.

그런데 이것을 上演함에 잇서서 演技者들의 演技에 對하여 一言해 보고저 한다.

첫재로 女子가 男子役을 하는 것은 어려운 일인데도 不拘하고 王의 役을 맛튼 이는 "男聲"을 어느 程度ᄭᅡ지 나타내엿고 ᄯᅩ 動作에 잇서서도 男性다운 王의 威風을 보혓다고 본다.

그리고 王后는 「허수아비」에 낫타낫든 ᄯᅢ보다는 配役의 關係인지 그ᄯᅢ가튼 能難한 演技는 보혀 주지 못해서도 無難하엿다고 본다. 王女는 衣裳과 容貌가 퍽도 어울리고 台詞에 잇서서도 사람을 同情하는 냥이 얌전스러히 表示되엿다고 본다. 더구나 '라스트·씬'에 잇서서 發狂하여 亂麻와 가티 머리털을 허트리고 狂亂의 動作을 할 ᄯᅢ는 참으로

人間의 眞實性을 일흔 것가티 表現되엿다고 본다.

그리고 싀골 農夫의 집 自己 아버지는 서울로 鍾 만들러 가고 쓸쓸히 母子만이 가난한 살림을 하고 잇는 場面에서 그 어머니의 벼ㅅ단(稻束)을 힘업시 둘러치는 피곤해 보히는 냥과 가난과 싸우면서 男便의 도라올 날을 기다리며 외로히 그의 아들을 키우고 잇다가 뜻밧게 그 子息과 離別하게 될 ᄯᅢ 痛哭하는 양이 참으로 現實的 늣김을 舞臺 우에서 늣기게 되엇다. 이 분은 台詞, 動作에 조금도 어색한 點이 업서 퍽 能難한 演技를 보혀 주엇다. 그리고 그 洞里 女子의 慶尙道 사투리를 쓰는 語調가 地方 農村의 薰香이 흘으는데 動作에서도 無難히 表現하엿다고 본다. 엿장사는

---

141 '것으로'에 '것'이 더 들어간 오식이다.

女子가 男子役을 하면서 더구나 그 役이 難役임에 不拘하고 相當한 演技를 보혀 주엇고 또 鑄工과 道師도 男役을 하는데 無難햇다고 본다. 其外 諸役에 잇서서도 大體로 無難하엿다고 본다. 나는 이 童劇을 보고 그들이 平素에 劇에 對한 關心을 恒常 等閑視하지 안엇다는 것을 알게 되엿다. 이것으로 該夜의 感想의 一片을 적고 끗치려 하거니와 最後로 一言코저 하는 것은 童劇에 對하여 今後라도 꾸준한 硏究가 잇기를 바라며 또 이러한 學生劇이 學生時代의 趣味와 敎化의 意味로써 一時的 學生時代에만 限하지 말고 學校 門을 나간 後에도 全然 이 方面을 度外視하지 말기를 바란다. 나는 眞定한 劇藝術을 硏究하는 意味에서 學生時代에 잇서서만 劇에 對한 硏究를 할 것이 아니요 校門을 나간 뒤까지라도 참된 劇藝術에 專心할 女性들이 漸次로 만허질 것을 希望하여 마지안는 바이다. (끗)

金友哲, "兒童文學에 關하야-李軒求 氏의 所論을 읽고(一)", 『중앙일보』, 1931.12.20.

一九二九年 後半期에 들어오자 "永遠의 繁榮"을 자랑하든 弗의 나라 米國을 先頭로 世界資本主義를 그 基盤으로부터 振憾식힌[142] 經濟恐慌은 現今에 至하기까지 不斷에 擴大 且 深化되고 잇다. ××線上에서 彷徨하고 잇는 幾千萬의 慢性的 失業群과 勞力大衆의 生活의 一層의 貧困化는 大衆의 ×××를 챗죽질햇다.

一方 大衆의 ×××와 함께 ×級××의 一分野인 文化戰線에 잇서서도 對立이 一層 尖銳化해젓다. 따라서 兒童文學에 잇서서도 一九二九年 以後부터 새로운 ××이 登場하엿다. 卽 프로 兒童文學運動 그것이다. 이 現象이 一九三○年에 넘어와서는 一層 明確하게 들어낫다.

理論的 行動에 잇서서도 우리들 압헤 提起되여 오는 새로운 問題를 取扱한 指導的 論文이 뒤를 니어 나왓스며 作品行動에 잇서서도 『新少年』 및 『별나라』에 적지 안흔 作品이 大量的으로 産出되엿다. 그러타고 우리들은 이 現象에 會心의 滿足을 늣길 수 업다. 自體의 缺陷과 過誤를 버리고 過去의 貴重한 經驗을 攝取하야 恒常 停滯함이 업시 前進하지 안흐면 안 될 것이다.

이째에 우리들은 「兒童文藝의 文化的 意義」란 論題 미테 兒童文學을 論한 李 氏의 所論을 읽엇다. 그 論文은 十二月 七日부터 三回에 亘하야 『朝鮮日報』에 揭載된 것이다.[143]

나는 여긔에 兒童文學의 階級性을 論하기 前에 兒童文學에 對한 쁘르藝術家 및 評論家들의 神秘 냄새나는 見解의 "商品見本"인 李 氏의 所論을

142 '震撼식힌' 또는 '振撼식힌'의 오식이다. "震撼"은 "울리어 흔들림", '振撼'은 "몹시 울리어 흔들림"의 뜻이다.

143 이헌구(李軒求)의 「兒童文藝의 文化的 意義-綠羊會 '童謠 童劇의 밤'을 열면서(전3회)」(『조선일보』, 31.12.6~10)를 가리킨다.

檢討하고 그 批判 우에 言及하련다.

氏는 맨 처음 朝鮮의 少年運動과 밋 그 "同伴者"인 兒童文藝의 發生과 成長 過程을 들녀주엇다. 그리고는 "一九二三年의 『어린이』 雜誌 創刊으로 비롯"된 兒童文藝運動의 發生 當時에 잇서서 『사랑의 선물』을 비롯하야 '안더슨' '그림' 等等 外 外國童話 作家들의 作品이 飜譯 紹介된 反面에 "外國童話 運動이 理論으로나 實踐으로나 엇더한 經路를 밟어서 發展되여 왓스며 엇더한 文化的 乃至 藝術的 價値를 가지고 왓는가" 하는 硏究 및 紹介가 倂行되지 못햇다고 說破하고 "또 하나는 朝鮮 傳來의 固有 童謠의 體系的 又는 全朝鮮的 蒐集이 업섯고 創作童話가 千篇一律的 少年小女 童謠에 끗치고 만 傾向이 만엇다"고 不滿을 말슴하엿다.

金友哲, "兒童文學에 關하야―李軒求 氏의 所論을 읽고(二)", 『중앙일보』, 1931.12.21.

于先 氏는 兒童文藝를 少年運動의 "同伴者"의 地位로 모시여서 少年運動과 兒童文藝運動을 倂行식켜서 分離식힌 데 成功하엿다. 따라서 한 ×× 은 自己 階級에 屬한 藝術을 다른 한 階級도 亦是 藝術을 ××로 삼는 階級 ××에 잇서서 少年運動의 一部門으로써와 兒童文學運動의 眞實性을 無視하엿다. 그러나 우리들은 正反對의 觀點 우에서 究明치 안어서는 안 된다. 藝術도 다른 모든 上部構造와 가티 經濟的 諸 關係를 써나서 存在할 수 업다. 따라서 우리들의 兒童文學은 少年運動의 一部門으로써의 役割을 가지고 잇다. 少年運動을 써난 兒童文學運動은 存在할 수 업다.

氏는 계속하야 말슴한다. 氏는 한때는 少年雜誌가 朝鮮 雜誌界의 量的 覇權을 잡엇든 것을 指摘하고 이와 가튼 兒童文藝運動의 最大의 缺陷은 表現 形式이 簡素함으로 少年들의 習作舞臺로 利用된 理由도 잇스나 그보다 兒童을 理解하야 "가장 그네들이 조와하고 또는 그네의 感情과 意志의

發達에 適當한 兒童學의 硏究가 樹立이 업섯다"고 力說하고 "여기에서 吾人은 兒童世界에 對한 새로운 認識과 理解에서 出發하지 안흐면" 안 된다고 勇敢하게도 斷案을 내리웟다.

×

여기에서 우리들은 暫間 붓을 멈추고 檢討해 보자. 우리들은 以上의 引用文에서 벌서 氏가 어쩌한 階級的 觀點 우에서 말하고 잇는 것을 알 수 잇다.

氏는 朝鮮民族의 情緖를 담은 傳來의 固有 童謠의 蒐集을 力說하야 兒童(더욱이 勤勞兒童으로 하여금)에게 그것을 읽고 노래 불으게 하야 不平不滿을 忘却하게 함으로써 "未來의 役軍"으로써의 勤勞兒童의 ××心을 쌕리채 뽑으려고 한다. 그리고 童謠 가튼 簡素한 表現形式을 利用하야 意識이 覺醒되여 가는 少年小女가 農場에서 짓는 "千篇一律的" 習作을 制限하야 自己네들의 지은 父權主義的 作品을 少年小女의 어린 頭腦에 너허 주려고 한다. 그러니까 될 수 잇스면 兒童의 心理를 좀 더 잘 理解하여 前보다 더 ×瞞해 보자는 것이다.

쑤르조아 藝術家들은 한번 兒童文學에 말이 옴기면 神秘 냄새가 나는 口調로 日 "童話는 兒童의 마음의 糧食"이니 "童心藝術"이니 하고 써든다.

金友哲, "兒童文學에 關하야―李軒求 氏의 所論을 읽고(三)", 『중앙일보』, 1931.12.23.

"兒童에게는 ×級이 업다."

이 말은 過去에 잇서서 數만흔 쑤르조아 藝術家들의 입에서 입으로 "兒童은 天眞爛漫하다"라는 口吻과 함께 더럽혀진 말하지만 "超階級的" 女神이 되야 勤勞兒童이 ××心을 抹殺식힌 逆說이다.

"兒童은 感情의 世界에서 生活한다. 그네의 生活 全部는 遊戱에서 새로운 世界(第二世의 朝鮮 —— 筆者)의 建設의 未來를 準備하고 잇는 것이다"고 讚美를 불은 氏도 불상하게 그들의 축에서 빼여 낼 수는 업다.

×

四百萬의 勤勞少年大衆은 그 一部은 資本主義的 生産過程에 吸收되여 가고 大部分는 田園에서 勞役을 하고 잇다. 그들은 政治的 經濟的 生活에서 遊離하야 架空에 五色구름을 타고 써 잇는 "하얀 天使"가 아니다. 現實生活에 密着되여 잇는 그들의 생각은 밥과 옷이 어듸서 굴러 나오는지 生覺하여 본 적도 업고 호미자루도 쥐여 보지 못하고 學校에 단이는 富饒로운 兒童과는 싼판이다. 짜라서 生活과 周圍環境에 支配되는 感情 —— 甚至於 空想까지도 판이 다르다.

×

쁘르조아 兒童文學이 아름다운 무지개를 타고 "童心의 殿堂"을 低徊할 째 勤勞 兒童文學은 어른들 文學의 指導 미테서 生産點을 中心으로 한 "工場으로 農村으로!" 외××的 '슬로간' 미테 勤勞少年大衆에게 참으로 귀여움을 밧고 사랑을 바들 수 잇는 참된 文學을 프로레타리아 레아리씀의 軌道 우에 樹立하여 될 것이다.

同時에 우리들은 文化××에 對한 理論的 斗× 卽 쁘르조아 및 ××××主義的 文學理論에 對한 假借 업는 싸홈을 活潑하게 展開하지 안으면 안 될 것이다. 이러한 組織的 ××을 게을리하지 안코 繼續的으로 해 나가야만 反動文化의 影響 미테 잇는 大衆을 漸次로 獲得해 올 수 잇슬 것이다.

×

마지막으로 이 글을 씃매즈며 한마듸 부탁할 말이 잇다. 그것은 朝鮮藝術運動의 集中的 表現인 캅프의 作家 諸氏가 兒童文學에 對하야 少年雜誌나 其他의 계급的 出版物을 通하야 새로운 課題를 提起하야 理論으로 指示함이 잇고 作品行動에 잇서서도 同時에 潑溂한 成果를 보혀 주기를 부탁하여 둔다.

(一九三一. 一二. 一三日)

桂潤集, "(受信局欄)별나라 讀者諸君에게", 『별나라』, 1931년 12월호.[144]

諸君! 선々한 가을도 다— 지나가고 벌서 치운 겨울이 닥처왓습니다. 여러 동무께 인제야 인사를 들이는 것은 未安합니다.

그런데 우리는 農村少年文藝研究를 積極的으로 발표하기 위하야 〈호무社〉라는 소년문예연구社를 創立하얏사오니 소년문예에 뜻잇는 제군이거든 아모라도 入社할 수 잇스니 염려 마시고 〈호무社〉 規約書를 請求하십시요.

제군이여! 入社하여 손목을 잡고 朝鮮少年文壇을 훌륭히 發展식힙시다. 그리고 規約書을 請求하실 때는 二錢 切手 同封하여 京義線 宣川 深川面 磨星洞 〈호무社〉로 보내 주십시요.(이상 34쪽)

144 원문에 '宣川 호무社 桂潤集'으로 되어 있다.

康昌玉, "(受信局欄)남의 童謠와 제 童謠", 『별나라』, 1931년 12월호.[145]

요사히 우리는 흔히 남의 作品을 제 作品과 갓치 複寫해 내는 동무를 차저내게 된다. 이것이 우리들의 將來를 얼마나 흐이게 하는 原因이 될지 모른다.

여기에서 나는 이와 가튼 동무들로 하여금 속임 업는 將來를 가저 주게 하고 십흔 데서 이 一文을 寄稿하는 것이다.

『아이생활』 五月號 동요란에 松汀里 韓靈洙 君이 發表한 童謠 「봄편지」는 『어린이』 第二十六號에 실엿든 徐德出 作 鄭淳哲 曲이다. 다만 련못가를 시내ㅅ가로 하고 작년에 갓든 제비를 작년에 간 제비라 하고 조선의 봄을 무궁화 삼천리 동산의 봄이라 하고 다시 차저옵니다를 제비는 춤추며 다시 차저옵니다 하엿스니 徐 君이 韓 君 것을 模作햇슬가. 이것은 발표 時日만 보드래도 問題가 업는 것이다.

又 中和 韓益三 君의 「봄, 봄, 봄」은 摸作 빗도 아니 틀님업시 『世界少年文學集』 고긴 作[146](小쓰르 作品이나)의 三節 中 一節이다. 엇지 남의 것을 이갓치 뻔々스럽게 重複하야 發表하려 드니 良心에도 붓그럽지 안흔가요.

그러나 군들은 이 동요가 當選되엿다고 질겨들 하엿겟지. 군들이 헛된 發表慾에 쒸놀지 말고 먼저 내 實力을 길느기 바란다.(이상 35쪽)

---

145 원문에 '新昌港 康昌玉'으로 되어 있다.

146 고장환(高長煥)의 『世界少年文學集』(博文書館, 1927)에 고긴빗 작 「봄! 봄! 봄!」(159~160쪽)이 수록되어 있다. 위 본문의 "고긴 作"은 "고긴빗 作"에서 "빗"이 탈락된 것이다.

李活湧, "(受信局欄)나면 되는 投稿家에게 一言함", 『별나라』, 1931년 12월호.

近日에 新聞이나 雜誌를 보면 間或 作者로서 同一한 作品을 가지고 이곳저곳에 投稿하야 發表하는 일이 非一非再하기로 筆者는 여기에 붓을 들어 멧 마듸 쓰려 한다.

例를 들어 指摘하면 엇던 한 개의 作品을 創作하야 新聞에 投稿하야 發表된다면 그 作品을 謄書하야 다시 雜誌에 投稿하야 發表하는 것이다. 그것도 그 作品이 우리에게 무슨 利益을 주고 엇더한 效果를 낼 수 잇는 거면 모르겟지만 우리에게 利點을 주기는커녕 害毒밧게 끼칠 것 업는 享樂的 作品을 가지고 함부로 自己의 文名을 엇기에 汲汲하고 活字魔에 眩惑되야 이곳저곳에 投稿하는 行動이야말로 우리로서는 默過할 수 업는 可憎스러운 行動이라 하겟다.

여기에는 첫재 雜誌 編輯者로서 그러한 發表慾에만 汲汲하고 作品 效果 問題를 度外視하고 잇는 反動的 作品을 注意하야 一切로 실지 말 것이며 또 우리로서도 그네들 反動輩를 우리의 陣營 內에 潛入할 機會를 주지 말도록 牽制해 나감이 우리의 陣營을 整頓하는 一方策이 될 것이다.

一九三一. 九月 (三長에서)(이상 36쪽)

朴炳道, "(受信局欄)金血起 君에게", 『별나라』, 1931년 12월호.

君아!

나는 『별나라』 五月號 受信局에서 君의 피 끌는 글을 읽고 퍽으나 반가워햇다. 나는 怒하지 안엇다.

나는 무엇이나 잘 짓지 못하느니만큼 만히 발표도 하지 못하엿다.

나의 작품이 발표된 雜誌는 『新少年』 『별나라』 『아희생활』 이 세 가지인데 第一 『新少年』에 만히 발표되엿다.

君아. 그리고 내가 내 사실을 자백한다면 이러하다. 나는 작년 九月부터 글짓기를 시작하여서 지금이 滿 七個月밧게 안 된다. 그럼으로 그 當時에는 '리즘'이라는 것도 모르고 그저 아름답게만 지엿다. 「심술쟁이 우리 동생」 그것도 其實 작년 겨울에 지여서 년말 臨時號에 보내 두엇든 것이다.

그째 나는 眞正한 童謠作家로써 지은 것이 아니고 한낫 滋味로써 지은 것에 지나지 안는다.

나는 弱하엿다. 죽은 사람이엿고 쌀아서 썩은 호박과 갓하엿다.

그러나 지금은?

사람의 思想과 感情은 環境에 싸라 變하는 것이다. 勿論 例外로 물이면 물대로 거만이 잇는 사람도 업지 안켓지만…….

그리하야 내 思想과 感情도 해를 밧굼과(이상 37쪽) 싸라서 變하야진 것은 事實이다.

君아! "今年에야 겨우" 하고 웃지 마러라.

君아. 나는 君을 동지로 삼으련다. 나는 새해부터 『별나라』 『新少年』 以外에는 作品을 보낸 일이 업다.

나는 今年 『아이생활』 三月號에 발표된 그것을 누구든지 正當한 批評家의 立場에서 評하여 주기를 바라고 잇든 바이요. 내 自身으로서도 君과 가튼 評을 미리 내리고 잇다.

君아!

나는 君을 永久히 알고자 하니 이 誌上으로 君의 住所를 아르켜 주든지 다음에 表示한 내 住所로 片紙 한 장을 던저 주든지 하기를 바란다.

君아 이번 일은 大端히 고맙다. 그러면 마즈막으로 君의 건투를 빈다.

(元山府 銘石洞 一三五 朴炳道로)(이상 38쪽)

"第一回 中等學生作品 作品誌上大會(十月分 發表)", 『東光』, 제28호, 1931년 12월호.

이 作品을 發表함에 잇어서는 비록 等級에 들어간 作品이라도 水準 以下의 것이면 略하고 그 대신 等級에 아니든 選外라도 水準 以上의 것이면 실리기로 햇다. 그리하야 이에

紀行	2編
詩	7編
論文	2編
書評	2編

을 揭載함을 얻엇다. (但 今月은 紙面關係로 一等만 揭載) 記事文이 一編도 실리지 못함을 유감으로 안다.

選者의 簡評이 末尾에 잇으니 參照하기를 바란다.

【紀行文一等】

北大營의 血跡

撫順中學校 第四學年 金昌軾

北大營은 南으로 數百里 東으로 數百里 앞으로도 뒤로도 끝없이 넓고 넓은 大地 우에 蒼然한 樹林 속에 즐펀-하게 앉어 잇는대 張學良[147]의 精銳軍 一萬 三千이 王以哲에게 訓練을 받으며 이 軍營에 웅거햇섯다고 한다.

軍營의 周圍에는 土堤가 둘러 잇고 그 안에는 二重三重의 軍營이 서로 껴안고 잇으며 防壁이 섯고 그 안에는 軍營이 앉은 堅固한 防備線을 하야,

147 장쉐량(張學良, 1898~2001)은 만주(滿洲)의 군벌이었던 장쭤린(張作霖)의 장남으로 중국의 군인이자 정치가로 일본의 중국 침략에 대항하기 위해 장제스(蔣介石)를 구금하는 시안사변(西安事變)을 일으키기도 하였다. 공산당과의 내전을 종식하고 일본과 싸우기를 요구하였는데 그 결과 항일민족통일전선(제2차 국공합작)이 결성되었다.

軍營으로 둘러놓앗다. 그리고 핑 둘러 앉은 軍營 맨 앞에는 前衛 砲兵營으로 그 복판에는 將校 營舍가 嚴壯히 들어 앉어 잇엇다. 構內의 樹造는 놀랠만치 堅固, 完備된 軍營이엇다. 그러나 무참하게도 强度의 科學을 앞장세워 달려드는 戰彈 앞에서는 그만 쓰러저 破壞의 殘影만으로 日中衝突의 한 幅 場面을 그려 놓앗다.

日中衝突의 弊端과 結果가 이곳에서 結斷된 것 만치 자못 衝突이 猛烈하엿든 것만은 엿볼 수 잇엇다. 굽히면 地面에는 선지피가 그대로 붉어 보는 사람에게 咀呪를 禁치 못하게 하며 가을바람에 하늘거리는 풀닢새는 세찬 鐵路 아래 밟히고 다갈 박은[148] 구두발에 쓸치어 마치 애처럽게 쓰러진 交火 時에 生命을 아뢰는 듯! 이곧저곧에 널려 잇는 破片 —— 銃찍, 날창자루, 분질러진 산지자루, 찌껴진 軍帽 —— 모든 것은 殺氣를 띄고 戰慓을 느끼게 하엿다. 그리고 눈을 들면 "벼락" 같은 砲彈에 或은 뚤리우고 또 銃彈도 박힌 여지없이 뚫어진 煉瓦벽, 담, 깨여저 구는 벽돌자박, 이 모든 것은 赤色의 피방울을 흘리며 저 生으로 간 戰功 없는 犧牲者 옆에 섯는 포푸(이상 64쪽)라는 彈丸 맞은 채로 하얀 눈물을 흘린다. 해빛에 굳어 白血色으로 매치여 보는 사람으로 하여금 애처러운 생각을 禁치 못하게 한다.

아! 그러나 한번 눈을 들면 이곧저곧의 軍馬의 屍体가 四肢를 버지고 누엇으며 處處에 막 쓰러 무든 흙속에 中軍! 그의 몸은 흙 밖에 나타나 野犬에게 뜨끼고 衣服은 갈갈이 찢어져 바람에 불리고 씨한 뼈가 비죽하고 썩은 惡臭는 사람을 昏沌시킬 듯! 참아 殺氣에 "재리"가 오로지 안는 눈으로서는 보지 못할 慘極이엇엇다. 軍營 하나를 싸고도는 그곧에는 깨여진 大砲가 주둥이만을 둥글하게 벌리고 잇는 것과 분질러진 銃칼을 볼 때 奮戰과 아울러 砲煙彈雨 속에 이러나는 戰喊이 들리는 듯 暗暗裡에 猛烈하엿든 攻擊과 防備의 戰狀을 暗示하고 잇다.

아 무섭게도 寂寞한 荒野는 日中衝突에 기친 祭物을 고요히 안고 黃昏

148 '다갈 박은'의 오식으로 보인다. '다갈'은 '징'의 방언이다.

아래 싸이련다. 處處에 널려 잇는 戰爭의 慘酷한 殘影, 모든 것이 다 흐릿한 夕陽에 따라 悲感을 자아내어 줄 뿐이고 저녁 새무리 알지 못할 소리 남기고 悲運의 靈 떠도는 듯한 九萬里長空을 나라갈 뿐이엇다.

【論文 一等】

生存競爭과 相互扶助 경

養正高普 五學年 金志淋

生存競爭과 相互扶助의 兩大學說은 前者는 '다윈'의 『種의 起源』에 主因한 바이오 後者는 '크로포트킨'의 相互扶助에서 要因을 得한 者이라.

生存競爭과 相互扶助 此 兩大學說은 生物進化 及 社會進化에 相對的 二大 要素를 說한 바인데 前者는 鬪爭的, 壓制的, 排他的임과 後者는 聖愛的 和睦的, 共和的, 提携的인 것이다. 前者는 生物進化를 弱肉强食으로 보고 後者는 相助相愛하는 게 生物進化의 法則이라는 聖스러운 愛의 境을 創하엿다.

'다윈'이 말하기를 "各 有機体 生物은 幾何級數率로 增加하며 各各 生涯에 或은 時期로부터 一年 어떤 時節間에 世代를 隔하여서 生存競爭을 行하고 大破壞를 입지 않으면 안 된다는 바를 잘 念頭에 두어 없애지 않어야 한다. 이 競爭에 對하여 生覺할 때 우리들은 自然의 戰爭은 不斷케 될 것, 恐怖의 感을 없앨 것, 死가 一般으로 急速히 잇을 것, 따라서 强壯하고 健康하고 그래서 幸福스러히 生存하고 繁殖할 것을 充分히 믿어서 스스로 慰勞할 것이다"라고 生存競爭에 結論하엿다. 이 말 가운데 包含된 思想은 足히 '다윈'의 生物論觀 及 社會觀을 窺知할 수 잇다. 그가 '말사스'의 人口論을 읽고 感銘이 많엇다는 바 그 傾向이 그의 『種의 起源』을 通하여 흐르는 안 볼래 안 볼 수 없는 思想이며 十九世紀 思想界에 가장 큰 影響을 끼친 思想 中에 하나이다.

그러나 '크로포트킨'은 實로 聖스러운 愛의 指訓者이다. 그의 말에 依하면 "生存競爭을 直接 及 譬喩的 兩 方面으로 研究할 때 第一로 驚할 바는

相互扶助의 事實이 無數히 잇는 것이다. 其 相互扶助라고 하는 바는 많은 進化論者의 認하는 바 子孫의 繁殖을 爲하여서뿐 아니라 各 個体의 安全과 食物의 獲得을 爲하여서도 行하고 잇는 바이다. 動物界 大部分에게는 相互扶助가 規則的으로 되어 잇다. 그래서 그것을 最下等 動物間에서도 行하게 된다"고 하엿으며 例를 들어 蟹는 倒한 同伴을 協力하여 일으켜 주는 事實과 蟻와 蜜蜂이 그 團結力을 가지고 精妙한 相互扶助를 實行하고 잇는바 事實을 引證하엿다. 그는 '다윈'이 너무나 生存競爭的으로 觀察한데 誤認이 잇다고 하는 데 그의 出發点이 잇다. 그의 『相互扶助』의 처음에 "나는 靑年時代에 東部 西伯利亞[149]와 北滿洲 단니면서 본 旅行 中 나에게 第一 깊은 印象을 與한 바는 動物生活에 二 局面이 有함이다" 하고 說明하기를 (一) 動物은 大部分 無慈悲한 自然에 對하여 繼續하지 않으면 안 될 바 生存競爭이 甚히 激烈하게 自然이 生하는 生命에 莫大한 破壞가 잇으며 따라서(生存競爭이 激烈하고 生命에 莫大한 破壞가 行하여짐에 따라) 廣大한 地面에 亘하여서도 生命에 缺乏이 有한 바를 目擊한 바이며 (二) 數多한 動物이 협착한 場所에서 生活할지라도 '다윈'主義者들이 云云하는(이상 65쪽) 生存을 爲하여 鬪爭에 支配를 맞지 않으면 안 되는 物質과 進化를 論함에 當하여 主要한 要因이라고 생각하는 바 同種에 屬한 動物로부터 生存에 手段을 爲하여 殘忍한 鬪爭을 發見할 수 없는 史實이라고 累累히 論破하엿다.

'다윈'의 一貫한 바 思想은 動物의 各 群 間에 食物과 安全을 求하기 爲하여 眞正의 競爭과 鬪爭이 行하여지며 競爭과 鬪爭에 勝하는者 興하고 盛하여 强盛케 되며 敗한 種은 滅하게 된다고 하는데 잇으나 '크로포트킨'은 動物의 生活을 食物과 安全을 爲하여 競爭과 鬪爭이 行하는 곳에 豊富한 食物과 安全이 存在치 않고 오직 相助相愛하는 곳에 眞實한 幸福이 잇으며 餘有의 食物을 獲得한다는 바이다.

兩大 偉人은 다 같은 動物學者요 進化論者이다. 그러나 이 兩大 偉人의

149 '시베리아(Siberia)'의 음역어이다.

學說을 窮究함에 其 相異함에 氷炭의 差가 在하지 안느뇨. 觀法이 相異함에 事實(같은 動物의 生活法則)이 相異이 보인 바로라. '다윈'에게는 競爭的으로 觀察된 動物界가 '크로포트킨'에게는 相愛相助의 거룩한 愛의 世界로 뵈엿다. 人生이란 其 思想을 出發点으로 하는 것이라. '다윈'은 '말사스'의 人口論에 感하엿슴에 事物(動物界)을 爭的으로 보고 '크로포트킨'은 爭이란 非眞理란 思想으로 生物界를 察함에 相互相助에 原理가 發見되엇다 안 할 수 없다.

生存競爭이란 嚴然한 事實은 人類問題에 存在하여 잇는 反面에 愛助도 不無한 바이다. 爭鬪, 壓迫, 戰爭 等 가즌 暴虐을 發하여 人類에게 平和가 없고 다만 弱肉强食하는 可憐한 世代가 橫在한 것도 事實인 同時에 慈母의 愛와 朋友의 同情이 없는 게 아니다. 不義를 目見할 때에 自身의 괴로움을 모르고 生命을 바쳐 義를 爲하야 일하는 者도 잇는 것이 事實이다. '톨스토이'는 말하기를 "落花를 보고 애닯흔 世上이라는 것도 眞理다" 하엿고 "하나 落花를 보고 趣味 잇다 하는 바도 眞理"라고 하엿다. 世上에는 兩者가 存在하여 잇는 게라. '다윈'과 '크로포트킨'은 實로 兩端을 代表하여 生物界를 觀察한 者다. 흐르는 河水가 때로 留하고 때로 돌에 부닥기며 흐르나 其 目的은 廣海로 流하는 게라. 人類의 進化는 其如하여 時로 爭하고 때로 殺하는 事 없지 않으나 흐르는 思想에 一枝流요 原動力은 아니다. 時로는 '다윈'의 生存競爭에, 아니 차라리 弱肉强食에 行하여짐이 아님이 아니나 此는 廣海로 向하는 河路에 不過한 것이다. 河水의 目的은 依然히 廣海에 잇을 지며 人類의 向할 바 道는 依然히 互助에 世代일 것이다. ―끝―

【書籍批評文 一等】

「西部戰線 조용하다」를 읽고

京城私立靑年學館 薛貞植

이 作品은 印象的 自然主義의 寫實的 形式을 가추운 小說임에는 틀림없는 것이겟다. 全局의 構成은 人物, 周圍, 時代가 모다 戰爭으로 始終하엿으니 이 세 가지를 살리기 爲하야 作者는 目的으로 美 대신에 眞을 찾으려 하고 그 方法으로 主觀揷入的 態度를 가진 듯키 보인다. 그러므로 說明的인 形이나 線보다도 客觀的이며 印象的인 빛과 調合이 이 小說을 보람 잇게 맨드럿다. 그러나 너무 그 製作의 方法 態度가 이 傾向으로 지나칫기 때문에 散漫的이고 藝術美가 缺한 듯한 感을 준다. 우리는 浪漫主義의 感情을 注重하는 "노래 불으는" 韻文이나 꿈과 같은 어여쁜 空想의 世界에서 人間을 떠난 곧에 實人生과는 接觸하는 일 없이 藝術을 爲한 藝術로 自處하는 浪漫主義 文學을 排斥하는 바이며 散文을 歡迎하고 人生에 直接 움즉이는 無技巧한 藝術品을 좋아한다. 그러기에 이 小說의 潤澤 없고 秩序없는 內容과 体裁는 오이려 新鮮한 맛을 주며 낡은 形式에 붙들려 잇는 在來種 作品에 큰 衝動의 빛을 던저 준다. 가뀌로 깍끈 듯한 一字一句는 대패로 민 듯한 "샌님 作品"의 美文보다 얼마나 더 健康한 지 몰으겟으며 一定한 줄기 없이 縱橫으로 눈 닷는 대로 描寫한 手法은 無秩序하고 軌道 없는 戰地에ㅅ 맛을 더욱 도다 주며 突擊 退却 危機의 自然스러운 行軍場의 地圖를 갖게 하여 준다.(이상 66쪽)

日常生活을 描寫한 小說 가운데서 夏目瀬石의[150] 「나는 고양이다」가 이런 作法을 가젓으니 두 作品이 다 名作의 소리 높은 것은 滋味잇는 일이다. 事件을 進展시키는데 잇어서는 너무 戰爭의 瞬間 瞬間에 執着이 되어버린 主人公의 眼界가 全体와 어울리지 못하고 지나치는 短篇的이 되기 때문에 兵營 가운데서 갑작이 '카이젤'을 만나게 되는 것이 不自然스럽고 休暇를 얻어 歸鄕하게 되는 歸路가 戰局과의 距離를 몰으게 하고 位置가 不分明한 野戰病院으로 '켐멜히'를 찾아가는 것이나 現場의 事件發生과 依例히 關係가 깊을 獨逸市民의 輿論이나 狀態가 도모지 나타나지 않는 것이다. "너도 肉彈戰을 해 본 적이 잇엇느냐"고 물은 製鐵職工인 아버지의 對接이나 "파울 君! 그래도 먹는 것만은 배불리 먹겟지. 그러나 보게 이곧은 戰地

150 '夏目漱石의'의 오식이다. 나쓰메 소세키(夏目漱石, 1867~1916)는 일본의 소설가, 평론가, 영문학자였다.

보다 더 慘酷하네. 좋은 飮食物은 모조리 兵丁에게 빼앗기고 잇으니 말이야" 하며 戰爭은 勇敢한 것으로 아는 國語 先生이나 金時計 줄을 軍資金으로 寄附하고 代身에 받은 鐵鎖를 만지면서 "얼는 얼는 敵兵놈들을 막 때려부서야 해. 그래야 平和야 그러케만 되면 爲先 白耳義[151] 왼통과 法國[152] 炭鑛地方을 먹어야지. 그리고 佛國으로부터도 많이 빼서야 되지 안하?" 하며 氣高萬丈하는 重役의 소리밖에는 더 없엇다. 그러나 이것은 不實한 나의 眼目이 其 作品이 가진 特殊한 意味와 色彩를 가진 곧과 같은 平面에 설 수 잇는 힘과 餘裕가 없음으로서인 줄 안다. 場面場面의 描寫는 流暢하게 빛이 깊고 戰爭을 消化시켜 平凡化 乃至 常識化한데 잇어서는 그 功勞가 크다.

從來 戰爭文學 作品에서 보든 것과는 딴판인 見地에서의 觀察과 感應의 表現法은 深刻한 新印象을 주며 如實味를 갖게 한다. 우리는 '꼬고리'의 『다라쓰부리바』[153]에서 詩的 情趣 흐르는 戰爭을 求景하엿다. 사랑을 다루는 騎士의 칼날에서 '고삭크'의 勇猛과 불같은 情熱을 보앗고 '양헤-'의 "大進軍"에서 "祖國을 爲하여" "명예의 戰死를 방패 삼아" "목숨을 다하여 上官의 命令에" —— 이러틋한 華麗한 畵幅을, 켓치너- 元帥의 精銳 十萬이 「치펠라리」 노래 높이 불으며 바다를 건너 德法戰線에[154] 가는 勇士들 中에서 보앗다. 그러나 이 小說 —— 아니 이 報告書에서는 이러한 맹랑한 消息을 듣지 못하엿다. 오로지 人生에 부디치는 本能的 慾求와 非道德的일 發生 事實에 對한 銳利한 批判과 諷刺를 보앗을 따름이고 咀呪의 하소연과 沒落되는 舊來의 思想 우에 새로운 非常時의 敎訓을 받은 사람들의 새 人生觀을 들엇으니 바지에 똥 싸고 無慘히 죽은 金髮 少年의 死体에서도 이러한 뜻이 잇엇든 것이다. 印刷業하는 敵兵 쩨랄듀발을 찔러 죽인 빠울의

151 '벨기에(Belgium)'의 음역어이다.

152 예전에 '프랑스'를 이르던 말이다.

153 '꼬고리'는 고골(Nikolai Vasilievich Gogol', 1809~1852)를 가리키고, 「다라쓰부리바」는 고골리의 작품 「타라스불바(Taras Bulba)」(1835, 최종고는 1842)를 가리킨다.

154 '德法'은 '德國' 곧 독일과, '法國' 곧 프랑스를 뜻한다.

머리에는 勇猛도 祖國도 義務도 名譽도 아모것도 없엇고 다만 戰爭에 對한 反撥과 本能에 다닥치는 人間心이 터저나왓고 새로운 教育을 받엇든 것이다. 이러케 얻은 實 知識 밑에는 모든 智慧가 쓸데없엇다. 分子引力을 아는 것이나 짜바戰爭의 年代를 記憶하는 것이 도모지 無用이고 「리그루그쓰」가 어떠한 任務로써 國家에 잇어서의 가장 重要한 것으로 하여 왓든 것을 몰으는 것에나 「윌리암 텔」에 三段手法이 무엇일지 아지 못하는 것이 이 當場에 와서는 何等의 關係를 갖지 않엇다.

오직 이곧에 實用되는 智慧나 비바람 치는 날 담배불 붙이는 才操와 肋骨에 칼을 찌르면 걸려 나오지 않으니 배에다 ×어야 된다는 것만이 有用한 것이엇다. 이 小說에는 照明彈에 비최인 血粥으로 形成된 大地 우에서 찌르고 쏘고 탕크를 달리고 까쓰를 터뜨리며 喘息과 함께 죽어가고 피 흘으는 ××와 四肢가 爆音과 함께 제멋대로 空中으로 날러 올으는 生地獄의 模樣이 高速度로 展開되는 中에도 決死를 다투고 잇는 飛行機 勝負에 '삐-루' 내기를 하는 餘裕를 보여주는 調和가 잇고 故鄕을 그리는 悠悠한 空想의 페지가 잇다. 그리고 모든 人物이 實在이엇든 것만큼 살어 잇으니 主人公의 純青年味가 正直과 率直하게 一貫한 것이나 上官더러 "엉뎅이나 할터라" 하는 '챠덴'이나 會社員 根性을 가진 '힘멜스로-스'나 '카친스키'의 老熟한 蕃勇的 處身法이 모도 不自然함 없이 均整되엇다. 結末은 뜻잇게 잘 막엇다. 여기에서 綜合된 結論을 뵈어주고 잇으니 個人의 存在를 無視하는 戰爭의 所產인 司令部의 報告가 "西部戰線 조용하다. 아모 報告할 事件이 없다"고 본 그 땅에서 存在 없는 죽엄을 當한 파울의 屍体 우에는 반드시 "平和가 잇어야 한다. 戰爭은 없어야 한다"는 曲調를 춤추는 나뷔의 그림자가 떠러저 잇엇을 것이다.

끝으로 作家의 態度와 그 意圖를 엿보자. 勿論 이것은 平和를 渴望하는 데 不潔한 戰亂을 그려 間接으로 會得을 준 데 大意가 잇다. 作者는 억지로 平和를 說明하기 爲한 說明을 구타(이상 67쪽)여 하지 않고 다만 精誠껏 그리고 解決은 讀者에게 맡긴데 끄첫다. 그런 까닭에 無理가 없고 또 한가지 作者는 도모지 自慢치 않엇다고 본다. 체'가'[155] 없고 오직 淡淡하다. 어떤

類의 作品에서 볼 수 잇는 "나는 文學家임네" "普通사람과 다름네" 하는 厭憎하는 분을 발러 놓지 않엇기 때문에 더욱 愛着이 붙는다.

選者合評

第一回分은 成績을 매우 念慮햇으나 分量으로 보아서는 大成功이엇다. 오직 質로 보아 優秀한 作品이 없는 것이 크게 유감이다. 그것은 旅行 考査等에 關係가 잇은 듯하다. 다음 號에는 더 좋은 結果를 보기를 懇望한다. 이제 簡單하나마 所感을 적어 評에 대신한다.

紀行文

가장 投稿數가 많다. 그러나 어찌 그리 內容이 千篇一律로 "汽笛一聲 京城驛을 떠나서" 式이 많은지 모르겟다. 그리고 見聞 되는 모든 事物을 아모 選擇도 없이 죽 羅列해 놓으면 그것이 紀行文이 되느냐 하면 그런 것이 아니다. 적어도 듣고 본 물건 中에서 가장 興味잇는 것을 추려낼 만한 技巧가 잇어야 할 것이다.

그리고 規定 以上으로 너무 긴 글이 많다. 二千 字 以內라는 規定을 지켜 주기를 바란다.

또 紀行도 아니오 論文도 아닌 隨筆이 더러 왓는데 그것은 所屬이 不分明한 고로 不得已 割愛하엿다. 日後에 다른 機會가 잇으면 이런 것도 募集해 볼까 한다.

小說과 劇의 形式으로 된 것도 範圍 밖이라 하야 除外한 것을 아울러 말해 둔다.

新詩 及 時調

크게 傑作은 없으나 比較的 成績이 좋앗다. 童謠, 特히 近日 新聞雜誌上에 流行하는 無味한 童謠가 많이 잇은 잇은[156] 유감이다. 그리고 漢文字를

---

155 '「체」가'의 오식으로 보인다. 여기서 낫표(「 」)는 강조하는 의미가 있어서 맥락적으로 "「체」가"로 표기해야 맞을 듯하다. 본문에는 모두 따옴표로 바꾸었다.

많이 쓴 것 어떤 것은 日本文의 直譯 같은 것이 잇는 것은 좀 생각할 点이다. 表現의 技巧가 교묘한 것보다도 그 想의 크고 좋은 것을 擇하엿다.

選外佳作에도 버리기 어려운 것이 많은 고로 數篇을 發表한다. 다음 回에는 一層의 傑作이 나오기를 苦待한다.

論文

明快한 論理와 簡明한 表現이 없다. 그저 어려운 文字를 많이 쓰고 對句를 많이 놓아 舊套를 벗어나지 못햇다. 새 時代의 平易 簡素한 論体를 본받지 못한 것이 크게 유감이다. 그中에서 特히 고르고 골라서 裝飾이 가장 없고 內容本位인 글을 골라 보앗다.

文字 修飾으로 된 空虛한 글보다 質朴하게 表現된 內容 잇는 말이 더욱 좋다. 二篇만 우선 發表하고 次回를 기다리자.

書籍批評文

이 部는 가장 成績이 나쁘다. 도모지 五篇에 不過하고 또 그 內容도 신통한 것이 없엇다. 落選할 것이나 規定에 依하야 等級을 擇하엿다. 其中 二等까지만은 發表하기로 하고 그 남아는 割愛함이 좋을 듯하다. 다음 回에는 더 좋은 성적이 잇기를 바란다.

記事文

도모지 問題 밖이다. 應募 三篇에서 不得已 等級은 막이어 發表햇으나 內容은 發表할 거리가 못된다.

新聞記事文이란 것은 어떤 事件을 要領잇게 正確하게 興味잇게 報導해야 하는 것이다. 너머 늘여 놓아도 안 되는 것이요 事實 中 重要한 要点을 빼먹어도 안 되는 것이요. 또 報告書모양으로 乾燥無味해도 안 되는 것이다.

現代의 新聞記事를 硏究해 보고 참으로 記事다운 記事를 보내 주기를 바란다.

---

156 '것은'의 오식이다.

謝告

이번 號에는 紙面關係로 一等 當選밖에 실리지 못한 것을 미안히 생각합니다. 실리기로 작정하고 이번에 실리지 못한 것은 다음 호에 실리겠습니다. 그러고 詩 一等 當選 「거문 구름이 뫃일 때」(平壤崇實中學校 金朝奎)는 不得已한 事情으로 揭載치 못하게 되엿으니 諒解주시기 바랍니다.(이상 68쪽)

鄭聖采, "序", 鄭聖采, 『少年斥候教範』, 少年斥候團朝鮮總聯盟, 1931.

少年은 家庭과 社會, 國家와 또는 人類 全體에 對하야 가장 貴한 寶物이다. 卽 산 寶貝이며 神과 갓치 創造力을 가진 寶貝이다. 그들은 神으로부터 지음을 밧아서 神으로부터 밧을 수 잇는 모-든 能力에 對하야 感受性을 가진 神秘한 贈物이다.

모-든 物件은 그 所有主의 性質과 意向에 짜라서 그 形質이 變하야질 수 잇는 것과 갓치 이 奧妙한 贈物도 亦是 父母와 社會의 敎訓에 짜라서 善良 有用하게 될 수 잇스며 또는 惡化無用의 人物로 되고 말 수도 잇는 것이다. 그럼으로 吾人은 各 그 家庭으로서 그 子女를 訓育함과 社會, 國家로서 그 民族, 國民을 培養하는 일이 그 얼마나 重大한 일임을 잘 알고 잇는 것이다.

그러나 少年은 決코 自由性이 업는 無感覺한 엇더한 所有物은 아니다. 그들은 當々한 自由性과 發達性을 가진 一個의 人格임을 니저바려서는 안 된다. 人格을 忙却한 訓育은 效果를 보지 못할 쁜 아니라 도리혀 不幸한 失敗에 싸지게 하는 트집을 만들 쁜이다.

少年斥候訓練은 가장 少年을 잘 理解하야 그 個性을 重要視하는 效果 잇는 訓練이다. 卽 少年을 訓練식힌다는 것보다도 少年 自身이 스사로 訓練토록 하는 指導運動이다. 假(이상 1쪽)슈 어룬이 하지 말나고 禁하는 일이면 少年은 己於코 하고 십허 하며 結局 한번 實行해 보고야 마는 것은 그들이 가진 사람의 根本性 中의 하나이다. 그 行動은 强制할 수 잇슬지라도 그 性品은 絶對로 强制치 못한다. 이것이 곳 사람의 自由이며 創造力이 包含된 發達性인 것이다. 이 點을 正當하게 利用하야 國家, 社會와 人類에 幸福을 增進식히는 動員의 一員이 되도록 訓練하는 方法이 卽 '스카웃팅'인 것이다.

"스카웃팅은 決고 深奧하고 難解스런 學術은 아니다. 여러분이 이것을 쏙바로 理解된다 할 것 갓흐면 이것은 愈快한 께임(遊戱)인 同時에 敎訓的이며 쏘는 이 訓練을 주는 者나 밧는 者가 함끠 그 恩惠에 잠기는 傾向이 잇는 것이다"라고 創始者는 말하엿다.

本書가 少年斥候指導者와 其他 讀者 諸位로 하여금 먼저 이 訓練의 精神을 理解케 되며 다음에 訓練 實際에 參考로써 必要케 되기를 바라는 바이다.

朝鮮에 少年斥候運動이 始作된 지 이제 十週年을 마지하야 이를 紀念하는 意思로써 『少年斥候敎範』 第一版을 發刊하는 바이다.

本書를 著作함에 際하야 『Scouting for Boys』, 『Handbook for Boys, Scouts of America』, 『The Patrol System』 及 『스카웃讀本』 其他를 重要한 參考書로 使用함을 暫記한다.

少年斥候團朝鮮總聯盟

幹事長 **鄭 聖 采** (이상 2쪽)

金東仁 외, "三二年 文壇展望－어써케 展開될까? 展開시킬까? 文壇 諸氏의 各別한 意見(一)", 『동아일보』, 1932.1.1.[157]

우리는 沈滯한 現 文壇에 適切한 打開策을 보내려 하야 「一九三二年의 朝鮮文壇은 어써케 展開시킬까? 또는 어써케 展開될까」를 主題로

一. 民族主義 文學은 어대로?

二. 時調는?

三. 프로 文學은?

四. 劇文學은?

五. 少年文學은?

六. 其他 等은?

七. 貴下는 어썬 述作을 내시렵니까

等 具體的 條目을 列擧하야 文壇 諸氏에게 意見을 叩하얏다. 이제 新年劈頭를 期하야 讀者의 아페 내노흐면서 이것이 文壇振興에 稗益됨이 잇기를 바란다.(無順)

金東仁(小說家), (一) "慈善週間의 메달일 쌘", 『동아일보』, 1932.1.1.

五. 少年文學이란 恒常, 少年 그것과 가티 單純히 同一한 軌道를 갈 박게 업다.

157 여러 사람의 답변 내용 중 '소년문학'(아동문학)에 관한 내용만 발췌하였다.

金晉燮(文學研究家), (一) "形成的 精神에 依하야", 『동아일보』, 1932.1.1.

五. 少年文學이란 恒常, 少年 그것과 가티 單純히 同一한 軌道를 갈 박게 업다.

廉想涉(小說家), (二) "각각 제 길을 밝을 박게", 『동아일보』, 1932.1.2.

五. 少年文學도 作家들이 鬪爭意識에만 熱中하야 잇는 동안에는 畸形的으로 發展될 것입니다. "어린이"의 "藝術"이란 點에 먼저 머리를 써야 할 것입니다.

咸逸敦(評論家), (二), "意識에 立脚된 것만이…", 『동아일보』, 1932.1.2.

(五) 少年文學은 가장 重大性을 包含한 것이라 생각하는데 그것을 展開시키려면 新聞雜誌와 學校 教壇과의 連絡을 取하는 外에 別道理가 업슬 것이외다.

金岸曙(詩人), (三) "民族으로 모여들 박게", 『동아일보』, 1932.1.3.

少年文學은 實로 寒心한 일이외다. 이 方面에 새사람이 나오지 아니 한다면 그야말로 위험한 줄 압니다. 少年文學이란 것이 只今 朝鮮에는 업는 줄 압니다.

李泰俊(小說家), (三), "가튼 길을 나아가라", 『동아일보』, 1932.1.3.

五. 少年文學을 바라기 전에 그의 生活부터 徹頭徹尾한 童心人의 出現을.

崔獨鵑(小說家), (三) "글세 별 수 잇겟슴니까", 『동아일보』, 1932.1.3.

五. 少年文學은 좀 더 寒心하게 생각됩니다. 昨夏에 小波 方定煥 氏를 他界로 보낸 것은 貧弱한 斯界를 爲하야 特記할 만한 損失이엇습니다. 今年에는 第二의 小波가 될 만한 新人이나 나왓스면 하고 기대립니다.

李秉岐(時調作家), (三) "참되고도 새로워야", 『동아일보』, 1932.1.3.

五. 少年文學은 少年들로서 자미잇게 읽을 만한 冊들을 만히 맨들어 내어 그들로 하여 항상 愛讀케 하고 新聞에나 雜誌마다 少年文藝欄을 두고 그들의 作品도 發表케 하여 自進 精進케 하엿스면 조켓습니다.

梁柱東(評論家), (四) "밋심을 줄 만한 文學을", 『동아일보』, 1932.1.4.

('五. 飜譯文學' 항에서 번역문학에 대해서만 말하고 少年文學은 답변하지 않음)

宋影(創作家), (五) "前期的 任務를 다하야…", 『동아일보』, 1932.1.5.

一. 멀지 안흔 將來에 民族改良主義로 變하고 階級對立이 尖銳化함을 따라서 植民地의 "土着 뿌르"의 態度와 一致되어 終局에는 露骨的인 自治派의 道具로 化할 것입니다.

三. 歷史는 進展되며 飛躍되느니만치 반드시 健實한 成長을 할 것입니다. 資本主義 文學이 歐美의 뿌르조아 革命이나 日本의 明治維新으로 말미아마 過去와 가튼 勝利와 發展이 잇섯고 또 지금과 가튼 沒落過程의 最後 段階에 서서 잇는 것과 마찬가지로 푸로 文學도 또 가튼 歷史的 軌道우로 行進할 것이니 그 强大完美한 建設은 爀爀히 到來될 것입니다.

다만 現在에 잇서서의 朝鮮의 푸로 文學은 前期的 任務를 다함으로 가티 아프로 닷칠 完全한 푸로 文學의 樹立의 準備行動을 果敢히 遂行할 것이라는 것을 밋습니다.

五. 劇文學과 가티 두 가지 流派로써 一은 沒落되고 一은 發展될 것입니다.

『어린이』를 中心으로 한 天眞派(뿌르 少年 敎養事業)(요사히 轉變을 宣言하얏스나 一種의 써내리즘에 不過한 듯합니다.)

『아이생활』 가튼 宗敎의 宣傳道具 그리고 亦是 鄭寅燮, 李軒求 氏 等이 거느린 小뿌르的 兒童藝術派(여기에 對한 科學的 批判은 나종에 쓰겟습니다) 等의 一切의 右翼은 沒落될 것이며

다만 『별나라』 『新少年』 等을 中心한 프로 少年文學群만의 獨舞臺가 갓거워 올 뿐입니다.

李軒求(文學硏究家), (六) "劇文學의 生命을", 『동아일보』, 1932.1.6.

五. 少年文學은 一九三一年에 잇서서는 一種 沈澱狀態를 일우엇다. 一九三二年度에 잇서서 少年文學의 進路는 地方少年으로 하여금 "壁新聞"과 가튼 形態를 밟아 少年 自身으로 하여금 集團的 文學運動에 參加시킬 것이요 이리하야 少年文學은 이 全般的 啓蒙運動과 步調를 가티하야 나갈 것이요 또 하나는 少年文學의 한 部門으로 가장 重要한 幼兒 對象의 文藝運動이 새로운 旗幟를 들고 나와야 한다. 이 文學은 充實한 또는 恒常 幼兒世界에서 呼吸하고 生活하는 이들로서의 새로운 提唱과 創作과 努力이 잇서야 할 것이다.

曹喜淳(文學硏究家), (六) "文學活動과 一般의 理解", 『동아일보』, 1932.1.6.

(五) 어린이를 精神的으로 薰育指導하여야 할 文學이란 見地에서 時代에 適合한 堅實한 少年文學의 建設이 絶對로 必要 且 急務라고 생각합니다. 이에는 더욱히 一般 家庭의 理解와 覺醒을 促進하여야 되리라고 밋습니다.

黃錫禹(詩人), (七) "全 文壇 閉業도 可也", 『동아일보』, 1932.1.7.

五. 少年文學은 在來의 千篇一律의 藝術童謠, 藝術童話 보담 少年小說(小唄) 少年講談 等을 盛大히 일으키되 少年 等의 文藝 諮問에 應할 少年文學相談所를 新聞 雜誌社 其他 機關의 處處에 設置할 것.

異河潤(文學硏究家), (八) "女流文人아 出現하라", 『동아일보』, 1932.1.8.

五. 一時 隆盛을 보혀 주든 少年文學은 이즉음 만히 衰退된 듯한 늣김이 업지 안타. 그것은 在來 少年文學者들의 實質問題에도 起因 되려니와 너무 쉽게 이것을 處理해버리랴는 弊習에서 一般文學者의 大部分이 여기 留意치 안어 왓든 싸닭이라고도 볼 수가 잇다. 짜라서 徹底한 指導精神을 가지고 이를 硏究하며 創作하야 眞摯한 活躍을 하려는 有志의 出現을 보게 되어야 할 것을 못내 깃버하는 同時에 이 問題가 좀 더 뜻잇게 具體的으로

展開되어 가기를 바란다.

尹白南(小說家), (九) "生活意識의 解釋 批判", 『동아일보』, 1932.1.9.

五. 이 設問에 對해서는 充分한 對答을 못함을 遺憾으로 생각한다. 少年文學에 對해서는 생각해 본 적이 적고 짤하서 이것에 對한 아모런 意見이 업다. 다만 漠然히 생각되는 것은 近來 少年雜誌가 퍽 줄어드른 일과 新聞紙 가튼 데에도 짜로히 少年 페이지 가튼 것이 만들려 잇지 안흔 것을 조금 不足히 생각햇슬 짜름이다.

金起林(詩人), (十) "新民族主義 文學運動", 『동아일보』, 1932.1.10.

五. (싸잡아 진술하고 있는데 少年文學에 대한 의견은 없음)

朴龍喆(詩人), (十一) "쎈티멘탈리즘도 可", 『동아일보』, 1932.1.12.

五. 少年文學은 그 氣分的 隆興時期를 지난 것 갓습니다. 無數하다는 말을 듯든 그 少年 雜誌 數 減少가 이 表徵입니다. 이로부터는 참으로 알맹이 잇는 作品이 그 참 讀者를 發見할 것입니다.

韓雪野(小說家), (十二) "生活感情의 再現傳達(上)", 『동아일보』, 1932.1.13.

푸로레타리아 藝術이 모든 在來의 藝術 中에서 斷然 頭角을 내노흐며 한 藝術運動으로서의 結成過程을 通하야 푸로레타리아 藝術運動이라는 歷史的 任務의 一翼的 擔當者로 모든 從來의 예술을 리-드하고 잇는 것은 論보다 事實이니 다시 蛇足을 加할 必要가 업다.

그러나 이에 이저서 안 될 것은 푸로레타리아 藝術運動은 그 歷史的 意義로 보아서 決코 다만 藝術 中의 "一物"은 아니라는 그것이다. 다시 要約해 말하면 "쑤르조와 藝術" "푸로레타리아 藝術" — 이라는 두흘 中의 하나이라는 二元論的 見解下에서 肯定되는 것은 아니다. 푸로 藝術은 이미 歷史的 必然性에 依한 今日의 藝術이요 今日 藝術運動의 擔當者다. 그것은 푸로레타리아가 쑤르조와 社會의 一部分 또 언제까지던지 對立 分化로 兩立되어 잇슬 것이 아니라 次期 歷史의 擔當者라는 것을 辨證法으로 把握함으로 해서 理解할 수 잇는 바이다. 마치 鷄卵에서 병아리가 孵化하듯이 後者가 前者의 遺産을 攝取하야 成長의 素材와 條件으로 한 것은 事實이지만 병아리는 이미 鷄卵과 兩個의 同等한 對立物이 아닌 것가티 푸로레타리아 藝術運動은 다만 藝術의 "一物" 또는 "一部分"이 아니라 實로 今日의 새로운 生命으로 發生 成長한 것이다. 그럼으로 우리는 以下 푸로 藝術運動의 展望과 打開로서 今日의 藝術運動을 云謂함이 가장 歷史的 客觀性과 必然性을 把持한 一元論的 妥當한 見解일가 한다.

푸로 藝術운동은 決코 誇張的 虛構的 自己陳醉와[158] 自己防衛로서 成長, 發展하는 것은 아니다. 그것은 勿論 嚴密히 客觀的 또는 主觀的 情勢에 依據, 制約되는 것이다. 그럼으로 그것이 如何히 展開될가? 또는 如何히 展開시킬가는 오로지 그 先行條件에서 抽出될 것이다. 卽 過去와 現前 過

158 '自己陶醉와'의 오식으로 보인다.

程에 綿密히 立脚하여서만 우리는 그 後行 段階 卽 將來를 歸納, 分析, 究明할 수 잇슬 것이다.

푸로 藝術운동은 모든 朝鮮의 現實과 가티 只今 바야흐로 多難한 荊棘의 路를 허치고 잇다. 이에 對한 詳細한 論究는 紙面關係로 略하거니와 우리는 只今 客觀的 條件에 依한 表面상 停頓을 果敢히 打開할 希求와 必要에 切迫되여 잇다. 우리가 主體的, 內部的으로 如何한 陣容을 整齊하고 잇다 하더라도 그것이 公然히 또는 잠행的으로 대중化하지 못하는 날까지는 우리의 任務는 發展的 命脈을 延長, 擴大, 强化할 수 업는 것이니 今後의 우리의 맨 큰 關心은 必然的으로 이 方向에 向하야 集中 結成되면서 一九三二年에 備하여야 할 것이요 하지 안으면 안될 것이다. 새로운 組織과 結成과 그 우에 立脚한 作品, 理論, 모든 活動을 아래로부터의 大衆 속에 果敢히 正當히 正條植을 함으로서만 우리의 運動은 擴大强化될 것이다.

이러한 立論下에서 우리는 이 一般論으로부터 푸로 藝術作品이라는 一具體論에 들어가서 一九三二年에는 勞働者, 農民의 生活感情, 感覺을 作品上의 脈膊과 血色과 血壓과 鐵筋으로 如實히 再現에 傳達하여야 할 것을 斷言한다. 우리의 藝術이 如何히 眞迫하게 愷功하게 大衆을 把握할가는 오로지 이에 專繫하야 잇는 것이다.

그리고 最近 푸로레타리아의 第一의 同×군으로서의 貧農의 蹶起는 確實히 藝術運動에 새로운 視野와 擴大의 現實的 基盤을 賦與하고 잇다. 이 問題는 朝鮮全般에 亘하야 重大한 同時에 藝術運動에 잇서서도 特히 重要視 되지 안흘 수 업는 問題다. 朝鮮은 農民의 나라다. 全人口의 八割을 차지하고 잇다. 그들의 솜씨는 무엇보다도 쑤준하고 廣汎하고 浩大한 바가 잇다. 그들의 急激 深刻한 生活의 分化와 의식의 昻揚은 藝術 領域에 그만한 反映을 必然으로 齎來하는 것이니 今後의 藝術운동은 또 이 境地를 打開하기에 用意하여야 할 것이다. 우리는 今後 공장지대와 아울너 광범히 농촌과의 긴밀한 레포와 련락을 取하면서 우리의 운동의 擴大 강화에 全力量을 총동원시켜야 할 重大한 모-멘트에 當面하여 잇다.(勿論 이리 함에는

文盲 其他 모든 不利한 條件이라는 藝術 普遍化上의 難關이 잇는 것은 事實이나 이것은, 相對 困難의 하나이요 絶對的 條件은 아니다. 이에 對한 私見도 잇스나 紙面關係 外에 身病으로 臥席 中임으로 以下의 設問은 極히 槪念的으로 簡記하는 수밧게 업다.) (이하 생략)

韓雪野(小說家), (十三) "生活感情의 再現傳達(下)", 『동아일보』, 1932.1.14.

五. 少年文藝 - 이것은 그들이 第二世의 後繼者이니만치 勿論 必要한 것으로 그들 自身의 發芽와 아울너 그 鞭韃, 指導, 敎養, 捉成은 當然히 藝術運動의 한 課題가 되어야 할 것이다. 그리고 그들은 成人보다도 새로 폭발하는 現代의 空氣를 가장 直感的으로 生活的으로 感受하고 잇는이만치 그들 獨特의 新境地와 新生面을 그들 一流의 特色的 眞實한 感覺으로 再現할 수 잇슬 것이다.

洪海星(演出家), (十三) "現實에 立脚·現實을 脫出", 『동아일보』, 1932.1.14.

5. 우리 成人이 文學을 가진 것과 가티 少年에게도 쏘한 文學을 가저야 할 것이며 갓지 안흐면 아니 될 것입니다.

少年의 詩인 童謠와 少年의 文學인 童話와 少年의 劇인 童話劇을 大衆文學의 建設과 發展함을 쌀하 그들의 心靈에 가장 適當한 發展을 圖하기 爲하야는 兒童文學의 敎化的 使命의 重任을 가진 眞實한 指導者가 잇서야 할 것입니다. 그리고 少年文學은 童性에 對하야 어느 程度까지

智的 統制와 叡敏한 直覺力과 現代 世界觀과 豊富한 創造力과 藝術的 整理를 머릿속에 너어 주는 純全히 兒童을 對象으로 하는 表現이여야 할 것입니다.

奴隷的 人生觀, 世界觀을 가진 者가 兒童文學을 創造한다면 그 作者 自身의 道德的 教育的 智的 人生的 標準을 가지고 兒童을 指導한다면 우리의 少年은 머지안허서 奴隷의 나라로 드러가고 말 것입니다. 그러한 指導者 미테 잇는 兒童은 奴隷의 宗教와 奴隷의 人이 잇슬 뿐입니다. 이러한 兒童文學 作品은 現實을 逃避하는 魔醉이며 奴隷 教化의 한 方法이 되고 말 것입니다. 이러한 것을 크게 警戒하며 人類解放戰線의 少年文學이여야 할 것이라고 생각합니다.

沈熏(小說家), (十四) "푸로 文學에 直言 二三(上)", 『동아일보』, 1932.1.15.

三. 프로 文學

作家들의 身邊에 災厄만 닥치지 안흐면 今年에는 質로나 量으로나 훨신 進展되리라고 봅니다. 프로 文學도 바야흐로 理論鬪爭期를 지나서 作品行動을 開始할 만한 나이(齡)을 먹엇고 또는 大衆的으로 迎合될 素質을 처음부터 가젓기 때문입니다. 그러나 아직까지는 數만흔 프로 作家 中에 造詣와 表現力을 가진 卽 一家를 이루운 作家가 다섯 손가락도 꼽아지지 안는 것은 크게 遺憾입니나. 장작갑이를 셉는 듯한 理論조각과 難澁한 感想文이나 그러치 안흐면 詩ㅅ줄을 發表한다고 프로 詩人, 프로 作家가 된다는 것은 朝鮮에서만 볼 수 잇는 奇現象인가 합니다. 이것은 一個 文藝讀者로서 率直한 感想입니다. 爲先 作家로서 그 力量이 認定 바들 만한 程度에 到達한 然後에야 비로소 問題가 되는 것이외다. 맑스主義者, 階級意識人, 또는 左翼同情者는 될 수 잇을지언정 하로밤 사이에 프로 藝術家는 될 수 업슬 것이외다. 거듭 말슴하거니와 나는 文藝讀者로서 朝鮮의 프로 藝術派라고 自他가 認定하는 분들에게 對해서 平素에 몃 가지 病통을 發見하고 잇습니다. 그中에 重要한 것만 몃 가지 條項을 들어보고저 합니다. 이것은 '프로레타리아' 藝術을 發展시키기 爲한 誠意에서 나온 直言임으로 勿論 誤解가 업슬 것이외다.

1… 아즉도 '카푸'만 하드래도 가튼 陣營 內에 理論이 統一되엿다고 볼 수 업는 것, 卽 統制 一絲不亂하게 된 것 갓지 안타. 그 反證으로는 自體 內의 暗鬪로 分裂이 자진 것, 卽 各自 爲 '리-더'가 되려는 것은 病통 中에도 가장 큰 것일가 합니다.

2… 對外 해서는 새로운 同志를 包擁해 드릴 雅量이 적다. 部落的 城壁을 싸어 노코 그 속에 들어안저서 獨善的 態度를 取할 쑨이요 積極的으로 圈外人의 意識을 轉換식키기에 努力하야 同志를 삼어 潛在勢力을 扶植할 줄 모른다. 某某 委員 數三名의 意見으로 固執으로 툭하면 손쉬웁게 除名, 聲討, 埋葬 等 苛酷(?)한 處分을 내리니 그것은 確實히 살이 살을 먹는 것이외다. 그러케 偏狹한 擧措를 反省치 안는다면 이 좁은 朝鮮 바닥에 果然 몃 사람이나 眞正한 同志가 될 것인가? 過渡期일사록 "量"을 豊富히 거더 모은 뒤에 "質"을 체질하는 것이 政策으로도 有利하지 안흘가 합니다. 要컨대 機關을 操縱하는 人物問題외다. 自體 內의 反動分子는 規約대로 處置하는 것은 맛당하겟지요. 그러나 隱密을 要할 것이요 어제싸지 同志라고 불르든 사람을 大罪나 지은 것처럼 公公然하게 發表하야 自己의 潔白만은 보이기에 汲汲한 것은 넘어나 度量이 적은 行動이다. 無數한 公敵과 私敵으로 두루마리를 하고 잇는 것은 運動 進展上으로도 큰 障碍가 될 것이외다.

3… 이제싸지는 鬪爭의 對象이 멧 個人이나 先入見으로 본 人物에 局限되어 잇는 듯한 嫌이 업지 아니합니다. 理論보다도 感情이 압흘 스며 甚至於 人身攻擊을 茶飯事로 역이든 버릇을 猛省할 쌔가 오지 안헛다 합니다. '쁘로'고 '프로'를 莫論하고 藝術家는 맛당히 理論으로써 또한 作品으로써 버젓하게 鬪爭할 것이니 作品의 優劣을 分析치 못할 만큼 大衆은

愚昧치 안흘 것이외다. 그러므로 作品의 成不成과 最後의 勝敗는 大衆이 判斷할 것이요 自畵自讚으로 일삼는 것은 도로혀 識者 間의 嘲笑거리가 될 뿐이외다.

沈熏(小說家), (十五) "푸로 文學에 直言 二三(下)", 『동아일보』, 1932.1.16.

4… 이제까지의 프로 作家는 그 大部分이 作家로서 가장 貴重한 體驗이 적다고 봅니다. 들쩨어노코 農民, 勞働者의 擁護者 가튼 口吻로 일을 삼으나 그 自身이 決코 '프로레타리아'는 아니외다. 몸소 웃통을 벗고 "호미"를 잡으며 팔을 거더 부치고 곡괭이를 들어본 사람이 거의 엄는 것가습니다. 卽 그 밧(田)헤서 자라난 사람이 드물다는 말슴이외다. 그네들의 生活을 生活하고 가튼 感情으로 움직이고 한가지 雰圍氣를 呼吸한 然後에야 비로소 흙냄새, 땀 냄새가 코를 찔르는 眞正한 '프로레타리아' 作品을 生産할 수 잇슬 것이외다. 그런 作品이어야만 無産大衆에게 感激을 주고 '아지·푸로'의 偉大한 效力을 發揮할 것이외다. 허득이는 無産大衆과는 그네들의 實際生活과 感情이 너무나 相距가 먼 것 갓습니다. 더구나 小뿌르에 屬하는 사람이 居之半이라고 斷定합니다. 草綠은 同色이어야 합니다. 同色이 되려면은 가튼 種子로 胚胎되어 가튼 흙 속에서 엄이 도다서 가튼 雨露를 밧고 자라야 할 것입니다. 아모리 銳敏하고 明晳한 觀察眼을 가젓기로서니 몸소 經驗한 基礎 우에 서지 안흐면 그네들의 손에서 만들어진 作品은 私鑄錢 갓고 붕어 砂糖 가튼 것입니다. 炎天에 溶鑛爐 아페서 부삽을 쥔 勞働者의 땀에 저진 手記가 보고 십습니다. 졂은 小作人이 흙壁에다가 鉛筆로 찍찍 갈겨쓴 단 몃줄 生活記錄이 읽고 십습니다. 理想과 實際의 懸隔 信念과 生活의 矛盾은 '인테리'로는 누구나 痛感하는 뭇직한 良心의 苛誅나 더욱이 프로 作家로서는 너무나 뚜렷한 二重生活을 自愧自責지 안흐면 모든

것이 虛僞요 僞善일 것입니다. 프로 藝術運動이 얼어난 지 여러 해 동안에 刮目할 만한 作品이 나오지 못하고 나왔다 하드라도 대개는 槪念的이요 '팜프레트' 直譯式이 되고마는 原因이 이 點에 잇다고 봅니다.

五. 少年文學은

別로 留意해 본 적은 업습니다만은 近來에 流行하는 童謠나 童話는 달콤한 哀傷的인 것이 만흔 것 갓습듸다. 亦是 環境 關係이겟지요만은 씩씩하게 자라야 할 우리의 어린이에게는 意識的으로라도 이 朝鮮을 認識시키고 십지 아니합니다. 少年文藝作家가 거의 어른들인 까닭에 그네들에게 對한 注文한 童心을 일치 안는 程度 限度 內에 進取的이요 活潑한 內容으로 童謠, 童話, 童劇을 創作하고도 作用하기를 바람니다.

鄭寅燮(文學硏究家), (十五) "世界文壇과의 連絡에(一)", 『동아일보』, 1932.1.16.

(一)과 (二)에 대한 답

鄭寅燮(文學硏究家), (十六) "世界文壇과의 連絡에(二)", 『동아일보』, 1932.1.17.

(三) 프로 文學에 대한 답

鄭寅燮(文學硏究家), (十七) "世界文壇과의 連絡에(三)", 『동아일보』, 1932.1.19.

(三) 프로 文學과 (四) 劇文學에 대한 답

鄭寅燮(文學硏究家), (十八) "世界文壇과의 連絡에(四)", 『동아일보』, 1932.1.20.

五. 少年文學

첫재 깃버할 것은 在來로 少年文學이라면 普通 文壇에서는 本領이 아닌 亞流의 副産物가티 取扱되든 것이 이번엔 普通文學 地位에까지 對等的으로 論及되게 問題를 提出한 것인데 朝鮮의 少年文學이 이제야 비로소 世人의 關心에 그 水準이 노파젓다는 것을 알 수가 잇서 마음솟 반가워하는 바이다.

이것에 對한 理論은 만흐나 簡略하게 나의 意見을 말하자면 在來의 史的 觀察로 보아 二期로 分할 수 잇고 이제 一九三二年으로부터 第三期에 當햇다고 할 수 잇다.

(一) 所謂 自然生長的 時期

(二) 方向轉換 提唱 以後

(三) 基本的 適用 硏究 出發

(一)은 童謠, 童話 等을 처음으로 朝鮮에 이르키든 初期 어린이運動 時代를 말함이니 이때는 大體로 모든 材料와 創作의 多元的 供給 時期로 볼 수 잇다. 小波 方定煥 氏의 先覺的 努力 其他 여러 少年雜誌와 地方 少年少女會를 中心으로 하야 움즉이든 때를 말함이니 이것은 第二期의 方向轉換을 부르짓는 이들이 自然生長的이라고 나종에 對立化시켯든 것이다.

第二期는 少年文學 乃至 少年運動을 第一期의 自然生長期를 지내 目的意識的 轉換, 다시 말하면 政治運動 乃至 經濟運動의 一翼으로서의 任務를 다하자는 것을 提唱한 以後이다. 그리하야 프로 文藝의 立場을 그대로 少年文藝에 適用하는 理論과 作品을 내게 되엇스니 이것이 한동안 盛旺한 깃발을 노피 세윗든 것이다. 이리하야 第一期 時代에 어린 讀者로 入選되든 少年들이 이제 靑年期에 들어 第二期的 態度로 轉換되어 스사로 作家의 立場을 세우려는 地境에까지 이르른 것이다.

그런데 近者 朝鮮의 情勢가 極히 자미업는 形便에 이르러 朝鮮 少年運動도 그 前의 盛旺한 活氣를 뜻지 못하야 多少間 쓸쓸한 늣김이 잇섯지마는 第一期의 立場 第二期의 立場의 二方面이 如前이 少年文學 創作界에 延長되어 왓든 것이다. 여긔서 第二期 云云하는 것은 第一期 것이 消滅되고 全然 第二期 主唱이 獨裁한다는 것은 아니다. 다만 第二期的 新要素가 加入되엇다는 대 不過하다.

그러나 以上의 두 가지 傾向의 少年文學에는 커다란 缺點이 잇섯스니 그것을 새로 關心해야 될 것이 筆者가 말하고저 하는 바 第三期의 少年文藝일가 한다. 그러면 이 在來의 缺點이라고 하는 것은 무엇이냐 하면 第一期의 自然生長이거나 第二期의 目的意識이거나 거기에는 "兒童의 年齡과 性向과 知識과 環境과 生理作用"을 科學的으로 硏究한 立場이 업섯고 特히 少年文學의 適用에 잇서서 其 對象의 感受 程度에 對하야 盲目的이엇다는 것이다. 實로 在來로는 漠然히 少年文學의 材料만을 創作하고 그 目的을 規定하기에만 汲汲하얏지 未成인 生長의 過程에 잇는 少年들에게 適用할 때의 階段的 基本 硏究가 不足햇다는 것이다.

少年文學 가운데는 在來 傳來 것이 잇고 새로 創作되는 것이 잇서 그中에도 少年들이 스사로 創作할 때의 指導도 잇지마는 主로 여긔서 어룬의 創作을 말할지라도 아모리 兒童을 생각지 안코 自己의 藝術 童心의 靈感을 지윗다 하자. 以上의 그 어느 것을 勿論하고 如何한 意味로서든지 少年을 對象으로 하야 생각하지 안흘 수 업스니 여긔에는 반다시 첫재 年齡에 따라 分類하여야 할 것이다.

(가) 用語選擇
(나) 長短區別
(다) 理解程度(內容)
(라) 取題分類

鄭寅燮(文學硏究家), (十九) "世界文壇과의 連絡에(五)", 『동아일보』, 1932.1.21.

五. 少年文學(續)

換言하면 齎來로 童謠를 짓는다 할지라도 用語가 非兒童的인 것이 만헛고 兒童 呼吸에 맛지 안는 거리가 잇서(特히 作曲에 잇서서 兒童의 生理的 過多 疲勞를 助長시키든 例가 만타) 또 內容의 難解와 不適當한 刺戟을 주어 도로혀 兒童을 망친 수가 만타. 이러한 事實은 오늘날 幼稚園 敎育이 그 弊害를 바다 圈兒가[159] 普通學校에 入學하면 처음은 性向이 교만하고 조금 怜悧한 듯하되 나종에는 幼稚園을 다니지 안코 入學한 兒童보담 低能이 된다는 말을 筆者가 某 師範學校 先生에게서 統計的으로 들은 實例가 잇다. 여긔에 우리가 實로 考慮할 問題가 잇고 現下 幼稚園 指導를 革新하지 안흐면 안 될 必要性이 잇는 것이다.

以上의 理論으로 보면 筆者가 少年文學을 敎育的 立場에 만히 關聯시키어서 생각된 것 갓다. 果然 그러하다. 우리가 事實上 少年文學을 創作할 때 自體의 童心의 發露이지마는 그것이 普通文學과 조금 더 다른 —— 自體의 創作理論으로서나 或은 敎養的 目的에서나 必然的으로 잇슬 —— 換言하면 創作 結果의 "品"과 "效果"가 어썬 適應 制限이 잇는 것이다.

特히 여긔서 말하고저 하는 것은 在來 少年文學은 너무나 大人的이엇스

---

159 '園兒가'의 오식으로 보인다.

니 幼兒를 爲한 少年文學이 今後로 만히 進展되기를 바라며 그 以上 少年의 것은 勿論 少年文學이 直接 어른의 鑑賞 對象일지라도 要컨대 以上에 말한 바 멧 가지의 硏究 條目이 銘心되기를 願하는 바이다. 兒童의 言語와 精神과 肉體는 어썬 階段을 밟아 進展되어 가는 것이다. 이것이 今後로 少年文學에 關聯된 바 第三期的 基本 提唱인가 한다. 이것은 氣分 行動을 써난 實質的 妥當이다.

少年文學은 普通 大人藝術보담 그 社會에 미치는 數와 價値를 말하면 얼마나 더 만코 큰 것이다. 一般 文藝家들이 少年文學을 輕率히 생각지 안허야 될 것은 그 文化的 教化的 意義에 잇다. 그러고 마지막으로 願하는 것을 이 少年文學에 만흔 天分이 잇서야 할 女性이 朝鮮에서는 웨 그다지 적은가 하는 것이다. 女流文士가 적은 것도 朝鮮의 驚異러니와 解放 되지 안흔 處地의 朝鮮 女性이 普通 말하는 女流文士가 되기 어려운 여러 가지 心理的 理由와 客觀的 理由가 잇겟지마는 그러한 어려운 要素를 要치 안코 天性的으로 或은 必要上으로 少年文學에까지 關心이 無하다 하는 것은 朝鮮 女性의 能力을 크게 疑心케 하는 바이다. 朝鮮 女性 가운데 兒童文藝들이 만히 나 주기를 願하는 바이다. 朝鮮의 모든 어머니는 多少를 不拘하고 兒童藝術를 理解해야 되는 것이다.

鄭寅燮(文學研究家), (二十) "世界文壇과의 連絡에(終)", 『동아일보』, 1932.1.22.

(종합적 의견만 개진되어 있고 소년문학(아동문학)에 관한 내용은 없음)

李東珪, "少年文壇의 回顧와 展望", 『중앙일보』, 1932.1.11.

發展이 업는 데는 退步가 잇슬 뿐이다. 沈滯 그것은 벌서 退步를 意味하는 것밧게 되지 안는다. 一九三一年度에 드러서서 우리들의 少年文藝運動은 發展을 보여 주엇느냐? 그러치 안흐면 沈滯狀態에 빠젓섯든가. 우리는 簡單히 이들에 그것을 말하고자 하는 바이며 또 事情이 許하는 限까지 압흐로의 展開도 試驗하여 보려 한다.

資本主義 自體 內의 矛盾은 이미 勞働者階級의 發生과 成長을 보여 주엇스며 階級의 成長과 함께 거긔에는 必然的으로 새로운 階級者 層이 發生하엿다. 푸로레타리아 藝術의 發達은 그것이 歷史的 階級的 必然이요 決코 偶然한 事實이 아니다.

一九二九年은 萌芽時代로 發生한 푸로레타리아 少年文學은 一九三〇年에 드러서 初期의 成長을 보여 주엇고 一九三一年에 드러서서는 一層 더 그 地盤을 굿티고 씩씩한 發展을 나앗다고 우리는 斷言한다. 回復될 줄 모르는 慢性的 恐慌 그 가운데 階級××은 더욱 더 尖銳化하고 繼續的으로 일어나는 賃金減下와 解雇整理 이에 必然的으로 同伴되는 罷業과 失業洪水 資本主義××를 보여 주는 모든 現像은 勞働者階級의 生活을 餘地업시 脅威하며 失業者로 編成되는 그들의 數는 점점 上昇을 보여 주엇다.

이 모든 社會的 事實 그것은 少年層에게도 多大한 影響을 준 것은 多言을 要치 안는다. 授業料 滯納 等으로 校門으로부터 放逐을 當하는 數만흔 무리의 事實은 우리가 이미 新聞紙를 通하야 익히 아는 바이며 失業의 바람은 물론 어린 勞働者 層 그들에게도 불어왓지마는 父兄들의 失業으로 말매암아 갑싼 賃金에 몸을 팔어 長時間의 苛酷한 勞働條件 알에의 服從을 餘地업시 당해 가면서 勞働市場으로 進出하는 悲慘한 現實을 우리는 目睹하고 잇는 바이다.

이들의 모든 ××된 階級的 事實은 必然的으로 少年文壇에도 만흔 影響을 주는 同時에 數만흔 作品을 要求케 된 것은 뻔한 事實이다. 까닭에

××××× 等의 難關과 모든 客觀的 條件의 不利를 突破하고 『별나라』『新少年』誌 等을 通하야 數만흔 價値 잇는 作品이 多角的으로 生産되엿다.

少年文學 그中에도 그中 單純한 藝術形式인 童謠가 이해에는 質로써나 量으로써나 首位를 占領하엿다. 朴世永 氏의 「제비」「가을들」 其他 李周洪 氏의 「千字푸리」 其他 鄭靑山 氏의 「어린이날은 광고날이라지」 其他 朴古京 氏의 「개똥불 만세」 其他 宋完淳 氏의 「지주아들 싸마귀」 등 其他 筆者의 「우슬 놈은 우서라」「녀공」「이려러차」「밤일」 等 其他 洪九 氏의 「좋다 좋다」 等 其他 孫桔湘 氏의 「공장아씨의 노래」 洪銀杓 氏의 「울긴 왜 울어」 吳庚昊 氏의 「공장의 봄」 等의 優秀한 作品을 들 수 잇다.(이 外에도 李久月, 姜鷺鄕, 金明謙, 韓哲焰, 其他 諸氏 등의 作品이 잇다마는 記憶에 남지 안허 못 적는다.)

小說에 잇서서는 宋影 氏의 小說 「乙密臺」「失業한 아버지」 具直會 氏의 「참된 背信者」「무쏙 녕감」 等 姜鷺鄕 氏의 「黎明」「산에 가는 사나희」 其他 金明謙 氏의 「셋의 마음 한마음」「소년직공」 其他 玄東炎 氏의 「白蔘圃女工」 筆者의 「곡마단」「이쪽저쪽」「집안싸홈」 등을 들 수 잇다.

童話에 잇서서 鄭靑山(鄭哲) 氏의 「두더지와 쥐나라 전쟁」 宋素民 氏의 「코기리의 末路」 玄東炎 氏의 「숨쌔인 산양개」 등이 잇고 童劇에 朴世永 氏의 「홍개미」「掃除夫」 等 申孤松 氏의 「삼조애비는 어데 갓서」 吳庚昊 氏의 「무엇을 할가?」 洪九 氏의 「우지마라 누나야」 등을 들 수 잇다.

이상은 모다 記憶나는 대로 적는 데 지나지 못한다. 何如間 量에 잇서서나 質에 잇서서나 大人 文壇을 壓倒할 만큼 만흔 作品을 生産하엿다. 이것은 먼저 말한 바와 가티 社會的 모든 現像이 그의 原因이며 同時에 階級的 成長을 意味하는 것이다.

一九三一年의 우리들의 少年文壇은 씩씩한 步調로 一翼的 任務를 眞實이 遂行하여 왓다. 그런데도 不拘하고 뿌르조아 少年文壇의 不振 이것은 特記할 만한 事實이다. 그들은 今年에 드러서서 이러타 할 만한 作品 하나 못 내노앗슬 뿐 아니라 우리들에게 대하야 조고만 對抗도 보여 주지 못하엿다. 멧멧 作家들이 某某 雜誌를 通하야 썩은 냄새 나는 군소리를 되푸리하엿스나 벌서 少年文壇의 헤게모니의 地位를 喪失한 그들의 呻吟소리가 무슨 反響을 주엇슬 리 萬無하다. 그리고 문허저 가는 그들의 陣營의 다 썩은 기둥을 붓잡고 死守하려든 그들 가온데서도 怜悧한 멧멧 作家는 勇敢하게 이쪽으로 轉換하엿다. 흔들니는 그들의 陣營 그것은 우리들 文藝運動의 成長發展을 裏書하는 것이며 그들의 沒落과 새로 登場하는 새 主人에게로의 禪位를 暗示하는 것이다. 그들의 舞臺는 뒤ㅅ골목으로 개천으로 移動을 하고 잇는 것이다. 그리고 十二月에 드러서서 李軒求 氏가 觀念遊戱의 모듬 〈綠羊會〉의 '童謠 童劇의 밤'을 廣告하기 위하야 숨 넘는 이의 呻吟聲 가튼 「少年文藝의 文化的 意義」[160]라는 말도 되도 안는 要領不得의 戱筆을 시작하엿다가 同志 金友哲 君의 痛棒에 아조 녹아버린 일이 잇다.[161]

以上에 잇서서 넘우나 槪念的이나마 지나간 一年 동안의 우리들의 싸와온 實蹟을 大槪 말하엿다. 그러면 압흐로 우리들은 少年文藝運動을 어쩌케 展開식힐가? 하는 데 대하여 簡單하게 말하여 보련다. 지금 餘裕가 업서서 俱體的 理論은 展開치 못한다는 것을 미리 말하여 둔다.

먼저 우리들이 하여야 할 일은 作家들의 組織問題이다. 一定한 堅固한 組織體를 가지지 못하고 個別的 分散的 行動을 가지고는 우리는 重大한 任務를 遂行하기에 만흔 支障이 잇슬 쑨이다. 作家들을 한데로 結成식혀 가지고 正當한 理論 알에 우리는 統一的 行動을 取치 아니하면 안 된다. 運動의 正則으로는 朝鮮의 唯一한 藝術部門의 組織體인 캅푸 안으로 드러가는 것이 正當할 것이다. 그러나 캅푸 內에 少年部는 아직 設置되여 잇지 안타. 캅푸의 再組織 問題(이것은 誤解하여서는 안 된다. 內部組織의 변경을 말하는 것이다)를 가로 누혀 노코도 事情으로 하야 캅푸 안에서는 着手치 못하고 잇다. 그러면 캅푸 內의 整理 再組織 問題가 解決되는 날까지 기다려야 할가? 그보다 우리는 豫備的 組織으로 少年作家同盟을 結成할

160 이헌구(李軒求)의 「兒童文藝의 文化的 意義－綠羊會 '童謠 童劇의 밤'을 열면서(전3회)」(『조선일보』, 31.12.6~10)를 가리킨다.

161 김우철(金友哲)의 「兒童文學에 關하야－李軒求 氏의 所論을 읽고(전3회)」(『중앙일보』, 31.12.20~23)를 가리킨다.

必要가 잇다고 나는 생각한다. 그리하야 作家를 한데로 모아가지고 아즉 確實치 못한 동무는 더 訓練식히며 作品行動에 잇서서 監視와 嚴格한 批判을 주는 것이 조흘 줄 생각한다.

그 다음 作品 製作 問題에 드러가서 內容은 自暴的 墮落的 傾向을 가진 材料를 取치 말 것 相對層이 意識水準이 야튼 少年들인 만치 單純明瞭하게 읽어서 消化 잘될 것 空然히 解釋하기 어려운 文句를 너허 理解치 못한다면 그 作品의 價値는 零이다. 啓蒙的 內容도 조흘 줄 안다. 形式은 封建的 곰팡내 나는 形式은 버려야 한다. 물론 새로운 形式은 새로운 內容이 決定하는 것이지마는 "하더라" "아— 슬픈 일이다" 式의 케케묵은 形式은 그 作品의 效果를 削減한다.

그 다음 ××問題 ××問題이다. 우리들은 作品을 지어 놋는 것만으로 우리들의 役割이 끗나는 것이 아니다. 만히 그들에게 읽히고 그들을 깨우치고 위하야 글을 쓰는 것이다.

넘우나 不充分하고 不徹底하나마 더 쓸 餘裕가 업서 이것만으로 붓을 노흐련다. 賢明한 同志의 徹底한 具體的 理論의 展開가 잇기를 바란다.

(一九三一. 一二. 二八)

"보통학교 一二학년까지는 이런 이야기를 조하합니다—단순하고 재미나고 반복이 만코 공상적인 것", 『동아일보』, 1932.1.15.

원래 어린아이들은 이야기를 질기는 것이지마는 특히 너댓 살 때로부터 보통학교 一二년급 때에 제일 질겨합니다. 그러고 어썬 때에 가장 만히 듯고 시퍼 하느냐 하면 밤이나 놀다가 피곤할 때이겟읍니다.

"이야기해 주어—" 하고 조를 때에는 어린아이들를 본위로 생각하야 거절치 안는 것이 대절하다고 생각합니다.

이야기는 어린아이의 마음의 양식임으로 자긔가 밧브다고 이러저리 핑게하고 해 주지 안는다는 것은 어린아이가 배고파 할 때에 먹을 것을 주지 안코 그대로 내버려 두는 것과 가틉니다.

다음에는 이야기의 내용입니다. 너무 복잡한 것은 안 됩니다. 특히 조름이 올 때의 이야기는 천진스러운 것이 조흡니다. 즉 단순하고 그러고도 재미잇는 것. 그 재미잇는 것도 어린아이는 어른과 퍽 다르다는 것을 생각하여야 합니다. 례를 들며는 요전에 누님이 빨래를 말리고 잇을 때에 새(鳥)가 누님 코를 차고서 날라갓다는 이야기를 할 때에 어린아이들은 그것이 퍽 우수워서 쌀쌀 웃읍니다. 이러케 어린아이들은 단순한 것을 조하합니다.

그러고 동화는 교훈이 본위가 되어서는 아니 됩니다. 어린아이들이 제 생활을 반성할 만한 것을 취재하는 것이 조흘 줄로 미듭니다. 이것을 잘 리용한다면 그 어린아이의 성격을 교정하는 데 만흔 효과를 내일 수가 잇읍니다. 그러나 이것은 너무 의식적으로 하면 아니 됩니다. 아주 자연스럽게 취급하여야 합니다. 례하면 어린아이들은 공통으로 얼굴이나 손싯기를 실혀하는 것인대 이에 대하야 나무입은 비가 올 때에 실혀하지 안키 때문에 늘 깨끗하다는 것을 일러 들립니다. 그러면 자연에 대하야 어린아이들의 흥미가 생기며 짜라서 자기반성을 이르키는 것입니다. 이런 때에 주의할 것은 교훈식이 되어서는 아니 됩니다. 어린아이가 이야기를 듯고 잇을 때에 자연히 자연히 생각하게 되는 것이 대절합니다. 잠재의식(潛在意識)에만 드러가면 그만입니다.

ᄯᅩ한 단순하여야 한다고 말슴하섯는데 가령 간단한 이야기라고 하더라도 연맥이 다치 아니하면 아니 됩니다. 즉 처음이 잇고 사건의 움지김이 잇고 그러고 고비가 잇으며 결말이 잇는 조직이 필요합니다.

대체 어린아이들은 어ᄯᅥᆫ 이야기를 질겨하느냐 하면 현실적인 것보다 공상적인 것을 질겨합니다. 그리하야 점점 커질스록 공상적인 것에서 현실적인 것 즉 실재한 옛사람의 일화(逸話) 가튼 것을 조하하게 됩니다. 이ᄯᅢ가 어머니가 마음먹은 대로 교육할 수 잇는 ᄯᅢ입니다.

다음에는 이야기하는 비결 즉 기교(技巧)인데 이것은 어머니가 이야기할 것을 조하할 것 무엇을 이야기하려는 것을 잘 알어야 할 것입니다. 어린아이라 조르는 바람에 시른대로 이무적으로 하든지[162] ᄯᅩ는 아무 준비도 업시 이야기를 하기 시작햇다가 중도에서 중요한 일이 ᄲᅡ진 줄을 ᄭᅢ달고 다시 되푸리하는 것은 아주 조치 못합니다. 이야기를 ᄰᅥ내엇스면 거침업시 하야 어린아이와 어머니가 가튼 분위긔에 싸이어야 합니다.

그러고 그 이야기 중에서 제일의 메세지를 집어내 가지고 어머니가 그것을 어린아이에게 전하려고 생각하면서 이야기하는 것이 대절한 요건입니다.

이러케 마음 드려서 하면 어린아이가 자연 재미를 부처서 특별한 성색을 쓰지 안트라도 ᄯᅩ한 여러 가지 기교를 쓰지 안터라도 성공할 수 잇읍니다. 그럼으로 말솜씨는 그다지 중요한 것은 아닙니다. 말초적인데 불과합니다. 무엇보다 애정이 제일입니다.

애정이 잇는 어머니에게는 어린아이에게 들려줄 이야기와 자장노래가 창조됩니다. 그러고 일긔와 가티 적어 두면 그 어린아이가 성장한 뒤에 큰 보화가 될 것입니다.

신년 새해의 정월부터 시작합시다.

---

162 '시른대도 의무적으로 하든지'(싫은데도 의무적으로 하든지)의 오식으로 보인다.

金大鳳, "童謠 批判의 標準(一), 『중앙일보』, 1932.1.18.

一

내가 말하고저 하는 童謠批判 標準은 決定的 規定도 아니고 妥協的 決意도 아니며 史的 見解인 것이다. 따라서 童謠壇의 信條도 아닐 것이며 原則的 基本 原理도 못 될 것이다. 엇재든 童謠도 作品인 以上 거긔에 準據할 批判 標準이 잇서야 할 것이니 하는 問題提示에 지나지 안흘 것이다.

그러나 이것이 비록 私的 見解이나마 童謠壇의 區區한 現象과 對立關係를 究明하여야 하겟고 兒童의 社會性과 現實性도 追求하여야 할 것이다.

그리고 兒童의 事物과 人事에 對한 心像과 事像을 考察하야 社會 機運의 影響과 意識的 動向도 엿보아야 할 것이다.

그것이 童謠 內容을 秤量하는 目標 確定이 되게다만 원악 兒童生活이 表面上 單的이나마 生活 內容에 잇서서는 複雜함으로 批判 標準의 着眼點도 一般 兒童의 心性과 理解力을 注視하여야 할 것이다. 勿論 一般 兒童心은 兒童 個人心과 相異되는 만흔 特徵이 잇겟지만 抽象的으로 分離한다는 것은 皮相的 觀察이라고 본다.

그리고 兒童에 잇서 그 精神 素質이야 千差萬別로 分類할 수 잇지만 兒童心理의 機能的 活躍은 外界 卽 社會的 諸般關係 經濟的 條件에 支配 依據되 것은[163] 事實인 以上 否認할 수 업다.

二

童謠는 兒童文學 中 特殊形式이다. 이것은 童謠의 取材內容 形式의 構成에 對한 問題이다. 말하자면 童謠도 다른 모-든 文學 形式과 가티 取材가 內容을 決定하고 內容이 形式을 決定할 것이다.

그럼으로 取材內容 形式이 構成上 緊密한 關係를 가지고 잇슴을 알겟거니와 그 關係가 必然的 結合이라 할 것이다.

---

163 '되는 것은'에서 '는'이 탈락된 것으로 보인다.

이 必然的 結合이란 말은 故意的 作成도 아니며 偶意的 造成도 아닐 것이다.

兒童의 直覺直感에서 어든 感情을 具體的 表現에 制作된 것일 것이다. 筆者는 이에 取材內容 形式에 對하야 愚見을 陳述코저 한다.

三

取材는 童謠의 內容을 決定하는 만큼 兒童生活上 感情의 實在의 反映의 一部를 말하는 것이다.

其 內容은 多樣多種이지만 大槪 人事上의 노래 傳統的 노래 無生物에 對한 노래 動物에 對한 노래 遊戱의 노래 等을 分類된다.

其中 어는 것이든지 表現된 要素는 單一한 것이니 分析함에는 至難은 업슬 것이다. 興味를 슬지 못한다면 取材의 不純이라고 보고 共鳴共感을 준다면 純이라고 볼 것이다. 不純한 中에도 萬一 兒童의 想像力을 發揚하고 社會的 知能을 廣汎케 하고 兒童敎化의 不可分離의 要素로 되엿다든지 童謠의 社會的 任務에 緊要한 要素로 되엿다면 어느 程度까지 그 價値를 確定하여야 할 것이다. 兒童敎化와 童謠의 社會的 任務는 兒童들로 하야금 大人生活과 分離할 수 업다는 것과 그 生活心理와 感情이 經濟的 條件에 支配를 밧는다는 것을 基礎로 하고 自我階級의 利益 擁護에 對한 意識的 訓練과 對立階級 機構 內에서 그들의 要求 貫徹을 目標한 대 잇슬 것이라면 自明될 일이다.

金大鳳, "童謠 批判의 標準(二), 『중앙일보』, 1932.1.19.

四

童謠의 全 生命을 左右하는 것은 內容이며 內容의 主動은 兒童의 感情이다. 兒童의 感情이란 共通的 屬性 一般條件 特殊 精神能力을 無視해서는 안 될 것이며 이것을 考察하자면 社會的 生理的 文化的 見地에서 正確

한 解釋이 잇서야 할 것이다.

이리하여야 兒童에 對한 正當한 理解와 明確한 見解를 어들 것이다. 이것이 實로 至難한 일이다. 至難함으로 童謠批判 標準도 兒童에 對한 斷片的 觀察에서 系統的 觀察에 基礎를 두고 自己의 過去의 經驗과 現在 自己가 經驗하는 確信的 想像力과 思考 밋헤 檢討하는 데 지나지 안흘 것이다.

이러한 檢討는 科學的이 아님으로 排擊할지 알 수 업스나 어느 程度까지 童謠의 共通的 性質과 批判的 要素가 明瞭할 것이다.

그런대 童謠의 批判的 要素이란 것은 階級心理를 表現하려는 內容 決定과 發言 動機는 動機如何에 잇슬 것이다. 이 決定과 動機는 兒童 現實生活에 含有된 矛盾과 不合理에서 或은 叫喚과 歡喜에서 生成되는 必然性 有無에 쌀아 相異할 것이다.

그리고 共通的 性質이란 것은 童謠의 特有인 感情일 것이다. 그것도 階級的 立場에 쌀아 顯著한 差異가 잇슬 것은 勿論이다. 그럼으로 內容을 分類하야 본다면 溫健한[164] 것 返逆의 것 現實의 것으로 되여 잇다.

그러므로 童謠의 批判性的 要素와 共通的性 性質이[165] 合一하야 不自然한 것이 업고 知的 道德的 倫理的으로 보아 自然的 理解에 合目的의 情感을 주어야 할 것이다.

五

童謠가 兒童文學 中 特殊形式인만큼 童謠를 作成하는 形式에 잇서서 特別한 要求가 잇슬 것이다.

其中 根本要求는 端的 表現과 音樂的 構成일 것이다. 音樂的 構成이란 散文에 對하야 韻文 特殊한 音律 文體形式을 말함이니 그것엔 言語의 選擇과 配置에 잇슬 것이다.

그러고 單的 表現이란 兒童의 素朴性과 正直性을 具體的으로 表現한 것일 것이다.

---

164 '穩健한'의 오식이다.

165 '共通性的 性質이'의 오식으로 보인다.

六

上述한 바와 가티 取材內容 形式에 對한 私的 意見을 綜合해 보면 兒童生活 內容과 階級的 感情에 쌀아 制作 產出되는 作品도 달을 것이며 그 作品의 決定的 評價를 엇자면 批判標準도 달을 것이다.

그 標準의 規定要素는 兒童에게 形式과 韻律 取材와 內容 用語들이 共感을 주나 안 주나 이 두 가지에 對한 問題와 아울러 이로 構成된 作品이 兒童教化에 對한 發展性과 社會的 任務에 對한 役割性 等 여러 條件에 쏫처 決定的 評價를 討究하여야 할 것이라고 밋는다.

選者, "新春文藝 童話 選後言(一)", 『동아일보』, 1932.1.23.

一

이번 本紙 新年懸賞 童話는 總數 一百五十篇에 達하엿다. 그 大部分이 力作이엇던 것은 참으로 作者 諸氏에게 敬意가 表해지는 同時에 文壇의 氣風을 爲하야 欣賀할 일이엇다.

그中에서 朴世琅[166] 氏의 「엿단지」 一篇을 入選으로 하엿거니와 「아름다운 죽엄」은 참으로 눈물겨운 佳作이엇고 「고무신」도 輕妙한 佳作이엇다.

원래 이번 懸賞募集의 主旨는 實生活 童話의 建設에 잇섯다. 在來에는 童話라면 寓話만인 줄로 알다십히 하엿다. 달님이 말하고 원숭이가 말하고 도깨비가 나왓다. 이러한 寓話도 存在理由가 全然 업는 것은 아니다. 이놉의[167] 寓話를 머리로 하야 그림, 안데르젠의 寓話的 童話는 不朽의 價値를 가지기도 할 것이다. 想像力이 奔放自在하야 수수깡을 다리 샅에 씨고도 말을 탄 感興을 가지는 兒童들에게는 生物, 無生物을 왼통 人格化하야 自由自在로 架空的 이야기를 지어 내이는 것도 할 만할 일이다. 그러치마는 이것은 第二義的인 것이 아니면 아니 된다. 童話도 第一義的으로는 實生活을 材料로 한 레아뤼즘이[168] 아니면 아니 될 것이다.

그 理由는?

그것은 簡單하다. 兒童時代로부터 實人生을 맛보게 하는 것이 一. 空想에 醉하는 習慣을 길우지 아니하고 "굿은 現實"을 씹어 消化하는 힘을 길우

166 소설가 박화성(朴花城)의 필명이다. 윤석중의 『어린이와 한평생』(범양사출판부, 1985)에 "소영(素影) 박화성(朴花城)이 살고 있었다. 메지로(目白) 일본여자대학에 다니면서 그의 처녀소설 「백화(白花)」를 다듬고 있었는데 그 뒤 이 소설이 신문에 연재될 때, 박세랑이란 이름으로 「엿단지」 동화가 신춘문예에 당선되기도 했는데, 만리타향에서 친누님을 만난 듯싶어, 그를 종종 찾았다."(121쪽)란 구절이 있다.

167 '이숖의'의 오식이다.

168 '레아리즘이'의 오식이다.

게 하는 것이 二. 兒童時代부터 社會의 機構와 人情의 機微를 배호게 함이 三이다.

더구나 朝鮮兒童과 가티 神話的 氛圍氣(非科學的인 社會와 家庭의 環境에서 오는) 속에서 生長하는 이들에게는 아조 짝짝한 現實 料理를 먹일 必要가 잇다고 밋는다. —— 이것이 이번 本社에서 實生活을 材料로 한 童話를 募集한 싸닭이다. 햇더니 應募者 諸氏는 十分 本社의 主旨를 理解하엿다. 이것은 한 번 더 感謝할 일이다.

二

이번 應募한 童話(차라리 兒童小說이라 함이 合當할 것이다.) 一百五十篇을 取材別로 나누면

(1) 生活難 階級的 不平을 主로 한 社會主義的 傾向을 가진 것이 約 四割이오

(2) 氏族的 英雄心과 不平을 主로 한 것이 約 三割이오

(3) 이번 滿州 遭難同胞 問題로 兒童이 奮起하야 民族愛를 發露하는 것을 主로 한 것이 約 二割이오

(4) 其他가 約 一割이다.

그런데 新聞紙上에 揭載하는 것을 目標로 하는 當選者로 본면 檢閱官을 念頭에 두지 아니한 作品이 넘어도 만핫다. 이것은 童話에서만 그런 것이 아니라 小說, 戱曲, 童謠, 新詩에 잇서서도 다 그러하엿다. 우리는 이에 對하야 多言하려 아니 하거니와 오직 文筆에 從事하랴는 이에게 一言할 것은 무릇 무엇을 쓸 째에든지 檢閱官의 存在를 念頭에 두지 아니하면 아니 된다는 것이다.

兒童의 實生活에서 取材한다고 반다시 生活難, 階級的 不平, 民族的 不平을 主로 하지 아니하면 아니 될 것은 아닐 것이다. 소비에트 로시아의 革命 後의 童話를 보건댄 例를 들면 소로부터 구두가 되어 市場에 나가기 싸지의 이야기 모양으로 또 甲이라는 兒童이 汽罐車를 보고 거긔 限업는 愛着과 疑問과 研究心을 가지고 研究에 向하는 이야기 모양으로 無限한 材料가 잇을 것이라고 밋는다. 나는 作家들이 푸로 文藝라든지 階級意識이

라는 桎梏에만 배우지 말고 좀 더 넓고 自由로는[169] 處地에서 兒童文學을 지을 考慮를 하기를 바라지 아니할 수 업다.

選者, "新春文藝 童話 選後言(二)", 『동아일보』, 1932.1.24.

三

手法(테크니크 又는 技巧)에 關하야서는 "퍽 洗練되엇다"는 感想을 밧앗다. 文法的으로 보아 綴字法, 措辭의 不統一이 만은 것은 다만 個人作家의 責任에만 돌릴 수는 업는 것이니 이것은 첫재로 朝鮮語文이 아직 統一 整齊되지 못한 것과 新作家와 一般民衆의 文範이 될 만한 朝鮮文學이 豊富치 못함과 初等, 中學校의 朝鮮語敎育의 蔑如에다가 그 責任의 大部分을 돌릴 수박게 업을 것이다.

다음에 形式에 잇어서는 이번 應募童話 中에 가장 많은 것이 小說的인 것이엇다. 다시 말하면 말해서 들려주기 위한 童話라기보다는 글 볼 줄 아는 사람이 읽을 童話엿다. 다시 말하면 兒童小說이엇다. 이것은 잘못은 아니다. 普通學校 四五學年 程度로부터 高等普通學校 一二三學年 程度의 少年의 讀物로서의 兒童小說도 極히 必要한 까닭이다.

그러나 아직 제 힘으로 글을 읽 줄은[170] 모르는 兒童을 들어 말해 줄 童話(童話의 正統이라고나 할까)는 極히 적엇다. 많은 作者들은 이 點에 對해서는 注意를 하지 아니함이 아닌가 하는 感이 업지 아니하엿다. 혹시 實生活에 取材하라고 한 本社의 注文이 오직 兒童小說을 意味함이나 아닌가고 생각할 수박게 업도록 그처럼 "아이들에게 들려줄 이야기"로의 童話가 稀少하엿다. 이것은 遺憾이라고 아니 할 수가 업스니 이 點으로 보아서 兒童小

169 '自由로운'의 오식으로 보인다.

170 '읽을 줄은'에서 '을'이 탈락한 오식이다.

說 乃至는 少年小說과 童話와를 截然히 區別할 必要가 잇슬가 한다.

兒童小說이 아닌 童話는 文章의 主가 아니오 이야기가 主라야 할 것이다. 다시 말하면 이야기의 材料와 프로트의[171] 波瀾曲折을 主로 하여야 할 것이다. 다시 말하면 讀者를 爲한 것이라야 할 것이다. 이것이 不足한 것이 遺憾이엇다. 이 點에 잇어서도 이번 入選의 「엿단지」가 比較的 뛰어낫다 할 수박게 없섯다.

四. 精神

다음에는 精神問題다. 精神을 意圖라고도 할 수 잇지마는 精神이란 것이 도로혀 含畜이 많흘 뿐더러 慣用語요 作者의 人格의 反映하는 點에서도 이 말이 더 合當할 뜻하다.

아모리 取材와 프롵과[172] 手法이 다 좋다 하더라도 作品에 最後의 生命을 주는 것은 精神이라고 아니 할 수 없다. 우리가 말하는 재미라든지 知識이라든지는 取材, 프롵, 手法에서 얻을 수가 잇다고 하더라도 우리가 말하는 感動이란 것은 오직 精神에서만 오는 것이다. 이른바 作品에 깊이를 준다는 것이 이 精神이다. 이것은 모든 藝術의 生命이 되는 것과 같이 兒童小說이나 童話에서도 生命이 되는 것이다. 어떤 作品의 精神의 如何를 測定하는 方法은 그 作品이 讀者, 또는 聽者에게 주는 感動의 노픠와 깊픠와 밋 그 永續性에 잇다고 할 것이다. 이러한 感動을 주는 힘은 決코 才에 잇는 것이 아니오 오직 人格에 잇는 것이다.

우리가 어떤 作品을 읽을 때에 當場은 파뜩 재미도 잇고 感動도 주는 것 같지마는 再讀, 三讀할사록 感興이 索然한 것이 잇고, 그와 反對로 어떤 作品은 再讀三讀할사록 그 感動이 더욱 깊어저서 그야말로 釋卷하기 어려운 것이 잇다. 이곧에 精神의 差가 잇는 것이다.

적은 북에서는 적은 북소리밖에 아니 난다. 아모리 힘껏 두들겨도 찢어질지언정 둥둥 엉성깊게 울리는 큰 북소리는 아니 나는 것이다. 이것이

171 '플로트의'의 오식이다.

172 '플롵과'의 오식이다. 아래도 같다.

作者의 人格과 修養의 힘이라 아니 할 수 없다.

그런데 이번 應募童話에는 이 精神의 要素가 不足한 感이 잇지 아니한가 한다. 재주와 이데오로기와 知識으로만 우겨대려 하고 偉大한 人格의 울림을 담은 것이 不足하지 아니한가 한다. 이데오르기와 知識과 재주(技巧라든지 프롯이라든지)는 얻기 쉽지마는 이 精神은 甚히 얻기가 어렵다. 電氣피아노ㅅ 소리는 스위치 하나만 돌리면 들을 수 잇지마는 偉大한 藝術家의 神韻은 오직 그 사람에게서만 듣는 것이다.

이 點에 잇어서도 「엿단지」는 그中에 出衆하다고 아니 할 수 없엇다.

取材의 新鮮味로 보든지 描寫의 輕快함으로 보든지 「아름다운 죽엄」이 도로혀 「엿단지」에 勝함이 잇고, 또 想의 奇警筆의 洒脫로 보면 「고무신」을 推할 수도 잇지마는 깊고 묵짓한 精神에 잇어서는 到底히 「엿단지」에 비길 수가 없다고 생각한다.

選者, "新春文藝 童話 選後言(三)", 『동아일보』, 1932.1.26.

五. 結論

이번 本社 新春懸賞文藝로 보면 質로나 量으로나 小說이 一位엿고 戱曲이 二位엿고 一童話를 三位라 하겟지마는(滿足과 큰 囑望을 준 點으로 보아 兒童作品이 第一位이지마는) 童話로 말하면 朝鮮에서는 아직 新發生時代에 잇는 藝術이다. 그렇게 文範이 없고 歷史가 幼穉한 童話에서 이만한 收穫을 하엿다는 것은 아모리 생각하여도 깃버할 수밖에 없는 것이다.

오늘날 朝鮮이 文學的(一般藝術 方面도 그러하거니와)으로 보아서 甚히 貧弱한 것을 自白하지 아니할 수 없음은 毋論이다. 우리가 가진 詩, 小說, 戱曲, 에쎄이 等이 모도 얼마나 되느냐. 全 民族을 먹일 糧食이 되기에는 아직도 渺滄海之一粟이다. 하물며 많은 民衆이 諷誦할 만한 民族的 寶物이라 할 만한 作品이 멫이나 되느냐. 이렇게 생각하면 朝鮮은 藝術의

饑餓者, 文學의 饑餓者다.

하물며 兒童에 이르러서는 "들을 이야기"(童話), "읽을 이야기"(兒童說), "부를 노래"(童謠), "읽을 노래"(童詩)를 통틀어 그 멫 편이나 되는가. 그들 朝鮮의 兒童들은 멫 마디 안 되는 非科學的, 非藝術的인 이야기와, 非童心的, 非朝鮮的, 非藝術的인 飜譯臭 코를 지르는 멫 篇의 童謠를 가졋을 뿐이다. 近來에 新童謠 作家들의 아름다운 童謠가 漸次 늘어가지 아님이 아니나 아직도 全 朝鮮의 兒童을 먹이기에는 亦是 滄海一粟이라고 아니할 수 없다.

여긔서 우리는 一般 文學界에서는 眞摯하고 偉大한 作家가 輩出하기를 바라는 同時에 그보다 더한 간절함으로 兒童文學 作家의 出現을 企待하지 아니할 수 없다.

尹鐵, "一九三二年을 마즈며 少年文藝運動에 대해서", 『新少年』, 1932년 1월호.

一九二八, 九年 때의 少年雜誌의 洪水 時代가 생각납니다. 쏘한 웨? 그것이 썩구러지고들 말엇슬가 하는 것이 생각됩니다. 지금도 엇던 雜誌와 新聞을 通해서 自然主義文學 云云의 作品行動을 하고 잇는 少年들도 만습니다만은 그러나 그 時代에는 생각만 하여도 전 세게에 자랑하고 십흘 만치 有名한 文學少年들이 만앗섯습니다. 月刊雜誌에나 各 新聞에나 每月 每日 그들의 作品들이 굉장히 실니고는 하엿섯습니다. 그러나 내가 정신업다가 생각난 드시 다시 한 번 생각해 볼 때에는 나도 모르는 어느 사이엔가 少年雜誌 멧 개가 나오지 못하게 되여 잇고 新聞에도 少年作品을 그다지 실니지 안케 되여 잇는 것을 깨다럿습니다. 有名하든 文學少年들도 어느 새엔가 하나둘식 자최를 감초기 시작하고 잇섯습니다. 여기에 疑問이 안 생길 수 업습니다. 웨? 그들은 업서젓슬가! 雜誌 發行者(이상 7쪽)들이 역증이 나서 구만두엇슬가? 文學少年들의 글짓는 것이 실혀젓슬가? 안입니다.

一九二八, 九年째에 全盛한 自然을 노래한 글이나 애달븐 이야기와 갓흔 것들은 新興하는 푸로레타리아 少年文學으로 말미아마 自己자신들이 가는 길에 수습지 못할 혼잡을 일으키웟든 것입니다. 有名(?)한 作家들 대신에 푸로 意識을 多分히 가진 新進 文學少年들이 여기저기서 나왓습니다. 方向轉換한 사람도 만앗습니다. 雜誌를 경영하고 잇는 사람들도 左翼化되여 감을 짜라 自體 內에 矛盾은 自體의 沒落에까지 이르게 되엿든 것입니다. 쏘한 財政問題까지도 겸하여 노으니 雜誌들은 모르는 사이에 업서지고 作家들도 집에서 번민으로 시간을 보내게 되엿든 것입니다. 그와는 反對로 푸로 意識을 가진 文學少年들의 活動은 점점 활발해 갓든 것입니다.

× ×

『新少年』『별나라』에 실닌 作品을 一九三一年度 치만 살펴봅시다. 우리는 小說이나 童謠에서 農村生活과 工場生活을 써 노흔 것을 갈나서 二分하여 봅시다. 그러면은 小說이나 童謠나 農村生活을 써 노은 것이 좀 만흔 것을 볼 수가 잇슬 것입니다. 이것은 무슨 理由일가?

農村을 '테-마'로 한 作品이 만흔 것이 意識的으로가 안이고 文學少年들이 農村에 잇거나 故鄕이 農村이 되여서 農村에 일을 잘 알거나 하기 째문이라고 생각합니다. 그와 反對로 工場을 '테마'로 한 作品이 적은 것은 直接 工場生活을 하고 잇는 사람들 중에는 文藝에 관심할 시간이 업거나 都市의 文學少年들(이상 8쪽)이 直接 工場에 단니지 못하기 째문이라고 생각합니다. 그러나 『별나라』에는 工場을 '테-마'로 한 少年小說들이나 童謠들이 점점 만히 실니게 되는 것을 볼 수가 잇습니다. 旣成作家들이 意識的으로 工場에서의 少年들의 生活을 쓰게 되엿다고 생각합니다.

一九三二年度에 가서는 더욱 工場을 '테마'로 한 作品이 만히 나올 것이고 쏘한 나와야 할 것입니다. 우리의 가장 堅固한 主力部隊(六行 略)

× ×

여러분! 우리들이 엇던 雜誌에서 小說을 읽을 째에 그 小說을 쓴 글 문구는 아조 맵시가 잇것만 다 읽고 난 다음에는 이 小說은 무엇을 우리들에게 말하려고 하엿나? 하는 疑心이 생기는 것이 잇습지요! 그리고 쏘는 길-ㄷ다란 形容詞나 번잡한 表現方法은 읽으면서도 무슨 소리인지 도모지 갈피를 못 차즐 째가 잇습니다. 그런 것들을 우리들은 注意하여야 할 것입니다. 우리들이 小說을 쓸 째에는 勞農少年들의 生活과 가치 단순하게 쏙쏙히 알기 쉽게 자미잇게 써야 할 것입니다.

그리고 우리가 小說을 쓰기 前에 ××主義와 少年指導理論을 ××主義的 立場에서 正當히 理解하며 諸般 運動의 現 情勢도 넓게 깁게 알아야 될 것입니다. 그럿타고 『新少年』 十一月號에 李 동무가 「童謠를 쓰려는 동무들에게」[173]에서도 말한 바이지만 少年들에게 强烈한 푸로레타리아 意識을 注入식힌다는 것은 안입니다. 잘못하면은 小說 그 內容이 一見 푸로레타리아 少年小說가치 뵈이지만 자세히 보면은 푸로레타리아 少年들 生活과

173 이동규(李東珪)의 「童謠를 쓰려는 동무들에게」(『신소년』, 1931년 11월호)를 가리킨다.

(이상 9쪽) 압길에 잇서서는 안 될 것이며 現在 少年運動의 情勢에 맛지 안는 것이 잇기 때문입니다. 그러나 이곳에 工場과 農村에 잇는 동무가 自己의 經驗과 ×爭을 小說로 쓸 때에는 以上과 갓흔 意識水準은 要求치 못할 것입니다. 여하튼 우리는 階級 ××에 엇더한 意味로서든지 소용이 잇는 小說을 써야 될 것입니다.

그런데 이곳에 避치 못할 難關이 잇습니다. 그것은 검열 問題입니다. 우리가 正當한 理論을 파악(把握)하고 훌륭한 小說을 썻슬지라도 그것들은 大槪 世上에 發表되지 못하는 원통함을 當하게 됩니다. 그럼으로 우리가 小說을 쓸 때에는 "검열에 通過될 수 잇게" 하는 근심을 하지 안으면 안 되게 되는 것입니다. "××의 말노서밧게" 쓰지 못하게 되는 안타가운 努力을 안 할 수 업는 것입니다. 그러나 우리는 될 수 잇는 限度 內에서 理論의 正當性을 固執하여야 할 것입니다.

× ×

지금 朝鮮에 우리들의 雜誌로서는 『新少年』, 『별나라』이라고나 할가요. 그러나 그 두 雜誌가 모든 것이 正當하느냐 하면 그러치도 못하다 생각합니다. 아직도 여러 가지의 淸算할 것이 만흔 것입니다. 그러니까 우리는 正當한 少年指導理論을 세우는 同時에 直接 生産에 參加하는 少年大衆의 參加로서 우리의 雜誌를 바른 길노 키워 나아가야 될 것입니다.

그런데 每月 나는 小說과 童謠에 評을 쓰는 사람이 업는 것은 참으로 유감입니다. 『新少年』 十一月號에 孫 동무가 「『新少年』 九月 童謠評」[174]을 한 번 쓴 것을 보고는 보지 못하엿스니 正當한 評을 듯지 못하는 投稿家들은 自己의 밟을 正當한(이상 10쪽) 길에 어긋나기 쉬운 것입니다. 그럼으로 우리는 小說과 童謠를 各各 가장 少年文藝로서 모든 것에 깁흔 作家에게 評하여 주기를 기다리는 것입니다. 今年부터는 雜誌 編輯者는 그 점에 注意하여 주기 바라며 少年文藝 時評의 形式으로 써 주면 더욱 고마울 것입니다.

---

174 손길상(孫桔湘)의 「『新少年』 九月 童謠評」(『신소년』, 1931년 11월호)을 가리킨다.

여러분! 나는 이 우에서 몃 가지 少年文藝가 엇저니 小說이 엇더니 하는 말을 하엿습니다. 그런데 가령 내가 紙上으로 正當한 少年指導理論과 少年文藝論을 發表하며 훌륭한 作品을 내여 놋는다 합시다. 그리고 每日 집안 속에서 雜誌와 原稿장이나 뒤적어리고 안젓다 하면 그것은 價値 업는 일일 것입니다. 그것을 단지 내가 생각하고 잇는 것이 쑤르 少年들과 다를 쑨이지 그서 더 아모런 價値도 업슬 것입니다. 생각만 다르면 소용이 업습니다. 우리는 少年大衆과 더부러 갓치 놀고 갓치 일하고 갓치 組織의 한 사람으로서 잇서야 될 것입니다. …(以下略)… (이상 11쪽)

金友哲, "十一月 少年小說評－읽은 뒤의 印象을 中心 삼고", 『新少年』, 1932년 1월호.

나는 소년소설을 지어 본 적이 업다고 해도 過言이 안이다. 그러나 새로운 作品이 나오면 빠치지 안코 읽어 왓다.

나는 소년소설을 추겨들고 이러니저러니 하고 評하여 본 적이 없다. 그럿치만 새로운 作品을 끗까지 읽고 난 뒤 "그것은 참 잘되엿다"든가 "그건 너무 억지가 잇다"든가 하고 머리에 남는 印象은 잇다. 그것은 누구나 다 가질 수 잇는 共通된 點일 것이다.

이제 나는 評이라니보다도 읽은 뒤에 머리에 남는 印象을 中心 삼아서 짤막하게 이 글을 써 보려고 한다.

◇

『新少年』, 『별나라』, 『어린이』 —— 十一月號의 少年雜誌라고는 이럿케 세 권밧게 手中에 없다. 그중에서도 『어린이』는 요지음에 와서 우리들에게 새로운 얼골을 보혀 주려는 傾向이 보힌다. 그러나 아직도 옛날의 탈을 벗지는 못하엿다고손 치드래도 압날을 向하야 期待를 한다. 그리고 우리들의 잡지인 『新少年』과 『별나라』는 步(이상 28쪽)調를 갓치하야 씩씩하게 나가고 잇스니 힘을 준다.

그런데 한 가지 늣겨지는 것은 童謠에 比하야 少年小說이 量으로보나 質로 보나 퍽 遜色이 잇슴을 차저볼 수 잇는 것이다. 그야 勿論 童謠가 가지고 잇는 形式이 小說의 그것에 比하야 보다 더 簡單하고 勞農少年 大衆에게 갓가이할 수 잇슴에도 原因이 잇겟지만 作家들이 좀 더 힘을 써 주기를 바라는 바다. 作品이라는 모다 合쳐야 겨우 六篇이다. 文壇의 收穫철이라고 할 만한 가을 치고는 量으로 보아 퍽 貧弱한 收穫이라고 안이할 수 업다. 于先 作品을 들어보면 이러하다. ——「집안싸움」 李東珪(『별나라』), 「農夫의아들」 鄭興弼, 「少年畵家」 金思爗, 「새봄」 姜鷺鄕(以上 『어린이』) 마즈막으로 「녯생각」 具直會, 「산에 가는 사나희」 姜鷺鄕(以上

『新少年』 等)

그 밧게 『별나라』에 繼續物 두 篇이 잇스나 그것은 빼엿다. 그러면 이제부터 하나둘 추겨들고 짤막하게 적어 보자.

◇

「農夫의 아들」 鄭興弼 —— (『어린이』)

이 作品에 나타난 內容의 骨子만을 모아 본다면 수남이란 애가 학교에서 도라와 모자와 책보를 던지고 부모를 도아 퇴마루와 안마당을 쓸고는 다시 학교에서 써 가지고 온 오늘의 숙제도 할 겸 하야 소를 끌고 뒷산으로 올나가서 소를 노아 준 후 나무그늘에 안저서 산술 숙제를 풀고 잇는데 산 주인이 달려와서 애원하는 수남이를 뿌리치고 소를 빼앗서 가면서 "소 차저갈랴거던 소출을 무러야 한다"고 한마듸 말을 남겻다. 저녁때 아버지가 풀짐을 지고 들어와서 물을 때 마츰(이상 29쪽)내 오늘 생긴 일을 낫낫치 일너밧쳣다. 아버지는 "개굴이나 새뚝 가튼 데를 두어 두고 구태여 남의 산에서 멕일 필요가 무엇이니" 하고 꾸지젓다. 그러나 수남이에겐 산 가튼 데서는 소를 노아두고 먹이기 때문에 넉넉이 숙제를 한 수 잇는[175] — 이런 사정이 이서서 그리햇다는 것이다.

이런 일은 農村에 흔이 잇는 일이다. 경을 칠 줄을 번연이 알면서도 산술 숙제를 하기 위하야 남의 산으로 소를 끌고 올나갓다. 남이 속에 품은 사정은 몰으고 꾸짓는 아버지 앞에서 느껴 우는 것이 애처롭다. 그러나 이곧에서는 아모런 印象도 충동도 차저볼 수는 업다. 울퉁불퉁한 農夫의 아들을 볼 수가 없다. 좀 더 굵은 線으로 描寫하여야 할 것이다. 또 한 가지 큰 缺點이라고 생각되는 것은 農村에 對한 묘사가 없슴이다. 소를 몰고 산으로 올라갈 때 마을의 風景을 한 쪼각이라도 그려야 自然과 人物이 有機的으로 융합하야 健實한 "산" 人物로 읽는 사람의 가슴을 눌을 것이다. 그리고 이 作品에서는 "옛날도 옛날에" 式의 케케묵은 童話에서 받는 印象과 가튼 것이 잇슴이 흠이 안일까 한다.

175 '할 수 잇는'(할 수 있는)의 오식이다.

"그때이엇습니다. 어떤 젊은 사나희가 헐네벌덕을 치며 수남이의 잇는 곳으로 달려왓습니다." ── "그러자 날은 저무러 사방이 어둑할 때 수남이 아버지는…."

두어 개 례를 들자면 이러한 것들이다.

作者여! 꾸준이 精進함이 잇기를 바란다.

다음으로

「少年畵家」 金思燁 ── (『어린이』)

이 作品은 구태여 少年小說이란 形式을(이상 30쪽) 取한 것보담 "이야기"로 하엿드면 한다. 별로 新通한 內容도 업고 아모런 暗示도 주지 못하엿다. 素材의 羅列에 不過한 作品이다.

「새봄」 姜鷺鄕 ── (『어린이』)

영호는 첫새벽에 눈을 비비고 이러나서 신문을 배달하고는 보통학교에 가는 가난한 집 少年이다. 그리고 그는 밤의 거리로 만주를 팔러 단인다. 그 어머니는 방직공장에 단인다. 그들은 저녁밥을 치우면 모자가 함께 집을 나선다. 어머니는 밤일을 하려고 공장으로 ─ 영호는 만주 통을 메고 밤의 거리로!…………

어느 날 밤 만주를 팔려 거리에 나갓다가 마즈막으로 극장 골목으로 들어서랴고 할 때 가튼 반 애들과 마조첫다. 동무들은 비우섯다. 그러나 하나도 흉 될 것은 업섯다.

월말(月末)이 되면 신문갑을 바드러 단이기 때문에 학교를 결석하게 된다. 그런데 바로 금음날 되는 그 다음 초하롯날 학교 선생은 어저께(금음날) 왜 결석햇느냐고 물엇다. "마쥬 팔랴고 결석햇지" 하고 남석이(극장 앞에서 본 애)가 쏘군거리는 것을 바더서 여러 생도들이 우섯다. 그러나 영호는 태연햇다. 그리고 그날부터 "아니꼬운 애놈들의 조소하는 꼴이 보기 시러서" 학교를 그만두엇다는 것이 이 소설을 역근 뼉다귀다.

前作 「산에 가는 사나희」보다고 整然한 맛을 주는 作品이다. 場面 맨 끄테 "새봄－밤"이라든가 "심야－정적"이라든가 한 手法은 새로운 맛이 잇다. 그리고 場面과 場面이 有機的으로 잘 련결되여 이(이상 31쪽)서서 읽는

사람으로 하여금 눈앞에 활동사진의 '스크린'을 보는 듯한 늣김을 준다. 그곳에는 쓸대업는 場面도 업다. 描寫에 잇서서도 統一된 것을 보혀 주엇다. 姜 君은 少年小說界를 위하야 힘쓰는 젊은 作家다. 새로운 領域을 發見하야 꾸준이 나가기를 바란다.

◇

「옛생각」 具直會 —— (『新少年』)

부모 업는 아해 의지할 곧 업는 아해들이 모혀 잇는 孤兒園에도 가을바람은 불어왓다. 모이를 주든 수남이는 자긔를 부르는 소리에 돌아다보니 가튼 쳐지에 노혀 잇는 孤兒園의 동무 은순이엿다. 그들은 서로 반겨 하엿다.

그들은 감독들의 눈을 피하야서 밧그로 나와 때때로 정답게 이약이하엿다. 오늘도 밧게 나와 안저서 지나간 옛날을 생각하고 이야기하는 것이 內容의 骨子다. 題材로 보아 좀 새로운 맛이 잇는 것을 撰擇하기를 바란다. 아모런 흠집도 차저낼 수 업슬 만치 익숙한 솜씨로 描寫하엿다. 이 솜씨로 좀 더 새로운 領域으로 進出함이 잇기를 作者를 위하야 부탁한다.

다음으로

「산에가는 사나희」 姜鷺鄕 —— (『新少年』)

일 년에 두 번 봄과 가을에 리 주사네는 소작인들의 품을 어더서 겨울에 땔나무를 자긔 산에서 벼이는 날. 점심때 좀 늣게 왓다고 밥을 어더먹지 못한 윤석이는 그대로 오든 길을 도라서서 산꼭댁이로 다름질치엿다. 석양이 되엿다. 벌서 한 짐식 걸머진 어른들은 산을 나려갓다. 홀로 남은 윤석이와 학수가 한 짐씩 한 후 쉬일 때 리 주사의 맛아들이 나타나서 지(이상 32쪽)게를 차버렷다. 이리하야 그들 사이에 싸홈이 일어낫다는 것이 骨子다. 農村 더구나 나무꾼의 生活과 感情을 如實히 묘사한 佳作이다. 흠할 곳 업다.

마즈막으로

「집안싸홈」 李東珪 —— (『별나라』)

여러 달 밀니여 오든 집세 때문에 회관을 빼앗긴 지 한 달 만에 김 동무의 힘으로 회관을 정할 수 이섯는데 김 동무는 자긔 공로를 밋고 좀 뽐내는 긔분이 잇서서 회원모집에도 지원자 이십여 명에 단 네 사람을 뽑앗슴으로 다른 동무들과 서로 감정이 대립이 되여 가지고 마즈막까지 고집을 부렷슴으로 김 동무에 반대하든 동무들이 자긔 감정을 눌으고 "사소한 감정을 버리자. 그리고 신중히 우리들의 하여 나갈 일을 의론하고!" 하엿슴에도 불고하고 김 동무가 감정을 풀지 못하야 대회는 유산되고 말엇다. 이 감정적 대립으로 말미암아 이러난 집안싸홈은 회의 힘을 약하게 맨들엇스며 새로 들어온 회원들에게도 이만한 수치가 업다는 것이 內容이다.

이 作品은 만흔 "생각"과 뜻깁은 暗示를 주엇다. 그리고 이 作品이 高調하야 마지안은 것은 "어듸까지 커다란 양보와 自己犧牲을 이저서는 안 된다"는 것이다. 個人的 感情을 싯처버리고 게급적 立場에 돌아오지 안으면 안 된다. 그러타면 운동자로서는 어느 때라도 양보와 自己희생을 니저서는 안 된다는 데 重點이 잇다.

作者는 前作에 比하야 새로운 領域으로 작고작고 進出하고 잇다. 끝으로 作者의 健斗를 빈다.

◇ (이상 33쪽)

이로써 作品評은 끝낫다. 붓을 들 때 퍽 짧게 쓰랴든 意圖가 틀려젓다. 已往 이럿케 된 바에 몃 마듸 더 요지음의 感想을 加筆하여 두련다.

첫재로 少年作家들에게 부탁하는 것은 힘과 熱이 없는 百作보다도 現實우에 立脚한 힘 잇고 熱 잇는 一作을 내여놋키로 하자는 것이다. 나는 決코 우越한 立場에서 말하는 것도 안이다. 서로서로 忠告도 하고 배워 나가자는 간절한 意味에서 말함을 諒解하여다고.

둘재로 늣겨지는 것은 農村을 主題로 한 小說에 비하야 볼 때 工場을 題材로 한 것이 퍽 遜色이 잇슴을 보는 것이다. 우리들은 職場에서 떠나 딴 生活을 하고 잇는 일 인테리 作家에서보다 職場에서 일하고 잇는 동무들 가운데서 새로운 作家 新進作家를 要求하여 마지안는다.

생각이 가는 데로 썻기 때문에 퍽 만흔 誤謬를 범하엿슬 줄 밋는다. 동무들의 鞭撻과 참된 指導를 바라며 붓을 놋는다. —(끝)— (이상 34쪽)

李孤月, "(受信局)灰色的 作家를 排擊하자", 『별나라』, 1932년 1월호.[176]

本誌 五月號 受信局欄을 通하야 金血起 氏의 「投稿作家 八人 동무에게」[177]라는 寸評을 읽고 筆者도 同感이엿고 共鳴이엿슴으로 이에 때느진 感이 없지 아니하나 鈍筆을 들어 멧 마듸 쓰는 바이다.

近日 投稿作家의 작품 행동을 살펴볼진대 灰色的 分子의 傾向을 가지고 잇는 작가들이 非一非再이엿다. 이 잡지에서 금방 쑤르조아 작가의 행세를 하야 뿌르 작품을 쓰다가도 저 잡지에는 '쑤르조아'를 憎惡하고 '푸로레타리아'를 찬미하는 푸로 작가의 행세를 하야 푸로 작품을 쓰는 것이다. 아츰에는 쑤르 작가이다가도 저녁이면 푸로 작가가 되야 버린다. 이런 작가를 가르처 灰色的 變動(이상 38쪽)節 작가라고나 할까. 말하자면 푸로 작가면 완전히 푸로 작가의 體系를 나타낼 것이오 쑤르 작가라면 쑤르 작가의 行動을 取하는 것이 작가로서 가장 取할 바 정당한 행동임에도 불구하고 엇던 때는 푸로 작가연하고 쏘 엇던 때는 뿌르 작가然하야 終乃 자긔의 태도와 본색을 무더 버리여 時宜에 적합을 得하야 자긔의 입장을 유리케 하려는 회색적 작가를 우리는 埋葬하지 아니하면 우리의 陣營은 언제든지 늘- 정돈을 일허 混沌 沈滯狀態에 빠저 일보의 전진도 업슬 것이다. 동무들아 우리는 총동원으로 이들 회색적 작가를 철저적으로 排擊하자. 그리하야 그들 회색 작가를 모조리 淸算撲滅해 버리는 동시에 우리의 陣營을 더욱 견고히 만들자. 死守하자. 우리는 쑤르 작가 그들보담 쌀쥐가 되려는 그들 회색 작가가 더욱 可憎스럽다. 너의들도 만흔 각오가 잇서 오로지 한길을 밟아 나아가기를 바란다.

―― 一九三一. 一〇. 二六

글벗社에서 ―― (이상 39쪽)

---

176 원문에 '三長 李孤月'이라 되어 있다.

177 김혈기(金血起)의 「投稿作家 여덜 동무에게」(『별나라』, 통권50호, 1931년 5월호)를 가리킨다.

蔡夢笑, "(受信局)李孤月 君에게", 『별나라』, 1932년 1월호.

藝術에 대한 양심에 背馳된 행위를 취한 예술가에 대하여선 우리는 억지로라도 反省식혀야만 된다고 생각한다. 만약 그 얄미운 예술가의 주장을 容許한다면 예술 전체를 汚濁한 陷穽에 墜落시키여 버리는 것이다. 어굴하게도 남의 작품을 쌈쏙갓치 떠다 자긔의 것으로 발표하는 그 剽竊行爲 이것은 예술 도덕상으로쁜 아니라 온 사회의 모든 도덕에도 그 얼마나 汚名을 씻치느냐 말이다.

그러니 우리들은 이런 도적 행위를 도저히 용서할 수 업스며 반동적 그자들을 우리의 진영 내에 그저 둘 수 업는 것은 두말할 것 업다. 필자는 엇더한 見地로 대할 때 이런 행위는 세상에 갓금 잇는 행위보다도 더 크나큰 죄악이라고 할 것이다. 예술 전체의 양심을 汚名 씨친 것이다.

우리들은 여긔에 대하여 엄중히 이런 도적 행위 者를 매장하여 버려야 한다. 이것이 오직 우리의 의무와 책임이 아(이상 40쪽)니고 무엇이냐. 三長 李孤月 군이 上記에 합당한 一例인가 한다. 필자는 대예술가도 아니며 물론 評論가도 안이다. 다만 몃 종의 소년잡지를 애독하는 독자다.

다만 문외한으로 올나오는 義憤을 참지 못하야 이에 필자는 붓을 드러 충고하는 바이다. 군이여! 웨 그런 不美행위를 한단 말인가? 休刊인 『소년세계』 昭五[178] 第二권 第四號 독자작문란에 선두로 굉장히 팔표되엿든[179] 「류랑의 나그네」는 진실한 李 군의 창작인가? 군이여 과히 야속하다 말며 반감이나 사지 말나. 李 君 이것보담도 썩 압서 昭三 『별나라』 第三권 第六호에 동제로 서간문으로 발표되엿든 柳雲卿 氏 作品이 틀님업섯다. 李 君이 柳 氏의 것을 도적한 것이 틀님업셧다. 발표시일 선후를 보아도 확연한 것이 아닌가? 필자는 여긔서 서슴지 안코 군이 柳 씨의 것을

---

178 '昭五'는 쇼와(昭和) 5년을 가리킨다. 1930년이다. 아래 '昭三'은 1928년이다.

179 '발표되엿든'의 오식이다. 아래의 '팔표욕이니'도 '발표욕이니'의 오식이다.

도적하엿다고 지적한다. 다만 원작품 "학수"를 龍洙 "九月"를 正月로 "최덕수"를 리고월노 문구마다 죠곰 박귀엿 노흔 원작품과 죠곰도 틀님업시 싹 고대로 묘하게도 轉載되엿다. 李 군이여. 소위 이것은 싼 李孤月인가. 지상에서 시침을 싹 떼고 창작이니 팔표욕이니 하고 웃줄대이든 군이 이게(이상 41쪽) 무슨 실수인가? 晉州 鄭祥奎 군이며 긔타 몃々 동지를 공격하든 군이 아스시요 李 군이여! 우리 문단은 그런 거짓된 일터가 아닙니다. 그런 잘못인 심사를 하로밥비 一掃하시고 창작의 길노 쒸여나오시요. 공연히 죠곰한 발표욕과 명예욕에만 탐하지 마시고 좀 더 각오가 잇기를 바람니다. 더 쓸냐만 이만하면 군도 깨달을 것이고 쏘한 지면 제한도 잇겟고 해서 拙作으로 이만 擱筆함니다.

(妄言多謝) ―― (이상 42쪽)

李東珪, "少年文壇 時感", 『별나라』, 1932년 1월호.

지난해 일 년 동안의 우리들의 노력은 결코 헛되지 안엇다. 사실에 잇서서 무든 만흔 成果를 어더 가지고 잇다. 만흔 일을 한 일을 업서도 우리들의 렬은 식어 본 적이 업다. 항상 숨이 차게 마음 한번 턱 노아 본 적이 업시 우리는 힘써 왓다.

새로히 우리들 선에서 뒤써러진 동무도 생각이 나고 가면(假面)을 썻다가 정체를 나타내인 자의 생각도 난다.

세로이 싸와 엇은 작자도 만타. 그들만은 참으로 힘 잇는 작자이겟지? 그리고 올 일 년 동안 그들의 씩씩한 활약(活躍)을 긔대하여 마지안는다. 姜露鄕 金友哲 金明謙 韓哲焰 諸동무들!

今年에 들어서서 『少年世界』가 다시 나왓다. 첫 얼골부터 그런 잡지니 다시 우리가 긔대를 둘 수 업다.(이상 58쪽)

그리고 말이 나왓스니 말이지 우리들의 글 쓰는 態度도 지금 우리들 몃몃 사이에 문제가 되여 잇다. 비게급적 출판물에 글을 쓰는 것이 올흔가? 안 쓰는 것이 올흔가. 우리들에게 통일적 조직이 업는 탓으로 이런 일에 대하야 갓흔 행동을 취하지 못함은 유감이다. 그러나 우리들 몃몃끼리 아직 그런 데는 안 쓰기로 하엿고 또 안 쓰는 것이 우리들의 선을 혼란식히지 안는 데 대하야 정당하니 동무들은 삼가해 주기 바란다. 우리들의 당々한 두 잡지가 잇는 이상 여긔저긔 원고를 느러노을 필요가 업지 안은가.

◇

아직도 도회이고 지방에 삼천리강산이니 백의민족이니 무궁화 벌판이니 하는 말을 입에서 토하는 동무가 퍽 만흔 것을 볼 째 우리들의 임무가 여간 크지 안타는 것이 절실이 늣겨진다.

작년부터 우리들의 세력이 벗적 느러 가고 힘이 세여지닛가 글개나 쓰는 멧 사람들 아니 멧 사람들이 아니다. 수만흔 그들이 일제히 우리들의 흉내를 내기 시작하엿다. 그러하여야만 그들의 작품이 우리들 잡지에 실니게 될(이상 59쪽)수 잇고 따라 일홈을 파라먹을 수가 잇는 까닭이다. 그들은 덥허노코 실감도 업는 작품에다가 그저 "부자놈"이니 "쑹々보"니 이런 문구를 라렬하기에만 애썻다. 작품은 정직한 것이여서 그러케 억지로의 작품은 그것을 독자로서의 우리에게 잘 말하여 준다. 그런 작자가 만타. 나는 그들이 나종에 엇더케 되나 하고 주목되고 잇다.

◇

작품의 모방이란 그러케 배격하고 십지 안타. 처음에 조흔 작품의 모방으로서 나종에 훌늉한 창작을 낫는 일이 만흐닛가. 그렇치만 이것도 도(度)를 넘기면 아조 드럽게 된다. 그것은 그러코 남의 작품을 도적하여다 내는 것 소위 "표결"[180]이 만흔 데는 기가 막힌다. 그것은 그들이 무슨 마음일까? 물논 빤하기야 빤하게 그들의 발표욕에서 나왓다는 것이라는 마음을 읽을 수가 잇는 것이지마는 그렇치만 이런 행위는 어리석음에 지난 어리석음이다. 세상 사람이란 그러케 눈이 업는 것은 아니닛가. 얼마 안 잇스면 그것이 남의 작품의 도적이라는 것이 발견되고 붓그러움을 당하는 일이 아닌가? 애초부터 이런 마음을 낸다는 것이 무지에 지나친 무지이다.

새로운 작가를 붓드러 이르킨다는 것 이것도 우리의 임무다. 우리는 될 수 잇는 대로 그들을 들처 내여 손을 잇그러 나가도록 하는 것이 조켓다.(이상 60쪽)

---

180 '표절'의 오식이다.

白岳, "一九三二年을 當하야－續刊號를 내면서", 『少年世界』, 제3권 제1호, 1932년 1월호.[181]

사랑스런 어린 동무들 그동안 『少年世界』 休刊을 얼마나 원망하엿든가!

그러나 『少年世界』는 一年이 넘게 여러분을 맛나지 못하엿스나 잠시 한 째라도 十萬이나 넘는 讀者 여러분을 이저 본 일은 업섯다. 그리고 『少年世界』는 그 任務를 다하기 위하야 힘써 왓든 것이다.

사랑스런 어린 동무들. 一年이 지난 오늘 續刊號를 發行하자 희망이 넘치는 一九三二年을 當하얏다.

새해를 맛는 여러분! 여러분은 續刊이 된 『少年세계』와 가티 씩씩하고 힘차게 엇더한 일을 당하든지 참고 나가겟다는 그 마음을 가삼 어느 한 구통이에든지 삭여 두어 주기를 바란다!

사랑스런 어린 동무들! 오즉 하나인 벗!(友) 『少年世界』를 어느 째든지 잇지 말어야 하고 사랑하라! (白岳) (이상 1쪽)

181 '白岳'은 『少年世界』 발행인인 이원규(李元珪)의 필명이다.

辛栽香, "少年世界 續刊을 마즈며", 『少年世界』, 제3권 제1호, 1932년 1월호.

오랫동안 沈滯하엿든 『少年世界』가 다시금 更生하야 五百萬 少年鬪士 압헤 健實한 길잡이가 되려 여러분 압헤 나오게 됨을 少年鬪士 여러분으로 더브러 깃버하는 바이외다.

複雜多端한 事情으로써 長久한 時日을 沈滯되엇슬 때 우리는 오즉 『少年世界』뿐 아니라 몃 가지 아니 되는 少年雜誌界를 爲하야 얼마나 슯허하얏든고! (이상 2쪽)

그러나 우리 同志 白岳 兄은 健實 且 眞重한 性質의 所有者이라. 內外로 事務 整頓을 完備하고 倍前의 氣勢로써 『少年世界』를 再生식히엇다.

우리의 바람은 오로지 無病長壽하야 쯧쯧내 永續될 것이며 眞摯한 指導者가 되어지기를 바랄 뿐이다.

暫時의 不運보다도 永遠한 將來에 쯧업는 希望에 突進하야지이다.

쯧흐로 質과 量에 在來 少年讀物界에서 取하야 온 것보다 좀 더 眞實하고 元氣 잇는 氣勢의 集團이 되엇스면 하나이다.(이상 3쪽)

李元珪, "(續刊 紀念)巡廻童話를 맛치고", 『少年世界』, 제3권 제1호, 1932년 1월호.

이 글은 무슨 紀行文이나 日記文이 아니다. 이번 巡廻童話會를 開催하기 위하야 忠南 全北 地方을 巡廻할 때 듯고 보고 늣긴 바를 조곰도 소김 업시 솔직하게 쓴 것이다. 그러나 紙面 關係로 간단히 소개하려 한다.

一. 가엽슨 青年들!

우리 一行 二人(筆者와 編輯者 安鍾和 氏)은 『少年世界』 續刊 紀念으로 忠南 全北 地方을 巡廻하며 童話會의 演士란 묵어운 책임을 지고 예정한 날자보다 나흘이나 늣게 떠낫든 것이다. 첫 번으로 예정하엿든 平澤을 十一月 二十一日 上午 八時 四十六分 京城 出發) 그리하야 간다는 通知를 미리 하엿든 『東亞』 『朝鮮』 兩 支局을 訪問하엿다. 그러나 『東亞』 支局長은 때맛츰 上京 中임으로 만나지 못하고 安鍾浩(支局 記者) 君을 通하야 단여갓다는 말을 부탁하고 섭섭히 그곳을 나와 『朝鮮日報』 支局을 訪問하니 이곳 역시 支局長은 出他한 關係로 記者 朴平山 金奎甲 兩氏와 名함을 교환한 후 온 뜻을 말하고 卽是(二十二日로) 童話會를 開催하기로 作定하엿스나 ××의 事情으로 開催치 못할 處地임을 알엇다. 그러나 엇더한 方法으로라도 朝鮮의 어린 사람을 위하야는! 아니 平澤의 어린 사람만이라도 위하야 開催할 必要를 늣긴 우리 一行 二人과 朴 金 兩氏와 그곳에서 所謂 無産兒童을 위하야 夜學을 設置하고 힘쓰는 ××青年會로 갓섯다.

그러나 ××青年會는 童話會를 開催할 만한 모든 條件이 便利함에도 不顧하고 結局은 失敗에 도라가고 말엇다. 이제 그 失敗한 경로를 자서히 쓰고 십흔 마음은 간절하나 그것을 쓴다면 도리혀 이 貴重한 紙面을 드러필 염려가 잇기에 고만두고 만다. 그러하나 한마듸로 부탁하고자 한다. 다른 幹部들은 만나지 못하야 모르겟스나 우리와 對面하엿든 幹部야? 좀 더 그대의 정신부터 修養한 후 쓴기 잇는 정성으로 압날의 希望이 가득한 어린 사람들을 지도하라! 이것이 무슨 童話會를 개최치 못하야 그것을 감정상으로써 하는 말은 절대로 아니다!

나는 이런 말을 들엇다. 地方 巡廻 興行 저급 演劇團體가 오게 되면 ×學인데도 불고하고 事×室이며 ×庭이며 ×室을 빌니여 使用하게 한다 하니 이것이 敎育者로서 할 일인가? 만일 모든 것을 희성하면서라도[182] 거기서 나오는 경경비로[183] ×學會 경비의 보충이 된다면(이상 17쪽) 요혹무괴의[184] 일이겟스나 그럿치도 안코 그 特典으로 ××會 幹部(×學 敎員)나 學童들에게는 ×料 入場을 하게 된다니? 그래 ×料入場이 그러케도 맛이 잇든가? 그럼에도 불고하고 童話會는 그간 學童들에 學課가 밀려서 主催할 수 업다 하니 우리는 그 심사를 알 수 업섯다.

君아! 돈 업서 배울 곳이 업는 學童들을 위하야 그와 가티 熱誠으로 敎育의 힘쓰는 것은 고마운 일이나 어린 사람들의게는 絶對로 업서서는 아니 될 童話임에도 불고하고…… 學科에 熱中한 그대들이 무엇 때문에 學科를 밀이게 하엿는가?

君아! 君에게는 童話가 저급적 지방 흥행 단체의 음탕한 劇만은 못하지만! 어린 사람들의게는 絶對로 必要! 아니 敎育上에 업지 못할 것인 것을 깨다러야 할 것이다.

君아! 어린 사람들이 무슨 罪인가? 그들의 糧食을 배앗고 마니!

君아? 우리는 바란다. 어린 사람들을 敎育식힘에는 반드시 그들의 모든 정신! 아니 그들을 본위로 한 敎育이 必要하지! 君에 생각나는 대로 즉 君에 정신을 본위로 한 敎育은 도저히 어린 사람들에게는 해가 잇는 것을 깨다러야 할 것이다.

最後로 바라노니 無産兒童을 위하야 努力해 주기를 바란다.

---

182 '희생하면서라도'의 오식이다.

183 '경비로'의 오식이다.

184 '용혹무괴의'의 오식이다.

× ×

우리 一行은 朴 金 兩氏의 짜듯한 전별로 下午 五時에 平澤을 떠나 六時 二十分에 天安에 到着하엿다. 즉시 우리 一行은 旅舍에 몸이 되엇다.

二. 難關을 넘어서

잇튼날(二十二日) 『朝鮮日報』 支局을 차젓다. 그리고 우리는 압서부터 미리 通知한 童話會 開催에 對하야 相議하엿다. 그러나 모든 條件이 『朝鮮日報』 支局으로 하야곰 開催할 수 업섯다. 그리하야 內面的으로는 活動이 잇섯스나 압장스기는 『東亞日報』 支局이엇다. 그리하야 二十四日 下午 七時부터 當地 禮拜堂에서 開催하엿다. 그때 모힌 兒童은 三百餘 名이나 넘엇섯다. 이와 가튼 성황으로 會를 맛친 것은 『東亞』 『朝鮮』 兩 支局의 만흔 원조의 열매이엇다. 그리하야 우리 一行으로 하여금 아니! 全 天安 少年少女나 一般 父兄의게까지 만흔 감격을 넘치게 하엿다.

× ×

우리 一行은 『東亞』 支局 總務 洪瓚燮 先生의 짜뜻한 전별노 二十五日 下午 零時 二十五分 禮山으로 향하엿다. 씃흐로 바라는 바는 天安 青年 諸氏여! 압흐로 자조 이와 가티 어린 사람을 위한 會合이 자조 잇게 하여 주기를 바란다.

三. 핑게 업는 무덤이 어듸 잇나?

우리 一行은 禮山으로 向하든 중 溫陽溫泉을 잠간 구경한 후 즉시 下午 二時 四十分에 禮山으로 向하엿다.

禮山에 到着한 우리 一行은 먼저 『東亞』 支局을 차젓다. 그리하야 支局長 李萬燮 記者 李光燮 兩氏와 명함을 교환한 후 온 뜻을 말하얏다. (中略) 그러나 모든 것이 失敗엿다. 그것은 忠南 갓흔 道 天安에서는 無事히 童話會가 開催되엇슴에도 불(이상 18쪽)고하고 禮山은 忠南이 아니고 道의 處理가 다른 平安道인지! 惟獨히도 禮山××에서 쓰는 處理인지……? 演士나 童話 內容이 不穩도 쏘 ×× 問題도 안이고 단지 一地方인 禮山에 限한 ××× 무슨 事情이 잇슴으로 許可할 수 업다는 理由다. 그러나 즉접으로 ×××까지 訪問한 우리 一行은 여러 가지로 質問이 잇섯스나 결국은 아모 効果가 업섯다.

그리하야 우리 一行은 旅舍의서 하로를 쉬인 후 二十六日 正午에 『東亞』 支局長 及 記者 諸氏의 전별노 洪城을 向하엿다.

四. 禮山 靑年의게 바란다

禮山 靑年 諸氏여! 禮山 社會를 위하야 긋까지 싸와 주기를 바란다.

우리는 넘으나 감격의 눈물이 넘침을 깨닷지 못하엿다. 그것은 滿洲 受亂 同胞를 위하야 당신들의 피와 땀 十日間을 活動하여 모집하여 논 잠시 한때라도 짜뜻한 밥 짜듯한 옷을 주기 위하야(現金은 얼마인지 몰나도) 衣服類 一千餘 点을 볼 때 우리는 머리를 숙엿다.

五. 넘으나 未安스러웟다!

下午 一時에 洪城의 到着한 一行은 먼저 新幹 支會員 崔德吉 氏의 案內로 『東亞』 支局을 訪問하엿다. 이때 支局長은 맛참 身病으로 신음 중이엇다. 그러나 괴로움도 불고하고 우리를 친절이 마저 줌에는 넘으나 未安스러웟다. 그리하야 우리는 잠간 인사를 마친 후 旅舍로 도라와 몸을 쉬엇다.

우리는 그 후 『朝鮮日報』 支局을 訪問하엿다. 그러나 支局長 朴源植 氏는 局務를 帶하고 近村에 出張하엿슴으로 만나지 못하엿스나 氏에 夫人의게 이러한 말을 들엇다. "童話를 하기 위하야 十一月 二十二日에 오신다는 通知文을 바든 후 支局長께서는 그간 여러 方面으로 주선하신 결과로 多少의 정돈이 된 후 그 날자를 고대하엿스나 그날에 오시지 안으시닛가는 아니 오시나 하시고 고대하시든 중 局務로 인하야 오늘(二十六日 우리가 到着한 날) 아츰에 村에 가셧스닛가는 二三日 後에야 오실가 봅니다" 하는 말을 들은 우리는 넘으나 未安스러웟다.

이 말을 들은 우리는 우리의 責任을 직히기 위하야 支局長이 도라올 때까지 잇기로 결정하엿다. 그리하야 崔德吉 氏 外 여러 靑年 諸氏의 위안 중에서 三十日까지 旅舍에서 留하고 잇든 중 이날 아츰에야 돌아온 『朝鮮日報』 支局長과 명함을 교환한 후 전후시말을 이야기하고 未安스러웟든 것을 사과하엿다.

六. 아! 하나님! 당신을 밋는 제자가 왜 그럿습닛가? 말삼해 주시옵소서

그러나 이곳 역시 『朝鮮日報』 支局으로 하여금 童話 開催에 對하야(主催나 後援) ××의 억압으로 도저히 엇절 수 업는 상태엿다. 그리하야 할 수 업시 洪城禮拜堂 內에 잇는 〈少年節制會〉 主催로 開催하기로 決定한 후 그 會 幹部며 〈엡웟靑年會〉 幹部인 金현경 黃인숙 兩氏와 決定하엿다. 그리하야 三十日 下午 七時부터(이상 19쪽) 當地 禮拜堂 內에서 동화회를 개최한다는 뜻을 널니 宣傳하엿다. 이와 가튼 宣傳文을 洪城의 어린이들은 손곱아 가며 시간이 되기만 고대하엿다. 이와 가티 깁븐 마음으로 고대하든 중 下午 七時는 되엇다. 어린 사람들은 禮拜堂으로〳〵 몰니기 시작하엿다. 그러나 그때까지 예배당에는 불빗도 업는 적막한 나라엿다. 이것을 본 어린 사람이며 그 외 부형들은 의심하엿다. 아니 主催 側의 無誠意를 타매하엿다. 얼마 후 電燈은 켜젓다. 그러나 童話會는 開催치 못할 事件이 突發하야 어린 사람들노 하여금 락망의 무엇을 주엇다. 그러나 하는 수 업시 童話會는 아주 開催할 希望은 영영 살어지고 말엇다.

자! 이제 그 理由를 나는 쓰고자 하나 그것을 쓰자면 넘으나 장황하기에 고만두고 그 敎會의 頭目 격으로 잇는 所謂 監理師라는 일홈을 가지고 잇는 김×× 영감님께 한마듸 뭇고자 한다.

그대는 그대가 항상 입으로 외오고 잇는 전지전능하신 하나님을 밋고 잇는 진실하다고 하는 신자! 아니 감리사라는 일홈을 씌고 잇는 자가 아니야? 그대도 朝鮮의 어린 사람을 위하야 主日學校니 幼稚園이니 〈少年節制會〉니 하는 것을 組직식혀 가지고 힘쓰지 아니하는가? 그러면 금번 우리들이 巡廻를 하며 간 곳마다 어린 사람들노 하야금 童話를 들녀주는 그 뜻이 어듸 잇는가를 생각해 볼 일이다. 그것까지 설명하여 줄 것은 업는 줄노 안다. 그럼에도 불고하고 東에도 西에도 닷지 안는 理由로 "내가 어듸를 갓다가 지금(三十日 下午 七時) 왓스닛가는 演士의 身分도 모를 뿐 아니라 前日에는 禮拜堂에서 開催하는 엇더한 集會든지 許可 여부 업시 그대로 進行하엿는데 이번 會合만은 ××로부터 集會屆를 提出하라 하니 지금 時

間도 늣젓는대 엇더케 할 수 업다"는 둥 이러쿵저러쿵하며 엇잿든 童話會를 開催치 못할 조건만 내세우고 하는 말을 우리의게도 즉접 말치 아니하고 한 다리 건너서 전하여 주는 그대의 심리를 알 수 업다. 감리사 金××야 나는 더 말하고 십지 안타. 솟흐로 한마듸 하고자 한다. 그대는 진실한 信者가 아니다. 그리고 어린 사람을 敎育한다는 무슨 會 무슨 校가 다 그대의 늙은 ××××을 채우기 위한 ×그릇에 지나지 못한 것이 아니냐. 들어 봐라. "예수"는 그대들의게 무엇이라고 햇는가? 우리들이 하는 童話가 그대들이 어린 사람들에게 예수라는 ×취의 ×을 주는 것과는 다르게 생각하엿든가? 金××야 반드시 깨끗한 정신으로 이 아니 洪城 社會와 악수하며 나아가기를 바란다.

× ×

우리 一行은 十二月 一日 正午에 『朝日』 支局長 朴源植 氏 外 여러 동지의 짜뜻한 전별노 廣川으로 향하엿다.

(이것까지 쓰고 다음은 來月號로) (이상 20쪽)

一九三一年 十二月 一日 洪城서

李元珪, "(續刊 紀念)巡廻童話 三十日 間(二)", 『소년세계』, 제3권 제2호, 1932년 2월호.

七. 처음 보는 童話會

十二月 一日에 廣川에 到着한 一行은 『東亞日報』 支局을 차젓다. 支局長 尹영[185] 氏는 즉시 우리를 旅舍로 案內하엿다. 이날 밤 趙大奉 氏 外 여러 동지의 慰安을 바드면서 하로를 쉬인 후 그 잇튼날(二日 下午) □□□□□□□에서 開催하엿다. 그런데 이번 □□에서 開催한 童話會는 엇더케

185 '영' 자는 한자로 '米+英'이다. 아래도 같다.

된 세음인지 어린 사람보다도 어른으로 場內 全部가 滿員이 된 것은 다른 곳에서는 보지 못할 일이엇다. 아마 이곳은 어린 사람보다 어른들이 童話를 더 듯고 십헛든지? 그러나 우리의 부탁은 동화를 듯고 간 父兄들은 自己 子弟의게 傳하여 주엇스면 무엇보다 감사하겟지만 왼걸 그럿케 할는지?가 의문이다.

×

十二月 三日이엇다. 『東亞』 支局長 尹영 氏 外 여러 동지의 전별노 下午 一時 五十分 차로 大田으로 向하엿다. 그러나 우리는 廣川 同志의게 부탁한다. 少年會를 再建식혀라. 그리고 廣川 少年들의 살길을 찻게 하라. 이것이 우리의 급무임을 알어야 할 것이다!

八. 晝夜 二回의 童話會

우리는 三日 下午 二時 三十分의 大川에 到着하엿다. 즉시 『東亞』 支局을 차젓다. 그리하야 支局長 尹澔 氏이 大努力으로 다른 곳에서 보지 못할 晝夜 二回의 童話會로써 大川 初有의 盛況으로서 맛치엇다.

九. 이 간교한 자야?

이제 나는 한 가지 말하고자 한다. 우리 一行은 『東亞』 支局을 찻기 전에 『××日報』 支局을 차저가서 온 뜻을 말하엿다. 이 말을 들은 支局長 ×××는 흔연히 말하기를 힘 자라는 대까지 이번 모힘에 대하야 성황으로 맛치도록 하겟다 하고 다시 우리의게 이와 가튼 말을 하엿다. "우리 『××日報』 支局에서 엇더한 모힘이든지 하랴면 반드시 ××의 억압으로 할 수 업스나 그러나 어듸까지든지 후원하여 보겟소이다." 이 말을 들은 우리는 퍽으나 감사하엿다. 그 후에 우리는 『東亞日報』 支局을 차젓든 것이다. 그러나 時間은 한 시간 두 시간 작고 지낫다. 오마든 『××日報』 支局長은 거림자도 볼 수 업섯다.

그제야 우리 일행은 그 간교한 자의게 속은 줄을 알엇다. 먼저 말한 그것은 모다 우리 일행을 후원하여 준다는 것보다 엇더케 하든지 책임을 회피하는 수단에(이상 16쪽)서 나온 말인 것을 깨달엇다. 도리혀 우리가 어리석엇섯다.

그대로 양심(良心)이 잇든가?

일행은 다음 場所인 熊川에서 (十二月 五日) 熊川『朝鮮日報』支局 主催로 童話會를 맛치엇다. 그 잇튼날이엇다.(十二月 六日) 일행은 群山으로 向할 째에 熊川 장터에서 먼저 大川서 간교한 말로 우리를 속이고 책임을 회피한 ×××를 만낫다. 그러나 그자도 양심이 잇든지 우리 일행을 보고 피하는 그 꼴이야 가엽웁기 그지업섯다. ×××야 그대도 양심이 잇드냐? 우리를 감히 바로 보지 못하겟드냐? 그대는 무슨 정신과 주의나 잇는 척하고 말하든 것이 정말이냐? 그럿치 안으면 일시 책임을 회피할 한 수단 방법에 지나지 못하는 방법이냐? 이 간교한 자야 당지 청년들의게 무엇이라 하엿느냐. "공연히 일홈을 팔기 위하야 단인다고." 이 무식한 자야. 그대도 무슨 ×업을 한다고? 그 간교한 정신에서 나오는 ×업이 무슨 정신이 잇는 참된 ×업이 되겟느냐? 부탁한다. 함부로 주절대지 말고 좀 더 성실하고 끈기 잇는 정신부터 수양하라. 더 말치 아니한다.

十. 경찰서에서 두 시간

일행은 원긔왕성히 六日 下午 四時에 群山에 到着하엿다. 그러나 이날 운수는 대통운이엇다. 群山 잔교에 발을 딋자마자 엇던 점잔은 양반이 두 손을 내밀면서 경찰서까지 가티 가자 함으로 뒤만 짜라대섯다. 그리하야 安鍾和 氏는 잠간 밧게 섯스라 하고 나(筆者)만 데리고 들어가더니 행장부터 大大的으로 뒤지기 시작하얏다. 그러나 헛수고에 도라간 것이 지금 생각하면나도 숭거워거니와 아마 그분도 승거윗슬 것이다. 이것이 소위 헛물이라는 것이다.

十一. 童話會는 許可해 준 例가 업다

일행은 부슬부슬 내리는 째아닌 봄비를 마즈면서 『東亞日報』支局을 차젓다. 그리하야 이날은 피곤한 몸을 旅舍에서 쉬고 그 잇튼날(七日)에 童話會를 開催하기 위하야 만반 준비를 다한 후 ××에 허가를 제출하엿더니 약 한 시간 후에 군산서 동화회는 허가해 준 례가 업다는 리유로 필경 금지되고 말엇다. 그리하야 이날 밤으로 곳 군산을 써나려 하엿더니 紙上으로만 알든 車七善 柳長錄 君과 京城에서 가티 놀든 朴世赫 동무와 『東亞』支局

長 方漢回 氏의 권고로 하로ㅅ밤 더 자고 群山을 떠나가기로 하엿다. 그리하야 諸氏의 案內로 群山 市內를 一週 後 하로ㅅ밤의 慰安을 밧고 그 잇튼날(八日) 여러 동지의 전별노 全州로 向하엿다.

十二. 억지로 童話會

八日 下午 一時에 全州에 도착하엿다. 우리는 旅舍에서 행장을 푼 후 『東亞』『朝鮮』兩 支局을 訪問하랴 할 때 맛참 旅舍에서 심부름하고 잇든 어린 사람의게 『××日報』支局을 무르니 "네 그 어른은 지금 저 방에 게서요" 하고 손을 들어 그 방을 아리킨다. 그리하야 우리는 그 어린 사람이 아리키는 방을 바라보니 아? 그 방은 망국의 유희 ×짱의 소굴이엇다. 그것을 본 우리는 『××日報』支局長의게(이상 17쪽) 도리혀 미안스런 생각이 들엇다. 그것은 그 유희에 방해가 될가 바. 그러나 엇절 수 업시 황송한 마음으로 어린 사람을 식혀서 『××日報』支局長 ×××를 맛낫다. 그리하야 우리와 명함을 교환한 후 온 뜻을 이야기하엿다. 그러나 실패엿다. 우리 역시 실패된 것이 당연한 일인 줄 알엇다. 다시 東亞 支局을 尋訪하엿다. 支局長 金智洙 氏는 맛낫스나 家庭事情으로 엇지할 수 업는 사세엇다. 우리는 도로혀 미안스러엇다.

×

十日이엇다. 결국에는 『東亞』支局長 金智洙 氏의 주선으로 一部 局限된 童話會는 當地 新興學校 學生의게만 듯게 되엇다. 이것은 一般的으로 開催하랴 하엿스나 ××의 억압으로 도저히 그와 가티는 못하게 되엇다. 그러나 억지로라도 全州에서 童話會가 개최된 것만 다행이엇다.

×

유감이나 지면관계로 全州에서 본 것을 자서히는 못 쓰나 다만 간단하나마 한마듸 하고자 한다. (十五 페지 게속) (이상 18쪽)

(十八 페지로부터) 『××日報』支局長 ×××여 ×짱보다 어린 사람을 위하야 동화가 필요한 줄 알어야 할 것이다. 그리고 그대의 하는 사업이 사업인 만큼 그대의 써근 머리부터 씨서야 할 것을 알어야 한다. 아울러 童話會를 開催하게 努力해 주신 諸氏의게 감사함을 표하는 바이다.

十三. 어름어름으로 고만

일행은 十一日 裡里에 到着하엿다. 그리하야 『××日報』支局을 차젓다. 그러나 도시 어름어름으로 일관이다. 더 쓰기 실타. 지면이 악가워서 최후로 말코자 함은 裡里를 위하야! 아니 裡里의 어린 사람들이 가여웁게 생각킨다.

十四. 盛況과 별꼴

裡里를 써난 일행은 江景서 『東亞』論山서 『東亞』大田서 『新少年』支社 鳥致院서 湖西 記者 同盟 主催로 童話會는 성황으로 맛치고 十二月 二十一日 下午 十時 十五分 車로 京城驛에 일행은 무사히 도착하엿다.

十五. 부탁과 감사

간단하나마 부탁과 감사를 표코자 한다. 江景『東亞日報』支局長 論山 『東亞日報』支局長 大田『新少年』支社 鳥致院 孟義燮 氏 外 諸氏의게 감사를 올니오며 最後로 말코자 함은 大田 鳥致院을 위하야 우리는 두 번 한심 쉬엿고 이곳에 어린 사람들이 가여웁기 층양 업다.

十六. 愛讀者 諸氏께

이제 한 잇는 지면이라 자서히는 못 썻스나 대강 골자만은 썻사오니 읽으신 후 그 지방 어린 사람들 즉 여러분의 가튼 동무를 생각하여 주엇스면 한다.

十二月 三十日 編輯部에서 (이상 15쪽)

李東燦, 「讀者談話室」, 『어린이』, 통권93호, 1932.2.20.[186]

★ 나는 讀者 作品號 童謠部에서 金倍欽 君의 「하늘에 빙빙 짱에 빙빙」이 선뜩 눈에 씌엿다.[187]

君이여. 이 作品은 『東亞日報』 昭和 六年 九月 二十九日 외노래 氏의 作品이 아닌가?

이제 兩 作品을 列記하면(외노래 氏 作)

하늘에빙빙 솔개돈다
짱에빙빙 그림자돈다
솔개돌아 그림자도나
그림자돌아 솔개도나
하늘에빙빙 짱에빙빙
솔개와그림자 함께돌지

滿天下 讀者 諸氏여! 『어린이』 作品號 第十五頁에 것과 比해 보라!

君아. 우리가 習作時代에 發表慾에 빠저 남의 글을 도적하야 염체 업시 貴重한 이 紙上에 내여 놋타니?

勿論 習作時代에 남에 作品을 模作하는 것은 조흐나 君에게 그러한 時間에 餘裕가 잇거든 우리에 眞心에서 쓸어나오는 피와 열을 쓰라.

단지 發表慾에 눈이 어두어 貴한 時間을 虛送하며 習作時代를 그냥 보내게 되지 안는가.

君이여. 다시 生覺하며 以後에는 다시 그런 짓 말고 創作에 힘쓰기를 바라고 粗筆을 놋노라. (安東縣 李東燦) (이상 59쪽)

186 원문에 '安東縣 李東燦'이라 되어 있다.

187 '金倍欽'은 '金信欽'의 오식이다. 독자작품호(『어린이』, 제9권 제10호, 1931년 11월호)에 김신흠의 동요 「하늘에 빙빙 짱에 빙빙」(15쪽)이 실려 있다.

金大鳳, "童謠壇 現象의 展望", 『중앙일보』, 1932.2.22.

一

童謠壇을 展望함에는 童謠壇의 積極的 現象에 따러 分類하고 分類된 各其 現象 속에 內包되여 잇는 特色과 傾向을 指摘하야 兒童性의 實在와 兒童生活 內容의 客觀的 觀察과 아울러 時代性과 階級性과의 社會的 必然에 觀照하며 批判하는 것이 絶對 必要할 것이다.

그 結果 歸結되는 評價는 一個人의 思辨과 獨斷과의 見解가 아닐 것이며 思想과 觀念과의 偏頗도 업슬 것이다.

어듸까지든지 批判을 위한 批判이 아니고 正確한 認識下에 各其 現象에 屬한 作品을 通하야 生成되는 共通性과 一般性이 잇는 批判일 것이다.

二

—— 展望의 目的 ——

童謠壇 展望의 態度에서 童謠壇 現象에 對한 一般性이 잇고 共通性이 잇는 批判을 알겟것니와 그 展望의 目的을 考慮하지 안흘 수 업다.

그러면 이 展望의 目的은 무엇이 어더케 決定할 것인가. 이는 말할 것 업시 童謠壇 現象을 構成케 하는 時代的 必然에 쫒처 그 現象에 參與하고 잇는 作者群의 創作的 態度보다도 社會的 生活을 營爲하고 잇는 絶對多數한 兒童들의 生活上 藝術(童謠)에 對한 要求가 決定할 것이다.

그럼으로 그 要求에 쪼처 想像力과 槪念的 知識과 道德的 觀念과 밋 意圖的 統治力이 大人과 갓지 못한 兒童들로 하여금 時代的 必然에 쓰을고 나아가는 대 階級的으로 보아 그 利益 擁護에 缺損이 업고 個別的으로는 兒童 人格의 統一性과 自發性을 旺盛케 하며 知情意의 完全 發達을 擴充케 하려는 目標에 一示唆이 된다면 展望의 目的일 것이다.

三

—— 現象 分類의 着眼點 ——

童謠壇 現象의 態度와 目的에서 本論으로 드러가자면 童謠壇을 構成케

한 現象을 分類하여야 되겟스니 分類하면 大別的으로 다음과 갓다.

(一) 藝術派 童謠 鄕土的 童謠 超現實的 童謠로 成立된 現象

(二) 푸로童謠 似而非 푸로동요로 成立된 現象

이와 가티 童謠 現象을 分類하야 노앗스니 分類의 着眼點이 잇서야 할 테니 그것은 무엇일가. 그것은 各 作家들의 取材內容의 對象과 各 作家들의 童謠觀과 아울러 作品의 社會的 任務 等 諸 條件을 通해 보아 個個의 現象을 構成한 作家 間에는 一致性이 잇고 共通한 點이 잇는 것을 着眼한 대 지나지 안흘 것이다.

그럼으로 (첫재) 取材內容의 對象에서 自然에 關한 것과 人事에 關한 것 어느 것을 勿論하고 分類된 現象이 兒童의 社會的 生活과 個人 生活에 對하야 關係되는 것을 考察하고 (둘재) 作家들의 童謠觀에서 第二 理想 卽 熱情的 建設에로 向하려는 道程에 對한 肯定的 精神의 有無와 現實味의 濃淡에 對한 作家 態度를 考慮하여야 하겟스며 (셋재) 作品의 社會的 任務에 잇서서 兒童의 精神的 段階 卽 個人差에 對한 心的 影響과 階級上으로는 利不利에 關한 問題까지 檢討하여야 할 것이다.

이와 가티 考察 考慮 檢討 쯧헤 着眼點의 理想이라고 늣기는 것은 童謠를 構成하고 잇는 取材內容에 잇서서 그것이 兒童의 社會的 生活과 個人的 生活에 共鳴 共感을 주고 作家들의 童謠觀에 잇서서는 第二 理想에 對한 肯定的 精神이 含有한 것과 現實味 濃厚한 것이 잇고 作品의 社會的 任務에 잇서서는 兒童의 個人差에 對하야 心的 影響 卽 情緖的 效果가 잇고 階級的으로 보아 裨益이 만흔 것이여야 하리라고 밋는다.

四

—— 藝術派 童謠 鄕土的 童謠 超現實的 童謠 高踏派 童謠로 成立된 現象 ——

이 現象을 發生케 한 作家들을 들면 韓晶東 劉道順 尹福鎭 南宮浪 睦一信 李元壽 徐德出 石順鳳 諸氏들이다. 以外 만흔 作家들이 잇다.

이 作家들이 어더한 것을 童謠 作品 內容의 對象을 삼아는가 하면 다음과 갓다.

(一) 兒童의 愛
(二) 兒童의 活動力
(三) 兒童의 悟性
(四) 兒童의 感覺
(五) 兒童의 恐怖感과 寂寥感
(六) 諧謔的인 것과 象徵的인 것
(七) 兒童의 機智와 奸智
(八) 兒童의 追憶과 回想
(九) 兒童의 聯想과 空想
(一〇) 傳說과 迷信
(一一) 수수썩이와 쑴들이며 이 以外 라든[188] 것들을 取扱한 것도 잇슬 것이다.

이 現象을 造成한 思想을 본다면
(一) 感傷主義의 썻
(二) 超現實主義의 썻
(三) 藝術主義의 썻
(四) 高踏主義의 썻
(五) 人道主義의 썻
(六) 快樂主義의 썻
(七) 封建의 썻
(八) 唯物主義의 썻 等인대 지나지 안는다.

이 以外 다른 무엿이엇다면 此現象 以外에 屬한 것이라 밋고 이 現象의 傾向과 特色을 들고저 한다. 그 特色과 傾向에 잇서서는

첫재 藝術上의 欲求가 兒童心 把握에만 偏重하는 것 갓다. 짜라서 在來의 童謠詩人들이 써먹은 內容과 形式으로서는 童謠詩人의 行世를 못할 쑨 아니라 地位 確保上이라도 減殺되여 가는 創作力을 안 보이고저 新形式

188 '다른'의 오식이다.

新內容 發見에 發奮苦心하는 것 갓지만 效果로운 作을 내지 못하고 그곳에 徘徊하고 잇는 것이다.

둘재로는 藝術運動의 意義는 感興 表現에만 잇다는 것 갓다. 그럼으로 조고마한 感興의 要素만 들어 잇다면 毒素 가튼 哀傷의 것도 조하지며 意味深長치 못한 自己中心의 것도 돌아보지 안헛섯다.

어듸까지든지 作者들은 感覺과 視覺을 通해서만 兒童世界를 抽象해 짜내인 作品뿐이지 좀 더 나아가서 兒童의 生活的 主張과 要求를 읇지 안는 모양 갓다. 따러서 創作된 作品 속에는 大多數 兒童心의 流露인 그들의 義憤과 正義와 眞理로 된 觀念的 內容을 取扱치도 안헛스며 無視하고 만 것이다.

셋재로는 兒童의 生活을 大人生活과 分離하자고 드는 것 갓다. 童心의 世界를 一種 偶像으로 늣기며 兒童으로 하여금 現實을 逃避케 하며 또한 遊離케 하지 안는가 한다. 現實에서는 썩어빠진 仙女이니 天使이니 하는 말과 가튼 文字를 無批判하게도 羅列하고 잇다는 것이다.

이를 一括하야 보면 알겟거니와 果然 朝鮮 兒童은 上述한 現象에 屬한 노래를 要求하고 잇슬까?

朝鮮으로 말하자면 兒童의 大多數가 가난방이다. 그뿐 아니라 各國 兒童들과는 남다른 生活條件 밋헤에 참으로 不利한 環境에 處하고 잇다.

그럼으로 朝鮮 兒童은 그들을 圍繞하고 잇는 環境의 産物인 노래와 그들 生活 이데오르기를 表現한 노래를 要求하고 잇는 것은 明白한 事實일 것이다.

말하자면 在來와 가티 陳腐된 兒童性을 反覆한 노래를 要求치도 안흘 것이며 通俗低級한 作者들의 平凡微溫한 作品을 時代가 驅逐할 뿐 아니라 要求치도 안흘 것이다.

어듸까지든지 가난방이 朝鮮 兒童의 未來를 爲하야 建設的 熱情을 노래하고 將來로 向하야 飛躍하려는 肯定的 精神을 謳歌하고 말지 안흘 것이며 現實味 깁흔 노래를 찻고 마지안흘 것이다.

五

── 푸로童謠 似而非 푸로동요로 成立된 現象 ──

이 現象를 싸고도는 作家들은 申孤松 李久月 李東蛙[189] 金炳昊 嚴興燮 朴瞰[190] 諸氏 以外 만흔 作家들이 잇다.

이 여러 作家들이 童謠 作品 內容을 取扱한 對象物을 들어보면

(一) 無產 兒童의 啓蒙의 썻

(二) 無產 兒童의 教材의 썻

(三) 集×的 示×의 썻

(四) 集團的 遊戱의 썻

(五) 權×者 地位에 對한 反×의 썻

(六) 同志愛의 썻

(七) 組織體 集團의 信義의 썻

(八) 無產兒童의 志操의 것들로 되여 잇다. 다시 이와 가튼 內容을 二大 分類하야면

(1) 征治的[191] 經濟的 鬪爭을 目標로 하고 大人의 爭鬪 形態에짜지 發展식히자는 것과

(2) 一般 兒童들로 하여금 個性的 觀念과 意識을 啓發하자는 것으로 되여 잇다.

그럼으로 作者들은 果然 무엇을 目的하고 잇는 것을 알 것이다.

즉 말하자면 (첫재) 童謠의 社會的 任務를 敎化로 愛納하고 童謠의 征治的 役割은 社會運動으로 首肯하고 잇다는 것이다.

짜라서 童謠를 教化의 手段과 方便으로 或은 宣傳의 道具로 쓰려고 하는 것이다.

現今에 잇서서 童謠 讀者는 勿論 누구든지 社會的 要素와 個性과 交涉된 童謠를 要求하고 잇지만 宣傳 教化로 쓰려고 드는 童謠에는 아모런 興味를 늣기지 안흘 것이다.

---

189 '李東蛙'는 이동규(李東珪)의 오식이다.

190 '朴瞰'은 박철(朴轍)의 오식이다.

191 '政治的'의 오식이다. 아래도 같다.

그뿐 아니라 宣傳과 敎化가 童謠에 잇서서 絶對 要求되는 일이라면 童謠를 仲介하지 안코도 되는 수가 만흘 것이다.

그럼으로 敎化와 宣傳은 童謠에 잇서서 一層性이[192] 될는지 모르지만 童謠의 本質은 아닐 것이다.

이와 가티 童謠의 本質을 喪失하고만 童謠가 제 아모리 가난방이 朝鮮兒童을 위하려고 하는 誠意의 一片이라도 侵透될 리가 업슬 것이다.

이곳에서 童謠 本質을 把握하고 無産兒童에 가장 效果 잇고 영접될 童謠를 制作하지 안흐면 안 될 것이다.

(둘재) 集團意識과 組織力의 强大한 것만 알앗지 一個性의 力과 美와 아울러 生活 內面에 잇는 感動의 精髓이고 灼熱되는 創造的 精神 把握을 等閑치 안는가 한다.

그 結果 內容이 單一하고 空虛하야젓스며 또 情緖的 要素까지 閑却하게 되엿는가 한다. 內容이 單一하고 空虛하다는 것은 氣分的 抽象的 思想 注入에만 짜로잡히여 아모런 感興 업시 怒號 叫喚 또는 蕪雜한 感情을 읇흐서니 狂燥化에 까갑다는 것이다. 짜라서 創作 範圍는 限小되고 頻頻되여 千篇一律的으로 類似品을 制作 反覆하는 것이다.

情緖的 要素를 閑却하얏다는 것은 童謠의 基調이고 主動體인 感情 卽 詩的情緖를 輕視 或 無視함을 말함이다. 짜라서 童謠 그 自體가 藝術的 効果를 喪失하고 말앗다.

(셋재) 作者들이 無産兒童의 思想과 感情을 發見하고 그를 基礎로 하지 안헛다는 것이다. 말하자면 作者 自身들의 生活行動과 그 自體表現인 童謠를 産出하고 만 것이다.

六

以上 말한 바와 가티 童謠壇 現象에 對한 私見이 正當한 批判이 되엿다면 우리는 다시 가난방이 朝鮮 兒童들을 위하야 制作를 試驗하지 안흐면 안 될 것이라고 밋는다.

---

192 '一 屬性이'의 오식으로 보인다.

동아일보사, "예술적이고도 건전한 것이 제일－아이들에게 보여 주어야 할 그림책 선택 방법", 『동아일보』, 1932.2.27.

아이들은 귀로 듯고 행하는 것보다 눈으로 보고 본밧는 례가 만습니다. 사실 아이들은 귀보다 눈으로 들어오는 인상이 몃 갑절 깁습니다. 이런 의미에 잇서서 아이들에게는 리상적 그림책이 얼마나 필요한 것인지 모릅니다. 여긔서 그림책 선택하는 법을 말슴해 드리겟습니다.

우선 그림책 선택의 요건으로 주의하지 안흐면 안 될 것은

첫재 예술적(藝術的)인 것이에야 합니다. 예술적이라 하야 그림이 잘되고 못되엇다는 그것쁜 아니라 색채 편으로 보아도 충분히 주의할 필요가 잇습니다.

둘재 도덕적으로 건전한 것이에야 함니다. 아이의 흥미본위에 떨어저서 야비하고 속되어 자극을 끼칠 만한 것을 재료 삼앗거나 모양 선(線) 빗갈 모사(描寫)의 양식(樣式)이 병적이든지 하면 못씁니다. 이런 것은 재미스런 아이의 생활을 더 명랑하게 하는 점으로 필요합니다마는 넘우 날카로운 비유나 몹시 빈정거린 것은 아이에게 조흔 것이라고는 할 수 업습니다. 또 몹시 감상적인 것도 못씁니다. 그러고 싹 업시 가공적(架空的)인 것도 못씁니다.

셋재 어듸까지 우의적(友誼的)인 것이에야 합니다. 다시 말하면 아이가 친하기 쉽고 사귀기 조흔 것이에야 할 필요가 잇습니다. 또 그러타고 하야 넘우 아이 평만 들어 조케 한 것은 못씁니다.

넷재 다방면(多方面)이에야 합니다. 아이의 생활에 대해서 한편우로만 기울지 안토록 주의를 해야 합니다. 결국 아이의 심적 발달의 각 방면을 도을 만한 것이 아니면 못씁니다.

다섯재 위생적이에야 합니다. 조희의 광택, 인쇄의 선, 불선명, 색채의 강도(强度), 병용(倂用)하는 활자의 대소 가튼 것은 충분히 주의를 할 것입

니다. 이상의 말한 조흔 그림책으로서 취할 만한 요건 이것을 토대로 하야 그림책 선택할 때 참고 될 것을 근건으로 드러보면 알에와 갓습니다.

一. 예술적 가치가 고급인 것
二. 인쇄가 선명하고 채색이 색듯한 것
三. 장식이 곱고도 튼튼한 것
四. 아이들의 생활을 그린 것
五. 아이들의 심성을 조장 발전시킬 만한 것
六. 쾌활한 정신을 양할 것
七. 웅건한 정신을 배양할 것
八. 물건에 대하야 애정을 이르킬 만한 것
九. 고등하고도 거즛업는 것
十. 역사와 사적을 가르치는 것
十一. 풍경 풍속을 소개하는 것
十二. 근면한 로동생활을 보여줄 것
十三. 사회공공적 생활을 보여줄 것
十四. 과학에 관한 것
十五. 사업에 관한 것
十六. 미술 소개
十七. 자연과 친하도록 할 것

다음은 피하여야만 할 것의 그 내용은 이러합니다.

一. 감상적(感傷的)에 지나치는 것
二. 공상에 엄청난 것
三. 미신적인 것
四. 공포심을 이르키는 것
五. 요행심을 이르키는 것
六. 경하고도 부허한 것
七. 천한 것
八. 우수ㅅ광스러운 것

九. 잔인한 것
十. 동물을 학대하는 것
十一. 무모한 모험을 가르치는 것
十二. 살벌(殺伐)하는 것
十三. 불평 반항을 그린 것
十四. 악희(惡戲)로 가르치는 것
十五. 사회적 가정적 례법을 문란케 하는 것
十六. 국제심(國際心)을 해하는 것
묘서법(描書法)에 잇서서는 다음 가튼 것을 피하지 안흐면 안 됩니다.
一. 저급이오 미숙한 것
二. 섬세하기를 지나친 것
三. 그릇된 것이 잇는 것
四. 인상을 혼란시킬 것
五. 인상이 불확실한 것
색채에 잇서서는 농후하기를 지나친 것, 인쇄에 잇서서는
一. 불선명한 것
二. 인쇄면이 번적이는 것
三. 색이 날기 쉬운 것
四. 유독한 잉크를 쓴 것
五. 색이 잘 조화되지 안흔 것
六. 활자가 적은 것
七. 진한 색지 우에 글을 인쇄한 것
八. 글을 색(色)으로 쓴 것
九. 오자, 탈자가 잇는 것
十. 달어빠진 활자로 인쇄한 것 등입니다.

그리고 책을 단단히 맨 것을 택하야 잘 떨어지지 안토록 하고 마지막으로 주는 방법은 함께 만히 주지 말 것이오 또한 정하게 취급하도록 하고 일광이 직사하는 곳과 너무 어두운 곳에서 보지 안토록 하는 것이 조흡니다.

白世哲, "新春 少年文藝 總評－便宜上 『어린이』 誌의 童詩·童謠에 限함", 『어린이』, 1932년 2월호.[193]

머리ㅅ말

여러분의 문예작품을 한층 더 효과 잇게 발전시켜 가기 위하야는 반드시 체게 잇는 문예비평(文藝批評)이 필요하다는 의미에서 이번 신춘문예 호를 내인 긔회를 이용하야 여러분의 작품 비평을 해 보려고 합니다.

비평을 하는 포준은[194] 첫재 그 작품은 어써한 것을 내용으로 하엿는가를 보게 될 것 둘재로 그 내용이 어써케 표현되여 잇는 것인가를 보게 되겟습니다. 즉 그 작품에서 무엇이 어써케 그려저 잇는 것인가가 문제 삼어지며 검토될 것입니다. 그러면 이제부터 직접으로 여러분의 작품을 대상으로 비평을 시작하기로 합시다.

一. 詩와 童謠

「쓰는 해」(詩)－金藝池 ＝ 이 시는 신년을 마지하는 순간의 감정을 그린 작품이다. 낡은 해가 가고 새해가 닥치는 순간! 거기에는 위대한 세긔가 새롭게 날쒸는 째다. 우리들이 막연히 새해라는 것을 생각할 째에는 그것은 평범할는지 모르나 진정한 입지에서 생각하면 우리들은 이 새해에서 무한한 희망과 광명을 갓게 되는 것이다. 그러한 의미에서 이 작품은 그것을 충실하게 반영(反映)시키고 잇다. 거기에는 다만 개인의 조고만 긔분이 아니고 큰 힘을 가진 집단이 움즉이고 잇다. "씩씩한 사나희들의 발자욱소리에 짜라 써올은 희망에 찬 광명의 새 빗치 저것이다. 쓰는 해의 무거운 충동을 바드며 들로 바트로 용광노의 아프로 새 준비를 할 게다"라고 작자는 부르짓고 잇다. 적이 막연한 긔분에 날쒸는 결점이 업는 것은 아니나

---

193 '白世哲'은 문학평론가 '백철(白鐵, 1908~1985)'의 본명이다.

194 '표준은'의 오식이다.

내용으로 보든지 표현으로 보든지 우수한 작품이라고 할 수 잇다.

「어린이의 마음」(詩)—同人 ═ 작자는 이 작품에(이상 18쪽)서 지주의 아들과 소작인의 아들을 비교해 보는 데서 자긔네들의 현실 생활이 얼마나 참담하다는 것 따라서 거기에서 어쩌한 행동을 해야 된다는 것을 의식적으로 말해 가려고 한 것이다. 그리고 그것은 어느 정도까지 분명하게 나타나 잇다. 그러나 여긔서 주목해야 할 것은 가튼 내용이라도 논문과 문예작품에 따라서 그 가치가 달니 평가되어야 할 것이다. 그리고 소설과 시에 따라서 그 평가의 표준이 달러저야 할 것이다. 그러케 생각할 때에 이 작품은 적이 불안한 점이 업지 아니하다. 이 시는 시의 표현이라는 것보다는 소설의 한 토막이라는 것이 맛당할 듯하다. 김 군의 「쓰는 해」에서 보여진 시적 기술(詩的技術)은 이 시에서는 심히 수준이 얏게박게 발휘되여 잇지 아니하다. 표현이 너무 산만하게 되지 아니하도록 주의하여야 할 것이다.

「압길을 바라보고」(詩)—尹在昌 ═ 막연하나마 생각만은 어쩐 것을 생각하고 잇는 듯하나 작품에는 그것이 조곰도 쪽바로 드러나지 아니하엿다. 우리들이 일정한 것을 읊프려고 할 때에는 언제나 일정한 현실 생활과 관련시켜서 그 현실을 통하야 자세이 맛보아야 비로소 구체적으로 무엇이 알려질 것이다. 그럼에도 불구하고 이 작품은 처음부터 나종까지 긔분적으로 막연하게박게 쓰이어 잇지 아니하다. 그리고 셋재 절이 각각 동일한 의미의 것을 반복하고 잇는 까닭에 각 절 사이에 아무 발전이 업고 내용과 표현이 한 곳에 마키어 잇다. 좀 더 새로운 의미에서 구체적으로 내용을 취급하는 동시에 표현에서는 한층 더 텐포가 빠르게 하도록 해야 할 것이다.

「노동자 아들」(詩)—鄭興弼 ═ 공장의 소년 직공의 생활를 별로 비판도 의식도 업시 취급해 간 감이 잇다. 자긔가 노동자의 아들로서 공장에서 노동하면서 고생하고 잇다고 조곰도 근심하지 말라는 어머니에게 보내는 말이나 다만 공장의 생활에 머저지지 아니하고 그 공장 생활을 통하야 정당한 행동에 참가하는 데서 쁜 그 말이 비로소 의의를 갓게 되는 것이다. 그런 의미에서 이 작품의 내용은 너무나 맹목적이며 자연발생적(自然發生的)이다. 이 작품이 진정한 의미에서 정당한 내용이 되랴며는 일층 나가서

의식적으로 취급해 가는 데서 이러한 결점이 보충될 것이다. 그러나 이 시는 표현에 잇서 신선한 정이 잇고 템포가 잇는 특점을 갓고 잇다. 내용이 새로워지는 데서 그러한 표현도 일층 적합하게 되여 갈 것이다.

「農年少年」[195]**(童謠)－韓百崑** ＝ 내용으로 보아서 이 작품에는 다만 충실하게 짱을 파는 농촌소년이 나타나 잇슬 뿐이다. 오늘날의 농촌소년은 다만 짱을 파고 잇는 데서 무엇이 어더지는 것이 아니고 그러한 생활에서 어쩌한 것을 의식하며 리해하며 실천하는 데서 비로소 그것을 발견할 수 잇는 것이다. 그러나 표현은 정확하고 세련되여 평활한 리즘이 마키지 아니하고 흘러 잇다. 주의할 점은 역시 내용에 잇지 아니한가 한다.(이상 19쪽)

「工場少年」(童謠)－朴秀烽 ＝「農村少年」에 비하야 내용이 한층 의식적이다. 이 공장소년은 다만 공장에 일만 하는 소년이 아니고 그 생활을 근본적으로 변혁하기 위하야 일하고 잇는 프로레타리아 소년으로 나타나 잇다. 그 점이 전면의 것에 비하야 우수한 점이다. 표현도 세련되고 템포가 쌜러서 조와 보인다. 조흔 작픔이다…….

「都會少年」(童謠)－赤田兒 = 빈한한 싸닭에 쌩 장사를 하고 잇스나 미래의 세게는 우리들의 세상이라는 것을 말하고 잇다. 그러나 미래의 세게는 우리들의 세상이라는 것을 말하고 잇다. 그러나 미래의 세게를 대표하는 소년은 도회의 막연한 빈한한 소년이 아니고 언제나 공장소년이 그것을 대표하는 것이다. 첫재 그것을 리해해야 할 것이다. 그리고 무엇보다도 결점인 것은 이 작품에는 다만 개인이 나타나 잇슬 뿐이요 어썬 대중이 집단적으로 표현되여 잇지 아니한 것이다.

「漁村少年」(童謠)－朴永夏 ＝ 이 작품은 직접 어촌생활을 그린 것보다는 바다에서 흉악한 파도에 익여 가면서 생활하는 어부의 생활을 막연하게 련상시키고 잇다. 물론 오늘날의 작품에서 이러한 수법(手法)을 써서는 아니 된다는 말은 아니나 하여튼 이와 가튼 수법은 오늘날에는 너무 진부한 감이 잇다. 좀 더 직접으로 분명하게 묘사해 가야 할 것이다.

---

195 '農村少年'의 오식이다. 韓百崑의 「農村少年」(『어린이』, 1932년 1월호, 28쪽)을 가리킨다.

「港口의 새해」(童謠)－車七善 ═ 내용이 전원적이고 평화적이니만치 과거의 전원시에 특유한 고독한 맛과 애수한 고적한 맛이 잇다. 그러나 이와 가튼 동요는 오늘날에서는 별로 아무 의미를 갓게 못 되는 것이다. 가튼 항구를 제재로 하는 때라도 그 항구에서 새롭게 움즉이고 잇는 힘을 묘사해 가는 데서 항구의 참된 모양이 나타나게 될 것이다. 그리고 이 작품은 동요라는 것보다는 도리여 민요라고 생각키우는 점이 업지 아니하다.

「연 쒸는 노래」(童謠)－金明謙 ═ 이 작품에서는 표현보다도 내용이 우수하다는 의미에서 취급해 가려고 한다. 어쩌한 의미에서 이 작품의 내용이 우수한 것인가를 말하기 위하야 첫재 나는 그중에는 노동자의 생산 과정이 묘사되여 잇다는 것을 지적하고 십다. "조희회사 아저씨들 쌉무든조희실공장 누님들의 비저내인실…" 그것은 비록 구체적의 생산과정을 말하는 것은 아니나 충분히 그것을 생각키우리만치 분명하게 나타나 잇다.

둘째 절에서도 현실에 잇슬 수 잇는 것을 자연스럽게 취급하고 잇스나 맨 나종의 "우리한테 지고 만 애들 연은 지구 박게 멀리멀리 도망해 갓지요"이 너무 뜻밧게 구절이니만치 부자연한 맛이 잇다. 하여튼 이 작품은 대체로 보아서 우수한 작품이라고 볼 수 잇다.

「북소리」(童謠)－柳熙恪 ═ 작자 자신으로는 어쩌한 의식적 행동을 말하려고 한 듯 시프나 재료를 취급한 것이 너무 추상적이 되여서 구체적으로는 아무것도 신통하게 표현되여 잇지 못하다. 재료를 좀 더 구체적으(이상 20쪽)로 취급해 가야 할 것이다.

「가난의 설」(童謠)－金光攝 ═ 「북소리」에 대한 감상을 그대로 여기서도 말하고 십다. 역시 첫재 결점은 현실에 잇는 대중생활을 구체적으로 노래하지 못하고 추상적으로 다만 긔분적으로 노래하고 잇다는 것이다. 그리고 둘재로는 오늘날의 대중생활의 참담성을 새로운 입지에서 군중성을 그리지 못하고 그 참담성을 봉건적으로 묘사하고 잇다는 것이다. 싸라서 이 작품은 구체적이 아니요 집단적이 아니게 되여 잇다. 작자가 한거름 압흐로 가라면 첫재 이러한 결점을 발여야[196] 할 것이다.

「판ㅅ심날」(童謠)－金春岡 ═ 교묘하게 쓴 작픔이다. 오늘날의 소작인의 생활이 얼마나 참담하고 눈물겨운 것이라는 것을 이 작픔을 통하야 넉넉히 추측할 수 잇다. 그러나 이 작품과 관련하야 다시 생각해야 할 것은 우리들은 오늘날의 소작인 생활의 참담성을 그대로 묘사해 갈 것이 아니라 한층 새로운 입지에서 그 참담한 생활 하페[197] 어썬 광명을 보여 주는 것이래야 할 것이다. 그럼에도 불구하고 이 작품에는 그것이 조금도 보이지 아니한다. 다만 참담한 생활이 그대로 들어낫슬 쑨이요 소작인들이 그 생활을 통하야 어쩌한 행동을 하고 잇는지가 조금도 알려저 잇지 아니하다. 이 작품에서는 그것이 유감이다.

「우리집 살님」(童謠)－朴炳道 ═ 이 작품 중에도 물론 생활의 참담성은 나타나 잇다. 그러나 이 작품은 「판ㅅ심날」에 비하야 한층 더 추상적이고 뒤써러진 표현을 보여주고 잇다. 오늘날에 구차한 생활이라는 것은 한사람의 어머니의 일이 아니고 수업는 어머니의 공통된 생활이라고 하면 그것을 당연히 전 집단적으로 대중적 행동과 관련시켜서 을퍼야 할 것이다.

「눈오는 날 밤」(童謠)－朴約書亞 ═ 눈 오는 밤에 만주의 동포를 생각하는 것 그것은 물론 잇슬 만한 것이다. 그러나 여긔서는 그것이 너무 쎈치멘탈하게 씨여 잇는 싸닭에 다만 고독한 맛이 잇슬 쑨이고 만주에서 학대밧고 잇는 그이들을 어써케 하면 새로운 길로 인도하겟는가 하는 점에 대하야는 아무것도 업스니 그것이 심히 유감이다.

「동무야!」(童謠)－古懷 ═ 애들로서 공장을 보는 감상이 솔직하게 나타나 잇다. 공장에서 무참한 고생을 하고 잇는 누나 동생을 생각할 쌔에 공장의 연긔와 고동소리가 자긔의 누나의 한숨과 우름소리로 들리는 것은 너무나 당연한 일이다. 우리들은 이와 가튼 것을 만히 써 가야 할 것이다.

「가련한 거지」(童謠)－朴鐵岩 ═ 고아의 생활이 묘사되여 잇다. 오늘날에 잇서 이 고아생활도 한 현실이니 그것을 써서 안 된다는 말은 절대로 아니나 가튼 고아의 생활을 그려도 다만 고아의 생활에 머저질 것이 아니라

---

196 '벌여야'(버려야)의 오식으로 보인다.

197 '아페'의 오식이다.

한거름 나아가서 그 고아의 갈 길은 결국 단독이 아니고 군중(이상 21쪽)적으로 움즉이는 데서 쓴 새로운 광명을 차즐 수 잇다는 것을 그려 가야 할 것이다. 그것이 이 작품에서는 다만 고아의 생활이 그대로 묘사되여 잇슬 짜름이다. 작자는 이제부터 좀 더 새롭게 제재를 취급하도록 할 것이다.

「써나는 동무」(童謠) - 金大鳳 ═ 동무가 어써한 큰일을 하기 위하야 북국으로 써나갓는지는 모르나 그러한 경우는 어린 사람의 생활 현실에서는 생각지 못할 것이다. 그러고 그런 것은 생각지 아니하더라도 이 중에는 너무 민족감정만이 강하게 움즉이고 잇다. 민족 감정에서 한거름 넘어가서 게급 감정을 가지고 행동해야 할 것이다. 표현도 각금 중복된 곳이 잇고 하야 산만한 점이 보인다.

「나무하러 가자」(童謠) - 金淚溪 ═ 오늘날의 노동생활을 찬미하야 쓴 것 가트나 금일의 노동생활은 그러케 유쾌하게 할 수 잇는 것도 아니고 그러케 찬미할 것도 아니다. 좀 더 생각이 잇기를 바란다.

「옥톡기」(童謠) - 盧榮根 ═ 이 작품에 대해서는 나는 무엇이라고 평해야 조흘는지 알 수 업다. 이러한 제재보다도 좀 더 현실적 제재를 취해서 쓰면 어썰싸?

「야학에서 해질 째」(童謠) - 田植 ═ 야학에서 해지는 동무들의 등불의 행렬에 빌어서 어썬 광명의 길을 암시하고 잇다. 짧은 형식으로는 비교적 성공한 작품이라고 볼 수 잇다. 그러나 이 작품은 여긔쑨이 아니고 『매일신보』 학예란에도 투고된 작품이라니 여긔서 별로 『매일신보』에 투고하는 것은 좃치 못하는 것을 말하랴는 것이 아니나 다만 한 작품을 여러 곳에 출품하는 것은 어썬 점으로 보나 삼가야 할 행동일 것이다.[198] (씃)
(이상 22쪽)

198 1932년 『매일신보』 신춘 현상문예에 白村人이란 이름으로 「야학에서 헤질 째」(『매일신보』, 32.1.5)가 당선되었는데, 『어린이』(1932년 1월호, 34쪽)에는 田植이란 이름으로 동시에 발표하였다. 그 사정에 대해서는 田植의 「妖努罵 君에게」(『어린이』, 1932년 3월호, 36~38쪽)라는 해명의 글이 있다.

盧良根, "어린이 新年號 少年小說 評", 『어린이』, 1932년 2월호.

『어린이』 신년호 소년소설 집필자와 독자 제군은 먼저 용서하라. 아직 평필을 들어 보지 못한 필자가 서투르게 감히 평필을 들어 이러쿵저러쿵한다는 것을…

그러나 사실은 내 짠에는 비단 소년소설쁜만 아니라 『어린이』 신년호 전체에 대하야 "감상"이랄지 "독후감"이랄지 내용으로부터 체재와 동요시 등 그 편즙여하에까지 미처서 좀 말하고 십헛든 것이다. 그러나 또한 본시 둔하고 앎이 업는 나로서 분수에 넘치는 과오를 범함이나 아닌가—함보다 잠간 그리할(이상 22쪽) 시간의 여유도 잇지 못햇슬 쁜만 아니라 그보다는 령리한 독자 제군은 임이 "신년호"의 씩씩한 표화에 겸하야 체재가 어른답게 점잔어진 것이라든지 쓸데업는 구저분한 것이 업시 산뜻한 내용 배열(配列) 편즙이라든지를 보고 한번 놀래는 동시 각기 만흔 감상을 어덧겟고 또한 각각 평썸을 짜저 보앗슬 것이니 다만 여기에는 소년소설만을 가지고 수언을 비(費)하야 불가하는데도 먼저 나의 "평"의 주관적 수준을 세워 노치 안으면 안 될 것을 양해하야 주기를 바란다.

무엇보다도 나는 어느 소설이고 그 내용이 다만 아기자기하게 또는 슬프게 재미잇는 것을 원치 안는다. 원치 안흘 쁜만 아니라 그런 것들은 어듸까지나 배격한다.

다시 말하면 별로 신신치도 안흔 것을 다만 요리저리 쓰더 마추어 기교에만 치중하는 것을 의미하는 말이다. 그러면 결국 나는 그 소설 속에 한겹 깁히 쌔혀 잇는 침중한 그 무엇이 읽고 난 후에 우리의 마음을 지긋이 눌너 주는 것?이 잇서야 되겟다는 말이다. 그것?은 무엇이냐? 올타 "그것"?을 차저내려는 것이 나의 이 서투른 평필을 든 목적이 오로지 여기에 잇는 것이다.

간단히 말하면 우리의 주위에는 너무도 기막히고 분하고 슬프고 쓰라린 일은 얼마든지 잇는 것이니 그런 것들이 어느 것이나 다— 소설 재료 되지 아니함이 업는 것은 잘 아는 일이 아니냐? 그러타고 "슬프다고 울고만 잇다"든가 "주위의 사정이 짝하고 참혹하다"고만 작고 되푸리하야 그 이야기가 그 이야기를 조곰식 일음(주인공들의)만 바꾼다든지 내용(사썬)을 약간 고치여서 내노흐면 무슨 필요가 잇겟느냐? 그러니 우리들의 암흑을 뚤코 나갈 바 그 방향을 지시해 줄 만한 "횃불" 가튼 작품이 나오기를 바라는 것이며 절망의 구렁에서 신음하는 그들에게 생기를 어더 어쩌케 국면을 타개하야 나가도록 그 락망의 가슴의 히망찬 생기를

화-ㄱ 불어느허 줄 만한 "주사침" 가튼 작품이 쏘다저 나오기를 그윽히 두 손을 노피 들어 바라는 마음으로 이 붓을 들기는 들엇스나 혹여 너무 나의 주장만 내세우는 말이 잇슴는지도 모르니 그것은 그만큼 미리 양해하여 주기를 바라는 동시 또한 필자도 신년호의 소설 집필자 중에 한 사람으로서 도로혀 이러니저러니 하는 것이 더한층 미안한 일임을 양해하기를 바란다.

「설날 아츰」 李春成 作 "아비 업는 가난한 집 딸 '간난'이란 게집애가 설날에 한 끼 쌀밥을 해 먹으려고 볏섬 사드리는 미역상회 마당에서 헤여진 벼알을 줍다가 볏섬을 달든 三十二관의 저울추가 볏섬날이 끈허지면서 미끄러서 떠러지는 바람에 머리를 어더마저 죽엇다. 그러자 군밤 팔너 나갓든 그 어머니가 늣게 도라와 저녁이라고 지여 먹으려고 불을 때다가 근처 애들에게서 자기 딸의 참혹한 이야기를 듯고 달녀갓스나 간난이는 벌서 시체가 된 때엿다. 그동안 불 때든 아궁지에서 불이 부터 나와 그들의 유산인 한 간 토막이 타 버리자 순사는 간난이 어머니를 육 개월 콩밥이 일 잇다고 잡어갓다. 그래서 그는 경찰서 류치장에서 '히히…하아-' 하고 미처 날뛴다."

잇슴직한 일이오 또 사실로 잇는 일인지도 모른다. 그러나 그것만으로서는 우리는 아무 기대를 가질 수 업고 무슨 힘을 엇지 못한다. 한갓 쓸데업는 동정의 애잡짤한 눈물 줄기나 흘니는 독자는 잇스면 잇는지는 몰라도…어린 간난이 가(이상 23쪽)여운 간난이는 저울추에 마저 죽엇스니- 죽은 사람에게서 무슨 히망을 우리가 가질 것이냐? 왜 작자는 하잘것업는 그 애처러운 점만 보고 비록 약하되 약한 '간난이'나마 질깃질깃 살아나서 좀 힘찬 삶을 살어나갈 것은 보지 못하엿드냐? 하여간 처음 대하는 작자의 붓은 매우 능란하다. 압흐로 어느 정도까지 만흔 기대를 갓는다.

「離別曲」 白鶴瑞 作 "부모 업는 고아 '순이'와 '순철'이가 그 아저씨 집에 의탁하야 살다가 순이가 시집가는 날 그 외로운 동생 순철이와 리별을 액겨 하며 눈물을 흘니는 그야말로 애처러운 '리별곡'의 일절"이 이 작의 내용이다.

신년호 소설 다섯 편 중에 "기교"로는 둘재 가라면 설어할 만한 작이다. 그러나 임이 말한 바와 가티 나는 이 작품에서도 무슨 암시를 밧치 못한 것을 만족지 못해 한다. 결국 성공한 작품이 되지 못한다.

「新昌丸의 마지막」 金明謙 作 "가난한 어촌에 사는 '명록'이와 '승재'의 아버지들은 목숨을 내걸고 만경창파 우흐로 일엽편주를 씌여 고기잡이를 나가지 안으면 안 된다. 그리하야 명록의 아버지는 병에 지치여 알어 누은 그 안해를 돌아볼 수도 업시 승재의 아버지와 함께 쏘 머-ㄴ니 바다 박갓흐를 고기잡이를 나갓다가 폭풍으로 하야 성난 파도에 배는 파선이 되고 그들은 영영 도라오지 못하고 말엇다. 그러는 중에도 한편으로는 명록이와 그 누이 지숙이 쏘 승재까지 명록의 서울 누님에게서는 '편지와 책'(?)에서 큰 힘을 어덧고 새로운 깃븜을 어든 중에 그 비보를 바덧다. 고만 그들의 마음은 피덩이가 되엿다."

이 작자의 붓씃은 힘차다. 애잡짤한 감정에 물들지 안흐려 하얏다. 선이 굵고 씩씩하다. 무슨 암시를 보힌다. 그러나 독자가 부르지저야 할 말을 작자가 벌서 "웨? 그들은 잘못하면 목숨을 밧치는 모험을 실혀하면서도 하여야 되든가?" 하고 이 작품의 목적이 대부분 이 한마듸 말을 의미하거나 가치 공연히 자기 감격 째문에 말해 버린 것은 좀 부주의한 탓이라고나 할가. 하여간 이 작자의 압날을 만히 기대한다. 분투하라.

「비처오는 曙光」 拙作 이 작품은 필자의 작품인 짜닭에 평을 스스로 하지는 못할 것이기에 다만 그 내용만을 들어 독자 제군의 평을 빌 뿐이다.

"시골서 보통학교를 마친 '재식'이는 자긔집이 좀 견듸는 것을 밋고 경성 유학 삼년에 그만 학비 째문에 얼마 못되는 자긔 집 재산을 다 업새버리게 되자 그 부모들은 필경 그를 그만 내려오라고 하엿다. 재식이는 자긔의 무한히 쌔더 나가고 십흔 충동 째문에 번민하며 애를 썻다. 그러나 재식이는 영리하엿다. 그리하야 그는 내 고향 내 흙을 붓들고 부모님과 가티 살아도 가티 살고 죽어도 가치 죽고 무지에 울며 나갈 바 길을 모르는 그들을 인도하며 살길을 개척하여야겟다고 단연히 써나간다. 그리고 주먹을 부르쥐고 '오- 비처 오는 서(이상 24쪽)광-' 저 아레로… 저 아레로… 부르짓는다.”

필자는 여기서 다도라도[199] 현금 수만흔 농촌 소년들로서 도회에 유하는 사람들의 나갈 바 길을 암시하러 한 것만은 고백하여 둔다.

「영석이와 나」 金用瑞 作 “영석이와 ‘나’라는 사람은 어렷슬 적부터 한문 서당에 가치 다니며 한문공부를 하는 동안에 별별 우수운 작난도 하엿고 실증난 째도 잇섯다. 그리다가 필경은 둘이 다 가치 학교에 다니게 되엿는데 한번은 영석이가 알어눕게 되자 월래 미신을 숭상하며 ‘무당 판수’를 귀신가치 녁이는 영석이 어머니는 큰 빗을 내여 ‘굿’을 하엿다. 그것이 차차 자리가 잡히여 필경엔 그 마을에서 쏘쪄나게 되고 더구나 ‘술’을 몹시 먹는 그 아버지 째문에 아조 집안은 파산이 되고 기어히 영석이와 ‘나’라는 사람과는 영영 다시 맛나지도 못하고 영석이는 학교를 퇴학하고 어대론지 정처 업시 그 부모들을 싸라가고 말게 되엿다.”

그래서 이 작자는 “―미신! 그놈의 미신은 나의 동무를 쌔아서 갓고나!” 하고 부르지젓다. 작자는 이 작품을 통하야 그 몹슬 “미신” 째문에 얼마나 무서운 결과를 가저오며 얼마나한 해독을 밧는가를 “암시”하려 한 것만은 력력히 보힌다. 그러나 이 작품의 ‘전반분’은 공연히 쓸데업는 군더덕이로 한문 글방에 다니든 이야기(서술은 퍽 자유로우나)를 늘어놓앗는가 한다.

차라리 그 지면을 가지고 ‘영석’이가 “미신”에 헤매는 그 어머니를 쓸어내며 자긔도 행복되도록 싸우도록 그리드면 더욱 조핫슬 것이다. 끗헤 가서 “지금쯤은 그는 소년부 회관에서 쯧 쯧하게 배우고 잇스리라”고 밋도 씃도 업시 말함보다는……

하여간 이 작자도 처음 대하는 이 치고는 매우 붓이 숙달하다 할 수 잇다.

쯧흐로 망필을 다사하며 한 가지 더 말하려는 것은 신년호 소설 다섯 편이 거진 다― 지금 쏘들니고 부대기는 가난에 우는 우리들의 주위에서 재료를 가저온 것만은 “공통” 되는 사실로 보힌다.

압흐로는 좀 더 “우리와 즉접 관게되며 절실히 늣기여지는 내용을 제재로

199 ‘다소라도’의 오식으로 보인다.

한 작품"이 만히 쏘다저 나올 경향이 보히며 쏘한 그리하는 가운데서 우리의 "나갈 바 방향을 차즈며 가질 바 목표를 정하도록" 하여야 될 줄 안다.

다시 말하면 혹 어썬 이는 "문예"는 "문예"대로 독립성을 보지하여야 한다고 할지도 모르나! 나는 현금의 우리의 처지로는 "문예" 역시 한 수단적의 것을 삼지 아느면 되지 아느리라고 부르짓고 십다.

사실로 우리는 문예를 한 "예술" 감상하는 긔분으로 제작한다든지 읽는다든지 할 —— 한가하고 복 조흔 팔자들이 아니니 ——

"一九三二 年의 '소년문학'은 어대로?"라고 운운… 되는 이때 좀 "발자"한[200] "소년문학" 운동자들이 씩씩이 나서지 못하려는가? (一月 五日) (이상 25쪽)

---

200 '발자'는 발랄(潑剌)(일제강점기에는 '潑溂'로 쓴 예가 많다)을 오독한 것이다. '랄(剌)'과 '자(刺)'가 유사한 데서 비롯된 것으로 보인다.

玄松, "新年號 小說評", 『新少年』, 1932년 2월호.

……(以上 三十一行略)……

×

「빗치는 曙光」(『어린이』 新年號) 盧良根[201]
「설날 아츰」(『어린이』 新年號) 李春成
「新昌丸」(『어린이』 新年號) 金明謙[202]
「離別曲」(『어린이』 新年號) 白鶴瑞
「영석이와 나」(『어린이』 新年號) 金用瑞
「눈오는 밤」(略) 金友哲
「술단지」(略) 赤波
「깃븜」(略) 李源泰
「故鄕」(『新少年』 新年號) 李東珪
「삶?」(『新少年』 新年號) 昇應順

×

그러면 只今붓터 우에 잇는 順序대로 評하기로 하자!

「빗치오는 曙光」(『어린이』) 盧良根 作

이 소설은 少年 '인테리'層에서 읽을 作品이다.

이 소설의 內容은 재식이라는 少年이 서울서 工夫하다가 하로는 學校에를 缺席하엿다. 그래서 그 동무 응원이란 少年이 왓다. 그래서 재식이는 집안 사정을 응(이상 23쪽)원에게 모다 이약이하엿다. 학교에를 못 간 것은 집에서 온 편지를 보고서 응원이도 알엇다. 그러나 응원이는 몃츨만 더

201 정확한 작품명은 「비처오는 曙光」(『어린이』, 1932년 1월호, 56~61쪽)이다. 아래 「빗치오는 曙光」도 오식이다.

202 정확한 작품명은 「新昌丸의 마지막」(『어린이』, 1932년 1월호, 52~55쪽)이다.

참어 보라고 하엿다. 그러나 재식이는 그 잇흔날 집으로 내려갓다.

그리고 汽車 안에서 그는 어느듯 자기도 모르게

나가고 나가세 압흘 행하고
한거름 두거름 밟어나가세
나가고 나가서 쉬지 안으면
우리의 목적지 멀지 안흐리

울엉찬 노래를 부르며 발을 들엇다 놋다 하며 장단까지 마치고 잇섯다.

본문에 대강을 적으면 이러타.

우리는 이 小說을 읽고 우리에게 무슨 깨다름을 어덧나. 우리들 工場少年과 農村少年이 만약 점심때 쉬일 때 農村少年들이 나무해 가지고 오다가 보앗다면 침배앗고 말엇슬 것이다. 우리의 立場을 떠나서 순 문예품으로 이를 批判하드라도 아즉 手法이 未熟하다. 汽車 안에서 장단을 맛처가면서 울엉찬 목소래로 노래를 불넛다 하니 밋친 少年이 아니면 汽車 안에서 발장단을 쾅쾅 치면서 노래 불으는 少年이 잇든가. 아모리 感情이 '크라이막쓰'에 달하엿다 하여도 엽해 잇는 사람을 보아 그러케 못할 것이다. 쏘 우리 立場에서 批判한다면 反動作品이다. 이는 小뿌르 層에 잇는 한아버지가 아들을 工夫식히려 논을 파라서 가정이 몰락됫다. 그래서 그 아버지는 할 수 업시 中途에 退學식혓다. 그래 재식이는 工夫도 다 맛치지 못하고 財産몰락만 當하엿슴으로 분김에 시골로 그냥 쒸여 내려갓다.

工夫하려다 工夫 못한 하소연이 우리에게 무슨 소용이 잇느냐. 우리는 이런 作(이상 24쪽)品을 排擊하며 이런 作者를 埋葬하자?

「설날 아츰」(『어린이』) 李春成

이 作品은 反動作品은 아니엿다만은 너머나 센치멘탈에 기울넛다. 그리고 단지 하소연뿐이요 우리에게 힘을 주지 못햇다. 作者에게 한마듸 할 것은 좀 더 工夫를 하고 우리의 참 일꾼으로 나와 주기 바란다는 것이다.

「新昌丸의 마지막」(『어린이』) 金明謙

언제나 눈물에 하소연만 해서 무엇하랴.

이 作品은 짤게 쓰자면 이러타.

명록이는 ××항에서 들녀오는 배노래에 잠을 쌧다. 그래서 그는 승채와 나무를 팔너 나갓다. 그리고 명록 어머니는 두부를 팔너 나가다가 자전거와 충돌이 돼서 알코 게시다. 명록이와 누이동생은 바람이 몹시 부는 날 新昌丸을 타고 고기잡이 가신 아버지를 생각하다가 두 남매에게 깃부게 한 것이 잇스니 서울 누님이 보내준 편지책이다. 그래서 그 어린 少年少女를 깨우침이 만엇다는 것과 씃헤는 명록 아버지가 배 파선으로 죽엇다는 것으로 씃을 막엇다.

이 作品도 신통치 못한 것이다. 밤낫 우름만 울고 하소연만 하면 무엇하느냐. 명겸 동무도 누의의 편지와 책을 보듯이

(一行略)

씃흐로 더 한마듸 할 것은 金 동무는 우리들의 雜誌『新少年』과『별나라』에만 써 주기 바란다.『×××』갓흔 童心派 少年藝術 雜誌에 쓰는 것은 우리 文藝運動 效果는커냥 도리혀 생각 좀 다른 동모들의(즉 다시 말하면 지금 겨우 깨나려 할 때 우리들의 일홈이 이곳저곳에 잇스면) 생각을 混同식혀 주는 害독밧게 못되 것이다.[203]

「離別曲」(『어린이』) 白鶴瑞 (이상 25쪽)

나는 이 作品을 읽고 엇지나 열이 낫섯는지 몰은다. 그래서 이것은 評을 쌜가 하다가 다시 생각하고 쓰기로 한다.

이 作品은『어린이』에 發表됏는이 만큼 內容도 그에 마젓다.

순이라는 나어린 소녀가 시집가는 날 순이 동생이 붓들고 울며 써러지기 설흔 리별를 하는 것이다.

이 作品은 古代小說『장화홍연전』갓흔 것이다. 케케무근 形式이다. 또 순이 어머니는 産後病으로 죽엇다고 하엿다.

하여튼 이 작품은 愛情主義者 '센치멘타리-즘' 이런 것들이 自己 유희 만족을 채기 위하야 붓작란을 하는 류들이 쓸 작품이다.

---

203 '못 될 것이다.'의 오식이다.

早婚 폐지 운동을 하다가 문제가 된 일도 잇는데 이것은 엄연히 早婚을 승인하는 것 갓다. 우리들이 早婚 폐지 운동을 하는 것은 아니지만 自然히 晩婚이 되는 것이다. 工場에서 일하는 동모와 製絲場에서 실 푸는 누의들이 일즉이 結婚을 할냐면 되는가. 作者는 다음붓터 이런 썩어빠진 作品은 고만두기 바란다.

「영석이와 나」(『어린이』) 金用瑞

이것은 一人稱小說이다.

內容을 잠간 말하면 이러타!

영석이란 소년과 나(主人公)는 글방에를 단녓다. 그러나 나는 접장이엿다. 훈장이 나간 뒤로는 글방 안은 수라장화 한다.

하로는 훈장이 어듸를 갓는데 그들은 돈을 맨들어 가지고 물건을 매매하고 여러 장난을 하다가 파수 보는 아이의 들어옴을 따러 글 읽기를 시작한다.

그 잇흔날 영석이와 그는 글방에를 가지 안코 산으로 올나갓다. 사흘을 게속해 훈장은 아이를 보내여 알어보고 영석이(이상 26쪽)와 그의 아버지들과 글방아이들은 몽둥이를 한아씩 들고 차저단이엿다. 그래서 저녁때 글방아이들은 두 아이를 차젓다.

그 잇흔날붓터 그들은 보통학교에를 들어갓다.

영석이의 누의동생이 병들엇슬 때 영석의 어머니는 무당을 불너다 뭇구리를 하여 신장(神將)이 집혓다 하며 무당에게 만흔 쌀과 만흔 돈을 빼앗기엿다.

"그동안 사년이란 세월은 우리들의 씩씩한 생활과 가치 흘럿다. 사년 전 영석이와 동서로 갈닐 때에 나와 지금의 나는 싼사람이 되다십히 변하엿다. 영석이도 물론 변하엿슬 것이다. 지금씀 그는 거리에 공장에서 함마를 뚜드리고 일하고 잇슬 것이다. 밤이면 하로에 피곤함을 잇고 동무들과 가치 소년부 회관에 모여서 씃씃하게 배우고 잇스리라. 그러고 그의 어머니도 허무맹랑할 미신의 꿈을 깨여서 새날을 찻고 잇슬 것이다."

이것은 씃구절로써 成功한 作이다. 그러나 構成이 좀 어지러웁다. 너머나 길엇다. 『어린이』에 실닌 小說 中에는 第一 잘되엿다.

처음에는 좀 이상한 늣김을 주엇스나 맨 씃절로써 이 作品은 성공을 하엿다. 그런데 처음 멧 절을 너무 길게 써서 실증을 나게 하는 것이 유감이다.

작자에게 한마듸 하려 한다. 생각이 그만큼 조흐니 압흐로 만흔 運動을 해 주기 바란다. 그러고 지금붓터는 反動 雜誌에는 글 쓰지 말기를 바란다.

「쑴?」(『新少年』) 昇應順

昇 君은 우리가 신뢰할 作家이다.

이 小說은 경태와 동숙이와 천일이 세 아이가 한 학교 갓치 졸업하엿다. 세 아이(이상 27쪽)의 理想과 포부는 컷다.

경태는 대정치가가 되려 하엿고 천일이는 음악가가 되려 하엿고 동숙이는 문학가가 되려 하엿다. 그리하야 경태와 천일이는 일본으로 동숙이는 서울 어느 잡지사를 차저갓다. 그러나 그들의 空想의 꿈은 깨엿다. 자기 자신도 몰으게 자연히 그들의 꿈은 깨엿다.

경태는 그래서 할 수 업시 방직공장에를 들어가고 말엇다. 거기서 정치가의 리상을 쑤리채 빼 버리고 그는 그 사히 일요일마다 도서관에 단엿다. 그의 정신은 강텰갓치 단련되엿다. 그는 지금 로동조합 소년부에서 지금 만흔 활동을 하고 잇다. 그러고 천일이와 동숙이는 고향에 서로 모이게 되엿다. 두 사람은 동모라는 명칭을 동지라는 명칭으로 밧귀엿다. 두 소년의 고향에서의 활동은 자못 맹렬하다. 고향의 무의식한 소년들을 모와 놋코 모든 것을 가르처 주며 이약이하여 주엇다. 지금에 세 소년은 사년 전 세 소년이 아니다.

이 소설을 읽고 우리 머리에는 무엇이 남는가! 이것은 동무들에게 맛기고 이만 둔다.

「고향」(『新少年』) 李東珪

李 동무도 우리 크럽에 한 동무다.

이 소설은 씃까지 다 읽고 나니 씃이 업는 듯하다. 그래서 作者의 附記에서 씃이 업슴을 알고 評을 피한다.

이로서 評은 씃을 막엇다. 나는 評을 처음 씀으로 잘되지 못하엿다. 동무들의 용서를 빈다. 그리고 『少年世界』에 朴仁範의 小說을 評할까 하다가 問題 以下의 作品임으로 아조 고만둔다.

씃으로 또 한 번 바라는 것은 동무들은 우리의 잡지에만 글을 써 달난 말이다.(이상 28쪽)

주요한, "童謠 鑑賞評", 『아이생활』, 제7권 제2호, 1932년 2월호.

◎ 우리살림

元山 朴炳道

아버지 떠난지가 한달인데도
고기를 잡지못해 못돌아올가

아가는 젖달라고 야단하는데
어머닌들 굶어서야 젖이나오나

오늘도 아츰 굶어 맥이 없는데
바구니를 옆에끼고 밭에간다네

흉년이라 이삭인들 잇으랴마는
죽거리나 주어야 또하로 살지

새바람불어오니 어서가야지
눈오기전 나무도 해야하겟네.

(『어린이』新年號에서)

【評】이 노래는 어머니가 애기를 사랑하는 것을 노래한 것도 아니다. 떠나간 아버지를 그려하는 노래도 아니다. 밭에 가서 일하는 것을 즐겨하는 노래도 아니다. 이 노래는 옛날에 우리가 불르든 노래와는 아조 딴판이다. 이 노래에는 絶望的 音響이 잇다. 絶望을 노래한 童謠 이 얼마나 무서운 일이냐. 고기 잡으러 멀리 가서 영영 돌아오지 안는 아버지, 젖 달라고 해도 먹을 것이 없서 젖이 안 나오는 어머니, 흉년이 들어서 바구니 끼고 죽거리 찾으러 단니는 시절, 물론 이것은 조선의 현실이다. 현실을 현실대로 그리는 天眞한(이상 30쪽) 노래 이러케 評해 버린다 하면 이는 너무도 慘酷한 일이 아닌가.

가난한 살림에도 즐거움이 잇다 —— 이러케 말햇으면 이것은 옛날의 노래다. 가난한 살림을 바로잡도록 힘쓰자 —— 이것은 우리가 요구하는 새 곡조다. 그러케까지는 못되드라도 원망을 보내야 할 目的物이 무엇인가. 가난의 原因이 무엇인가를 暗示하는 深刻性이 잇기를 우리는 바란다. 이 노래는 그것좇아 없다. 오직 절망의 감정뿐이다. 活氣가 없다. 强烈한 生의 慾望이 없다. "죽거리나 주어야 또 하로살지" —— 우리는 "또하는"[204] 살기 위한 生活을 淸算해야 할 것이다.

◎ 가련한거지

朴鐵岩

복술개야 콩콩콩
　　짓지마러라
밤길것는 몸이라고
　　죄다 도적가
어머니 찾어서
　　울며다니는
한만은 내가슴을
　　너도 모르나.

×

열두골목 샃샃치
　　헤매엿드니
달님조차 잠자러간
　　캄캄한이밤
집도 절도 못가진
　　가련한 이몸
어듸가 업혀저서
　　밤을 새일고.
　　(『어린이』 新年號)

204 '또하로'의 오식으로 보인다.

【評】 센치멘탈니즘이다. 그것도 幼稚하게 表現되엇다. "거지" "어머니 찾는 어린거지" "짖는 개" "잘데없는몸" 죄다 낡은 詩想들이다. 울려먹고 또 울려먹은 文句들이다. 좀 더 新鮮한 材料를 取하고 싶다. 좀 더 新鮮한 表現을 가지고 싶다. 달큼한 悲哀, 달큼한 同情은 낡은 感情이다. "달님조차 잠자러간"의 一句는 뒷 句의 "밤을 새일고"의 伏線으로 잘되엇다.

(이상 31쪽)

朴熙道, "嗚呼, 方定煥 君의 墓", 『三千里』, 제23호, 1932년 2월호.

지난여름 — 七月 二十五日 — 맑게 개인 날이엿섯다. 그러나 묵어운 氣壓은 크다-란 내 몸덩이를 휩싸고 잇는 것 갓햇스며 가득찬 내 가삼은 터지는 듯 십헛스니 그것은 나의 親舊 中에 가장 忠誠되고 眞實햇든 親舊 — 小波・方定煥 君의 靈肉이 아울너 이 世上을 永遠히 써나가는 날이엿습이다.

方 君은 나의 眞實된 親舊이며 또한 朝鮮의 어린이들의 둘도 업는 밋음성스러운 親舊엿섯다.

方 君의 別世 後 昭格洞 方 君 宅에는 天眞스러운 어린이 吊喪客들의 발자최가 끈일 줄 몰나섯스니 君이 얼마나 어린이들을 眞正으로 사랑햇다는 것을 알 것이다.

方 君의 棺이 弘濟院-火葬터로 옴겨지기는 正午도 지낸 때라 몹시 더웟다.

몃 분 後이면 君의 몸덩이가 永々 도라오지 못할 길을 걸는다고 生覺하니 精神이 아득해젓섯다.

君의 몸덩어리가 불속에서 바질〳〵 타버릴 때는 너무도 앗갑고 안타가워서 함께 뛰여 들어가고 십헛섯다.

나쁜이랴! 二百餘 名의 어린이들의 거즛 업는 울음소리와 사랑하는 男便을 永遠히 써내 보내는 夫人의 비창한 눈몰 — "아버지! 아버지!" 하고 애끈허지게 소리치는 불상하고도 가엽슨 어린 子息들의 안타가워하는 情形은 압흔 가삼을 더한층 찌저 내는 듯 십헛다.

그러나 君은 아는지 몰으는지 불속에서 잘 타기만 한다. 生存의 그럿케도 사랑하든 어린이들의 울음소리좃차 듯지 못하엿다. 君이 別世하기 前 바로 전날이다. 君의 病室의 발을 듸려노흔 때 — 君은 몹시 부어서 뚱々하든 몸이 더 커저서 이약이조차 할 수 업게 되엿섯다. 그러면서도 君의 죽엄을 앗가워하는 내 마음과 함께 울어 주엇건만 불속에서 타고 잇는 君은 점々 재가 되고 煙氣가 되여 버릴 뿐이엿고 아모 반응도 업섯다. 君이여! 너무나 앗갑다. 나 젊은 君은 압날에 할 일이 만치 안은가. 어느 나라 어린이보담 가장 불상한 處地에 잇는 朝鮮의 어린이를 버리고 간다는 말인가?

그러나 君은 살어 잇는 동안에 君으로서의 使命은 다-햇다고 生覺한다.

君이여! 君의 몸덩이가 한줄기의 煙氣로 變해 버리든 그때는 너무 더운 여름날 땀이 철々 흐르든 때엿스나 지금— 君을 追憶하면서 이 글을 쓰고 잇는 내 손은 이럿케 몹시 어러 드러오니 임이 때가 밧귀엿슴을 짐작하겟다. 君은 그대로 가 바렷단 말인가!!

그러면 나는 永々 君의 靈만 吊喪한단 말인가? 너무나 안타갑다!! (쑷)

(이상 48쪽)

金大駿, "사랑하는 소년 동무들에게-우리는 좀 더 동무들을 사랑합시다", 『별나라』, 1932년 2-3월 합호.[205]

우리는 좀 더 동무들을 사랑합시다.

가튼 처지에서 나날이 닥치는 가튼 고로움을 바드며 지나는 우리는 남들보다 열 배나 쓰거운 마음으로써 동무들을 손잡어 사랑하여 갑시다.

모든 적은 감정을낭 뒤로 제처 두고 무쇠 가튼 뜻을 닥달러 서로~ 마음을 붓잡어 주며 굿건한 걸음으로 압날을 열어 나갑시다.

조고마한 그르침이나 적은 허물은 누구에게나 잇는 것이니 매운 채쭉으로써 꾸지저 물리치는 것보다 일깨워 주고 붓들어 줌으로써 우리의 보조를 한결갓치 씩씩하게 하여 나갑시다.

생각이 조곰 그른 길로 빠젓다고 모지락스럽게 험한 구덩으로 박차 써밀어 넛는 것보다 쓰거운 사랑으로써 손ㅅ길을 내밀어 길을 바로잡어 주어야 할 것이 아닙니까.

"이놈 너의 생각은 아모 짝에도 못쓰겟(이상 6쪽)다. 네놈의 하는 짓이라곤 눈감어줄 수 업스리 만콤 미여웁고 더러웁구나!"

이와 갓치 춤을 배앗쓰시 툭 퉁겨서 물리치는이보다

"여보게 이 사람! 자네의 생각은 조곰 그릇된가 십네. 웨 그러한 행동을 가지는가. 우리는 이러이러하여야 할 것 아닌가. 좀 생각들을 무거운 태도로 밝혀보세."

이처럼 부드러운 말씨이면서도 가슴을 찔너 주는 준절한 지도가 오늘의 우리 어린이 동무들에게 잇서 필요한 아량(雅量)이 아닌가 합니다.

그러하고 꾸지즐 것을 꾸짓지 말라는 것도 아니요 불갓치 타올으는 분로를 썩거 버리라는 것은 절대로 안닙니다만은 꾸지즐 때 꾸짓고 분로할 때 분로할지라도 변치 안는 동무의 쓰거운 사랑으로써 그릇됨을 녹여줄 수

205 '金大駿'은 김해강(金海剛)의 본명이다.

잇는 한에서는 서로 붓들어 주고 일깨워 주어서 우리의 길을 바로잡어 나아가자는 것입니다.

여긔 비로소 우리에게 맛당이 잇서야 할 용맹이 빗나는 것 아님닛가.

벌서부터 우리 소년 동무 여러분에게 이 뜻을 전하여 들이려 한 것이 틈을 타지 못한 여러 가지 관게로 한 달 두 달 오늘까지 밀려오게 된 것임니다만은 —— 이제 『별나라』 신년호를 손에 들고 보니 문득 이 생각이 다시 뛰처나게 되여 번거로운 말이나 비로소 이 글을 쓰게 된 것입니다.

×

수신국(受信局)란에 「灰色的 作家를 排擊하자」하는 三長 李孤月 氏의 글이나 그 다음 페-지 「李孤月 君에게」 하는 蔡夢笑 氏의 글은 어느 것이나 적절한 론리(論理)(이상 7쪽)가 아닌 것은 아니나 과연 우리는 그러케박게 태도를 갓지 안흐면 아니 될 것인지? 한번 머리를 집고 생각을 멀니 무거웁게 구을려 볼 필요가 잇다는 것입니다.

남의 그릇됨을 들추어내는 것이 어느 점으로 보면 그의 잘못을 일깨워 주는 한 개의 도음으로도 해석될 것이나 다시 한편으로 생각하면 그것이 도리여 그의 압길을 썩는 것이 되고 또 그러함으로써 북도드려는 그의 의긔를 닷처 주고 마는 험한 상착이를 치어 준다는 자미롭지 못한 결과를 가져옴이 되고 마는 페단도 된다는 것임니다.

얼핏하면 "排擊"하[206] 자칫하면 "埋葬" 이러한 글ㅅ자들은 될 수 잇스면 우리 소년문단에서 쓰지 안허야 할 것임니다.

꼭이 그러한 글ㅅ자들을 벌려 노아야 할 경우이면 막무가내 하지마는 그러한 글ㅅ자를 쓰게 됨에 쌀아 글 전체가 훼방가치도 또는 비웃음으로 기우러지고 마는 짠길로 벌기 쉬웁기[207] 때문임니다.

삼가건대 여러분은 나의 이러틋한 뜻을 그릇 해석함이 업기를 바라여 마지안는 것입니다.

---

206 '「排擊」하자'의 "자"가 빠진 오식이다.

207 '짠길로 벌기 쉬웁기'(딴길로 벌어지기 쉽기)의 오식으로 보인다.

자! 소년 동무 여러분

우리는 좀 더 무게 잇는 생각과 쓰거운 사랑으로써 굿건이 억개를 결우워 나아감으로써 빗나는 우리의 압길을 열어 봅시다.

一九三二. 一. 三〇 (이상 8쪽)

朴世永, "固式化한 領域을 넘어서-童謠·童詩 創作家에게", 『별나라』, 1932년 2-3월 합호.

少年文學이 一方向轉換을 한 이후로 이미 자연發生期의 고비를 넘어서 바야흐로 目的意識期를 지나갓다. 이 동안에 만흔 同伴者를 어덧고 따라서 質的으로 훌륭한 作品을 만히 어덧다.

그러나 우리는 이 目的意識期에서 一步前進하야 푸로문학의 길로 合流되어 가게 되엿다. 그리하여 一九三○ — 一九三二 즉 現今에 이르러서는 어느 잡지 어느 신문을 물론하고 푸로레타리아적 작품을 볼 수 잇게 되엿다. 이는 류행이 아닌 必然의 情勢가 가저온 것이엿다. 그러면 우리는 엇더한 태도로써 이 가튼 작품에 대하얏는가. 그것은 말하지 안어도 오직 무게 잇는 깃븜으로써 對하엿다. 될 수 잇는 대로 더욱더욱 質的으로 量的으로 발표할 것을 밋고 잇섯다.

童詩는 童謠보다 自由形이깃[208] 때문에 갈피를 잡지 못하야 더 어려운 感으로 多少 不振하엿든 것은 사실이다만은 이 童詩로 童謠와 가튼 步調로써 나아오든 것이다.

즉 ××지여 드러온 작품은 대개가 너무나 固式化하야 비록 題材는 다를 지언정 그 歸結에 잇서서는 가튼 傾向에로 빠지고 만다. 얼는 생각하면 이로써 더욱 효과를 낼 수(이상 10쪽) 잇겟다고 생각하겟스나 절대로 그런 것이 아니다.

최근에 잇서서 얼마나 만히 공장수나, 공장 고둥 또는 스트라익만을 드러서 작품을 제작하엿나? 그러나 그러타고 잘못을 범한 것은 아니다.

하여간 사회적 환경이 가튼 작품을 내지 안흐면 안 될 必然性을 씌고 잇는 때문에 創作的 態度로 자연이 그 틀을 버서나지 못하엿든 것이다.

그러면 그 결과는 무엇을 낫나? 이는 만흔 讀者層을 刺戟 줄 만한 효력

208 '自由形이기'의 오식이다.

을 일허버리는 것이다. 즉 消化劑를 먹을수록 分量은 늘어 가야 효력을 발생하는 것처럼 類似한 작품의 내용으로선 왼만한 傑作이 아니면 그것도 그러쿤 이것도 그저 그러쿤 하는 늣김을 준다. 우리의 視野는 너무나 좁앗스며 사건을 억주로 꾸며 부첫다. 이리하야 不自然한 것이 만엇고 實感이 적엇다.

그러면 압흐로의 우리들의 創作的 態度는 固式化한 이 領域을 버서나 버려야 하겟다. 먼저 재료를 多方面에서 取해 낼 것과 그리하야 視野를 넓힐 것과 너무나 경렬한 題目에만 偏重치 말며 또는 농촌에서 이러나는 조그만 일이라도 재래에는 동요의 내용으로의 재료로도 되지 안흘 것이라도 이를 各樣各態로 계급의식을 느어 表現할 것이다.

그러타고 ××을 목표로 안 하는 게 아니요 半步의 退步로[209] 아닌 것이다. 더욱 작품의 효과 또한 緊張味를 잇글며 讀者로 하여금 만흔 感銘을 주자 함이다.

그러면 一九三二年度의 우리의 작품은 이 가튼 태도로써 제작하여야 할 것이며 더욱 前進하여 나갈 것이다.

一九三二. 二月(이상 11쪽)

209 '退步도'의 오식이다.

金逸岩, "(受信局)作品 製作上의 諸問題", 『별나라』, 1932년 2-3월 합호.

最近에 이르러 各 雜誌에 보면 여러 가지 문제가 擡頭되여 잇다. 그것은 남의 作品을 複寫해 놋는다든가 他作을 밧는다든가 그럿치 안흐면 朝夕變節者의 태도를 갓는 所謂 少年文藝 作家 等々을 論한 것 말이다.

그러나 여기에 내가 말하고자 하는 것은 順序的으로 그 一二의 緊急한 문제만 말하고자 한다.

그러면 거이 流行하다십히 先輩의 作이나 優秀한 남의 작품을 敢히 自作으로 發表한다는 것은 大僧無雙한[210] 행위라고 하겟다. 이것은 오로지 薄弱한 意志의 發作이라고 하겟다. 그러나 그 裏面을 分析해 보자면 이는 오즉 名譽慾의 絶(이상 23쪽)對的 慾望에서 나온 행위일 것이다. 우리는 먼저 이와 가튼 不美 行爲는 업새야 될 것이다. 그러나 이런 行動을 햇다고 언제나 汚名을 입게 되거나 沒落할 것은 아니다. 그것은 왜 그러냐. 사람은 그야말로 누구나 慾望이 잇는 이상 자긔의 일홈을 존중이 역이고 때로는 社會的으로 進出하고 십흔 心理作用이 發作할 것은 사실이다. 그러나 자긔의 力量은 부족 되고 하닛가 이 갓튼 행동까지 하게 되는 것이다. 말하자면 자긔를 위하려는 冒險的 行動이라 하겟다. 하여간 이는 소년에 흔히 잇는 일이다. 그러나 될 수 잇스면 力量을 더욱더욱 널여 나갈 뿐이다.

요사히 보면 似而非 푸로 少年作家가 續出하는 형편이다. 제군은 대체로 작품이라는 것을 자긔 一個人의 名譽를 위하야 창작하는 것으로서 해석한다면 대단히 말하기가 곤란하다. 진실한 푸로 소년작가라면 이 가튼 행동을 취하지 안흘 것이다. 덥허노코 多量 생산만 한다고 一朝에 자긔의 일홈이 들니는 것도 아니요 오히려 그런 행위를 할수록 반비레로 자긔의 명예는 여지업시 몰락되여[211] 가는 것을 모르(이상 24쪽)는가 말이다. 最近에도 보자.

---

210 '大膽無雙한'의 오식이다.

이레로써[212] 金春岡, 朴炳道, 金明謙 君 等々은 『어린이』 紙上에서 揚名하고 잇다. 또한 그중에도 金春岡 君은 『아희生活』에도 투고를 한다. 그리고 『新少年』, 『별나라』에도 투고를 한다. 그러나 엇지 감안 잇슬 수 잇는가. 다른 雜誌에는 공장과 농촌의 勤勞소년의 씩씩한 행동을 보혀 주는 작품을 쓰다가도 『아희생활』에는 一朝에 센티멘탈로 突變하야 "아—텬당가신 어머니" 이가티 노래한다.

그리고 金明謙(藝池) 朴炳道 君 等々은 『어린이』에 發表되는 것은 榮光으로 알고 또 최근에 또 나온 書籍廣告 雜誌에 不過한 『소년세계』에도 투고를 하고야 만 것이다.

이와 가티 오즉 賣名에만 汲汲한 자들은 우리의 陣營에서 一時的이라도 排除해야 될 것이다. 이것은 남의 작품을 도독질한 以上의 極惡한 행동인 것을 모르는가. 긔왕이면 『救世新聞』에도 투고할 필요가 잇지 안흔가.

君 等이여. 냉정이 熟考하여 보라. 아모리 조흔 작품이라도 반동자에 손에 느면 다만 리용밧게 당할 게 업는 것이다. 최근에 『어린이』는 방향을 轉환햇다 하나 말루는 별은 못 딸 리 잇슬싸 말이다. 그 훌륭한 인물에게다 못한 우리의 작품을 무릅 꿀녓댓자 가티가 안는 것이다. 동무들은 용감히 過淸를[213] 淸算할 것이다.

一九三二. 一 一 (이상 25쪽)

---

211 '몰락되여'의 오식이다.

212 '일례로써' 또는 '이 례로써'(이 예로써)의 뜻으로 보인다.

213 '過去를' 또는 '過誤를'의 오식으로 보인다.

朴炳道, "(受信局)盲人的 批評은 그만두라", 『별나라』, 1932년 2-3월 합호.

요사이 孤月[214] 君 가튼 흙탕 무든 더러운 몸이 맑은 물속을 함부로 휘둘느고 도라가는 바람에 물은 흐릴 대로 흐려저서 世上의 여론이 자자한 것은 누구나 아는 바이다.

맑은 精神을 갓고 강경한 태도를 취하는 우리 동무들은 아모 일 업지만은 정신이 쪽쪽치 못하고 얼썰썰한 친구들은 孤月 君의 박쥐式 전술에 너머가고 마러 드대여 孤月 君의 一派 즉 옹호자가 되게 되엿다.

그리하야 이름을 내자는 판인지? 무엇을 目的하는지 左右間 어써케 되엿든지 되지도 안은 "評" —— 아닌 작난을 —— 을 쓰노라고 아니꺼운 붓을 드러 감히 지면만 어지럽게 하는 것이다.

新年 림시號 "별님의 모임"에 金逸岩이라고 하는 더펄이 한 名이 갑자기 등장하야 무엇이 어쓰니︵하고 고작 아는 듯키 헌 수작을 써드러댓다.(이상 26쪽)

이것은 評은 아니지만은 그는 무슨 참다운 忠告나 하는 듯이 벙어리의 잠고대를 중얼대엿다.

人物評을 쓰거나 作品評을 쓸 째를 勿論하고 무엇이나 評이라는 것을 쓸 째에는 감정을 압세우지 말고 만흔 考慮와 導正한 觀察이 잇고야 비로소 붓을 들 수 잇는 것이다.

자세한 사실도 모르고 前後도 돌보지 안코 남을 공격만 하면 장한 줄 아는가? 金 君! 군의 그 글노 말미암아 수천수만의 독자의 코웃음을 사는지 아는가 모르는가?

잡지 하나도 쪽쪽히 펴 보지 못한 못난이 친구야! 血起 君이 지난 五月號 『별나라』에 나 외에 몃 사람을 向하야 그야말노 진정한 —— 적어도 나에게

---

214 함경북도 무산 삼장(茂山 三長)의 이고월(李孤月) 곧 이화룡(李華龍)을 가리킨다.

잇서서는 —— 忠告를 한 이후로 내 일홈을 『아이생활』에서 어느 때 한번이라도 발견하엿는가? 즉 나는 昨年 三月 이후로는 내가 『아이생활』과 인연을 끈엇든 것이다. 짤하서 투고도 업섯슬 것…….

君이 『아이생활』 독자이라면 알겟지? 허나 『아이생활』은 우리에게 잇서서 排斥하지 안흐면 아니 될 원수의 잡지이다. 잊지 마러라. 그리고 우리와 길을 함께 하려면 마음속에 굿게 못 박어 두어라!(이상 27쪽)

"宗敎는 아편이다"라는 것을…….

군의 눈이 모젓는가? 눈 가운데 티가 드럿는가? 내가 어느 때나 한 번 아니 한마듸라도 하느님을 노래하는 글을 誌上에 發表하엿든가? 행세主義者 金 君! 虛榮에 빠지지 마러라. 나는 다만 이것을 충고한다.

春岡 君은 간혹 『아이생활』에도 투고하는 모양인데 그러나 春岡 君 亦是 하나님을 노래하지 안엇슬 것이요 —— 만일 그러치 안타면 나의 원수로 돌린다. —— 또 지금 소년문단의 巨頭라고 말할 수 잇는 利元 明謙[215] 君이 엇제 박쥐式 투고를 하엿다고는 도저히 밀어지〻 안는다. 더구나 하나님을 노래하엿다는 것이야! 누구나 方向轉換을 하엿으면 그 후긔의 작품을 論하는 것이지 전긔의 작품을 전환 후에 와서 어쩌니어쩌니 하는 것은 아모것도 모르는 어린 아희의 작난으로 돌릴 수박게 업는 것이다.

君이야말노 이후론 주책업는 붓을 들지 말기를 권하며 아울너 孤月 君에게도 남의 흠만 들지 말고 가증스러운 수작으로 자긔의 도적질한 죄와 큰 허물을 숨기려고 하지 말고 지금부터라도 마음을 돌니여 우리 진영에 드러오기 바란다. 도적질한 것에 대하여는 赤英 君에게 맛기는 터이니 다음엔 그의 말을 듯자! (씃) (이상 28쪽)

---

215 함경남도 이원(利原) 출신의 김명겸(金明謙) 곧 김예지(金藝池)를 가리킨다.

趙衡植, "(受信局)우리들의 童謠詩에 대하야", 『별나라』, 1932년 2-3월 합호.

최근 우리들의 동요에 대하야 몃 가지 늣긴 바를 적어 보려 한다. 상식이 부족하고 경험이 적은 우리로써 엇지 완전하다 할 만한 글을 발견할 수 잇스랴. 모든 錯誤나 無知 暴露는 얼마든지 嚴正한 批判을 해 주기를 바란다.

매月 몃々 소년잡지를 통하야 우리 로동소년들의 부르지즘을 듯게 되는 것만은 다행한 일이다. 그러나 책을 펴들 때에는 失望을 늣기지 아니치 못한다. 수만흔 작품이 서로 약속이나 한 듯이 거기서 거기로 얼마나한 큰 差異點을 발견할 수가 업다. 그러고 더구나 대개가 우리들의 要求에서 버서난 作品인 것이다. 소뿌르조아 의식에서 나오는 反動 役割를 하는 것과 또는 勞働소년의 작품인 듯하면서도 平凡하고 哀傷的인 것이 거진 全部라고 하여도 과히 틀인 말은 아닐가 한다. 그러면 참으로 우리의 요구에 맛는 작품이란 엇던 것이냐. 우(이상 29쪽)리 勞働者들의 ××의 부르짓는 소리 이것이 즉 우리들의 詩다. 이 ××주의 사회에서는 우리 소년들도 마찬가지로 착취를 當하고 잇지 안는가. 그러면 우리 소년들도 이 勤勞大衆의 한 사람이라고 할 수가 잇다. 즉 그러면 로동자의 부르지즘은 곳 우리의 부르지즘이라고 할 수 잇다. 그러면 우리의 노래에는 集團的인 感情을 가지고 잇서야 할 것이며 ××的인 一斷面을 보여 주어야 할 것이다. 즉 이것이 우리의 요구하는 바의 작품이다. 무산게급운동의 현실적인 문제만이 우리들의 詩의(卽 童謠) 전체이여야 할 것이며 더욱이 우리들의 나아갈 唯一한 길이라고 斷言할 수가 잇다.

센티멘탈한 감정에서 버서나 현실적 具体적인 詩를 불너야 할 것이다. 우리들의 詩는 兄弟에게 보내는 傳令이며 우리 자신에 내리는 宣言이다. 우리의 詩는 우리의 行進曲이 되며 信號가 된다. 우리는 哀傷的인 平凡한 詩(동요)를 버리고 힘찬 우리들의 詩를 부르짓자.(이상 30쪽)

閔孤影, "(感想文)깃븐 일! 痛快한 消息―동무들아 섭々해 말나", 『별나라』, 1932년 2-3월 합호.[216]

우리 機關誌『별나라』에서는 昨年 一九三一年 十月로부터 同 十一月에 亘하야 一九三二年 卽 今年 지난 新年號에 실닐 愛讀者新年懸賞原稿文藝를 數種으로 分하야 募集하엿든 것을『별나라』讀者들인 우리들은 알 수 잇슬 것이다.

아니 알고 만히 投稿를 하엿슬 것이며 따라서 本誌 그때 十二月號에 新年懸賞文藝 成績發表欄에 豫選된 原稿 種目과 篇數만을 짜서 記錄하엿든 것을 보고서는 누구나 다― 투고한 독자들은 행여나 나의 作品이 小說 三篇 中에 一篇이 되지 안엇나? 或은 童話 二篇 中에 一篇이 들지 안엇나! 쏘는 童謠 作文에나? 하고 가슴을 조리엿슬 것이다.

이것은 무슨 發表慾도 名譽慾도 아모것도 아니다! 그야말노 感情 그대로인 文藝的으로 된 少年少女들의 神聖한 呼吸일 것이다. 아무런 그것은 그럿타 하고 그리면 이와 가튼 우리들『별나라』一萬 數百人의 기다리고 기다리엿든 結果는 果然 그 엇더케 되엿든가. 新年號가 消息이 업스니 알 길이 업스매 期待하는 마음만 百% 간절하게 되지 一月 下旬에 비로서『별나라』母誌 臨時 新年號가 나오게 되엿다.(이상 55쪽)

울넝거리는 가슴을 진정식히며 目次를 훌터보니 이게 왼 일이냐? 우리들의 期待하엿든 文藝原稿發表란 거림자도 차자볼 수가 업섯다. 失望! 二三個月 두고 間間히 기다리든 우리들의 그 무엇이란 물거품으로 化하고 마랏다! 期待의 끌튼 熱은 싸―늘한 바람에 차듸차게 식어 憎惡의 하날가으로 날너가 뿌리고 마럿든 것이다. 아마 나뿐이 아니라 나와 갓치 기다리엿든 우리 愛讀者는 다― 그랫슬지도 모른다!

率直하게 말하자면 나는 이 新年 臨時號『별나라』誌를 들고 "에익!" 하

216 원문에 '載寧 閔孤影'으로 되어 있다.

며 無意識的이면서도 우리들의 母誌의 對하야 不忠의 念을 품으며 책장을 덜치기 시작하엿든 것이다!

그리자 앗! 하고 나의 빠른 視線은 三七頁 社告라고 쓴 特號 活字에 딱— 머물느게 되엿든 것이다.

아々 동무들아! 果然 그곳에는 이러한 우리 機關지의 社告가 잇지를 안엇느냐! "별나라 新年懸賞 原稿는 全部 나오지 못하야 不得已 실니지 못하게 되엿싸기에 未安한 말슴을 올닐 뿐임니다"라고.

아하 동무들아! 이 얼마나 힘 잇고 씩씩한 말이냐! 나는 이 社告를 한번 일고 또 읽고 하는 가온데 만흔 勇氣와 깃븜은 다시 蘇生되는 것이엿다!

우리의 작품이 지상에 실녀 그것을 보고 잇는 感化보다도 나는 이 짤막한 社告 한 篇에 큰 힘과 感化를 더— 밧을 것이라고 生覺한다.

웨 그러냐? 하면 이제 우리는 다— 갓치 靜寂에 눈을 감고 이 社告 한 마듸를 고요히 暗示해 보자! 아무 힘이 업는 無氣力한 작품을 지상에 널어논들 下等의 價値가 잇느냐 말이다. 그러나 生覺컨대 우리의 今年 懸賞 작품은 全部가 다— 검열 關係로 발표되지 못햇다니 이 얼마나 痛快한 消息이냐?!

아아 그러면 우리 『별나라』 讀者 여러 동무들아! 우리는 이제 지나간 섭섭튼 마음을 돌니여 깃뿐 개선歌를 힘차게 부르자! 新年號에 우리들의 작품이 全部 못 실니게 된 것은 우리들 一九三二年 첫날부터 勝戰한 한 토막의 奇事이다! 동무들아 섭々해 말나!

(一九三二年 一月 二八日 R 君에게 온 『별나라』를 바다 들고) — (이상 56쪽)

申鼓頌, "슈프렛히·콜－演劇의 새로운 形式으로(1)", 『조선일보』, 1932.3.5.

프로레타리아 演劇의 方法은 말할 것도 업시 藝術上의 辨證法的 唯物論的 方法과 相通하는 것이다. 그럼으로 多樣한 形式의 攝用은 프로레타리아 演劇에 許輿된[217] 辨證法的인 方法이며 새로운 形式의 打開는 프로레타리아 演劇運動者의 커다란 任務의 하나이다. 朝鮮의 프로레타리아 演劇은 아즉도 그 성장의 第一階段도 다 經過하지 못하고 잇다. 우리는 運動 그것의 伸長을 위하여 가장 簡便하게 가장 效果的으로 演劇的 手段으로 할 수 잇는 數만은 形式을 알어야 할 것이다. 筆者가 여긔에 쓰려는 '슈프렛히・콜'도 그것의 하나이다. 그리고 繼續하야 '산新聞劇' '아기트・프놉프劇' '포쓰터－劇' 等의 解說을 쓰려고 한다.

一

'슈프렛히・콜'(sprech-coro)[218]은 適常한 譯語가 아즉 發見되지 안엇다. '슈프히'는 英語의 '스피－츠'(sesch)[219]와 同義語이며 '콜'은 '코-러쓰' 卽 合唱이란 말이다. 그러니 卽 解釋하면 "말의 合唱"이라고 할 수 잇슬 것이다. 그 外에 譯語로 "合唱詩" 또는 "말하는 合唱" 等이 잇다. 一言으로 말하면 朗讀이 한 사람의 입을 비러서 하는 데 對하야 '슈프렛히・콜'은

多數人의 朗讀이다. 즉 一群 或은 一團의 사람이 一時의 한 篇의 詩를 朗讀하는 것이다. 그럼으로 朗讀의 演劇化한 것이라고 볼 수 잇는 것이다.

---

217 '許與된'의 오식이다.

218 'Sprechchor'의 오식이다. 연극에서 "대화적 합창"을 뜻하는 독일어이다. 문학에서는 "시구(詩句)나 대사 같은 것을 효과적으로 전달하기 위하여 간단한 리듬이나 억양을 붙여 집단적으로 제창(齊唱)하는 낭독 형식"을 뜻하며, 독일혁명의 지도자 카를 리프크네히트(Karl Liebknecht)가 처음 사용하였다고 한다. 좌익 연극에서 유력한 형식으로 받아들여 극작(劇作)과 연출(演出)에 하나의 전기를 가져왔다.

219 'speech'의 오식이다.

그러나 이것은 演劇의 一形式으로만 볼 수 잇는 것이 안이고 프로레타리아 音樂의 새로운 形式이며 同時에 詩朗讀의 一形式이라고도 볼 수 잇는 것이다.

우리는 '슈프렛히 · 콜'을 프로레타리아演劇의 一形式으로 工場과 農村 또는 劇場 等 勤勞大衆의 모임 가운대 移動할 때에 (畧) 프로劇으로써 有用化하지 안으면 안 될 것이다. 筆者는 그러한 意企의 알에 '슈프렛히 · 콜'의 形式 演出方法 等을 紹介하려 한다.

二

'슈프렛히 · 콜'은 獨逸에 잇서서 勞動者들이 가진 가장 大衆的인 演技의 方式이 되여 잇다. 이것이 獨逸에서 始作되여

獨逸에서 成長한 맛치 獨逸의 勞動者는 이것을 벌서 專門的 技術者가 안인 素人으로써 할 수 잇는 演技로써 充分한 經驗과 造詣를 가지고 잇다. 엇더한 때 엇더한 곳이든지 크거나 적거나 勞動者의 集會에는 반드시 이 '슈프렛히 · 콜'을 演出하야 勞動者 自身의 藝術的 興趣와 未組織 大衆에 對한 (畧) 宣傳의 任務를 遂行하고 잇다. 그리하야 獨逸의 著名한 프로레타리아 詩人인 '에릿히 와이넬트'는 이 朗讀用 '슈프렛히 · 콜' 用의 詩 製作에 커다란 成功과 프로레타리아 大衆의 커다란 信賴를 가지고 잇다.

그리면 웨 '슈프렛히 · 콜'은 프로레타리아의 ×器로써 優秀한 것이냐. 첫제로 勞働者의 생각과 感情을 生活 그대로

表現할 수 잇는 것이다. 터저 나오는 蔚憤[220] 低嚴한 리듬 機械의 呻吟 부서질 듯한 怒때 두다리는 함마 밀려드는 (畧) 그리고 空腹과 極度의 疲勞 等等 이 모든 것을 音樂化된 高尙한 韻律이 안이고 直截的인 肉聲 그것이며 勞働者의 물결이며 呻吟이며 고함 그대로이다. 그럼으로 가장 大衆的인 것이다.

둘제 그러타고 低級化한 藝術이 안이며 通俗化도 안이다. 그 리듬이 簡單함으로 하야 굴다란 線을 聽衆의 귀에다 남길 수 잇슬 것이며 複雜한

---

220 '鬱憤'의 오식이다.

메로듸-를 必要치 안음으로 하야 音樂의 合唱과 갓흔 만흔 練習과 素養을 必要도 안으며 짤아서 音色의 如何 '소프라노' '테너-'의 區別이 必要치 안타.

勿論 複雜한 伴奏도 不必要한 것이다.

셋제 舞臺的 條件을 그다지 要求치 안음으로 엇더한 場所에든지 自由로 가지고 갈 수 잇다.

넷제 그것의 大衆의 소리요 大衆의 感情의 絶叫임으로 (畧)·푸로的 效果는 말할 것도 업시 多分으로 가젓다.

申鼓頌, "슈프렛히·콜-演劇의 새로운 形式으로(2)", 『조선일보』, 1932.3.6.

三

'콜'의 上演을 試하려면 먼저 이에 意企한 詩가 짜로히 創作되여야 할 것이다. 한 사람의 朗讀과 달러서 길다란 語句는 不適當하다. 길다란 語句를 多數人이 朗讀하면은 그 語義가 不鮮明하게 들리기 쉬운 것이며 길스록 合唱하기에 困難하다.

또 演劇의 一形式으로 試할 때는 먼저 劇的 '앨랜지-'를 加하여야 할 것이다. 밧구어 말하면 單 한 詩의 朗讀의 合唱으로보담도 充分한 演劇化가 必要하며 簡單한 '제스츄어-'(動作)도 부치어야 할 것이다.

그 演出의 實例로써 다음의 두 가지를 紹介하려 한다.

먼첨 簡單하고 가장 쉬운 것으로 舊 東京프로레타리아演藝團(新名 メザマシ隊)[221] 上演의 「國際勞働者救濟會」(島公靖 作) 一部를 이야기하겟다.

---

221 'メザマシ隊'는 대중연극, 프롤레타리아 연극운동의 일부 그룹인 '트렁크극장, 도쿄프롤레타리아연예단, 메자마시대(トランク劇場, 東京プロレタリア演芸団, メザマシ隊)' 등의

(畧)

一, 二.　勞動者 諸君!

一, 二, 三.　同志들이어

全員 —— 勞働者救濟會에 [redacted]!

二.　養老院과 孤兒院[redacted]

三.　(畧) 死者의 [redacted]과 廢(畧)에게

一.　——— [redacted] 慈善事業을 배풀고 잇스나

四.　그러[redacted]것은 놈들의 欺瞞이다.

一.　[redacted]들의 간난과 매임이 그까짓 것으로 곳치어지지는 안는다.

[redacted], 四.　우리들이 (畧) 이 나흔 犧牲者를 救하여야 한다.

二.　돈과

三.　옷과

一.　먹을 것을

二, 三.　주린 農民에게

一, 四.　주린 勞働者에게

二, 三, 四.　주린 아이들에게

一.　그러케 하는 것이

二, 四.　—— 을 긋게 한다.

全部.　勞働者 - 을

一.　한 사람을 위하야 모든 사람이

二.　모든 사람을 위하야 한 사람이

全部.　— 勞働者救濟會에 들자!

이것은 그 終末의 一部分인데 動作은 업고 네 사람이 適當한 間隔을 두고(손을 펴서 잡힐 만치)나란히 서서 主로 音調의 抑揚을 부처서 한다. 二의 "돈과"를 强音으로 내고 三의 "옷과"를 低音으로 내며 '주린 農民에게'

하나로 길러져 온 것이다. 'めざまし〔目覺(ま)し〕'는 "잠을 깨게 함"이란 뜻이다.

는 普通 소리로 그 다음의 "주린 勞動者에게"는 그보다 一段 高音으로, 그 다음의 "주린 아이들에게"는 더 一段 高音으로 낸다. 그리하야 맨씃 "勞働者救濟會에 들자!"는 最後의 '크라이막스'가 되는 것이다.

다음은 東京左翼劇場[222]에서 上演한 것으로 조금 複雜化한 것인데 「투툭시브鐵道」라는 報告物이다.

(前畧)

第二의 사나히

쎄처라!렐

올너라촉□山脈에!

山은엽흐로쒸어

너이들에게길을빌우어준다

압길은엇더하냐

鐵橋를걸려잇느냐

일치시河의激流에

카스켈렌의激流에

第四의 사나히

발상에서나려오너라

위태하다 工夫들!

벌서수만흔工夫가

일치시河의激流에먹혓다.

---

222 그냥 左翼劇場이라고도 한다. 전신은 〈전위예술가동맹(前衛芸術家同盟)〉 산하의 전위극장(前衛劇場)과 〈일본프로레타리아예술연맹(日本プロレタリア芸術連盟)〉 산하의 프로레타리아극장(プロレタリア劇場)이다. 1928년 사사키 다카마루(佐佐木孝丸), 무라야마 도모요시(村山知義), 사노 세키(佐野碩) 등이 결성하였다. 1934년 6월에 해산하기까지, 우노 주키치(宇野重吉), 하라 이즈미(原泉), 신긴 조(信欣三), 미즈키 요코(水木洋子), 야기 류이치로(八木隆一郎), 이케다 세이지(池田生二), 오자와 에이타로(小澤榮太郎), 다키자와 오사무(瀧澤修), 구보 사카에(久保榮), 나카 미도리(仲みどり), 야마모토 야스에(山本安英) 등이 참가하였다.

카스켈렌의激流에
부룬다이의激流에
위태하다
江에서다라나라

申鼓頌, "슈프렛히·콜―演劇의 새로운 形式으로(3)", 『조선일보』, 1932.3.8.

第一사나히
다리는걸렷다
물결도잠잣다
물밋깁히
浚渫船이파내엇다
고함처라
목나무(枕木)를가저오라고
목나무를敷設하라고
第二의 사나히
옴겨라 목나무를
렐아! 더다름질처라
되엿다 다리가
일치시河에
되엿다 다리가
카시켈렌의흘음우에
되엿다 다리가
부른다이의흘음우에
(下畧)

登場人物은 全部 아홉 사람이며 衣裳도 갓추엇든 것이다. 單獨의 朗讀의 部分이 만흠으로 하야 句節의 抑揚이 細密하게 演出되엿다. 맨 처음의 第二의 사나히의 것에 "뻿처라!"라는 高聲으로 나와 "山은"에서 普通 會話體로 始作되여 "일치시河의"에서부터 漸次로 놉하저 가서 第四의 사나이 "위태하다工夫들"은 絶叫에 갓갑게 하며 "벌서수만흔"에서는 音調가 突變하야 低音이 된다. 이것은 全部에서 케쓰(小太鼓)의 伴奏를 너어 그 音響效果를 一層 加하고 잇다. 케쓰의 打法은 씃의 第二의 사나히의 '되엿다'(音調도 놉게 낸다)에서 '폴틧시모'[223](最高)

强打하야 다음은 잘게 구을린다. 仔細한 것은 到底히 여긔서 說明할 수 업다.(寫眞은 東京左翼劇場 上演의 「투툭스부 鐵道」).

申鼓頌, "슈프렛히·콜－演劇의 새로운 形式으로(4)", 『조선일보』, 1932.3.9.

四

씃으로 우리는 朝鮮 안에서 엇더케 '슈프렛히·콜'을 프로레타리아演劇의 形式으로 活用되여야 할까. 엇더케 하야 이 새로운 形式에 對한 關心을 喚起할가. 農村에 잇서서 農組靑年部의 素人劇的 活動에 쏘는 工場 內의 演劇同好會의 素人劇的 活動에 有用化 될가. 이 問題를 宿題로써 남겨 두자.

모든 外國에서는 街頭에서 工場의 休息時間에 野外에 (畧) 團에 農村에 쏘는 學校劇으로 이것을 試驗하야 커다란 成果를 어덧스며 今後에 漸漸 發達하야

音樂家와 共同活動에 依하야 簡單한 作曲까지 하게 되엿다. 우리는

223 "매우 세게 연주하라"는 뜻의 "fortissimo"(ff)이다.

農村에 잇서서 가장 커다란 活動場面을 가지고 잇스며 農村青年의 自立的인 素人劇的 活動은 우리들 프로레타리아 演劇運動者는 最大의 關心을 가지지 안으면 안 될 것이며 그러한 自立的 演劇運動者와 專門的 運動者의 緊密한 連絡 알에 새로운 演劇의 形式은 充分히 利用하지 안으면 안 될 것이다.

參考로써 다음에 獨逸의 同志 에릿히・와이넬트 作 「一九三二年을 마즈며」를 全部 紹介하려 한다.

一九三二年을 마즈며

에릿히・마이넬트[224]

一

쏠로1　三百六十다섯번의아츰
合唱團　조금도달음업는不安
쏠로2　三百六十다섯번의낫
合唱團　조금도다름업는괴로움
쏠로3　三百六十다섯번의밤
合唱團　눈이쓰이지안는疲困
쏠로1　그리고지금쏘
合唱團　一九三二年을
쏠로1　마저서
쏠로2　우리들의
合唱團　묵은疑問이
쏠로2　되도리켜진다.
쏠로3　쏘한번갓흔
合唱團　三百六十五日은

224 '에릿히・와이넬트'의 오식이다. 나치 치하에서 구소련으로 망명하였던 독일계 공산주의자 에리히 바이네르트(Erich Weinert)를 가리키는 것으로 보인다.

쏠로3　　오는가하고

申鼓頌, "슈프렛히·콜-演劇의 새로운 形式으로(完)", 『조선일보』, 1932.3.10.

二

쏠로1　　그러타
合唱團　　同志들
쏠로2　　아마
合唱團　　아즉도세네번은오겟지
쏠로3　　아마
合唱團　　아즉도열번은오겟지
쏠로1　　그러나 同志들
合唱團　　落心하지마라
쏠로2　　금년의
合唱團　　三百六十五日동안에
쏠로3　　썩은世上의
合唱團　　(畧)를
1 2 3　　우리들은
合唱團　　또하나
1 2 3　　쌔여버리는것이다.

三

쏠로1　　조흐냐
쏠로2　　同志들
쏠로3　　그러기위하야는
쏠로1　　三百六十다섯번의아츰

2 3	心臟의불을태워라!
合唱團	터저나오는 미움을
쏠로2	三百六十다섯번의낫
1 3	목을쉬게하여라!
合唱團	동무가落望하지안토록
쏠로3	三百六十다섯번밤
1 2	힘을길러라
合唱團	오는(署)의 準備로!

四

솔로1	그러나同志들
쏠로2	어느째던지쪽
쏠로3	새로운해가온다.
쏠로1	너의心臟이
쏠로2	깃브게 급하게
쏠로3	용소슴칠째가!
쏠로1	三百六十다섯번의아츰
2 3	×들에게對한
合唱團	不安은업다.
쏠로2	三百六十다섯번의낫
1 3	××의괴로움은
合唱團	어제날의일이다!
쏠로3	三百六十다섯번의밤
1 2	넘치고남는우리의힘의
合唱團	幸福에물들인다.

五

1 2	그째엘낭 나는
2 3	왼세상의동무에게
3 1	손을잡는다.

쏠로1　그때는깃븜이터저나와
쏠로2　나라에서나라로
쏠로3　라듸오의電波를보내리라
合唱團　同志諸君!
1 2 3　오늘엘랑
全部　過歲잘느냐!

(끗)

一九三二, 二, 二〇

"교문을 나서는 재원들, 그들의 포부와 감상-장차 무엇을 할 것인가, 京城保育, 童話名人 金福鎭", 『조선일보』, 1932.3.10.

조선의 륙백만 어린이 가운데에 그 반수인 유아(幼兒)들의 전도를 시도하려고 나오는 금년의 경성보육학교(京城保育學校)의 새로운 보모(保姆) 가운데에서 그 학교의 자랑할 만한 보모가 잇스니 그이는 경성(鏡城)[225] 출생인 김복진(金福鎭) 씨인 것입니다. 그는 어렷슬 때에 계성학교(啓星學校)를 졸업하고 즉시 진명녀학교(進明女學校)에 입학하야 그 학교를 졸업하게 되엿는 바 졸업한 그는 가정상 여러 가지의 복잡한 형편으로 자긔가 더욱 공부하겟다는 위대한 생각도 이루지 못하고 집 속에서 세월을 보내다가 지금부터 이년 전에 조선의 어린 동모들을 위하야 일신을 헌신하야 보겟다는 구든 뜻 아래에서 경성보육학교에 입학하게 된 것입니다. 그는 학생 시대부터 어린아이들의 양식(糧食)이 될 만한 동화구연(童話口演)에는 재학생 중에 뛰여날 뿐 아니라 이러타할 만한 동화가로의 연법에는 당하기가 어려운 것입니다. 그러고 동극(童劇)과 가튼 극 방면에는 특이한 재조를 가지엇스며 률동(律動)까지도 잘하여 유치원의 보모로는 가장 적당한 그라고 하는 것입니다. 그를 학교 사무실로 차즈니 침착한 태도와 겸손한 빗을 씌이고서 긔자가 뭇는 말에 대하야 다음과 가티 말하게 되엿습니다.

"졸업을 한다고 하나 아즉까지 수양이 부족함으로 사회에 나아가게 된다는 것이 스스로 붓그러운 생각을 갓게 됩니다. 이로부터 유치원 방면에 취직을 하게 되엿습니다마는 여러분의 지도 아래에서 어린 아이들과 가티 지내려고 합니다."

"네 참으로 큰 문제야요. 지금까지 유치원 선생을 본다면 어린아이들의

225 '경성(京城)'의 오식이다. 김복진의 손자인 정인섭 교수의 저서 『김복진, 기억의 복각』(경인문화사, 2014, 15쪽)에 '鏡城'이 아니라 '京城'임을 밝혀 놓았다.

동모가 되는 긔분이 적고 마티 소학교나 중학교의 선생이 된 긔분을 가지고 잇서서 보모와 어린아이가 그러케 정다운 긔분이 적어요. 이러한 점을 우선 좀 고치엿스면 하고 잇습니다."

"유치원의 교재 문제는 엇더케 생각하십니까."

"이것도 큰 문제야요. 우선 어린아이들이 부르는 노래만 하드라도 외국 노래를 번역하야 그것을 부르게 함으로 어린아이들이 잘 호흡이 되지를 아너요. 그럿타면 어듸 효과가 날 수가 잇겟습니까. 압흐로는 조선의 정조를 너어서 가르치도록 햇스면 합니다."

하는 그의 얼골에는 무엇인지 새로운 무엇을 발견한 듯한 빗이 써도랏다.

"유치원과 가정의 련락은 엇지 햇스면 조흘가요."

"항상 가정의 부모와 유치원의 보모들 사이에 의사를 소통하며 가정교육이나 유치원교육이 서로 어그러지는 바가 업시 햇스면 조켓서요."

"조선의 가정교육은 엇지 생각하십니까."

"네 무엇을 아러야지요. 조선의 가정은 어린이을 위한 가정으로써 음식 가튼 것도 어른들의 입에 맛게만 하는 까닭에 어린아이의 위생으로 보든지 영양상으로 보든지 큰 관계가 잇습니다. 그럼으로 가정을 어린아이 중심의 가정으로 하야 자녀를 길너 주엇스면 합니다" 한다.

◇ 사진은 김복진 씨

田植, "妖努罵 君에게", 『어린이』, 1932년 3월호.

京城 妖努罵 君! 君이 本誌 二月號 讀者談話室에서 拙作「야학에서 헤질 때」란 童謠가 本誌 新年號에도 發表되고 『每申』 新年文藝募集에도 入選되엿다고 나를 욕(忠告라기는 어리석다)한 君의 글을 잘 읽엇네.[226] 그리고 君은 銳敏한 感情부터 내세우고 내게 말햇지만 나는 고맙다고 感謝의 말슴을 드리네.

妖努罵 君! 이번 童謠를 兩處에 發表케 한 것이 나의 本意가 아니엇네. 이제 나의 態度 아니 나의 事情을 말할 테니 좀 참고 들어주게.

本誌 新年號에 發表된 童謠「야학에서 헤질 때」는 昨年 十月엔가 本誌에 投稿한 것이다. 本誌 十一月號에나 十二月號에는 發表될 줄 알앗더니 두 달이 지나도 그 童謠가 發表되지 안헛다.「야학에서 해질 때」는 꽤 되엿다고 내 스스로도 미덧든 童謠인데 어쌔서 안 發表될싸 하고 이상히 여기다가

226 京城 妖努罵의「★ 每申에 入選된 田植 君의 童謠를 낡고」(『어린이』, 1932년 2월호)를 가리킨다. 내용은 다음과 같다.

朝鮮 少年文藝에서 손을 쏩는 田植 君! 君이 정말 이럴 줄은 몰낫네. 사람은 참으로 밋지 못할 것이네?

君아. 君은 너무나 懸賞이라면 목을 매는 모양이야. 그래 이 사람 이번 新年號 어린이에 發表된「야학에서 헤질 때」이 童謠를『어린이』에 發表된 것이 不足하여서『每申』에 쏘 보냇나? 아주 入選까지 되여 깁부겟는데? 그래 적어도 朝鮮 少年文藝에 힘쓴 者로서 名譽와 黃金에 팔니여 自己周圍 환경을 다— 엇는단 말인가? 君이 일홈을 박구어 發表하면 몰을 줄 알엇나. 그것만은 君에 失手이엇섯네.

入選 名譽 五圓. 참 깁부겟는데 그런 名譽는 썩어진 名譽일세! 한 作品을 두 곳에다가 發表하다니 게다가 일홈을 쑥 밧구어서 君은 참 긔묘한 手段을 썻스나 暴露가 되니 마음이 如何한가?

그래도 무슨 염체가 잇나. 무삼 말할 材料가 充分히 잇나. 이 사람 精神을 차려! 反省을 바라네? 君은 名譽를 넘우나 重히 生覺하는 모양이네? 이 後로는 절대로 그런 버릇을 랑하지 마라 주게. 萬若 쏘 다시 하고 십흔 생각을 가젓거든 우리 文藝에서 멀-니 써나 주게. 참으로 나도 意外 일을 보게 되엿네.(이상 58쪽) 自心으로도 모를 일일세.

君아. 反省하여 깨끗한 마음으로 이러저 가는 朝鮮 少年文藝를 다시 힘써 주기만 바라고 그만 붓을 던지네.(서울 宿舍에서)(이상 59쪽)

째마츰 『每申』에서 募集하는 新年文藝에 應한 것이다. 新年文藝가 發表되는 一月 一日 『每申』紙에서(이상 36쪽) 「야학에서 헤질 때」가 白村人이라는 나의 別號로 入選 豫告한 것을 보앗다. 그런데 一月 四日 『어린이』 新年號를 바더 보니 『어린이』에도 「야학에서 헤질 때」가 실려 잇섯다. 나는 깜짝 놀라며 "야! 이러게 늣게 내어주는 수도 잇구나" 하고 나는 맘이 좃치 못햇다. 『每申』에서 入選豫告를 보고 또 『어린이』를 보게 되니 참으로 나는 스스로 부쓰러워하엿다. 그래 나는 동무를 차자가서 이 이야기를 한 적도 잇다.

그런데 어쌔서 『어린이』에는 田植으로 發表되엿느냐? 이것은 나도 모를 일이다. 『어린이』에도 白村人이라고 나의 別號를 쓰고 原稿 末에 나의 本名을 썻더니 編輯人이 나의 本名으로 發表해 준 것이다. 이것뿐 아니라 田植으로 新年號에 揭載된 「우리들의 설날」도 白村人으로 投稿햇더니 田植으로 發表햇다. 아마도 이것은 編輯人의 自由인가 한다. 대강 말하자면 내 事情이란 이런 것이다. 讀者 여러분도 알아주시기를 바랍니다. 여러분께서도 간혹 이런 일이 잇슬 터이지만 이제부터 저는 注意하겟습니다.

妖努罵! 알아들엇나? 事實 일이 이러(이상 37쪽)케 된 것일세. 그런데 妖努罵! 君은 하나만 알고 둘은 모르데! 왜 멋도 모르고 淺薄한 感情부터 내세우고 말을 하는가. "이번 新年號 『어린이』에 發表한 것이 不足해서 『每申』에 또 보냇나? 아주 入選까지 되여 깁부겟는데." 妖努罵 君! 이게 무슨 어이업는 말인가? 아마도 君은 『어린이』 新年號에 發表된 것을 보고 또 『每申』에 投稿하여 入選된 줄로 아는 모양이나 아무리 新聞 揭載가 빠르다기로니 十二月 末日에 發行된 『어린이』 新年號를 보고 또 『每申』에 投稿하여 一月 一日에 入選豫告까지 하게 될 수가 잇겟는가? 그는 常識으로도 알 수 잇는 일인가 하네.

妖努罵! 自重하게. 그리고 君은 懸賞에 목을 매느니 名譽와 黃金에 팔리느니 기묘한 手段이니 하고 떠든 것은 너무 過敏한 것일세! 어서 自重하게. 그리고 나의 事情도 알아주게!

끗흐로 新春 少年文藝 總評을 쓰신 白世哲 先生께서도 저의 事情을 諒解해 주신다면 다행이겟나이다.

二月 九日 (이상 38쪽)

妖努罵, "秀烽 君에게", 『어린이』, 1932년 3월호.

秀烽 君?

君은 朝鮮 푸로 少年을 위하여 만히 努力하는 모양 갓다? 『어린이』에 발표된 作品을 보드라도 모도가 푸로 作品이다. 나로써도 만히 贊成하는 바이다. 日前에 二月 二日 『中央日報』 四面에 發表된 君의 作品 「나무꾼」[227]이란 作品은 참으로 잘되엿다. 朝鮮 農村에 現實을 잘 낫타내엿다? 그런대 『新少年』 二月호를 두적두적하다가 우연히 君의 作品 「나무꾼」[228]을 또 發見하엿다! 곳 집에 돌아와 新聞과 比較하여 보니 內容이 확실하엿다!

君아. 發表되는 것도 좃치만은 너무도 發表慾을 가지고 하면 자미가 업다! 더군다나 한 作品을 두 곳에다 發表시킨다는 것은 우리로써는 할 일이 아닐 줄 生覺된다! 君아. 이 後로는 참된 精神으로 朝鮮少年文藝界에 다시 努力하여 주기를 바란다. 씃흐로 君의 成功을 빌며 붓을 놋는다.(이상 39쪽)

---

227 박수봉(朴秀烽), 「나무꾼」(『중앙일보』, 32.2.1)을 가리킨다.

고읍게 치장한 이산등길은
그누구 째문에 화려한가요
단풍닙 나라로 경치조와도
이놈은 낫쥐고 설어움니다
×
산미테 붉은집 큰집속에서
일하는 언니의 생각이나요
눈물을 흘니며 나무를베다
낫쯔테 손가락 닷첫슴니다
×
산직이 보면은 쌔아슬가봐
쌀으게 색기로 묵거지구요
험한길 조심해 나려오면서
손가락 아퍼서 울엇슴니다
(一九三一年 가는골에서 作)

228 박수봉(朴秀烽), 「나무꾼」(『新少年』, 1932년 2월호, 55쪽)을 가리킨다.

고읍게 치장한
　　　이산등길은
어느× 때문에
　　　화려한가요
단풍닢 나라로
　　　경치좋와도
이놈은 낫쥐고
　　　설어움니다

산밑에 붉은집
　　　큰집속에서
일하는 언니의
　　　생각이나요

눈물을 흘니며
　　　나무를하다
낫끝에 손가락
　　　닷첫습니다

산직이 보면은
　　　빼아슬가봐
빠르게 색기로
　　　묵거지고요
험한길 조심해
　　　내려오면서
손가락 만지며
　　　울엇습니다

勸讀部, "(少年座談)이야기책과 이야기 듯는 것", 『時代像』, 제4호, 1932년 3월호.

글이라는 것은 외 사람이 읽는 것인가. 한번 생각하야 보십시요. 물논 사람이란 글을 배워야 할 것은 여러 가지로 말할 수는 업스나 나 한 사람이 잘살게 되고 짤아서 부모와 형제가 잘살게 되고 동리 사람이 함께 잘살게 되는 것이 글노써 모든 것을 배워서 알어야 하겟다는 것입니다.

길게 말하지 아니하고 이야기책을 읽는 까닭을 간단하게 말슴하겟습니다. 우리가 이야기를 하고 이야기를 듯고 이야기책을 읽고, 이야기책 읽는 것을 들을 째는 그 야기[229] 속에서 풀녀 나오는 깁분 일이나, 슯흔 일이나, 무서운 일이나, 그 이야기를 들을 째는 내가 그 이야기를 들을 째에는 내가 그 이야기 속에 잇는 세상에 들어가서 살어야 될 것입니다. 자세이 말하자면 무서운 이야기 속에서 나오는 ―"엇던 사람이 길을 가다가 날이 저무러 바위구녕에서 자려 하는데 큰 호랑이가 바위구녕 압헤서 '어웅! 어웅!' 하며 잡어먹으려 하는" 이야기를 들을 째는 내가 그 바위틈에 잇는 사람으로 생각을 하면서 이야기를 듯게 되면 내가 그 무서운 세상에서 살어 본 세음이 되는 것입니다.

쏘― 그 이야기가 썩 깁부고 자미잇는 이야기 배 불으고 맛잇고 자미잇는 이야기 "복남이네 집에는 센동이 '개' 한 마리를 두엇는데 그 센동이가 날마다 새벽이면 나가서 강변에 가서는 오리도 물어 오고 산에 가서는 꿩도 물어 오고 톡기도 물어 와서 그 맛잇는 고기를 구어서 어머니 아버지 형님 동생이 맛잇게 먹는다"는 이야기를 들을 째는 그처럼 배 불으고 자미잇게 사는 사람이 되어 보와야 함니다.

×

이야기책을 보다가 이야기가 생긴 이야기를 하겟습니다. "삼십년 전 어

229 '이야기'의 오식이다.

늬 담베 파는 가게에서 생긴 이야기입니다. 그 집에는 저녁마다 동리 영감님들이 모혀서 이야기책을 자(이상 10쪽)미잇게 보는 것입니다. 어늬 날 밤에는 『림장군전』이란 책을 읽는데 림 장군이라는 어룬은 힘이 천하장사요 마음이 발너(正直)서 나라일을 위하야 힘을 쓰는 어룬입니다. 그런데 그때 못된 사람들이 잇서서 림 장군 어룬을 죽이게 되엇습니다. 이럿케 분하고 슯흔 이야기가 차차 책 속에서 풀녀 나오게 되엇습니다. 그래서 책 소리를 듯든 여러 영감님들은 엇덧케 분하엿든지 그 책장은 읽지 마라! 그 책장은 읽지 마라! 하고 소리들을 질넛습니다. 그러나 책 읽는 이는 공연이들 그런다는 것처럼 그대로 작구 책을 읽엇습니다. 그리는 통에 방안에 잇든 사람들은 더욱 분한 마음이 치밧첫습니다.

그때 방안에서 시퍼런 칼노 담베를 썰든 영감님도 엇덧케 분이 낫든지 "글세 그 책장은 넘기고 보라니싼" 하면서 분함을 참지 못하야 담베 썰든 칼노 책 보든 이의 목을 첫습니다.

이런 야단이 낫습니다. 책이란 읽든지 읽는 것을 듯든지 그 이야기 속— 세상에 내가 들어가 잇서야 될 것입니다.

"영국에 잇는 엇던 선생은 책을 씀직이 잘 읽는 이인데— 철망 속에 들어 잇는 사자의 압혜 가서 날마다날마다 목청을 놉혀서 책을 읽엇습니다. 얼마를 그리하니싼 사자가 자미를 붓처서 글 읽는 것을 점점 갓가이 와서 듯드람니다. 그리하야 얼마 후에는 철망 문을 열고 그 속 사자 잇는 압혜싸지 가서 책을 읽게 되어 그 사납든 사자가 이야기책에 홀닥 반해서 사람도 닷치지 아니하엿다고 함니다."

즘생이도[230] 이처럼 책에 자미를 부친다는데.(이상 11쪽)

---

230 '즘생이도'(짐승도)의 오식이다.

李孤月, "「스무하로밤」을 剽窃한 韓金鳳 君에게", 『소년세계』, 제3권 제3호, 1932년 3월호.

童謠　「스무하로밤」

스무하로 이밤은 월급타는밤
실썹는 어머니가 월급타는밤
버드나무 숩속엔 놉흔굴쑥엔
사월달 조각달은 밝아오는데
어머니는 어듸가 무엇하시고
이밤이 깁허가도 안이오실가?

수무하로 이밤은 월급타는밤
실썹는 어머니가 월급타는밤
자장자장 이밤은 월급타는밤
논두렁 工場길에 밤은깁흔데
이달품삭 작게밧아 ×음하시나
저달이 넘어가도 왜안오실가?

이 童謠는 『별나라』 昨年(一九三一) 六月 五週年 紀念號에 실인 裡里 韓金鳳 君의 所謂 創作童謠?이다. 이 동요는 工場 엄마를 기다리고 잇는 우리들로서 한번 부를 만한 것이나 眞正한 韓 君의 創作的 作品이냐 하는 點 至하야는 十分의 疑惑을 不禁하는 바이다. 왜? 그러냐 하면 그 證據될 만한 事實이 充分하고도 남음이 잇는 것이다. 筆者는 이 作品 出處를 摘發코자 한 지 임이 오래엇스나 筆者의 여러 가지 身邊事情으로 말미암아 엿때 까지 나려오다가 이번에 貴重한 『少年世界』 紙面을 빌어 다만 摘發하는 데만 끗치고 人身攻擊과 갓흔 公正한 評者의 態度를 超越하야 過誤를 犯하는 일은 全혀 업슬 것을 먼저 말해 두는 바이다. 筆者는 이제 그 作品 出處와 및 原作者를 明確히 指摘하려 한다. 問題의 韓 君의 作品이란 所謂 「스무하로밤」은 이즉이 "一九二八" 『朝鮮日報』 新年號에 懸賞當選 되엇든 大

邱 尹福鎭 君의 創作 作品임에 틀님이 업는 것이다. 그러함에도 不拘하고 이제 韓 君이 一字一行의 곳침이 업시 自己 創作인 것처럼 『별나라』에 發表하는 것 갓흔 行動은 發表慾이 그 尖端에 達한 可憎한 行爲이라 하겟다. 筆者는 처음 이 問題를 問題 삼으려 아니 햇고 또 年幼未達한 少年의 行爲로 看做하야 一笑에 붓치려 햇스나 筆者는 韓 君이 靑年인지? 또는 少年인지? 仔細히 모르거니와 萬一 靑年이라 하면 그 行動이 野卑함으로 容恕할 餘地가 업는 것이고 또 少年이라면 少年일수록 그ー 前途가 遙遠함으로 그대로 放任하야 두면 그의 將來에 不美한 結果를 招來할 憂慮가 잇고 또 筆者의 發見한 責任 觀念上으로 보아 犯然默過할 수 업슴으로 여기에 다만 指摘함에 끗치는(이상 26쪽) 바이다. 바라노니 韓 君아! 만흔 反省과 悔過가 잇서 이후로 創作의 健筆을 企待하며 이로 말미암아 筆者에게 反感을 사지 말앗스면 幸으로 알겟노라! 그리고 이것이 緣因으로 참다운 友交가 생길 것을 바라며 君의 答辨을 求하는 바이다. (妄評多謝) (이상 27쪽)

李國祥, "少世 續刊을 읽고", 『소년세계』, 제3권 제3호, 1932년 3월호.

『東亞日報』 文藝面에서 『少年世界』가 新年號부터 續刊이라는 것을 보앗다. 이것을 본 나는(筆者) 意外에 『少年世界』 續刊 하고 高減을[231] 첫습니다. 이것이야 勿論 깁븜에서 나온 소래요 다음은 우리 朝鮮少年들이 暗澹한 世界에서 光明한 世界를 찾고 少年은 世界에 잇고 世界는 少年에게 잇슴으로 죽엇든 『少年世界』도 果然 쏘한 살길을 차젓다고 하엿다. 우리의 生命水 갓흔 『少世』는 다시 활개를 치며 이— 世上 거츠르고 무서운 곳을 차저 나왓다. 아마도 險惡한 風雲을 무릅쓰고 猛烈하게 勇敢히 싸우라는 듯하나 『少世』를 至極키 敬慕하고 사랑하는 나로서는 애처럽기도 하고 眞實노 눈물겨운 일이라고 아니할 수 업다. 우리 朝鮮 少年들은 누구나 勿論하고 『少世』를 쎠안고 십흔 生覺은 非一非再일 것이다. 그러나 可矜可哀하게도 一ケ月 五錢이나마 求치 못하는 者가 不知其數며 朝飯夕粥도 難한 者가 하나둘이 안인가 한다. 이에 貧富의 差別을 論할 必要도 업지만 잇는 者도 원수요! 업는 者도 원수인 이 世上이라. 有産少年 諸氏여! 無産少年 諸氏여! 苦를 樂으로 삼으며 團結々々하고 『少世』를 中心으로 하야 永遠 支持下에 救助하며 사랑々々으로 지나게 합시다. (끚) (이상 27쪽)

---

231 '高喊을'의 오식이다.

崔靑谷, "序", 金基柱 編, 『朝鮮新童謠選集 第一輯』, 平壤: 東光書店, 1932.3.

親愛하는 어린 同志여!

우리들 세상에 가장 크고 偉大하고 價値 잇는 收獲이 生겻스니 그것은 基柱 君의 努力으로 된 『朝鮮新童謠選集』임니다. 우리들 朝鮮에서 가장 듬은 事業이라 期待에 期待를 거듭한 것은 누구를 勿論하고 다- 갓흘 것 임니다.

童謠 作家가 안이고 단지 童謠를 질기는 筆者가 期待하야 즐겨 햇슴에 여러 어린 同志들은 더욱 손곱아 刊行되기를 苦待해슬 것으로 生각합니다.

하갓 이 이 選集이 誠과 熱로 짜어진 것이라 더욱 그 手苦에 感謝함을 마지안으며 멧 줄 적어 序文으로 삼고 귀여운 이 『朝鮮新童謠選集』을 江湖의 수만은 어린 同志에게 親히 推薦하야 마지안습니다.

一九三一年

京城에서 崔 靑 谷 (이상 1쪽)

洪蘭坡, "序", 金基柱 編, 『朝鮮新童謠選集 第一輯』, 平壤: 東光書店, 1932.3.

우리 朝鮮에 新童謠運動이 니러난 지 임이 오랫다. 이만하면 在來의 모든 作品을 整理헤 볼 必要도 업지 안타고 생각하던 차에 나의 사랑하는 金 君의 努力으로 『朝鮮新童謠選集』을 새로히 만든다는 말을 듯자 나는 두 손을 들어 이에 贊意를 表하는 바이다.

이것이야말로 時期에 가장 得宜한 것이라고 밋는 同時에 오날 우리 朝鮮의 어린이들이 불으고 노래할 만한 것이라고 抽奬하야 마지안는다.

一九三一年

研樂會에서

洪 蘭 坡 (이상 2쪽)

金基柱, "序", 金基柱 編, 『朝鮮新童謠選集 第一輯』, 平壤: 東光書店, 1932.3.

近來 우리 朝鮮에도 新童謠運動이 날로 일어나고 따라서 童謠의 意識이 一般的으로 普及하여 가는 것은 매우 깃버할 現象입니다.

그러나 날로 新興하여 가는 새 童謠의 形式이 量的 質로써 오히려 貧弱한 恨이 업지 못하야 자못 純全한 어린이의 心情을 가장 아름답게 키워 줄 만한 利로로운 童謠를 發見하기 어렵습니다.

編者는 여기에 만은 늣김을 가지고 우리 어린이들에게 좀 더 어엽부고 有益한 참된 童謠를 부러 주기 爲하야 畏濫하나마 여러 文士諸氏의 가장 새로운 作品을 蒐集하야 삼가 이 冊을 짜내은 것입니다.

그러나 都是 編者의 努力이 微弱한 탓으로써 한갓 불만한 點이 적지 안싸오나 이 冊이 우리 여러 동무들에게 조곰이라도 도음이 된다면 編者로써는 더할 수 업는 榮光이라 하겟습니다.

一九三一年

平原에서 **編 者** (이상 3쪽)

임화, "글은 어떻게 쓸 것인가", 『신소년』, 1932년 4월호.

사람은 다른 동물에게 업는 말(言語)이란 것을 가젓다. 이것이 우리 인류(人類)의 발전에 엇더케 큰 영향을 주는지 모른다는 것은 다 알 것이다. 우리들은 이 말을 통하야 우리들의 의사(意思)를 나타낼 수 잇고 사상을 발표할 수 잇는 것이다.

그러나 말이란 일정한 제한이 잇다. 즉 사람과 사람이 서로 맛대여 잇슬 때 한곳에 모여 잇슬 때나 쓰게 되지 다른 경우에는 할 수 업다. 멀니 떠러저 잇다든지 그러한 경우에는 말을 가지고 의사를 상통할 수는 절대로 업는 것이다. 그러타고 꼭 해야 할 말 갓흔 것을 일일이 먼 곳 갓가운 곳을 쪼차다니며 전할 수도 업는 것이다. 그리고 또 그런 일이 될 수 잇다고 가정(假定)하드래도 지금 사라 잇지 안코 벌서 죽어서 멧 백 년 멧 천 년 된 사람의 이야기야 물론 절대로 불가능하다. 그래서 그것의 대신의 일을 하는 것이 필요하게 된 것이다. 그래서 문자(文字)라는 것이 생겨나고 글이란 것이 발달된 것이다.

글이란 말과 가치 사람의 의사를 전하(이상 8쪽)고 사상을 통하는 데 쓰는 것이다. 예전 사람의 사적이라든지 그들의 사상 가튼 것은 글이 아니고는 절대로 전할 수가 업는 것이다. 오늘날 우리가 먼 곳에 떠러저 잇는 사람들과 서로 편지를 하야 할 말을 하며 서책을 통하야 지식을 넓히고 학문을 닥그며 신문 가튼 것으로 세상에 이러난 모든 일을 알게 되는 것이 다 이 글의 덕택이다.

그러면 글이란 엇던 특별한 보배도 아니며 아조 놉고 귀한 것도 아니다. 말을 할 줄 아는 사람이면 누구든지 다 글을 할 줄 알어야 할 것이며 엇더한 사람이든지 글을 차지할 수가 잇는 것이다. 그런데 조선에서는 지금은 덜하다고 해도 얼마 전에는 글을 하는 것은 한 자랑이엿스며 글을 배흔 것은 큰 자랑이엿다. 그뿐 아니라 글은 양반들이나 배호는 것이고 보통 사람 즉 상놈은 배호지 아니하야도 조흔 것으로 되여 잇섯다. 그리하야 모든 사람이 다 갓치 배화 가지고 써야 할 이 글은 그들의 손아귀에서 그들의 보배가 되고 귀중한 것이 되여 잇섯다.

그리고 글의 목적은 여러 사람이 서로 의사와 사상을 상통하는 데 잇슴으로 누구든지 다 알아보고 널니 알아지게 되여야 할 것이다. 그런데 조선서는 어려운 한문(漢文)을 갓다가 될 수 잇는 대로 뜻이 깁고 여간 조고만 글로는 풀어 알기가 어렵게 쓰는 것을 조흔 것으로 알앗다. 그러기 때문에 몟 사람 글 잘하는 학자들끼리나일 뿐이엿다. 원체 한문이란 중국의 글이다. 중국의 말을 전달하기 위하야 쓰는 그 글이 조선에 합당할 수는 업는(이상 9쪽) 것이다.

그래서 리조(李朝)에 세종(世宗)이란 총명한 임금이 고심하야 일껀 조선 사람에게 합당하게 "한글"을 지어 노앗다. 그런데도 불구하고 소위 한문학자들은 "한글"은 녀자들이나 배홀 것이라고 압박하야 도라보지 안엇다. 그래서 그 페단이 지금도 남아서 한문을 만이 쓰는 것이 조흔 줄로 알고 일부러 어렵게 한문을 만히 쓰려고 애쓴다. 이런 행동은 모다 글의 목적에 배반된 행동이다. 왜? 당당한 우리말을 낫하낼 수 잇는 한글을 안 쓰고 어려운 한문을 쓰려고 하느냐 말이다. 말이 딴 곳으로 드러간 것 갓다. 우에 말한 바와 가치 글은 여러 사람이 다 읽어 누구든지 해석할 수 잇서야 할 것임으로 어데까지든지 알기 쉬웁게 써야 할 것이다. 더군다나 만흔 글을 배호지 못한 수만흔 로동자 농민들에게 어려운 글은 아모 소용이 업다. 그러닛가 우리는 될 수 잇는 대로 한문을 쪼츠며 글을 쉽게 써야 할 것이다.(이상 10쪽)

申鼓頌, "(講座)조희演劇", 『별나라』, 통권58호, 1932년 4월호.

조희연극이라는 것은 사람이 나와서 연극을 하는 것이 안이고 두터운 조희에 나오는 사람을 그려서 따로히 그 그린 조희를 놀리는 한 사람이 잇서 하는 연극인데 자미잇고 하기 쉬운 우리들 소년들의 연극입니다.

여러분은 인형극(人形劇)을 보섯는지 몰으지만은 조희연극은 그 인형 대신에 조희에 그림을 그려 놀니는 것입니다. 조희연극은 우리들 갓흔 노동자나 농민의 아들로 만흔 돈을 내여 연극 구경할 수 업는 사람에겐 퍽은 자미나는 것임으로 여러분도 이것을 배화서 동무들과 모여서 해 보십시요. 조합소년부에서든지 노동야학이나 농민야학에서나 글방이나 초당방이나 산에서나 길에서나 어듸서든지 할 수 잇슴니다.

조희연극이 우리들 소년의 연극으로 조흔 리유는 대략 아래와 갓습니다.

一. 돈이 들지 안는 것

二. 누구나 만들 수 잇는 것

三. 한 사람이 논닐 수 잇는 것

四. 아모 곳에서라도 할 수 잇는 것

그러면 조희연극을 해 보시려는 분에게 만드는 방법과 놀니는 방법을 이야기하겟습니다.(이상 28쪽)

조희연극도 다 갓흔 연극임으로 무대(舞台)가 잇서야 합니다. 무대의 크기는 마음대로 할 수 잇슴니다만은 될 수 잇는 대로 적게 하면 가지고 다니는 데 대단히 편리함니다. 第一圖와 갓치 하면 제일 조흘 것 갓습니다.

다음은 무대의 뒤에 그림 그린 조희를 놀리는 곳을 만들어야 함니다. 제일도와 갓치 만들어 그 뒤에다 第二圖와 갓치 그림을 세울 수 잇게 구녁을 뚤은 나무를 붓처야 함니다.

그리고 무대에 쓰는 나무는 살 필요는 업습니다. 못 쓰는 석유궤나 귤(감자)궤로써 만들으십시요.

다음은 나오는 사람의 그림을 그려야 함니다. 조희는 여러분이 그림 그리는 조희로(도화용지) 하시면 됩니다. 조희의 크기는 무대의 크기와 또는 나오는 사람의 수효에 짤아 달음니다. 작년 가을 『별나라』에 실닌 내가 쓴 아동극 「삼조애비는 어듸 갓서」에 지주가 나와 아해들이 파 노흔 구렁 속에 빠지는 장면이 잇습니다. 그것을 그리려면 조희 양편에다 그려야 함니다. 첫제 第三圖와 갓치 조희의 밧갓헤 그려 뒤집허서 第四圖와 갓치 그립니다.

위에 그림에 무엇이 달려 잇습니다. 그것은 가느다란 나무나 대로 만들어 붓친 것인데 조희 그림을 놀니는 것임니다. 제三도와 갓치 지주가 「삼조애비는 어데 갓서」 하고 나와 구렁에 빠질 때는 그것을 뒤로 돌려 뵈이며 "익키야! 어느 놈의 짓이냐" 하고 고함을 치는 것임니다. 여러 사람이 나올 때는 第五圖와 갓치 그림니다.

무대에는 막(幕)이 잇서야 하는 것은 물논이고 배경(背景)을 붓치랴거든 여러분이 쓰는 크레욘이나 크레파쓰로 그리면 됩니다.

이러케 도구가 다 되엿거든 동모들을 모(이상 29쪽)

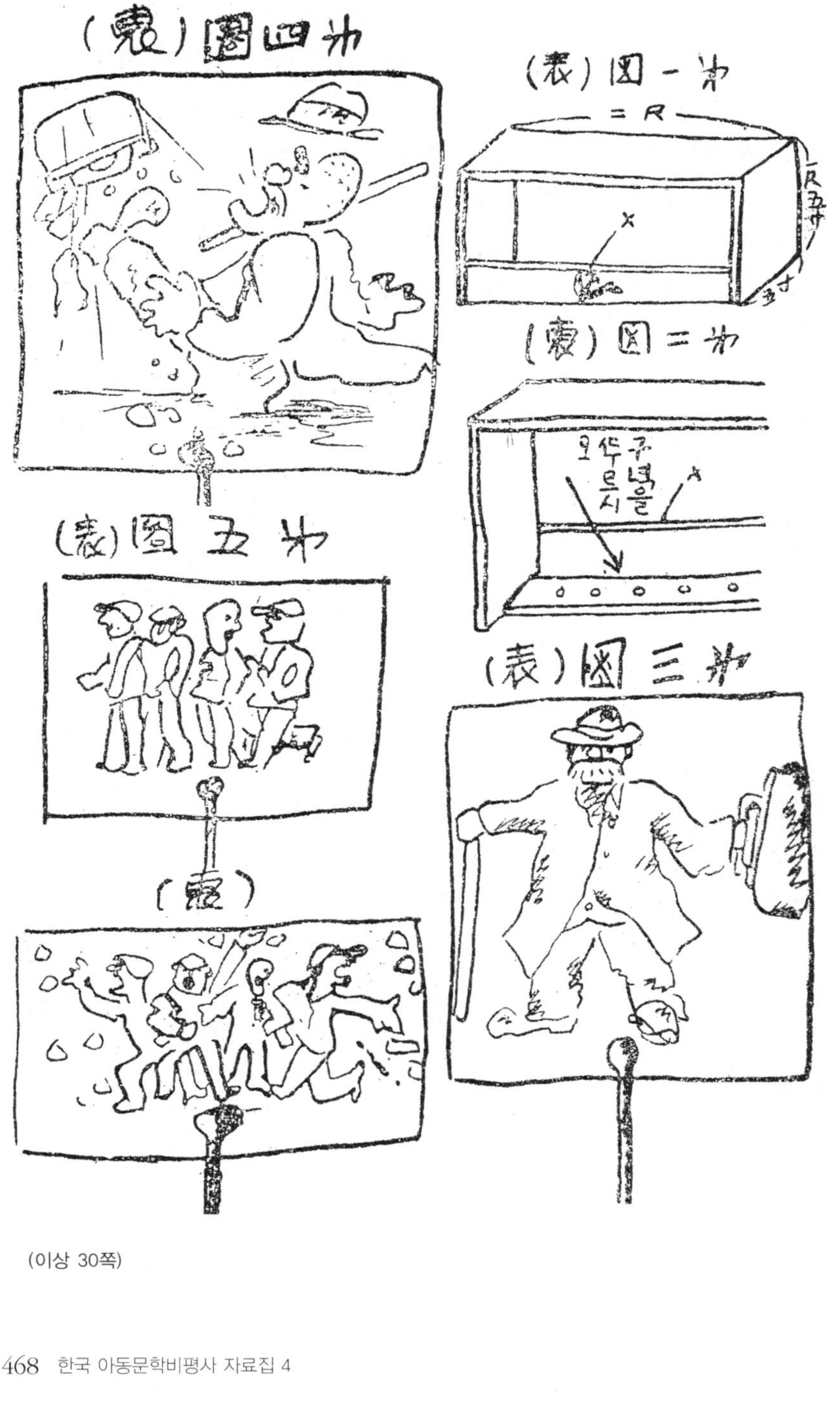

(이상 30쪽)

와 놋코 연극을 해보십시요. 각본(脚本)은 위에 말하는 「삼조애비」나 『별나라』에 난 것으로 해 보십시오. 놀니는 법은 인형 놀니는 것과 갓치 또는 여러분이 구경하는 「박첨지」나 탈놀음갓치 말소리에 맛추어 동작(動作)을 자미잇게 해야 함니다. 대사(台詞) —(무대에서 하는 말) —를 잘해야 자미가 잇습니다. 여러 사람이 나올 째는 음색(音色)을 달니하야 노인이 나오면 노인의 소리로 여자가 나오면 여자의 목소리로 다 갓흔 젊은 사람이 둘이 나와도 목소리를 말으게[232] 하면 더욱 자미잇습니다. 이러케 잘하는 것은 퍽 어려웁습니다. 그림으로 처음에는 그냥 한가지 소리로 해도 조코 활동사진 설명하듯이 해도 좃습니다.

대략 이만 이야기하면 아시겟지만은 몰으는 것이 잇스면 편집부로 편지를 하면 알리겟습니다. 여러분 조희연극으로 길에서 산에서 들에서 방안에서 학교에서 공장에서 동무를 모으십시요. (숫) (이상 31쪽)

232 '달으게'(다르게)의 오식이다.

C 記者, "(동무소식)어린의 여러분에게", 『매일신보』, 1932.5.14.

◇… 여러분의 건강을 비웁니다. 그동안 여러쁜께서 보내여 주신 作品은 벌서 山가티 싸히엿습니다. 항상 우리를 잇지 안으시고 그처럼 조흔 作品을 만히 보내여 주서서 感謝한 말슴 일일이 엿줄 길이 업습니다.

◇… 社告에도 말슴하엿거니와 여러분의 作品은 여러분의 生活이 되는 것이니 다시 말슴하면 여러분의 "人格"입니다. 즉 그 作品이 여러분이오 여러분은 그 作品이라 作品과 作者는눈[233] 한 등어리가 되는 것입니다. 그럼으로 결코 그 作品을 소홀히 생각지 못할 것입니다. 同時에 한째 심々푸리로도 생각하실 것이 아닙니다.

◇… 그런데 한가지 섭々하온 것은 "借作"이 더러 보이는 것입니다. 즉 남의 손을 빌어서 지은 것을 自己의 일홈을 써서 投稿하시는 것입니다. 勿論 이것은 惡意가 아니오 "나도……내일 홀로 紙面에 들어내이고 십다"는 好奇心으로 하시는 것인 줄 압니다마는 이 好奇心은 여러분의 將來를 망치는 악마가 되는 것이오니 絶對 이런 짓은 말기를 바랍니다.

◇… 그리고 作品 中의 九割은 習字입니다. 習字도 물론 만히 보내 주실수록 조치만 다른 作品도 만히 보내여 주십시요. 즉 圖畵며 作文도 만히 보내여 주십시요. 우리는 우리의 욕심대로 한다면 作文이 만히〳〵 들오기를 바람니다.

◇… 投稿하신 후 그 作品이 하로바삐 發表되기를 초조히 기다리실 분도 만흐시겟지만 紙面關係로 한쩌번에 못 내이고 꾸준히 뒤를 니어 내이는 것이니 좀만 기다리시면 發表될 날이 잇슬 줄 밋사오니 그중에서 아조 형편업시 된 것은 發表치 안습니다. (C 記者)

233 '作者는'의 오식이다.

濱江漁夫, "少年文學과 現實性-아울러 朝鮮少年文壇의 過去와 將來에 對하야", 『어린이』, 1932년 5월호.

◇

조선에 소년문예운동이 이러난 지 여기에 十년이라는 세월을 지냇다. 대개는 초긔의 그 운동이 막연한 관렴주의(觀念主義)에서 출발하야 동심 그대로 발전시기자는 주장 미테서 그의 작품이라는 것은 거의 전부가 번역적 작품이요 또는 조선 아동의 처지나 환경을 무시하고 겨우 말한댓자 사천년간 억눌리고 껴눌리어 불상하게 살어오든 그들을 부모의 학대 미테서, 어른의 푸대접 미테서 해방시키자는 소리가 나왓슬 뿐이고 그나마도 그러타 하야 거기에 대한 무슨 구체안이나 암시조차 별로 볼 수가 업섯든 것이다.

그러나 시대는 날로 변하야 머므르지 안는 것이라 작금 二三年래의 소년문학에 대한 발전은 실로 비상한 진보적 현상으로서 과거 六七年 간의 발전보다도 오히려 월등한 수확을 얻게 된 것은 조선소년문예운동에 잇서서 특필할 만한 것이요 거기에 만흔 공헌을 한 이는 재작년 『신소년』과 『별나라』를 통하야 이주홍 양창준 엄흥섭 이구월 신고송 등 여러분의 힘이 사실로 적지 아니하엿스며 그 후를 이어서 일반 소년문예가가 지방에서 도회에서 만히 이러나게 되고 그 운동의 경향도 훨신 새로워저서 지금껏 소년문예의 영역이 극히 좁앗든 고개를 넘어서 엄연히 한자리를 잡은 동시(이상 2쪽)에 지금껏 문제 박게 부치고 자만을 피우며 눈을 거들떠보지도 안튼 소위 긔성문단에서도 하여간 우리들의 운동을 심상이 보지는 못하엿다. 그만큼 특수한 경우에 잇는 우리의 운동이지만 그의 발전은 실로 놀라우리 만큼 그러케 큰 것은 속일 수 업는 사실이엇다.

◇

그러면 그동안 소년문예운동에 어떠한 변천이 잇섯는가. 전긔에 잇서서는 관렴주의 후긔에 잇서서는 사실주의 그 두 가지의 차이가 확실이 잇을 것이다. 그러나 소위 뿌르 관렴주의의 경향이 방금 조선 소년문예계에서 거의 형적을 감추고 조가(弔歌)를 부르게 되야 그 형적을 차질 수 업시 되야 가는 것도 부인할 수 업는 사실이다.

"어린애야말로 사랑과 순진한 화원이다."

"어린애는 보석이다." 그리하야 마침내 "어린애는 천사라" 하야 떠바친 그러한 묵은 어린애의 개렴은 푸로 소년문학에 대하야는 한 새까만 때가 되엿다. 그러나 뿌르 소년문학에서는 그와 가치 어린애들을 취급하야 어린애들의 현실과 성인의 현실과를 딴 것으로 해 가지고 치켜 올려 세워서 아름다운 관렴을 구름 우에다가 언저 노핫다.

그러나 어린애라고 해서 그들의 모든 생활이 현실을 떠나 가지고는 생각할 수 없는 것이니 공장과 농촌에서 아이들은 연한 뼈가 휘고 얼골에 올흔 핏빛이 돌 새가 업시 힘을 짜내게 되며 학교에서는 너무도 실제 생활과 거리가 먼 소리를 드를 뿐 아니라 툭하면 한 달에 一원 이내의 돈이 업서서 퇴학을 당하기가 일수요 자양분이라고는 털끝만치도 업는 호미조밥이나마 먹을 수 업는 점심시간에 어린애들이라고 푸른 하눌을 바라보고 밥알을 그려는 볼지언정 엉뚱하게 천사의 그림을 그리고 안젓슬 어린애는 한 사람도 업슬 것이다.

부자ㅅ집 자질이 세상의 아모런 풍파 모르고 커 나는 귀동자라면 그는 별문제이지만 푸로계급의 소년의 당면한 현실 그것은 어른이니 꼭 마찬가지일 것이니 꿈을 안고 잇는 어린애는 소뿌르 계급의 생활환경에서나 잇슬 것일까. 노동자나 농민의 아이들로는 꿈을 안어 볼래야 그러한 여유가 도저이 그이들께는 허락되지 안는 것이다. 그럼으로 어린애들의 생활을 꿈 가튼 현실로 해석하고 천국에다 올려노코 생각하는 것은 뿌르(이상 3쪽) 문학가와 뿌르 인사들의 추억이나 착각에 지나지 못할 것이다.

◇

어떤 분은 이러한 말을 한다. 즉 조선 소년은 모두가 무산자의 자질이요 그의 생활환경이 모두 비참한 지경에 빠젓다. 그런데 아모 철모르는 천진스러운 아이들에게 그러지 아니해도 악착한 생활을 하고 잇는 데다가 더한층 그러한 현실성을 띠운 문예작품을 보여 주는 것은 참아 할 수 업는 일이요 너무도 악착한 노릇이니 다소라도 그들에게 위안되고 심령을 구완해 줄 작품을 읽혀야 될 것이라고 주장하는 이가 잇스나 그야말로 뿌르 형식적 관렴에 중독이 되야 잠깨일 줄을 모르는 말인가 한다. 그들의 현실이 극히 비참한데 그들로 하야금 그것을 더펴 주어서 눈앞에 보이지 안토록 하고 아름다운 천당이나 낙원을 보여 주고저 한들 될 것이냐. 그야말로 눈을 가리고 아옹하는 셈박게는 되지 못할 것이다. 그리고 또 그들은 아모 철모르고 순진한 어린 사람들을 억지로 끄러 가지고 계급적 의식을 부러느토록 강제하는 것은 결코 조치 못한 영향이 미치리라고도 말한다. 그러나 그 역시 극히 어리석은 견해인가 한다. 사실 오늘의 청년들이 비상한 고민을 하고 갈 길을 몰라서 헤매는 것이야말로 과거의 소년시대에 바든 바 뿌르 관렴적 교육이나 환경의 감화가 그들로 하야금 그러한 구(이상 4쪽)렁에서 헤매게 하는 참상을 이루어 준 것이 아니고 무엇이랴. 만일 그들이 일즉이 소년시대부터 자긔의 현실적 처지가 어느 곳에 노혀 잇다는 것을 확실이 인식하엿다면 결코 나종에 가서 방황하거나 비관 낙망하는 일은 업슬 것이다. 실상 오늘 조선의 소년들이 보통학교를 간신이 마치고도 갈 길을 몰라서 헤매이는 것은 역시 막연한 관렴주의에서 커난 까닭이다. 그러면 오늘 사실로 악착한 생활을 맛보고 잇는 그들에게 그들의 전도에 미칠 리는 만무할 것이요 도리여 술은 눈물이냐 한숨이냐[234] 하는 요새 중학생 전문 학생들의 주둥이에서 흘러나오는 소리보다는 공장에서 농촌에서 나는 광이와 마치를 동무 삼어 일하는 소년이라오. 그러나 우리들에게는 앞날이 잇소 광명이 잇소 하고 노래하는 그편이 얼마나 힘차고 씩씩하고 장내로 미덤성이

234 "酒わ涙か ため息か: さけは なみだか ためいきが"(술은 눈물인가 한숨인가)로 이어지는 일제강점기에 유행했던 노래다. 고가 마사오(こが まさお, 古賀政男, 1904~1978)가 1931년 9월에 발표한 노래다. 이광수(李光洙)의 『흙』(1932), 염상섭(廉想涉)의 『무화과』(1932), 이태준(李泰俊)의 「달밤」(1933), 방인근(方仁根)의 『魔都의 香불』(『동아일보』, 1932~33), 현진건(玄鎭健)의 『적도』(1939)에도 당시 유행했던 이 노래가 언급되고 있다.

전문은 다음과 같다.

잇는지 알 수 업는 일이다. 그로 보면 소년문예에 얼토당치 안흔 공상을 부러늣는 천만 마디의 작품보다 오늘날 힘차게 이러나는 푸로 소년들의 현실성을 담은 그 작품이 얼마나 가치 잇는 것이랴.

◇

그러나 여기에 쏘 한 가지 자미스럽지 못한 현상이 생기는 것은 소위 푸로 소년작품이라 하야 그중에도 제가 더할 수 업는 푸로 작가로 자처하는 작가들의 작품에서 아모 실감도 체(이상 5쪽)험도 업시 억지로 푸로 작품을 만들기 위하야 써 논 작품을 발표해 가지고 가장 우수한 작가인 드시 모든 푸로 작가를 지도하는 드시 거만을 피우고 잇는 그 꼴이야말로 오늘 소년문단에 가장 보기 실흔 추태이다. 밤낫 청산 청산 하면서 자기들부터 자기를 청산치 못하고 걸핏하면 "반동" "인식착오" 하고 남을 꼬집고 무러뜻는 것으로 제일 능한 줄로 아는 푸로 소년문사가 각금 나오는 것은 그러케 고마운 현상이라고 볼 수는 업다.

그러면 진정한 소년문예 특별이 우리 소년대중이 요구하고 잇는 문예는 누구의 손으로 되야 나올 것인가. 우리는 기성문단의 점잔흔 신사 작가들에게는 바라지도 안커니와 바랏쟈 허사요 또는 야심 만흔 신흥작가들에게도 역시 바라든 바보다는 실망치 아니할 수 업스니 우리는 차라리 노동소년이나 농촌소년 속에서 총명 잇는 이들이 자기의 생활과 환경에서 심각하게 체험한 것을 작품에 표현시키어 가지고 그것이 노래가 되고 시가 되고 동화가 되고 소설이 되는 그곳에 비로소 진정한 소년작품이 나올 것이고 소년문단이 형성될 것이라고 믿는다.

酒は涙か溜息か 心の憂さの捨て所 遠い緣の彼の人に 夜毎の夢の切なさよ 酒は涙か溜息か 悲しい戀の捨て所 忘れた筈の彼の人に 殘る心を何としょう	술은 눈물인가 한숨인가 마음의 근심을 버리는 곳 먼 인연의 그 사람을 밤마다 꿈꾸는 애달픔이여. 술은 눈물인가 한숨인가 슬픈 사랑을 버리는 곳 잊어야 할 그 사람에게 남은 이 마음을 어이 하리오

◇

이상에 말하야 온 바와 가치 二三년래 조선소년문단에 비상한 발전과 발달한 경향이 뵈여진 것은 무엇보다도 깃븐 일이나 아직까지 완전한 성적을 거두지 못하고 지금도 오히려 성장 발전하는 도중에 잇는 터인데 근일에 가장 조흔 현상으로 나타나는 것은 지방이나 도시에 잇는 무명 소년작가들이 만히 머리를 들고 나오는 그것이다. 그들은 자기의 생활환경을 잘 알고는 잇스나 그 의식의 수준이 어느 곳만큼 노혀 잇는지는 의문인즉 그들을 올케 잇글고 가치 나가 주는 사람이나 긔관이 잇서야만 할 일이로되 망자존대만 하고 제 밭에 물을 끄러가랴고만 하는(我田引水) 인물이나 긔관에게는 너무도 신뢰하기에 마음 부족한 느낌이 난다.

그러면 앞으로의 소년문단은 어떠케 하여야 완전한 발전을 할 것인가. 아직은 자연성장에 맛겨 두고 차차 그가 발전하야 나가는 중에 그 속으로부터 뜻잇는 소년작가 자신들이 유긔적(有機的) 긔관을 만드러서 통일과 체게 잇는 영구발전의 큰 계획을 세워 주기를 기다릴 수박게 업는가 한다.

만천하의 소년대중아! 그대들은 하로밧비 그러한 긔관이 만드러지기를 촉진하라. (끝) (이상 6쪽)

高文洙, “(讀者評壇)『어린이』는 과연 假面誌일까?－『어린이』에게 誤解를 삼는 者에게 一言함”, 『어린이』, 1932년 5월호.

빈약한 조선에도 우리 아동을 위하여서 수만흔 잡지 출판이 증가함은 우리로서도 매우 경하의 뜻을 표하는 바이다.

그러나 요사이 달마다 각 지방 서포나 또는 지사에 장식하는 아동 본위의 잡지 전부가 충실한 내용을 가젓느냐 하는 데 대하여서는 짐짓 그러타고는 할 수가 업다.

지금 조선에서 아동을 본위로 하고 발행하는 잡지 이름을 나렬하자면 『아이생활』 『어린이』(以上 十錢) 『新少年』 『少年世界』 『별나라』(以上 五錢) 자세히는 알 수 업스나 이 다섯 가지가 달마다 게속적으로 독자를 만이 모집하려는 수단을 쓰고 잇다.

一一히 잡지에 대한 비평은 여기에 약하거니와 여기서 『新少年』과 『별나라』는 이미 푸로 대중의 소년잡지라고 지명하엿고 『아이생활』은 종교긔관지로 뿌르조아 경향이 잇다고 세인들이 지적하엿다.

그러면 우리의 『어린이』는 어느 층에 속하엿는가. 직접 본사로도 지방 독자들의 글발이 드러갓겟지마는 필자도 드른 바가 잇다. 즉 『어린이』는 지금으로 九年 전 三月에 고 방정환 선생이 『어린이』를 시작하야 외로히 고고의 소리를 친 이후 그동안 십 개 성상을 꾸준히 싸워 오며 소년잡지게에 원로라는 명칭을 일신에 지고 모-든 난관과 싸워 왓섯다. 작년에 불행이도 방정환 선생이 별세하시자 신영철 선생이 입사하시엿다. 필자도 확실히 단언하기는 어려우나 작년 가을 十月부터 혁신호(革新號)라는 이름을 부처 노코 재래의 『어린이』를 전연이 개혁한 것은 오로지 신 선생의 노력인 줄 추측된다.[235]

---

235 1931년 7월 방정환이 죽자 개벽사(開闢社) 잡지 편집 업무는 일대 변동이 일어나게 된다. 그 가운데 이정호(李定鎬)가 맡고 있던 『어린이』 편집은, 1928년 8월에 개벽사를 떠났던

그러면 여긔서 신 선생은 왜 『어린이』로 하야금 방향을 전환식히고 혁신을 거듭하여 가는가? 이 점에서 우리는 깁히 연구할 필요가 잇는가 한다.

시대는 변한다. 『어린이』를 개혁한 원인도 쏘한 시대가 나흔 것이다.

보라! 압헤는 험악한 산이 잇고 주림과 치위에 우는 동무가 잇는데 『어린이』 혼자서 고흔 노래와 아름다운 시나 불으며 읇고 안젓슬 것인가. 그러케 시대에 눈이 어두울 『어린이』는 아니니 그것이 여기서 『어린이』를 개혁시킨 원인이 아니고 무엇이랴. 나는 무질서하게 장문으로 느러노코 변명하기를 피한다. 다만 씃흐로 단언하노니 『어린이』는 결코 가면을 쓴 잡지가 아니고 과거에 이데오로기를 깨씃이 청산하야서 차 집어 내던젓다는 것을 일언하여 둔다.

그러면 남은 문제는 압흐로의 『어린이』가 계속하야 그러한 바른 길을 밟어 갈 것인가. 혹은 다시 뒷거름질을 하야 반동적으로 나갈 것인가. 우리들은 그것을 주시하며 그를 지지하고 가치 이쓸고 나가기에 가튼 보조를 취하여야 할 것이다. 공연한 感情을 가지고 오른 방향을 차저 나가는 우리의 동무를 공연이 중상하는 것은 동무들로도 깁히 경계해야 할 일인가 한다. 妄言多謝! (이상 36쪽)

신영철(申瑩澈)이 재입사하여 맡았다. 신영철은 『어린이』 제9권 제9호(통권 89호, 1931년 10월호)부터 제10권 제9호(통권 100호, 1932년 9월호)까지 편집을 맡다가 최영주(崔泳柱)가 그 뒤를 이었다.

朴魯洪, "金道山 君의 「첫겨울」을 보고", 『어린이』, 1932년 5월호.

올해 일월이다. 『동아일보』 신춘아동작품모집(東亞日報新春兒童作品募集)의 "작문" 일등인 光州 金道山 君의 「첫겨울」[236]이란 작품이 발표되엿다. 내 이 글을 볼 째 어데선지 본 듯한 긔억이 잇드니 알어보니 이건 『어린이』 일천구백이십구년 십이월호 부록인 「어린이세상」에 발표되엿든 박로춘 작의 「첫겨울」임을 알엇다. 그러면 김 형과 박 형이 한 사람은 아닐 것이다. 웨냐하면 박 형은 필자와 한 집에 잇서 그의 주소가 광주(光州)에 잇슬 리 만무한 것이다. 그러면 그 원작자는 먼저 발표된 박 형이라 하겟다. 전긔 김 군은 웨 남의 작품을 갓다 썻는지 필자는 알 수 업스나 김 군이 남의 작품을 옴겨다 쓴 것은 실책이라 하겟다.

근일 각 지상으로 보면 전에 발표되엿든 작품이 쏘 발표됨이 만타. 그것이 한 작자라도 오히려 흉이 될 것이어든 허물며 그 작자가 달은 데야 어찌 하랴. 엇던 것은 그 작품에 곡(曲)까지 되어 아이들이 널리 부르는 노래를 벗겨다가 쓴 친구도 잇스니 이런 친구의 마음이야말로 몰을 일이다.

순서 업는 글을 느러노아 아까운 지면을 빌니게 된다. 그러면 쯧트로 여기 박 형의 것과 김 형의 것을 비교해 보자.

「첫겨울」 燕岐 朴魯春

남향 바람벽을 빗치는 햇볏츤 싸스해 보이나 회초리만 남은 마른 나무를 부드치는 휙—휙— 하는 바람소리가 별노 치웁게 들닌다. 담 넘어 웃집 감나무는 닙엇든 옷을 죄다 버서 버리고 샛빩안 감알만이 조랑조랑 매달녀 잇는데 그 샛빩안 빗이 더 치워 보인다. 그러면서도 사람으로 하여금 침을 쑬덕 삼키게 하는 단맛이 흘너 잇다. 까치 한 마리가 날러와서 잠싼 웅쿠리고 안저서 짝짝 두어 마디 소리를 지르고는 쏘 어데로 제 집이나 잇는 아해처럼 날나가 버린다. 날이 저무러 하늘과 물만이 하얏타. 아마 내일 아츰

236 「첫겨을」(『동아일보』, 32.1.7)을 가리킨다.

깨여 보면 살어름 잡힌 웅뎅이를 보리라.

(「어린이 세상」에 실님)

「첫겨울」 光州 金道山

남향 바람벽을 빗치는 햇벼츤 싸스해 보이나 회초리만 남은 마른 나무를 부드치는 휙―휙― 하는 바람소리가 별로 치웁게 들닌다. 담 넘어 웃집 감나무는 닙엇든 옷을 죄다 버서 버리고 샛밝안 감알만이 조랑조랑 매달녀 잇는데 그 샛밝안 빗이 더 치워 보인다. 그러면서도 사람으로 하여금 침을 꿀덕 생키게 하는 단맛이 흘러 잇다. 싸치 한 마리가 날너와서 잠간 웅쿠리고 안저서 싹싹 두어 마대 소리를 질르고는 쏘 어대로 제 집이나 잇는 아해처럼 날나가 버린다. 날이 저무러 하눌과 물만이 하얏타. 아마 내일 아츰에 깨여 보면 살어름 잡힌 웅덩이를 보리라.

(『東亞日報』 一九三二. 一. 에 실님)

우의 것을 비교해 보면 한 줄도 틀니지 안는다. 이를 보아 김 형이 얼마나 대담한가를 알 수 잇다.

청컨대 김 군이여! 붓을 새로 씨스라.

그리하야 당신의 참 힘 잇는 창작품(創作品)이 발표될 째를 기다리며 이만 붓을 놋는다.(이상 37쪽)

桓松, "童謠를 지으려면(一)", 『매일신보』, 1932.5.21.

一. 童謠란 것

어느 나라든지 녯날부터 사람에게는 노래가 잇섯습니다. 세 살 네 살 난 어린아이에게도 노래가 잇고 설흔 살 마흔 살 난 어른들에게도 노래가 잇섯습니다. 노래가 사람에게 업서서 안 될 것임은 두말할 것도 업습니다. 그것은 노래가 사람의 맘을 시원하게 하며 굿세게 하며 힘을 내게 하는 까닭입니다. 어른들이 노래를 부르는 것갓치 우리 어린 사람들도 노래를 부름니다. 산에 올낫슬 째나 쏫피고 새우는 봄철에나 일하다 돌아오는 어스름 달밤에나 일하다 힘들 째는 노래를 부름니다. 노래를 부르면 흥이 남니다. 만일에 우리 어린 사람들에게 노래가 업섯다 하면 얼마나 쓸々하엿겟슴니가. 우리들은 모다 활발치 못한 어린이가 되고 피ㅅ기 업는 사람이 되엿슬 것입니다. 우리 어린이들은 노래를 부름니다. 이 노래란 것이 대체 어썬 것이겟슴니까? 어썬 물건을 보고 어썬 것이 맘에 느겨지어 저절로 소리치며 불너진 것입니다. 가령 여러분들은 밤에 올나오는 둥근달을 보섯지요. 그 밝고 밝은 달을 보고 무엇이 하나 생각키웟슴니다. 그리고는 놉게도 낫게도 맘에서 우러나오는 대로 소리첫습니다. 이것이 노래입니다. 곳 童謠입니다. 또 여러분은 봄철에 힘들게 밧가는 소를 보섯겟지오. 힌 더품을[237] 한 입 물고 씩씩하는 그 소를 보고는 무엇을 느끼고 曲調 잇게 불러진 것이 곳 노래입니다. 이것이 童謠가 되는 것입니다. 이제 童謠란 것은 알기 쉽게 한마듸로 말하면 "童謠는 어린이들이 불으는 노래"입니다.

여기에 例를 들어 자세히 말슴드리겟습니다. 이제 한 게집애가 들에 나갓다가 논드렁에 핀 들국화를 보앗습니다. 그리고 무엇이 얼는 맘에 느껴지며 절로 이런 노래가 나왓습니다.

237 '더품'은 "거품"의 옛말이다.

거름도 안주고 물도안줘도
이러케 곱게두 피엇구나야

이러케 나오는 대로 부르고는 그 들국화를 썩것습니다. 보십시오. 얼마나 올흔 맘에서 우러나온 노래입니까? 다른 쏫들은 뜰에 심으고 물을 주며 거름을 주며 해서 잘 가쑤어도 시들고 죽고 곱게 피지 못하는데 이 들국화는 남에게 보호를 밧지 못하고 도리어 사람과 즘생한테 짓밟히우면서도 모든 것을 이기고 곱게 피엇스니 뜰에 심은 쏫들이 미련하다는 것을 느씬 것입니다. 이 게집애는 들국화를 한 줌 썩거 쥐고 돌아서면서 쏘 불넛습니다.

김참봉네 국화쏫도 별치안터라
돈주고 사온쏫도 별치안터라

이 애는 김참봉네 사다가 심은 국화쏫을 생각하엿습니다. 돈 주고 사다가 화분에 심고 거름을 주며 잘 가구어 핀 쏫도 이들 국화보다 더 별로 낫지 안터라는 것입니다. 얼마나 솔직한 말입니까? 사람에게 잘 길리워 핀 쏫보다 만흔 쓰라림을 격고도 곱게 핀 들국화가 귀엽다는 것입니다. 쏘 한 가지 例를 들자면 七八歲 난 어린애들이 봄철에 솔개미가 하늘에서 도는 것을 보고 얼는 병아리 생각을 하고 이러케 불넛습니다.

병알아 병알아
너잡아 먹는
솔개미 왓-다
빨리 빨리
한곳에 모여라

이것도 童謠입니다. 그째그째 맘에서 울어나온 노래를 글짜로 적어 논 것이 童謠입니다. 童謠는 어린이들이 부르는 노래입니다. 그러하기 째문에

童謠는 어대까지든지 어린애의 천성이 나타나야 될 것입니다. 그리고 읽어서 어린이에게 어쩌한 생각을[238]

桓松, "童謠를 지으려면(二)", 『매일신보』, 1932.5.22.

童謠가 어린이들의 노래인 이상 어린이는 누구나 다 불을 수 잇스며 지을 수 잇습니다. 어린이들뿐 아니라 어른들이라도 어린이들의 맘을 가지고 어림이에[239] 알아듯기 쉬운 말로 느낀 것 생각한 것을 썻스면 童謠가 되는 것입니다. 童謠에는 어쩌한 말을 써야 되며 형지를 어쩌케 만드느냐 하는 것은 압흐로 차차 이야기하겟기로 여기에는 童謠가 누구나 지을 수 잇다는 것을 말해 둡니다.

童謠는 부를 것입니다. 이는 童謠가 어린이들의 부르는 노래이기 째문입니다. 童謠는 불러야 그째의 어린이의 感情에 잘 나타나는 것이요 쏘 어쩌한 생각을 주는 것입니다. 그리기 童謠는 소히[240] 놉히 불을 것입니다. 그러타고 읽어 보지도 안코 價値를 모르고 無意味한 것을 그냥 부르기만 하면 아무것도 아닙니다. 童謠는 한容이[241] 갑시 잇서야 하고 曲調를 붓처 부르기에 適當하여야 할 것입니다.

나무하러가자

(金淚溪 作)

지개지고 벅벅 새하러가자
독기메고 텅텅 새하러가자

238 신문 편집이 잘못되었는지 뒷부분이 없다.
239 '어린이에'의 오식이다.
240 '소리'의 오식이다.
241 '內容이'의 오식이다.

솔가래긴 벅벅 긁어모아서
드덜기는 텅텅 때려묵거서

한짐해선 웂々 저녁밥짓고
한짐해선 웂々 학교에때자

이것은 어썬 야학생의 노래입니다. 이런 것은 內容이 價値가 잇고 曲調를 붓처 부르기에 편한 것입니다. 누구나 맘대로 曲調를 붓처 불러 보십시오. 얼마나 힘이 납니까? 머릿속까지 시원해집니다. 이럼으로 童謠는 불러서 그 效能을 나타내는 것입니다.

二. 童謠의 內容과 形式

童謠란 것은 알앗습니다. 이제는 童謠의 構想과 表現이란 것을 알 必要가 잇습니다. 童謠의 構想이란 것은 童謠를 지으려고 어썬 事物을 對해서 늣긴 바 그것입니다. 다시 말하면 童謠의 材料라 하겟습니다. 童謠의 表現이란 것은 構想한 것을 어써한 모양으로 나타내는 것입니다. 그 나타내는 方法이 表現이라 하겟습니다.

構想이 업시 童謠가 될 수 업스며 表現이 아니고는 童謠가 이루어질 수 업습니다. 構想이란 곳 內容이며 表現이란 곳 形式입니다.

어썬 사람은 童謠에 內容만 健實하면 그만이지 形式은 아무래도 조타하고 또 어썬 사람은 形式이 잇구서야 內容이 생기는 것이라 하야 形式만을 主張하기도 하나 이러케 한편으로 치우처서는 안될 것입니다. 形式과 內容이 완전히 고루지 못하면 참다운 童謠가 될 수 업슬 것입니다.

제아무리 形式이면 그만이라고 부르기 조케 音調만 곱게 만들엇다 할지라도 그 가운데 그째의 感情이 나타나지 못하면 童謠의 價値가 업습니다. 이런 것은 빗 조흔 개살구와 마찬가지입니다. 또 제아무리 조흔 생각을 쓰고 훌륭한 말을 썻다 할지라도 그 音調가 內容과 一致치 안코 그 形式이 韻文的 規律에서 버서낫스면 이것도 또한 童謠가 됨 수 업습니다.

그럼으로 童謠는 어린애들의 노래이니만치 어린애들이 흔히 말하는 쉬운 말을 쓰되 音調가 잇서 리즘(律動)이 서야 되는 同時에 어린이들이 넓어서 불러서 맘을 동케 하고 생각을 가즐 만한 內容이 잇서야 할 것입니다. 內容과 形式을 두 가지로 말할 것이 아니라 하나이 되어야 할 것입니다. 다시 말하면 內容과 形式이 완전히 고루어지어야 할 것입니다.

童謠라 하면 童謠의 形態를 갓추어야 되겟고 同時에 內容이 잇서야 될 것이다.

또 한번 말하거니와 童謠에는 內容으로서의 생각과 느낌이 나타나야 될 것이오, 形式으로서는 부르기 조케 音調가 맛고 말마듸를 잘 느러노아야 될 것입니다.

桓松, "童謠를 지으려면(三)", 『매일신보』, 1932.5.24.

三. 童謠의 音調

童謠는 부르는 노래입니다. 부르는 것인 以上 曲調가 업슬 수 업습니다. 그 童謠의 字數의 만코 적은 대 짜라서 音調가 조키도 하고 나쁘기도 합니다. 音調가 조코 나쁜 데 짜라서 曲調가 조코 나쁨이 잇슬 것입니다.

그러면 音調가 맛게 지으면 다 훌륭한 童謠가 되느냐 하면 결코 그런 것이 아입니다. 音調가 맛는 童謠라도 잘된 童謠가 잇고 못된 童謠가 잇습니다. 이와 反對로 音調가 꼭 맛지 안하도 부르기 쉽게 글짜를 느러노코 內容만 갑시 잇스면 훌륭한 童謠가 되는 것입니다. 그리기 童謠는 音調를 整齊하기에 애를 쓸 것이 아니라 글짜를 부르기 쉽게 配列하여야 되고 韻律이 잇서야 할 것입니다.

이제 音調의 種類와 그 例를 들어 보기로 합시다

◇ **四四調**

四四調는 지금 와서 생각하면 녯날 童謠가 되엇습니다. 사람들이 童謠를 그리 숭상치 안턴 째는 그째 童謠 全部가 四四調라 해도 過言이 아니엇섯습니다. 녯적부터 전해 나려오는 古謠를 보드래도 거이 다 四四調입니다.

파란새

새야〰 파랑새야
녹두남게 안지마라
녹두쏫이 쩌러지면
청푸장사 울고간다

달

달아〰 밝은달아
리태백이 노든달아
저기〰 저달속에
계수나무 박혓스니
옥독기로 찍어내고
금독기로 다듬어서
초가삼간 집을짓고
량친부모 모서다가
천년만년 살고지고
천년만년 살고지고
량친부모 모서다가
천년만년 살고지고

이것들은 다 傳來童謠입니다. 이제 近來에 創作된 四四調를 들어 보기로 합시다.

쌰린씨

우리뜰압 화단우에
프릇〰 나오는것
그무엇이 저러한가
엇그적게 화초씨를
만히만히 쌰렷더니
봄나라의 조흔구경
제가먼저 하겟다고

고개들고 눈을쓰고
서로다톼 솟아나네

내동생

다섯살된 내동생은
일하시는 엄마더러
재워달나 심술피네
내가대신 재우면서
녯애기를 하얏더니
콩쥐팟쥐 못다듯고
슬그머니 잠이드네

가을

가을오면 가을오면
나무닙흔 써러지고
국화쏫은 곱게피고
×
가을오면 가을오면
만흔벼들 다비여서
압들판이 펀々하고
×
가을오면 가을오면
국문산술 배우려고
우리들은 야학하오

이 四四調의 童謠는 構想을 넉々이 表現할 수 업게 되는 듯합니다. 그래서 부르기에 그리 편하지 못하고 內容도 맥이 업서 보입니다. 그 탓인지 요즈음에는 四四調 童謠가 그리 보이지 안습니다.

桓松, "童謠를 지으려면(四)", 『매일신보』, 1932.5.25.

◇ 七五調

우는꼴보기실허

(申孤松 作)

미운놈아들놈이 조흔옷닙고
지개진나를보고 욕하고가네
처주자니우는꼴 보기도실코
욕하자니내입이 더러워지네
옛다그놈가다가 소똥을밟아
밋그러저개똥에 코나박아라

고무신

(柳熙恪 作)

수무날을 두고서 조르고졸나
우리옵바 서울가 사온고무신
쌈안바닥 빨안코 입부긴해도
커서커서 못신고 싸뒷습니다
내일이면 그신이 마즐넌지오
내달이면 그신이 마즐넌지오
아츰마다 날마다 니러나서는
풀어서 신어보곤 또싸둡니다

이런 것은 七五調입니다. 七五調는 지금 大流行입니다. 지금에 童謠를 처음 짓는 사람이나 전부터 짓던 사람이라도 한솟과[242] 七五調로 짓습니다.

242 '한솟'은 평안도 방언으로 "대강(大綱)"의 의미이다. 여기서는 맥락상 "대개" 정도의 뜻으로 보인다.

이는 七五調가 音調가 입에 맛고 부르기가 自由롭고 構想을 잘 表現할 수가 잇기 때문에 저절로 이 形式을 갓추게 되는 것인가 합니다. 六五調 八五調는 이 七五調의 變形이라 보겟습니다.

◇ 六五調

그믐밤

(桂潤集 作)

캄々한 어제밤 그믐날밤도
잡기장 연필읍 량손에들고
기써서 압마을 야학에갓네

×

글배고 헤저서 집에올때에
압시내 건느다 물에빠저서
목다리 헌보선 모다적섯네

잠자는방아

(申孤松 作)

더운날 점도록 보리를짓고
고달푼 두다리 달빗에뻣고
방아는 고요히 잠을잡니다

울밋테 반듸불 파랑춤추고
뒷논엔 맹꽁이 합창하것만
달밤에 방아는 잠을잡니다

◇ 八五調

해변의소녀

(金泰午 作)

아마득한 먼바다에
해써러지니

조개줍든 아이들은
　　　　집차저들고
물결우에 춤을추는
　　　　어린물새도
십리ㅅ길 섬속집을
　　　　차저가것만
바다ㅅ가 밤바람은
　　　　쓸々도하고
실낫가튼 초생달은
　　　　기우려진데
고기잡이 써나가신
　　　　울아버지는
어찌하여 오늘밤도
　　　　아니오시나

눈

(田植 作)

눈이와서 산과들을
　　　　덥허노흐니
가마귀와 짜치들은
　　　　먹을게업서
짜우짝짝 이리저리
　　　　헤매이누나
가마귀와 짜치들께
　　　　흉년들엇다
어제밤새 퍼분눈은
　　　　무심도하지
짜우짝짝 가막짜치
　　　　가이업구나

七五調의 變形으로서 整齊한 六五調 八五調 以外에 한 줄이 六五調도 될 수 잇스며 七五調 八五調도 될 수 잇는 것이 잇습니다. 가령

봄밤

(田植 作)

봄밤은 새쌈한밤 길못것는밤 (七五調)
쌰물── 쌈물── 괴롭습니다 (八五調)

×

봄밤은 곤한밤 잠잘오는밤 (六五調)
저녁먹자 사르르 잠이듭니다 (七五調)

×

봄밤은 쌃은밤 글못읽는밤 (六五調)
글배우는 야학도 방학합니다 (七五調)

이런 것은 六五調 八五調를 다 包含한 것입니다. 이것은 本來 七五調로 지어진 것인데 어쩐 줄은 한 자(字)가 不足해서 六五調가 되고 어쩐 줄은 한 자(字)가 더해서 八五調가 된 것입니다. 이것도 七五調의 變形입니다. 이러케 音調가 꼭 맛지 안는다고 흠이 되는 것은 아닙니다. 도로어 自由로운 맛이 잇습니다.

이외에도 四三調 五四調 六四調 무엇무엇 여러 가지가 잇겟지만 모다 材料를 엇기 힘듬으로 이만하고 이제는 音調가 맛지 안는 童謠를 몃 首 들어 보기로 합니다.

桓松, "童謠를 지으려면(五)", 『매일신보』, 1932.5.26.

노래만불너주오

(洪蘭坡 作)

어머니 어머니
잠안이 잔다고
나물만 마시오

노래만 불너주시면
단잠이 솔솔온다오
어머니 어머니
울기만 한다고
나물만 마시오
노래만 불너주시면
울다도 싱긋웃는다오
어머니 어머니
밧게서 논다고
나물만 마시오
동리집 아가씨들이
노래가 듯고십다오

가을

(劉天德 作)

가을은 붉으오
산에가면 온갓나무
단풍들어 붉으오

×

가을은 눌으오
들에가면 벼이삭
신눌헛케 닉엇소

×

가을은 프르오
하늘과강이 프르오
시내물도 프르오

눈

바시락바시락 눈이옵니다
집웅에쌍우에 눈이옵니다
우리집신둥이 퍽도조와서

밧갓흐로안으로 쒸어단기네
참새가쌕々 외저리울싸
배고파울싸 치워서울싸
눈온걸그러케 보고서울싸

홋쏘루 쏘루[243]

(田燦慥 作)

네살먹은 내동생은
일본말 한다고
홋쏘루 맛쏘루
어머니도하하하 나도하하하
내동생은 더장한듯이
홋쏘루 맛쏘루

童謠라는 것이 어린이들이 부르는 노래이니싸 조흔 材料를 가지고 부르기 조케만 지엇스면 잘된 것입니다. 처음부터 音調만 생각하고 七五調로 지을싸 八五調 지을싸 하고 애만 쓰는 것은 조치 못한 일입니다.

그르기 처음 지으려는 이들은 너무 音調만 생각하지 말고 부르기 조케만 생각대로 하나식 하나식 지으십시오. 그러케 여러 번 지어 나아가는 가운데 절로 七五調나 六五調 지어질 수가 잇게 될 것입니다.

四. 童謠의 用語

童謠가 어린이들이 부르는 노래이매 童謠에 쓰는 말은 어린이들이 항상 하는 말을 써야 될 것임은 정한 리치입니다. 이름만은 어린이노래라 하여 노코 어려운 글마듸를 썻다 하면 이는 童謠가 될 수 업슬 것입니다. 어른들이 童謠를 지을 째 항상 고심하는 것은 이 用語問題입니다. 아무리 어린이들의 맘을 그렷다 해도 童謠에 쓴 글마듸가 어린이들이 늘 하는 말이 아니면 어린이들이 쌔달어 알을 수 업스며 자미잇서 할 수가 업기 째문입니다.

---

243 선천 전찬조(宣川 田燦慥)의 「홋쏘루 맛쏘루」(『매일신보』, 30.12.16)이다. '맛'이 빠진 오식이다.

가령에 "월색(月色)이 명랑(明朗)하다" "행화도화(杏花桃花) 만발(滿發)하다" 이런 것은 어린이들이 항상 하는 말이 아닙니다. 이런 말은 자기는 아무리 장한 듯이 썻다 할지라도 읽는 사람은 도리어 자미업서 할 것입니다. 그것은 뜻을 모르기 때문이며 안다 하더라도 늘 하는 말이 아니기 때문입니다. 이것을 어린이들이 항상 하는 말로

달이밝다 달빗치 밝다
살구쏫 복사쏫치 만히피엇다

이러케 썻다면 누구나 다 아는 말이기 때문에 자미잇서 할 것입니다. 그저 童謠에는 어린이들이 알아듯기 쉬운 말을 쓸 것입니다.

"말"이라는 것은 時代를 따라서 변하는 법입니다. 녯적에 하던 말이 지금 세상에 와서 업서지는 수도 잇스며 녯적에 업는 말이 지금 와서 새로 생길 수도 잇는 것입니다.

또 "말"이라는 것은 한 民族이라도 地方을 따라 변하는 수가 잇습니다. 쪽가튼 물건을 가지고라도 이곳에서는 이러케 말하는데 저곳에서는 달리 말하는 수가 잇습니다. 또 이곳에 업는 말이 저곳에 잇슬 수 잇고 저곳에 업는 말이 이곳에 잇슬 수도 잇는 것입니다.

그르기 "말"이라는 것은 時代를 따라서 변하는 수도 잇스며 地方을 따라서 달라지는 수가 잇습니다. 이러므로 그 時代에는 그 時代 말이 잇고 그 地方에는 그 地의[244] 方言과 사투리라는 것이 잇습니다.

桓松, "童謠를 지으려면(六)", 『매일신보』, 1932.5.27.

童謠가 그때그때의 어린이의 感情을 노래한 것이매 녯날 어린이들이 부

244 '地方의'에서 "方"이 탈락된 오식이다.

르든 童謠와 지금 어린이들이 부르는 童謠와는 그 생각이 퍽 달을 것입니다. 그럼으로 이 時代에 짓는 童謠는 이 時代 어린이의 맘에 맛도록 지으야 될 것은 勿論입니다.

이 時代 어린이의 맘에 맛도록 지을랴면 이 時代 어린이들이 항상 하는 말을 써야 될 것입니다. 녯날에 부르든 童謠를 읽어 보고 지금에는 듯지도 못하는 녯적 말을 장한 듯이 지금 童謠에 내다 쓰는 것은 크게 조치 못한 일입니다.

그런데 地方에 싸라서 잇는 方言과 사투리는 그 地方 어린이들은 그대로 쓰는 것이 조흘 줄 압니다. 그것은 自己 地方 方言이나 사투리로는 더 잘 表現할 수 잇슬 것이며 또 그 地方의 特別한 맛이 잇기 때문입니다. 너무 서울말대로만 쓴다거나 標準語대로만 지을랴다가는 도리어 그 말에 잡혀서 自己構想을 그릇되게 하는 수가 잇습니다. 그러므로 그 地方 사투리를 써서 흠이 업는 것입니다.

어쩐 이는 그 地方 사투리를 쓰면 그 地方 사람이나 알앗지 다른 地方 여러 사람들은 무슨 말인지 알아볼 수가 업스니까 아무 생각을 주지 못한다 하야 反對하기도 하나 그럴 것이 못 됩니다. 이것은 우에서도 말한 바어니와 그 地方에서 니러난 感情은 그 地方의 方言과 사투리로만 잘 表現할 수 잇슴으로써입니다. 그리기 한 地方의 사투리를 쓴 童謠를 新聞이나 雜誌에 發表할 째에는 그 사투리가 여러 地方 사람에게 모를 것이면 原稿末에 그 地方의 사투리를 標準語로 解釋해 노아야 올흘 것입니다. 그러해야 다른 地方 사람도 그 內容을 알 수가 잇슬 것입니다. 童謠가 어린이의 맘에서 어쩐 물건을 보고 느쪄진 것 생각한 것을 어린이들이 항상 하는 말로 부른 노래이니까 어려운 말을 쓰는 것은 크게 잘못입니다. 누께서 어려운 말이나 훌륭한 文字를 어더듯고 기뻐서 童謠에 내다 쓰는 것은 삼가야 될 일입니다.

어려운 말마듸나 文字를 쓸려고 그 말에 잡혀서 조흔 構想도 잘 表現되지 못하기 때문에 讀者의 말을 어즈럽게 하는 수가 잇습니다. 여기에 例를 드러 보기로 합니다.

흐르는강물

(金光允)

록수청산 깁흔골 저기저강물
밤낫을쉬지안코 흐르고잇네

× ×

출넝줄넝 애달픈 노래부르며
바다를 목적하고 흐르고잇네
아픈다리 억지로 살々끌면서
고픈배를움켜쥐고 니를악물며

× ×

골지나 바위넘어 벌판거처서
오늘도 쏠낭쏠낭 흐르고잇네

이 童謠에 잇는 록수청산(綠水青山) 목적(目的)이란 文字들은 잘 알아듯기 어려운 말입니다.

또 곱게만 짓겟다고 곱고 아름다운 말디만[245] 골라다가 內容은 어써케 되엿든지 간에 곱게만 꾸며 놋는 사람이 잇습니다. 이것은 童謠의 本能을 모르고 하는 즛입니다. 어찌 形式만 尊重히 여기고 內容을 돌아보지 안켓습니까. 童謠가 兒童性이 나타나고 그때 感情이 나타나고 부르기에 편하여서 부르는 사람의 말을 움지기게 하여야 될 것이어늘 이 形式만 곱게 꾹민[246] 童謠는 백만 번 불너도 곱다는 말밧게 할 것이 업습니다. 이것은 굶으면서도 비단옷 입고 흔들대는 꼴과 마찬가지입니다. 이런 것은 너무 사치하여 童謠의 價値를 일허버리는 것입니다. 여기에 例를 들기로 합니다.

봄노래

(朴白空 作)

종달새 하늘놉히

245 '말마디만'의 오식이다.
246 '꾸민'의 오식이다.

지절거리니
쌍우에 봄노래가
울너옵니다
봄바람 버들가지
간질거리니
시냇물 졸졸졸
춤을춥니다
보슬비 금잔듸에
살ㅅ펴노니
파람엄 피리곡에
저절로트네
어엽븐 색악씨들
나물캐라니
향기론 꼿송이가
노래불너요

이 童謠는 곱고 아름다운 말마듸만 골라다가 모아 논 것입니다. 읽어 볼사록 글마듸나 조왓지 內容은 텅 비엿습니다.

桓松, "童謠를 지으려면(七)", 『매일신보』, 1932.5.28.

그러하기 때문에 조흔 말이라고 그 말에 잡혀서는 안 될 것입니다. 언제든지 自己感情으로 말을 맘대로 써야 할 것입니다.

그리고 또 童謠에 漢字를 쓰는 이가 잇는데 이는 조치 못한 일이라 하겟습니다.

世上 學校 新聞 汽車 工場

이런 漢字를 썻다고 內容에 어그러지는 것은 업지만 그래도 漢字 석긴 童謠는 보기에 조치 못한 感想을 엇게 됩니다. 그뿐 아니라 어려운 漢字는 어린이들이 알 수 업는 것이니짜 漢字는 쓰지 말고 다 한글로 쓰기로 하십시오.

우에 말한 것을 전부 통틀어 말하면

○ 童謠에는 어린이들이 항상 하는 쉬운 말을 쓸 것
○ 그 時代에 하는 말을 쓸 것
○ 그 地方의 方言과 사투리를 써도 무방할 것
○ 말에 잡히지 말 것
○ 內容에 관계 업는 漢字라도 한글로 쓸 것

이 다섯 가지입니다.

五. 童謠의 材料

童謠의 材料는 얼마든지 잇슬 것입니다. 봄철에 피는 쏫 종다리 제비 일하려 나가는 농부 더운 녀름에 욱어진 숩풀 김매는 일군 소 멕이는 아이 쌍방울 모다가 童謠의 材料 아님이 업습니다. 가을에 피는 국화 밝은 달 草木의 단풍 벼싯거리 겨울에 오는 눈, 어름지치기 가마 짜기 야학 모다 童謠의 材料가 될 것입니다.

이 세상의 모든 물건을 童謠를 즐겨하는 사람의 눈으로 보면 모다 童謠의 材料가 안 될 것이 업습니다. 그러나 童謠를 처음 지으려는 이들에게는 그러케 되기가 어려울 것이니 먼저 事物을 誠實하게 보고 誠實하게 노래하는 공부를 힘써야 할 것입니다. 헛되이 事物을 보고 感情을 속여서 거즛 노래하지 말고 느씬 그대로를 내놋는 공부가 必要합니다.

아무리 가튼 물건이라도 사람에 싸라 보는 법이 다르며 그 생각하고 늣겨지는 것이 다름니다. 그르기 한 물건을 가지고라도 나는 이러케 노래하는데 남은 쏘 달니 노래할 수가 잇는 것입니다.

어쩐 事物에 對하여 남이 먼저 지엇다고 내게는 童謠의 材料가 안 되는 것이 안닙니다. 제각금 생각하고 늣겨지는 것이 다르니 自己가 느씬 그대로면 아무리 조고만 느씬이라도[247] 童謠의 材料가 되는 것입니다.

여기에 눈 오는 것을 보고 지은 두 아이의 노래를 적어 보기로 합니다.

눈

(李夢鶴 作)

눈아── 오너라 작구오너라
우리집 검정개 조와서놀게

×

눈아── 오너라 만히오너라
우리 눈싸움 하면서놀게

눈

(孤泉 作)

먼저온눈 어제까지 다녹이더니
오늘밤 함박눈이 또나려온다

×

까우── 가마귀 쏘울겟고나
먹을것이 업서서 쏘울겟고썬나[248]

보십시오. 이러케 題目만은 갓튼「눈」이라도 보는 사람의 생각과 보는 때와 보는 곳에 따라서 늣김이 다른 것입니다.

한 애는 눈 오는 것을 보고 自己네 집 검정개가 조와서 뛰어놀 생각과 동무들과 가티 눈싸움하면서 자미잇게 놀 생각하고 눈이 만히 오기를 바라면서 지은 것이고 또 한아는 눈이 오면 가마귀들이 먹을 것이 업서서 슬피울 생각을 하면서 지은 것입니다. 얼마나 다릇습니까? 그른기 남들이 몃 백 번 지은 것이라도 童謠의 材料가 될 수 잇는 것입니다. 이는 童謠를 지으려는 사람과 때와 곳을 따라서 생각과 늣김이 다르기 때문입니다.

---

247 '느씸이라도'의 오식이다.

248 '쏘울겟고나'에 "썬"이 잘못 삽입된 오식으로 보인다.

이제 "봄"에 대하여 童謠를 짓는다 하면 반다시 봄에 잇는 물건을 전부 다 써야만 되는 것이 아닙니까.

桓松, "童謠를 지으려면(八)", 『매일신보』, 1932.5.29.

아무 느낌 업시 봄에는 제비가 노래하고 종다리가 울고 각색 쏫치 피고 어름이 풀니고 나무 엄 돗고 방갈고 씨부리고[249] 쏘 무엇무엇 이러케 느러노키나 하는 것은 쓸 대가 업습니다.

이 봄에 잇는 여러 가 중에서도[250] 제비와 종다리만을 봄과 關聯하게 노래하엿스면 봄노래가 될 수 잇고 쏘 밧 갈고 씨 쑤리는 것만이라도 봄노래의 材料가 될 것입니다.

이제 어썬 집 지키는 아이의 봄노래를 드러 보기로 합시다.

봄

봄날의 햇볏은 짜스도한데
어머니 아버지 밧가리가고
누님은나물캐러 뒷산에가고
나혼자 놀면서 집지킴니다

이것은 봄에 잇는 여러 가지 물건을 다 쓰지 안코 단 한 가지 조고마한 것을 느끼고 지은 것인대 이러케 조흔 童謠가 되엇습니다.

무엇이나 한 事物을 보고 얼는 생각키고 늣겨지는 것만이 한 童謠의 材料가 되는 것입니다.

어썬 事物을 對하여서던지 誠實히 보고 늣긴 그대로를 노래한다면 모다

---

249 '밧갈고 씨쑤리고'(밭 갈고 씨 뿌리고)의 오식이다.
250 '여러 가지 중에서도'에서 "지"가 탈락된 오식이다.

童謠입니다. 그 童謠이야말로 남을 가장 感動케 할 것입니다.

여러분! 이 세상의 온갖 물건이 다 童謠의 材料입니다. 만히 지으십시오. 만히 노래하십시오.

六. 童謠 진는 法

첫재 남의 童謠를 만히 읽을 것

童謠가 어린이들의 노래이니싸 누구든지 지을 수가 잇는 것이지만 처음부터 조흔 童謠는 지을 수가 업는 것입니다. 그르기 먼저 童謠를 지을랴면 남의 童謠를 만히 읽는 것이 크게 必要합니다.

音調가 자미롭고 內容이 갑이 잇는 것이면 암만 불너도 실증이 안 납니다. 이런 童謠들을 닑어서 意味를 充分히 깨달은 다음이 아니면 童謠를 짓기가 힘드는 것입니다.

이런 조흔 童謠를 意味를 깨닷고 열이고 수물이고 백이고 되도록 만히 닑는 동안에 저절로 맘에 익어서 童謠의 形式과 內容을 깨닷게 될 것입니다.

여기에 模範이 될 만한 童謠 몃 首를 들어 보겟습니다.

밤ㅅ길

(鄭祥奎 作)

공장에서 밤늦도록
　　　일다하고서
휫파람 불며불며
　　　집오는길은
꼬불꼬불 외줄기
　　　산길입니다.

×

빈벤쏘 짤랑짤랑
　　　짤랑거리며
꼬불꼬불 산고개
　　　넘어설째면

파－란 찬달이
　　　우서줍니다

우리학교

(桂潤集 作)

우리학교 교실은
　　　오막사리 초가집
학교오는 생도는
　　　모다어린 일꾼들
나－제는 일하고
　　　밤이되면 글배워
언제든지 씩씩한
　　　참된생도 쌘일세

가을

(桂樹 作)[251]

밝읏～ 고읍게
　　　물드린닙히
살낭～ 짱우에
　　　내려질때면
우리엄마 압들로
　　　가을을가오

◇

노릇～ 곡식이
　　　모다닉으면
낫츨들고 울엄마
　　　가을을갈쌘
서늘바람 시원히
　　　잘도불지오

---

251 '桂樹'는 계윤집(桂潤集)의 필명이다.

학교가그리워

(李東珪)

학교길이 그리워
　　학생들이 부러워
신문을 접어들고
　　학생노리 해봣네
글씨가 쓰고십허
　　공부가 하고십허
가로긋고 치긋고
　　함부로 읽어봣네
체조를 흉내내며
　　작대를 둘러메고
압으로 답보로
　　소래치며 해봣네

桓松, "童謠를 지으려면(九)", 『매일신보』, 1932.5.31.

둘재 남의 童謠를 模倣할 것

아무리 훌륭한 사람이라도 처음부터 조흔 童謠를 내놋키는 힘드는 일입니다. 그러하기 째문에 처음 짓는 이들은 쏘 模倣이 必要합니다.

자긔의 생각과 맛는 童謠를 몃 首 골라 가지고 그 童謠의 音調라든가 內容이라든가를 흉내 내어 짓는 것을 模倣이라고 합니다.

무슨 일이든지 사람마다 創造하기는 어려운 것입니다. 그런고로 模倣을 합니다. 模倣은 다시 創造를 낫습니다. 創造는 模倣으로부터 오는 고로 남의 童謠를 模倣해 짓는다고 조곰도 부쓰러울 것 업습니다.

模倣이라는 것이 原作과 가튼 것을 짓는 게 아닙니다. 音調라든가 用語라든가를 빌어서 原作과 別種의 童謠를 짓는 것입니다.

여기에 例를 들기로 합니다.

강남가네

언덕밋헤 잔잔이 흘으는물은
졸-졸 곱을곱을 쉬지도안코
갈닙배 밀면서 어듸로가나
버들가지 눈쓰고 각색쏫피여
우리동리 쏘다시 봄들엇다고
제비손님 청하러 강남을가네

이 童謠가 맘에 들어서 이러케 한번 지어 보겟다 하고 쉽게 흉내 내어 지은 것이 아래와 갓습니다.

봄시내

졸졸졸졸 흐르는 파란냇은[252]
나무새로 돌틈으로 어데로가나
×
논갈고서 씨뿌릴 봄이왓스니
벼키울 논물될나 논으로가네

쏘 다르게 模倣하면 아래와 가티도 됩니다.

제비

강남갓던 제비손님
무엇하러 왓습니까
색기치러 왓습니까
봄이오면 외오나오
×

252 '파란냇물은'에서 "물"이 탈락된 오식으로 보인다.

아니아니 나는나는
졸졸흐르는 시내물이
봄구경을 오라구야
청하기로 왓습내 —

이러케 되면 原作과는 아주 別種의 童謠가 됩니다. 여러분도 처음 지을냐면 다 模倣해서 지으십시오. 決코 부끄러운 일이 아닙니다.

模倣을 해서 조타고 내내 模倣을 해서는 못씁니다. 模倣을 해서 짓는 동안에 自然히 자긔 힘으로도 넉넉히 지을 수가 잇게 되면 그때에는 자기 생각으로 지어야 됩니다. 이것을 "創作"이라고 합니다.

模倣하는 것은 조흐나 남의 지은 것을 자긔가 지은 체하고 내어놋는 것은 못난 사람의 짓입니다. 이런 것을 "剽窃"이라고 합니다. 이 "剽窃"을 하는 것은 자긔 한 몸을 망치는 것보다 여러 사람에게 惡感을 사는 것이니 크게 조심하지 안으면 안 될 일입니다.

셋재 創作할 것

여러 번 模倣을 해서 자긔 생각으로 童謠를 지으리만치 되면 그때에는 반다시 創作을 하여야 되는 것입니다.

童謠를 創作할냐면 먼저 어린이의 말을 가져야 될 것은 勿論입니다. 어린이의 말을 가지고 어린이들의 하는 쉬운 말로 본 것 들은 것 느낀 것을 그대로 짓는 것입니다.

創作을 하게 되면 "童謠集"을 만들어 두고서 그때그때 짓는 것을 적어 두는 것이 必要합니다.

不完全하게 지은 것이라도 너무 고칠 생각만 하지 말고 만히만 지어서 "童謠集"에 적어 두십시오. 작구 만히 지으면 저절로 童謠를 잘 짓게 될 것입니다. 잘 짓게 된 그때에 적어 두엇던 "童謠集"을 펴노코 不完全한 童謠를 고치십시오.

童謠를 잘 지을랴면 이러케 여러 가지 順序를 밟어야 되는 것입니다. 다시 통트러 말하면

○ 남의 童謠를 만히 읽을 것
○ 남의 童謠를 模倣해 지을 것
○ 자긔 힘으로 지을 것
○ 만히 지을 것

이럿습니다. 여러분! 이런 順序를 발바 만히 지으십시요. 만히 부르십시요.

安俊植, "全鮮無産兒童聯合大學藝會를 열면서－『별나라』 六週年紀念에 當하야－(一)", 『조선일보』, 1932.5.28.

이번 별나라社에서 首題와 가튼 卽 全朝鮮의 夜學講習所私立學校의 聯合大學藝會라는 朝鮮에 잇서서의 最初의 計劃이요 따라서 意味深長한 이 큰일을 엇재서 여는가에 對하여는 乃終에 言及하려니와 尤先 『별나라』의 創刊 時代를 暫間 回顧하고저 한다. 『별나라』는 至今부터 七年 前 卽 一九二六年 六月에 비로소 世上에 나왓든 것이다. 그때만 하야도 自然生長期의 領域을 버서나지 못하엿슴으로 다만 少年運動을 目標로 하고 여긔에 贊同하는 맷 동무들을 모와 同人制로써

創刊號를 發行하엿든 것이다. 그러나 原來가 漠然히 無産少年少女로 標榜하고 發行은 하엿스나 그 內容에 잇서서는 理想과 背馳되는 一種 貴公子의 教養에 긋치엿든 것이다. 말하자면 童話래야 王子 公主의 舞臺엿고 애국미담으로 그 全體를 꾸미엿든 것이다. 그러나 內容이 이럼에도 不拘하고 無産少年少女들은 熱熱히 歡迎하얏든 것이다.

그것은 다름이 아니라 上述한 바와 가티 自然生長期를 넘지 못하엿든 때문이려니와 『별나라』는 다른 雜誌(『어린이』, 『新少年』, 『아이생활』)보다가 半이나 三分의 一박게 안 되는 價格인 五錢으로 한 때문에도 一理가 잇는 것이라고 하겟다. 그리하야 讀者들은 놀나며 깃분 마음으로 『별나라』에로 集中되엿든 것이다. 都會 少年보다도

農村少年은 힘 잇게 支持하여 주엇든 것이다. 이리하야 發行한 지도 얼마 아니 하야 八九千部를 넘엇든 것이다. 그리고 讀者層의 大槪가 少年職工夜學講習所의 兒童인 것도 알게 됨에 또 한층 힘이 생기엿든 것이다. 그러나 참다운 無産少年의 동무로서는 너무나 큰 缺陷투성이로 거이 一年 동안을 지나 왓다. 여긔에 대해서 編輯子의 認識不足에 그 絶對의 原因이 잇겟스나 또한 少年運動은 오직 少年運動의 孤立狀態이엿고 社會에서 너무나 等閑視하엿든 關係에도 影響이 잇섯다고 본다. 그것은 勿論 호화로운

童話 兒童들의 童謠 덥허노코 無價値한 作品이 前부터 만히 실여젓고 지금도 그러려니 하는 先入見과 權威 업는 것을 輕率히 여겨 問題視하지 안흔 것은 첫재는 우리의 無能에 잇지만 둘재로는 지도자의 헤게모니를 抛棄해 버린 것에도 큰 誤謬가 잇다고 본다.

그러나 우리는 一九二七年 六月『별나라』第一週年 紀念事業으로서 全鮮兒童作品展覽會를 開催하엿섯다. 이것이 이번에는 全國夜學講習所聯合大學藝會보다는 性質도 달으고 範圍도 좁앗스려니와 그때만 하야도 全鮮에서 兒童作品이 洪水가티 밀니여 想像 以上의 큰 收穫을 어덧든 것이다. 그리하야 兒童들의 藝術的 發揚心을 힘 잇게 북도다 주엇든 것이다.

이가티 第一回의 作品展을 연 뒤에 別로 큰 모임을 計劃하지 못하엿든 것은 遺憾이엿다. 그리다가 一九三一年 三月에야『별나라』讀者慰安會라는 在京『별나라』讀者 또 그 關係者를 爲하야 童話, 童謠, 音樂, 童劇等의 모임이 열엿든 것이다. 그때에도 다시 더 바랄 수 업슬 만큼 大盛況을 이루윗든 것이다.

그리하야 六七年 동안 싸와 나온『별나라』는 오늘날 이만큼 成長을 보게 된 것은 첫재는 夜學 講習所 아동들의 支持로 말미암음이요 社會에서도 그만큼 聲援하야 준 때문이라고 하겟다.

이것은 또한 全鮮의 無産兒童 諸君을 爲하야 어데까지든지 그 갈 바를 正當히 指導하려는 것을 認定하여 준 까닭이겟다. 이리하야 一萬의 讀者를 넘은 지 이미 오래엿고 오늘에 잇서서는 全鮮 夜學 講習所에서는 課外讀本으로 쓰는 곳이 만케 되엿다.『별나라』는 이와 가티 夜學 講習所와의 關係가 깁흔 것도 사실이다.

이제 우리는 全鮮 夜學 講習所가 엇더한 窮地에 빠젓다는 것을 生覺하여 보자. 朝鮮에 잇서서 當局은 一面一校制의 實施를 促進하는 形便이나 그것은 實現期가 아즉도 멀고 이것이 實現된 댓자 또한 學齡 兒童을 全部 收容하겟느냐 하면 그것도 問題인 것이다. 想像컨대 그러케 돼도 三○%에도 밋치지 못할 것이다.

安俊植, "全鮮無産兒童聯合大學藝會를 열면서 –『별나라』六週年紀念에 當하야–(二)",『조선일보』, 1932.5.29.

그러면 全鮮의 學齡 兒童數는 實로 二百五十萬에 達한 것임에도 不拘하고 現在로는 四十萬名可量을[253] 收容하게 되는 形便이니 그 남어지 兒童들은 갈 곳이 업슬 것이다. 그리하야 이 가튼 兒童 卽 남어지 絶對多數의 無産兒童은 夜學과 講習所에서 收容하게 되니 이것으로도 또한 밋치지 못하는 것이다. 그럼으로 夜學 講習所의 兒童의 數爻는 實로 普通學校의 兒童數보다 오히려 더 만흔 것이 事實이다. 그럼에도 大槪 夜學 講習所는 經濟的 條件으로 말미암아 貧弱한 그대로 經營하지 안흐면 안 될 境遇에 處하게 되는 것이다. 그리고 때로는 頻繁히 閉鎖되는 形便이다.

날로 疲弊되어 나가는 農村 그리고 그 貧農의 子女들은 그나마도 夜學 講習所에도 못 다니고 하로 終日을 勞働하면서 그날의 生活을 못 꾸려 가는 것은 말할 수 업시 痛歎할 일이다. 그러나 오늘날 이 가튼 無産兒童들을 保護 指導해 주는 아무런 機關이 업는 것은 勿論 社會的 缺陷이겟스나 그리고 講習所에라도 가서 배호는 兒童의 數가 五十萬에서 오히려 超過되는 形便이니 엇지 夜學 講習所의 힘이 크다 아니 하겟는가.

大槪가 여기에 獻身하는 선생님들은 報酬도 업시 或은 잇다야 糊口之策도 안 되는 것으로 지내 오는 形便이다. 다만 온 精神을 兒童敎育에 傾注하는 굿세인 마음씨 한아로서 모든 苦難을 익이며 싸와 나가는 것이다. 이 얼마나 거룩한 마음씨냐 말이다.

다시 말할 것 업시 오늘에 잇서서의 講習에는

無産 少年少女 大衆을 오직 뜨거운 힘 하나로만 잇끄러 나가는 重且大한 任務를 다-하는 것이다. 압흐로도 이 가튼 機關이 더욱 增加될지언정 減少되지는 안어야 될 것이다. 또한 얼마나 만흔 兒童의 변변히 밥도 못

253 '萬名假量을'의 오식이다.

먹고 그들의 工課를 익히엇는가. 얼마나 만흔 兒童이 自己의 才能을 發揮치 못하고 어린 가슴에 憂鬱症을 퍼부어 주엇는가 이 어린 것을 生覺할 때에 學院 當局者가 아닌 우리로서도 늣기는 바가 크거든 함을며 學院 先生님들의 마음이야 엇더하겟는가 합니다.

그리하야 先生님들은 잇는 힘을 다-하야 힘써 가르키고 物質의 窘塞으로 말미암아 苦痛을 밧어 가며 兒童들을 훌륭이 指導하여 놋컷만 오늘날 世間에서는 너무나 冷情히 對하는 것이다. 局外者커녕은 學父兄 되는 분도 이 가튼 傾向이 顯著하게 나타나 잇다. 이것은 그네들이 너무나 社會의 現狀을 沒覺한 所致라고 하겟다.

그 外에도 客觀的 條件의 不利로 말미암아 (한 줄 가량 해독 불가) 當하게 되는 現狀이다. 여기에는 社會에서의 反省이 必要하겟스나 지금의 學院 當局者 여러분들도 갈 바 업는 이 無産兒童들을 더욱 힘 잇게 붓도다 주시어야 될 것이다.

그럼으로 이번에 本社에서 主催하는 全國夜學講習所聯合大學藝會야말로 여기에 힘쓰는 先生님들 또는 設備 업는 이 가튼 學院에서 날로 키운 그들의 힘과 그들의 쓰거운 마음씨를 서로 相通하야 이바지하고 서로 배움이 잇게 하려 함이며 널이 世間에 우리들의 힘이 이만하다는 것을 보여 주려는 것이다. 또한 괴로우신 先生님들의 마음을 慰安함이 될까 하는 것에서 잇는 것이다. 이것이 原來 二三年 前부터 計劃하여 왓든 것이 원악이 範圍가 크고 複雜하니만큼 輕率히 열 수가 업는 것이엿다. 또한 經費도 經費려니와 한 學校의 學藝會만 하여도 여러 先生님들은 얼마를 애를 쓰고 體育을 식혀야 될 것인대 이번 모힘은 낫에는 作品展覽會 밤에는 聯合學藝會를 열어 수십 학원의 童劇 競演이 잇게 되엿스니 그 複雜多端할 것은 自明한 일이다.

春波, "'어린이' 作品을 읽고-'어린이' 여러분에게(一)", 『매일신보』, 1932.6.1.

◇…… 나는 요사이 『每申』 學藝面 兒童欄에 실리는 "어린이 作品"을 니어 봅니다. 처음 "어린이 作品"을 모집한다는 社告가 난 때부터 어서 모집이 되어 發表되기를 퍽 기다리엇습니다.

◇… "어린이 作品"은 勿論 普通學校와 幼稚園 及 그 정도의 "어린이"의 손으로 된 作品일 것입니다.

◇… 나는 비단 이번 『每申』 兒童欄에 發表되는[254] "어린이 作品"만이 아니라 언제든지 또는 어듸서든지 '어린이 作品'을 볼 때마다 나로도 알 수 업는 그윽한 힘이 그 作品에 서리어서 나의 마음을 그들 "어린이"의 世界로 끌어가는 것을 늣김니다. 그리하여 不知不識間에 나 自身도 어린이가 되고 어린이의 마음을 가지게 되고 어린이를 동모하여 뛰놀고 십습니다.

◇… 어른의 눈을 가지고 보아서는 얼토당토안은 것을 어린이들은 그려노코 조타고 합니다. 둥그런 圓을 그리고 그 아래 線을 그어 팔과 다리를 만들어 노코 이것은 우리 아버지오 이것은 우리 先生님이라고 합니다. 이런 것을 어른의 눈으로 본다면 얼마나 웃으운 일입니까. 또 作文도 그럿습니다. 밥 먹고 뒤간으로 가느라니 강아지가 뒤짠에 쪼차온다는 둥 누나가 어머니를 졸르다가 매 마저 콜작〳〵 울엇다는 둥 하여 그 역시 어른의 눈으로 보면 아모 소용도 업는 웃으운 이애기를 씁니다.

---

254 '春波'는 『매일신보』를 통해 활발하게 작품 활동을 하던 충남 서산(忠南 瑞山)의 유기춘(柳基春)으로 보인다.

春波, "'어린이' 作品을 읽고-'어린이' 여러분에게(二)", 『매일신보』, 1932.6.2.

◇… 그러나 이것은 어린이의 마음으로 어린이의 눈으로써 본다면 아조 달르게 보일 것입니다. 어른의 눈에는 그처럼 쓸데업는 웃으운 것이라 하여도 거기는 속일 수 업고 또 어쩌한 힘으로든지 지일 수 업는 어린이의 천지가 보이는 것입니다. 이야말로 배우라 하야도 배울 수 업는 것이니 어린이 自身이 아니면 되지 안는 것입니다. 이런 것을 생각지 안코 덥허노코 못쓸 것이라든지 웃어 버린다면 그것은 어른의 큰 잘못입니다.

◇… 그처럼 어린이의 作品에는 어쩌한 理論이라든지 法則이 잇서서 그것을 쌀아서 그린다든지 쓰는 것은 아닙니다. 순전히 그들이 늑긴 바 그대로를 혹은 線으로써 혹은 文ㅅ字로써 表現하는 것입니다.

◇… "어린이"라고 하드라도 現在『每申』兒童欄의 어린이 作品으로 보면 六七才로부터 十五六才까지 잇스니 十才 以前은 몰으지만 十才 以上은 大概 지각이 나서 어른의 世界의 不自然한 法則과 理論에 만히 구애되는 일이 만습니다. 이것은 어린이 自身으로도 몰으게 구애되여 마츰내 어른의 물이 들게 되는 것이니 여러 어린이들의 作品에는 그러한 것이 만히 보입니다.

◇… 나는 어린이 여러분의 作品을 반가웁게 대하다가도 이러한 어른의 물이 들은 作品을 대하는 째와 가티 不愉快한 적은 업습니다. 즉 다시 말슴하면 여러분은 "어린이"외다 그러면 그 "어린이"에게서는 어린이다운 作品이 나와야 할 것인데 그러치 안코 어른의 감정을 숭내 내는 것입니다. 어린이 어쩐 분의 作文에서 이러한 句節을 보앗습니다.

一. 달도 밝고 명랑하니 님의 생각이 간절이 나는도다.

二. 松柏은 四時로 풀으르니 그 절개 참으로 굿도다. 우리도 저와 가티 절개가 잇서야 한다.

三. 그대가 學校에 못 다니게 된다는 말을 들으니 내 간장이 春雪 갓다.

◇… 자! 여러분! 이것을 보십시오. 이것이 十歲 前後 어린이의 作文이라고 보겟습니까. 이것을 어린이의 作文이라고 하면 그야말로 그런 거즛말이 어듸 잇스며 이것을 어른의 글이라 하면 그러케 유치할 데가 또 어듸 잇겟습니까.

◇…그런데 여러분이 이러한 作文을 하게 되는 것은 반듯이 여러분의 허물이 아닙니다. 여러분의 환경의 허물도 만코 또 여러분을 가르치는 이의 허물도 만습니다. 그것은 여러분의 환경은 사사물々이 어른을 표준으로 한 것이오 여러분을 가르치는 이도 어른인 데 큰 원인이 잇습니다.

春波, "'어린이' 作品을 읽고－'어린이' 여러분에게(三)", 『매일신보』, 1932.6.5.

◇…… 그처럼 여러분을 가르치는 것이 어른이 됨으로 그 어른들은 흔히 여러분 즉 어린이를 主體로 하지 안코 재개네 어른을 主體로 하는 것입니다. 이것이 여러분의 作品을 망치게 하는 큰 원인이 되는 것입니다. 글을 짓는다든지 글씨를 쓴다든지 그림을 그리는 때 어린이의 感情에 들어맛고 어린이의 力量에 얼리여야 되는 것입니다.

◇… 한 例를 들어봅시다. 여기 커다란 물건 하나가 잇습니다. 이 물건은 어른의 힘이라야만 들ㅅ 수 잇는 물건입니다. 이런 물건을 어린이－ 즉 여러분을 보고 들라고 하면 여러분은 들 수 잇습니까. 어른과 가티 骨格이 여물고 힘이 들어차지 못한 여러분은 도저히 들지 못할 것입니다. 이 들지 못하는 것이 어린이 된 여러분으로서는 당연한 일이니 이것을 나물한다든지 억지로 들도록 채를 친다면 그와 가튼 잘못이 또 어듸 잇겟습니가.

◇…… 처음에는 힘에 맛는 조그마한 것부터 들어서 차츰 나히 차고 힘이 찬 뒤에 큰 것을 들어야 들어질 것입니다. 글을 짓고 글씨를 쓰고 그림을 그리는 것도 그와 조곰도 다를 것이 업습니다. 처음부터 名畵와 名文을

지으려는 것은 無理한 즛입니다. 여러분의 마음에 생각하는 대로 또 여러분의 힘대로 짓고 쓸 것이니 이리하는 동안에 차츰 大成이 되는 것입니다. 그러니 여러분을 가르처 주시는 先生님도 그러한 점에 注意를 하여 주어야 할 것입니다.

◇…… 그런데 한 가지 딱한 것이 잇습니다. 그것은 여러분의 父兄들의 理解 問題입니다. 어썬 先生님의 말슴을 들은 것이 생각납니다. 그 선생님이 어썬 어린이에게 自由畵를 가르치어 그리이엿습니다. 나무를 그려 노코 집을 그려 노코, 사람을 그려 노코 그것은 우리 집(어린이의 집)이오. 사람은 마당에 서 잇는 우리 아버지라고 하엿습니다. 어린이의 自由畵이니 거기에 細밀한 線이 잇슬 리 업습니다. 實物과 비슷한 것도 보이지 안엇습니다. 그저 죽々 선을 긋고 사람의 얼골은 둥글헌 圓이엇습니다. 그 先生님의 눈에는 그것이 참 잘되엿습니다. 그리하여 잘 그리엇다는 칭찬을 하엿습니다.

◇…… 그러나 그 아버지 되시는 분은 그것을 보고 대단 不滿足하게 녁이엇습니다. 사람이 웨 저 모양이며 나무는 웨 저 모양이며 집은 웨 저 모양이냐 하고 先生님의 가르침이 글럿다고 하엿습니다. 얼마나 웃우운 일입니까 이러한 고루한 마음이 어린이의 作品을 망치게 합니다.

春波, "'어린이' 作品을 읽고-'어린이' 여러분에게(四)", 『매일신보』, 1932.6.7.

◇… 그런데 어린이 여러분은 흔히 어른의 作品을 숭내 내이려는 일이 만습니다. 어썬 글을 읽고 나서 재미잇는 句節 가튼 것이 잇스면 그것을 어듸다든지 써 보려고 합니다. 勿論 初學으로서는 모방도 하여야 하지만 그것을 쓰지 안어도 조흔데 일부러 그것을 쓰기 위하여서 쓸데업는 文句를 만히 느러놋는 수가 잇습니다. 이런 것은 조치 안은 것입니다. 어써한

아름답지 못한 文句라 하드라도 適處에만 쓰면 名文이 되는 것이오 아모리 훌융한 文句라도 適當치 못한 대 쓰면 그야말로 한 푼의 價値도 업는 것이 됩니다.

◇… 칼을 쓸 데는 칼을 쓰고 대패를 쓸 데는 대패를 쓰고 톱을 쓸 데는 톱을 써야만 한 개의 재목을 目的에 부합하도록 다룰 것입니다. 그러치 안코 톱 쓸 데 칼을 쓰고 대패를 쓸 데 톱을 쓴다고 하면 힘은 몃 갑절이나 더 허비하면서도 일은 안 되고 말 것입니다. 그럼으로 이런 것을 잘 생각하여서 글을 짓든지 그림을 그리든지 글씨를 쓰든지 하면 그야말로 힘도 덜 들고 융륭한[255] 결과를 보여줄 것입니다.

◇… 그리고 근래 여러 신문이며 雜誌 가튼데 발표되는 여러분의 作品을 보면 어썬 분은 남의 것을 바로 제 것인 체 제 일음을 적어서 投稿하는 것이 흔합니다. 이런 것은 잘못하는 일 가운데서도 아조 잘못하는 일입니다. 남들이 新聞이나 雜誌에 글을 보내여서 그 일홈이 들어나게 되는 것을 보는 째 쓰거운 피가 血管을 돌아가는 어린이의 가슴에 어찌 부러운 생각이 나지 안으리오. 그러나 남의 作品을 도적질하여서 自己의 일홈을 내이려는 것은 가장 卑劣한 수단이오 마음입니다. 남들이 하는 일이 부럽거든 남을 쌀아가도록 努力을 하여야 할 것입니다.

◇… 世上은 여러분의 머리와 가티 단순한 것이 아닙니다. 남의 作品을 도적하여서 投稿한 것이 요행으로 편즙하는 분의 눈을 속이게 되어 發表된다고 하드라도 세상에는 편즙하는 분의 눈만 잇는 것이 아니오 여러 사람의 눈이 잇서서 그것을 보게 되니 그 여러 사람들 가운데는 그 作品을 벌서 본 이가 잇는 것입니다. 그러면 어찌 되겟습니싸. 이리하여서 참아 못 바들 꾸지람을 여러분에게서 밧는 것을 나는 여러 번 보앗습니다.

◇… 잘되엿든 못되엿든 내 마음을 내 손으로 지어내인 것이 第一입니다. 그것은 얼마를 짓든지 누가 무어라고 할 리 업는 것이오. 또 그처럼 自力을 부어 짓고 짓는 동안에 훌융한 作品을 짓게 되는 것입니다. 그런데

255 '훌륭한'의 오식이다.

그저 작고 쓰고 그리고 지으면 모든 것이 다 되는 줄 알고 그것만 힘쓰는 이가 만흔 모양이나 결코 그러치 안습니다. 짓고 쓰고 그리는 것은 나무로 치면 닙히오 가지입니다. 뿌리가 든든하여야 그 가지와 그 닙히 충실한 것이오 가지나 닙만 각구어서는 아모것도 안 되는 것입니다.

春波, "'어린이' 作品을 읽고―'어린이' 여러분에게(五)", 『매일신보』, 1932.6.9.

◇… 여튼 물에다가 배를 못 띄인다는 것과 마찬가지로 배인 것 업시 어듸서 훌융한 作品이 나오겟습니까. 배호아야 되는 것입니다. 배혼다는 것은 다른 것이 아니라 人格을 닥고 세상 物情을 알게 된다는 것입니다. "文은 人이다"라는 말이 잇습니다. 文만 아니라 書도 그러코 畵도 그런 것이니 그 사람의 글과 그림과 글씨를 보고서 그것이 어쩌한 사람인 것을 알 수 잇습니다.

◇… 品이 잇는 글이나 글씨나 그림은 品이 잇는 사람에게서야만 울어나오는 것입니다. 그럼으로 무엇보다도 몬저 人格을 養成하여야 합니다. 人格養成은 즉 공부를 하는 것이오. 그 배혼 것을 實行하는 것이니 여러분은 공부를 열심히 하시고 그 배혼 것을 꼭 實行하여야 합니다.

◇… 그리고 여러분은 생각에 떠오르는 대로 쓸 것입니다. 물론 이것은 作文할 때의 이애기입니다. 생각에 떠오르지 안는 것을 억지로 떠올리려는 것은 잘못입니다. 잇는 데서 집어내여야 집어내여지는 것이지 업는 데서 무엇을 집어내이겟습니까. 내가 보고 듯고 거기서 늣긴 것을 써야 하는 것입니다.

◇… 이러한 이애기가 잇습니다. 누가 글을 짓노라고 머리를 붓잡고 안저서 애쓰는 것을 본 그 안해가 웃음의 말로 "당신의 글짓는 것은 애 나키보다 더 힘드는구려" 하엿드니 그의 대답이 "더 어렵다 뿐이오. 애는 배인

애이니 나케 되지만 글은 업는 데서 찾는 것이니 물론 어려울 것이오" 하엿습니다. 여러분은 이것을 어쩌케 생각하시는지 몰으지만 얼듯 생각하면 그러키도 합니다. 애는 배ㅅ속에 형체가 뚜렷이 잇는 것이지만 想― 즉 글을 쓰는 썬데기가 되는 생각은 보이지 안습니다. 그럼으로 그것은 업는 데서 차저내이는 것 갓습니다. 그러나 결코 그러치 안습니다.

◇… 아모 생각도 업시 글을 쓰려고 하여 보십시오. 무슨 소리를 써야 조흘는지 몰을 것입니다. 그러나 생각이 솟아 올으는 째― 즉 쏫을 보고 아름다웁다든지 쏘는 무엇 갓다든지……… 시내ㅅ물 흘으는 소리를 들을 째 음악가티 들린다든지 하는 생각이 나는 째 붓을 들면 그 생각을 쓸 수 잇는 것이니 그 생각이 즉 잇는 것입니다. 그러케 생각이 돌게 된다는 것은 배ㅅ속에 애가 들게 된 것과 갓습니다. 만일 아모러한 생각도 업시 붓을 든다면 그야말로 배이지도 안은 애를 나흐려고 애쓰는 것과 다른 것이 업습니다.

◇… 그러고 쏘 한 가지 잇지 못할 것은 무르녹은 생각이 아니면 완전히 쏘다지지 안는 것입니다. 즉 애를 배엿다고 아모 째나 나케 되는 것이 아닙니다. 열ㅅ 달이 되어서 발육이 다 된 뒤가 아니면 나오지 안는 것이니 생각도 그와 갓습니다. 머리ㅅ속에서 무르닉고 무르닉어서 머리와 쏘리가 게통이 선 뒤가 아니면 붓을 들어도 아모 소용이 업는 것입니다.

麗星, “『童謠詩人』 總評－六月號를 낡고 나서(一)”, 『매일신보』, 1932.6.10.

距近 數年 동안에 아모 特異한 빗을 뵈여 주지 못하든 朝鮮 童謠壇에 突現 ‘헷드라잇’의 役을 意氣 잇게 질머진 『童謠詩人』[256] 誌를 바다 낡고 別로히 童謠에 對한 硏究보다도 宿慮하든 바 적은 余로써 該誌 編輯 同人 諸兄의 熱誠과 짜라서 意義 잇는 着手에 敬意를 表한다. 우리들의 現象으로써 “한다”는 것이 始終一貫되지 못함에 特히 『童謠詩人』의 成育을 좀 더 게을리지 안을 짓을 渴望하며 第二號를 밧아 들고 可及的 眞正한 兒童藝術의 立場에서 通俗的으로 平易하게 試評코자 한다.

몬저 六月號 全 紙面에 실닌 記事 中에 第一 有益하고도 實益잇다고 생각한 記事는 金億, 黃錫禹, 梁柱東, 金大鳳, 諸氏의 「朝鮮童謠의 缺陷과 그 救急策」의 題下에 쓰인 答論이다. 이 글이야말노 沈滯의 現象에 잇다고 하여도 過言이 아닌 現 朝鮮童謠壇의 압길잡이 役割을 充分히 하엿다고 볼 수 잇다. 其 外에도 田春湖 氏의 「童謠鑑賞(作法講話)」도 習作期에 잇는 童謠 作者로써는 必讀할 만한 것이엿다.

×

今號 讀者 及 同人의 作品은 全體로나 質로나 量으로 五月 創刊號에 比하야는 成績이 퍽 良好하엿다.

이제 六月號 紙面에 실니운 童謠 及 童詩의 作品을 個別하야 評을 쓰기

256 동요시인사(童謠詩人社)에서 발간한 잡지로 “純兒童文의 作品에 置重한다”는 것을 편집방침으로 편집 겸 발행인은 양춘석(梁春錫), 동 기자는 황순원(黃順元) 외 9명이었으며, 주소는 平壤府 景昌里 二○ 童謠詩人社였다.(「童謠詩人社 創立」, 『매일신보』, 32.2.17). 「童謠詩人 五月 創刊號」(『동아일보』, 32.4.6)란 기사에 따르면 1932년 4월 초에 5월호를 창간호로 발행하였음을 알 수 있다. 2호는 1932년 5월에 발간된 것으로 추측된다. 양가빈(梁佳彬)의 「『童謠詩人』 回顧와 그 批判(一)」(『조선중앙일보』, 33.10.30)에 의하면, 발기인은 김대봉(金大鳳), 김조규(金朝奎), 남궁랑(南宮琅), 황순원(黃順元) 등이고, 황순원의 권유로 양춘석(梁春錫)이 입사하여 편집 책임을 맡은 것으로 확인된다.

로 한다.

◇ 어린생각　金大鳳

全章 五小節노 된 童謠로써 作者가 이른바 "去今에 거의 固定化" 되엿다고 볼 수 잇는 七五調에서 벗어나 字數에 重視치 안코 좀 더 나아가 말의 配置를 重要視한 —— 童謠이다.

全篇을 通하야 純眞味를 充分히 表現식히엿다고 볼 수 잇스나 노래를 부를 만한 어린이들노써는 容易히 解得키 어려운 語句를 間或 配置식힌 것이 遺憾이엿다. 例를 들면, 第二小節 "싸흠"에 해자리를 "숨기들고" 第三小節 "과자집주인"에 "돈가지고 오래해요" 第四小節 "욕하고"에 "날보도 욕하는" 等의 말은 筆者의 見聞이 偏狹됨으로써인지는 모르나 設或 그러타 假定하고라도 아모 地方의 어린이나 말의 뜻을 直覺케 하며 입에 익어 記憶하기 쉬운 "말"로써 表現하여야 할 줄은 作者로써도 잘 알 줄 안다. 多幸히 該 句節이 印刷 時에 活字의 誤植으로써이라면은 모르거니와 그러치 안하면 얼마큼 用語에 宿慮할 바 잇슬가 —— 한다.

麗星, "『童謠詩人』 總評-六月號를 닑고 나서(一)", 『매일신보』, 1932.6.11.[257]

◇ 무서움　桐船[258]

이 作者의 童謠를 各 紙面에서 흔히 對할 쌔에는 一種의 유모어的 童謠로써 남다른 形式을 밟고 잇다는 것을 알 수 잇다. 거츨지 안흔 솜씨로 觀察力이 찬 手法을 이 "무서움"에서도 보여 주엇다.

257 '二' 회가 되어야 하나, 회수(回數)가 잘못 매겨져 있다.
258 '桐船'은 김동선(金東鮮)의 필명이다.

◇ 소낙비　晩崗[259]

말의 調化가 잘되지 못하엿다. 文의 系統이 서지 안엇고 따라 取材가 抽像的으로 흘넛다. 結果로써 作者는 抽像的인 取材와 在來의 七五調式 語句 配列에 拘束되여 말의 配置 乃至 表現에 퍽 애를 쓴 것이다. 따라서 取題와 表現의 距離가 隔이 잇는 것은 勿論이다.

◇ 벗꼿　高宅龜

얼는 보아 豊富한 觀察力이 表現된 듯하나 그다지 銳敏치는 못하다. 作品 中에는 쎈티멘탈에 흘은 傾向이 보인다. 表現에 잇서서 거츨지 안은 솜씨이나 좀 더 아이들의 本質的의 것을 아이들의 韻律 그대로 表現하여 주엇드면― 한다. 그래야 비롯오 眞實性 잇는 兒童藝術로써의 價値를 엇을 수 잇는 까닭이다.

◇ 눈녹는봄날　閔孤影

퍽 아름다운 描寫法을 보여 주엇다. 조금도 欠할 데 업는 始終一貫 系統이 바른 表現方式이라고 본다. 그러나 第三節에 가서 抽像的에 맛긴 것은 滿足지 못한 手法이다. 아프로 作者의 手腕이 期待된다.

◇ 고향생각　崔永義

고향을 그리워하는 童心이 잘 表現되엿다. 七五調이나 말의 配置가 順調롭고 조금도 말의 配列에 苦勞를 늣기지 안엇다.

◇ 고치켜기　梁春夕

間或 作品을 보여 준 가운데 代表作이라고 하여도 지나치는 말 갓지는 안타. 가장 새로운 形式 미테서 노래의 旋律과 兒童의 內心律을 빈틈업시 들어마첫다. 다만 第二節에 가서 完全한 童心에서의 發現된 語法이라기는 힘든다. 全體로 보아 成功한 作이다.

◇ 봄　玄順鳳

單純한 表現으로 內容을 着實히 가추엇다. 欠할 데 업는 筆致로써 조금 쎈티멘탈에 흘럿다. 全體로 精하게 洗練된 作이다.

---

259 '晩崗'은 황순원(黃順元)의 필명이다.

◇ 피리　宗兒

初期 習作時代에 잇는 作者임이 作品을 通하야 나타난다. "피리"라는 取材의 七五調로써 二十四行의 長句를 느러노앗으나 取材가 抽像的이며 內容이 空虛하야 効果를 내이지 못한 作이다. 다시 말하면 抽像的 取材가 作者의 머리를 制限하야 막 붓을 들엇을 때에는 何等의 特殊한 事像이 써오르지 안은 까닭이다.

麗星, "『童謠詩人』總評－六月號를 낡고 나서(二)", 『매일신보』, 1932.6.12.

◇ **야옹야옹 양고양이**　金東鮮

固定化 된 七五調로의 表現으로써 말의 配에[260] 그다지 重視치 안엇다. 모르기는 하나 어느 期會에 草하여 두엇든 作을 그대로 塞責키 爲하야 發表하지나 안엇는지? 作者의 力量을 짐작하는 筆者로써 疑訝한다.

◇ **팔녀가는 염소색기**　黃金岳

表現方式이 아직도 서투르다. 더구나 말의 配置에 無關心하는 作者인 듯십다. 音數律과 韻律的으로 表現하는데 좀 더 注意하엿스면 作者가 表現코저 하는 氣分이 잘 表現될 것이다.

◇ **동생아** (童詩)　黃順元

筆致로써나 內容으로써 벌서 老練된 手法을 보이는 作者는 此作에서 其亦 洗練된 노래를 보여 주엇다. 作者의 作品마다 쎈티멘탈리즘이 잇스면서도 가장 勇快的인 決斷的인 手法을 또 보여 주엇다. 此 作品에 뵈이는 쎈티멘탈리즘을 過重視하지 안엇다. 故로 文藝의 主要한 構成要素인 쎈티멘탈리즘을 善用하야 한 개의 作品을 整齊식엿다. 「동생아!」의 一篇에

260 '配置에'의 오식으로 보인다.

잇서서 終章 쑷이 童詩로써의 境界를 버서난 感이 잇스나 全體로 成功하엿다.

◇ **눈물**　全鳳楠

此作에 잇서서 作者는 무엇보다도 單調한 在來 童謠의 音數律을 버리엿다고 말하기 어렵다. 取材는 若干 抽象的이나 筆致로써는 取할 點 잇다.

◇ **그리운형님**　林鴻恩

前評한 宗兒 君의 「피리」와 類似한 作品이다. 筆致와 調가 갓고 亦是 七五調 二十三 行을 써 노앗으나 作者의 表現할녀는 思想의 갈피를 붓잡을 수 업다.

◇ **잔디ㅅ불**　春夕[261]

새로운 形式으로써 觀察에 欠이 업는 表現 方式을 取하엿다. 取材도 조흐나 旋律的 要素도 더 찬 作이다.

◇ **곳은길**

暗示性을 씌운 童詩로써의 價値를 優秀히 具備하엿다. 짜라서 그 表現方式에 잇서서도 그러하다. 此作에 依하건대 作者는 무엇보다도 着想이 筆致(表現)보담 나은 點이 잇다.

麗星, "『童謠詩人』 總評 - 六月號를 낡고 나서(三)", 『매일신보』, 1932.6.14.

◇ **달**　金聖道

極히 純情이 넘치는 童心을 얼마큼 表現식혓다. 그러나 作者는 旋律과 內心律에 좀 더 힘쓸 餘地가 잇다고 본다.

---

261 양춘석(梁春錫)의 필명이다.

◇ 종달새

作者는 퍽 洗練된 筆致를 가지고 잇다. 그러므로써 조금도 "종달새"라는 題材에 拘束 밧지 안코 至極히 平易하게 作者의 着想된 바를 남김업시 表現식혓다. 特히 形式의 轉變을 보여 준다. 後日 期待할 바 잇다고 생각한다.

◇ 솔개미 독수리 훠—이　김동선

作者는 想像컨댄 퍽 滋味스러운 頭腦의 所有者이라고 肯定한다. 여기에서 또 一種 유-모어를 發見할 수 잇다.

着想 筆致 그 어느 것을 勿論하고 거듭 論할 거리가 업다. 압흐로 더욱 桐船 獨特의 快作을 期待한다.

◇ 봄마지노래　七夕星

닑어 본 이는 먼첨 作者의 닉숙한 描寫法을 차저내엿슬 것이다. 果然 첫 字로부터 마즈막 字까지 아무 거리낌 업시 미끈히 나려간 얼핏 보면 平凡에 갓가운 感을 던저 주는 作品이면서 外的 表現에 잇서 얼마만큼 빗츨 씌운 産物이다.

◇ 총각과처녀　朴約書西[262]

表題를 보아 民謠가 아닌가?는 것을 直覺케 한다. 內容에 잇서서 諷刺的이며 表現 語調에 잇서서는 民謠에 갓가운 感을 준다. 아직 붓솟이 洗練되지 못하엿다. 더구나 말의 配置에 留意할 바 만타. 例를 들면 솟 行에 "불쌜나무 쌀이업서서 삭빨래하나"는 리즘도 업는 字數에 拘束된 配置이다.

◇ 아침해　姜龍律

어느 程度까지 솜씨가 洗練되엿다. 그러나 좀 더 童心으로써의 觀察力에나 旋律 內心律에 생각할 餘地가 잇다.

◇ 童詩 엄마참말인가요　狂波

神秘境을 몹시도 憧憬하는 童心이 잘 表現되엿다. 첫 節과 둘재 節의 各々 마지막 두 줄이 더욱 "憧憬"의 表現을 도드워 주엇다. 作者는 表現하려든 바 題材를 系統 잇게 잘 描寫하얏다.

262 '朴約書亞'의 오식이다.

◇ 봄밤　闞鳥

「봄밤」과 槪作 發表한 作品에 빗취워 보건댄 퍽 老練한 手法의 所有者이며 따라서 音數律의 弊害 無益 乃至는 도리혀 作品에 損失을 招來하는 것을 잘 理解하엿다고 본다. 反面으로 이 類를 排擊하는 한便 새로운 形式으로의 붓끗을 轉換식힌 作者이다. 「봄밤」에서도 가장 眞善美에 새 出發하야 兒童 本質的의 것을 兒童의 韻律로써 巧妙히 配置하여 노앗다.

麗星, "『童謠詩人』 總評－六月號를 낡고 나서(四)", 『매일신보』, 1932.6.15.

◇ 거즛말　金昌薰

一讀하여 보면 너무 字數律에 苦心한 끗헤 結局은 未練한 말의 配置만 하여 노앗다. 取材에도 考慮할 餘地가 잇슬 뿐 아니라 어느 限度까지에서는 抽象的 結果가 有益이 업다는 것을 알어야 한다. 卽 이 거즛말 一篇이 그에 조흔 例이라고 본다. 압흐로 用心 習作 한다면 現在의 手法으로 보아 期待되는 바 잇다.

◇ 극장少女　梁佳彬

좀 지나치게 冷情히 쓰더본다면 所謂 너무 抽象的이다. 終末에 씨운 대로 본다면 － 金千代座에서 － 라는 末句가 쓰여 잇슴으로 實狀 그대로를 가저다 써 노은 줄노 알 것이나 賢明한 頭腦의 所有者로써는 뉘나 前記 抽象的에서 쓰여젓다는 것을 알어볼 수 잇다.

◇ 쓱북새　金大昌

七五調로써 놀나운 手法을 보여준다. 着想과 表現이 美妙한 點, 童謠作者로써의 레벨에 갓가워젓슴을 알 수 잇다. 抽象的인 듯하나 가장 寫實的이다. 七五調로써의 말의 配置에 老練하엿슬 뿐 아니라 그 말의 마듸는 다 收縮을 精巧히 함에 조금도 旋律的 作用에 妨害를 주지 안엇다.

◇ **日曜日散步** 趙重億

題材부터 아나크로니즘的 感이 濃厚하다. 七五調로써 唱歌調의 童歌이다. 이른바 新體詩式 字數律에 依한 말의 陳列뿐이다. 아프로 方向을 곳치어 좀 더 眞正한 童心에서 充溢된 作品을 보여 주기 바란다.

◇ **달짜러가자 별짜러가자** 兪觀柱

作者는 얼마큼 달어진 붓끗을 움직여 썻다. 말하자면 像想力이[263] 豊富하다고 본다. 짜라 表現力은 말할 必要조차 업다.

◇ **봄** 김대생

童謠로서의 價値는 말하기 어렵다. 童詩로서나 內容이 너무 複雜한 感이 잇서서 讀者의게 어수선한 맛을 준다. 아직 더 꾸준히 習作이 必要하겟다.

◇ **夜學의노래** 崔靑龍

童謠라기보담도 童歌로서의 價値는 잇다. 리즘이 强한 것을 보아 曲調를 붓처 불으면 매우 힘이 잇스리라.

◇ **봄비개인뒤** 鄕蒼波

새로운 形式에서의 퍽 熟練되엿다. 거츨지 안은 描寫에 觀察力이 强하다. 그러나 마그막 節의 "젼원에"의 "봄비에세례밧은 모든물건이"에서부터는 리즘이 어색할 쑨 아니라 筆致도 突變한 것 갓다. 좀 더 系統이 발넛스면 한다.

麗星, "『童謠詩人』 總評 — 六月號를 닑고 나서(五)", 『매일신보』, 1932.6.16.

◇ **고개넘기** 金大鳳

作者의 童謠는 언제 보나 獨唱的 形式을 밟고 잇다. 「고개넘기」에서 亦

263 '想像力이'의 오식이다.

是 該 手法과 內容을 보여 주엇다. 旋律에 自由스러운 點에 反하야 한번 불너 보아 作品과의 親해지는 感이 잇다.

◇ 五月　高삼열

첫눈에는 小曲 風이 넘처흐르는 作品이나 우리는 이것을 單純이 小曲으로 알어서는 안될 것이다. 現 朝鮮童謠의 큰 缺點인 韻律을 버서나 가장 未來性의 形式을 갓춘 作品이라고 웨치고 십다. 作者는 가튼 말을 가지고도 그 配置의 才能을 가진 분이다.

◇ 어린강아지　田花浩

取材 말의 配置 等이 아직도 서투른 感이 잇다. 좀 더 力作을 내엿스면 한다.

◇ 버들색시　金田澤

作者의 筆致는 퍽 洗練되엿다. 그러나 取材에 그리 關心치 안은 것을 發見할 수 잇다. 이 手法으로 取材에 좀 더 留意하엿스면 確實히 佳作을 내이겟다.

◇ 자장노래　韓永錫

表現하려는 바를 比較的 充分히 表現식힌 作이다. 一見 平凡한 取材인 듯하면서도 其實은 힘드린 取材이다.

◇ 저근별　鄭璃采

表現이 滿足지 못하다. 더구나 말의 配置에도 空然히 애쓴 作이다. 좀 더 習作이 必要하다고 본다.

◇ 글쓸는봄[264]　金仁

抽象的인 듯하나 實狀 그러치 안타. 作者의 觀察이 銳敏한 붓끗으로 잘 그리여짐에 「글쓰는봄」의 眞價가 나타난다. 끈임업시 力作을 보여 주기를 바란다.

◇ 졸고잇다가　青竹

取材가 一見 相當한 듯하나 內容이 空虛한 感이 업지 안타. 다시 말하면

264 '글쓰는봄'의 오식이다.

이 노래를 불으는 讀者에게 아모 特異한 感覺도 주지 못한다는 말이다. 取材에 조금 더 힘드렷스면 조흔 結果를 보여 주겟다.

◇ 봄　朴英善

七五調로써 比較的 리즘이 조타. 取材 亦 그러코. 얼마큼 洗練된 筆致이라고 본다. 바라건댄 꾸준히 獨創的 氣勢로 나가기를 바란다.

麗星, "『童謠詩人』 總評－六月號를 닑고 나서(六)", 『매일신보』, 1932.6.17.

◇ **배ㅅ노래**　金庭植

읽는 사람 自身도 몰으게 거듭 읽어진다. 더구나 말의 配置에 妙한 才能을 가젓다. 總括的으로 말한다면 다른 作品에서도 말하엿거니와 兒童들에게 記憶되기 쉬운 말로써 어린이의 本質的의 것을 韻律 그대로 表現한 力作이다. 小節 끗마다 "에이야－에이야－"는 全章의 리즘을 북도다 주엇다. 作家로서의 레벨에 達할 날이 머지 안엇다. 꾸준이만 ——

◇ 봄바람불면　봄바람

內容이 抽象的이다. 말하자면 "흔히 보는" 取材에 手法이 식원치 안은 關係인지 끗까지 읽을 만한 力을 가지지 못한 作이다. 더구나 系統이 바르지 못하다.

◇ 꿈　國星

作者는 너무나 크게 缺點을 만들어 노앗다. 取材와 筆致는 何如間에 도모지 系統이 서지 안엇다. 좀 더 習作이 必要하다.

◇ 봄　金抱白[265]

童詩로써의 價値가 잇다. 老鍊된 筆致로써 무엇보다도 백 퍼센트의 描寫

---

265 '金抱白'은 김대봉(金大鳳)의 필명이다.

法을 發揮하엿다. 單只 作者에게 바라는 것은 어느 程度까지에는 地方語(사투리)를 삼가는 것이다. 왜? 노래를 부르는 사람으로써 "말"의 어색함을 더러 주기 爲하야서이다.

◇ 판수　羅基洙

散文式 童詩이다. 아직 그다지 洗練되지 못한 筆致이다. 前 作者에게도 付托하엿거니와 사투리에 注意를 바란다. "아이들이 허하々 송아멕에요" 等이 그 한 例이다. 한 가지 더 附言하는 바는 童謠에는 地方語를 씀은 十中八九는 傳來童謠에 限하는 것이다. 그러타고 새로 짓는 童謠에는 쓰지 못하느냐 하면 그런 것도 아니다. 그때에는 取材나 構想을 地方 獨特의 것으로 하고 따라서 그 地方語 그대로를 配置식혀도 조흔 것이다. 平常時에는 標準語를 써야 有利하다는 點을 니저서는 안 될 것이다.

◇ 개고리부부　高堂

一種 유모어를 씌인 作品이다. 作者는 이 一篇을 새로운 形式에서 조금도 붓을 멈추지 안코 씃까지 죽— 내려쓴 感이 잇다. 따라서 리즘이 조타. 經章만을 紹介한다.

오는가을 남산못에서
개구리 운동대회때
두부부가 일등하랴고
미리붓터 연습한다오

◇ 봄비　沈東燮

作者의 表現하려는 바가 不足 업시 表現되엿다. 쉽게 말하면 "봄비"를 잘 描寫하여 노앗다. 더구나 "말"의 配置가 조타.

◇ 밤하늘　曹禎昌

擬人體的 童謠이다. 유모어를 包含한 作品으로써 筆致 及 取材가 고읍다.

◇ 새싹　金孤星

洗練된 솜씨에서 쓰여진 作品이다. 着想에 對하야 더욱 그러하다.

盧良根, "『어린이』 雜誌 半年間 少年小說 總評", 『어린이』, 1932년 6월호.

머릿말

독자 제군은 『어린이』 二月호 지상에서 筆者의 『어린이』 신년호 少年小說 總評[266]을 낡은 긔역이 혹 남엇스리라. 그런데 필자가 무슨 評家라고 평필을 들엇든 것도 아니오 그럿치 안으면 무슨 다른 소년문예가들보다 체게(體系) 잇는 작가를 일우엇다는 자만적 우월감으로 평필을 잡엇든 것도 결코 아니엿섯다.

다만 비평이 업는 곳에 진전이 업고 진전치 못하는 때에 퇴보(退步)가 잇슬 뿐임을 통감하야 마지안엇슬 뿐만 아니라 조선의 문단이 잇다 하면 소년문학운동도 한 부문(部門)을 차지하고 잇는 것이 사실임에도 불구하고 조선문단 전체의 압길을 위하야 예리(銳利)한 평필(評筆)을 드는 평가다운 평가가 별로 업는 것과 마찬가지로 소년문예운동의 엄연한 존재가 움즉이고 잇건만 거긔 대하야 별로 관심(關心)하는 사람이 업슴에 따라서 날마다 쏘다저 나오는 소년문예작품들의 장래가 어쩌게 될가? — 하는 분에 넘치는 걱정의 남아지 감히 서투른 평필을 들어 『어린이』 二月호 지상에 수언(數言)을 비(費)하얏든 것이다.

하여간 『어린이』 二月호 지상에서 白世哲[267] 先生의 『어린이』 지의 신년호 동요(童謠) 시평(詩評)[268]과 함께 필자의 『어린이』 지 신년호 소년소설평이 잇슨 이후 반년(半年)이 지나도록 그대로 누가 혹 평필을 들지나 안나

---

266 노양근(盧良根)의 「어린이 新年號 少年小說 評」(『어린이』, 1932년 2월호)를 가리킨다.

267 평론가 백철(白鐵)의 본명이다. 『조선신문학사조사』(수선사, 1947; 현대편: 백양당, 1949), 『국문학전사』(李秉岐 공저; 신구문화사, 1957), 『문학의 개조』(신구문화사, 1959) 등의 저서가 있다.

268 백세철(白世哲)의 「新春 少年文藝 總評-便宜上 『어린이』誌의 童詩・童謠에 限함」(『어린이』, 1932년 2월호)을 가리킨다.

하고 매월 고대하고 잇건마는(이상 38쪽) 아직까지 동요거나 소설이거나 긔타에 대하거나 간에 일편(一片)의 평문(評文)을 발견치 못하야 적이 실망하는 한편 또다시 아무 알미 업는 필자가 표제(表題)와 가튼 제하에 이 붓을 잡게 된 것임으로 독자 제군은 량해하야 주기 바란다.

소년문예라 하면 비단 소년소설에 한한 것만은 아니오 동요 동시 소년시 동극 동화 등이 다— 이 부문에 든 것이겟스나 필자 한 사람으로서는 이 모든 방면에 힘이 미치지 못할 것이 사실인 만큼 다만 편의상(便宜上) 소년소설에만 한하야 소위 평필을 잡어 보기로 하엿다. 또한 방금 조선에 발행되는 소년 잡지가 『어린이』만 잇는 것은 아니지만 다른 잡지들이 불행이 필자의 수중(手中)에 호를 따라 순서(順序)로 가추어 가지지 못하얏기 때문에 이것 역시 편의상 『어린이』 지의 약 반년 간의 매월 발표된 소년소설에만 한하야 평을 써 보기로 한 것이다.

그러나 반년 간이라 하야도 기실은 신년호 소설 오 편(五篇)은 二月호 지상에서 임이 필자가 평이라고 하얏스니 一, 三, 四, 五月의 남저지 半年 간의 소설 총평이라고박게 업는 것을 또한 미리 읽어 주기 바란다.

「苦鬪」 朴裕重 作 (二月號)

「苦鬪」라는 제목이 눈을 크게 뜨게 하얏다. 그러나 내용을 읽어 보니 다만 지리한 느낌만 일어날 뿐이오 별로 主人公 '두환'이가 이러타 할 무슨 "苦鬪"를 한 것 갓지는 안엇다.

苦鬪—하면 벌서 악전고투를 련상케 되는데 무엇이 '두환'이가 고투한 것인지 모르겟다. 그 어머니가 병이 들자 그 치료비가 빗이 되여 얼마 안 되는 가대(家垈)와 전장(田庄)을 팔어 가지고 게다가 홧김에 술 먹고 잡기하야 '룸펜'이 된 아버지가 정처업시 다라난 후에 두환은 일가ㅅ집에 가 잇스면서 作者의 말과 가치 "오! 엄마 나를 어서 재워 주세요. 나의 귀에 자장가를 들녀주세요 네!" 이러케 세 살 먹이 어린애말 가튼 소리를 하면서 "구슬가튼 눈물이 보드러운 뺨을 스치고 벼개에 써러지군 하엿다"는 '두환'이가 무엇을 고투하얏다는 말인가?

그리고 作者는 다만 '두환'의 어머니가 병이(이상 39쪽) 난 것만이 '두환'의 집이 파산한 원인으로 말햇슬 쑨이오 그 어머니가 어찌하야 병이 나게 되엿고 더욱이 본시부터 빗을 지지 안으면 안 될 심각(深刻)한 리유는 몰낫든가. 또한 두환의 아버지는 술 먹고 잡기하야 얼마씀 스스로 '룸펜' 되기를 재촉하지 안엇는가? 자긔 생활이 곤난하야 간다고 자포자기(自暴自棄)하는 짜위의 사람들에게서 우리는 조금도 바랄 것 업고 오히려 침 뱃고 십다. 그것쑨이랴— 이 作品은 전후통일(前後統一)이 잘된 것 갓지 안타. 두환의 이복형(異腹兄) 승환이는 어듸서 밋도 씃도 업시 쒸여나온 사람인지 도모지 알 수 업다. 그 안해가 죽자 정처업시 써난 두환의 아버지가 어느 틈에 또 장가를 가서 난 아들인지 누군지 알 수 업다. 하여간 '승환'이가 日本을 가서 돈을 얼마나 벌엇는지는 몰으나 일가ㅅ집 박참봉에게까지 보낼 돈이 잇섯는지도 모르겟고 설사 보낼 돈이 잇서 보냇다 하야도 나종에 日本으로부터 승환이가 도라와 장가를 간 후에는 박참봉에게 맛기워둔 돈으로 이복동생 '두환'이가 보통학교 다님에도 불구하고 그대로 다 차저 가지고 다시 日本으로 건너갓든 승환이가 또다시 도라왓슬 제는 두환의 총명함과 재조에 감탄하고 전일의 자긔의 잘못을 후회하얏다니 그동안의 승환의 마음이 그리도 쉬히 변하얏슬가? 더욱이 두환이를 위하야 자긔 안해와 리혼 문제(離婚問題)를 일으키기까지란 승환이가 두환이 학교 다니는 것을 중지(中止)하도록 잇는 돈을 죄다 차저 가지고 갓스리라고는 생각되지 안는다. 하여간 두환이의 고투를 말함이면 거진 '제로'요 그 아버지의 고투를 말함이면 그 역 자포자기의 가련한 한낫 '룸펜'임이 틀림업다. 作者는 무엇을 가르처서 '苦鬪'라 제목하엿는가? 두환이는 다만 흔히 볼 수 잇는 어려운 집 애들과 가치 그저 형편 되는대로 工夫할 형편이면 工夫하고 남의 집에 심부름하는 형편이면 심부름하면서 한갓 죽은 어머니를 그리워하며 울거나 '룸펜'인 아버지에게 옷이 써러젓스니 월사금을 내여야 겟스니 편지나 하고 한 이것을 가르처 作者는 「苦鬪」라 하엿는가? 씃헤 가서 덥허노코 "그는 지금에는 고해(苦海)에서 헤매고 잇스나 나종엔 반드시 어쩌한 곤경과 환경에 다닥치드래도 척척 제치고 압흐로 쑥쑥 나아갈 용감(이상 40쪽)한 우리의 일꾼이 될 것이다" 한 것은 무엇을 의미함이며 무엇을 보아서 두환이가 그리 되리라는 것인지 알 수 업다. 긔교(技巧)로도 서투르고 더구나 내용으로 전편(全篇)이 어울리지 안코 거칠다.

무엇보다도 「苦鬪」라는 조흔 제목을 가지고도 좀 독자에게 심각한 느낌을 주지 못함이 섭섭하다. 제목은 조타. 「苦鬪」 — 그러타. 우리는 악전고투치 안으면 그야말로 우리의 압헤 빗날 날이 빗치지 못할 것이다.

「아는대까지」 桂潤集 作 (三月號)

보통학교 四학년인 '병석'이가 자긔가 학교에 바칠 수업료(授業料)를 야학생들의 열필과[269] 잡긔장을 사 주어 가면서 자긔 "아는 데까지" 동리 문맹아동(文盲兒童)들을 위하야 밤 깁도록 힘쓰고 애썻다. 그것뿐이랴. 수업료 때문에 학교에 가서는 교장에게 빰까지 마젓다. 그리하야 결국은 모든 것을 설파(說破)하야 빰을 치든 교장과 가튼 先生들이 감복하야 도로혀 수업료를 대신 물고 先生들은 야학생들 연필 사 주라고 돈을 주엇다.

主人公 '秉石'의 큰 뜻 희생적 노력(犧牲的 努力)이 아조 산뜻하게 들어나 보인다. 전편이 짤으면서도 독자에게 깁흔 느낌을 주는 조흔 作品이다. 어대 한곳 흠잡을 데 업는 미끈한 作品이다. 아니 얼마큼 무긔력(無氣力)한 사람들에게 힘을 길너 주는 作品이다. 아하— 나 "아는 데까지"만이라도 남을 위하야 힘쓰는 '秉石'이 가튼 사람이 만이 나와 준다면 — 그야말로 얼마나 깁븐 일이며 참된 일이랴—

다만 한 가지 인제 겨우 보통학교 四학년인 '秉石'이가 어데서 그런 힘과 생각이 낫슬가 하는 것을? 밝히지 안엇슴이 失手라 할가?

「月謝金」 李元亨 作 (三月號)

월사금 때문에 가난한 농촌의 소학생들이 거지반 다— 경험하는 쓰린 현상을 그대로 그린 作品이다. '永鎬'가 남의 山에 가서 가진 모욕을 다 당하며 사흘이나 락엽(落葉)을 글거서 하로에 몃 번씩 十里나 되는 멀고 먼 읍내(邑內) 장에 가서 팔아다가 한 푼 두 푼 모아서 궤짝 속에 너어 둔 것(이상 41쪽)을 그 아버지가 읍내 지주의 텃세(稅) 독촉 때문에 그만 永鎬

269 '연필과'의 오식이다.

의 피와 땀으로 마련한 돈 一원을 쓰내 썻다는 데는 비참한 농촌의 실정을 얼마씀 수긍(首肯)케 하는 바가 잇스나 그러타고 그 아들의 피땀 엉킨 돈 더구나 사흘씩 학교를 결석하면서까지 마련한 돈까지 몰내 쓰내서 지주에게 바첫다는 것은 도로혀 얄구진 생각은 날지언정 그리 감심할 수는 업는 作品이다. 한 개의 사실을 그리엿슬 쑨이오 별로 이러타 할 것이 업는 평범(平凡)한 作品이다. 월사금 째문에 고통을 밧는 사람이 어찌 '永鎬' 한 사람 쑨이랴? 또 이런 作品을 읽음으로 독자들의 힘 날 것이 무엇이냐?

요컨대 힘찬 作品, 살아 움즉이는 作品을 읽고 십다.

「어머니」　金重坤 作 (四月號)

'순일'이의 어머니를 통하야 "우리들의 어머니는 새 압날의 씩씩한 일꾼을 비저내느라고 밤잠도 평안이 자지 못하고 맛난 음식도 못 먹으면서 노동과 가난에 시달니건만 그러나 양초가치 누―런 백금가치 하얀 말숙한 어머니들보다는 힘도 세고 마음도 굿센 어머니"라는 것을 력설코저 한 것이 이 作의 골자(骨子)다.

종시일관(終始一貫)으로 '순일'이의 어머니의 굿센 의지(意志) 힘찬 동작(動作)이 굼틀거려 독자에게 얼마큼 무슨 암시(暗示)를 보여 주는 조흔 作이다. 그러나 여기에도 다소 作者가 부주의한 것이 잇서 조금 자연(自然)스럽지 못한 것을 발견할 수가 잇다. 오늘날 조선의 투사(鬪士)들의 어머니가 얼마씀 투쟁의식(鬪爭意識)을 가지고 잇는 것만은 사실이라 할지라도 作者는 아무리 "건전한 포부 쑤렷한 희망에 뛰노는 무쇠 가튼 심장―을 가진 '순일'의 형님이 어머니의 압헤서 세상 형편을 이약이하며 미신타파(迷信打破)를 부르지즈며 『어머니』[270]라는 외국문호(文豪)의 소설을 읽어 어머니의 사명을 잘― 인식식히엿다"고 말하엿지만 시골의 한 농부의

270 막심 고리키(Maksim Gor'kii, 1868~1936)의 『어머니(Mat')』(1906)를 가리킨다. 러시아 사회민주노동당의 부탁을 받고 당의 활동과 러시아 혁명 자금 조달을 위해 미국에 있을 때 탈고한 작품이다. 평범하고 인종적인 삶을 살아가던 어머니가 아들 빠벨과 그의 동지들을 후원하면서 점차 그들과 같은 여성 혁명가로 변모한다. 당시 러시아의 정치적 상황과 고리키의 사회의식을 잘 표현한 작품으로 평가되고 있다.

안해로써 그러케 해박한 지식과 새롭고 씩씩한 투쟁의식도 가젓스리라고는 좀 수긍(首肯)키 어려운 점이 잇는 것이 사실이 아닌가? 더욱이 '순일'이의 어머니의 말이 너무 참말 "文字"식이오 순박한 촌부인의 말씨가 아니기 때문에 부자연한 감을 가지게(이상 42쪽) 되는 것이다. 그 남편과의 대화중(對話 中)

"이 땅의 이들로서는 할 수 업는 체험"이라고 말한 것이라든지 '순일'이와 대화 중 "인식"이니 "역경의 마루턱"이니 "가난 속에서 헤염질 첫다" "과학"이니 하는 것들이 그 호례(好例)가 되겟다. 그러나 이것은 한 조고만 부주의 때문에 그 어머니의 말이 너무 "술어적"(術語的)으로 되엿슬 뿐이지 —— 그러치만 안코 좀 더 순박한 촌부인의 말씨로써 "씩씩한 일꾼을 기르는 뜻"을 표현(表現)하엿스면 필자는 서슴지 안코 요지음의 少年소설 중의 快作의 하나라고 하고 십다. 또 하나 부주의한 것을 말하자면

"흥! 어머니! 우리들의 어머니!는 아직 의식적으로는 성이 나시지 못한 어머니들은…" 이라고 몃 번이나 되푸리하다가 동무의 집으로 갓다가 돌아오는 '순일'이가 "부엉"이 우는 소리를 듯고 독갑이나 만난 것처럼 곤두박질하여 대문을 뛰여든 것이다. 참말 그런 겁쟁이라면 "우리들의 어머니는 의식적으로 성이 나지 못하얏느니" 어쩌니 멧 번이나 되푸리할 생각이나 가지고 잇설슬는지가 의문이다. 더욱이 전편(全篇)이 '순일'이의 독백(獨白)으로 된 만큼 '순일'이는 적어도 참말 어린 의식을 가지고 잇고 적어도 씩씩한 少年 투사이리라는 것이 어쩐지도 모르게 독자의 머리에 인식케 하는 것이 사실이 아닌가? 또 그리고 "독갑이" 타령은 벌서 그야말로 녯날이야기다. 지금의 作者의 이 作品을 닑는 독자로서 누가 "부엉이" 소리를 듯고 "독갑이"라고 벌벌 떨고 잇슬 못난이가 세상에 어듸 잇겟는가?

하여간 作者의 씩씩한 붓끗에 만흔 긔대(期待)를 갓는다. 선(線)이 크고 굵다. 압흐로 더욱 분투하라.(이상 43쪽)

盧良根, “『어린이』雜誌 半年間 少年小說 總評(續)”, 『어린이』, 1932년 7월호.

「횃불」 金重坤 作(三月號)

제목이 보여 주는 바와 갓치 “횃불”처럼 씩씩하고 용쾌(勇快)한 작품이 되라는 기대를 가지고 닑엇스나 다소 실망하지 안을 수 업섯다.

“농촌에서 자작농으로 지내는 사람의 한아버지가 ‘남부럽지 안케 사다리 층게 가튼 학해시대를 마치고 명예스러우며 황금의 대장(대상! 評者)인 신사다운 청년으로 만들녀는’ 꿈갓치 아름다운 생각으로 그 아들 ‘효규’를 보통학교에 입학식히여 六년이란 세월을 걸녀 졸업을 식엿다. 그러나 作者의 말과 갓치 ‘호화롭든 집이 파산을 당한 후에는 유학이란 말이 그림 속의 떡이나 마찬가지’가 되어 번민하엿다. 그리하여 獨學으로 린컨 나폴네온 이등박문(흥! 이등박문도 위인이든가? 評者－) 등등의 위인이 되고저 ‘백과전서’와 중학강의록 등을 주문해다가 공부를 해보앗스나 역시 락망이오 한탄쁜이엿다. 그리다가 석 달 후쯤 어느 곳에 놀너 다니면서 올흔 것을 만이 배우고 조흔 책을 어더다 읽게 되엿다. 그로부터 그는 힘세인 ‘리지적’ 인물이 되어 자기의 나아갈 길로 나아가는 사람이 되엿다”는 것이 이 作의 내용이다. 그래서 作者는 그 책을 가르처 “이 책이야말로 효규 군의 둘도 업는 보배가 아닌가? 「횃불」이 아닌가” 하고 말하얏다. 그러나 독자는 作者가 더펴노코 조흔 책이니 이 책이야말로 횃불이니 한대도 무슨 책을 가르처 하는 말인지 모르고 말 것이 아닌가? 또한 올흔 것을 만이 배왓다니 올흔 것은 무엇을 가르처 한 말인가? 결국 作者는 이 作品에서 어써한 무엇을 暗示하려고 한 것 갓흐나 成功한 作品이 되지 못한다. 그리고 이 作者에게서 間間히 發見할 수 잇는 失手가 이 作品에서도 발견할 수가 잇다. 농촌에서 자작농쯤이나 하든 효규네가 무엇이 그리 “호화”로웟겟기에 “호화롭든 집”이라고 한 것과 쏘 호화롭든 집이면 불과 五六년 동안에 웨 파산을 하엿다는 것도 말치 안엇고 “십짜 길 우에서 흔들거리는 초ㅅ불”이라고 한 것이나 “어두운 누릿속에 파무치운 밤길”이라고 한 것 갓흔 것은 너무 과장적이며 실감이 업는 “알마즌 형용사”(作(이상 38쪽)者가 쓴 말 =評者=)커녕 그야말로 형용사(形容詞)의 람용(濫用)이다. 作者는 이런데 多少 주의함이 어썰가? 이 作의 末尾 九行이 略이 되엿스나 發表된 것만으로도 내용을 넉넉히 엿볼 수가 잇다. 「횃불」이라는 뚜렷하고 큰 제목에 比해서는 내용이 너무 동이 써러진다. 제목과 내용이 꼭 一致되란 법은 업겟지만 너무 내용과 제목의 거리가 멀면 독자에게 깁흔 印象을 주지 못하는 것이다.

「卒業日」 黃順元 作 (四月號)

“五十이 넘은 ‘길순’의 어머니는 오직 ‘길순’의 장내를 위하야 모든 괴로움과 쓺음을 참어 가면서 精米所에 다니여 ‘어머니의 고생하심을 생각하고 학교를 고만 두겟다’고싸지 하는 ‘길순’이를 激勵하면서 끗끗내 ‘길순’이를 普通學校 卒業을 식엿다. ‘길순’이 亦是 新聞을 配達하면서 ‘어써케 하면 남갓치 잘 살어 어머니를 평안케 하나? 學校를 卒業한 담엔 무엇을 할가?’ 하는 생각을 가지고 꾸준히 努力하는 가운데 卒業을 하엿다. 그러나 ‘길순’이가 卒業한 날—六年 동안이나 한 장의 卒業장을 바라고 애쓴 길순이와 그 어머니—맛당히 깃버하여야 하고 즐거워하여야 할 그들 母子는 눈물을 흘니지 안으면 안 되엿다. 그날 남들은 고은 옷에 배불리 먹고 조아하건만 이 母子는 이날 아츰 저녁을 굶은 채로 잇섯든 것이다. 이런 現象에서 쓰린 맛을 보는 者가 어찌 이 ‘길순’의 母子뿐이랴? 그러타. 한갓 주리고 안저서 눈물만 흘니고 잇는 여기싸지만 作者가 말하엿다면 그 亦是 한 個의 悲慘한 事實을 그대로 그린 作品에 지나지 못하엿슬 거시다. 그러나 作者는 이 作品의 生命을 살니는 ‘힘’을 結末지여 주엇기 째문에 이 作品은 산 作品이 된 것이다.”

보라—

“오늘도 굶고 來日도 모레도 주림! 그러면 우리는 죽는 날싸지 주려야 하나? ‘길순’이의 주먹은 바사질 듯이 단단히 쥐여젓고 두 눈은 점점 불게 타올랏다.”

“아니다. 우리라고 굶어 죽으라는 법이 잇나.” 길순이는 힘차게 부르짓자

"무슨 결심이나 한 듯이 벌덕 이러낫다"고 作者는 부르지젓다. 이 點이 貧困해 허덕이는 사람들을 갓흔 題材로 取하엿스면서도 한 개의 悲慘한 事實을 事實 그대로 쓴 '李元亨' 作 「同情金」보다 優秀한 點을 보여 주는 것이다. 아무리 주림과 侮辱, 쏘한 暗黑한 前程이 압을 막을지라도 그만 自暴自棄하는 사람이 되지 안코 生活戰線 第一線에 씩씩이 나서 싸오려는 '길순'이가 얼마나 씩씩하며 힘차 보이느냐? 미덤성이 잇느냐? 아니 그보다는 作者의 붓끗이 最絶頂에 가서 날카롭게 作品을 살녀 노은 데 敬意를 表한다. 어느 程度까지 成功한 作品이라고 말하고 십다.

길순의 '어머니'가 쏘한 '金重坤' 作 「어머니」의 '순일'이의 어머니와 갓치 얼마큼 씩씩한 싸홈꾼(압날의 幸福한 삶을 爲한)을 길너 낸 어머니 中에 한 사람이 아닐가? 이 「卒業日」의 적은 흠이 잇다면 '길순'의 집안 形便에 對해서 어찌하야 母子만 살아가게 되엿는가를 간단하게나마 들어내지 안은 것이라고나 할가?

「새빛」 鄭興弼 作 (四月號) (이상 39쪽)

普通學校를 卒業(간신히)한 '명식'이가 朝飯夕粥도 못하는 生活難이 病이 되여 알어 누은 그 아버지와 쏘한 온 집안을 爲하야 쌀가마니를 저다주고 품싹을 벌어온다. 눈 오는 날은 집에서 신을 삼는다. 쏘 좀 틈 잇스면 白菜를 장에 갓다 판다 하야 그야말로 "生"을 爲하야 "苦鬪"하는 것이 作의 內容이다. '朴裕重' 作 「苦鬪」의 題를 쩨여다가 차라리 이 作品의 題를 삼앗스면 조흘가 한다.

그러나 이 作品 亦是 「새빗」이란 題의 意味가 무엇을 말함인지 잘 알 수 업다. 명식이가 장에서 白菜를 팔너 다니다가 同窓生이든 '영화'와 마조치자 얼은얼은 하는 세루 양복에 ××중학교 모표를 단 모자를 쓴 '영화'가 본체만체 시침이를 싹 째고 지나가 버리든 것을 "흘겨보는 그의 눈에는 줄기찬 빗"이 넘처흘넛다 ― 는 그것을 가르처 作者는 "새빗"이라 하엿는가? "때 무든 책 하나를 힘 잇게 쥔 것"에서 "새빗"이 나리란 말인가? "새빗"이라니 ― 무엇을 意味함인지 알 수 업다. '명식'의 끈힘업는 活動엔 感服한다.

「更生」 李東雨 作 (四月號)

平和스러운 樂園인 農村에서 자라난 '도영'이는 닥처오는 "검은 그림자" 때문에 집안이 亡해버리자 釜山 어쩐 紡織會社에 들어갓다는 것이 이 作의 內容이다.』

이 作品 亦是 '鄭興弼' 作 「새빗」에서 가진 不滿을 갓게 된다. 왜냐? 하면 「새빗」 「更生」이 두 篇이 모다 얼마큼 讀者의 마음을 쓰으는 生氣 잇는 조흔 題를 내여걸엇슴에 比하야 그 內容이 別로 題目과 어울니여 맛는 것이 아니기 째문이다.

「火田의 序曲」 金重坤 作 (五月號)

火田 地帶의 한 序曲인 데다가 더구나 끗나지 안엇다는 作者의 附記가 부텃기 구태여 評을 하고 십지도 안치만 무엇보다도 빨간 줄을 마진 略行數가 만어서 內容을 투철히 알 수 업슴이 유감이다. 그럿타고 誌上에 나타난 것만 가지고도 령리한 讀者들은 벌서 이 作品의 속에 흐르는 精神을 늙엇스리라.

"감자 닷섬"과 딸 子息과 바꾸어 먹는 봉남이네의 압날이 장차 어찌 展開되려는고? 何如間 한 事實을 그대로 쓴 作品에 不過한 듯십다.

「아버지의 미소」 梁佳彬 (五月號)

씩씩한 作이다. "어데까지든지 배워야 한다. 못 배우는 사람갓치 불행한 사람은 업는 것이다" 하는 생각으로 '양첨지'는 자기는 늙어 엇절 수 업지만 자라나는 자긔 자(이상 40쪽)식의 압길을 위하야는 어쩌한 努力과 悲慘한 犧牲도 두려워하거나 무서워하지 안는 데는 참으로 그들보다 구든 精神에 讀者의 주먹을 쥐게 된다. 이 갓흔 정신을 가지고 온 괴로움과 고통도 다 견듸고 참어 가면서 장내 피여나는 후생들을 위하야 줄기찬 노력과 끈기 잇는 인내로써 자기 몸을 히생하다십히 하는 어버지가 어찌 '춘석'이의 아버지 '양첨지' 한 사람뿐이랴마는 — 그래도 어쩐지 이 作者가 보혀 준 양 첨지는 한층 더 힘찬 사람임을 알 수 잇다.

남이 다 — 위험하다고 안이 하고 버리는 것을 '다이나마이트'로 바윗돌 깨트리는 일(남포질)을 하야 자식을 상급학교에 보내려고 하다가 필경 어느 날 잘못하야 터지는 바윗돌에 다리를 마저 넘어젓다. 그날이 '춘석'이의 졸업 날이건만— 다른 父兄들은 다 自己 子息과 아우들과 함께 學校에 깃븐 낫으로 갓건만 양 첨지는 工事場에 가서 짜이나마이트 破片을 맛고 쓰러젓다. 얼마나 悲慘한 對照이냐? 그것뿐이랴? '춘석'이는 失心하야 式場에 막— 드러가려고 할 째 그 아버지— 自己를 爲하야 목숨을 내노코 工事場에서 일하시든 그 아버지의 悲報를 接하고 졸업이 다 무어냐? 허둥지둥 달녀갓다. 쓰러진 그 아버지를 쓰러안고 우는 場面에는 무지한 什長도 울엇다. 病院에 누은 양 첨지는 신음하면서도 오직 '춘석'이의 將來를 생각할 뿐이엿다. 이째! 춘석이는 "아버지 저는 인제부터는 팔을 것고 일하렵니다. 그리고 밤이면 우리가 요구하는 것을 배와 주고 우리들의 설은 사정을 위로하여 주는 그리고 월사금보다도 학비라고는 한 푼도 내지 안는 農民組合 夜學部 中等科에 가서 배우렵니다. 열심히 배우고 열심히 할 째 아버지의 말슴보다 더 큰 성공이 올 것입니다. 아버지!"

부르짓는다. 아니 作者는 힘차게 부르짓는다. 양 첨지는 이 말을 듯고 무거운 고개를 씃덕이며 춘석의 불타는 손을 쥔 채 한 업든 미소가 써오르며 자는 듯이 눈을 감엇다. 얼마나 高貴하고 숭엄한 아버지의 미소냐. 作者의 힘찬 붓이 처음부터 씃까지 꿈틀거린다. 처음 對하는 作者이건만은 期待를 갖는다. '鄭興弼' 作 「새빗」이란 題를 이 作에 씨워 주엇스면 오히려 生光일 것 갓다.

「가물」 李東雨 作 (六月號)

농촌의 가난한 사람들의 一분자인 삼쇠와 그 아버지는 가물! 가물 째문에 바작바작 타드러 가는 논바닥에 노라케 — 말느는 모포기에 물을 길어 준다.

번번히 먹지도 못하는 몸들이 새벽부터 논에 나가서 해가 저야 집에 온다. 그리다가 필경 그 아버지가 과도한 노동으로 인하야 병으로 신음하게 되니 그 어머니가 쏘한 삼쇠와 함께 논에 나가(그 아버지는 찌는 듯한 토방에 혼자 누인 채) 하늘을 처다보며 부르지즈며 하로 종일 물을 푸지 안으면 안 되엿섯다. 그러나 그들도 마츰내는 "아이구 아이구" 하고 신음을 하고야 말게 되엿다. 그런데 그째에 — 바로 삼쇠네 세 식구가 신음하던 그 밤에!

아ㅡ 비! 비ㅡ가 쏘다젓다. 작고 쏘다젓다.

농촌 사람들의 애타는 실정을 여실히 그린 한 산뜻한 '스케취'일 쑨이다. 역시 評者가 부르짓는 바 "힘"은 여기에 차즐 수 업다. "묘사"는 매우 능하다.

「츩뿌리 캐는 무리들」 **盧良根 作 (六月號)**

이것은 筆者의 作品이기 구태여 評을 試치 못하거니와 어썬 무엇을 암시하며 소(이상 41쪽)위 "힘"을 표현코자 한 것만은 사실이나 결국 自信 잇는 作品은 아니다. 何如間 지난달의 것이니 讀者諸君은 한 번 더 닑으신 後에 各기 評을 하여 주기 바란다.

끝 말

이것으로써 所謂 筆者의 『어린이』誌 半年間 少年小說 總評은 쯧이 난 세음이다.

그런데 筆者의 이 評에 對하야 作者들과 讀者들로부터 不滿을 가질는지도 모르며 어썬 點에서는 反駁거리가 될 것이 잇슬는지도 모른다. 筆者亦是 이 一文을 完全한 것이라고 할 수 업스나 어듸까지나 筆者는 筆者의 主觀的 評眼에 비친 바 고대로를 썻슬 쑨임을 告白한다.

그러나 또한 그 反對로 筆者의 이 評文에 多分 首肯하는 바 잇스리라고도 생각된다.

왜냐? 하면 "至今의 少年文學 運動者들이 무엇보다도 힘찬 作品 압길을 열어 주는 作品을 지여내는 데서 이만 만은 讀者들 ― 아니 少年大衆들이 씩씩하게 힘차게 빗난 압날을 바라보고 나가는 데 큰 原動力이 되리라ㅡ"는 데 對하야 끈임업는 생각과 큰 關心을 가진 作家나 讀者들이 만음을 짜라서 "힘찬 作品ㅡ '힘'을 보혀 주는 作品ㅡ 한 개의 事實을 그대로 그리는 것보다 나갈 바 方向을 暗示하며ㅡ 가질 바 생각을 붓잡어 주는 作品ㅡ" 하고 몃 번이나 거듭 말한 筆者의 이 말에 共鳴되는 바 잇겟슴으로써이다. 그러나 "힘!" "힘"이다. 至今의 少年大衆이 바라는 것은 오로지 "힘!"이다. "모든 少年文學作家들아ㅡ 無氣力하고 絶望의 구렁에서 呻吟하는 무리에게 '힘'을 너허 주어라. 나갈 바를 指示해 주어라ㅡ" "슬프고 기막히고 억울한 事實을 그대로 그리여 내놋는다면 그것은 요지음 新聞紙에 날마다 드러차는 한낫의 記事에 더 지나는 것이 무엇이냐?" 이것이 筆者가 부르짓고 십은 말이다. 事實을 말하랴면 마짱히 모든 少年文藝作家들의 머리 우에 銳利한 評家의 筆鋒을 들어 現實의 適切한 作品을 내도록 하는 評家가 나서기를 苦待 苦待타 못하야 痛嘆함을 마지안으며 昨今에 나오는 作品(小說쑨이지만)에 對하야 서투르나마 敢히 筆者 가튼 門外漢이 評筆이라고 들고 안저 橫說竪說하게 되엿다는 것은 이 評文의 "머리ㅅ말"[271]에서도 잠싼 말한 것이다. 그리고 二月號의 評文에서도 亦是 가튼 뜻을 말하엿든 것이다.

何如間 우리가 업서서는 아니 될 것은 "作者"나 "評者"나를 勿論하고 지금 우리들이 少年文學 云云하는 것은 케케묵은 예전에 쑴가튼 노래나 달큼한 軟文學類의 것은 애여 흉내도 내지 안을 것은 事實이나 그러타고 지금의 우리의 모든 쓰린 現象 絶望的 環境을 그대로 그린다고만 그것으로써 滿足한 것이 아니다. 그야 슯은 일을 當한 사람이 한바탕 실컷 울어버리면 좀 시원하여지는 것도 事實이지만 슯다고 한갓 언제싸지나 울고만 잇스면 다 울고 난 後에는 亦是 마찬가지로 어찌할 바를 모르고 도로혀 落望할 것이다? 마찬가지로 어썬 悲慘한 한 개의 事實을 보혀 준 作品은 마치 슯다고 하소연하고만 잇는 것에 지나지 안는다. 슯기야 至今의 朝鮮 少年치고 一部 "福童들—"을 除하고는 누가 슯지 안으며 괴롭고 가난하기야 一部 "幸福兒—"들을 除하고는 누가 貧困에 헤매지 안는 者이랴? 아니 卽接 저마다 날마다 날마다 쓰린 現實과 괴로운 生活에 부대끼면서 體驗하는 共通된 뚜렷한 事實이 아니냐? 그들에게 그런 말 다시 말하면 무엇하랴. "한갓 모다 우리 갓흔 사람이 다— 하는 것은 막연히 느낄 것박게 그것만이라도 큰일이 아님이 아니다— 그러나 한거름 더 나가서는 씩씩하게 이러나 가거라—" "너는 이러한 생각을 가지고 이리하여야 幸福된 날이 오리라—"고 웨처 주지 안으면 안 되지 안켓느냐? —(完)— (이상 42쪽)

---

271 노양근(盧良根)의 「『어린이』 雜誌 半年間 少年小說 總評」(『어린이』, 1932년 6월호)에 "머릿말"이 있다.

金玄峰, "(少年評壇)鐵面皮 作家 李孤月 君을 誅함", 『어린이』, 1932년 6월호.

절도犯이 순사의 압헤서 자긔 犯行의 증거가 잇는대도 불구하고 순사를 속여 볼여고 부인하나 결국은 징역에 처하는 것이다.

이제 우리 少年文壇에 나타난 作品 절도 상습범 李孤月(華龍) 君은 好意로써 反省하라고 하는데도 듯지 아니하고 도로혀 發惡을 하는대 對하야는 우리들도 最后로 그를 處置하지 안으면 안 되게 되엿다.

自己의 過誤를 自認하면서도 반성하야 清算할 줄 모르는 者에게는 "義"가 업슬 섇 아니라 進步까지 업는 것이다. 이번에 이 글까지 읽고도 아모 깨닷는 바가 업고 大衆의 압헤 謝過치 안는다면 君이야말로 몰락의 過程에 잇다고 볼 수 잇다. 그러나 이미 드러난 事實을 가지고 감추자고 하면 조곰이나마 效果가 잇슬 줄 아는가?

그러나 君은 너머도 턱업는 긔만策을 쓰기 때문에 아니 쓸 수 업서 다시 붓을 잡은 것(이상 54쪽)이다.

君이 『新少年』 四月號에 張飛 君에게 答한(담화실에) 그것이 영리한 大衆을 기만할 수 잇느냐 하면 그것은 絶대로 不可能한 것이다. "張飛 君아! 감사하다. 十月號에 실엇든 「奇鳥園少年」의 日記文은 眞實한 筆者의 作品임이 틀님업다. 압서 『새벗』에 한번 發表한 일이 잇스니 安心하여라? (李孤月)"

이런 말을 얼골 간즈러운 줄도 모르고 쓴 君이야말로 近代에 드문 鐵面皮요 협잡군이다. 이제 孤月의 점잔치 못한 行動을 無질서하게나마 檢討해 보자!

「봄! 봄!」 題下의 종달새우봄[272]

---

272 『어린이』(1926년 4월호, 2~4쪽)에 "봄! 봄!!" 제하에 「종달새」, 「봄」, 「쏫재배」가 실려 있다. "종달새우봄"은 "종달새 우 봄" 곧 "우"는 "又"의 의미로 보인다. 『소년세계』(1930년

이것은 孤月 君의 이름 아래에 一九三〇年『少年世界』六月號에 發表된 創作品(作文)이다. 『少年世界』만을 본다면 거기에 아모 의心도 업지만 몃 年을 뒤거름질하야 一九二六年度『어린이』四月號를 살펴본다면 孤月 君의 野卑하고도 짜부러진 良心은 거울을 대고 보는 것 가틀 것이다. 이 作品은『어린이』編輯局에서 發表한 것이다.

글을 써 보겟다고 처음 맘 둔 사람이 自己가 서트른 재조로 지여서는 안 될 터이니까 용소슴치는 名譽慾과 發表慾에 잇끌여 그와 갓(이상 55쪽)치 한 것 갓흐면 모르겟거니와 그래도 우리 少年文壇에 잇서서 글줄이나 쓴다고 하는 少年文士, 李孤月 君의 한 일임에랴? 그 엇지 取할 바 行爲라고 하랴?

그러고라도 自己의 過誤를 깨닷고 좀 淸算한다면 우리 少年大衆은 君을 반겨 마즐 것이다. 그러나 시침을 뚝 떼고 배짱을 부리는 데는 더는 참을 수가 업는 것이다. 다음에 또 보자!

속담에 "바늘 도적이 소도적 된다"고 첫 번에 자미를 본 李孤月 君은 뻔뻔하게도 再次 犯한 것이다. 그것은 孫楓山 氏 作「奇鳥園生活」이란 題目下에 一九二九年度『새벗』九十月 合號에 發表되엿든 日記文이다. 이것을 少年文士 李孤月 君은 昨年『新少年』十月號에 몃 자의 削를 加한 外에는 고대로 옴겨다 發表한 것이다.

萬一 君이 一九二九年 十月號 以前에 發表한 일이 잇다면 언제 發表하엿는지 正確히 말하라? 孤月 君! 君이『新少年』四月號에 張飛 君에게 向하야 對答한 것이 自信이 잇서서 한 것이라면은 엇재서 何年 何月 號에 發表되엿다고 하지 안코 모호하게 말하엿는가?

또는 作品을 절취할 것 갓흐면 속담에 "제 숭 열 가지에 남의 숭 한 가지 보기"라는 말도 조곰도 生覺지 안코 저만 잘난 체 하면서 되지(이상 56쪽) 안은 훈게를 하느라고 써든다.

젊어서 그런데야 늙으면 잔소리군으로 이름이 날 게야! 그러나 이름난다

6월호, 45~46쪽)에 「봄!봄!」이란 제목 아래 「종달새」, 「봄」이 실려 있다.

고 君! 또 조와하지는 말게? 그런 이름이 나서는 안 되는 법이야? 君아! 듯는가? 먹는가? 내가 이런 말을 하는 것은 君이 이런 말들을 行動을 햇스닛가 그러는 것이니 怒하지 말나? 응? 그리고 發表慾을 버리자는 君이 昭和 貳年 十一月 三十日에 發表하엿든 것을 昭和 五年度『少年世界』四月號에 또 發表하엿든가? 또 韓金鳳이가 尹福鎭의 作品을 훔친데 對하야 가진 잔소리를 다하고 創作에 힘쓰자는 君이[273] 두 번식이나 (나의 아는 대로 하면) 他人의 作品을 도적질해다가 發表하는가?

君의 野卑한 行動을 볼 것 가트면 발서 폭로식혓겟지만 참고 또 참어서 君의 反省을 기다렷든 것이나 마츰내 기다림에 어그러짐으로 이 글을 썻다. 마즈막으로 한마듸 더 하고 붓을 노흐련다.

지금이라도 君이 君의 過誤를 깨닷고 깁히 反省하야 社會的 實踐으로써 清算한다면 나뿐 아니라 누구나 君을 버리지 안을 줄로 밋는다.

그러나 誌上으로나 임시 謝過文이나 쓴다고 될 것은 아니겟지만 우선 數十萬 少年 압헤 謝過文을 쓰고 다시 한 번 깁히 生覺하기를 바란다. (三二年 四月 二四日 春城서) (이상 57쪽)

273 한금봉(韓金鳳)은 윤복진의 동요 「스므하로 밤」(『중외일보』, 29.5.22), 신춘문예 당선 동요 「스무하로 밤」(『조선일보』, 30.1.4)을 표절하여 「스무하로 밤」(『별나라』, 1931년 6월호, 48~49쪽)으로 그대로 발표한 바 있다. 이고월의 「「스무하로밤」을 剽窃한 韓金鳳 君에게」(『소년세계』, 제3권 제3호, 1932년 3월호)는 이를 적발한 것이다.

高文洙, "『어린이』誌 五月號 童謠 總評", 『어린이』, 1932년 6월호.

「보기조쿠나」 董涉

천진란만한 어린이로서 숨김업는 고백에 노래이다.

과연 그의 눈으로 비최인 그네들이(?) 한갓 우슴꺼리밧게 더 되지 안는 흔히 볼 수 잇는 동요이다. 모-던 쏘이 냄새를 피는 소위 신사나 부자집 아이들이 이 글을 본다면 우리는 그네들에게 "우리에 힘은 결코 약하지 안타"는 것을 넉々이 암시하여 주고도 충분이 남어지가 잇슬 것이다.

「어린일군」 車南星

먼저 이 글은 금년 보교 졸업생들에게 일독하기를 권하는 바이다. 농촌에서 광이 메고 일하는 아버지에 일을 도와 드리는 것은 우리 제이세 국민으로서 아름다운 희성이라고[274] 안이할 수 업다. 더구나 보교를 졸업 맛고 ××방 꼬쓰까이[275]나 지원하는 소년은 이글을 보고 무슨 쇽크가 업는가 그대여! 눈을 감고 깁히 생각하여 볼지여다.

「새벽」 韓百坤

현실이 나은 농촌에 자연 표시를 그대로 발표하엿다. 누가 여기에 부인하는 자 잇스랴. 그러타. 그네들은 글자 그대로 二十四 시간 로동자를 추상한다. 농촌에 비치이는 모-든 풍경이 도회지 소년은 맛보지 못할 유드비아이다.[276] 오- 그네들에게 압날에 행복이 나릴지어다. 그러나 韓 군에게 원컨대 자연묘사를 억지로 써여다 부치지 말고 자연 그대로 발표치 못하엿던 것이 三○ 파-센트는 실패엿다.

「야학가는길」 白崑

편즙인이 가추어 모은 만큼 이글도 역시 현실이 만든 숨김업는 노래다.

---

274 '희생이라고'의 오식이다. 당시 "희생"을 "희성"으로 읽은 예가 더러 있다.

275 'こづかい[小使]'로 "(학교, 관청 등의) 용인, 사환(用務員의 구칭)"이란 뜻의 일본어이다.

276 '유토피아'로 보인다.

어데로 보든지 빈궁한 농촌 자데인 줄 넉々히 추상케 한다. 헌 교과서와 공책을 엽헤 씨고 깜박이는 불빗 아레로 하나식 둘십[277] 모이면서 우슴 짓는 것이 보이는 듯 — 우리는 이러한 노래에 재조를 만이 만들기로 로력할 것이다.

「개밥」 **金鋒**

이 동요는 상당히 의미가 포함되엿다. 충분한 강지가 안이고는 당장 알어내일 수 업는 동요다. 압바의 신짝이 업서젓슴을 되푸리하엿지 결코 우수하다고는 못하겟다. 의미만 포함케 하고 실패에 도라갓스니 다만 미루어 보자.

「나무꾼」 **朴魯春**

동요라기보다 동시를 읽는 감이 잇다. 처음부터 씃까지 읽어 본 결과 이 동요를 쓴 朴 군이 중등학교 사오 학년생임을 암시케 한다. 어데로 보든지 동요라는 근본뎍 해설을 모르고 집어 쓴 것이 일대 결점이다. 그러나 씩々하고 우렁찬 그리고 힘 잇는 노래이다.

「고무신」 **鄭仁赫**(이상 58쪽)

어쩌케 하여서라도 글자를 마치려고 애쓴 것이 충분이 나타난다. 내용은 조흐나 실패라고 안이 할 수 업다. 웨? 작자는 조흔 내용을 죽여 노코 말엇는지 분한 일이다.

「참엇네」 **金承河**

이 글을 읽고 필자는 머슴사리 동무들에게 일독하기를 권하고 십헛다. 퍼붓는 욕과 매를 참고 오즉 먼-날과 갓흔 동지를 위하야 참는 그는 확실이 이 짱에 어들 수 업는 보배다. 金 군이여! 이러한 노래가 군의 두뇌에서 나온 것인가 장래 촉망이 만흔 노래이다.

「앉은뱅이 대장」 **金仁造**

정군에 「고무신」과 갓흔 평을 나리고 십다. 그러나 이 동요는 어데인가 진리가 숨엇다는 것을 기 쓰고 말하여 준다.

---

277 '둘식'(둘씩)의 오식이다.

「봄이 오면」 **韓赤峯**

히고도 힌 눈에 아모 불결한 점이 업는 것 가치 이 노래는 털끗만치도 숨김업는 정직한 고백이다. 엇더케 한다는 머리만 짜젓지 희망과 감상이 업는 것이 죽은 송장을 드려다보는 감이 잇다. 평범한 노래이다.

「이상한 노래」 **姜龍律**

작자가 불느는 노래는 무슨 노래일까. 노래를 불느다가 쒸는 가슴에 못 이겨 한숨지엿다니 역시 이 동요는 힘업고 순서 업는 불구자의 하소연이 되버렷다.

「나오너라!」 **宋鐵利**

읽기만 하여도 용기가 불타는 쾌남아의 우렁찬 노래이다. 동요 문구 중에 "그까짓 책과 붓은 내여던지고" "그까짓 글 생각은 씨처바리고"라는 문구가 잇스니 宋 군이여 농촌에서 브나로드 운동을 못 보는가. 필자는 宋 군에 넌센스 유희 붓작난을 한갓 가작으로 본다.

「북소리 날 때」 **文箕列**

어린이날(!)을 표시한 듯하다. 현하 조선에서 생활개신에 제일보로 불경제인 힌옷을 버서버리고 색의 장려를 하는 이때에 흰옷을 입은 것은 사실이나 우리는 그런 글귀를 업새스면 하는 감이 잇다. 이것은 작자 文 군뿐 안이다. 전선 동무들에게 간고하는 말이다. 평범한 노래이다. 성공할 때까지 더욱 힘쓸 것을 말하여 준다.

「아러야 한다」 **金琳培**

과연 우리는 그네(?)(원문)들과 갓흔 쏠조아 층에 인테리의 유드비아의 단꿈을 불살너 버리고 씩씩이 일할 것을 잠시라도 이저서는 안이 된다. 필자는 말하노니 "아들아! 너는 조선에 참된 아들이 되라고" 우리 조선 소년은 외국 소년과 다르다는 것을 여기서 차저볼 수 잇다.

「오늘도」 **金光攝**

오늘도― 그러면 날마다 그런 생활을 게속한다는 충분한 암시가 안인가. 그러나 이 작품은 웨 그리 몰인정 무표정인가. 뿌리 업시 말나 죽은 풀과 갓흔 감을 앳김업시 늣기게 한다. 만이 로력함이 긴급한 문제이다.

「쉴새없이 일하는몸」 **任元鎬**

사오 세 된 어린이가 누구의 임내를[278] 내는 동요이다. 만일 이 동요 중에 맨 씃 "압날을 바라보며 일을한단다"는 十二자만 업섯다면 완전한 실패라고 단언한다.

「날만 새면」 **沈東燮**

성공에 갓가운 우수한 작품이다. 더욱이 남녀를 석거서 요리하여서 이 작품에 색채가 빗난다. 옵바는 농부 복순(처녀)이도 농부 우리는 그네들에게 복을 빈다. 그러나 이 작은 센틔멘탈한 감을 주고 잇다.

이름 업는 필자가 써슴은 천만번 부당한 노릇인 줄 아나 책임은 오로지 필자에 잇다는 것을 구지 말하여 준다.

―妄言多謝― (이상 59쪽)

---

278 '임내'는 "입내"의 오식으로 "소리나 말로써 내는 흉내"를 뜻한다.

鐵兒, "一農卒·李赤兒 頭上에 一捧-아울러 李元珪 頭上에도-", 『신소년』, 1932년 6월호.[279]

먼저 『별나라』 誌 新年號 少年文壇 時感에 나는 昨年 中에 우리들이 새로 어든 作家 金友哲, 韓哲焰, 姜鷺鄕, 金明謙 等을 紹介하고 따라 假面誌 『少年世界』의 續刊에 대한 感想을 簡單히 述한 일이 잇섯다. 그것이 原因으로 『少年世界』 誌 四月號에는 一農卒이라는 假名 친구의 「少年文壇 時感을 읽고」라는 붓작난의 글이 실니엿고 同誌 後面 뚝쇠新聞의 亦是 辱說이 실니엿스며 五月號에도 李赤兒라는 친구의 나에 대한 辱說이 실니엿다.

그것은 모다 正當한 評論이 못 됨으로 나는 모다 稱하야 辱說이라고 할 밧게 업다.

그까짓 것 별로 問題될 것 업섯슴으로 나는 처음부터 默殺主義엿다. 우리는 恒常 밧분 몸이요 또 그러치 안트래도 건더기 업는 그들의 붓작란을 正論視하야 精力을 浪費하기에는 너머나 잉크가 앗가웟다. 그러나 그들은 어데까지든지 執拗하게 귀찬케 굶으로 그리고 不正當한 理論에서도 純眞한 大衆은 迷惑되기(이상 26쪽) 쉬운 것이고 우리들의 運動의 進展上 妨害物이 되는 그 따위 잡부스럭이들을 一掃하야 버림도 우리들에 지워진 任務의 하나인 까닭에 여긔에 붓을 드러 그들의 抑說을 大衆의 압헤 撲滅식히려는 것이다.

지금 우리들 푸로 少年文學運動에 잇서서 힘 잇고 熱 잇는 새로운 作家를 獲得하기에 힘쓰는 것은 가장 緊切한 問題 中에 하나이다. 될 수 잇는 대로 물론 職場에서의 實力 잇는 作家를 養成하여 내며 차저내려고 하엿고 반듯이 卽接 勞働者가 아니래도 참으로 우리의 任務를 깨다른 힘 잇는 技術者면 우리는 손을 잇끄러 올니기에 努力하엿고 지금도 努力하면서 잇다.

279 '鐵兒'는 이동규(李東珪)의 필명이다.

내가 우에 말한 넷 동무 중에는 참된 勞働者도 잇고 아직 일ㅅ자리를 엇지 못한 産業豫備軍도 잇다. 그들이 말한 소위 인테리란 그들의 맘대로의 推測이다. 그러나 그것이 問題되는 것은 아니다.

넷 동무가 우리 勤勞少年大衆의 要求하는 참된 作家라는 것은 昨年 一年 동안에 나타난 그들의 作品 行動의 業跡을 보아 賢明한 동무는 잘 알고 잇슬 것이다. 그러면 그들을 推천한 나의 行動에 대하야 잘못이 업섯다는 것은 스사로 明白하여젓슬 것이며 그것으로 나의 눈이 빗두러지지 아니하엿다는 것이 證明된다. 그들이 指摘하야 誤謬라고 하는 점은 그 理由가 어데 잇는 것이며 무엇을 根據로 하야 가지고 그런 작란을 함부로 하는 것인가? 그대들의 그 行動은 結局 엇더한 野卑한 私的 感情의 復讎的 手段의 發露에 지내지 아니한다는 데로 도라가고 만다. 事實 그것이 한 私感의 私的 復讎를 위하야 正當한 理論을 大衆에게 歪曲化식혀 指摘한 데 지내지 안는 것이엇다면(이상 27쪽) 그 過失은 甚히 重大한 것이며 따라 『少年世界』誌도 그 責任을 避하지 못할 것이다.

確實히 그들의 글은 한 個人의 中傷的 意圖 아래 나왓든 것인 까닭에 전혀 正當性이 缺乏되여 잇섯스며 卑劣한 辱說의 羅列에 지내지 못하엿든 것이다. 그리고 나의 그따위 글들을 問題 삼지 말고 默殺식혀 버리랴든 原因도 正히 이곳에 잇섯든 것이다.

대체 李東珪 一派이니 一流이니 하여 가지고 灰色的 作家이니 反動分子이니 한 것은 무슨 妄動이며 理致에 닷지도 안는 辱說인가? 李東珪 一派라고 하느니보다 푸로레타리아 少年文壇 全部라고 하는 것이 正當하지 안엇든가? 灰色이엇던 것이며 反動이라는 말의 語義조차 正確히 解釋 못하면서 自稱 푸로 作家인 체하는 그 마음은 너머나 어리석음에 지나친 어리석음이다. 우리들의 文學運動은 다만 無産者 소리를 重複하며 배곱흔 소리만을 하는 漠然한 無産少年의 文學運動이 아니다. …(二行 略)…

그들의 글에 論調가 正當한 系列을 일코 體系가 서지 안엇스며 엇던 一定한 理論的 把握이 업는 밧구어 말하면 正當한 基礎가 업는 浮動的 浮浪패의 글이며 多分히 文學的 룸펜性을 포함하여 가지고 잇는 것으로 보아

一種의 職業的 文學少年들이라는 것과 文壇의 流行的 潮流를 따라 浮動하는 무리인 것이 確實하다. 까닭에 그들에게 아무런 企待도 둘 수 업는 것이며 正當한 線上에 모든 中毒的 잘못된 생각을 깨끗이 淸算하여 가지고 나올 可能性이 퍽 적다. 퍽 愛惜한 일이다마는 그들을 徹底하게 一排擊 克服하는 동시에 그들의 亂舞場인 『少年世界』까지도 少年대중의 힘으로 처 업새버리지 아니하면 안 된다.

…(以下 二十四頁로 續)… (이상 28쪽)

…(二十八頁에서 續)…

이것도 지금 段階에 잇서 우리들에게 지워진 役割에 하나이다.

그리고 우리에게 대한 反感을 잔뜩 품고 잡부스럭이들과 合流되여 날뛰는 李元珪 君에게 대하야서도 우리는 가만 잇슬 수 업다. 이번에 그를 徹底히 膺懲하려 하엿스나 아직 붓을 노키로 한다.

이것으로 이 글을 끗맛치려 하며 背後의 수백만 근로소년 대중의 힘과 우리의 힘으로 그 무리를 철저히 쓰러버리기를 期한다.(이상 24쪽)

朱耀翰, "讀書室－『朝鮮新童謠選集 第一輯』, 金基柱 編", 『東光』, 제34호, 1932년 6월호.[280]

最近 朝鮮에서 創作 發表된 童謠 二百餘 篇을 모아 놓은 것이 이 冊이다. 作者로는 有名無名을 勿論하고 近 百篇을 網羅햇으니 選集이라기보다도 全集이라고 할 만하다.

第一輯이라 하엿으니 물론 第二輯 第三輯이 잇을 줄 안다. 그러면 이것은 一種의 童謠年鑑이라고 할 것이다. 朝鮮에서 新童謠 운동이 생긴 以來로 모든 傾向을 代表할 만한 것을 다 모아 놓앗다 해도 過言이 아닐 것이다. 도리어 批評을 하자고 하면 너무 많이 모은 것이 탈이 아닐까 한다. 조곰 더 選擇의 標準이 좁앗더라면 하는 感이 없지 아니하다. 有名無名을 莫論하고 作品 本位로 하야 嚴選主義를 썻드라면 하는 느낌이 잇다.

作品들은 대개 春夏秋冬別로 갈라 놓앗으니 이것을 敎育用으로 쓰려 하는 이에게는 좋은 參考書가 될 것이요. 또 童謠界의 推勢를 알려는 연구가에게 큰 參考거리다. 第二輯 以下로 順次 童謠年鑑的 立場에서 繼續 刊行이 잇기를 바라는 바다.

兒童讀物로서는 前記와 같이 嚴選이 아니기 때문에 유감이 잇으나 그러나 거기 숨긴 많은 寶玉을 찾아 읽는 것은 無限한 興味가 될 것을 의심치 안는다. (定價 四十錢 平壤 景昌里 八五 東光書店 發行 振替 京城 四二九五) (朱) (이상 93쪽)

---

280 글쓴이는 말미에 '朱'라고 밝혀 놓았는데, 『東光』의 편집인이었던 주요한(朱耀翰)이다. 『朝鮮新童謠選集』을 발간하기 위해 1930년 말경부터 전조선의 문사들로부터 작품을 수집한다는 기사가 보인다. 책명은 『新進童謠集』, 『新進童謠選集』, 『朝鮮童謠選集』 등으로 바뀌다가 『朝鮮新童謠選集 第一輯』으로 발간되었다. 이 책은 『동아일보』가 미국 컬럼비아대학(Columbia University)의 "朝鮮圖書館"에 기증할 도서를 접수할 때 "平原郡 青山面 舊院里 金基柱" 명의로 기증한 바 있다.

李東珪, "이 적은 책을 조선의 수백만 근로소년 대중에게 보내면서", 『少年小說六人集』, 新少年社, 1932.6.

전 조선의 가난한 수백만의 근로하는 소년 동무들아! 동무들의 긔대하든 이 소설집은 인제야 동무들의 앞에 안기게 된다. 모든 정세가 불리한 우리들에게 잇서서는 우리에게 만족한 그것을 차지하게 못한다. 까닭에 이 빈약한 적은 책이 동무들의 마음에 흡족할 리는 만무하다. 그리고 우리들도 모든 점에 잇서서 병신자식 같고 덜된 것 가튼 늣김을 여간 늣기지 안는 바이다. 그러나 그러타고 우리들의 이 사업이 그리 미약한 것이 아니며 무의미한 것이 아니라는 것을 믿는다. 수만흔 동무들의 마음을 울리고 긔운을 격려식히며 잡아 이르킬 그러한 힘이 결코 이 소설들 속에 업는 것도 아니다. 우리는 이 적은 책이 우리들 문화운동에, 아니 전 운동에 조고만 효과라도 나타내기를 믿고 바라며(이상 1쪽) 더욱 힘써 이후에 보다 더 큰 사업을 하기를 약속한다.

一九三二年 五月

여러 作家를 대신하야

李 東 珪 (이상 2쪽)

權煥, "序文", 『少年小說六人集』, 新少年社, 1932.6.

가난한 집 어린 동무들아!

사랑하여야 할 그대들의 소설가들이 그대들을 읽히기 위하야 그대들을 자미잇게 유익되게 하기 위하야 이 소설책을 지어내엿단다. 그대들과 놀기조차 실허하는 부자집 아이들은 읽어 보든 안 보든 오직 그대들만을 읽히기 위하야 지어낸 것이란다. 이것은 우리들 생활과는 아무 관게없는 또 우리들을 모욕하는 엉터리업는 이약이로 우리를 정신없이 꿈의 나라로 끌어넛는 뿌르조아 소년소설과는 아주 다른다. 우리들 가난하고 ××당하는 헐벗고 굼주리는 노동소년들의 생활을 거짓말 안코 글여 낸[281] 이야기들인 것이다. 그리고 이러한 소설책이 조선서는 처음으로 나온 것이니 그대들은 이 책을 모두 다 읽어라. 모두다 가저라.

一九三二年 五月

朝鮮푸로레타리아藝術同盟　　權　　煥 (이상 3쪽)

281 '그려 낸'이란 뜻이다.

李靑史, "童謠·童詩 指導에 對하야(一)", 『매일신보』, 1932.7.12.

一. 指導의 焦點

우리들이 敎育者로 잇서 나날이 세로운 氣分으로 나날이 面接하는 兒童들의 生活狀態와 그 實狀을 잘 凝視할 必要가 잇는 것은 다시 云々한 바가 아니다. 兒童心理學이 示指하는 方向과 갓티 兒童에게 包全하야 잇는 그대로 兒童에게 對하야 觀察 基礎 삼아 指導方法을 考察하지 아니하면 아니 되겟다. 더욱이 兒童의 生活力 觀照力 表現力 갓흔 것과 그것이 具體化한 作品 內面의 創作 意識의 展開와 表現의 一般的 傾向 갓흔 것은 그 實績에 引導되여 假令 素朴한 觀念이라도 特히 詩의 指導者로서 兒童觀을 가지고 잇지 아니하면 아니 된다고 生覺하는 바이다.

兒童觀에 立脚한 指導는 어듸ㅅ 것이든지 兒童의 自然性을 尊重할지며 兒童이 詩를 지엿다는 事實이 잇스면 그것을 그대로 보아 가지고 兒童 詩作의 心境을 考察하고 作品의 評價와 함께 다시 그런 兒童의 詩境 內面을 敎育的으로 살니는 곳에 留意하는 것이 重要하다.

"兒童은 詩人이다"라는 말과 갓치 "兒童은 天眞爛漫하야 神의 王座에 잇다"라는 말도 一面의 兒童心理를 讚하는 眞理이나 "兒童은 慾心장이다" "兒童은 殘忍한 魔性을 가젓다"라는 말노도 우리는 兒童을 보지 아니하면 아니 될 것이다.

兒童觀을 바로 가지고 兒童詩의 指導者가 되지 아니하면 아니 된다. 偉大한 敎育에 參與할 淸淨한 詩의 光輝가 도로혀 兒童을 神經質인 小 詩人으로 枯遮하게 하는 弊害가 잇다.

勿論 우리들은 初等學校 兒童을 누구나 다 詩人으로 만들냐고 하는 것은 아니다.

兒童이 때때로 낫하내이는 그런 詩的 表現의 實績에 依하야 兒童들이 刻々으로 創造하는 生命의 발자최를 凝視하야 兒童의 快活한 精神의 來日을 期待하는 生活指導에 資하랴는 것이고 專門的 詩人 單只 一二人의 天才

的 作品을 엇기 위하야 모든 兒童性에게 그 絶對性을 認定하야 自悅하라 하는 것은 아니다.

될 수 잇는 곳까지 兒童의 生活 詩心의 多角性을 그대로 培養하야 他日의 偉大한 구슬노써 鍊磨하게 하는 素材를 擴大하고 십다. 未熟練한 美를 나날이 즐거워하고 십다.

勿論 兒童의 學年的 考察로 하드라도 더욱이 詩心을 가지고 잇는 飛躍性으로 初等科 六學年이 初等科 三學年의 童詩보다 반드시 優秀하다고 하기는 어렵다.

一二人 俊敏한 天稟의 資源을 가진 兒童은 엇던 程度까지는 年齡과 學年을 飛躍한 作品을 낫하내이나 大槪는 印象的인 感像的인 童謠 童詩는 初等學校 時代에 優秀한 것이 만코 中等學校가 되면 그 作品에는 作品 그 自身에 餘裕가 보여서 構想 作爲가 도[282] 確實하야지고 詩다운 迫實力이 初等科 時代보다는 稀薄하야진다. 中等學校 兒童들은 때々로 幼少時의 懷心을 喚起식혀 感情的 創作 童謠를 作製하는 兒孩가 잇스나 그것은 大槪 無意로 노래하는 幼童의 童謠的 言辭 또는 專門的 童謠 詩人의 作品의 下位에 겨우 안ㅅ게 되는 狀態이다.

李靑史, "童謠·童詩 指導에 對하야(二)", 『매일신보』, 1932.7.13.

더욱이 모여든 兒童의 詩가 童謠敎育의 이름 아래에 잇는 學窓으로 잇글니어 드러온 初等敎育界에서는 初等科 六學年으로부터 中等科로 가는 思想的 展開에 隨件하는 思索的 思唯的인 바른 意味의 自由詩의 進出을 니저버리고 잇는 傾向이 잇다. 그네들의 바른 生活 創造로 因하야 中等科 兒童의 思想詩 展開도 니저바리면 아니 된다.

---

282 '더'의 오식으로 보인다.

現今 初等學校의 詩 指導는 各 敎科에 協力에 依하야 兒童生活을 如實히 배우게 하며 環境의 詩化 其外에 所謂 藝術的 考慮下에 實行되는데 가장 그 直接 한 部面은 詩의 鑑賞指導와 詩의 創作指導이다. 詩의 鑑賞指導는 初等科 一學年부터 中等科 一二學年까지 特히 讀本 作文 속에 잇는 兒童의 作品 詩人의 作品 그것을 될 수 잇스면 만히 너어서 指導하고 십다. 讀本 속에 잇는 詩는 現今 詩感으로서 敎育觀으로서 決코 滿足하기 어렵다.

優秀한 詩의 鑑賞—優秀한 詩는 作者에 純眞한 心魂의 表現이다. 正直하게 敬虔하게 그 作品에 直面하야 兒童의 內面을 쌋뜻하게 하는 鑑賞指導가 아니면 아니 된다. 詩 作品을 槪念的으로 보지 말고 더욱히 作品을 압헤 놋코 複雜한 批評과 詩論的 討議를 하는 것보다 作者의 優秀 心境을 謙虛히 禮讚할 마음으로 鑑賞하고 십다. 第一 이 마음을 準備하지 아니하면 詩의 鑑賞指導는 徒勞될 수밧게 업슬 것이다

詩의 創作指導는 될 수 잇는 데로 詩의 本質에 立脚하야 兒童의 創作心境에 隨伴하지 아니하면 아니 된다. 詩作하는 것을 强要할 必要는 업스나 스々로 詩作하고 십다는 心境을 惹起하게 하도록 引導할 것을 잇지 말고 兒童에게 詩心이 잇는 것을 勿忘할 것이다. 무엇보다도 自己 詩를 짓는다는 自覺을 갓고 덤비지 아니하면 아니 된다. 正直하게 眞實하게 自由롭게 自己의 心魂을 밋고 自己의 心持[283]을 尊重하면서 덤비지 아니하면 아니 될 것이다.

自己를 밋고 自己의 말노 自己의 마음을 노래하는 것이 詩라는 根本的 會得을 식힐 것이며 其後에 兒童에게 各其 詩作을 식히여 詩를 生産하게 할 것이다.

生命의 實感이 업는 虛僞模倣을 일노 하는 似而非 童謠 等의 遊戲는 決코 兒童의 純眞性을 傷하게 할 것이다.

---

283 "마음, 생각, 기분"이란 뜻의 일본어 "こころもち〔心持(ち)〕"로 보인다.

李青史, "童謠·童詩 指導에 對하야(三)", 『매일신보』, 1932.7.14.

自己가 갓고 잇는 그대로 自己 感動을 自己의 心內에 두고 自己 心持가 流出하는 旋律에조차 自由奔放하게 表現하는 童詩의 形態가 兒童 詩心의 表現으로 가장 自然하며 純粹한 生命創造의 一戰을 目的하는 白光의 一路이다.

兒童 압헤서 어려운 詩論이며 詩作의 原理 가튼 것을 그대로 말할 必要는 업스나 兒童의 詩作的 姿勢를 바로 할 意味로 나는 左記 個條를 兒童의 마음에 納得식히고 십다.

一. 마음의

마음ㅅ속에 매친 點을 잡도록

1. 自己의 마음에 光明을 밋고
2. 自己 마음에 움직임을 될 수 잇는 대로 그대로 갓고
3. 自己의 말을 가지고

二. 眞實한 詩는

1. 정말 自己가 마음에 늣긴 것이 아니면 아니 된다.
2. 마음ㅅ속에서 우러나는 소리가 아니면 아니 된다.
3. 혀끗으로만 하는 노래가 되면 아니 된다.

作述하는 마음에 참ㅅ된 것을 尊重하며 純眞한 本體를 卽 自己의 참된 것을 自己의 心持로 詩로 發表하는 것이 恒常 根本的으로 教育的 見地로 關心하지 아니하면 아니 될 줄 안다. 그리고 그런 作品을 만히 具體的으로 示指하야 各其 潛伏하야 잇는 詩心을 깨이게 하는 곳에 創作指導의 焦點이 잇슬 줄 안다.

二. 兒童의 創作 心境과 詩의 展開

1. 初等科 一二學年의 作品考察

初等科 一二學年으로 말하면 所謂 低學年 兒童이다. 이 時代의 兒童이

쓰는 作文이나 童謠 가튼 作品을 보면 누구든지 늣길 수 잇는 바와 가티 物件을 보는 方法이 主觀的 直觀的 主情的이다. 그리고 特히 一切 모든 것을 人格化 하야 보는 것에 興味를 가지고 잇는 듯하다. 事實 兒孩 가튼 獨斷도 만치만 그만치 正直하고 純眞할 수 잇다고 말할 수 잇다. 言語라든지 文字, 語句도 貧弱한 싸닭으로 表現은 感覺的이나 詩라든지 글이 自己의 經驗의 順序를 밟아 羅列的으로 聯想을 조차 記述하는 것이타. 그러고 空想과 現實을 混淆한다. 言辭에 對한 特殊한 興味와 取材의 暗示에 取하기 쉬웁고 取材하는 데에서도 보는 法 늣기는 法에서도 特히 그 表現法에서는 模倣的 色彩가 極히 濃厚하다.

教育上 兒童의 作品은 作品이나 또는 詩에는 兒童이 갓고 잇는 生活表現으로서 보지 아니하면 아니 된다. 兒童의 心理와 表現 傾向과 더욱이 兒童의 處地로서 自然性 立場에서 어듸ㅅ 것 兒童의 作品을 보지 아니하면 아니 될 줄 안다. 잇는 그대로 보는 곳으로부터 指導할 만한 焦點도 確實히 낫하날 줄 안다.

즉 一二學年의 作品을 읽고 늣기는 것은 散文 詩 갓흔 것에서 單純히 記述의 形式上만으로 劃然한 區分은 할 수 업다는 것이다.

兒孩들의 實生活 그것이 如此히 詩的인 故로 兒孩들의 作文 中에는 豊潤한 詩心이 豊富히 빗나고 잇고 詩나 童謠라 하는 提出하는 大部分은 異常하게도 우리들이 보면 發想이나 表現이 類型的이고 平凡하고 模倣性이 만은 더구나 旋律만 가진 言辭에 發音에 헤매이여서 何等 詩로서의 獨唱도 發見도 업는 平板한 記述이 만타. 좀 詩人的 指導者가 擔任하는 '크래스'에서도 純全히 詩로서의 內容的으로 發見이 잇는 것이나 새로운 맛이 잇는 것이나 個性的이 잇는 것은 大端히 稀少한 貌樣이다. 때々로 偶然히 엇던 兒童이 直覺으로 感覺의 銳敏으로 거의 作者가 無意識裡에서 發見한 듯한 作品이 잇슬 썩이 잇다. 그러나 그 兒童은 定하야 그 後에도 그런 作品을 쓰느냐 하면 그럿타고 말도 할 수 업다. 이것은 純粹한 詩人을 失望식힐 것이다. 그것은 低學年 教室에서 一篇 二篇에(그것도 偶然히 엿은[284]) 作品을 誌上에 發表하야 그것을 基礎로 하야 곳 "低學年 兒童의 詩는" 하고 斷定

하는 九十%의 誤謬가 잇는 까닭이다. 一般的으로 보아 初等科 一學年쯤에서 意識的으로 詩를 짓게 하는 것은 도리혀 危險한 일이 아니일까.

李靑史, "童謠·童詩 指導에 對하야(四)", 『매일신보』, 1932.7.15.

지이라 하면 짓기는 짓겟다. 지엇다는 그것에 즐거움을 갓겟다. 그러나 그 作品에 自己 評價라고 하는 것은 바랄 수 업는 것이다.

그러나 그 지은 作品의 大槪는 模倣과 類型과 興味 잇는 語句의 羅列이니 엇지 失望하지 아니하겟느냐.

例를 들어 말하면

까아 까아 까마귀가
울고가네
어머니를 일코
울고 가네

이것은 一學年 兒孩가 지은 「까마귀」라고 題目한 童謠이다.

냐옹 냐옹하고 불느닛가
냐옹은 얼는 뛰여와서
나의발등위로 뛰여오른다
냐용하고 울면서 다라난다

이것은 二學年 女兒의 「냐옹」이라는 고양이를 題目한 童謠이다.

이와 갓치 至極히 平凡한 類型的인 그리고 詩로서는 勿論 散文으로서도

284 '엇은'(얻은)의 오식으로 보인다.

感情이 稀薄한 作品이 얼마나 이 時代에 만흐냐. 이것은 指導者들이 大槪 坊間流布한 皮相至極한 商品童謠의 安價한 禮讚의 影響이고 指導者의 詩的 鑑賞力의 雜緣한 枯涸[285]와 盲目이 이런 것이 童謠라고 外面的 型式을 示指한 것이고 兒孩들의 그야말노 말 마춤이며 才操 다툼으로 쓴 것 갓다.

詩를 思導하는 敎師는 좀 더 詩를 忠慕하는 마음을 嚴肅하게 하지 아니하면 아니 된다.

좀 더 詩의 純粹와 高貴한 것을 示指하지 아니하면 아니 된다.

低學年 敎師의 詩에 指導에 對하야 極히 實際的 立場으로 이러케도 말할 수 잇다. 卽 一學年 아동쯤은 對象에 對하야 發作的으로 或은 反發的으로 極히 無意識으로 無邪氣한 眞純한 言辭의 부르지짐을 내는 일은 잇다. 그러나 文字로 낫하내이게 되면 그대로 表現하기에는 困難하고 純眞한 言辭를 입으로부터 空間에 흘니여 消滅식히는 模樣이다.

그런 故로 그것을 巧妙히 잡게 하는 瞬間 靜思의 指導가 大端히 必要하다고 生覺된다. (敎師나 母親이 그때마다 兒孩의 天外 自然히 부르지진 言辭를 담어두는 것이 좋 뜻하다.)

그러고 兒童生活에 卽한 어느 것이든지 그 自然性의 自由奔放한 詩心의 表出을 障礙하지 아니한 立場에 兒童을 두고 십다. 童謠를 짓는다 짓지 아니한다 하는 것에 너무 重心을 두지 말고 專혀 詩心의 啓發이나 物件을 보는 法 늣기는 法 갓흔 詩文 創作의 根本的 마음에 姿勢를 바르게 하는 곳에 留意하야 그 出發을 식힐 것이다.

그 學年 兒童에게 對해서는 勿論이 延長이겟다. 그中에는 좀 意識的으로 좀 構成的으로 되는 것도 잇스나 그러나 一般的으로는 現在 普通學校의 粗野한 指導下에 낫하나는 作品은 亦是 大槪 平板한 句節과 言辭에 잡히는 것이 만타.

이런 現實的인 兒童의 實狀으로 보아 低學年의 指導에 對하야 엇더한

---

285 '고학'으로 읽지만 우리말에는 이런 단어가 없고 일본어에도 보이지 않는다. 중국어 단어로 枯涸〔kūhé〕는 "물이 마르다", "다 써 버리다. 고갈되다"의 뜻으로 쓰인다.

곳에 特히 留意하면 조켓느냐 하면 나의 經驗으로

1. 自然이나 人事에 對하야 본 그대로 말을 내이게 할 것
2. 漸次 그것을 原稿紙에 記入식힐 것
3. 될 수 잇는 대로 自然에 눈을 쓰게 할 일
4. 特히 作文 時間만 말고 敎室 內에 淸新한 꼿을 꼬지며 거기에 對하야 感懷를 말 식혀 보며 環境表現의 凝視와 感懷의 修練을 식힐 일
5. 그 속에 자라나는 詩心을 尊重식혀 갈 일
6. 所謂 作文에서는 詩的 趣味를 特히 重要히 할 일
7. 單只 表面 形態의 詩와 散文의 區分을 하지 말고 指導하며 言辭로부터 울니는 微妙한 快感을 稀微하게 意識식히며(조곰은 言辭의 句節로 썰녀가는 點이 잇슬지라도 이 淸朗한 兒童性의 快感을 爲하야 할 수 업지만)
8. 自己가 부르는 言辭와 쪽갓게 쓰는 修練을 게으르지 아니하게 할 것

二學年 兒童에게는

1. 自己의 마음을 밋고 自己의 마음은 尊重히 하는 데에서 出發할 것
2. 生活 그것의 詩情이 詩에 散文에 作品 內面에 融合하고 잇는 時代이지만은 詩에 意識을 構成的으로 하고 될 수 잇는 대로 個性的 發見으로 指導할 일
3. 優秀한 兒童作品 或은 詩人의 作品 갓튼 것을 만히 보일 일

作品에 依한 指導는 가장 效果的이다.

李靑史, "童謠·童詩 指導에 對하야(五)", 『매일신보』, 1932.7.16.

따라서 學園의 花壇에 가게 하야 때々로 꼿을 注意식히고 運動場에 세워서 바람ㅅ소리 樹木 等을 各々 들니는 것이 좃타. 그러고 본 그대로 들은 그대로 如實히 表現하는 練習을 게을니하지 아니하게 하는 것이다.

鉛筆

鉛筆아 鉛筆아
너의몸은 깩기여서
점々 적어진다

나무닙

내가 뜰을 쓸고잇스닛가
나무닙히 하나둘 써러저온다
내가 그것을 쓸으닛가
또 한두닙 써러저온다
노란나무닙흔 어엽버요
나는 쓰는것을 긋첫서요

이와 가튼 作品을 安價히 稱讚하는 것보다 다음 가튼 作品에 對하야 정말 배와 주고 십다.

달

소나무가지가
바람에 흔들닌다
달이 보인다

쏫

봉숭화쏫이
사과나무쏫에 숨겨서
반듸불가티
숨어버린다

비

비가와요
비마진말이 지나가요

싸리야쏫도
비를마저서 썰고잇서요

蓮닙

련닙히
시드러젓서요
오날은
기운이업서요

달과 쏫도 본 그대로 노래하고 잇다. 비에는 寒冷한 感懷가 잇다. 蓮닙헤는 봄날 가튼 微妙한 溫氣가 늣기여진다. 이러케 進行하는 方法 —— 자기가 정말 늣긴 그대로 본 대로 말을 잇게 하는 指導가 이 時代 兒童에게 바른 詩境을 것게 하는 出發點이 된다. 參考詩로 읽어 주는 것에도 이런 것이 조타. "어야 그 짜짓것 나도 지을 줄 알아" 갓게 兒童의 마음을 指針하게 할 必要가 잇다.

成人의 優秀한 童謠를 提示하는 것도 조치만은 兒童들은 그 言辭의 滋味잇는 句節만은 模倣하라 하고 深刻한 作者의 心境에는 잘 가지 못한다. 도리혀 同時代의 兒童詩의 自然한 自由롭고 卑近한 作品을 만히 示指하는 것이 危險이 적을 씃하다

(此項 完)

李靑史, "童謠·童詩 指導에 對하야(六)", 『매일신보』, 1932.7.17.

二. 兒童의 創作 心境과 詩의 展開

(2) 初等科 三四學年 兒童의 作品 考察

初等科 三四學年이 되면 物件을 보는 方法이 次々 客觀的 主知的인 傾向으로 보인다.

짜라서 寫實的인 描寫的인 表現을 하는 芽生이 보인다. 그러나 亦是 聯想的인 表現이 적지 아니하다.

그리고 科學的 論理的인 物件을 보는 方法 生覺하는 方法이 漸次로 顯著히 되여 와서 그것이 表現上에도 엇던 程度까지 詩作을 "統一한다" 하는 心持가 움직여 온다.

生活을 도라본다는 것도 漸々 조금씩은 마음에 사뭇치는 것 갓치 보이는데 大概는 第一 作亂 삼아 쓰는 兒孩가 만타. 生活이 遊戱에 依하야 적지 아니하게 擴大한다. 季節風 가온데에서 긋치지 아니하고 生命의 技能을 흔들니우게 하고 잇다. 淺薄하고도 多方面이다. 그러고 雜然하다. 混沌하고 잇다.

旣成 童謠의 類型의 模倣이 巧妙하다. 이것은 指導者 側에서는 充分히 注視와 警戒가 必要하다. 더욱이 詩의 發生의 本質的 考察로부터 詩를 生産하는 마음의 姿勢에 注意하지 아니하면 아니 된다.

童謠體를 意識的으로 生覺하게 되여 詩心의 骸體를 말노 表現하야 自得하며 或은 너무 饒舌이 過한 作品이 만타. 生活이 大槪 作亂的인 時代인 것과 가티 詩라 하는 作品도 大槪는 粗雜하나 特히 그 作品을 志向하는 마음의 根源에 올나가서 偉大한 幻想이라든지 빗나는 眞實力이라든지 題材를 마음속에 살니는 颯爽한 風彩와 潑溂[286]한 體裁에다 評價의 重心을 두고 꼭

1. 다만 表現 形態의 위에 조고마하게 純一한 것

2. 싹 그대로 優秀한 神經衰弱인 것

3. 너무 美學的으로 調律된 것

은 도리혀 稱讚하지 아니하는 것이 좃타. 그것은 偉大한 未完成한 그대로 開拓 伸展을 期待하는 까닭이다. 쏘 그러케 한 그 自身이 도리혀 詩心啓發에 一層 深刻하게 直接性을 갓게 되는 까닭이다.

1. 模樣을

286 '潑剌'의 오식이다. 일제강점기에 다수의 필자들이 "발랄"을 "潑溂"로 표기한 예가 많다.

2. 그대로

3. 잘게

라는 것은 이 時代의 必須한 指導法이다.

1. 情

2. 景

이 두 가지가 一致한 心境으로부터 生하는 마음의 소리가 詩이다. 說明이 아니고 表出이다.

表出쌘이 詩魂을 가르칠 수가 잇다. 詩魂의 日光을 象徵할 수 잇다는 것이 作品을 읏듬하야 重複하지 아니하면 아니 된다.

비ㅅ방울

첨하씃비ㅅ방울이 쑥하고
하나가써러저서 물ㅅ방울
둘이 써러저서 金방울
쑥 쑥 쑥하고

이러한 模倣을 잘한다. 쏘

쌍국화(野菊)

내가 조와하는 조와하는
어엽분 어엽분 쌍菊花님
애닯흐고 고은얼골을 좀내여놋코
날마나 날마다 서々잇서요
바람에 흔들니여 흔들 흔들
가느다란 덜ㅅ길에 피여잇네

혓씃으로 적지 아니한 饒舌的 作品이 나온다. "조와하는 조와하는" "어엽분 어엽분" 갓흔 것은 말하지 아니하야도 作者가 쌍국화를 본 대로 잘게 正直하게 그 景致를 表現하는 方法을 더욱 쌍ㅅ菊花의 愛와 思慕를 낫하내는 것이 說明 아니 하고 描寫할 수 잇는 態度를 알닐 수 잇게 하지 아니하면 아니 된다. 情景의 一致를 指導하지 아니하면 아니 된다.

李靑史, "童謠·童詩 指導에 對하야(七)", 『매일신보』, 1932.7.19.

다음 갓흔 作品을 배우게 하고 십다.

가을

분쏫이 피엿다
무닙히 욱어젓다
조(粟)가 닉엇다
왼종일 종달새집을 차지라
다니엿다

복동이

복동이가
앵도를 먹고잇다
『복동아』하고 불으닛가
조곰 이쪽을보고
『먹어먹어』하고 웃는다

비가그첫네

뜰에널어노은
우산이 환하다
압들 소나무가
푸르다

감나무

달ㅅ밤에
달빗아레의
감나무 새싹이
벗나무꼿갓치
하얘요

「가을」에 보이는 素朴한 生活에 詩 「복동이」에 보이는 사랑에 거림자 「비가 그첫네」의 淸朗한 心境을 푸른 소나무에 對照한 것은 더 좃타. 「감나무」에는 一層 細密히 본 自然에 冷艶한 美가 잇다. 이러한 詩篇의 示唆하는 詩道는 바르다. 初等科 三, 四學年에서는 特히 童謠表現이 그네들에 生活의 奔忙과 갓치 自在한 것을 마음에 會得식힐지어다.

李靑史, "童謠·童詩 指導에 對하야(八)", 『매일신보』, 1932.7.20.

(二) 兒童의 創作 心境과 詩의 展開

(3) 初等科 五, 六學年 兒童의 作品 考察

初等科 五, 六學年이 되면 主觀的, 主情的한 마음에 빗이 濃厚하게 되여 차々 物件을 內面的으로 보게 된다. 이것은 初 一, 二學年 時代의 主觀的, 主情的과는 그 深刻한 點에 相違가 잇다. 卽 初 三, 四學年의 奔忙한 生活에 依한 主知나 客觀을 通한 更新한 萌出이 그것이고 엶은 言辭에 陰影에도 맛을 보랴 하는 沈潛的 마음에 傾向도 六學年씀 되면 나온다. 初等學校가 가장 質的으로 量的으로 詩를 多產하는 時代라고 말할 수 잇다. 自然의 觀照, 生活의 內省도 차층 깁허지는 까닭에 兒童詩에 낫하나는 特質이 個性的으로 濃厚한 色彩를 낫하내인다. 그런 故로 될 수 잇는 대로 詩의 本質에 立脚하야 個性的으로 進展식히고다.[287]

感覺的인 現實的인 作品이 아니고 思惟的인 想像的인 作品 或은 內省的

인 것이 表出되여 表現狀態도 緊張되고 具象的 意圖도 보이고 選出된 兒童의 作品 等에는 兒童詩로서 內容과 形式이 一期에 完成에 갓가운 美를 낫하내인 것이 잇다.

傳統에 詩形인 時調나 漢詩에 對한 憧憬도 次々 濃厚하야저서 童詩觀의 發想을 이러한 詩形으로 살니여 童心 童語로 兒孩의 時調 兒孩의 漢詩로 産出할 째가 잇게 되는 것이다.

어머니의얼골

낫잠주무시는 어머니의얼골을
물그럼이 들여다보닛가
점々 얼골이 커지는것갓하요
두뺨이 平々한덜판인것갓하요
코가 언덕이고
눈ㅅ섭이 솔숩이고
눈이 맑은 시내물이고
입이 붉은고개이고
머리ㅅ카락이 大森林갓하요
눈을 꽉 감앗다가 탁쓰닛가
우리어머니의 주무시는 얼골이야요

西山에눈

낙시질하는사람의 뒷그림자가
西山에눈갓치 빗나고잇서요

芍藥꼿

芍藥꼿냄새가 나네
참 조와
힘썻 냄새를맛고

---

287 '進展식히고 잇다.'의 오식이다.

뱃기가 실요－
쏫닙헤 이슬이 맷처잇네

가을낫(晝)

잔소리마러라
이러케 날이조흔점심때 어듸서인지
아해가 어머니에게
매를맛고 우는구나

젓나무

개울가에 젓나무쏫
봉우리가 노오라케 맷첫서요
그엽헤 쑥닙히
솔 솔 바람에 흔들이고잇서요

이런 것은 제각금 다 作者에 個性的인 色彩가 包含된 것을 볼 수가 잇고 兒童詩로서 一期에 完成한 美를 볼 수가 잇다.

「어머니의 얼골」에는 現實的인 幻想이 꽤 知的으로 整理되여 잇고 「西山의 눈」에는 時調의 맛이 잇고 「芍藥쏫」에는 詩의 香氣 「가을낫」에는 諷刺의 思惟 「젓나무」의 浩練한 微妙한 感覺의 흔들님은 優秀한 作品으로서 빗나고 잇다.

李靑史, “童謠·童詩 指導에 對하야(九)”, 『매일신보』, 1932.7.21.

(三) 兒童詩의 評價

詩란 것은 무엇인가. 詩는 如何한 表現을 하면 조흔가 갓흔 根本的인 問題는 專門 詩人이 各々 그 立場下에서 論議하게 되는 模樣인데 그런 專

門的 問題는 別置하고 이 小稿의 隨所에는 나의 詩觀을 述하야 온 것과 가티 적어도 兒童詩 評價에 對하야서는

1. 兒童의 眞實한 感動을 그대로

2. 兒童의 言辭로 노래 부른 것을

이 아니면 아니 될 줄 안다. 兒童이 짓는 童謠 童詩라도 時調나 漢詩라도 적어도 이 두 가지로부터 必然코 作者의 個性的인 맛이 그 作品에 獨創性을 가지게 된다.

물방아

뒤굴뒤굴도라가는물방아
개울물ㅅ속에 찌여서
자미잇게 돌고잇네
나는 물방아를 조와해요

달님

푸른하날의 달님
내가 거르면 것고
내가 긋치면 긋치요
참 이상한 달님이여요

이러한 것은 童謠도 아니고 童詩도 아니다. 言辭에 썰니여 句節은 돌고 잇스나 眞實한 感動도 淸新한 發見도 업다. 다만 혀끗의 饒舌에 지나지 아니한다. 詩로서는 勿論 散文으로서도 極히 稀薄한 感動밧게는 업다.

創作 成人童謠의 外形만을 模倣한 拙劣한 作品이라고 하겟다.

베짯는멧둑이

베짯는멧둑이
베를 세필
짯다나요

쌋자구리木手에게
베적삼하나
해줏가요

엇더한 技巧와 虛飾은 決코 兒童의 眞實한 感動이 아니다. 詩로서의 發想도 成人童謠의 模倣만 보이고 兒童의 作品으로서는 拙劣하다.

비긋친아침

비긋친뜰의
깨긋한것
장미쏫봉우리가
터질것갓해요

"펴질것" 갓다는 장미쏫 붉은 쏫빗과 장미쏫 봉우리, 비 긋친 후 먼지가 식긴 시원하고도 풀은 뜰 가온데에 "펴질것"[288] 갓흔 봉우리 빗이 조타. "터질것" 갓다는 말이 事實 作者의 眞實한 感動을 그대로 넘치게 하고 잇다. 純眞하고 밝은 낫빗에 장미쏫 갓흔 淸新한 香氣가 놉흔 詩이다.

눈ㅅ바래

저기도눈ㅅ바래
여기도눈ㅅ바래
이쪽과 저쪽에
큰싸움이다 (初 四)

이러한 對句를 좀 써 보는 것은 作者의 眞實한 거림자보다 일부러 맨든 것 갓흔 늣김을 준다. 이런 것은 稱讚하지 아니하는 것이 조타. 읽은 후에 압헤 "장미쏫"에 比할 수가 업다. 마음의 울님 속에 詩心이 欠陷하야 혀쏫

288 이상의 두 군데의 "펴질것"은 "터질것"의 오식이다.

饒舌에 지나지 아니한다.

쌔리쏫

쌔리쏫이
쏙쏙떠러저요
햇그늘노써러저요
바람에불니면서　(初 四 女)

前「눈바래」에 比하면 韻律도 自然하지만 퍽이나 表現이 散文的이다. 그러나 본 그대로 自己의 言辭로 寫生하고 잇다. 읽고 마음에 쓰는 것은 그 淸新하고 鮮明한 作者의 純眞한 마음이다.

고용살리

동생아 잘잇거라
나는 먼곳으로
고용을살나간단다
동생은 슯흔빗으로
짜라온다
동생이 가이업다
아 동생아 동생아
내가밋고잇는사람은 너쑨이다
동생아 잘잇거라　(初 六)

이러한 眞實한 感動 그대로를 言辭로 낫하내이면 優秀한 詩가 될 것 갓다. 마음속에서 부르짓는 深刻한 叫喚인 까닭이다.

밧헤서도라오며

어머니가
애기를 업으시고
발에는 진흙이뭇어집신을신

으시고 등에업힌애기에게
젓나무욋을들니여 한발두발
힘업게 거러오시네
개고리소리가 개골 개골하는
밧헤빗치는 저녁햇빗　(初 六)

日常生活 속에서부터 이러한 眞實과 思慕를 차저서 노래하는 것은 아름다웁다.

金東仁, "녀름날 漫評－雜誌界에 대한(八)", 『매일신보』, 1932.7.20.[289]

七少年雜誌

少年 잡지는 몰모라 一별하기로 하겟다.

少年 잡지는 一律로 四六判인 것은 朝鮮의 特色이며 朝鮮이 아니면 볼 수가 업는 현상이겟다.

지금의 조선의 소년 잡지를 보면 그 水準이 모든 普通學校 四五年 以下의 정도다.

빳빳 마른 조선 사람의 살림 —— 그런 가운데서 마음의 양식을 구할 도리가 업는 조선 소년에게 마음의 양식을 주고자 하는 것이 이 잡지들이다. 그런지라 마음의 양식을 自由로 선택할 방식을 아직 發見할 수 업는 四五年 以下의 소년들을 표준 삼는다는 것은 매우 조흔 일이다.

그러나 水準이 그럴진대 그 編輯 體裁며 挿畵며 活字며 紙質에 잇서서도 그 水準에 律하여야 하겟거늘 조선의 소년 잡지는 그러치 안타.

조선의 少年 잡지는 그 전부가 九 포인트나 五號 活字로서 印刷되며 째째로는 六號 記事도 업지 안타. 小學 四五年 以下를 표준 삼는 데 이런 작은 活字를 使用하는 것은 장내 국민의 눈의 保健을 爲하여 용서치 못할 일이다. 近視眼의 小學生들이 무척 만허 가는 것을 볼 째에 우리는 문쓱 少年 잡지를 연상한다. 이것은 고칠 필요가 잇슬 줄 안다.

지금 어른을 표준 삼은 잡지가 대개 四六倍판으로 하는데 少年 잡지가 모도의 논이라도 한 듯이 四六판으로 하는 것은 이상한 일이다. 新約에 하느님의 것은 하느님에게로 가이제의 것은 가이제에게로라 한 것과 마찬가지로 큰사람의 잡지는 大型으로 작은사람의 잡지는 小型으로 하는 것인

289 김동인(金東仁)의 「녀름날 漫評－雜誌界에 대한(전10회)」(『매일신보』, 32.7.12~22) 중 八회만이 아동문학 잡지와 관련된다.

지는 모르지만 이것도 그다지 자미업는 줄 안다. 소년의 마음에 작고 좁고 조밀조밀한 영향을 주기가 쉽다. 장내의 大국민을 만들기에 방해는 될지언정 이익은 적을 것이다.

紙質이 粗惡하고 印刷가 낫분 것도 少年 雜誌에 잇서서는 용서치 못할 흠이다.

紙質이 낫브고 印刷가 조치 못한 것은 少年들의 마음에 粗惡한 感化를 주기가 쉬운 것이다.

그 內容의 取材에 관해서는 筆者 不幸히 檢討하여 보지를 못하엿다. 그러나 째때로 성큼성큼 題目을 보고 역시 성큼성큼 건느면서 닑어 본 것으로라도 말하라면 內容 역시 그다지 시언하지 못하엿다. 좀 더 情熱이 찬 文章과 좀 더 少年의 情緖의 북도듬이 될 만한 敍辭가 필요하다 한다.

요컨대 少年 잡지는 너무도 不滿이 만타. 좀 더 큰 책에 좀 더 큰 活字로 좀 더 조흔 조히에 좀 더 조흔 體裁로 情熱과 愛撫가 흘르는 文章으로 보여 알라고[290] 하고 십다.

이러케 말하면 혹은 아레와 가티 응할는지도 모르겟다.

"큰 책? 조흔 조히? 조흔 內容? 그것은 費用이 만히 걸립니다. 비용이 만히 걸리면 冊價가 빗사집니다. 冊價가 빗사면 보지를 안습니다. 그런지라 지금의 이 모양대로 하지 안흘 수가 업습니다. 그래도 업는 편보다는 이런 것이라도 잇는 편이 나앗지 안습니까?"

그 말에도 一理가 잇다.

그러나 이 세상에는 "업는 편"이 "잇는 편"보다 훨신 조흔 事物이 만타. 이런 소년 잡지는 업는 편이 오히려 조흘 줄 안타. 萬害가 잇고 一利가 업는 것이다.

단지 編輯人과 그 外 從業員의 口腹 問題를 위하여 存在하는 잡지지 天下 少年은 我不關이라는 것이 그 잡지의 發行하는 唯一의 리유라 하면 以上의 苦言은 모도 取消한다.

---

290 '달라고'의 오식이다.

"尹石重 童謠作曲集", 『매일신보』, 1932.7.21.

조선 동요게에 천재적 동요시인으로 일홈 잇는 윤석중(尹石重) 군의 동요작곡집(童謠作曲集)이 그동안 시내 봉래정 신구서림(新舊書林) 발행소 미테 인쇄 중에 잇섯든 바 요즈음 인쇄가 다 끗나서 이달 이십일부터는 시내 각 서점에서 발매될 예정이다. 질로나 량으로나 아즉 조선에서 발행한 동요즙으로는 이 윤 군의 동요즙을 짜를 것이 업슬 것이다. 이 동요즙에는 윤 군이 과거 잡지나 신문지상으로 발표한 작품들 중에 가장 우수한 작품으로 륙십여 점이나 실엇고 노래마다 어린이들이 부르기 적당한 태서의 유명한 아름다운 곡보가 부처 잇서 음악 애호가는 물론 어린이 예술교육에는 둘도 업는 책일 것이다. 더욱 이 체재(體裁)로든 정결한 인쇄로든 아즉것 조선에서 발행한 동 종류의 책들에 비하야 한 이채(異彩)를 나타나 보힐 것이다. 한산한 조선 문단에 금번 윤 군의 동요즙 발행은 경하할 만한 큰 수확일 것이 의심 업다.(정가는 팔십 전)[291]

291 윤석중의 『尹石重童謠集』(新舊書林, 1932)을 가리킨다. 이 책의 발행일자는 1932년 7월 20일이다.

秦長燮, "小波 方 兄 생각-故人과 지내든 이야기의 一片", 『어린이』, 1932년 7월호.

小波 兄과 나와는 少年時代의 동모엿다. 내 나히 열여섯 普成高普 三學年에 在學할 째부터 나는 齋洞(그때 小波 집은 只今의 京城女子高普- 뒷골목에 잇섯다)으로 小波 兄을 갓금 차저가서는 文學 이야기를 주고받고 하얏다. 나보다 四年 우 되는 그는 그때 이미 나보다는 퍽 독서를 만히 한 모양이엿다. 그래서 나는 小波의 이야기에 귀를 기우리는 편이 만헛다. 그때부터도 이야기를 어떠케 구수하게 잘하는지 아모리 오래 이야기를 게속하야도 실증이 나지 안헛다.

그 이듬해에 조선에는 삼일운동이 일어낫다. 그리자 나는 고향에 도라가 잇다가 그해 가을로 동경(이상 20쪽)으로 건너갓다. 그리하야 小波와 만날 기회가 업서젓스나 늘 편지 왕래로 우정을 이어 왓다. 그 후 나는 동경서 다시 小波와 자조 만날 긔회를 얻엇다.

그는 그때 동양대학(東洋大學)에 재학하면서 일심으로 소년문학을 연구하고 잇섯다. 동경서는 서로 퍽 먼 곳에 하숙을 정하고 잇섯스나 一주일에 한 번씩은 대개 만나게 되엿다. 어떤 때는 小波 집에 가서 놀다가 이런 이야기 저런 이야기에 쏫이 피여서 전차 끈허지는 줄도 모르고 잇다가 하는 수 업시 그 집에서 한 이불 속에서 자고 도라온 적도 잇섯다.

그럴 때마다 그는 손수 맛잇게 반찬을 만들고 된장국을 끄리여 나에게 주엇다. 그와 나와는 승격(性格)이 퍽 다르건만 그는 나를 퍽 사랑해 주엇다. 나도 친형가치 존경하고 미덥게 생각햇다.

동경서 〈색동회〉를 만든 것도 그 시절이다. 우리 동지들은 小波의 그 열에 움즉이지 안는 사람이 업섯다. 그의 조선의 어린이를 사랑하는 마음과 어린이를 위한 정성은 불가치 뜨거웟섯다.

그는 항상 어린이들을 위하야 평생을 밧치겟다는 결심을 말하얏섯다. 그는 그가 세상을 떠날 때까지 이(이상 21쪽)런 마음을 정성을 다해 왓다. 그가 마즈막 눈을 감을 때까지 친구들에게 어린이들의 일을 부탁하고 갓다.

아— 그러나 그는 이미 고인이고나! 생각하면 생각할사록 앗갑고 분한 일이다. 그의 일주긔(一周忌)가 가까워오니 새삼스럽게 녯일이 추억되고 고인이 그리워진다. 小波와 특별한 친교를 가젓든 내 가슴은 다시금 무여지는 것 같고나. 울어도 시원치 안흔 일? 울면 무엇하리. 차라리 고인의 영혼이나 평안하도록 조선의 모든 어린이와 가치 고요히 묵도나 드리자. (끝)

(이상 22쪽)

安俊植, "聯合學藝會를 맛치고－여러분께 감사한 말삼을 듸림－", 『별나라』, 통권60호, 1932년 7월호.

이번 련합학예회는 사실 예상키도 어려울 만치 복잡하고도 어려운 일이엿습니다. 그런데다가 작품전람회와 학예회를 거듭 개최하게 되야 실로 말할 수 업슬 만치 힘이 드럿습니다. 또한 처음 개회한 것만치 아모런 체험도 업고 하야 만흔 결함과 불충분한 점이 상당히 만핫든 것도 사실입니다만은 우리의 자라는 힘대로는 다－ 써 본 형편입니다. 그리고 먼 지방에서 참가해 주신 여러 학교, 경성과 경성 근방에서 참가해 주신 여러 학교, 학원 선생님에게도 감사한 말삼을 듸리오며 힘것 원조하신 데는 퍽으나 감사합니다.

그뿐 아니라 밤에 연 학예회에까지 참가하여 주시여 어린 동무들로 하여금 그만큼 지도를 하여 주섯고 밤이 이슥하도록 원만히 맛치기 爲하야 끗까지 씩々하게 출연하게 해 주신 것은 무어라 말삼키 어려울 만치 고마왓습니다.

작품전람회에 참가한 학교, 학원만 육십여 교, 학예회에도 십오 교의 참가가 잇스니 한 학교의 전람회 한 학교의 학예회만 연다 하드래도 여러 사람의 손이 몃칠 동안의 수고를 들여야 될 텐데 이번에 련합학예회야말로 몃 십 배의 큰일임으로 자연 그 사이에 잘못(이상 6쪽)되는 일도 업지 안엇습니다. 그것은 필연이라고 하면 무책임한 말이겟스나 사실 섭직한 일이엿습니다. 우리는 무엇보다도 그림 한 장 습자 한 장 작품 동요 한 장도 모다 일々이 당국의 검열을 맛고 또 장소도 텬도교긔렴관에서는 하지 못한다고 하야 공회당 사회관, 래청각[292] 그야로[293] 갈팡질팡 헤매다가 겨오 래청각을 빌니게 된 것입니다. 또한 작품전람회에는 『동아일보』 루상으로 정하고

292 '래청각(來靑閣)'은 경성일보사(京城日報社) 사옥의 이름이다.

293 '그야말로'에서 "말"이 탈락된 오식으로 보인다.

십헛스나 그들은 단연 거절을 함으로 못하엿습니다. 그리하야 『경성일보』 래청각에서 삼십여 명이 밤을 새워 가며 전람회를 꾸몃다가 잇흔날 오후에는 귀신도 놀나게 감쪽가티 학예회 장소를 맨들어 놋습니다.

그러나 워낙이 아동작품이 만하서 전부 진열하자면 장소가 여간 좁지 안엇습니다. 그럼으로 오분 일쯤은 진열을 못하엿다가 잇튼날에는 웃칭까지 전부 진열을 하엿습니다. 그리고 밤에는 먼 곳의 학교를 나종 순서에 넛케 되여 선생님과 학생의 괴로움을 끼치게 한 것은 퍽 유감으로 아오나 이 역시 주도한 관찰이 적엇든 까닭인가 합니다.

하여간 그만큼 훌륭한 연기로써 잇흘이나 두고 수천의 관중을 질겁게 힘 잇게 맨드러 준 공로는 깃븜으로써 고마운 말슴을 듸립니다.

이리하야 조선에서 처음 되는 일을 우리 별나라社에서 주최하엿다는 것도 별나라社의 영광이려니와 오로지 여러분의 힘이 합하야 된 것입니다. 끗을 맛치고 여러분께 인사를 드리오며 거듭 리태원 지사, 숭인 지사와 직접 도와들 주신 여러분께 감사한 말삼을 올님니다.

一九三二. 七. 五 ── (이상 7쪽)

申鼓頌, "聯合大學藝會의 兒童劇을 보고", 『별나라』, 통권60호, 1932년 7월호.

"우리들은 에노구[294]도 업시 그림을 그렷고 풍금도 업시 노래를 배홧다."

이것은 사립 강습소나 야학에 다니는 동무들의 늘 하는 말입니다. 이러한 동무들이 요번에 별나라사 주최로 한집에 모이어 련합학예회를 열어 제각긔의 재조를 경쟁적으로 뵈여 주엇다는 것은 여간 뜻깁흔 것이 안이엇습니다. 나는 그 가온대의 아동극에 대한 것만을 본 대로 감상을 쓰려 하는데 첫제 야학이나 강습소라면 교실도 넓지 못하고 구들방에 멍석을 펴놋코 하로에 두 끼니도 겨우 어더먹은 동무들이 그닥지도 열 잇게 열연(熱演)을 뵈여 주엇다는 것에 대하야 깁흔 경의(敬意)를 표하는 바입니다.

대체로 늣긴 바는 어린 아해를 너무나 넘치는 데까지 즉 어린 아해로써 표현할 수 업는 데까지 무리한 요구를 한 것이 만엇습니다. 물론 그것은 각본에도 결함이 잇슬 줄 압니다만은 지도하는 사람이나 각본을 쓰는 사람(이상 13쪽)이 아동극에 대한 충분한 리해가 업기 때문인가 합니다.

또 하나는 연극이라는 것은 어룬의 하는 연극이나 어린 사람의 연극이나 일정한 관객(觀客)이 잇서 그 관객을 대상으로 하야 연극을 하게 됩니다. 그럼으로 그 대상인 관객이 자미를 늣기는 것은 성공한 것이라고 할 것이며 보는 사람이 하폄을 하거나 졸거나 중도에 도라가게 한다면 그것은 실패한 것이라고 할 것입니다. 이러한 의미에서 씃까지 보는 사람을 긴장케 하고 끌고 간 연극이 만치 못하엿다는 것임니다.

그리고 아모것이나 여러 사람이 모이여 하게 되면 그중에 잘하고 못하는 사람이 잇습니다만은 연극을 하는대 잇서 그중의 어느 한 사람만이 잘하고 다른 모든 사람은 볼 것 업섯다고 한다면 그 연극은 성공한 것이 안입니다. 연극이란 그림이나 습자와 갓치 한 사람의 각긔 제 재조를 발휘하는 것이

294 일본어 'えのぐ[繪の具]'로 "그림물감. 채료(彩料)"라는 뜻이다.

안이고 두 사람이 하는 것이면 두 사람 열 사람이 하는 것이면 열 사람이다 잘하여야만 되는 것입니다. 그럼으로 요번에는 한 사람 개인(個人)으로써는 엄청나게 잘하는 사람이 만헛습니다만은 연극에 나오는 사람의 전체가 동일적으로 잘하는 학교는 적엇습니다.

마즈막의 하나는 아동극인 맛치 노래가 만히 들엇고 또는 동요극도 잇섯습니다만은 노래의 곡조가 그 연극의 긔분에 맛추어 새로 작곡한 것이 안임으로 극의 내용 또는 노래의 내용이 곡조와 맛지를 안이하야 극의 긔분이 이상한 것이 만핫습니다. 그럼으로 새로 작곡을 하거나 선곡(選曲)을 하더라도 여간 잘하지 안으면 긔분을 맛게 할 수 업는 것입니다.

이만하고 각 학교의 것을 순서로 이약이하겟습니다.(이상 14쪽)

第一日

서극(序劇)으로 〈앵봉회(鶯峯會)〉의 슈프레히콜[295](이것은 여러 사람이 한꺼번에 연설하는 것입니다)은 자미 잇섯습니다만은 본대 어린 사람에게는 이러한 형식(形式)적인 것은 자미업슬 뿐 안이라 적당하게 못합니다. 어린 사람에게는 될 수만 잇스면 어린 사람의 육체적 조근과 심리에 적합하는 것이 조흘 것입니다.

수영학원(秀英學院)의 「토씨나라」는 그 전체적 통제에 잇서서나 개인 개인의 연긔(演技)에 잇서서나 세련된 것이엇습니다. 그러나 이 연극이 대체로 동요와 춤으로 구성된 만치 노래가 생명이라고 할 수 잇는 대합창에 잇서서 전연 실패햇다고 볼 수 잇습니다. 노래만 잘햇드라면 조곰도 험이 업는 훌융한 것이엿겟는대요. 나오는 사람들의 연긔가 압헤서도 말햇지만은 몃 사람만이 특별이 잘하는 사람이 업고 특별히 써러지는 사람이 업다는

295 슈프레히코어(Sprechchor). 시구(詩句)나 대사 같은 것을 효과적으로 전달하기 위해 간단한 리듬이나 억양을 붙여 집단적으로 제창(齊唱)하는 형식이다. 제1차 세계대전 후 독일에서 사회주의 청년운동과 결합하여 좌익 연극운동이 활발히 전개되었는데 이때 슈프레히코어가 새로운 연극양식으로 본격화되었다. 이것이 1931년 일본에 소개되고 당시 일본 동지사(同志社)에서 활동하던 신고송(申孤松)이 「슈프렛히 콜—연극의 새로운 형식으로(전5회)」(『조선일보』, 32.3.5~10)를 통해 우리나라에 소개하였다.

것이 이 학교의 자랑이라 하겟지요.

秀英學院을 뒤니여 月星學院의 출연이 잇섯는데 이 학원은 동요극 「외로운 명옥이」라는 두 막을 뵈여 주엇습니다. 연극에 들어가기 전 이 학원은 七八 가지의 노래와 춤을 추엇는데 그 모든 것이 너무나 통속적(通俗的)이고 지루하엿슬 뿐 안이라 춤추는 데 잇서서는 어린 사람의 마음과 몸에 맛지 안는 것인 위에다 야비(野卑)한 것까지 뵈여 주엇슴니다. 이 학원의 선생님은 좀 더 생각해 보실 필요가 잇는가 합니다. 이러한 지리한 노래와 춤 씃에 하게 된 이 연극도 모든 사람에게 지리한 감을 주엇스미 쏘한 통속적인 인상을 주엇는 것은 피할 수 업는 일임니다. 「외로운 명옥」이란 동요극은 간난한 아버지가 홧김에 술을 먹고 집을 써난 뒤 어머니가 병들어 죽(이상 15쪽)게 되여 외쌀 명옥이는 외로운 가온대 남겨진다는 것인데 전체가 노래로 되어 잇다. 그러나 처음부터 끗까지 그 노래의 곡조가 꼭 갓흔 것이어서 단조한 감이 만엇습니다. 노래에 잇서서는 오랜 전통(傳統)과 력사를 가지고 잇는 〈가나다회〉의 야학부인 만치 노래에 잇서서는 다른 학교를 한 거름도 압세우지 안코 훌융하게 해내엿섯습니다. 지도하시는 선생님의 꾸준한 노력이 뵈입니다. 그러나 이러한 〈가나다회〉의 동요극으로써 「쏫파는 어린이」는 그다지 성공한 것이 안입니다. 그리고 그 내용에 잇서서 조곰의 진보성도 업는 예술적에 넘치는 것이 첫재 보는 사람을 쓸어댕기지 안는 리유이겟지요. 〈가나다회〉의 전진을 위하야 지도하시는 분은 좀 더 무산아동의 예술로써 그 내용에 잇서서나 형식에 잇서서나 뒤써러지지 안흘 맛치해 나가시기를 부탁합니다.

첫날 저녁은 대체로 자미잇는 출발을 하야 어느 학교의 책임인지는 알수 업스나 중간에 나려와서 몹시도 지리한 늣김을 보는 사람에게 주엇습니다만은 맨 끗 회 湧興學院의 「地境을 닷는 날」에 잇서서 참으로 훌융한 끗흘 매젓습니다. 이 학원이 업섯드라면 연합학예회의 첫날은 완전히 실패하엿슬 것인데 실패와 지리에서 건저 내게 한 이 학원의 선생님께 감사를 마지안습니다. 제일일 제이일을 통하야 「地境을 닷는 날」이 가장 우수한 것일 뿐이 안이라 연극으로서도 완성에 갓가운 것이라 하겟습니다. 그 내용을 대략 이약이하면 간난한 아해들을 위하야 새로 동리 사람들이 학교를 만들게 되엿는데 동리에서 가장 부자라는 사람은 단돈 이십 전박게 내여놋치 안엇섯습니다. 그러나 그러한 사람의 도음이 업서도 동리 사람의 노력과 학교 선생님과 학생들의 피땀 흘린 노력으(이상 16쪽)로 기어코 학교를 세우게 되여 그 터를 닷는 질거운 날을 마지하엿다는 것임니다. 이 연극은 그 내용에 잇서 우리 학교의 (야학이나 강습소) 현실성을 잘 그렷스며 우리 학교는 우리의 손이 안이면 될 수 업다는 것을 잘 말해 잇고 그 형상에 잇서서도 연극으로써 구비하엿슬 쑨 안이라 우리의 연극의 집단성(集團性)을 잘 낫타내엿습니다. 개개인의 연긔도 통일되여 잇슬 쑨 안이라 전체의 율동적인 진행이 조곰의 험집 업는 것이엇습니다.

더욱 놀날 것은 관객이 열중하야 박수와 성원을 보낼 째는 하든 말을 중단하고 그것이 끗어지고 난 뒤에 다시 게속하는 것임니다. 하여튼 요번 학예회의 최대의 수핵이라[296] 할 것이며 이것을 지도한 선생님들에게 경의를 표합니다.

第二日

첫재에 興仁學院에서 아동극 「쏫파리」를 뵈여 주엇습니다. 쏫파는 소녀에게 선녀가 금관을 빌려주어 쏫츨 잘 팔게 하엿다는 것인대 대체로 험이 업는 연극이엿습니다.

普光學校에서도 상당히 만흔 노래와 춤을 가저왓는데 합창과 정말(丁抹) 체조는 모두가 갈채를 밧엇습니다. 대체로 이 학교 선생님들은 규률이 잇고 열심이 만호시고 준비가 충분하엿습니다. 이 학교가 뵈여 준 아동극 「아버지를 위하야」는 「심청전」을 곳친 것인대 아동극의 령역(領域)을 버서나 너무나 통속적인 신파연극에 갓가운 것이 되지 안엇나 하는 감이 잇습니다. 물론 그 준비의 충실함에는 감사함니다만은 아동의 하는 것은 언제던지 아동의 특질을 잘 나타내는 것이라야만 될 것임니다.

彰義學校의 「반지」는 지난달 (五-六月 合號 『별나라』에 실리엇스니 (四

296 '수확이라'의 오식이다.

十九 頁에 繼續) (이상 17쪽)

十七頁에서…… 닑어 보시면 알겟지만은 각본의 내용으로서는 조흔 것임니다. 그러나 상연한 결과는 그다지 성공한 것은 못되엿습니다. 정순이라는 간난한 집의 아해를 하는 학생의 연긔는 정말로 훌융한 것이엇스나 긴장된 맛이 적고 최후에 흥미를 놉흔 데까지 끌고 가지 안는 것은 원인이 어대 잇는지요.

맨 씃흐로 新設學院의 「골목대장」은 작년엔가 『동아일보』에 실린 尹石重 씨의 「울지마라 간난아」라는 동요극의 속편임니다.[297] 우리가 이것을 글로 읽을 때는 만흔 흥미를 끌엇습니다만은 이 학교가 실연한 결과는 그대지 성공하지 못하엿습니다. 그 원인은 각본에 잇는지 지도한 선생님에게 잇는지는 알 수 업스나 이러한 형식의 동요극이 엇더케 하면 본래 그 가진 바의 흥미를 다 표현할 수 잇슬가는 연구해 볼 여지가 잇슬가 합니다. 그러나 이 학교의 선생님의 잘못이라고 할 두어 가지는 동요에 대한 충분한 리해가 적다는 것 거긔에 딸아 이 동요극이 가진 동요로서의 독특한 맛 또는 곡조가 잇는 동요가 안이고 곡조 업시 불르는 동요에 대한 리해가 적은 것일가 합니다.

대게로 극에 대한 평은 간단하나마 이만하고 두겟습니다.

……(씃)…… (이상 49쪽)

297 동요극 「울지 마라 간난아(전5회)」(『중외일보』, 30.5.22~26)는 동요 「굽 써러진 나막신」을 극화한 것이고, 동요극 「달을 뺏긴 아이들(전5회)」(『동아일보』, 30.11.27~12.1)은 동요 「휘파람」을 바탕으로 한 것으로 "童謠劇 「울지 마라 갓난아」의 續篇"이다. 동요극 「先生님 없는 學校(전3회)」(『동아일보』, 31.5.3~6)는 "童謠劇 「울지 마라 갓난아」의 세째 치"이다. 동요극 「바로 그날 생긴 일(전10회)」(『동아일보』, 31.8.1~12)은 「울지 마라 갓난아」의 네째 치이다.

高火映, "朝鮮 初有의 聯合學藝會의 感想", 『별나라』, 통권60호, 1932년 7월호.

그 언제인가 『별나라』 雜誌에서 잠간 본 일이 잇섯다. "전선야학강습소련합학예회"를 연다는 말을. 그리고 학예회의 내용은 작품전람회까지 함께 한다는 것이엿다.

그리하야 나는 생각하기를 한 소년 잡지사로서(좀 어페가 될는지 모르나) 이와 가티 큰 계획을 한다는 것은 정도에 넘치는 일이나 아닐까 하고 의심도 하엿섯다.

그 후로 잡지도 안 나오고 신문에도 두어 번 나자마자 아무런 소식이 업서 궁금하엿든 것이다. 처음에는 십팔구일에 꼭 연다드니 이날이 지나갓다. 올치 그러면 그럿치 나의 예상과 갓구나 하는 생각도 잇엇다. 그러다가 칠월 이일 래청각(來靑閣)에서 개최한다기에 호긔심과 한편으로는 깃븐 마음을 가지고 갓다.

그러나 나의 추측은 너무나 선입견(先入見)이엿다. 냉정하엿다. 우리들의 힘에 대한 리해가 퍽 적엇다. 나는 『별나라』 여러분의 그 넘치는 활동과 수완과 건전한 마음씨가 용소슴하는 것은 사실 몰낫다.

그리고 그네들이 얼마나한 노력을 하엿다는 것을 짐작하게 되엿다.

"작품전람회에 잇서서 우리는 무엇을 어듬이 잇나" 하고 생각할 여지도 업시 그 전체가 오직 씩々히 자라나는 파란 싹과 가튼 감이 잇는 것이엿다. 제일 놀난 것은 통게표(統計表)를 아름답게 꾸민 것이요. 어린이도(이상 20쪽) 알기 쉽게 그림으로 표시한 것이다. 그리고 아저씨의 연극 세계소년생활 화보에도 참고할 것이 만앗슬 뿐 아니라 다시 보고 또 보게 될 만큼 꾸민 것이다. 아동작품에도 자유화에 잇서선 이년생 그림에도 「철로공부」 「대장깐 아저씨」 가튼 것은 일상에 남아 잇섯다. 그리고 나무수공 종희수공 편물 자수도 대체로 훌륭한 작품들이엿다. 이 얼마나 귀여운 것이며 어린이들의 피땀의 결정이냐 말이다. 나는 생각하기를 이와 가튼 훌륭한 전람회를 단

잇흘 동안만 한대니 섭々하다는 생각도 잇엇다. 밤 학예회에 잇서서 또 한 가지 놀나울 일이 잇섯스니 그것은 전람회는 간 곳이 업고 그 자리에 걸상이 나란히 노이고 극요회(劇謠會) 장소가 장엄하게도 되엿스니 말이다. 나는 막이 열니면서도부터 긴장된 생각을 조비비여 가면서 시간 가는 줄을 몰낫섯다. 장하다. 〈앵봉회〉의 수프레히콜이며 가난한 아이들의 노래며 「토기나라」와 「지경을 닷는 날」은 우리의 아동극으로서 아마 전에는 사실 업섯다고 할 만큼 긔운이 낫다. 자미가 잇섯다. 천여 명 관중이 누구나 긴장들이 되고 정숙하게 자정까지 끌고 나갓다는 것은 사실 오늘의 모임이 만큼 훌륭히 성공하엿다는 것을 말하는 것이다.

그리하야 나는 이가티 본다. 이번 별나라社의 주최의 이 모임은 가장 뜻이 잇고 또 우리로서의 외오침을 널이 세상에 전달하고 하는 그런 중대한 책임을 리행하엿다고 본다. 또 오늘날 시드러 가려는 학원들을 이만큼 씩씩하게 세상에 소개하엿는다는 것은 결코 조그만 일이 아니다. 영원히 우리의 압날을 빗나게 하며 『별나라』도 더욱 빗날 것을 의심치 안는다. 『별나라』여 더욱 전진하라. 우리들의 소년 대중을 잇글고 전진하라. 우리는 영원히 만세를 불너 줄 것이다.(이상 21쪽)

金完植, "全朝鮮 夜學 講習所 聯合 大學藝會를 보고서", 『별나라』, 통권60호, 1932년 7월호.[298]

나는 가고 십흔 시골도(身病으로 因하야) 三日이나 延期하고 기여히 이번 별나라社 六週年 紀念事業으로 擧行하는 學藝會만은 보고 갈랴고 기달이고 잇섯던 것이다. 그리하야 어느덧 七月 二日(土曜日)을 반갑게 맛저 熔礦爐갓치 쓸는 볏을 무릅쓰고 한 점의 바람도 맛볼 수 업고 한 나무의 그늘도 구경할 수 업는 安洞 네거리를 거처 淸○洞을 지나 太平通 來靑閣까지 왓섯다. 사정업시도 흘너나리는 쌈을 두 주먹으로 씩々 싯처 가면서 作品展覽會로 썩 들어섯다. 그리하야 習字, 圖畫, 作文, 手工 等을 모조리 구경하고 돌아서 나오다가 맛참 事務 보는 듯한 學生에게 學藝會는 몃 時부터 시작인야고 물어보앗드니 네 일곱 時부터 시작합니다 한다. 時計를 써내 보니 벌서 세 時 十五分이다. 나의 想像보다 훨신 넘친 깁븜을 한가슴 가득 써안고 그 門을 나서 저녁밥도 먹지 못한 주린 배를 움켜쥐고 이리저리 거닐면서 일곱 時 되기를 기달이고 잇섯다. 그리하야 기달이든 幕도 여덜 時가 넘은 뒤에야 열여젓다. 처음으로 〈鶯峯會〉에서 「우리들의 깃븐 날」이라는 序劇을 出演하엿는대 그것이야말노 그들의 陣營에서는 도저히 꿈에라도 듯도 보도 못할 만치 썩 잘되엿섯든 것이다. 잘되엿다기보다 정말 씩々하고 씃깁다고 할 것이다. 그리고 秀英學院의 「토기나라」라는 劇이라든지 涌興講習所의 「地境닷는 날」이라는 劇이야말노 우리들의(이상 22쪽) 陣營이 이가치 씩々하다는 것을 숫업시 자랑하고 잇섯다. 씃깁흔 脚本! 씩々한 동무들! 그 모도가 우리들 젊은 동무들의 쓸는 마음을 더한층 쓸케 하엿고 또한 그들 알미운 꼴을 餘地업시도 暴露한 것이 아니면 무엇이랴! 나는 배가 곱흔 것도 니저버리고 기운 잇게 한 幕 두 幕 구경하는 사이에 어느덧 열두 時도 멀지 안엇다. 그리하야 紹介하시는 先生님이(누구신지는 몰낫

298 원문에 '昌寧에서 金完植'으로 되어 있다.

다) 일노서 오날 저녁 學藝會도 끗낫다 하시고 여러 來賓과 한가지로 全朝鮮夜學講習所聯合學藝會 萬歲를 세 번 힘 잇게 불으고는 그만 幕이 점々 나린다. 나는 이 끗흐로 萬歲三唱이 썩 잘되엿다는 것을 간절이 늑기고 그만 어두운 거리로 이 몸을 숨켜 버렷다. 그리하야 寢床의 눕엇는 나의 머리속에는 만흔 생각이 번갈나 써올은다.

다 갓튼 運命에 잇는 만흔 동무들아! 우리에게 이 演劇과 노래가 얼마나 適切하다는 것을 여러 동무는 잘 아는가? 或 엇던 어리석은 놈들은 이 演劇과 노래를 한낫에 誤樂과[299] 遊戱物로만 取扱할 것이다만은 그러나 안이다. 絶對 안이다. 우리에게 演劇과 노래는 쏙 업지 못할 密接한 關係를 가진 것이 안인가. 붓끗으로 다 못할 우리들의 안타가운 事情을 演劇으로……노래로……만흔 동무들에게 알여 주는 것이 얼마나 必要하며 얼마나 조흔 일이냐. 우리는 무엇보다도 工場 뒤-ㅅ골목이나 農村 山 밋헤나 강가 모래밧헤서라도 때々로 조흔 演劇과 노래를 만히 배우자! 그리하야 우리의 압흐로 싸울 힘과 꾀를! 씩々하게 길너 두자! 만흔 동무야! 씩々한 동무들아!

끗흐로 出演하신 여러 동무와 出演치 못한 여러 동무들! 압흐로 더욱 굿세게 한거름 더 나아가 數百萬 勤勞하는 우리 동무에게 만흔 도음이 잇기를 빌고︵ 마지안는 바이다. 싸라서 별나라社 여러 先生님. 내々 건강하시며 우리의 指導者인 『별나라』도 永遠히 씩々하게 나오기를 빌고︵ 이 펜을 놋는다. 第二日을 보지 못한 것은 크다란 유감이다.

—— (一九三二. 七. 四) —— (이상 23쪽)

---

299 '娛樂과'의 오식이다.

朴世永, "全鮮夜學講習所私立學校聯合大學藝會 總觀", 『별나라』, 통권60호, 1932년 7월호.

一九三二年 七月 二日과 三日 이 두 날은 낫과 밤에 성대히 전선야학강습소사립학교의 련합학예회가 래청각(來靑閣)에서 열니엿스니 실로 낫과 밤에 관객만 하여도 근 팔천을 헐신 넘엇다. 이번 이 모임이 우리에게 얼마나한 성과를 갓게 하엿나 하는데 대하야는 아래에 차々 서술하려니와 우리가 이 모임에 잇서서 얼마나 노력하엿나를 잠간 말해 보려 한다.

開會하기까지의 우리들의 努力

우리는 이 가튼 모임을 몃 해 전부터 계획하여 보앗스나 힘만으로도 어려운 일이요 대체로 여러 가지 조건이 구비하지 안흐면 도저히 이가티 굉장하고 범위가 넓은 모임은 생각하기도 어려운 것(이상 26쪽)이다.

그러나 이번 유월이 『별나라』 륙주년 긔념임으로 별나라社에서는 한번 힘을 내여 전조선야학강습소사립학교련합학예를 열자고 의견을 말하여 보앗다. 그러나 이번에 이와 가튼 큰 모임을 한번 열어 보는 것도 우리의 사업으로서는 크다고 할 수 잇슴으로 우리는 용단을 내여 열기로 한 것이다.

때는 일월 초순이엿다. 그러나 구체적으로 일을 분담해서 진행하지는 못하엿다. 다만 『별나라』 지상으로 발표하엿슬 뿐이요 작품 모집에만 더욱 힘썻든 것이다.

그 후 오월 초순에 이르러 각 지방학교와 재경학교에도 서신을 보내고 작품전람회 학예회에 참가하기를 청하엿다.

그리고 더욱이 밤에 출연할 학예회에는 서신만으로는 어려울 것 갓해서 우리는 四區로 논아서 각 학교 학원을 방문하엿든 것이다. 그리하야 東區는 宋影 씨가 맛고 南區는 朴一[300] 씨 西區는 『별나라』 사장 安俊植

300 필명 박아지(朴芽枝)로 많이 알려져 있다.

씨 北區는 筆者 자신이 맛기로 하야 각 三四日을 두고 차저다니엿든 것이다. 그러나 엇더케도 학원이 만핫든지 예정 이외의 학원도 상당히 만헛든 것이다.

이리하야 사실상 우리들은 예기한 것 이상의 수확을 엇게 되엿다. 그러나 일々히 이와 가티 차저다니는 우리의 괴롬은 엇덧타 할 수 없섯다. 십 리 시오 리나 허덕이고 갓다가 학원 당국자도 못 맛나 보고 오는 곳도 몃 곳이나 잇섯스며 간혹 엇던 데서는 "갓득이나 강습소 하면 성적이 낫브다고 비평을 하는데 공연히 작품을 내놔ㅅ다가 학교의 면목만 업게 되면 엇지 함닛가" 하고 케々묵은 소리를 하는 곳도 잇섯다.

우리는 전도사나 권유원가티 엇더한 리익을 위하야 도라다닌 것은 아니다. 적어도 크(이상 27쪽)다란 우리들의 역활을 다-하려는 오직 그 마음씨에서 다닌 것이다. 그리고 땀이 헐々 흘느는 괴롬도 니진 것이다. 더욱이나 힘것 찬성하는 선생님의 말삼을 듯고 올 때에는 더욱이나 용기가 나는 것이엿다. 그리고 삼천여 점의 작품을 모조리 검열을 맛치고 우리는 밤을 새우며 작품을 정리하는 한편 열 가지 아동극과 수십 가지 노래를 또한 검열 맛튼 후에는 더욱 쉬지 안코 준비하엿든 것이다. 그러나 개회 전날까지도 수십 인의 동무가 활동하여 주엇것만 일은 그대로 벌여저 나갓다.

七十餘 學院과 數萬 名 生徒가 總動員되엿다

원래도 본사에서 일々이 심방한 외에 지방에도 백여 교에 서신을 보냇스나 참가한 곳은 예상과 가티 만치 못하엿다. 그러나 이것이 처음이니만치 륙십여 교의 참가를 보게 되엿스며 作品만 실로 四千餘 点에 이르럿다. 그리고 이번 전람회에는 가작만을 추려서 진렬하지 안코 학교 당국에서 출품하는 것이면 전부 진렬하기로 한 것이다. 그리하야 이번 작품전람에만 참가한 학교 학원과 作品 총수는 다음과 갓다.

出品校名	自由畵	習字	作文	童謠	手工
東明學院(金川)	六	四	二		
共明學院(水原郡)		四		一	
東化學院(京城)	三	一二	七		
基谷學院(崇仁面)	二五	二二	七		
新星學院(漢芝面)	二	一			
安靑學院(安城)	八	五			
新堂學院(漢芝面)	一八	四九			
石街學院(谷山)	一一	一三	一	八	
弼雲講習院(京城)	三三	一○	七		
三聖學院(京城)	一七	七○			

(이상 28쪽)

出品校名	自由畵	習字	作文	童謠	手藝
新設學院(漢芝面)	一二	七	八	一一	五(手工)
錦城學院(漢芝面)	一一	四			
高龍學院(崇仁面)	九		六		
東山學院(崇仁面)	三六	四二	一三	一	
崇仁學院(〃)	五六	二六			
普榮講習所(南海郡)	三		二		
貞明女子講習所(襄陽郡)	一一	八			
振靑夜學院(平澤)	一○	一七			
培花女學校(京城)					一○
中央女子夜學(咸興府)		一六	一六		
三聖學院(京城)		五			
翠雲女子夜學(京城)	二一	四○	一○		九八
가나다夜學(京城)	七	二○	一一	三	一六
大成女子學院(京城)					三六
虎山培新學院(延白郡)	九	一七	六		
彰東學校(白川郡)	二三	六	三	二	
永明學堂(京城)	一二	九			
曉星學院(龍江面)	六	一○			

正信學院(京城)	三五	三四			
能仁學院(公州)	八	一〇			
朝陽學院(利泰院)	一六	一〇	五	一	
東陽學院(平山郡)	四		三	一	
普光學校(京城)	一六	一三			
新明學院(龍江面)	一二	二五			
山陽農民夜學(延安)	九				
密陽女子夜學(密陽)	六				
月星學院(京城)					四九
育英學院(崇仁面)	二	九			
秀英學院(京城)	五二	八九	一一		(手工)八七二〇
紫霞女子學院(京城)	五二	八九	一一		一〇
彰義學校(高陽)	一九	四五			六
培英學院(京城)	二六	三三			(手工)七八
永信學校(京城)	一二	三二			
新明學校(京城)	一九	一七			
恩平學院(恩平)	八	一五			

(이상 29쪽)

讀者 個人 等 學校 所屬 等을 計算하면 三十餘校 六七百 点이나 된다.

이만하면 수확이야말로 우리들의 첫 경험으로는 그리 작은 것은 아니겟다. 그보다도 이러케 각 학원 학교에서 힘 잇게 지々해 준 데 대하야는 늣기는 바가 큰 것이다.

만일에 『조선일보』가 그대로 나왓슨든들 더 널니 선전되야 전선에서 폭우가티 작품이 몰녀왓슬 것이다만은 후원해 주기로 된 『조선일보』가 이상이 잇게 되야[301] 결국 수포에 도라갓든 것이다. 그러나 『동아일보』는 전람

301 『조선일보』는 발행 겸 편집인 명의가 안재홍(安在鴻)으로부터 임경래(林景來)로 바뀌면서 1932년 6월 1일부터 휴간에 들어갔다. 이때 구 간부인 한기악(韓基岳) 등은 임경래가 『조선일보』 사옥과 기계, 집물(什物)을 사용할 수 없도록 하는 등 내분이 있었다. 임경래는 구 견지동(堅志洞) 사옥에서 신문 발행을 할 수 없게 되자 명치정(明治町) 2정목(丁

회 장소로 『동아일보』 루상이나마 빌니려 하엿드니 사정상 못 벌니겟다고 냉언하는 데는 퍽으나 락심도 되엿다만은 장소의 문제로 우리의 일을 긋칠 바 아니다. 그럴수록 우리는 더욱 용긔를 내고 우리를 방해하는 모든 것과 겨느고 나가려는 것이다.

그뿐인가. 회장 문 압헤는 크다란 아-치를 세울랴고 햇스나 경성일보사에서 거절하엿고 우리의 긔세를 올니기 위하야 한울을 뚜를 듯한 광고탑을 종로 네거리에 세우고자 하엿드니 그것도 허가를 아니하야 앨 써 맨드러논 것도 소용이 업시 되고 최후로 광고판도 한 구역에 한앗식박게 못 세우게 하엿다. 그러나 신상들의 운동회 때나 그 외 무슨 대회니 할 때에 광고탑이 섯든 것도 새삼스레 생각이 난다.

모든 것이 이와 가티 되야 한때는 마음을 것잡을 수 업시도 되엿섯다. 조사부에서는 대회 전날까지 통계표 작성에 겨를이 업섯고 또한 아동극 무대 모형을 맨들기에 밤잠을 못 자는 형편이엿다. 워낙이 리상춘[302] 씨가 홀노히 제작하는 형편이엿스닛가.

전람회에는 전날은 아츰 열시부터 전람회장을 꾸미느라고 삼십여 명의 동무들이 각々 일을 분담해서 하엿다. 그러나 어느 것(이상 30쪽)을 먼저 해야 할지 엄도가 안 나섯다. 그리고 이번에 안준식 씨는 물질노나 힘으로나

目) 82번지 중국인 소유 동순태(同順泰) 빌딩에 임시 사옥을 차리고 활판(活版) 인쇄로 6월 15일부터 신문을 발행하였다. 구 사원들은 이에 대항하여 견지동 사옥에서 『조선일보』를 발행하여 한때 임경래와 안재홍 명의의 두 가지 『조선일보』가 발행되었다. 8월 1일부터 휴간에 들어갔던 『조선일보』는 이후 조만식(曹晩植)이 사장으로 취임하며 통합되어 1932년 11월 23일부터 속간되었다.(『朝鮮日報 六十年史』, 조선일보사, 1980, 230~237쪽 참조)

302 이상춘(李相春, 1910~1937)은 일제강점기 대구(大邱) 출신으로 연극인이자 미술인이다. 1929년 동경(東京)으로 유학 가 1년 동안 무대장치 관련 독학을 하다가 1930년 귀국해 이갑기(李甲基)와 함께 프롤레타리아 연극단체인 가두극장(街頭劇場)을 만들어 연극에 매진하였고, 1931년 조선프롤레타리아예술동맹(KAPF) 연극부 대표를 맡아 연극 활동을 하였다. 1932년 강호(姜湖), 신고송(申孤松) 등과 함께 극단 "신건설(新建設)"에 참여 하였다. 1932년부터 1934년까지 일제로부터 세 번 검거 당했고 극심한 건강 악화로 고통 받다가 자살로 생을 마감했다.

정신으로나 자긔의 힘을 다― 듸린 것은 사실일 것이다. 그리하야 회장을 꿈미는 데도 어려운 일은 자긔 스々로 다-하엿다. 내가 회장에 드러섯슬 때에는 그는 맛치를 들고 놉흔 사다리에서 일을 하엿다. 하여간 우리에게 잇서서 끔직한 이엿다.

우리가 회장을 다― 꿈몃슬 때에는 벌서 밤 열시가 넘엇다.

壯하다 大會 初日에 五千人 突破

보라! 場內를 엇더케 꿈몃나?

회장은 삼층 루상 넓은 강당이엿다만은 작품을 다― 진렬할 수가 업섯다. 대개 정돈도 다 된 모양이다. 나는 잇흔날 아츰 일즉이 손님과 가티 회장 전체를 자세히 구경하엿다. 칭々대를 굽이도라 올나가니 회장에 이르럿다. 선듯 눈에 띄이는 것은 습자부의 일학년생 습자엿다. 전람회는 이리로의 화살이 왼쪽을 가르키고 잇다. 차근︵︶ 왼편으로 습자를 훑터보며 가닛가 第二學年生의 작품이 시작된다. 벽에는 얼는 눈에 띄이는 것이 잇스니 림간학교 등산 운동, 냉수욕에 대한 슬로강이 붓터 잇고 마즌 편으로는 아저씨들의 연극 포스타가 아름답게 붓터 잇섯다. 메사마시대의[303] 「隊歌」 新築地劇場의 「暴風」 明月의 劇場의 「荷車」 築地小劇場의 「파랑새」 左翼劇場의 「西部戰線 異狀업다」 외에 독일 로서아의 극단의 출연 장면과 兒童劇으로는 〈가나다會〉, 〈翠雲少年會〉, 京城保育學校, 〈朝鮮兒童藝術協會〉, 梨花女子專門 등에서 출연한 무대도가 걸녓섯다. 바로 그 아래에는 보기만 하야도 그럴 듯한 무대 모형이 노혀 잇섯다. 「토기나라」의 무대 면은 가온대 슨 게수나무와 풀 언덕이 그럴 듯이 조화되(이상 31쪽)엿다. 또 그 엽헤 잇는 「三等 水兵 말틴」의 場面은 샛파란 바다의 한울 공긔통 구조선 해군, 모두가 정말 다른 배에서 보는 것 가텃다. 여기서 다시 오른편으로 도라스니 이학년 습자 일부가 다시 시작되엿다. 무대에는 흰 막을 첫고 "오늘밤에

303 '메자마시대(メザマシ隊)'는 대중연극, 프롤레타리아 연극운동의 일부 그룹인 "트렁크극장, 도쿄프롤레타리아연예단, 메자마시대(トランク劇場, 東京プロレタリア演芸団, メザマシ隊)" 등의 하나로 길러져 온 것이다. "めざまし〔目覺(ま)し〕"는 "잠을 깨게 함"이란 뜻이다.

굉장한 동극 경연이 이 무대에서 열니겟습니다" 하는 글발이 붓허 잇섯다. 누구나 이 압흘 지나갈 때마다 벌서부터 긴장된 마음을 조리면서 지나갓슬 것이다. 그리고 니여서 第三학년의 습자가 걸니기 시작하엿다. 팔뚝 갓든 글씨 혹은 점々 재치 잇고 글씨혹도 바로 스게 되야 흙탕물이 흘느고 흘너서 맑아진 것과 가헛다.[304]

여기서부터 다시 오른편으로 돌기 전에 마즌편 벽에는 세게 소년생활 사진이 걸니엿스니 일본, 남양, 미국, 영국, 로서아, 독일 등의 여러 나라이며 그 위로는 통게표가 창틀 사이마닥 죽 걸니엿다. 보기에도 눈이 황홀할 만치 색々이로 빗나 잇다. 강습소의 통게 경비 통게 생도 통게 세게소학생 통게 조선아동일년간출생 통게 직업별아동 통게(職業別兒童統計) 전선학교와 학생 통게 전선아동성별 통게(全鮮兒童性別統計) 등이엿다. 그리고 그 아래로 창 밋헤 죽— 연달닌 테불에는 수영학원(秀英學院) 오리목수공의 특별 출품이 더욱 이채를 날니엿스며 그 다음으로는 각 학교의 긔념사진이 노여 잇섯다. 나는 편하게 관객 모양으로 구경을 차근〳〵이 좀 하자고 그랫드니 벌서 아래ㅅ청이 우루루 텬동이나 하는 것처럼 울니드니 단체의 입장이 시작된다. 급작히 장내는 사람으로 삑々하게 에워쌔고 마럿다. 그리하야 나는 돌처서서 사학년 습자를 봐 가기 시작햇다. 여기에는 상당히 잘 쓴 생도들이 만아서 관객의 눈을 잇그럿다. 그중에도 눈에 씌(이상 32쪽)이는 것은 안청학원(安靑學院) 조양학원(朝陽學院) 자하녀자학원(紫霞女子學院)의 습자들이엿다. 아— 얼마나 놀나운 발전이며 선생님들의 노력의 결정이냐!

쏘한 이 포장 안에는 『별나라』 七年史가 부터 잇섯다. 그리고 니여서 『별나라』 가트 삽화(揷畫)를 그리신 선생님들의 원화(原畵)가 걸녀 잇고 운동회 긔렴식에 쓸 만한 모범 포스타도 달녀 잇섯다.

학생 제군, 『별나라』 독자들은 이 그림을 퍽 자미잇시 보는 것 갓다. 여기서부터는 도화부(圖畵部)가 시작되엿다. 우리의 눈은 어느 것을 봐야만

---

304 '갓헛다.'의 오식이다.

될지 아조 굉장하엿다. 도화도 차々 갈수록 훌륭한 작품이 만엇다. 그중에도 배영학원(培英學院) 이년생의 그림 「철로공부」(鐵路工夫) 가튼 것은 건전한 필치라든지 정신에 잇서서도 뛰어남이 잇섯고 「대장ㅅ간」도 씩々한 장면이엿다. 그리고 삼년, 사년, 오륙학년의 그림 중에는 공주 능인학원(能仁學院) 필운강습소(弼雲講習所) 신명학교(新明學校)의 그림은 훌륭한 작품이 만엇다. 그중에는 능인학원의 농촌 풍경화 二点과 필운강습원의 풍경화 이삼 점은 세련된 작품이엿다.

萬紫千紅의 手工部

여기서 다시 돌처스니 수공, 수예품부에는 사람이 잡답하나마 서편 창에서 드러오는 밝은 광선에 오린 종희, 접지 모형, 동물원, 식물원의 특출한 색채(色彩)의 모방이엿다. 그리고 이렬로 자수, 편물 등 여자의 수예품이 왼 방안을 수노코 잇스며 조희연극 「少年구루마쑨」의 별나라극장이 한편 벽에 붓터 잇섯다. 또한 우리들의 소년 독물에 몃 가지와 로서아 독일 그림 동화집이 어린 동무를 잇글며 더욱이(이상 33쪽) 『별나라』 창간호(創刊號)부터 오집 구호까지가 진렬하야 우리의 마음을 새롭게 하엿다.

이번 전람회에는 출품 점수는 그리 만치 못하나 조흔 작품이 만엇고 보는 사람마닥 감탄을 하엿다. 그리고 엇던 소년은 "우리들은 에노구도 업시 그림을 이가티 그렷습니다" 하고 게시판의 말구를 읽어 보는 소년도 잇섯다. 사람은 점々 밀녀서 장내는 일대 수라장이 되다십히 복잡하여젓다. 일변 통계표를 적는 이 출품학교를 적는 이 한동안은 눈코 뜰 사이가 업섯다. 이리하야 전람회만에도 사천여 명의 관객이 이 한낫을 점령하엿섯다.

朝鮮 初有의 聯合大學藝는

밤 여덜 시부터 개막이 되엿다. 우리는 전람회장을 전광석화(電光石火)와 가티 쳐부수듯이 쓰더 노코 삼십여 명이 대활동을 하야 학예회장을 순식간에 쑤여놋섯다. 가티 일하든 동무까지 자긔가 어듸를 잠간 갓다 온 새 이가티 된 것을 보고 놀낫다.

장내는 어마어마하게 정돈이 되자 여섯 시 반부터 입장자가 몰녀왓다. 시외의 학교에서는 전람회와 아울너 미리부터 입장을 하고 잇는 데도 잇섯다. 여덜 시가 되니 벌서 만원이 되엿다. 웃층에는 사백이 넘는 녀학생, 부인들 아래ㅅ층에는 륙칠백의 소학생, 학부형과 일반 관중이 꼭 찻다.

그리자 개회는 되여 본사 사장 안준식(安俊植) 씨의 씩々한 개회사와 아울너 박수 소리에 개막이 되엿스니 〈앵봉회〉의 합창극(「우리들의 깃븐 날」)은 긔운이 날 만큼 신이 나게 하엿다. 한 사람이 "우리는 에노구도 업시" 하면 다음 사람이 "그림을 그렷고" 점々 목소리는 커 가며 관중을 긴장식히여 처음부터 우리의 마음을 용소슴치게 하엿다.(이상 34쪽)

신명학원(新明學院)의 독창 합창이 끗나고 월성학원(月星學院)의 극요가 끗낫다. 그 다음 〈가나다회〉의 동요가 시작될 때에는 와글거리든 장내가 고요해젓다. 진땀이 날 만콤 더운데도 불구하고서 꾀꼬리가티 고흔 노래가 가늘게 놉게 굴너 나올 제 끗나는 걸 섭々히 여길 만하엿다. 그리하야 일부가 끗나니 벌서 열시 반이 되엿다. 조곰 잇다 제이부가 시작되엿스니 그럴 듯한 무대 게수나무 밋흐로 은절구 금절구가 좌우로 노엿고 새하얀 토기님들이 조화 잇게 별여 스고 안고 무대면이 아조 아우러젓다. 아이들의 재조는 놀날 만치 세련이 되엿다. 관중은 긴장될 때로 되고 손벽 소리에 장내가 떠다라날 지경이엿다. 동무들이여 토기들과 가티 영리해지라고 나는 생각하엿다.

그 다음에는 〈취운소년회〉 녀자야학부(翠雲少年會女子夜學部)의 동요가 시작되자 역시 자미잇시 끗을 막고 끗흐로 용흥강습소(湧興講習所)의 학교 짠쓰와 유희는 독특한 표현을 보여 주어 만장의 갈채를 밧앗고 아동극 「地境 닷는 날」은 사실상 아동극에서는 처음 볼 만한 율동미 힘의 표현 단체적 기묘한 훈련의 결정으로서 갑 잇는 극이라고 하겟다. 그 누가 이것을 보고 도라가려는 이 잇섯겟스며 밤이 느진 줄이나 알앗스랴. 웃층 부인네들까지 긔운이 나고 통쾌한지 흥분되고 긴장된 눈초리로 자리를 떠나기 실혀하는 것 가햇다.

우리는 밤을 새워가며 다시 전람회장을 꾸미려고 하엿스나 워낙이 느저서 걸상만 거더치고 합숙(合宿)을 하엿다. 그리하야 잇튼날 다섯 시부터 다시 전람회장을 꾸미엿다. 장하다. 우리의 힘이여. 그리고 굿세인 마음이

여! (이상35쪽)

오늘은 第二日! 三千 名의 관중. 밤에는 一大 滿員

둘재날 오늘은 어제 못 붓친 작픔을 모조리 부인석 하엿든 웃칭까지 진렬하엿다. 오늘은 단체보다도 개인이 만히 입장을 한 형편이다. 그러나 우리들은 큰 유감으로 여긴 것이 한아 잇다. 그것은 우리들이 어더케 오랫동안 애쓰고 꾸며 논 전람회를 단 잇틀 동안만 열고 "그만둔다"는 것은 퍽 섭々한 일이엿다. 허지만 모든 객관적 정세가 그러한 형편이라 엇저는 수가 업섯다. 혹시 이동전람회(移動展覽會)라도 해 보려 햇스나 뜻과 가티 쉬운 일은 아니엿다. 그리고 또 한아 전람회에서 어든 경험은 량(量)보다도 질(質)에 잇는 것을 늣긴 것이다. 말하자면 작품의 정선(精選)의 필요를 늣긴 것이다. 왜 그러냐 하면 그 만흔 작픔을 일々히 다— 부치는 수는 업고 채래로[305] 부처 가다가 남는 것은 못 붓친 것도 잇스닛가 말이다. 그리고 물론 절대로 그럿타는 것이 아니라 습자나 도화 수공까지라도 선생님은 말로서 형용으로써 지도만 할 뿐이지 년월일(年月日) 성명 가튼 것이라도 한 자나마 써줄 필요가 업다고 생각하는 바이다. 될 수 잇스면 아동 자신의 손으로만 그 전부를 꾸며 내야만 그것이 비로소 산 작품이라고 말할 것이다. 이것은 다만 참고로 쓰는 말이요 다음에는 조금이라도 그런 흔적이 조금이라도 업게 하기를 바라는 바이다.

엇던 관중 가온대는 이런 말을 하는 분도 잇섯슬 것이다. "작문 동요는 다— 엇다 집어첫담." 그러나 조흔 것은 나오지 못하고 하야 그만둘까까지 생각하다가 둘재날은 일부나마 진렬하엿다. 허지만 동요에 잇서서는 작문보다 너무나 뒤써러진 감이 잇다.(이상 36쪽) 이것은 정서교육을 그만콤 씀직이 여기지 안는 관게에서 일어나는 사실인가 한다. 압흐로는 여기에는 훌륭한 걸작이 나오기를 바란다.

오늘밤 학예회는 참으로 어려운 가운데서 열니엿다. "풍금도 업시 우리는 노래를 이가티 잘 합니다"라는 글발도 어듸로 가버리고 노래까지 원고

305 '차례로'란 뜻이다.

와 다르다는 말을 듯고 여러 가지로 성가심을 밧엇스나 어제와 가티 「우리들의 깃븐 날」이 씃낫고 수영학원의 노래 흥인학원(興仁學院)의 창가와 「쏫파리」는 자미잇게 씃을 막고 씩々한 정말[306] 체조 삼부 합창과 「아버지를 爲하야」라는 극이 다시 긴장미를 올니엿스니 이것은 통제 잇는 보광학교(普光學校)의 차례 째엿다. 배영학원(培英學院)의 동요가 씃나자 창의학교(彰義學校)의 아동극 「반지」가 상연되엿다. 이것은 극의 내용보다도 아이들의 긔술이 압섯다고 하겟다. 누구의 입에서나 "조런 엇저면 조러케 쏙々해" 소리가 연달어 나왓다.

필운강습원(弼雲講習院)의 동요도 소년의 노래로는 상당하엿다. 그러나 시간이 느저 엇절 수 업는 째이엿스나 예정과 가티 가나다의 노래가 어제보다도 더 인긔를 끌엇다.

그러나 신설학원(新設學院)의 「골목대정」은 이 역시 이번 학예회의 특필할 훌륭한 극이엿다. 그러나 경험이 적고 헌 데다가 여러 가지 간섭이나마 뜻대로 되지 못한 것을 유감으로 생각하엿다. 이리하야 만장은 전선야학강습소련합학예회 만세로써 페회하엿스니 조선 사회사상에 특필할 이 굉장한 모임도 一九三二年 七月 三日 밤으로써 다더진 것이엇다.

(一九三二年 七月 十二日 記) (이상 37쪽)

306 '정말(丁抹)'은 덴마크(Denmark)의 음역어이다.

鄭哲, "少年小說六人集을 보고", 『별나라』, 통권60호, 1932년 7월호.[307]

전 조선에 헛터저 잇는 우리 동무들!

우리 동무 너이들은 작구작구 변해 가는 세상을 좃처 힘 잇게 거름 거러 나가고 잇는 줄 안다. 헛터저 잇는 그 시적직은한 생활노붓터 힘 잇고 용감해 가는 모임에 생활노 그 모임에 생활노 좀 더 모험적 생활을 할야고 하는 동무 하고 잇는 동무 벌서 한밧탕 하고 난 동무 그 외 우리들에 생활 우리들이 할야고 하는 일을 아조 실혀하고 방해하는 애들도 잇슬 것이다. 그것은 우리들을 좀 더 힘 잇게 맨드러 주는 것에 지나지 안는 것이다.

우리들은 누구나 말할 것 업시 압날에 희망을 바라고 사는 한 큰 뭉치다.

그럼으로 우리에게 한 깃쁨이 잇스면 다 갓치 깃버하고 슬푸면 다 갓치 슬퍼하고 분을 내며 갓치 분을 내야 할 것이다.(이상 46쪽)

자! 동무들아. 나는 너이들에게 깃븐 소식을 전할야 한다. 다 갓치 깃버하자! 그것은 다른 것이 아니라 우리들 동무 중 "여섯" 동무가 새로운 힘 잇는 소설집(小說集)을 내논 것이다.[308] 그 소설은 벌서 오래동안 『별나라』 『신소년(新少年)』을 통하야 다 읽고 드른 것일 것이다.

여섯 동무는 오래동안 계획에 ―을 거듭하고 모든 난관을 뚤코 요만한 것을 너이 압헤 내논 이것이다. 너이들은 한권의 책을 사거든 왼 동니 동무 갓흔 일을 하는 직공 동무 다 갓치 한 방에 모이여 한 사람은 읽고 또 해석도 하고 또 잘못됫다 잘됫다고 조금도 숭김업시 비판도 하야 너이들의 가슴에 꼭 안키게 하며 너이들에 양식이 되도록 하여야 할 것이다. 물논 이 모든 작품은 절대로 너이들에게 만족을 줄 만한 것이라구는 말할구 십지 안타.

---

307 '鄭哲'은 정청산(鄭青山)의 필명이다.

308 『少年小說六人集』(新少年社, 1932)을 가리킨다. '육인(六人)'은 구직회(具直會), 이동규(李東珪), 승응순(昇應順), 안평원(安平原), 오경호(吳京昊), 홍구(洪九)를 가리킨다.

그럿타고 헤서 너이들에게 큰 힘을 주지 안는 것도 아니다. 반다시 너이들에 오래 뭉치엿든 그 분이 폭발되는 큰 힘이 될 것이다. 우리들 사정은 쏨작할 수 업는 그런 사정에 잇다. 그러나 여섯 동무가 용감이 노력한 결과 이마마한 것을 내논 것이다. 우리는 작구︵︶ 우리들의 힘으로 미(이상 47쪽) 약한 것이라도 내노와야 한다.

그러는 중 우리들은 힘 잇는 우리들의 출판물(出版物)은 나올 것이다. 지금은 엇지할 수 업는 째다. 힘 잇는 우리들의 출판물을 내놀 수 잇는 그째를 바라보고 나가는 그째다 ——

우리들은 여섯 동무들의 크듸큰 노력의 감사함을 말하고 압호로 ——

힘 잇는 생활과 어린 동무들 굿센 의식을 갓는 데 큰 힘을 주듯마듯 출판물을 내놋키를 바란다.

몸 튼々이 마는 노력을 빈다.(이상 48쪽)

金炳昊, "朝鮮新童謠選集을 읽고", 『新少年』, 1932년 7월호.

金基柱 君의 健鬪와 健筆을 祝福하는 바 한 사람이다. 平壤이라는 地方的 不便을 늣기면서 長久한 時日을 걸어 朝鮮新童謠集[309]을 編輯 出版하야 줌은 大端한 精力과 苦心한 배 있은 줄을 謝禮하는 바이다.

筆者와 같은 無能力 駄作者도 그 속에 한목 끼이는 光榮을 받어 외람하나마 同集의 讀後感的 一文을 草하고자 한다.

×

모든 것이 다 그러하지만 우리 童謠界는 달은 部門보담 더 無政府的 無整理的 亂雜함을 늣겨 오든 터이다. 날마다의 新聞紙上에는 된 게나 안된 게나 意識的의거나 無意識的의거나 되나캐나 집어 실는 童謠가 있고, 比較的 精選을 하는 少年少女 雜誌의 것도 大同小異的 無標準이엇다.

이러한 選集이니 合作集 같은 것은 내가 알기로는 『불별』[310] 그 담에 이 新童謠選集인가 한다. 그것의 어느 경향的 一端을 엿보여 준 것은 『불별』이요 그것의 羅列을 해 논 것은 이 選集이다. 그저 平平凡凡한 題目과 內容의 것을 만히 주어 모은 것이다.(이상 18쪽)

더구나 그것의 無意識的 불조아 兒童들의 잠고대 소리 空想的 불조아 童心的의 것밧게는 아무것도 없다. 캐캐묵은 다 埋葬하고 말어질 것들을 들추어내여서 新選集이란 美名을 부친 것이다. 더구나 우서운 것은 우리의 몇몇 동무(비교的 意識的 作品 行動을 다하엿고 作品이 있는데도 불구하고)의 것을 뽑아 너흐되 가장 불조아的 非게급的으로 編輯한 것이다. 적어도 選集이라면 좀 더 作家的 價値를 公認할 수 있는 이의 것과 있는 作品을

---

309 『朝鮮新童謠選集 第一輯』(平壤: 東光書店, 1932)을 가리킨다. 이 책은 金基柱(平原郡 靑山面 舊院里) 편찬으로 컬럼비아대학 조선도서관 기증도서로 선정되기도 하였다.(『동아일보』, 32.8.7) 주요한의 「讀書室」(『東光』, 제34호, 1932년 6월호, 93쪽)에 따르면, "최근 조선에서 창작 발표된 동요 이백여 편을 모아놓은 것이 이 책"이라 하였다.

310 『(푸로레타리아 童謠集)불별』(中央印書舘, 1931)을 가리킨다.

精選하야 어느 程度의 水準과 目的을 達해 주지도 않고 그저 羅列, 줍어 모은 것밧게는 아모 볼 것이 없을 出版한 春齋 金基柱 氏의 意圖가 那邊에 있는가를 찾어낼 수가 없서 疑心을 거듭하는 것이다.

×

有無名을 불기하고 朝鮮의 童謠界는 只今 한 개의 方面을 定하고 푸로레타리아 리아리즘을 꾀하고 있는 過渡期에 있어서 이와 같은 無意味한 選集이 出版됨을 우리는 非難 안이 할 수 없는 것이다.

勞働大衆少年을 爲한 作品行動 作品을 바래며 選集이 있기를 바래 마지 안는 바이다.

×

第一輯이라 한 것 보니 第二輯이 있을 것도 같은데 賢明한 金基柱 氏여 第二輯도 그럴라거든 헛手苦와 努力을 거더치우소서.

崔青谷, 洪蘭波 等 ××××英雄들의 讚辭를 듯는 것으로 그대의 至上의 榮光으로 생각할 진대 감히 간섭할 勇氣도 없다만은.(이상 19쪽)

주요한, "童謠作法 評", 『아이생활』, 제7권 제7호, 1932년 7월호.

六月號에 揭載된 "노래"欄에서 두 가지 동요를 골라서 主로 그 作法에 關하야 評을 해 보고저 한다.

初學者가 가장 빠지기 쉬운 缺點을 멫 가지 들어 말하면

첫째는 무엇보다도 想이 鍛鍊되지 못하고 稀薄한 것이다. 노래는 마땅이 精製된 銅鐵과 같이 모든 不純分子를 除去하고 必要한 部分만 남겨 두어야 한다. 百行을 쓴 것이면 十行으로 줄이라는 뜻이 여기 잇다.

둘째는 感情을 直接 나타내는 形容詞가 넘우 많은 것이다. "애츠러워요" "슬퍼요" "가슴아프고나" "어여뿐꽃" "그리운 내고향" —— 이 따위 구절은 何等 實感的 效果를 못 주는 것이다. 이런 形容詞는 全然 獨創的인 것을 使用하거나 그러치 아니하면 아조 使用치 말고 그 대신 "슬프다"거나 "애츠러"운 實感을 그대로 써 놓아 讀者가 自然히 슬프고 애츠러운 感想을 이르키도록 해야 된다.

지나간봄 따슨날 낮닭이 울때
하늘 가는 아즈랑이 따라간 엄마
이땅우에 나비제비 문안오는데
울엄마는 어째서 못오실가요.

이것은 里上浚 氏의 「왜, 못오실까」의 첫 절이다. 想을 보건대 어머니를 여윈 어린이가 어머니를 그리는 것이다. 어러한 想을 이미 많은 作者가 千번 萬번 울이어먹은 것이다. 이 想을 가지고 새로운 맛을(이상 8쪽) 내자고 하면 여간한 手腕을 가지지 않고는 어려울 것이다. 果然 이 作者의 手法은 陳腐한 데서 一步도 離脫치를 못햇다. "봄날" "아즈랑이" "나비 제비" 이런 背景은 넘우도 우리의 귀에 익은 것이다. 조곰도 獨唱的[311] 맛이 없다. 노래에는 반듯이 獨創的 맛이 잇어야 한다.

"낮닭이 울때"라는 한 句가 燦然히 빛난다. 그것은 普通 듣는 노래 구절에 나오는 陳腐한 文字가 아니라 作者가 實感에서 얻은 句節인 듯하다.

"지나간봄 따슨날"이라 햇으니 봄이면 의례이 따스할 것이 아닌가. 그것을 되푸리할 필요가 어디 잇나. 萬一 봄날이 추웟다든지 몹시 더웟다든지 햇드라면 說明할 必要가 잇엇겟지마는 따스한 것은 說明 안 해도 다 잘 알 것이다.

"나비제비"가 "문안" 온다는 것도 벌서 남들이 다 써먹은 형용이다. "문안"이라기보다 달리 說明할 말을 苦心 發見해야 할 것이다.

아즈랑이를 따라갓다는 것은 聯絡이 좀 모호하다. 죽는 사람의 魂이 아즈랑이처럼 살아젓단 말인가. 그러치 아니하면 아즈랑이가 하늘로 올라가니까 죽은 魂도 하늘로 올라갓단 말인가. 何如間 우리의 感覺에 잘 맛지 안는 比喩法이다.

지난해 봄날에 가신 엄마여
낮달우는 봄날에 가신엄마여
아지랑이 시절 왓사오니
엄마여 돌아오시소

이러케 고처 보앗다. "엄마여" 하고 부르는 것은 그 간절한 생각을 如實히 表現코저 한 것이다. "돌아오시소" 하는 졸르는 것도 "어째서 못 오실까요" 質問하는 것보다는 좀 더 간절한 뜻을 表現한 것인 줄 안다. 그뿐 아니라 웨 못 오실까 하는 類의 것은 넘우 陳腐하기 때문에 좀 새 手法으로 바꾸아 볼 必要도 잇는 것다. 그 다음 절도 이러케 고치기로 하자.(六月號와 比較해 보시기를 바란다.)

엄마여 몸이 아프시우
엄마여 다리가 곤하시우

---

311 '獨創的'의 오식이다.

하늘에
보교도 없는지
말도 없는지 (이상 9쪽)

×

뒷산엔 꼿이 만발해도
애기는 진일 울고 섯사오니
엄마여 해지기전에
어서오시요.

鄭龍河 氏의 「自由」라는 노래는 "自由"를 暗示하지 못하고 露出하기 때문에 效果를 잃은 適例다.

月夜라 은 물결
뛰는구나 金魚떼
自由롭게도,
저물속엔 自由가
잇음이런가?

이 節에서 흠을 잡자. "月夜라"는 語韻上 재미 없다. 차라리 "달밤이라" 하면 좋앗을 것이다. 漢語로 조선말이 된 것은 써도 좋지마는 "월야"라는 말은 조선말로는 서툴다. "金魚"는 대개 길르는 것이요 自由로운 江물 속에는 金魚를 보기가 드물 것이니 "金魚"도 말이 서툴다. 고기가 "自由롭게" 뛰는 것은 어떠케 뛰는 것을 가르킴인지 모호하다. 그 뛰는 모양을 實感的으로 그려만 놓으면 "自由롭게"라는 形容詞를 쓴 것보다도 몇 倍의 效果가 잇엇을 것이다. 俗歌에 "늠실 늠실 金붕어 논다" 하는 "늠실 늠실" 같은 것이 곧 그것이다.

달밤에 물속에서 노니는 고기가 드려다 보일 수가 잇을까. 또 가령 보인다 하드라도 金魚인지 구별할할수가[312] 잇을까. 이 노래는 一幅의 想像畵에 지나지 안는다. 도모지 實感이 없다. 죽은 노래다.

달밤에 물속에
헴치는 고기떼
내맘도 저속에
헴치고 싶다.

×

달밤에 창공을
건느는 기럭떼
내혼도 저하늘
건너 날고저.

이러케 하고 題目은 그대로 「自由」라고 부처 두자.(이상 10쪽)

312 '구별할 수가'에 "할"이 한 번 더 삽입된 오식이다.

이광수, "아기네 노래", 尹石重, 『尹石重童謠集』, 新舊書林, 1932.7.

一

세상에 아름다운 것이 아기네밖에 또 잇는가. 아기네는 인생의 꽃일뿐더러, 지구의 꽃일뿐더러, 실로 우주의 꽃이다. 꽃이 아모리 아름답기로, 자연이 아모리 아름답기로, 별이 아모리 아름답기로, 생각과 소리가 아모리 아름답기로 아기네의 아름다움에는 비길 수 없는 것이다. 어린 아기네의 눈, 뺨, 입술, 볼기짝, 손, 발, 웃음, 울음, 말, 앉엇는 것, 뛰는 것, 자는 것, 어리광 부리는 것, 떼쓰는 것, 노는 것, 작란하는 것, 그들의 생각과 감정들 중에는 인생과 우주의 모든 아름다움이 품겨 잇는 것이다. 아모리 경탄하여도 다 경탄할 수 없고, 아모리 찬미하여도 다 찬미할 수 없는 그 아름다움은 진실로 인생의 자랑이오 복이오 깃븜이오 우주의 자랑이오 복이오 깃븜이다.

이 아름다움을 그림으로 그릴 빛은 없다, 글로 쓸 붓은 없다, 소(이상 6쪽)리로 표할 음악도 없다, 움지김으로 표할 춤도 없다, 말로 표할 말도 없다. 오직 그것을 보고 경탄하고 깃버할 맘을 우리는 가졋을 뿐이다.

오직 그림이나 음악이나 노래로 그 한 귀퉁이, 한 부스럭이를 숭내 내어 본다. 이는 그 아름다움이 가장 높고 가장 큰 것이기 때문에 그 한 부스럭이의 숭내좇아도 우리에게 한없는 깃븜을 주는 것이다.

아기네 노래 동요는 이 숭내 중에 하나다. 어른으로서 아기네의 맘의 움지김, 뜻의 흐름을 숭내 내어서 말과 소리로 표현해 보자는 것이 동요다. 아기네 자신은 결코 동요를 짓지 아니한다. 그들에게 지을 능력이 없는 것이 아니라, 지을 필요가 없는 것이다. 웨 그런고 하면 그들에게는 하는 모든 말이 노래요 하는 모든 행동이 춤이다. 그들의 눈과 귀와 맘에는 인생과 우주는 왼통 한 덩어리 보표요 그들의 사지백체는 곧 건반이기 때문이다, 줄이기 때문이다.

그러나 그들은 사람이 지은 노래도 질겨할 줄을 안다. 자긔네의 예술안에 그럴 듯한 것이면 그들은 깃버서 불러 준다. 어른의 노(이상 7쪽)력에 대한 아프루발이다.

二

石童 尹石重 군은 조선 아기노래 시인의 거벽이다. 그의 노래 중에는 전 조선 아기네의 입에 오른 것이 여러 편이다. 그는 지금 二十이 넘은 청년이지마는 그의 속에는 四五세로붙어 十二三세에 이르는 아기네의 맘과 뜻을 겸하야 가졋다. 이른바 동심이란 것이다. 아마도, 또한 원컨대는, 그는 일생에, 그에게 백발이 오고 이가 다 빠져 오므람이 늙은이가 다 될 때까지 이 "어린 맘"을 잃어버리지 아니할 것이다.

尹石重 군의 노래는 이미 조선 동요 운동에 한 시긔를 그을 만치 중요한 것이 되어 잇어 나의 비평이나 칭찬을 기다릴 것이 아니어니와 나는 군과 친근한 인연이 잇는 관게로 그가 얼마나 동요라는 사업을 천직으로 삼는지, 얼마나 동요 한 편을 짓기에 고심참담하는지, 그리고 자긔가 지은 동요에는 반드시 작곡을 구하야 자긔 손으로 그려서 얼마나 그것을 존중하는지, 얼마나 끊임없는 노력을(이상 8쪽) 하는지를 목격하엿거니와 그의 뛰어난 작품이 결코 뛰어난 천품만의 소산이 아니오 각고면려, 신고경영의 피땀의 소산인 것을 나는 목도하엿다.

한 천재를 낳기는 한 민족으로 보아도 극히 어려운 일이다. 우리는 어린 맘을 가진 이로 아기네 노래의 찬탄할 천재로 조선에 石童 尹石重 군을 가진 것을 감사하고 자랑으로 알지 아니할 수 없다. 군은 아직 장래의 사람이다. 군의 천재의 발전은 장래에 잇을 것이다.

이 시집에 담은 아기네 노래가 아모리 명편이라 하더라도 그것은 장래에 올 것의 선구요 지표에 지내지 아니하기를 바라는 맘이 간절하다.

윤 군의 건강과 노력을 빈다.

一九三二, 四月 四日

李 光 洙 (이상 9쪽)

주요한, "童心과 創作性", 尹石重, 『尹石重童謠集』, 新舊書林, 1932.7.

童謠가 民謠의 一種인 以上 創作童謠란 極히 困難한 것이다. 傳來童謠란 一種 民衆的 共同 製作品으로 그 音律과 그 想에 잇어서 專賣權을 가지고 잇는 것이다. 그 律, 그 想이 個人的 天才의 所創이라기보다도 群衆的 乃至 民族的 共同所産이라고 할 수 잇다. 한마디의 警句, 한 구절의 노래는 長久한 歷史의 過程에서 陶汰되고 練磨된 結果로 適存한 것이니 大衆的이면서도 洗鍊된 手法을 가진 것이 곧 이 까닭이다.

가장 民衆的, 또 民族的인 까닭에 그 想과 法이 그 民族性을 가장 普遍的으로 具現하고 잇는 것도 事實이다. 가장 普遍性을 가진이만큼 가장 平易한 것이다. 그것이 民族 內에 包含된 個別的 天才性의 發揮라고는 볼 수 없다. 그러므로 民謠 及 童謠는 그 自體에 잇어서 獨創的이면서 萬一 後人이 이와 같은 水準을 그 創作에서(이상 10쪽) 나타낸다 하면 이는 可惜한 平凡에 빠지고 마는 것이다.

創作童謠의 苦悶은 여기 잇다. 高踏的의 藝術形式에 있어서는 型을 깨트리기가 比較的 容易하다. 그러나 童謠의 創作에 잇어서는 型을 깨트리려다가는 矯角殺牛의 結果를 짓기가 十上八九다. 今日 童謠作家의 大部分이 低條인 傳來調의 拙劣한 反復에서 低迷하거나 그러치 아니하면 童謠 아닌 童謠를 쓰고 잇게 되는 까닭이 여기 잇다.

創作童謠가 이같이 어려운 條件下에서 生長할 것이니만큼 거기 對한 우리의 期待가 크다. 적어도 다음 같은 몇 가지 條件은 具備해야 된다고 생각한다.

첫재, 童心을 捕捉해야 할 것.

둘재, 朝鮮的이어야 할 것.

셋재, 새로운 思想을 새로운 手法에 담아야 할 것.

이 세 가지를 完備한 作品을 要求한다는 것은 곧 朝鮮的 天才를 요구한다는 것과 같은 말이다. 적어도 百年 二百年을 두고 이러한 天才(이상 11쪽)를 待望해야 될 것이다.

尹石重 君의 作品은 以上의 세 가지 條件에 對하야 적지 않은 努力의 자취를 볼 수가 잇고 또는 將來를 祝할 만한 才能의 閃光이 잇다고 생각한다. 君은 歷史의 한 瞬間에 童心에 떠오르는 한낮 한낮의 疊句를 巧妙히 捕捉하야 이를 展開시키고 消化햇다. 君은 또 이 時代的 生活相의 反映을 그 童謠의 線 뒤에 그려 내는 데 成功햇다. 그리고 君의 手法은 非常한 獨創性을 보여 주고 잇다.

尹 君의 作品에서 우리들이 가젓던 朝鮮의 童謠는 이래야 될 것이라 하는 稀微한 생각에 對하야 啓發 받는 바가 적지 않다. 이 作品들은 創作童謠運動에 잇어서 一 里程標가 될 것을 의심치 안는다.

一九三二年 五月 十一日

주 요 한 識

雪崗學人, "(童謠講話)現代童謠研究(一)", 『아이생활』, 제7권 제7호, 1932년 7월호.[313]

머리말

옛날부터 조선에 동요가 없지 않은 배는 아니나 소년문학 건설의 기초가 되는 이 동요를 잊어바린 대신에 종래에 잊어서 등한하게 취급해 온 것은 부인치 못할 사실이다. 조선에도 막연하나마 새로운 동요운동이 발생되기는 지금으로부터 십여 년 전의 일이다. 그 당시에는 약간의 외국동요를 번역 소개하고 혹은 조선 전래동요의 사사조(四四調)를 모방한 몇 편의 작품이 신문과 잡지를 통하여 발표되자 소년운동과 그의 문예운동이 새로운 발전을 함에 따라서 동요운동도 해를 거듭할사록 왕성하게 되엇든 것이다.

그리다가 동요운동을 더욱 철저히 하기 위하야 동요 연구에 뜻 둔 몇 분들의 노력으로 〈조선동요연구협회〉가 一九二七년 九월에 이르러 창립된 이후로 그 선전과 보급에 진력한 결과 그 기세는 자못 맹렬하야 신흥동요운동은 달을 거듭할사록 진전되고 잇다. 그리하야 조선의 소년문예운동은 과거의 사오 년 간의 운동은 실로 놀라울 발전을 보게 되엇으며 근래 신문이나 잡지상에서 조선의 어린 마음을 읊을 수 잇는 이 아름다운 보물(童謠)을 찾으려고 또는 맨들려고 애쓰는 어린동무들이 나날히 왕성해 가는 것은 실로 앞으로 오는 조선 사회를 위하야 기뻐할 현상이다. 그런데 이 연구문을 쓰게 되는 동기는 필자에게 "동(이상 26쪽)요는 무엇이냐?" "동요는 어떠케 짓느냐?" 하는 진실한 질문을 보낸 소년예술(少年藝術)을 건설하고저 하는 동요 초보자의 열렬한 탐구(探究)에 대하야 조곰이라도 길잡

313 '雪崗學人'은 김태오(金泰午)의 필명이다. 전체 6회 연재된 것으로 파악되는데, 2회분(『아이생활』, 1932년 7월호)과 5회분(『아이생활』, 1932년 11월호)은 해당 잡지를 확인하지 못했다.

이가 되엇으면 하는 그윽한 마음에서 선배 제씨의 문헌을 참조하야 이글을 초하게 된 것이다.

一. 동요의 가치(價値)

동요는 동화와 함께 아동 심령의 량식이요 새 생명의 싹이다. 그리고 동요는 아동 정신생활의 한 요소가 될 뿐만 아니라 아동의 예술이다. 우리가 사람을 교양(敎養)함에 잇어서 예술이 필요한 것과 같이 아동에게는 무엇보다도 동요를 요구하고 잇다.

동요는 "어린이의 노래다." 노래는 즉 정서(情緖)를 읊은 노래는 오로지 그 민족만 가질 수 잇는 귀한 보물 중의 하나이다. 더욱 동요는 그 민족 중에도 가장 귀엽고 희망 많은 어린이들의 노래다. 어린이에게만 비상한 흥미를 가지게 하는 것뿐만이 아니다. 어른들께도 흥미를 가지게 하는 것이니 지금 어느 동요를 듯거나 부르거나 하면 까마케 잊어버렷든 어릴 적 생각이 은근히 가슴에 떠돌게 되는 것이다. 그리면 영원히 없어지지 않는 아동성이 잇고 가장 숭고한 예술적 가치가 잇고 따라서 어운(語韻)까지 음악적인 것을 진정한 의미의 동요로써의 가치가 잇는 것이다.

그런데 동요는 읽어만 보아도 상당히 흥미가 잇어야 할 것은 물론이나 본시 동요는 읽을 것이 아니라 곡조 붗처서 노래 부를 것이다. 그것은 왜 그러냐 하면 아모리 훌륭한 동요가 잇엇다 하더라도 그것이 문헌(文獻)에 나타나지 않엇다거나 또는 노래 부르지 않음으로 후세까지 전하기는커녕 그대로 살아지고 마는 것이다. 그러므로 동요는 노래하며 유희(童謠舞踏)하므로써 동요로의 가치를 발휘할 수 잇으며 생명이 잇는 것이다.

◇

도회에서나 시골에서 어린이들이 손에 손을 마조 잡고 혹은 길거리에서 가정에서 혹은 들판에서 즐겁게 노래를 부르며 뛰노는 양을 보게 된다. 그러나 어찌하여 그들의 입에서는 좋은 노래를 부르지 못하는가? 이것이 동요운동하는 사람으로써의 머리를 썩이는 문제이다. 그보다도 어찌하야 조선의 어린이는 좋은 노래를 부르지 못하고 그 대신 농촌에서 피땀을 흘리며 공장에서 일하지 아니하면 아니 되게 되(이상 27쪽)엇는가? 우리는 무엇보다도 그네들에게 씩씩한 노래 건전한 노래를 많이 제공(提供)하여야 할 것이며 따라서 참된 것 새로운 것을 일층 많이 공급(供給)함이 주의할 점이다.

동요는 참으로 어린이들의 작란터에 꽃이라 할 수 잇으니 꽃 중에서도 가장 아름다운 꽃이다. 맑은 작란터에 아름다운 꽃 그 속으로 어린 벗들은 뛰놀게 된다. 그들에게서 작란터를 빼앗고 꽃들을 짓밟혀 버린다면 얼마나 그네들의 위로와 희망을 끊어지게 할 것인가. 왜 그러냐 하면 어린이들은 작란을 떠나서는 아모러한 기쁨과 희망을 주지 못한 까닭이다. 그리면 동요는 어린이를 떠나서 잇을 수 없을 것이며 어린이는 동요를 한시라도 잊어서는 아니 되게 되엇다.

二. 동요의 기원(起源)

동요의 기원은 가장 먼 것이다. 그것은 인류에게 언어(言語)가 생기자마자 존재하얏을 것이다. 왜 그러냐 하면 사람이란 본래 노래하는 본능(本能)을 가젓기 때문이다.

어린아이들을 가만히 주의하야 보면 말도 잘 견우지 못하는 아이라도 무어라 중얼중얼하고 노래 부르는 것을 볼 수 잇으며 양지짝 장독대 밑에서 숫곱노리 하면서도 병아리처름 종알대는 것도 역시 노래인 것이니 어쨋든 아모러한 언어나 사상을 가지기 전부터 오직 노래할 줄 알엇다는 것은 부정할 수 없는 것이다. 그러면 인류 력사가 비롯하던 그때부터 동요가 어린이의 입에서 불러젓을 것은 엄연한 사실일 것이다.

어린이들이 달밤에 작반하여 놀 때 누가 노래하라고 시키지 아니햇것만 푸른 하늘에 높이 뜬 달님을 바라볼 때 자연한 감격에서 울어나 제절로 입에서부터 터저 나오며 "달아달아밝은 달아 리태백이노든달아" 이러한 노래를 부르는 것이다. 그리고 우리도 어리엇을 때에 동무들이 모히면 이런 노래를 부르며 자미잇게 작란하엿다.

(소리 메기는 노래)	(받는 노래)
새야새야	짹짹짹짹
파랑새야	짹짹짹짹
농누낡에	짹짹짹짹
앉지마라	짹짹짹짹
농누꽃이	짹짹짹짹
떠러지면	짹짹짹짹 (이상 28쪽)
청포장수	짹짹짹짹
울고간다	짹짹짹짹

이것은 조선적으로 류행하는 고요(古謠)다. 그리고 또 전라도 류행의 새 노래가 잇으니

새야새야 웃녁새야
녹두고부 전주새야
강밥딱딱 긁어주께
우리논에 앉지마라
우후야! 우후야!

어리엇을 때 이런 노래를 여러 동무들이 삼삼오오 작반하야 부르고 단이면 얼마나 유쾌하고 자미잇엇는지 참말 그때가 부럽다.

답풀답풀 다방머리
해다진데 어데가노
울어머니 산소등에
젓먹으러 나는간다

이것은 얼마나 슬픈 노래인가. 어머니 잃은 어린아이의 애끗는 노래다.

우에 몇 가지 전래의 동요는 퍽 오래 전부터 우리 조선에 잇엇든 것이다. 그러타고 몇 십년 전부터도 아닐 것이니 이외에 많은 동요가 조선 민족의

언어가 생기면서부터 발생하엿다고 본다. 그러면 동요는 년령을 가지지 아니한 지상의 천사가 아닌가?

三. 동요의 의의(意義)

우리가 동요를 연구할 때에 먼저 "동요는 무엇이냐?" 하는 의문을 풀어야 한다. 근래 신문이나 잡지상에서 동요 작품을 많이 대하게 되거니와 어떠한 것이 진정한 동요라 하는 것은 확실히 알 사람은 적은 줄 안다. 동요는 아동의 가요(歌謠)란 뜻이다. 그중에는 어린이를 위해서의 노래도 잇을 것이오 농향(農鄕)에서 전래(傳來)하는 노래도 잇고 어떤 시인(詩人)이 자기의 예술적 충동에서 읊은 시라도 아동이 음미(吟味)할 만한 것이면 역시 동요라고 할 수 잇는 것이다.

다시 말하면 동요란 것은 예술적 냄새가 풍부한 어린이들 노래이니, 마치 종달새가 맑아게 개인 푸른 하늘을 볼 때 노래 부르지 않고는 견댈 수 없는 것과 같이 제절로 터저 나와서 부르는 어린이들 시(詩)를 동요라고 한다. 가장 숭고한 예술적 가치가 잇을 것은 물론이오 어운(語韻)까지 음악적이어야 하여 따라서 동요유희로 할 수 잇는 것이 되어야 할 것이다. 다시금(이상 29쪽) 어른의 령까지도 홈드러[314] 동심(童心)의 세계로 돌아가게 해 줄 수 잇는 것이 바야흐로 생명이 잇는 동요라고 할 수 잇다. 그러나 형식과 기교(技巧)에 잇어서 절대적으로 하는 말은 아니다. 그런데 진정한 뜻은 말로만 알 수 없는 것이니 가량 례를 들자면

◇ 종달새

맑게개인 봄하늘에
비비배배 노래하는
엡븐엡븐 종달새야
나직나직 나려와서

---

314 '흔드러'(흔들어)의 오식이다. 「現代童謠硏究」 연재물을 모아 다듬어 수록한 「동요짓는 법 - (童謠作法) -」(『雪崗童謠集』, 한성도서주식회사, 1933.5)에 "흔드러"로 되어 있다.

내손안에 안껴다우.

◇

평화스런 봄하늘에
두날개로 춤을추며
곱게곱게 노래하는
사랑스런 종달새야
내가슴에 안겨다우.

◇ **종소리** (주요한 氏 作)

새해의종소리가 울지않으면
눈속에잠든뭇새 누가깨울까
아츰해가벌거케 떠올때까지
잠못깨고누엇으면 부끄럽겟네.

×

새해의종소리는 왜아니우나
실어서아니우나 깨트러젓나
지난설에울고울어 목이쉬엿나
종치기죽은뒤로 아니운다네.

×

새해의 종소리를 울게하랴면
어린동무다와서 손을잡어라
붉은하늘향하야 소리칠때면
이××의가슴마다 울려가리라.

이 두 가지 동요들 비교해 보자. 「종달새」는 열 살 남직한 어린이가 씨슨 듯이 맑게 개인 봄 하늘에 종달새의 아름다운 노래를 드를 때에 무슨 말을 거러 보고 십은 생각이 나고 종달새를 무한히 안달(憧憬)하는 마음에 가슴에 안어 보고 십도록 사랑스러운 심정(心情)이 나타나 잇다.

「종소리」는 이것이 무슨 동요로써의 가치가 잇느냐고 뭇기 쉽다. 그러나 이 동요는 신흥동요로써의 깨끗하고 건전한 동요로 예습적 가치가 잇다고 본다. 이것은 조선의 현실을 묘사(描寫)한 것으로 어(이상 30쪽)린이들의 앞길을 열어 주는 지도성(指導性)이 잇다. 그중에도 二절의 마즈막 줄과 삼절이 더욱 좋다.

四. 동요와 창가의 區別

동요가 어린이의 노래인 이상 어린이의 마음을 본위(本位)로 한 것이라야 할 것은 물론이다. 그러나 재래로 유치원이나 보통학교에서 부르는 창가는 어린이의 마음과 교섭이 없는 대부분이 외국의 노래를 번역한 것이나 그러치 않으면 대부분이 교훈과 공리적(功利的) 목적을 가지고 지은 노래이기 때문에 무미건조한 노래뿐이어서 한심하기 짝이 없다.

창가와 동요는 얼른 보면 어둥비둥 같은 것 같이 보이나 실상은 거리가 서로 먼 것이다. 세상에서 동요를 잊어바리고 돌아보지 아니한 대신에 읽어야 아모 자미도 없고 부자연에 빠지거나 사리(事理)만 밝히거나 뜻도 잘 알 수 없는 말을 늘어놓거나 한 창가만은 억지로 배우게 한 것은 암만 생각해 보아도 찬성할 수 없는 일이다.

그러므로 우리는 교훈과 지식을 넣어 주겟다 목적한 공리적 가요(功利的歌謠)인 창가(唱歌)를 배격하는 동시에 그 결함을 보충하기에 만촉한[315] 내용이나 형식보다도 예술적 향기(香氣)가 높은 건전(健全)한 동요를 창작하여 유치원과 소학교와 소년 대중으로 하여곰 노래 부를 수 잇게 하겟다는 것이 우리 신흥동요운동의 '모토'라고 생각한다. 다시 말하면 공장, 농촌, 어촌(工場, 農村, 漁村)에서 노동하고 잇는 소년 대중에게 빛나는 앞길을 열어 주는 굳센 지도성(指導性)을 가진 힘찬 노래를 요구한다.

가령 여기에 창가와 동요의 예를 들면

唱歌「師의恩」

一. 철없고어린 동서불변 우리들
　힘써 가라친

---

315 '만족한'의 오식이다.

우리우리선생님 잊을소냐 그은혜
아츰이나 저녁이나
二. 지식넓히고 재능도덕닦이는
누구힘인지
동반들아아느냐 옳다우리선생님
구전심수이아닌가
三. 이몸낳기는 부모님의은혜요
사람되기는
선생님의은혜라 잊을소냐선생님(十四頁에 繼續) (이상 31쪽)
(三一頁)現代童謠硏究 계속
부모님과 일반이라.
四. 높고높은 선생님의큰은혜
어찌잊으며
어느때나갚을까 우리몸을세우고
우리일홈날리어서.

童謠 농촌의봄

동무들은 떼를지어 바구니들고
나물캐러 논뚝밭뚝 타고다니네
보리밭에 종달이새 노래부르니
달래캐든 우리누나 처다보겟지.

바구니에 꽃한아름 꺾어서들고
버들피리 불며불며 돌아오니까
어머님은 애기업고 바라보시고
바둑이는 꼬리치며 마중오겟지.

이 두 가지를 비교해 본다면 창가(「師의恩」)은 소위 창가란 것 중에는 가치가 잇는 것이라고 볼 수 잇다. 그러나 동요에 비하면 마츰내 상점의 간판화(看畵板)나 평범한 수공품(手工品)에 지나지 못한다. 첫재 일련(一聯)에 잇는 말과 이련에 잇는 말이 서로 달러진 것에도 불구하고 같은 곡조로 노래 불으기 때문에 자연 억지가 생기고 그 내용에도 적당치 아니한 곡조가 되고 마는 것이다.

그러나 「농촌의봄」인 동요에 잇어서는 창가와 비교해 본다면 비로소 동요의 가치를 알게 될 것이다. 농촌의 정경(情景)을 그린 것이니 어린이들의 맘성이 분명하[316] 이 동요 가온대 들어가서 먼저 말한 창가와는 딴판으로 시적 정서(詩的情緒)가 포함되어 잇으며 자연히 노래 부르지 않고는 견댈 수 없게 된다. (게속) (이상 14쪽)

雪崗學人, "(童謠講話)現代童謠硏究(三)", 『아이생활』, 新秋號, 1932년 9월호.

‖ **그러** ‖ 면 시와 동요와는 어떠케 다른가? 그 근본정신이라 하면 퍽으나 어려운 것같이 들리지마는 결국 시나 동요를 짓는 때의 마음은 꼭 한가지다. 다만 그 가온대 실린 내용이 시와 동요를 따라 다를 뿐이다. 그리고 또 동요는 아이들이 많이 가지고 잇는 일종 아동어(兒童語)라 할 것을 써서 그 아동들의 맘성과 감정을 표현한 것이 좋으나 시는 대체를 보통 일반적인 말을 쓰는 것이 좋을 것이다. 그리고 동요로 불을 내용은 아이들 눈을 것처서 본 아동의 세게에 한한 것이니 그러므로 꿈나라에 대한 애쓰러운 동경(憧憬)을 어린이들 말 중에서 제법 예술적인 말을 골라서 기교(技巧)를 억지로 끔이지 말고 수수하게 노래하는 것이 동요의 근본정신인 것이다.

‖ **그런** ‖ 데 시(詩)에 잇어서는 어이없는 사랑의 추억(追憶)이라든지 다정한 사람의 죽엄을 한탄하는 것이라든지 죄악 많은 인간사회를 저주하고 쓸쓸한 광야(曠野)에서 헤매이는 광경이라든지 현실사회에 잇어서 인간의 왼갓 애닯음과 기뿜을 노래한 것이 시가 되는 것(이상 34쪽)이다. 이와

---

316 '분명히'의 오식으로 보인다.

반대로 동요는 글자를 따라 읽어서 맛본다기보다 노래를 불러서 질기는 대에 동요의 사명(使命)이 잇는 것이다.

여기에 한마듸 하야 둘 것은 동요를 쓸 때에 작자가 실감(實感)을 얻고 구상(構想)하야 노래로 불러 보아서 노래가 되면 붓을 들어야 참된 동요가 되는 것이다. 동요뿐만이 아니라 시에 잇어서도 억지로 꿈여 놓은 시는 언제든지 시가 될 수 없으며 그와 반면에 작자의 마음에 진격한 감응이 이러나서 읊인 시를 창작한다면 그야말로 예술적 가치가 잇는 참된 시일 것이다.

‖ **먼저** ‖ 도 말햇거니와 시를 분류해 말하자면 서정시 서사시 극시(抒情詩, 敍事詩, 劇詩) 등이 잇다.

첫재, "서정시"란 것은 독일 시인(詩人) '하이네'의 소곡(小曲)과 불란서의 '뻬르레' 시 같은 것은 모다 이 시의 적당한 례(例)로 볼 수 잇는대 인간의 여러 가지 복잡한 감정과 아름다운 것을 노래한 시가 곧 이것이니 다른 시형(詩形)에 비하야 짧은 것이 그의 특증이라고 할 수 잇다.

둘재, "서사시"라는 것은 이태리 시인 '딴테'의 『신곡(新曲)』과 같이 인물과 사건을 어느 정도까지는 구체적으로 묘사(描寫)한 이야기시라 할 것이다.

셋재, "극시"란 것은 독일 극시 작가(劇詩作家) '꾀테'가 지은 『퐈우스트』라 하는 희곡(戱曲)은 운문(韻文)으로 쓴 극시라 할 것이다. 이외에 교훈시(敎訓詩) 풍자시(諷刺詩)가 잇으나 그리 많지 못하고 현대에 와서는 산문시(散文詩)가 성하게 된 후로는 극시는 태반을 그 지위를 뺏긴 모양이(이상 35쪽)고 서정시(抒情詩)와 자유시(自由詩)가 류행되고 그 지위를 확보(確保)하고 잇다.

◇

‖ **그리** ‖ 고 조선에는 시가(詩歌) 없엇든가? 아니다. 시는 인생 감정의 발로(發露)인 즉 조선 민족의 력사가 잇는 이상에 시는 분명히 없지 않을 것이다. 꾸밈(形式)의 같고 다름과 속살(內容)의 잘되고 못됨은 여기에 말할 것이 아니고 어째뜬 우리도 시가(詩歌)가 잇엇다는 것은 분명한 사실이

다. 그 종류를 말하자면 동요 민요 시조 신시(童謠, 民謠, 時調, 新詩) 등으로 동요를 빼어놓고는 모다 어른들이 읊는 노래이니 여기에 시조와 민요의 몇 가지 그 실례를 들어 보고저 한다.

◇

태산이 높다하되 하늘아레 뫼이로다
올으고 또올으면 못올을리 없건마는
사람이 제아니 올으고 뫼만 높다 하더라.

―(栗谷)―

이몸이 죽어가서 무엇이 될고하니
봉래산 제일봉에 락락장송 되엇다가
백설이 만건곤할때 독야 청청 하리라.

―(成三問)―

이몸이 죽어죽어 일백번 곧처죽어
백골이 진토되어 넋이라도 잇고없고
(이하 낙장)

雪崗學人, "(童謠講話)現代童謠研究(四)", 『아이생활』, 1932년 10월호.

七. 동요 짓는 법(童謠作法)

◇ ― **참고서적**
김태영 씨 ―「동요작법」
정열모 씨 ―「동요작법」
西條八十 ―「동요의 뜻과 짓는 법」
野口雨情 ―「동요론」
北原白秋 ―「동요론」

가. 예술감(藝術感)

‖**동요**‖를 지을려고 하면 먼저 작자(作者)로서의 순진한 가온대 울어 나오는 예술감(藝術感)이라는 것이 잇어야 한다. 그리면 어떠한 것이 예술감인가? 가령 아름다운 꽃을 보고 미감(美感)이 생기는 것이라든지 맑아케 개인 하늘에서 노래하는 종달새를 보고 흥에 겨워 같이 노래하고 싶은 맘이라든지 산골작이에서 꼬리치며 흘러가는 맑은 샘물을 볼 때 그 물에 들어가 물작란하고 싶은 것, 물결치는 넓은 바다를 볼 때나, 달 밝은 밤에 달을 보고 무슨 말을 걸어 보고 싶은 맘이 생기는 것, 그 모든 자연만상(自然萬象)을 볼 때 그것을 본 후에는 나도 몰으게 아름다운 느낌이 생기고 사랑하는 마음이 생기고 노래 짓고 싶은 마음이 나는 것이니 그것이 곧 예술감이라고 말할 수 잇다.

그리고 우리가 어리엇을 적에 지낸 일에서 지금도 분명히 생각나는 것을 거즛과 꾸밈이 없이 깨(이상 10쪽)끗한 맘과 맑은 맘으로 노래한다고 하면 그것이 예술감이 될 수 잇다. 그러케 지은 노래면 사람에게 많은 느낌을 줄 것이며 독자로 하여금 작자가 느낀 바와 같은 자미스러움과 안타까움을 그 노래 속에서 느끼게 될 것이며 따라서 좋은 작품이 될 것이다.

다시 말하자면 느낌(感興)이 생기고 사랑스러운 맘(愛着)이 생기고 노래 쓸 맘이 생기는 것이 예술감이다.

‖**그런**‖데 우리가 어린 애기들의 생활을 유심히 본다면 그들은 무의식한 가온데 앞뜰에서 비닭이 머리 맞대듯이 옹알종알 앉어 무어라 중얼대며 나무토막을 가지고 집을 짓는 것이라든지, 버들피리를 맨들어 종달새 노래에 맞후어 불며 뛰는 양이라든지, 뻑국이 꾀꼴이 노래를 입내 내는 거라든지, 맑은 물이 흐르는 시내ㅅ가에서 갈닢배를 맨들어 띄우고 노래 불으는 것이며 모래성을 쌓아 모래로 집을 맨드는 그것이 모도다 예술적 충동이 아니랄 수 없다. 그들의 모든 짓거리가 장내에 건축사(建築師), 음악가(音樂家), 조선가(造船家), 예술가(藝術家)가 될려는 장본일 것이다. 그들의 일상생활은 실로 예술적 생활을 하고 잇는 것이다. 그리면 그들의 눈에 빛왼 것, 그들의 일상 행용하는 말로 수수하게 노래한다면 그것은

동요가 될 수 잇는 것이다.

◇

‖ 그런 ‖ 데 우리가 생각하는 대서든지 보는 대서 예술감이 생긴다는 것은 앞에 대강 말하얏거니와 예술감이란 제절로 이러나야만 되지 억지로 이르킬 생각을 해서는 안 된다. 눈에 빛윈 것 맘에 느낀 것, 그 가온대서 뜻하지 않은 충동이 이러나 내 맘의 정서(情緖)를 잡어 흔들어 한 개의 노래의 생명과 뿌리인 예술감을 갖게 되어야 한다. 시인은 이것을 시상(詩想)이라고 한다. 시상을 크게 난호면 두 가지로 난홀 수 잇으니…….

첫재 ═ 인상의 시상(印像의 詩想) ─ 이것은 본 데서든지 들은 데서 얻은 것인데 즉 밖에서 온 외래충동(外來衝動)이라 할 것이다. 그러나 인상의 시상이라고 곪고 밖에서 즉접 예술감을 주는 것뿐만이 아니다. 예술감이 될 만한 것이 밖에서 내 정서의식(情緖意識)의 충동을 주면 내 맘의 정서는 한 개의 생명인 시상을 낳게 되는 것이다. 우리가 가야금을 칠 때나 피아노를 칠 때 우리 손이 소리가 되지 않고 손가락이 줄을 치면 그 줄에서 소리가 난 것과 마찬가지다. 이 아래 잇는 노(이상 11쪽)래가 어떤 시상인가 알아 보라.

강남각씨 저제비
언제나왓소
지지지구 제지구
부지위지지
오, 반갑소 오늘이
삼월삼질날
홍부같이 착하니
좋은박씨를
강남각씨 저제비
날주러왓소.

×

둘재 ═ 상상의 시상(想像의 詩想) ─ 밖에서는 아모 충동을 줄 만한 것이 없다 하드라도 내 맘에 또한 정서의 줄을 잡어 흔들어 시상을 이르키는 것이다. 아모 대상(對像)이 없어도 제절로 이러나는 노래의 생명인 예술감이다. 우리는 노래가 될 만한 시상이 내 맘에서던지 들은 데서던지 이러나거든 꽉 붓들고 놓지 말아야 한다. 그것을 한번 놓지면 붓잡기가 어려운 까닭이다. 그러므로 우리는 시와 동요를 지을 때 몸과 맘을 깨끗이 하여 예술감이 찾을 때까지 긋치지 말고 잘 붓잡도록 힘써야 한다. 이 아래 이는 노래가 무슨 시상(詩想)인가 아보라.[317]

그립고도 정다운 나의고향은
멀리멀리 보두새 끝이없는데
저하늘과 산아랜 고향이거니
아물아물 구름만 흘러갑니다.

×

그립고도 정다운 나의고향은
바다천리 산천리 아마득한데
복사꽃과 살구꽃 다피것거니
홀로게신 엄마가 더욱그리워.(이상 12쪽)

雪崗學人, "(童謠講座)現代童謠研究(完)", 『아이생활』, 1932년 12월호.

다. 표현(表現)

‖동요는‖ 아주 어린 아기들의 타고난 감정의 표현이 아니면 아니된다. 따라서 될 수 잇는 대로 긔교(技巧)를 더하지 않는다. 곧 꾸밈(形式)만을 곱게 하기 위하야 빈약한 내용(內容)을 쓸어 덮어 버리려 하는 것을 전연 피하지 않으면 안 된다. 서조팔십(西條八十) 씨는 말하기를…….

317 앞의 경우로 보아 "이 아래 잇는 노래가 무슨 시상(詩想)인가 알아보라."의 오식이다.

"동요라고 하면은 오직 조자(調子)의 아름다운 문꾸와 어린이들의 좋아할 제재(題材)를 늘어놓고 감미(甘味)가 많다고 보이는 노래만 써도 좋다고 생각한다. 그리고 예술적 음운(音韻)이란 것은 조금도 생각하지 않는 작자가 많다. 그것을 주의할 것이며 나의 의견으로는 어대까지든지 시인이 써야 될 것이라고 말하는 것은 나는 세상에 흖이 잇는 직업적 시인을 가르치는 것은 아니다. 참으로 시인의 혼이 잇는 사람으로써 붓을 잡어야 한다. 그러치 않으면 왜 종래의 창가란 명칭을 동요라고 부르는 것을 고칠 필요가 어데 잇는가? 종래(이상 18쪽)의 교육의 손에서 지어진 어린이노래를 시인이 대신 맡어서 창작하는 것이야말로 신흥동요의 의의(意義)를 확입하는 것이다" 라고 주장하엿다.

‖ **그러나** ‖ 시가(詩歌)에 잇어서는 어느 정도까지 기교(技巧)가 필요하다. 물론 내용이 빈약한 것은 암만 기교를 써도 바탕이 나쁜 이상 갑자기 잘될 리치가 없는 것은 당연한 일이다. 그런데 시가에 잇어서 기교가 필요하다고 하는 것은 가령 그림을 그리는 화가(畫家)가 아모리 구상은 잘하엿다 하더라도 붓을 든 솜씨가 훌늉치 못하면 맘으로는 꿩을 그리려 햇는대 그것이 조희 우에는 닭으로 표현이 되엇다 하면 그야말로 두루뭉숭이가 되고 말 것이다. 그러므로 기교는 시(詩)를 살리는 한 개의 수단이라고 말할 수 잇다.

그러나 동요는 뻔잇게 멋잇게 사탕발름같이 솜씨만 낼랴고 해서는 동요는 시와 닮어 큰 실패를 당하고 말 것이니 삼가 주의할 점이다.

라. 모방과 창작(模倣과 創作)

‖ **누구나** ‖ 처음으로 다른 사람의 노래를 읽어 본 일이 없이 동요를 지려고 하면 암만 하여도 훌룽한 노래를 지을 수 없으므로 자기보다 먼저 진 사람들의 것을 모방하는 것도 연습상 필요한 일이다. 혹 읽어 본 일이 잇다 하더라도 노래 짓는 초기에는 남의 흉내 곧 모방(模倣)이라는 것을 피하기는 어려운 것이다. 그러나 어느 때까지든지 모방만 해서는 않 된다. 그것은 예술(藝術)에서 제일 존중히 여기는 개성(個性) 곧 자기가 가지고 잇는 어느 특수(이상 19쪽)성(特殊性)을 자기 작품 중에 명백히 발휘할 수 없

기 때문이다. 그리하며 노래로써의 생명이 죽을 것이오 아모 가치 없는 것이 되고 말 것이다. 일본 시인(詩人) 삼목노풍(三木露風) 씨의 말을 빌린다면—

"동요에는 역시 자기 자신을 표현함이다. 자기 자신을 나타내지 않으면 좋은 동요가 아니 된다. 동요를 창작하는 것도 자기 자신을 노래하는 것이라고 생각한다. 동요는 곧 천진스러운 감각(感覺)과 상상(想像)이란 것을 쉬운 어린이의 말로 표현하는 것이다" 하엿다.

‖ **그러면** ‖ 어떠케 하여야 모방에만 빠지지 말고 자기 자신의 닯어[318] 갈 길을 찾을까 함이다. 먼저 어느 동요든지 그 뜻을 잘 알고 그 속에 포함(包含)된 속살의 맛도 충분이 맛보고 깨달은 뒤에 연구와 비판적 태도를 가지고 많이 읽고 념량(念量)하여 그 좋은 점을 남에 새겨 두엇다가 자기가 독특히 느낀 것을 그 감심하엿든 동요를 모방 삼아 지어 보는 것이 필요하다.

모든 일이 처음부터 단거름에 잘할 수 없는 것임으로 다른 것을 모방하고 그것을 본떠야 하겟지만 쉬지 않고 용기를 내어 꾸준히 나아가면 자연히 동요에 대한 의견이 터지게 된다. 그 후에는 자기가 아니고는 아모도 모를 생각이 가슴에 뭉클뭉클 떠올나 온다. 그때 그것을 내치지 말고 깨끗한 어린 맘으로 동요를 지어 내면 그것은 남을 모방한 자최는 없어지고 자기 독특의 음조(音調)와 언어(言語)가 밝히 나타날 뿐만 아니라 모방이란 차의(借意)를 벗어 버리고 훌늉한 동요가 생기게 된다.

‖ **그런데** ‖ 동요를 지을 때 자기와 딴 개성(個性)을 가지고 잇는 다른 사람의 비평에 무서워서 자기만 가지고 잇는 그 개성은 죽여 버린다면 귀중한 작품이 되지 못한다. 자기 자신의 진실한 맘에서 울어나오는(이상 20쪽) 예술적 량심(藝術的良心)으로 지은 예술품이 얼마나 귀중하며 값이 잇는 건가. 여기에 한마듸 하여 둘 것은 좋은 작품을 내어놓을려고 하면 다독다작(多讀多作)하라는 부탁이다.

---

318 '밟어'의 오식으로 보인다.

마. 음운과 격조(音韻과 格調)

‖ 음운 ‖ (音韻)이란 어떠한 것인가? 동요는 본시 운문(韻文)이기 때문에 음조(音調)가 수스러운 일 — 곧 자유로 곡조를 붓처서 부르기 쉬운 동요가 음조 나뿐 것보다 월등하다고 본다. 그러므로 동요는 읽는다기보다도 노래 부를 것이다.

‖ 중국 ‖ (中國)의 한시(漢詩)를 보면 글자마다 소리의 높고 낮은 것이 잇다. 높고 낮은 글자를 잘 조화(調和)하여 짓는대 그것은 일정한 법이 잇어서 높고 낮은 글자를 잘 골나야 한다. 나는 아모 나라의 노래든지 그런 어려운 형식(音韻)을 맨들어 그 형식 안에다가 노래를 잡어넣는다는 것은 나의 찬성치 않는 바이다. 어쨋든 읽기에 아름답고 서투른 맛이 없도록 노래 짓는 이가 쓰면 고만이다. 그리고 중국의 노래 같은 것을 읽을 때 실로 거북스런 생각이 많이 든다. 그러나 우리 조선에 잇어서는 음운이 아모 거리킴이 없이 노래 쓸 자유가 잇다. 고로 우리는 노래답께만 쓰면 고만이다. 그 말은 음운이 잇어도 일정한 형식에 얽매지 아니하고 자유로 노래를 쓰면 음운이 맞어진다.

‖ 격조 ‖ (格調)란 어떠한 것인가? 어떤 글이든지 말이 뫃여 구(句)가 되고 구가 뫃여 절(節)이 되고 절이 뫃여 장(章)이 된다는 것은 다 아는 것이니 노래에 잇어서는 구(句)가 행(行)을 이룬다.(이상 21쪽)

‖ 그러면 ‖ 한 줄(一行) 안에 말의 구(句)가 둘이든지 셋이든지 많으면 넷이든지 적으면 하나든지 이러케 뫃여 한 줄을 이루고 또 한 줄 두 줄 몇 줄이든지 뫃여 한 절(節)을 이룬다. 노래 짓는 이들은 한 절을 련(聯)이라고도 한다. 또 여러 절을 뫃여 한 장(章) 혹은 편(篇)의 노래를 이루게 되나니 혹은 한 절 노래로 한 장(章)과 한 편(篇)을 이룰 수도 잇다. 구절(句節)마다 글ㅅ자 수를 정하고 을프기에 알맞도록 썻으므로 이것은 운문(韻文)이라고 한다.

새야새야 파랑새야, 녹두꽃이 떨어지면
녹두낡에 앉이마라, 청포장수 울고간다.

‖ **이것은** ‖ 사사조(四四調) 四行 一절이 뫃여 한 장(章)을 이룬 노래이니 옛적에 우리 노래는 거반 四四조로 되엿든 것이다. 이것을 볼 때에 四四조가 우리 민족의 정서(情敍)에 알맞엇다는 것을 엿볼 수 잇다.

그러나 지금 우리의 노래는 여러 가지 형식을 빌어 四五조도 잇고 六五조, 七五조로도 많이 쓰게 되엿다. 이러케 된 것은 노래 쓰는 이들이 자기 자신의 독특한 정서를 표현하는 대의 수단이다. 예전 四四조의 형식만을 취할 것이 아니라 내 가슴 속에서 맑고 깨끗이 이러나는 정서를 표현하는 대는 어떤 형식을 써서 짓드라도 관게 없다. 그전에 동요를 지을 때는 먼저 동요를 쓰기 전에 말(言語)을 잘 골라서 두어야 한다. 그리하여 조희에 써놓고 난 뒤에 까다라운 곧이 잇으면 얼마든지 고처야 한다. 그리고 그것이 음악적 쾌감을 주고 좋은 동요 같거든 좋은 옷을 입혀 내놓을 것이다.

(동요작법 －끚－) (이상 22쪽)

洪鍾仁, "近刊의 歌謠集(二)", 『동아일보』, 1932.8.11.[319]

(전략)

尹, 朴 童謠 民謠集

하로라도 노래가 업서진다는 것은 어린이에게는 成長의 순을 잘러 주는 것이다. 노래는 곳 어린이들의 感情의 純化, 情緖涵養을 뜻하는 것이고 짤하서 想像의 世界를 넓히는 것이다. 조흔 노래는 곳 조흔 말과 조흔 品行을 意味하는 것이다. 어린이들의 노래 —— 童謠는 朝鮮에 幼稚園 敎育이 普及 되면서 需要量이 猝地에 늘엇다. 그러나 當場에 노래는 샘솟듯 하지 안핫다. 서양노래와 日本노래를 억지로 말을 부쳐 飜譯해서 유치園 어린이들에게 가르치는 것이 從前의 童謠이엇다. 其後에 多少 音樂에 趣味를 가지고 工夫하든 사람을[320] 저마다 童謠 作曲을 試驗하는 사람이 만하젓다. 一面 반가운 듯도 하다. 그러나 童謠一□은 노래라고 해서 반듯이 作曲이 쉬운 것이 아니다. 적어도 作曲에는 作曲에 對한 基礎知識이 업서는 안 되는 것이다. 그런데 이와 가튼 狀態에서 實로 童謠作曲家로 우리 記憶에 남어 잇는 이는 尹克榮 氏가 잇고 朴泰俊 氏가 잇다. 尹 氏는 其後 消息이 업스나 朴泰俊 氏는 不斷히 作曲에 努力하야 그 天品은 漸次 圓熟한 곳에 到達하엿다. 近者에 發表된 『양양범버궁』을 볼 째 어느 曲이나 어색한 것이 업다. 모다가 보드럽고 端雅한 情緖가 가득히 실리어 잇서 적으나마 흠 업는 그릇된 品을 볼 수가 잇다. 特히 作謠는 尹福鎭 氏로 벌서부터 童謠作家로 만흔 才質을 가진 이라고 알리워진 만큼 말에도 無理가 업다. 그中에서도 『양양범버궁』은 作謠와 作曲에 모다 새로운 試驗이다. 幼稚園이나 小學校에서 만히 씨울 줄 안다. 그러고 本集은 謄寫版

319 홍종인의 「近刊의 歌謠集(전5회)」(『동아일보』, 32.8.10~15)은 말 그대로 "가요집" 곧 음악에 초점을 둔 것이다. 따라서 전부 수록하지 않고 아동문학과 관련되는 부분만 전사하였다.

320 맥락상 "사람은" 또는 "사람들은"의 오식이다.

으로 되엇다. 不況의 우리 出版界에서 曲譜出版이란 것은 더구나 犧牲的이다. 이런 不利한 條件 미테서 謄寫版일망정 雅淡하고 美麗하게 만들어 世上에 내노하 준 것만으로도 그 뜻을 賞讚할 바 크다고 생각한다.(發行所 大邱府 本町 二八 茂英堂書店 振替 京城 一○八二四番地 定價 郵稅竝 三十二錢)

洪鍾仁, "近刊의 歌謠集(三)", 『동아일보』, 1932.8.12.

(전략)

尹石重童謠集

童謠詩人 尹石重 氏가 때때로 新聞 雜誌에 發表하는 童謠나 童謠詩劇 가튼 것을 읽으면 어느 분의 것보다도 그의 詩에는 말에 좀 더 才操 잇는 音樂的 音調가 나타나 잇슴을 엿볼 수 잇섯다. 勿論 特히 詩(散文에서도 그러치마는)에 잇서서는 어느 것이나 音樂的 리듬과 繪畵的 描寫가 그 表現에 가장 큰 要素가 되어 잇지만 尹 氏의 童謠에 잇서서 그 點이 더 明瞭이 나타나고 잇슴을 볼 때에 말로 외이기에도 사분사분하려니와 曲調 단다면 더욱 妙하리라는 것을 생각하엿 왓섯다.

그것이 이번에 曲譜 附 童謠集으로 出版되엇다. 內容의 말은 全部 尹石重 氏의 것이고 曲은 大部分 尹克榮, 朴泰俊, 鄭淳哲, 玄濟明, 洪蘭坡 氏의 것들 中에 尹, 朴 兩氏의 作曲이 大部分이고 其餘 十二曲은 海外 童謠曲에 다 말을 지어 부친 것으로 倒合 三十六曲이다. 童謠의 詩로서는 그 序文에 李光洙, 朱耀翰 兩氏가 非常히 稱讚한 바 잇슴으로 서틀은 筆者로서 다지 말할 것도 업다. 曲도 七八歲로부터 十一二歲의 어린이들이 불으기 쉽게 되어 노래에 窮하는 幼稚園 先生님께들에게는 다시업는 조흔 보배가 될 것이다. 다시 말치 안하도다. 作曲한 분들이 童謠 作曲에 特히 오래 힘써 온 이들임으로 다 깨끗한 맛을 가진 것들이다.

그리고 製冊도 從來의 어느 것보다도 美麗하게 갑멱인 點도 注目되거니와 特히 綴字 校閱에 申明均 氏의 受苦를 빌은 點은 어린이들의 工夫에 큰 敎材가 됨즉한 이 冊에 한層 더 權威를 부치는 것이라고 생각한다. (發行所 京城 蓬萊町 新舊書林 振替 京城 二八五二番 定價 八十錢)

金若鋒, "金東仁 先生의 雜誌漫評을 두들김—特히 少年雜誌 評에 對하야—", 『어린이』, 1932년 8월호.

조선에도 미약하나마 소년문예가 잇고 소년잡지가 잇서 온 지 거의 십년이다. 그러나 아직껏 소위 명사나 문단의 긔성작가들로서 거기에 대한 비평이나 지도 여부는 고사하고 그러케 하등 관심을 가지고 대해 본 일까지 업섯다. 그러타고 오늘날 우리 소년들로 안저서 그들에게 우리들의 하는 일이나 짓는 글에 관심을 해 달라고 바라는 것도 아니요 또는 그러케 안해 주엇다고 원망하는 것도 아니다.

그러나 요 얼마 전『매일신보』지상에 한 열흘이나 두고 십 회나「잡지만평」[321]을 쓴 가운데 특히 소년잡지게에까지 만평을 쓴 것을 발견하엿다. 그리고 그 필자가 조선에서도 명사요 긔성문단에 거장(巨匠)이요 또는 소설가요 비평가로서 이름이 노프신 김동인(金東仁) 선생인데 더욱 호긔심을 끌리게 되야 나는 한번 그것을 읽고 지나가지 아니할 수가 업섯다. 나도 소년잡지에 다소 관심을 가지고 잇는 소년인 만큼 그의 평을 끝까지 읽어 보앗다. 그러나 읽어 보고는 너무도 선생의 무책임하다는 것보다도 몰상식하고 '무뎃뽀—'[322]한데 깜짝 놀라지 안흘 수 업섯스며 소년잡지게 전체에 대하야 여러 가지 모욕적 폭언을 토함에 분개함을 참을 수가 업섯다. 그리고 이런 문인, 소설가, 비평가, 명사를 가(이상 2쪽)르처 이르되 조선 문단에 거장이라 함에는 너무도 구역이 남을 금치 못하엿다.

김동인 선생이여! 선생이 그러케 소년잡지에 이해(理解)가 만흐시며 포부가 만흐시며 의견이 굉장하시면서 적어도 소년잡지의 평을 쓴다고 하시면서 소경의 모막대질하드시 망언을 토하고 난필을 휘두른 것은 과연

321 김동인의「녀름날 漫評—雜誌界에 대한(전10회)」(『매일신보』, 32.7.12~22)을 가리킨다. 8회 분(32.7.20)이 소년 잡지에 관한 내용이다.

322 'むてっぽう〔無鐵砲〕'로 "무모한, 분별없는"이란 뜻의 일본어이다.

선생으로서 실수이신가 합니다. 선생님 손으로써 써 노신 글발에 이러한 구절이 잇스니 그것은 내가 한 짓이 아니라고 변명은 못하시겟지요. 그런데 다른 것은 고사하고 적어도 소년잡지 평을 쓴다 하면 다만 잡지 한권이라도 이왕에 보신 일이 업스면 임시로 책사 가튼데 들려서 대강이라도 보고서 쓰시는 것이 당연한 일이 아닙니까.

> 內容의 取材에 관해서는 筆者 不幸히 檢討하야 보지를 못하엿다. 그러나 때때로 성큼성큼 題目을 보고 역시 성큼성큼 건느면서 읽어 본 것으로라도 말하라면 內容 역시 그다지 시언하지 못하엿다. 좀 더 情熱이 찬 文章과 좀 더 少年의 情緖의 북도듬이 될 만한 敍辭가 필요하다 한다.……(金 先生 評 中에서)

김동인 선생님! 선생님은 성큼성큼 몇 권의 소년잡지를 보섯스며 멧 권의 소년문예를 성큼성큼 보섯습니까. 성큼성큼 보고 읽기는 하섯슬 망정 평까지 그러케 성큼성큼 해서는 안 됩니다. 아모리 더웁고 원고료에 탐내여 쓰는 글이라도 책임 따질 것은 따지고 넘어가야지요.

그런데 김 선생님! 선생님이 소년잡지 평을 쓰시는 맨 첫머리에 "少年잡지는 모도다 一별 하기로 하겟다" 해 노흐시고 고다음에

"少年 잡지는 一律로 四六版인 것은 朝鮮의 特色이며 朝鮮이 아니면 볼 수가 업는 현상이겟다."

하섯스니 이 말슴으로 보면 내용 문제는 고사하고 첫재 선생님이 성큼성큼 제목만 보고 성큼성큼 건느면서 읽어 보섯다는 것은 혹 선생이 총망중에 성큼성큼 제목만 보시느라고 정신이 팔리섯든지는 모르겟스나 소년잡지를 일률로 사륙판으로 보신 것은 선생님의 눈에 큰 착각(錯覺)이 생기섯거나 그러치 안흐면 성큼성큼이란 선생님의 말슴이 어째 거짓말가치만(이상 3쪽) 들립니다. 그러고서야 어데 평을 쓴다고 하시겟습니까. 선생님 보십시요. 방금 소년잡지 중에는 내용은 별문제로 하고 체재만으로는 사륙판보다 국판(菊版)이 만습니다. 『어린이』도 국판이고요 『아이생활』도 국판이고요 『소년세게』도 국판이고 단지 『별나라』와 『신소년』만이 사륙판이랍니다.

혹 선생님이 사륙판과 국판을 혼동하야서 가치 보섯다면 모르겟습니다마는…….

위선 이러케 되고 보니 선생님의 모든 말슴이 잘 미더지지를 안습니다마는 더구나 내용 운운에 드러가서는 논박할 여지도 업다고 생각합니다마는 긔왕 쓰랴든 길이니 조금씩 간단이 말하며 지나가겟습니다.

김동인 선생님! 선생님은 지금 조선의 소년잡지를 보면 수준이 모든 보통학교 四五년 이하의 정도라 하섯지만 그것도 소년잡지에 대한 상식 부족이요 성큼성큼이나마 여러 잡지를 못 펼처 보신 데서 생긴 그릇된 인식인가 합니다. 사실은 오늘의 소년잡지 수준이 적어도 보통학교 五六년 정도 또는 그 졸업생 정도나 되고 나이 만은 무산소년들을 표준한 것이 대부분이랍니다.(선생의 말슴한 것과 가튼 소년잡지도 잇기는 하지만) 호강스러운 선생님네 가트신 가정에서는 자질들이 마음의 양식을 구해 하고저 그런 잡지를 구할는지 모르지만 조선 안 수만흔 근로대중의 소년자질들은 발서 자긔들의 생활에서 자긔들의 의석을[323] 분명히 가지고 잇스며 자긔들의 생활 긔록이나 체험 가튼 것을 유치하나마 지상에 표현할 줄도 알고 자긔비판(自己批判)도 할 줄 안답니다. 그러케 선생님이 알고 게신 바와 가치 잔글자를 보고 근시안(近視眼)될 염녀가 잇는 어린 소학생들이 오늘의 소년잡지 독자에는 별로 그 수효가 업는 줄을 알어주십시요. 그리고 아마 오늘의 조선에서 소위 소년잡지 업자라 하고 좀 더 큰 책에 좀 더 큰 활자로 좀 더 조흔 조히에 좀 더 조흔 체재로 만드럿스면 조흘 줄을 모르는 천치는 아직 업스리라고 미드나 그들은 불행이 김 선생과 가치 넉넉한 주머니를 갖이 못한 것이 한이랍니다. 그러기에 선생님은 차라리 그럴 바에는 업는 것만 갇지 못한 만해가 잇고 일리가 업는(이상 4쪽) 것은 그만두어 버려랴 하고 시원한 장부다운 말슴을 하섯스나 그것은 아모 철도 모르고 하면 말로 아는 폭언밖에는 아모것도 되지 못합니다. 내가 직접 잡지사에 잇는 사람이 아닌 만큼 나 역시 그들의 속을 자세이 알 수는 업스나

323 '의식을'의 오식으로 보인다.

편즙인과 그 외 종업원의 구복문제(口腹問題) 즉 배 채우기 위하야 잇는 잡지지 천하 소년은 아불관언(我不關焉)이라는 것이 그 잡지의 발행하는 유일의 이유라 하면 이상의 고언(苦言)은 모도 취소한다고 결사를 지은 것은 이 얼마나 모욕적 폭언입니까. 선생의 머리가 얼마나 명석하신지는 모르지만 오늘의 소년잡지가 편즙인이나 종업원의 배를 채울 만한 이익이 남는지 못 남는지는 국외의 우리로도 잘 알고 잇는 일이며 선생님은 큰 체재 큰 활자 조흔 조히 선명한 인쇄의 소년잡지를 요구하고 게시지만 불행이 선생님과 가튼 복을 누리지 못하는 조선 다수의 근로 소년들은 그런 호강스러운 소리를 찻고 안젓슬 여유가 업스며 선생님의 업서도 조타는, 다 망해도 조타는 그 변변치 못한 잡지들이나마 더할 수 업는 환영을 받고 그나마도 얻어 볼 자유가 업서서 목말러하는 어린 동무가 얼마인지를 알 수가 업스며 그러케 선생님의 아시는 바와 가치 몃 개인의 배를 채워주는 잡지라 하야 아불관언의 태도를 취하지는 안는답니다.

김동인 선생님! 선생님이 조선의 명사요 문사요 소설가요 비평가로서 문단의 거장 될 자격은 잇는지 모르지만 오늘의 조선 소년의 문제를 운운하는 데는 완전이 몃 세긔 이전의 양반이십니다. 요새 날 더운데 그늘 밑에서 만문 만평이나 써 가지고 원고료를 바더서 소설 재료를 작만하랴고 ××을 차저가고 ××의 무덤을 차저가는 데는 거장이 되실지언정 오늘의 조선 소년잡지 평을 쓰시기에는 너무도 자격이 부족합니다. 만일 할 말슴이 게시다면 다시 지상을 통하야 얼마든지 던저 주시기를 바랍니다.(이상 5쪽)

虎人, "兒童藝術 時評", 『신소년』, 1932년 8월호.[324]

一. 可憎한 데마고키

요사이 푸로레타리아 兒童藝術의 飛躍的 發展에 짤아서 단지 名譽만을 얻기 위하야 쥐뿔도 모르는 小부르的 兒童文學群이 원숭이처럼 흉내를 내이며 잇는 것은 누구나 아는 일이다. 푸로레타리아 兒童大衆은 그들의 수박 겉할기 같은 그 따위 藝術은 바라지 않으리라. 그럼에도 不拘하고 그들은 프로的 言辭를 함부로 羅열하야 단지 賣名을 爲한 作品으로 大衆을 속이어 이쁘게 보이랴 한다. 그러한 者들임으로 어떠한 階×的 必要를 切實히 늣기어 가지고 作品 製作을 않는 것은 勿論 말할 것도 없다. 그저 일홈을 얻기 위하야… 얼마나 破廉恥한 짓이냐.

이런 일은 어른들의 藝術에서도 흔히 볼 수 잇고 또 어떤 나라에든지 잇는 한 現象이다. 그럼으로 別로 怪異히 녁일 것은 없다. 오즉 無慈悲한 투쟁을 하야 그 따위의 모든 雜草를 除去하지 않으면 않 될 것뿐이다. 더욱 어린 사람들은 아즉 完全한 철이 못난 만큼 그런 挾雜輩에게 속(이상 13쪽)기 쉬움으로 兒童藝術에 잇어서의 모든 小부르 文學群과의 투쟁은 一層 重要한 意義가 잇는 것이다. 짤아서 푸로레타리아 兒童藝術家運動者는 계급的 任務의 一部로서 이에 對한 투쟁도 等閑視해서는 않 된다.

그런데 놀라운 일에는 이러한 박쥐式 프로 兒童藝術運動者가 요사이 와서는 그 正體를 차차로 鮮明히 들어내이기 빌옷한 것이다. 그것의 一例로서는 彼等은 그 小부르 인테리의 참을性 없는 感情을 숨김없이 發散식히어 까닭 없이 프로 兒童藝術運動者를 惡宣傳하는 것만 보아도 알 수 잇는 일이다. 저의들의 罪惡을 말하엿다고 惹起하야서 이러니저러니 된 말 안 된 말로 區區스런 自己辯明을 하는 同時에 批判者를 故意로 理由도 않닷는 말로 辱하려는 꼴은 可憎한 것은 勿論이고 한편으로는 苦笑를 禁할

---

324 '虎人'은 송완순(宋完淳)의 필명이다.

수 없는 노릇이다.

이러한 일을 데컥데컥 잘 저질르는 사람은 아즉 意識의 攝取 過程에 잇는 文學少年輩의 일임으로 多少 容恕할 点도 잇을 것 같으나 도로혀 우리는 그러한 少年들이기 때문에 더욱 嚴正히 對할 必要가 잇는 것이다. 웨 그러냐 하면 그러한 者들이 그대로 큰다면 害는 더 끼칠 것인 때문이다. 무엇이든지 어려서보다 커서 더 甚한 것이다. 害毒을 끼치는 버러지나 사람도 어려서보다 커서 더한 것이다. 그럼으로 그런 것은 진즉 없이하여야 한다. 이러한 意味에서 우리는 小부르 兒童藝術群 中에 少年에 對하야도 함부로 寬大할 必要가 없다. 그들이 끼치는 惡影響을 생각하면 하로밥비 그들을 없새어야 한다. 그들이 다시 깨달어 좋은 사람이 되고 않치는 것은 여긔에서는 길(이상 14쪽)게 말할 것이 없다.

그런데 去 四月號 『少年世界』라는 雜誌를 누가 한 卷 보내 주어 보니까 거기에는 욕지기가 날 만큼 幼稚스러운 프로 兒童藝術家에 대한 데마[325] 記事가 실리어 잇엇다.

나는 元來 『少年世界』 같은 것은 잘 사 보지 않는 터임으로 그 前에는 어떤 種類의 이런 記事가 또 잇엇는지 알 바 없으나 이 四月號 한 卷만 보아도 能히 該誌의 正體에 對한 것은 임의 달은 사람이 말한 바 잇음으로 다시 重言할 것 업으나 한 말 特히 해 둘 것은 되지도 않은 글을 실림으로써 푸로레타리아 兒童藝術 及 그 運動者를 惡宣傳하는 編輯者의 뜻을 알고 싶다.

讀者도 읽엇으면 알앗겟지만 一農卒이라는 자의 李東珪 君에 對한 辱說이라든지 Y.H.P라는 者의 『新少年』 『별나라』에 對한 誣言妄語를 보라. 普通學校 一年生의 作文 같은 그런 語套로 되지도 못한 文字만 늘어놓아서 可히 批評할 거리도 못 되나 알지도 못하는 것들이 아는 체 理論家인 체하

325 '데마고기(demagogy)'의 줄임말이다. "이것도 선동이란 말인데 아지테-슌과는 달으다. 데마고기라는 것은 악선동 역선전이란 말이다. 자긔 사사 감정으로 남을 파괴하기 위하야 하는 악수단이다."(「(우리들의 사전)데마고기」, 『신소년』, 1932년 2월호, 14쪽)

야 남을 함부로 헐뜯으니 可觀이란 말이다. 그들의 말을 어떤 部分의 兒童들이 옳게 녁이고 어떤 部分의 兒童이 그러케 녁일까는 말치 안어도 다 짐작하겟지만 그 따위 되지 못한 글을 싦이어 남의 雜誌까지 까닭 없이 辱하려는 編輯者의 庸劣한 手段은 可憎뿐이 않이라 勿論 正當한 批判이면 얼마든지 좋다만은 그따위 口生乳臭한 어린애들의 글을 일부러 골라다가 실리는 編輯者의 짓도 亦是 어린애 짓이 않일 수 없다.

어떤 讀者들은 그래도 該誌를 푸로 兒童雜誌처럼 잘못 생각도 하리라만은 同志的 嚴正한 批評을 떠난 어린애의 辱說(이상 15쪽)을 골라다가 大書長書하야 發表한 것만 보아도 該誌가 어떤 種類의 것인지 알 수 잇을 것이다.

內容도 너절해서 보잘것없는 데다 남의 辱하기에만 是事하는『少年世界』! 우리는 確實히 늣길 수 잇다. —— 彼와 我는 서로 닳은 길을 것고 잇는 敵이라고.

여긔에 特히 한 말 添附할 것이 잇으니 李孤月이라는 文學少年에 對하야서이다. 君은 꽤 여러 雜誌에 꽤 여러 가지 글을 실리는 모양이며 또 무슨 雜誌까지 發刊한다고 떠들든 사람이다. 우리는 君을 잘 알 수는 없으나 極히 注意하여야 한다. 되지 못한 글을 아모 데나 실리고 코가 웃둑해 가지 말아라. 節操 잇는 沈着한 行動을 하야라. 흉내만 내려고 말아라. 그것은 名譽도 아모것도 못 된다.

우리는 李孤月 君 같은 모든 어린 인테리의 氣分的 躍動을 注意 깊게 그리고 冷靜하게 보고 막지 않으면 않 된다.

小부르輩의 데마는 점점 甚하야 가고 또 그들의 원숭이 짓은 점점 露骨化하야진다. 이것을 對抗하고 撲滅할 수 잇는 者는 다만 푸로 兒童大衆과 眞正한 푸로 兒童藝術家뿐이다.

二. 兒童藝術理論의 確立의 必要

요사이 小說時評이니 童謠月評이니 하야『新少年』『별나라』에 프로레타리아 兒童藝術理論에 關心을 가지고 努力하는 사람들이 많은 것은 기쁜 일이다. 그러나 우리는 그 많은 理論 中에서 참으로 理論 같은 것은 찾어내기가 힘든다고 할 수 잇을 만큼 大概가 體系를 確實히 알지 못한 것이 많엇다. 勿論 첫거럼인 만큼 지금 당장 完全을 期待키는 어려우나 그(이상 16쪽)래도 푸로레타리아 兒童藝術일진대 不鮮明은 할지라도 一定한 體系에선 調理 잇는[326] 것이 않이어서는 안 된다. 그러컨만 거의 보면은 氣分에 날여서 푸로니 反動이니를 대종 없이 쓰기 좋와하고 까닭도 모르고 絶對 非妥協的 小兒病者의 짓을 하는 사람이 많다. 이 모다 아즉 첫거름이요 어린 사람이 많은 탓이겟지만은 그러트라도 푸로레타리아를 爲한 理論일진대 비록 兒童問題에 關한 것이라 하드래도 그것이 한낫의 작란이 않이요 儼然한 社會的 現實에 잇어서의 일인 以上 冷靜하고 嚴正하고 調理가 잇어야 한다. 함부로 푸로的 言辭만 쓰는 것뿐으로써 푸로 兒童藝術家가 될 줄 알아서는 잘못이다. 理論을 쓰랴면은 적어도 그것을 잘 料理할 줄을 알아야 하는 것이다.(비단 理論뿐 안이나.)

지금 小부르 兒童藝術家들은 제법 冷靜히 小부르 兒童藝術理論을 確立식히는 同時에 푸로 兒童藝術에 對抗하려고 努力하고 잇다. 李軒求 氏 等을 보라.

그러나 『新少年』이나 『별나라』에 글 쓰는 사람으로 저네에게 冷靜嚴酷하고 調理 잇는 理論으로 對할 者 몇몇이냐. 遺憾이나마 우리는 金友哲外 一二人밖에 아즉은 못 보왓다. 李東珪 君도 理論을 좀 쓰기는 하는 모양이나 君을 차라리 小說家라 함이 좋겟다. 申孤松 君은 쓰랴면 쓸 수 잇는 사람이지만은 안 쓰니 어쩌는 수 없다. 우리는 理論에 굶주리엇다. 딸아서 作品行動이 一定하지를 못하다. 理論 없는 行動은 秩序를 잃기 쉬운 것이다.

우리는 더욱 努力을 하야 體系 선 兒童藝術理論의 確立에 나아가지 않으면 안 된다.

三. 兒童長篇과 콘트

長篇小說이나 童話가 그 底力 잇는 感情과 思想을 組織 잇게 兒동에게 주는 것이라는 것은 다시 말할 것도 없다. 더욱(이상 17쪽)이 어떠한 事象을

326 '條理 잇는'의 오식이다. 아래의 "調理"는 모두 "條理"의 오식이다.

그 全體의 立場에서 體系 잇기 認識하지 안으면 안 된다. 푸로레타리아에 잇서서는 비록 어린이일지언정 例外가 않인 以上 그러한 큰 것을 互相 聯結된 것으로서 보여 주려면은 도저히 短篇만 가지고는 안 된다.

열 가지의 互相 關聯잇는 事實을 全部 한 가지의 長篇에 描寫하는 境遇와 그것을 따로따로 한 가지式 떼어서 短篇에 描寫하는 境遇와의 效果는 뭇지 안어도 長篇 便이 훨신 나을 것이다. 그러나 勿論 그런 것을 섯불리 試하려다가는 失敗만 하기 쉬웁다. 그러치만 그런 것을 쓸 만한 힘이 잇는 사람까지도 안 쓰고 잇는 것은 遺감이다.

어떤 事象을 그 具體的 全體性에 잇어서 認識 把握하려면은 短篇만 가지고는 到底히 않 된다. 그리고 短篇만 가지고서는 단 한 가지의 事實도 가장 具象되게 描寫하기 어려운 것이다. 그럼으로 長篇 作品을 인제 힘써 하는 사람도 나와야 한다.

그러나 短篇 作品을 絶對 不可하다고 하야서는 안 된다. 그것도 퍽 必要하다. 特히 아지테이숀的 意味에서 必要한 것이다.

그리고 短篇 中에도 요사이 와서는 콘트나 壁小說 같은 極히 짧은 作品도 必要케 되얏다. 콘트와 壁小說은 그 長短이 거의 같음으로 同一한 것으로 보아도 좋으나 그러나 그따위 形式을 다만 小說에만 局限식힐 것이 않이라 童話에도 適用할 必要가 잇다. 그와 비슷한 것으로 寓話 形式이 잇으나 녯날의 그것을 板에 박은 듯이 고대로 引繼하야서는 안 된다. 일홈은 그냥 寓話하고 하야도 좋을지나 內容 形式을 現代化 푸로레타리아的으로 고치어야 한다.

이 콘트型의 作品은 앞서 말한 長篇과 함께 투쟁이 激化될사록 더욱 必要해지는 것이다. 그것은 職場같은 데에 가저가기 쉬웁고 또 隨處에서 쉬웁게 들려주고 읽혀 줄 수 잇으며 뗣아서 아지的 效果는 長篇보다도 當面에 잇어서 훨신 나을 것인 때문이다.(이상 18쪽)

그러나 이런 境遇에 가장 注意하여야 할 것은 그 作品이 비록 어떤 斷片만을 取材 描寫한 것이라 하드래도 全體性에의 關聯을 이저서는 안 된다. 卽 全體性에 關聯된 一環으로서 表現식히지 않으면 안 된다. 짧다고 홀보아서는 妄計다.

어떠튼 우리는 長篇을 힘써 硏究하는 同時에 콘트型의 短篇도 힘써 硏究하여야 한다.

콘트型의 壁小說은 여러 사람이 試하야 보는 모양이나 그中에 李東珪君의 것이 第一 나엇다. 그러나 完全히 成功하려면 아즉도 멀엇다. 그리고 童話나 兒童劇에 잇어서는 아즉 아모도 別로 힘쓰는 사람이 없는 모양이나 앞으로 여긔에도 努力하지 않으면 안 된다. 兒童劇에 잇어서의 申孤松 君의 作品은 콘트型에의 出發로서 意義 잇는 것이엇다.

무엇보다도 作家가 職場과 農業의 肉體的 生活苦를 맛본 어린이로부터 나아와야 할 것이다. 그리고 머지않아 나올 것을 吾人은 不疑한다.

長篇에 關하야는 임의 金友哲 君이 말한 바 잇으나 다시 몇 말한 것이며 또 콘트型 作品에 關하야는 아즉 理論的으로 硏究한 사람이 없는 것 같아 다만 몇 마듸 必要타는 것만을 말해 두고 具體的 硏究는 딴 機會에 달은 사람이 發表할 줄 안다. 筆者도 機會 보아 發表케 될지도 모른다.

어떠튼 우리는 모든 것에 잇어서 그것이 푸로레타리아에게 有利할 것이라면 하나도 바리어서는 안 된다. 그러타고 너줄한 것까지 骨董品 모흐듯 할 必要는 업으나.

一九三二. 五. 二二

【附記】原稿를 써 놓고 事情으로 못 보냇든 바 오날 『新少年』 六月號를 받아 보니 前記 『少年世界』 件에 對한 李 君[327]의 答辯이 자세히 실리어서 잘 보앗다. 어떠튼 우리는 이따위 反動이 甚할사록 더욱 힘과 熱을 내어 싸우며 나아가야 할 것이다.

가난한 兒童大衆 諸君! 諸君은 저들에 對하야 어떠한 判決을 내리려느냐.(이상 19쪽)

---

327 철아(鐵兒)의 「一農卒, 李赤兒 頭上에 一捧－아울러 李元珪 頭上에도－」(『신소년』, 1932년 6월호, 26~28쪽)를 가리킨다.

洪九, "兒童文學 作家의 프로필", 『新少年』, 1932년 8월호.

머리말

朝鮮의 兒童文學은 너무나 加速度로 發展되고 짤어서 實踐的 效果를 가젓다고 볼 수 잇다. 그러나 모든 現段階에 잇서서 不可避的 情勢은 그 强力的인 發展을 障害하며 아울러 萎縮을 招來 식히고 잇다. 이것에 對한 嚴然한 證明은 『新少年』과 『별나라』의 그것이다.

이러한 激流 속에서도 우리들의 作家群들은 가장 果敢한 氣勢로 조금도 ××하는 氣色이 업시 ×××인 作品活動에 精力을 앗기지 안는다.

이 兒童文學作家들은 우리들의 文學指導理論에 잇서서 조고만 誤謬도 犯치 안코 實踐的 作品行動을 하얏섯느냐 하면 그러치 못하얏다. 여기에 對하야는 누구나 辯明이나 强辯할 餘地가 업시 우리들의 作品이 그것을 闡明하야 준다.

그러나 次例次例로 生產되는 作品에 잇서서 그러한 缺陷은 完全히 淸算되고 잇다.

그러타 하드라도 某 同志가 말한 바와(이상 22쪽) 兒童文學作家들 속에는 아직 思想的 不徹底가 잇고 技術的 未熟이 잇다는 것만은 事實이다. 그래도 現在와 가튼 發展을 볼 째는 적지 안는 努力을 하얏다는 것만 또한 否認할 수 업다. 이만한 作品的 ××過程을 밟아 온 그들 아프로 文化的 ××× 役割을 할 그들! 그들의 ××한 프로필을 적는 것도 그다지 無意味한 手苦가 아니라면 나는 여러 동무에게 이 글을 읽기를 固執한다.

×

宋 影

宋影! (이분에게는 尊稱을 쓰는 것은 大端한 失禮로 나는 안다. 이 분은 朝鮮文壇에 잇서서 너무나 有名한 분이다. 그리고 老將. 그러나 나는 尊稱은 쓰고 십지 안타. 우리들의 先輩이면 나에게는 너무나 親愛하고 尊敬하는 作家의 한 분이다. 宋影! 하고 불를 제 나는 이 분의 全人格을 다하는 것 가튼 愛着을 늣기기 때문에 이러케 쓴다.)

宋影은 늙지 안은 우리의 동무다. 어느 때에 그는 아이들의 동무이다. 「쪼겨간 先生」[328]을 써서 數만은 아이들의 어린 가슴을 울리든 그는 期於코 自己自身이 그 「쪼겨간 先生」 속의 先生이 되고 말엇다. 그는 아무것도 업는 우리들과 가치 그는 勞働力을(原稿) 팔아야 사는 우리들의 동무이다.

그는 朝鮮文壇에 잇서서도 만은 活躍을 하얏지만 달은 이와 달리 兒童文學에 잇서서도 그의 活動은 非凡하얏다. 童話로 少年小說로 童劇으로 그는 作品뿐만이 아니라 實際로도 만흔 ×××量이 잇스며 包容力이 多大한 이다.(이상 23쪽)

〈鶯峯會〉라는 우리들에게 하나밧게 업는 童劇 出演團體를 組織하야 라듸오로 公演으로 活動을 하야 준 적도 잇엇다.

그는 엇재ㅅ든 兒童文學運動에 잇서서의 功勞는 是認을 是認 아니 할 수 업는 朝鮮의 ᄭᅩ리키다.

그는 너무나 多作을 하는 關係로 갓금 가다가는 우리들이 한숨을 쉬게 하는 적도 잇지 안어 업다.

그는 새로 試驗하는 兒童劇인 「洪吉童」[329]은 어느 程度까지의 效果가 잇슬는지! 다못 注目의 價値가 잇을 것을 밋는다.

朴世永

世永 君은 宋影과 아울러 兒童文學運動의 存在는 크다. 君은 主로 童謠를 制作하얏섯다. 그러나 近來에 와서는 童劇에 全力을 다하고 잇다.

君은 精力과 努力으로 한 뭉치가 된 이다. 君의 活躍도 宋影에 지지 안을 만한 役割을 하얏섯고 아프로도 할 根氣 잇는 분이다.

---

328 송영(宋影)의 「쫏겨가신 先生님」(『어린이』, 제6권 제1호, 통권55호, 1928년 1월호, 34~38쪽)을 가리킨다.

329 앵봉산인(鶯峯山人=宋影)의 「洪吉童(全三幕)」(『별나라』, 제7권 제3호, 통권58호, 1932년 4월호; 제8권 제2호, 통권65호, 1933년 2월호)를 가리킨다.

늙지 안는 아이 宋影과 提携하야 多年間 兒童教育에 熱中하얏스나 宋影과 가치 君도 쏘 「쪼겨간 先生」이 되고야 말엇다.

君의 童謠는 어느 때나 敍事式이면서도 퍽 難澁하다. 兒童으로써 意味를 알 수 업는 点도 잇게 된다. 그러나 君의 「대장ㅅ간」[330] 「눈팔매」[331] 가튼 것은 누구나 模倣할 수 업는 君의 老鍊된 手法은 充滿되여 잇다.

그런데 끄트로 한마대 할 것은 君의 近作 童謠에는 그리 힘 잇는 것을 發見할 수 업다는 것이다. 그러나 童劇에서마는 볼 만한 것이 만타. 「掃除夫」[332] 「홍개미」[333] 등은 近(이상 24쪽)來 佳作 部門에 屬할 만하다.

吳慶鎬

君은 窮僻만 農村 가난뱅이의 아들로 태여낫다. 이런 關係로 君의 한 章의 노래 한 篇의 小說은 君의 赤裸裸한 告白이며 부르지즘이다. 아모 修鍊도 素養도 업는 率直한 그것이엇다. 그래서 君의 作品에는 힘이 잇다. 흙냄새가 잇다. 그리고 째째로 沈痛한 憂鬱이 잇다. 그러나 遺憾되는 일은 이짜금 異國情調의 로맨틱슴을 차즐 수 잇다. 獅子吼가 쌋닥 잘못하다가 瀕死의 白鳥의 우름이 되는 수가 잇섯다. 그러나 君은 가장 囑望 잇는 作家의 한 사람이다. 그러나 近來에 와서 君의 職業 關係上 별로 作品을 볼 수 업는 것이 遺憾이다.

具直會

潑潑한 意氣를 가진 겨우 二十三歲 된 촌골 先生이다. 君이 不幸히 ××× 身勢를 몃칠 지게 될 째 아이들이 先生 내 달라고 울고불고 할 만치 아이들에게 퍽 情다운 동무이다.

---

330 박세영의 「대장ㅅ간」(『별나라』, 제3권 제3호, 통권22호, 1928년 3월호)을 가리킨다.

331 박세영 요(謠), 맹오영(孟午永) 곡(曲)의 「눈팔매」(『별나라』, 제7권 임시호, 통권 56호, 1932년 1월호)를 가리킨다.

332 박세영의 「어린 掃除夫」(『별나라』, 제6권 제6호, 통권52호, 1931년 7-8월 합호)를 가리킨다.

333 박세영의 「홍개미」(『별나라』, 제6권 제2호, 통권48호, 1931년 3월호)를 가리킨다.

지금은 情든 어린 동무들과 作別하고 故鄕에 돌아가 잇다.

君은 小說만 꾸준이 制作하야 왓다. 君의 取材는 大槪 農村에서 일어나는 悲慘한 農民의 ×× 狀態를 輕快하게 表現식히어 아이들이 주먹을 쥐게 아지하야[334] 준다. 그러나 君의 缺陷은 너무나 輕快에 빠지어 무거웁게 가슴을 울려야 할 것이 너무나 瞬間的 感動만 밧게 하는 대 잇다. 「흥내쟁이」[335] 가튼 作品은 完全히 이 部類에 屬하야 버리고 만다.(이상 25쪽)

君은 엇재ㅅ든 兒童文學作家 속에서 보기 드문 한때에 實際 少年運動指導者엿다는 것을 이저서는 안 된다. 그것은 實地로 作品 生産에 적지 안은 도움이 되기 때문이다.

鄭青山

君은 只今까지 數篇의 童謠 外에는 別다른 活躍은 업스나 君의 童謠는 모든 사람들과 달라 뻑뻑하며 힘찬 뭉쿨뭉쿨한 맛이 잇다. 그만콤 君은 熱情的이며 野生的이다. 君의 作品行動은 一九三一年 ××少年會 事件[336]에 關聯되여 阻止되엿스나 出監 後 君의 元氣는 如前함으로 아프로에 期待

334 '아지'는 '아지테이션(agitation)'을 줄인 말이다. "선동(煽動)이란 말인데 한 가지 사상 갓흔 것을 여러 사람에게 주입식히며 또는 무슨 일이 이러날 때 여러 사람 압헤 호소하며 전파할 때 쓰는 말이다. 가령 엇던 가족이 실업 갓흔 리유로 하여 굴머죽엇다든지 할 때 그 비참한 말을 전하여 우리는엇더케 하지 안흐면 안 되겟다 하고 대중을 아지테-트(선동함)하는 것이다."(「(우리들의 사전)아지테-슌」, 『신소년』, 1932년 2월호, 13~14쪽)

335 구직회의 「흥내쟁이」(『新少年』, 1931년 10월호)를 가리킨다.

336 노농소년위원회(勞農少年委員會) 사건을 말한다. 김봉룡(金奉龍), 박상윤(朴相潤), 정청산(鄭青山) 등 3명이 치안유지법 위반으로 기소되어, 1932년 2월 9일 경성지방법원에서 재판을 받았다. 이때 김봉룡은 조선매일신문(朝鮮每日新聞)사의 급사이면서 광활소년회(光活少年會) 집행위원이었고, 박상윤은 총독부 급사이면서 용을소년회(龍乙少年會) 집행위원이었으며, 정청산은 경성제국대학 급사이자 모 인쇄소 사무원이면서 용을소년회 집행위원이었다. 이들은 무산계급 소년을 규합하여 공산제도 실현을 하기 위해 〈조선소년총연맹(朝鮮少年總聯盟)〉은 유산계급의 일종의 유희에 지나지 않는다고 보고 단연 반대하며 무산계급 소년운동을 일으키기로 하였다. 이에 1931년 4월 9일 〈노농소년위원회(勞農少年委員會)〉를 조직하고, 공산주의 지도하에 노농소년을 규합하기 위한 투쟁을 준비하였다.(「勞農少年을 糾合코저 活動—어린이날을 긔회로 획책하든 金奉龍 等 今日 公判」, 『동아일보』, 32.2.10)

가 퍽 크다.

安平原

君과는 相面은 못하얏다. 그러나 君은 퍽 오래부터 만히 活躍해 준 사람이다. 一九二九年『종달새』創刊號에 記載되엿든 評論「童謠硏究」라는 一文은 完全히 그 自然 禮讚家들의 現在와 가튼 沒落을 豫定한 貴여운 文獻이 되엿다.

그 後 君은 小說 制作에 努力은 크다.

昇應順

君은 과거 草創期에 잇서 가장 만은 活動을 하야 相當한 歷史的 役割을 하엿다. 그러나 現在의 君은 過去의 君이 아니라는 것을 말하고 십다.

君은 過去를 克服할 聰明을 차질 때가 왓섯다. 이때부터 君의 活動範圍는 퍽 좁아저서 童謠에는 조곰도 손을 대지 안(이상 26쪽)코 童話 飜譯(原文譯이라는 것을 알리고 십다) 小說創作에 全力을 다하고 잇다.

君은 어느 사람보다도 技巧에 能하다. 그럼으로 때때 技巧를 위한 技巧에 흘러 그 作品의 效果를 薄弱하게 하는 적이 적지 안이 잇다.

君은 아프로의 發展이 豊富한 素質이 證明하야 준다. 君은 아프로 童謠에 有意하야 가기를 마지안는다. 君은 學校에서 英語를 배울 機會가 잇서 近來에 와서는 辭典과 씨름하며 原文을 通하야 만은 外國作品을 讀破하고 아울러 硏究하고 잇다. 그러나 한 가지 欠點은 너무나 인테리 되기를 조와하는 点이다. 그래도 默默한 學究的 態度는 나는 排擊을 위한 排擊을 하고 십지 안타. 그 學究的 (勿論 道學者의 그것과는 다르다) 態度는 아프로의 우리 ××××에 잇서서 만흔 役割을 하야 줄 줄 밋는다. 그런데 君은 近來 少年文壇 範圍에 固定되여 잇지 안으려는 野心이 잇는 傾向을 發見할 수 잇는 것이 遺憾이다.

李東珪

君은 現在『新少年』編輯에 多大한 努力을 하고 잇다. 童謠, 童詩, 小說等 만흔 힘 잇는 作品을 발표하야 우리들의 어린동무들에게 絶對的 信任을

獨点하고[337] 잇다. 君은 才人인 동시에 精力家다. 君의 發表된 作品은 宋影 다음으로 現在 作家들 中에서 量으로 第一 만흘 것 갓다. 그러면서도 駄作이 업는 것은 우리가 감탄할 일이다.

近來에 와서 君은 傳來童謠의 改作을 試驗하야 보앗다. 이 問題는 우리들에게 과거 童謠의 再吟味 在來童謠曲의 活用(이상 27쪽) 이런 점으로 보아 퍽 有意한 것이다.

玄東炎

君은 現在 組合幹部로 勞働運動을 하는 한便 時間을 利用하야 少年小說을 制作한다. 君은 性格이 걸걸하고 이야기하는 목소리는 有名하게도 크다. 그러나 作品을 接하면 그 性格은 어대로 가고 보히지 안는다. 이 君은 多少 로맨틱한 氣分이 그 作品에 彷彿하야 잇다. 이러한 것을 克服한다면 아프로의 發展을 期待할 만하다. 君은 글씨를 썩 잘 쓴다.

嚴興燮

君은 카푸 作家이다. 그만콤 兒童文學作品에 잇서도 우리들은 퍽 期待가 잇스나 그다지 刮目할 만한 努力도 보이지 아느며 作品도 업다. 「옵바와 누나」[338] 가튼 作品은 잘된 作品이라고 할 수 업다.

아프로 좀 더 努力을 하야 주엇스면 한다.

洪銀杓

君은 이야기 잘한다. 그럼으로 써버리다. 作品을 生産할 만한 技能이 잇서 보이나 制作에 努力을 하지 안는 것은 퍽 섭섭하다.

"쓰면 뭘― 해! 먹히는 걸"

君은 써버리고 괄괄하기 째문에 이런 소리를 째째 한다. 그러나 그 말은

337 '獨占하고'의 오식이다.

338 엄흥섭(嚴興燮)의 연재소설 「옵바와 누나(전4회)」(『별나라』, 통권49호, 1931년 4월호; 통권50호, 1931년 5월호; 통권51호, 1931년 6월호; 통권52호, 1931년 7-8월 합호; 통권53호, 1931년 9월호)를 가리킨다.

絶對로 落膽하야서 하는 말이 아니다. 분하야서 하는 말이다.

「工場慰安會」[339] 가튼 作品은 完全히 절눔바리가 되여서 『新少年』에 記載되엿지만 퍽 잘된 作品이다.(이상 28쪽)

金友哲

君은 現在 活躍하는 兒童文學作家들 속에서 第一 年少하다. 君은 昨年 下半期서부터 突然히 낫하난 가장 實力 잇는 作家이다.

現在의 活躍도 볼 만하지만 아프로의 活躍을 나는 期待한다.

韓哲焰

君은 友哲 君과 거진 가치 出現한 우리에게 貴여운 少年詩 作家이다.

아직 發表한 것이 별로 업는 것은 君의 그 熱熱한 意氣를 보아 섭섭하다.

씃흐로

나의 우에 列記한 사람들은 現在 活動하는 사람에 局限하얏다. 그러나 그中에도 만흔 사람이 빠지엇다. 朴一 가튼 분 姜鷺鄕 君 宋完淳 君 等等이다. 다음에 시기가 잇스면 쓰기로 하고 이번은 나의 多忙과 制限 잇는 紙面임으로 割愛한다.

그러나 여기서 이처지지 안는(現在 活動을 하지 안는) 분들이 잇다.

李明植 君은 지금 어대서 무엇을 하는지 消息을 모른다. 그럼으로 우리는 활활 븟는 불길 갓흔 그의 作品에 接하지 못한다.

「童心으로부터」[340]라는 글로 한참 物議를 일으키든 申孤松 君 童謠作家인 李久月 君 『新少年』 編輯으로 한참 재능을 보이든 李周洪 君 童謠作家이며 評家인 金炳昊 君 이 분들은 지금은 조금도 活躍을 안 하야 준다.

좀 더 誠意 잇고 自覺 잇는 兒童文學作家들의 輩出을 기둘르며 兒童文化에 對하야 좀 더 有意하며 研究하야 주기를 기둘른다.(이상 29쪽)

---

339 홍은표(洪銀杓)의 「職工慰安會」(『新少年』, 1932년 4월호)를 가리킨다.

340 신고송(申孤松)의 「童心에서부터-旣成童謠의 錯誤點, 童謠詩人에게 주는 몃 말(전8회)」(『조선일보』, 29.10.20~29)을 가리킨다.

朴古京, "大衆的 編輯의 길로!－六月號를 읽고", 『新少年』, 1932년 8월호.

"이번 號 內容도 결코 약하지 않다고 믿는다"는 編輯者는 다시 한 번 『新少年』 六月號와 "씨름"해 볼 필요가 잇다. 勿論 가장 弱한 『新少年』은 아닐런지 모르나 그것은 決코 强한 것은 아니엇다. 우리는 찬찬이 『新少年』의 强弱을 論議해 보자.

첫재 우리는 『新少年』이 少年文藝로 偏重한다는 事實을 默認할 수 없다. 앞을 똑바로 내다보는 그리고 가장 정당한 行動을 가질 수 잇게 하는 힘 科學에 對한 慾望을 「原始人의 生活」과 「귀신이란 잇는 것이냐」로 充足식히려고 한다면 우리는 그것을 責함을 주저할 수는 없다. 勿論 이 일을 遂行함에는 여러 가지의 困難을 가지고 잇다.

그러나 그것은 困難한 일이오 不可能의 일은 아니다. 編輯者에게 一層 이 方面에 잇서서 努力을 바라며 두어 가지의 付託을 兼해 둔다.

一. 在來에 하든 대로 專門書에서에 뼈채살채 轉載하는 일을 없이 하라.

二. 科學에 관한 글이라고 學校에 理科書가치만 하지 말고 各種 취味를 通하여서 몬저 勤勞少年으로 하여곰 興味를(이상 30쪽) 닐으키게 하여서 科學을 親하는 길을 열어 주어다고. 等

둘재, 레포란에는 假普校卒業生 한 분이 앉어 잇슬 뿐이오 텡텡 비엿다.[341] 우리는 이러한 現象이 繼續되는 限 數百萬의 『新少年』 讀者가 그實 누구이냐를 疑心치 않을 수 없다. 勿論 이 現象에 根因이 어디에 잇느냐 하는 것도 問題가 될 것이다.(만은 이 短文 意圖는 이러한 問題에 삭급에 잇지 않고 그 指摘에 잇으니까 編輯者의 考려를 바랄 뿐이다.) 오직 編輯者에게 말해 두는 것은 『新少年』에 레포란을 充實이 하면 할사록 그것은 참으

341 한벽송(韓碧松)의 「今春普校卒業한 崔君의 日記」(『新少年』, 1932년 6월호, 38쪽)를 가리킨다. "韓碧松"은 한백곤(韓百坤)의 필명이다.

로 勤勞少年과 呼吸을 좀 더 갗이 한다고 할 수 잇다는 것이다.

셋재, 나는 『プロレタリア文學』을 읽을 때 「職場의 歌」에서 더 깊은 感銘을 늣긴 經驗을 가젓다. 一連에 既成詩人의 作品에서 보다도. 나는 『新少年』에서도 이러한 經驗을 가지려고 햇다. "六月 童謠" 欄에는 나로써 새로 보는 분이 많기 때문이다. 그러나 나는 失望햇다. 編輯者는 이러한 作品들을 揭載할 義務까지를 負擔할 必要는 없다고 生覺햇다. 꿈을꿈을 引例할 것 없이 그것은 푸로레타리아 作家를 꿈꾸는 文學少年의 作亂이다. 이들 멤버에다가 「방울」 作者 宋完淳 「우시는 어머님」의 作者 敎根을 加入식혀서 『新少年』에서 노크아웃을 식히지 않은 編輯者가 미웟다.

그러나 『新少年』 六月號는 以上에 列擧한 "반갑지 못한 面"만을 가진 것은 決코 않이다. 깁거운 새로운 한 面도 勿論 가젓다. 나는 세 개의 좋은 作品를 읽은 記憶을 가젓다. 「녀공의 동생」(李東珪 作)— 이 不具의 作品 힘 잇는 말을 聯想하는 한(이상 31쪽) 대목 傷止를 닢엇스나 처음에 가젓슬 힘을 잃치 않엇다.

> 그러케 일하고 눈곱만한 싹.
> 언니들 마음은 분하지 않소.

이것이 弱하다고만 생각하는 우리들 누이아희의 부르지즘인 것이다. 힘인 것이다. 이것의 成功은 어디에 잇나. 對話體로써 쓰기 때문에 "극"에서 받는 그 集結된 속크에 힘도 힘이려니와 小兒病的 細균을 完全히 清算함에 잇다고 나는 生覺한다.

「해님 없는 직공들」(韓哲焰 作)— 해를 읽은 직공들은 健實한 筆致로써 表現함에 成功한 이 作品은 進軍에 對한 明確한 暗示가 없다고 一蹴할 必要는 없다. 이런 寫實 自體가 뜻깊은 暗示가 되는 것을 우리는 알기 때문이다.

「잇처지지 안는 일」(昇應順 作)— 여기에 쓰여 잇는 事實은 또 그것을 記錄하는 趣味는 우리는 환영할 수 없다. 一個人의 에피소드를 通해서

"힘"을 把握하려고 하는 그것은 全然 排斥할 것을 아니겟스나 奬勵할 것은 못 된다고 생각한다. 우리는 集團을 通해서 "個人"을 그려야만 되는 것이다. 그러나 나는 作者의 그 덤비지 않으면서 굵직한 線을 거 내려가는 듯한 筆致를 추켜들어 宣傳 않을 수 없다. 그와 私交하든 C를 通해서 그가 隨筆에 能하다고 하는 말을 드른 記憶이 새로와지며 또한 C가 나에게 말하든 "소와 갖이 부즈런한" 昇應順에 莊重한 精進을 기대하며 마지않는 바다.

以上 세 作品이 곳 『新少年』 六月號 編輯者가 自信해도 좋을 作品들이라고 혼자 믿는다. 그러면 이 세 作品은 六月號에 다른 "반갑지 않은 面"을 補充할 수 잇슬가. 그것은 補充할 性質의 것도 앓이며 또한 不可能한 立言인 것이다.

『新少年』 六月號 編輯者여. 六月號는 決코 自慰할 "힘"을 가진 것은 앓이다. "엇절 수 없는 사정"을 알면서 던지는 筆者의(이상 32쪽) "뜻"을 깁거히 받어주는 榮光을 나에게 다고.

쓰든 바이니 個個에 몃 가지 글을 읽는 讀後感이나 적어 두자. 講座의 題目은 좀 더 "只今"에 適切한 問題로 해스면 좋겟다. 價格에 學說을 듣기 전에 勤勞少年에게는 다른 要求가 잇지 않을가. "頭上에 一捧"을 던진다는 鐵兒[342]가 말만 붓치다가 도라서는 늣김을 준 것은 우리는 섭섭해 한다. 「풍선」을 읽고 "이것은 聯想에 採集이다"라고 생각햇다. 讀者에게 聯想에 '몬타쥬'를 付託한 世永은 그닥 親切한 詩人은 않이다. 그리고 이 분은 "檢閱"를 敬遠하는 셈인지 作品에 輪廓을 흐리멍텅하게 하는 感이 잇다. 『별나라』에 낫든 「휘파람」[343]은 이러한 類에 드는 作의 하나이다. 두 개의 小說이 엇더케 되여 나갈지 讀者談話室은 너무나 너즐하다. 이것은 "직이"보다도 우리들 讀者가 힘써 『新少年』에 "欠"과 "長点"를 차저내이며 躍進하는 『新

342 '이동규(李東珪)'의 필명이다. 「頭上에 一捧」은 철아(鐵兒) 이동규의 「一農卒 · 李赤兒 頭上에 一捧 – 아울러 李元珪 頭上에도 –」(『신소년』, 1932년 6월호)를 가리킨다.

343 박세영의 「휘파람」(『별나라』, 제7권 제3호, 통권58호, 1932년 4월호, 1쪽)을 가리킨다.

少年』에 前哨가 되여야 할 것이며 동무와의 通信文도 一個 孤月 가튼 분을 埋葬함으로 能事를 삼지 말고 좀 귀에 띄는 이야기를 함이 좋겟다. 그리고 編輯者가 힘든다고 말하는 에쓰페란토 講座를 開始해 주도록 强請해 볼 만하다고 生覺한다. 勿論 單 六十余頁에 月刊誌에다 에쓰 講座를 낸다고 싀원할 것은 없으나 그것은 "에쓰 語"의 將來를 爲하야 힘 잇는 火柱가 될 것만은 밋는다. 그래서 우리들도 독일의, 로서아의, 일본의— 그리고 온 모든 나라의 少年들과 意思를 自由스럽게 通하는 時代를 끌어올리자.

마지막으로 六月號 表紙가 퍽 힘 잇게 되여진 것을 고마워한다.

이 글이 『新少年』의 大衆的 編輯에로의 一步가 되며 또한 그것에 조고만 助力이 되여지기를 企圖하며 붓을 놋는다.

『新少年』이여 어느 때고 健康하여라.(이상 33쪽)

哲焰, "'붓작난' 輩의 나타남에 대하야", 『신소년』, 1932년 8월호.[344]

요사히 通俗 少年잡지의 느러 감과 프로 兒동文學의 자라남을 짜라 比교的 평온하던 文단에 "붓작난"輩가 낫타낫스니 『少年世界』의 「文단 時感을 읽고」와 「現少年文단」은 典型的인 것의 하나인 것이며 그들의 理論에 힘업습과 우리들의 "적"임을 表示한 "珍妙한 붓작난"이엇다.

그들은 文學이라는 아름다운 이름을 빌어서 意識的으로 無意識的으로 극히 階급的인 우리들에게 不利한 役割을 하여 왓슴을 잘 告白하엿다.

그러나 아즉 迷혹을 버리지 못한 少年 동무들을 위하야 몃 가지를 들어 그들의 오류를 指적하며 우리들의 態度를 明白히 하랴 한다.

그러나 밋헤 몃 가지는 個個의 쩔어진 問題가 안이며 一人一人의 싼 問題가 안이다. 한가지의 問題는 必然的으로 同一한 本質에 依하야 聯結되여 잇스며 一人의 問題는 同時에 다른 多數者의 問題인 것이다.

로동 少年들의 作品에 대하야

小쁘르 根性을 나타낸 辱說과 '데마'로서 少年文단을 三分해 노코 自己네의 非階급性을 감추기 위하야 로농少年들의 作(이상 34쪽)品을 盲目的인 過重評價를 나린 赤兒者의 "붓작난"은 우리 文學을 兒동追隨主義로의 退却과 文學의 大衆的 基초를 非푸로레타리아의 것으로 解消해 버릴 크다란 危험性을 가진 것이다.

優秀한 作家 및 評論家와 勞農少年作家와의 共同的 探究를 '인테리'니 "小兒病"이니 하는 얼토당토안한 말로서 거절해 버리고 일터의 글이라는 一面的인 過重評價을 나리어 오날짜지 길르고 길러 온 文學의 열매를 少年들의 自然成長性 속에 다 파무더 버리랴는 甚히 두려운 "붓작난"을 범한 것이다.

우리들의 兒동文學은 勞農少年을 "씩씩한 푸로레타리아" ×길×가는 "량

344 '哲焰'은 한철염(韓哲焰)이다.

식"인 것이며 歷史가 要求하는 '뷔타민'을 주사하는 것이니 赤兒 君은 '뷔타민' 대로 '모루히네'[345]를 使用하랴 햇다. 위험하다. 그대로 참을 수 업는 못된 '붓작난'이다.

『少年世界』 一派들은 勞農少年의 生活現實을 그대로 나타내면 프로文學이 되는 것가치 생각하고 잇스나 그들의 不幸과 慘狀의 現상을 現상으로서 다만 묘사한다면 그것은 表面畵에 지나지 못한 것이고 푸로文學의 現實은 안이다. 그곳에는 '센치멘타리쓰틕'한 感想이 생길 뿐이다. 感想이 兒童의 가슴에 저저서 現實에 대한 "미움"이 일어난다고 하는 것은 歷史를 짜라 썩어 가는 人道主義인 것이다.

우리들의 必要는 눈물로서 유인하는 대 잇지 안코 눈물의 現實에서 ××的 "씨"를 차저내어 肥料를 치며 雜草를 쏍고 하여 가는 教育 그곳에 잇는 것이다. 그럼으로 小說과 詩를 쓰는 그것이 必要한 것이 안이라 그것이 우리들의 目的을 일우어 가(이상 35쪽)는 手단으로써 처음으로 必要한 것이다.

『少世』[346]의 諸君이여! 君들이 萬若 우리에게 어느 程度의 豫言을 허락한다면 나는 주저함이 업시 말할 것이다. 君들의 文學은 時代를 짜라 次次로 녹쓰러 가는 內容 가치의 稀박한 日記文學으로 썰어질 것이며 君들의 이데오로키-는 現實에 유리되여 超現實을 把握함으로써 가느다란 文學生命을 이어갈 것이라고…….

그때 君들은 文學 一般의 滅亡을 탄식하지 마라. 우리 文學은 君들의 송장을 멀이서 바라보며 씩씩하게 거러갈 것이다.

非게급的 少年 잡지에 글을 쓸 것인가?

우리들의 兒동文學 活動이 자라감을 짜라 文단의 統一을 위한 組織의 必要를 切실히 늣기면서 말 못할 事情?으로 實現치 못하고 잇다.

그러나 우리는 『新少年』과 『별나라』 이外에는 글을 쓰지 안 함으로써

345 '모르핀(morphine)'의 일본식 발음(モルヒネ)이다.

346 '『少年世界』'를 가리킨다.

문단에서 階급的 黨派을 직히며 同志的 連絡을 통하야 어느 程度까지 統一體의 役활을 하여온 것이며 하고 잇는 것이다.

이러한 重大한 筆操 문제를 理解치 못하고 안이 等한視하고— 우리는 非階級的 出版物에 글을 쓰자— 하는 一農卒 "붓작난"은 우리 陣영을 分散하려는 ×동 이外에 아무것도 안이다.

그러나 우리들이 非階급的 紙上을 積極的으로 利用할 때도 잇나니 그것은 自體의 쇠 가튼 統制와 正確한 理論 우에서만이 可能할 것이다.

우리들은 現實을 把握할 제 客관 現實을(이상 36쪽) 가장 黨派的— 계급×립—으로 把握할 것이며 끈임업시 흘으고 變動되는 過程으로서 把握할 것이며 그것의 서로 連結되여 잇는 것으로 파握할 것이니 이것은 辨證法的唯物論의 見地인 것이며 우리들이 가져야 할 바른 世界관일 것이다.

自已欺만의 禮讚者들이여! 君들에게 참된 階급的 良心이 잇거든 이 世界관으로서 武裝하여라.

今後 우리들의 活動에 대하야

우리들은 그들의 出現 歷史的으로 分析하며 主張과 實踐을 理論的으로 分析하야 그들의 理論를 理論으로서 打倒할 것이며 한편으로는 그들의 "모듬"을 깨트러 그들의 影향 밋헤 잇든 少年을 우리들의 影향 밋으로 끄러올 것이며 그들 중에서 同伴者를 어들 것이다. 그러나 이러한 活동은 만흔 作家와 諸者와의 共同的 活動에서 實現될 것이다.

兒동文化敎育의 크다란 짐을 진 우리들은 過去 우리들의 活동의 消極性을 克服하고 積極的 活동을 일으키자.(이상 37쪽)

金鐵河, "(自由論壇)作品과 作者", 『新少年』, 1932년 8월호.[347]

우리는 우리의 『新少年』과 『별나라』 誌를 通하야 수만흔 少年 동무들을 알게 된다. 그들의 詩 그들의 노래를 보고 우리는 막연하나마 그 作者의 正體를 대강이라도 짐작할 수 잇엇든 것이다. 그런 후 여긔에다 작고 동무 동무라고 부르게 된다. 이것이 물론 막연한 의미에서 하는 것이다. 그러나 이것이 아프로 健全한 동무들 엇게까지의 이러케라도 하여야 될 줄로 안다. 다만 作品을 評하여서 그 作者까지도 作品의 價値가 正當하다고 하여서 正當한 길로 나가는 사람은 모다 아니겟지!

그런데 作品을 보고 評할 수밧게는 別달은 도리가 업다는 것이다. 직접 그 作者와 人間的이라도 접촉하지 못한 分散, 隔地된 讀者大衆의게 잇서서는 그러커니와 作者의 人格과 作品의 統一된 價値의 評定 監視는 그 作者와 자조 접촉 又는 近隣의 讀者라야만 可能할 것이다. 作者의 日常行動에 잇서서 반동임에도 불구하고 그 作品에 잇서서는 가장 게급적인 체 粉裝하여 잇는 일을 우리들은 흔히 볼 수 잇는 것이다. 이것이 미치는 바 대중의게 해독은 큰 것이다. 우리는 더한층 엄격한 意(이상 38쪽)味에서 作品과 作者의 통일된 價値의 評定을 가장 랭정 또 솔직히 하여야 될 것이다. 진정한 조흔 동무가 文學的 技術不足으로서 因한 서투른 作品은 우리는 그 鞭撻과 發展을 促하도록은 하여야겟지만 스캡푸[348] 其他 낫분 人間이 쓰는 作品만이 조타 하여서 그 人間까지 正當한 水準으로 치켜올리는 것은 千萬 잘못이 아니여서는 안 된다. 親愛하는 全土的 少年諸君은 諸君의 日常生活에 잇서 게×적으로 事物을 분석하여야 되는 동시에 만약 반동적 인간의 되지

347 원문에 '南海支社 金鐵河'라고 되어 있다.

348 "배반자 반역자라는 말이다. 갓흔 동모들 중에서 동모를 배반하고 돈 갓흔데 팔니여 반역행동을 하는 쥐색기갓흔 무리를 스캡푸라고 한다."(「(우리들의 사전(스캡푸」, 『新少年』, 1932년 2월호, 15쪽). "동맹 파업의 배반자 또는 이탈자"란 뜻인 scab의 일본식 발음(スキャップ)이다.

못한 跳踉 —— 그런 것은 압흐로 우리가 힘쓰면 우리 편이 될 만하면 그 태도를 좀 더 참고 기달리겟지만 —— 은 두말도 못하게 대중 압헤 바로 내세워 일반의 오해를 풀어야 될 것이다. 이것도 우리의게 賦與된 임무의 하나일 것이다.

나는 우리 地方 朴 君![349]을 내세워 말하고져 한다. 그가 少年文壇에 나서기는 과거 수년 전부터다. 그동안 만흔 作品을 발표한 것은 諸君의 긔억에 남어 잇슬 줄 안다. 그가 무엇무엇이라고 作品을 지엇건만 우리는 그 價值를 全的으로 否定하여 버리지 안흘 수 업다. 그 理由는 前과 갓다. 그가 압흐로는 엇더케 될는지는 모르지마는 과거와 현재에 잇서서가 우리는 그 행동의 非를 만히 指摘할 수 잇다. 그가 불가튼 英雄的 獵奇的 뜻에서만 게급적인 것 가튼 애매한 作品을 쓰는 것이고 그 作品이 조곰도 그의 현실 생활의 ××에서 생겨나는 산 것이 아니다. 그저 남의 作品을 公式的으로 吸收한 것이다. 그가 이번『新少年』六月號에 發表한「勞働 夜學校의 노래」를 보드래도 그와 가장 人間的으로 접속이 만흔 이 곳 동무들노서는 비웃지 안을 수 업다. 그 童謠를 쓴 뜻 가온대에 隱隱히 그가 今年 五月에 入學한 某 補習學校를 暗示한 것이다. 이 學校(이상 39쪽)는 로동자의 학교가 아니다. 만약 이 學校를 뜻 두고 쓰지 안햇다면 그것은 맹랑한 공상에서 지어낸 것이다. 그져 이 朴 君이 반동적 人間이 아니고 다른 平凡한 사람으로 글을 지엇다고 하면 우리는 問題하지 안을 것이다. 그것은 우리의 활동과 교양 참된 동무의 획득에 달녓스니까 —— 그러나 이 朴 君 平凡을 超越한 者이다. 입으로 글노는 ××적 文句를 함부로 하지마는 실제 행동에 잇서서는 ×파이든지 아프로 ×파이 될 념녀가 잇슴으로 우리들은 배격한다.

朴 君! 이것이 한낫 잘못이라고 굿게 변명할 조건이 정당하게 잇거든 아프로 행동에 잇서서 非를 곳쳐야 하지 안켓는가. 朴 君! 리론과 실제가

349 '六月童謠'(『新少年』, 1932년 6월호)에 朴大永의「勞働夜學校의 노래」가 있는 걸로 봐서 박대영을 가리킨다. 그 노래는 "나무 비고 땅파는 여가여가에/하나 모와 둘 모와 힘을 합해서/땀과 피로 만들은 우리 학교가/ 오-날날 개교됨이 깃븜이로세/ … (八行略) …"(53쪽)

合하지 안타면 그 물건은 空虛이나.[350] 그러니 朴 君이 우리의게 의심 밧는 것을 朴 君이 깨달으며 同時에 健全한 실제의 동무가 되려거든 그 非를 淸算한 後 天下의 참된 동무들과 다 가치 얼마든지 握手하자.

親愛하는 全土的 근로소년대중. 이것이 한낫 朴 君에 對한 個人的 反駁인 것가치 오해하지 마라! 이것이 全般 作者에 잇서서 自顧와 全般 讀者의 새삼스러운 注意를 어더 健全한 우리 文化××을 세우자는 것이다. 우리는 언제든지 갓가워 할 자와 멀니할 자를 가장 잘 아는 참된 少年 일꾼이 되자는 말이다. 그리고 제군이 사는 그곳에 잇서서 더한층 큰 움즉임이 잇서주라! 오날의 이 짱의 현실은 튼튼한 諸君의 용감한 움즉임을 기다리고 잇다.(이상 40쪽)

350 '空虛이다.'의 오식으로 보인다.

朴赵影 譯, "이솝의 生涯(一)", 『매일신보』, 1932.9.9.

호메로스와 이솝의 誕生에 對하여서는 確實한 證據가 조곰도 업다. 그들의 一生中에 생긴 적은 일일 망정 일일히 알기에는 그리 容易한 일이 아니다. 歷史라는 것이 그들의 事蹟보다는 더 滋味잇슬 수가 업다. 그러나 더욱이 必要치 안은 事蹟을 記錄하며 그들의 對한 事蹟에는 조곰치도 돌아보지 안는대는 驚嘆할 바라고 아니 할 수가 업다. 나라를 破壞한 사람들과 쏘는 아모 價値가 업는 王侯들은 自己의 生涯에 가장 적은 일이라도 우리들에게 傳해 주는 傳記者를 두엇다. 그러캇만도 몃 世期를 通하야 最上의 價値가 잇는 두 人物, 卽 이솝과 호메로스의 生涯에 對한 것은 조곰이라도 알기가 어려웟다. 호메로스는 神父일 쑨만 아니라 詩人들의 아버지다. 그러나 이솝은 엇더냐 하면 모든 사람들에게 참된 智慧를 씨처 준 그, 知識의 定義와 方則을 提供한 사람들보다 더욱이나 쒸여난 藝術로 智慧를 씨처 준 그, 그 역시 希臘에서 大端히 자랑하는 七賢人 中에 한 사람으로 當然히 치지 안을 수 업슬 줄로 生覺한다.(希臘의 七 賢人은 다-레스, 삐다구쓰, 비아스, 구레오쌰루, 미숀, 시론, 소론의 七名을 가르친 것이다. 그들은 모다 西曆 紀元前 六世期의 人物들이다.)[351]

事實에 잇서서는 그 두 偉人의 生涯를 記錄을 하여 놋키는 하엿지만 모든 學者들은 大概 此 二人을 架空的 人物이라고 하며 그中에도 '쌰라뉴-트'(十四世期의 希臘의 僧侶. 『이솝寓話集』의 編纂者)의 傳記는 더욱이 그러하다. 그런데 나는 엇더케 生覺하느냐 하면 나는 그러한 鑑定에 贊成하려고 하지 안는다. 그러나 '쌰라뉴-트'는 이솝의 生涯에 對한 事蹟이 채 사러지기 전에 잇섯기 째문에 그는 이솝이 남겨 놋코 간 事蹟을 傳해 오는

351 칠현인(七賢人: Seven Wise Men of Greece)으로, 기원전 7세기에서 기원전 6세기 사이에 고대 그리스에 살았던 일곱 사람의 뛰어난 사상가와 정치가를 이른다. 일반적으로 클레오불로스(Kleobulos), 페리안드로스(Periandros: 플라톤은 뮤손), 피타코스(Pittacos), 비아스(Bias), 탈레스(Thales), 케일론(Cheilon), 솔론(Solon)을 이른다.

대로 듯고 그대로 아는 줄노 生覺한다. 그래서 나는 너무 거북한 部分과 엇던 點으로 보아서 當然히 쓸 만한 部分을 추려서 '쑤라뉴-드'가 記錄하여 논 것을 그대로 옴기여 보기로 한 것이다.

이숍은 '아모리움'이라는 地方 '카라샤' 洞里에서 태여난 '후리쟈' 사람이다. 그는 羅馬 建設 後 約 二百年을 經過한 時代 卽 올림삑 第五十七世紀 때에 태여낫다. (올림삑 紀라는 것은 녜전부터 希臘에서 올림삑 大競技가 盛行될 때 競技를 한 때부터 그다음 競技가 始作될 때까지를 一紀라고 한다. 올림삑 第五十七世紀를 普通曆으로 곳치면 紀元前 五百五十二年가량 될 것이다.) 그는 自然을 엇더케 生覺하엿섯는지 그것은 도저히 알 수가 업다. 웨 그런고 하니 自然은 그에게 非常히 卓越한 精神을 그에게 주엇쓰면서도 人間의 얼골이 아니라고 할 만치 醜한 얼골이엿다. 그리고 言語를 使用치 못하게 完全히 禁하고 말엇다. 그러한 缺點이 잇기 때문에 그가 奴隷로 태여나지 안엇드래도 結局에는 奴隷가 되엿쓸지도 알 수 업섯슬 것이다. 그러컷만 그는 恒常 自由를 갓고 運命에 쓰들여 支配를 밧지 않엇다.

그의 最初의 主人은 그를 野外로 내여보내서 土地 耕作하는 일을 식혓다. 그것은 왜 그랫느냐 하면 主人은 이숍이 다른 일은 못하리라고 生覺을 하엿기 때문이다. 그리고 不快하고 醜한 그의 얼골이 自己 압헤서 보히지 안토록 生覺을 하엿기 때문이다.

朴赽影 譯, "이숍의 生涯(二)", 『매일신보』, 1932.9.10.

그래서 어느 때 主人이 싀골집으로 볼일이 잇서서 나려왓쓸 때 農軍 한 사람이 無花果를 主人에게 밧첫다. 主人은 그 無花果가 썩 조흔 것을 보고 沐浴을 하고 나서 먹을 터이니 잘 씨서 두라고 '아카도후스'에게 일넛섯다. 그때에 벌에서 일을 하든 이숍이 偶然히 볼일이 잇서서 집으로 들어갓다.

그가 집으로 들어오는 것을 보고 '아카도후스'는 多幸으로 역이여 二三人의 同伴들과 가티 無花果를 먹어 바렷습니다. 그러케 하여 놋코서는 모다들 그 罪를 이솝에게 씨우려고 하엿섯다. 그때에 모든 사람들은 이솝을 그만치 못난이로 알엇다.

그 時代의 모든 사람들이 奴隸에게 주는 刑罰은 大端히 慘酷하엿다. 그래서 主人의 것을 훔처 먹엇다는 그 罪는 相當히 懲戒할 만한 罪이엿다. 가여운 이솝은 主人의 압헤 업들여서 必死의 勞力을 다하야 손짓을 하며 自己의 意思를 通하려고 하엿다. 그래서 하는 수 업시 刑罰을 暫時 동안만 물이여 달나고 嘆願을 하엿습니다. 그 嘆願을 主人은 多幸히 들은 까닭에 이솝은 더운 물을 들고 와서 그 물을 主人이 보는 압헤서 마시고 손구락을 입에다 틀어너헛다. 그리한즉 그 자리에서 마시엿는 물이 아모것도 석기지 안코 그대로 吐하여 나왓다. 이솝은 그러케 自己의 證據를 보히며 다른 사람들에게도 그와 가티 하여 달나고 손짓을 하엿다. 모든 사람들은 그것을 보고 놀나지 안을 수 업섯다. 그 사람들은 이솝이 그러한 生覺을 할 줄은 꿈에도 生覺지 안엇섯다. 그러나 '아카도후스'와 그의 親舊들은 모르는 척 하고 그 물을 마시엿다. 그리고 이솝이 한 바와 가티 입속에다 손을 너헛지만 注意를 하고 깁히 넛치 안엇다. 그러나 더운 물의 効力은 覿面에 낫하나서 아직 消化가 되지 안은 붉은 無花果를 吐하엿다.

이솝은 그와 가티 自己의 無罪한 것을 證明하엿다. 그리고 이솝을 罪의 陷穽에 너흐려든 사람들은 버릇이 낫부고 根性이 빗두러진 것으로 二重의 刑罰을 바덧다.

그 잇흔날 主人이 업는 동안에 이솝은 다른 때와 가티 들에 나가서 일을 하고 잇스려닛가 여러 사람들이 길을 일코 (그것은 데아나 女神에게 祭를 지내는 司祭들이라는 사람도 잇다.) 서울노 가는 길을 가르처 달나고 懇懃히 請을 하엿다. 이솝은 첫대 그들을 서늘한 그늘에다 불너 안치고 먹을 것을 주어 쉬이도록 하엿다. 그리고 나서 그들을 案內하여 仔細히 길을 가르처 주엇다. 善良한 그 사람들은 두 손을 들어서 慈悲心이 깁흔 그의 대하야 조흔 報酬를 주라고 '듀쎄다―' 大神에게 祈禱를 하엿다. 그 사람들과 作別한 이솝은 몹시 더웁고 疲困한 까닭에 길바닥에 그대로 쓸어저 잠이 들어 바렷다. 運命의 神은 그의 압헤 낫하나서 말을 못하는 그의 혀를 놀이게 하야 말을 하도록 된 꿈을 꾸엇다. 이솝은 뜻밧게 말을 하게 된 것을 生覺하고 大端히 깁버하며 뛰여 일어낫다.

"얘— 이게 왼 일이냐. 나의 목소리가 들닌다. 호미라든지 광이라는지 마음대로 말을 하게 되엿다!"

그 奇蹟은 이솝이 主人을 變化식힌 原因이 되엿다. 그 까닭은 이러하엿다 ——

이솝이 일하는 곳에 '제나스'라는 會計 係員이 잇서서 모든 奴隷들의 監視를 兼하고 잇서지만 어느 때 그 사람은 그리 犯하지 안은 奴隷 한 명을 함부로 亂打를 한 까닭에 이솝은 그것을 보고 劇烈히 詰責하며 그러한 虐待를 하면 自己에게도 그러한 것을 가르처 줄 時期가 온다고 威脅을 하엿다. 그리한 즉 '제나스'는 그에게 復讐를 하기 위해서 主人에게로 가서 "大端한 奇蹟이 突發하엿슴니다. '후리쨔'人(이솝)이 말을 하게 되엿슴니다. 그런대 그놈은 가르치는 대로 하지 안코 神을 욕하고 主人을 욕하며 아모 일도 아니 합니다."
하고 告하엿다.

朴�影 譯, "이솝의 生涯(三)", 『매일신보』, 1932.9.11.

主人은 '제나스'의 말을 밋고 그 以上 더 酷毒하게 하라고 하며 이솝을 '제나스'에게 맛기여 조흘 대로 處致하라고 하엿다. '제나스'가 다시 밧흐로 돌아와 본즉 한 사람의 商人이 와서 相當한 갑쓸 줄 터이니 家畜을 팔나고 請을 하엿다.

"그것은 안 됩니다. 家畜을 팔 權利는 나에게 업습니다. 그런데 奴隷 한 명은 팔 權利가 잇습니다."

'제나스'는 그러케 말하면서 그곳으로 이솝을 다리고 왓다.

"이런 人間을 날더러 사란 말임닛가. 맛치 탈박아지 갓흔대요."

이솝을 본 商人은 不平한 우숨을 우스며 그러케 말하고 그곳을 써나가려고 하엿다. 그리한즉 이솝은 商人을 불으며 이러케 말하엿다.

"나를 사 주십시요. 쓸대업지는 안습니다. 만약에 당신께서 엉엉 우는 어린애가 잇다면 나의 얼골만 보히면 쏫칠 것이고 어린애가 일으는 말을 듯지 안을 때에는 독갑이가 왓다고 하며 나를 다리고 가면 조흘 것이 아니겟습닛가!"

그 弄談이 商人의 마음에 들어서 그 商人은 삼 '오보-루'의 돈을 주고 이솝을 삿다. 그리고 우스면서 이러케 말하엿다.

"고마운 일이다! 물건을 만히 사지는 못햇지만 그 덕택으로 돈이 그대로 잇쓰니."

그 商人은 여러 가지 物件과 가티 奴隷를 팔고 사기도 하엿다. 그래서 그 商人은 모든 물건을 팔기 위하야 '이오니아' 都 '에휘스'로 갈 때에 모든 奴隷들은 商品과 必要한 物品을 맛허 가지고 가기로 되엿다. 이솝은 自己의 身體에 適當하도록 그리고 처음이니만치 請을 하엿다.

"그러면 너는 아모것도 아니 가지고 가도 조와."
하고 동무의 奴隷들은 대답하엿다.

그 대답은 압흐게도 이솝의 名譽心의 傷處를 주고 말엇다. 그래서 이솝은 다른 사람들과 갓티 짐을 가지고 가기로 하엿다. 그래서 이솝의 마음에 맛도록 選擇하게 하엿다. 그리한즉 이솝은 麵麭籠을 가지고 가기로 하엿다. 그것은 다른 것보다 第一 무거웟다. 모든 사람들은 이솝이 어리석기 때문에 그것을 選擇하엿다고 生覺을 하엿다. 그리자 얼마 아니 되여서 點心을 먹자 籠 속에 잇는 麵麭는 업서저서 이솝의 짐은 그곳에서 거버워젓다. 그 잇흔날에는 더욱이 거벼워젓다. 그러케 잇흘을 지내고 보니 시솝은[352] 빈 몸으로 가게 되엿다. 그의 生覺과 分別은 모든 사람에게 大端히

352 '이솝은'의 오식이다.

感服을 식혓다.

그래서 商人은 自己가 다리고 잇는 奴隷들 中에서 한 사람의 言語學者와 聲樂家와 이솝의 세 사람을 빼고 남어지의 모든 奴隷들은 지질이로 다 실엇다. 그래서 그 商人은 그 세 사람을 相當한 갑쓸 밧고 팔이라고 生覺하며 '사모스' 島로 팔녀 갓다.

市場으로 달이고 가기 前에 商人은 言語學者와 聲樂家에게 조흔 衣服을 입혓다. 그것은 맛치 商品을 陳列하기 前에 맵시잇게 맨들어 놋는 것과 갓다. 그러치만 이솝은 그와 反對로 누추한 衣服을 입혀서 두 사람 틈에다 세워 노앗다. 그것은 두 사람의 模樣을 더욱이 낫하내려고 한 것이다. 그리자 살 사람이 여럿이 왓섯지만 그중에 '구산두스'라는 哲學者 한 사람이 잇섯다. '구산두스'는 言語學者와 聲樂家를 보고 무엇을 할 줄 아느냐고 물엇다.

"무엇이든지 다 할 줄 압니다" 하고 두 사람은 對答하엿다. 그 對答은 이솝을 웃키고 말엇다. 그 웃는 얼골은 想像할 수도 업시 奇怪至極이엿다. '쌔라뉴-트'의 報告에 依하면 누구든지 그의 얼골을 보면 다러날 것도 몰으리라고 하엿다. 그때에 이솝의 얼골은 모든 사람의 눈에 醜惡하게 보이엿든 것은 틀임이 업섯든 것이다.

朴趑影 譯, "이솝의 生涯(四)", 『매일신보』, 1932.9.14.

商人은 聲樂家에게 일천 '오보루'의 價格을 부치고 言語學者에게는 삼천 '오보-루'를 부첫다. 그런대 그中에 엇던 사람이 사든지 사는 사람에게는 이솝을 添附하여 준다고 하엿다. 言語學者와 聲樂家의 價格이 너무 빗싼 까닭에 '구산두스'의 마음에 들지가 안엇다. 그러나 場에를 왓다가 그대로 빈손으로 가기는 섭섭한 까닭에 '구산두스'의 弟子들은 怪奇한 얼골을 가진 片輪者를 사라고 勸하얏다.

저만하면 허수아비의 役은 넉넉하고 그 외에 珍妙한 얼골노 오는 손님들을 깁부게 할 수가 잇쓰니…… 하고 … '구산두우스'는 勸하는 말을 듯고 륙십 '오보-루'를 주고 이솝을 삿다. 그 前에 그는 이솝을 보고 두 사람에게 물은 바와 갓티 무엇을 잘하느냐고 물엇다. 그리한즉 이솝은

"아모것도 할 줄 모름니다. 두 사람이 먼저 빼아서 對答을 하엿쓰닛가" 하고 對答하엿다.

'구산두스'에게는 고집 신 안해가 잇서서 大概 普通 사람은 그 女子의 마음에 들지 안엇다. 그래서 그 안해를 성을 내게 하고 웃길 수가 업는 以上 '구산두스'는 새로 어든 奴隷를 着實히 紹介할 수는 업섯다. 그래서 '구산두스'는 "弄談을 한번 하리라" 하고 生覺을 하며 집으로 돌아와서 "世界에서 第一 어엽부고 아름다운 奴隷를 하나 사왓소" 하고 말하엿다.

'구산두스'의 시중을 하는 侍女들은 그 말을 듯고 아름다운 奴隷가 누구의 밋헤 잇게 되나 하고 알여고 하며 갑짝이 가슴이 울넝거렷다. 그러나 侍女들은 奴隷를 보자 놀내여 잡버젓섯다.

'구산두스'의 안해는 自己의 男便이 自己를 쫏치려고 그러케 흉악한 사람을 다려왓다고 말하엿다. 그러케 말하는 동안에 言聲은 점전 놉하저서 '구산두스'의 안해는 드듸여 自己의 財産을 가지고 親家로 가게까지 되엿다. 그러나 '구산두스'는 안해를 말이고 이솝도 역시 가진 機智를 發揮하야 事件을 穩便하게 落着식혓다. 그래서 '구산두스'의 안해는 親家로 아니 가게 되엿다. 그리는 동안에 점점 길이 들어서 새로운 奴隷의 醜한 容貌도 그리 보기 실치 안어젓다.

이솝이 銳敏한 精神의 光彩를 보혀 준 것이 大端히 만치만 소소한 事件은 일일히 記錄치 안키로 한다. 아모리 적은 일일지라도 그를 짜러서 이솝의 人格을 判斷할 수 잇겟지만 그러나 그러한 細々한 적은 事件을 後世에 傳하지 안으면 아니 될 만한 것으로 生覺지는 안을 수 업다. 오즉 여긔에 이솝의 깁흔 生覺과 無智한 '구산두스'의 一例를 들어 보기로 한다.

어느 때 '구산두스'는 한 사람의 庭師를 차저가서 自己가 스스로 苣萵을 쓰덧다. 그리한즉 庭師는 園藝上의 問題도 되지만 哲學上의 問題로도 生覺

이 되는 難問題가 하나 잇서서 날마다 머리를 알코 잇쓰니 엇더케 問題의 解決을 가르처 달나고 請을 하엿다. 그 問題라는 것은 庭師가 실어서 잘 각군 野菜는 잘 되지 않코 그와 反對로 土地에서 自然히 生한 풀은 發育이 잘되니 그것이 엇지된 理由이냐는 것이엿다.

'구산두스'는 어려운 問題의 對答이 困難한 때에 普通 사람들이 하듯키 그것은 모다 신령의 하는 일이라고 하여 바렷다. 그리자 이솝은 그 말을 듯고 빙글빙글 우섯다. 그리고 主人의 엽흐로 가서

"質問이 너무 平凡하고 우슨 것이여서 그러케 簡單하게 하엿지만 그러한 問題의 對答은 下人이라도 할 수가 잇쓰닛가 뒤에다 下人을 남겨 두지." 하고 말하고 가르첫다.

朴趑影 譯, "이솝의 生涯(五)", 『매일신보』, 1932.9.15.

'구산두스'는 그와 갓티 庭師에게 對答을 하고 菜園으로 가서 求景을 하는데 이솝은 한 女子의 例를 들어 說明을 하엿다. 最初의 男便에게서 어린애 몃츨 나흔 女子가 그 어린애를 다리고 第二次로 男便을 어더 갓다. 그런데 그 男便에게도 前妻의 子息이 잇섯다. 그러나 그 女子는 自己가 나치 안은 前室子息들을 곱게 굴지는 안엇다. 그러지만 自己의 子息은 勿論 말할 것도 업시 잘 키우려고 前室子息의 飮食까지라도 빼아서 먹엿슬 것이다. 土地도 이와 갓치 人間의 勞働과 栽培를 쌀는 産物은 오즉 義理를 밧는데 지내지 안는다. 土地의 眞情한 愛情과 眞實한 慈悲는 自己의 속에서 나흔 自己의 子息 外에는 다른 곳으로 쏘치지 안는다. 그 亦是 말하자면 한쪽으로는 冷情한 繼母이고 한쪽으로는 愛情이 充滿한 實母이라 하고 솟츨 마치엿다.

庭師는 그 說明에 滿足히 生覺하며 菜園에 잇는 것은 무엇이든지 가저가라고 이솝에게 말하엿다.

그리한 지 얼마 아니 되여서 哲學者와 그의 안해 사히에는 大端한 葛藤이 생겻서다. 어느 때 宴會에 참석하엿든 '구산두스'는 飮食을 조금 더러 가지고 "이것을 나와 친한 同伴에게 갓다 주어" 하고 이솝에게 주엇다. (親한 同伴라는 것은 自己의 안해를 가르친 것이다.) 그리한즉 이솝은 그 飮食을 갓다가 主人이 퍽 사랑하는 강아지에게 주어 바렷다.

집으로 돌아온 '구산두스'는 안해에게로 가서 自己가 보낸 것을 말하며 맛이 잇섯느냐고 물엇다. '구산두스'의 안해는 무슨 말인지 자서히 알지를 못햇다. 그때에 이솝이 두 夫婦의 압흐로 불이여 왓다. 엇더케 하여서든지 이솝의 缺點을 잡어서 한번 몹시 責을 하려고 生覺을 갓고 잇쓴 '구산두스'는 "그것을 나의 친한 同伴에게 갓다 주라고 똑々이 이르지 안엇는가" 하고 이솝을 詰責하엿다.

그리한즉 이솝은

"男便을 偪迫하며 威脅하는 안해는 決코 親한 同伴가 못 됩니다. 무슨 일에든지 忍耐가 잇고 마진 後라도 곳 압흐로 쒸여오는 저 강아지가 오히려 親한 同伴입니다" 하고 조곰도 것침업시 對答하엿다. 그러나 哲學者는 이솝을 꾸지젓다. 그러치만 '구산두스'의 안해는 怒하는 둥 마는 둥 하며 그 집을 나가 바렷다.

'구산두스'는 親戚의 손을 빌며 親舊들을 괴롭게 굴며서 自己의 안해의 心理를 곳치여 보려고 道理를 說明하며 謝過를 하여 보앗지만 一向 듯지를 안엇다. 그때에 이솝은 한 가지의 謀策을 試驗하여 보기로 하엿다. 그는 第一 먼저 大饗宴이나 하는 듯이 모든 飮食의 材料를 사들엿다. 그리고 時期를 보아서 親家에 잇는 女主人집 下人과 서로 맛나게 機會를 맨들어 노앗다. 그 下人은 무슨 날이 되여서 그러케 밧부게 飮食 準備을 하느냐고 물엇다. 그때에 이솝은 아모리 하여도 主人 마님이 오시지 안는 짜닭에 主人께서는 다른 婦人과 結婚을 하게 되엿다고 對答을 하엿다. 그 말이 '구산두스'의 안해의 귀로 들어가자 '구산두스'의 안해는 嫉妬와 反抗心이 일어나서 참다못해 男便의 집으로 急히 쒸여 왓다.

이솝은 그러케 하여서 每日과 가티 웃기며 그러치 안으면 明敏한 機智을 움직이여 懲罰을 버서나는 것이 '구산두스'에하게[353] 對하여서는 화가 나서 돌 수가 업는 일이엿다. 哲學者는 아모리 하야도 그를 욱바질을 할 수가 업섯다.

어느 場날 親舊를 불너서 宴宴를 하려고 生覺한 '구산두스'는 場으로 가서 第一 조흔 것으로만 사 오라고 이솝에게 命令을 하엿다.

"심부름을 해 주는 奴隷의 마음을 尊重히 역이지 안코 自己의 마음대로만 하려는 그것이 엇던 境遇를 當하게 된다는 것을 가르처 주어야겟다." 견고[354] 이솝은 마음속으로 生覺을 하며 場으로 나갓다.

朴赫影 譯, "이솝의 生涯(六)", 『매일신보』, 1932.9.16.

그래서 이솝은 아모것도 아니 사고 食獸의[355] 舌만 사다가 料理를 맨들엇다. 첫번 접시에도 혀 둘재번 접시에도 혀 셋재번 접시에도 혀…… 食卓우에 노흔 모든 料理는 혀로 맨든 것밧게는 아모것도 업섯다. 宴會에 參席하엿든 모든 사람들은 처음에는 그 料理를 稱贊을 하엿지만 나종에는 마음에 조치 안케 녁엿다. "第一 조흔 것으로만 사 오라고 일으지 안엇서?" 하고 '구산두스'는 말하엿다. 이솝은 그 말을 듯고 다음과 가티 對答하엿다.

"혀보다 더 조흔 것이 잇서요? 혀는 市民生活의 線입니다. 다시 말하면 學問과 智識의 열쇠지요. 眞理와 理智의 皿입니다. 혀가 잇스면 그만큼 사람은 都會를 建設하고 都會를 開化식힐 수가 잇습니다. 그리고 혀가 잇스면 사람을 잘 教養식히며 他人을 說하며 會合의 秩序를 保全할 수가 잇습니다. 모든 勞力의 第一 부지런한 神을 讚頌하는데도 혀가 잇기 째문에 되는 것입니다. 그러니 그것보다 더 조흔 것이 어대 잇습닛가."

---

353 "'구산두스'에게"의 오식이다.

354 '고'에 '견'이 불필요하게 더 들어간 오식으로 보인다.

355 '禽獸의'의 오식으로 보인다.

"果然!" 하고 '구산두스'는 이솝을 한번 먹이려고

"그러면 來日은 第一 낫븐 것을 사 와. 오늘과 갓티 손님을 招待하여서 이상한 趣味로 먹어 보게" 하고 '구산두스'는 말하엿다.

그 잇흔날이 되자 이솝은 前날과 갓티 料理를 내여노며 혀는 世上에서 第一 낫븐 것이라고 말하엿다.

"혀는 모든 論諍의 母입니다. 다시 말하면 公事爭의 어버이입니다. 軋轢과 戰爭의 根源입니다. 혀는 眞理의 皿이라고 하엿지만 그와 同時에 誤謬의 器입니다. 또 조치 안은 것은 讒誣中傷의 器입니다. 혀가 잇기 때문에 사람은 都市를 破壞하고 奸邪한 말을 합니다. 한便으로는 神을 讚頌한다고 하지만 한便으로는 神의 威德을 瀆합니다."

그 말을 듯고 잇든 손님 한 사람이 "이 사람은 大端히 明敏한 사나희입니다. 웨 그런고 하니 哲學者의 忍耐力을 試驗하는 法을 다른 사람들보다 잘 아닛가" 이라고 '구산두스'에게 말하엿다. 그리한즉 이솝은

"倨慢을 부리지 안으면 아니 될 일이 무엇이겟습닛가?"
하고 물엇다.

"올치 그러면 엇더한 어려운 일을 當하드래도 걱정을 아니 하는 사람을 보혀 주게"
하고 '구산두스'가 말하엿다.

그 잇흔날 이솝은 또 場으로 나갓다. 그리자 엇던 사람 하나이 엇던 것을 볼지라도 彫刻과 갓티 無感覺하고 冷情한 얼골을 보고 이솝은 그 사람을 다리고 돌아왓다. '구산두스'는 自己의 안해에게 일너서 물을 쓸여 대여에다 퍼서 그 사람의 발을 씻게 하엿다. 그 사람은 自己가 그만큼 鄭重한 待遇를 밧을 身分이 아니라는 것을 알엇지만 "大體로 그 집의 習慣이 그런가보다" 하고 혼자 깁버하며 夫人이 식히는 대로 짜러 햇다. 그것을 다 마치자 '구산두스'는 음식을 먹으면서 잔말을 들이 햇다. 첫번부터 들어오는 料理가 씃까지 맛이 업다고 하며 단 것을 너무 매웁다고 하며 매운 것을 너무 달다고 하엿다. 그러나 그 사나희는 '구산두스'의 잔말을 귀 밧그로 듯고 慾心것 먹엇다. 食後에 '구산두스'는 自己의 안해가 맨든 菓子를 내여 오라

고 하엿다. 그 菓子는 퍽 맛잇게 되엿섯다. 그러나 '구산두스'는 그 菓子가 大端히 잘못되엿다고 하며 "이러케 맛업는 菓子는 먹어 본 적이 업다. 이 菓子를 맨든 女子는 훌융한 일을 해 본 적이 업겟다. 이러한 女子는 焚殺을 하는 것이 조켓다. 예! 장작을 가저오너라" 하고 소리를 질으며 불으지젓다.

그 사람은 그 소리를 듯고 이러케 말하엿다.

朴趑影 譯, "이솝의 生涯(七)", 『매일신보』, 1932.9.17.

"잠간 참으십시요. 우리 집으로 가서 나의 안해를 다려올 것이니 한대 묵거서 두람을[356] 焚殺하여 바립시다."

最後의 一擊은 哲學者의 頭腦를 더욱이 움지기게 하엿다. 그래서 이솝을 벼르든 希望을 일코 말엇다.

이솝이 諧謔을 戱弄하며 警拔한 言語를 하는 機會을 보힌 것은 單 主人에 對한 것뿐이 아니다.

어느 째 '구산두스'는 이솝을 먼 곳으로 심부름을 보냇다. 이솝은 가다가 길 가운데서 어느 官吏를 맛낫다. 그 官吏는 이솝을 보고 어대를 가느냐고 물엇다. 그러나 이솝은 우두머니 서서 들은 체도 아니 하고 잇다가 어대를 가는지 모르겟다고 對答을 하엿다. 그 말을 들은 官吏는 官吏를 戱弄하고 侮辱하엿다고 警吏들에게 命하야 獄에다 갓다 가두라고 하엿다. 이솝은 警吏가 獄으로 다리고 가는 途中에서 警吏를 보고 이러케 말하엿다.

"내가 훌융한 對答을 하지 안엇세요? 내가 가려는 곳으로 다려다 줄는지 아니 다려다 줄는지을 몰나쓰닛가."

그 말을 듯고 官吏는 이솝을 노아 주엇다. 그래서 그러한 機智縱橫한 奴隸를 가지고 잇는 '구산두스'을 多福한 사람으로 역엿다.

---

356 '두 사람을'의 오식이다.

'구산두스' 亦是 그만한 奴隸를 所有하고 엇는[357] 것이 여간 名譽롭다는 것을 잘 알고 잇섯다.

엇던 날 '구산두스'가 自己 弟子들을 모아 놋코 宴會席에서 술을 마시고 잇쓸 때 坐席의 侍中을 드든 이솝은 先生과 弟子들이 醉한 것을 보고 그들에게 이와 갓티 말햇다.

"暴飮에는 三階段이 잇습니다. 第一은 快樂 第二는 泥醉 第三은 狂亂입니다."

그 座席의 모든 사람들은 그 말을 들은 체도 아니 하고 코우슴을 치며 더욱이 술을 마시기 始作하엿다. 그리는 동안에 드듸여 '구산두스'는 精神업시 바다물을 다 마시여 보히겟다고 써들엇다. 그때에 모든 사람들은 우섯다. 그러나 '구산두스'는 어듸까지든지 바다물을 全部 마시여 보힌다고 主張을 하며 내기로 自己의 집을 걸엇다. 그리고 約束의 標로 自己의 손에 씨웟든 반지를 빼여 노앗다.

그 잇흔날 술이 깨인 '구산두스'는 반지가 업서진 것을 보고 大端히 놀내엿다. 그때에 이솝은 어제 지낸 일과 반지뿐이 아니라 얼마 아니 잇쓰면 집까지도 업서지게 되엿다고 이약이를 하엿다. '구산두스'는 파리하여지며 狼狽이 떨어젓다. 그때에 '구산두스'는 엇더케 하엿서든지 조흔 方策을 가르처 달나고 이솝에게 哀願을 하엿다. 이솝이 엇더케 하라고 가르처 주엇는지 그것은 다음을 보면 알 수가 잇다.

愈愈히 勝負를 實石할 날이 오자 '사모스'의 住民들은 哲學者의 醜態를 目擊하려고 海岸으로 몰여왓다. 哲學者와 내기를 하는 門下生들은 自己네들이 勿論 勝利를 할 줄 알엇다. 그러나 '구산두스'는 모여 잇는 사람들을 向하야 이러케 말하엿다.

"諸君. 나는 바다물을 먹겟다고 하엿습니다. 그러나 바다로 흘너나리는 강물은 마시겟다고 하지를 안엇습니다. 그러니 나와 내기를 하는 여러분은 강물을 막어 주십시요. 그리하면 豪言壯談하고 實行을 하겟습니다."

---

357 '잇는'의 오식이다.

그와 가티 自己의 名譽의 傷處를 밧지 안코 危險한 境遇를 버서난 '구산두스'의 智慧를 모든 사람들은 稱贊하엿다. 내기를 하든 弟子들은 自己들이 젓다고 自白을 하며 스승에게 容恕하여 달나고 빌엇다. 그래서 '구산두스'는 모든 사람들의 喝采를 밧으며 自己의 집으로 돌아갓다.

朴�影 譯, "이솝의 生涯(八)", 『매일신보』, 1932.9.18.

그 報償으로 이솝은 自由를 要求하엿다. 그러나 '구산두스'는 그를 拒絶하엿다. ── 그를 釋放할 時期는 아즉 오지를 안엇다. 그러치만 神의 命令이라면 勿論 同意를 한다. 그러니 外出을 할 때에 前兆가 吉兆라면 한 번에 두 마리의 새가 눈에 띄이면 自由를 주고 한 마리의 새를 볼 때에는 그것을 凶兆로 역이고 이솝은 그대로 奴隷의 境涯에 머무러 잇지 안으면 아니 되게 되엿다…….

그때에 이솝은 卽時 밧그로 나와 보앗다. 그 집은 鄙邊에 잇서서 大木이 鬱蒼한 쪽을 向하고 잇섯다. 이솝이 밧그로 나와 본즉 그는 놉흔 나무 우에서 나리여오는 두 마리의 새를 보앗다. 그래서 이솝은 主人의 압흐로 가서 거짓말인지 거짓말이 안인지를 보라고 請을 하엿다. 그러치만 '구산두스'가 나오는 동안에 한 마리의 새는 날어가 버렷다.

"如前히 너는 나를 속이려고 하는구나."

'구산두스'는 이솝에게 그와 가티 말하며 그에게 笞刑을 하라고 下人들에게 命令을 하엿다. 그 命令은 그 자리에서 卽時 實行이 되엿다. 그래서 가여운 이솝은 철석철석하고 笞을 마질 때 어대서인지 '구산두스'에게 宴會의 招待가 왓다. 그리자 이솝은 이러케 부르지젓다.

"前兆는 틀엿다! 두 마리의 새의 吉兆를 본 나를 때리고 한 마리의 새밧게 보지 못한 主人은 滋味잇는 宴會로 간다!"

그 말은 '구산두스'의 마음에 들어서 그는 笞刑을 中止식혓다. 그러치만

自由를 承諾치 안엇다.

어느 때 主從者 두 사람은 오래된 記念碑 압흐로 散步를 하면서 碑銘을 判讀하며 興을 이르키고 잇섯다. 그리는 동안에 '구산두스'는 오래동안 苦心을 하여도 解釋할 수 업는 碑銘에 닥들엿다. 그것은 若干의 言語의 頭字만으로만 되여 잇섯다. 哲學者는 自己의 頭腦로는 도저히 알 수 업다고 率直히 對答하엿다.

"그 文學의 解釋을 따러 당신을 위해서 무슨 寶物을 들이면 무슨 賞을 주시렴닛까?"
하고 이솝은 물엇다. '구산두스'는 이솝을 自由롭게 하여 주며 그 寶物의 반을 주겟다고 約束을 하엿다.

"이 文字는 여긔서 네 거름밧게 아니 되는 곳에다 寶物을 무더 두엇다는 意味입니다."
하고 이솝은 말하엿다. 果然 네 거름밧게 아니 되는 곳을 파 본즉 寶物이 나왓다. 哲學者는 約束을 履行하겟다고 하며 아래와 가티 말햇다.

"그 文字를 읽어 들어 주기 前에는 그대에게 自由를 줄 수가 업다. 그 文字 읽은 법을 알게 되는 것이 나에게는 지금 본 寶物보다 더 貴重한 寶物의 하나이닛가"

그래서 이솝은 다음과 가티 說明을 하엿다.

"여긔 씨여 잇는 것은 아보바스 페-마쿠 VobasBnuata라는 頭字만 쓴 것입니다. 그것은 卽 '네 거름 뒤로 물너가서 쌍을 파면 寶物을 찻는다'라는 意味입니다."

"네가 그만치 聰明하닛가 나는 너를 놀 수가 업다. 自由가 되고 십흔 生覺은 조곰도 하지 마라" 하고 '구산두스'는 잘너 말하엿다. 그 말을 듯고 이솝은 지지 안코 다시 말하엿다.

"그러면 나는 '데니스' 왕에게 당신을 거러서 訴訟을 하겟습니다. 이 寶物은 '데니스' 王에 所有로 屬한 것이여서 그와 가티 여긔에 그 文字가 씨여 잇습니다." ('데니스' 왕은 '시시리-'島 都會의 '시라규-스'의 王으로서 慘忍과 專制로 다스리든 暴君이다.

朴赵影 譯, "이솝의 生涯(九)", 『매일신보』, 1932.9.20.

紀元前 四○五年 —— 五六八年)

그 말을 들은 '구산두스'는 별안간 겁이 나서 돈을 줄 터이니 그 일을 秘密히 하여 달나고 請을 하엿다. 그 말을 듯고 이솝은 돈을 준대도 그 文字가 三重의 意味로 包含이 되여 잇다고 斷言하엿다.

집으로 돌아오자 '구산두스'는 그것이 公表될가 바서 下人들을 命하야 이솝의 발을 鐵鎖로 썰거서 一室에다 監禁을 식혀 노앗다.

"한심하다. 哲學者라는 것은 約束履行을 이러케 하는가?"
하고 이솝은 부르지젓다. 그리고 "조흘 대로 해라. 아모리 한대도 실치만 너는 나를 解放식히지 안코는 견들 수가 업슬 터이닛가!"

그의 豫言은 的中이 되고 말엇다.

그리한 지 얼마 아니 되여서 엇던 이상한 奇蹟的 事件이 發生되여 '사모스'의 사람들은 大端히 不安한 가운대 빠지고 말엇다. 한 마리의 鷲가 낫하나서 公有의 環璽를 훔처 갓다. (環璽는 그 나라 議會에서 討議事項을 決定할 쌔에 쓰는 國璽인 듯하다.) '구산두스'는 哲學者로서 쏘한 '사모스' 共和國의 樞要한 位置에 잇는 한 사람이엿다. 그래서 그 이상한 일을 엇더케 解釋하겟느냐고 意見을 물엿다. '구산두스'는 若干의 猶豫를 엇더 가지고 집으로 돌아와서 다른 째와 갓티 聰明한 奴隷에게 물어보려고 하엿다. 그 역 이솝의 智慧를 비는 것이다. 이솝은 自己가 公衆의 압흐로 나가서 解釋을 하겟다고 하엿다. 自己가 아모리 애를 쓰고 判斷이 的中되드래도 그 名譽는 恒常 主人이 밧기 째문에 奴隷는 永久히 咀呪의 境涯에서 버서날 수가 업다고 말하엿다. 그래서 '구산두스'는 말이지 안코 이솝이 말한 대로 公衆이 모인 곳으로 달이고 가서 演壇 우에다 세워 노앗다. 모든 사람들은 그의 모양을 보자 우슴밧치 되고 말엇다. 독갑이와 갓튼 面相을 가진 그의 입에서 道理에 適當하게 훌융한 말이 나올 줄은 꿈에도 生覺치 안엇기 째문니다. 이솝은 第一 먼저 입을 열어 瓶의 形體를 보고 判斷을 하여서는 아니

된다. 속에 들어 잇는 液體의 良否를 가려야 될 것이다 하고 말하엿다. 그 말을 듯고 '사모스'人들은

"그러면 이번 이 奇蹟은 엇더케 判斷하는가 조금도 사양치 말고 生覺한 대로 말해 보시요."

하고 사방에서 부르지젓다.

이솝은 生覺한 대로 하고는 십지만 그러케 하지 못할 事情이 잇다고 斷言을 하며 다음과 갓티 말햇다.

"運命의 神은 主人과 奴隸 사히에 光榮의 싸홈을 식힌다. 萬若에 奴隸가 쓸때업는 말을 하면 主人에게 매를 맛는다. 그리고 奴隸가 主人보다 훌융한 일을 하면 그 역시 매를 맛게 된다."

모든 사람들은 그 말을 듯고 이솝을 奴隸의 境涯에서 解放을 식히도록 脅迫을 하엿다. 哲學者는 아모리 한대도 承諾을 하지 안엇다. 그래서 最後로 市長이 市長의 職權으로 이솝을 自由롭게 解放을 식히라고 强制的으로 威嚇을 한 까닭에 鐵石가티 頑固한 哲學者도 모든 사람들의 要求대로 이솝을 解放식히지 안을 수가 업섯다.

그와 가티 드듸여 自由의 몸이 된 이솝은 '사모스'人들이 근심하는 奇蹟의 內容을 說明하엿다.

"이 奇蹟은 얼마 아니 되여서 '사모스'人이 自由를 일코 屈從의 境涯에 써러지게 될 不祥事를 가르친 것이다. '사모스'人의 國璽를 훔처 간 大鷲는 더욱이 '사모스'人을 征服하려고 하는 엇던 强力한 國王의 象徵입니다."

朴趍影 譯, "이솝의 生涯(十)", 『매일신보』, 1932.9.21.

그 후 얼마 아니 되여서 '리데이아' 國王 '구레스스'는 '사모스' 住民에게 向하야 貢納을 하라고 通告를 發햇다. 萬若에 그 말을 쫏지 안으면 武力으로 征服을 하겟다고 宣言을 하엿다. '사모스'人 中에 大部分은 '구레스스'王

의 命令을 좃는 것이 조타는 意見이 잇섯다. 그때에 이솝은 그들을 보고 運命의 神은 두 길을 人間에게 가르치고 잇다. 第一 첫재 길은 自由의 길이다. 처음에는 荊棘가 싸흔 어려운 길이지만 얼마 아니 되여서 즐거운 境地에를 到達할 수가 잇고 쏘 한 길은 奴隷의 길이다. 그 길은 처음에는 먼저 길보다 樂園이라고 하지만 얼마 아니 되여서 苦勞를 當하게 된다 하고 說明을 하엿다. 그래서 그들은 '구레스스'의 使者를 滿足을 식히지 안코 돌이여 보냇다.

'구레스스'는 '사모스'를 攻擊하려고 하엿다. 그리자 使者는 '사모스'人 中에 이솝이란 사람이 잇는이만큼 그들은 그 사람의 分別을 信賴하느니만치 陛下의 뜻대로 하기는 容易치 안은 일입니다 하고 말하엿다.

'구레스스' 王은 다시 '사모스'로 使者를 보내여 이솝을 자기에게로 보내여 달나고 하엿다. 그리하면 '사모스'人에게 自由를 주겟다고 하엿다. 그 말을 듯고 '사모스'의 住民들은 그 交換條件을 大端히 有利하게 生覺을 하엿다. 그리고 이솝을 일코 自己네들이 엇는 安息이 얼만한 갑서치가 잇다는 것을 生覺지 안엇다.

그래서 이솝은 그들에게 다음과 가튼 이약이를 들이여 다른 곳으로 그들의 感情을 썰엇다.

"어느 째 일희와 양과이 平和條約을 締結하엿다. 羊은 平和의 保證으로 守備犬을 보냇다. 그와 가티 그의 압헤는 保護者가 업기 째문에 일희는 어렵지 안케 羊의 물이를 물어 죽엿다?…" (이약이는『이솝 童話集』에 잇다.)

그 童話에는 効果가 잇섯다. 그래서 '사모스'의 住民들은 먼저와는 正反對로 決議를 하엿다. 그러나 그것을 조곰도 거리씨지 안코 이솝은 自進하여 '구레스스' 王에게로 가겟다고 하엿다. 그래서 自己는 '사모스'에 잇는 것보다 '구레스스' 王의 엽헤 잇는 것이 '사모스'人에게는 나흐리라고 하며 仔細한 이약이를 하엿다.

'구레스스' 王이 이솝을 보고 저러케 貧弱한 사람이 根强이 妨害가 되엿든가 하고 生覺을 할 째에 마음속으로 놀래지 안을 수가 업섯다.

"머야! 이것이 나의 意志를 막엇서!" 하고 부르지젓다. 이솝은 王의 압헤 업들여서 아래와 갓티 말햇다.

"엇던 사나희가 蝗虫을 잡고 잇섯습니다. 그런대 그때 맛침 한 마리의 매암이가 그 사람의 손에 가 날어와 안젓섯습니다. 그 사람은 蝗虫을 죽이듯키 그 매암이도 죽여 바리려고 하엿습니다. 그때에 매암이는 그 사람을 보고 이러케 말하엿습니다. '나는 당신에게 엇더케 하엿길내 나를 죽이려고 함닛가? 나는 蝗虫과 갓티 穀植에 해를 끼치지 안엇습니다. 나에게는 단지 노래가 잇쓸 쑨임니다. 그 노래를 나는 大端히 潔白하다고 生覺합니다' 하고 말하엿습니다. 大王이시여! 나는 그 매암이와 갓티 소리가 잇쓸 쑨임니다. 나는 大王에게 傷處를 주기 위해서 말한 것이 아입니다."

그 말을 듯고 '구레스스' 王은 大端히 感嘆을 하며 이솝을 容恕할 쑨만 아니라 '사모스'人을 威脅하는 것까지도 中止하엿다.

朴趂影 譯, "이솝의 生涯(十一)", 『매일신보』, 1932.9.22.

그때에 이솝은 몃 가지의 寓話를 써섯다. 그것을 '리데이아' 王에게 남겨 놋코 그는 '사모스'로 돌아왓다. '사모스'人들은 이솝을 마지하며 名譽를 주엇다.

이솝은 世界를 遍歷하야 學者라는 사람들과 交際를 하야 여러 가지에 對한 意見을 交換하여 보려고 '사모스'를 써나갓다. 그와 가티 곳곳이 돌아다니는 中에 이솝은 '바비로니아'의 王 '리세루스'에게 두터운 信任을 밧게 되엿다. (이 王은 이솝의 傳記者 '쑤라뉴-트'가 마음대로 맨들은 것이기 째문에 事實에 잇서서는 王이 아니라는 말이 잇다.)

그 當時에 諸國의 國王들은 機會가 잇는 째면 서로 어려운 問題를 提出하여서 그 問題를 잘 맛치고 못 맛치는 대 對하여서는 一種의 貢物이나 罰金을 내고 밧기로 되여 잇섯다. 이솝의 補佐를 밧게 된 '리세루스' 王은

恒常 優越한 地位에 잇서 問題를 解決하거나 提出하는 대도 다른 諸王들과는 比較할 수 업슬 만한 名聲을 썰치고 잇섯다.

그러케 하는 동안에 이솝은 안해를 엇덧지만 子息이 업는 싸닭에 貴族의 집안에 태여난 '엔누스'라는 졂은 사람을 養子로 定하엿다. 그러나 '엔누스'는 姦邪한 사람이기 째문에 恩人의 안해의 寢床을 더럽히려고까지 하엿다. 그것을 안 이솝은 '엔누스'을 내여 쏫차 바렷다. 根性이 빗두러진 '엔누스'는 이솝에게 復讐를 하기 위해서 이솝은 '리세루스' 王의 競爭者이다. 그래서 諸王들과 內通을 하엿다는 片紙를 여러 장을 써서 아모도 모르게 '리세루스' 王에게로 보내엿다. 그 片紙의 封印과 署名만 보고 '리세루스' 王은 密告를 밋고 愼重히 證據를 차즐 生覺도 아니 하고 '헤루미쓰'라는 一士官에게 命하야 急히 叛逆者 이솝을 죽이라고 하엿다. 그러나 '헤루미쓰'는 이솝과 사히가 각가운 友人이기 째문에 그를 죽이지 안코 墳墓 속에다 감추어 두자 그 후에 이솝이 죽엇다는 소문이 '에지부도'[358] 王 '네구데나보오'가 이제는 '리세루스' 王에게 貢納을 식힐 수가 잇스리라고 生覺을 하엿다. 그래서 '네구데나보오' 王은 '리세루스' 王에게 挑戰으로 空中에다 塔을 세울 수 잇는 建築家와 엇더한 質問이라도 對答을 할 수가 잇는 사람을 보내여 달나고 使者를 일너 보냇다. ('네구데나보오' 王은 第四 世紀에 처음으로 '에지부도'를 支配하는 王이닛가 그 時代에는 업섯쓸 것이다. 이것도 亦是 '쑈라뉴-트'의 잘못일 것이다.)

'에지부도' 王의 片紙를 본 '리세루스'는 '싸비로니아'에 잇는 最高 人物들을 모아 놋코 挑戰에 應할 對策을 下問하고 잇섯다.

그러나 그 對答을 하는 사람은 하나토 업섯다.

그쌔에 '리세루스' 王은 이제야 비로소 後悔치 안을 수가 업섯다. 그리자 그쌔에 '헤루미쓰'는 '리세루쓰' 王에게 이솝이 죽지 안코 살어 잇다는 것을 陳述하자 '리세루쓰' 王은 즉시 이솝을 다려왓다. 그쌔에 王의 깁븜은 엇다 비할 곳이 업섯다. 그와 갓티도 이솝은 鄭重하게 自己의 潔白을 證明하며

358 이집트(Egypt)의 일본어 표기 'エジプト'를 그대로 우리말로 읽은 것이다.

'엔누스'의 罪를 容恕하엿다.

그러나 '에지부도' 王의 片紙를 읽은 이솝은 어렵지 안타는 듯이 빙그레 우스며 來年 봄에 空中에다 塔을 세울 建築家와 엇더한 質問이라도 對答을 하여 보냇다. '리세루스' 王은 먼저와 갓티 놉흔 地位에 안치고 조흘 대로 處理하라고 하며 '엔누스'를 이솝에게 맷기엿다.

朴趚影 譯, "이솝의 生涯(十二)", 『매일신보』, 1932.9.23.

그러치만 이솝은 '엔누스'를 自己의 아들노 生覺하고 懇懇히 說諭하엿다 —— 神을 讚頌하고 主人을 尊重히 역이며 敵을 두렵게 알며 自己의 便을 親切하게 하며 안해를 사랑하고 正當한 秘密은 發表치 말며 言語를 注意하여 말을 廢하며 不幸이 닥처오드래도 落膽치 말고 他人의 幸福과 德을 부러워하지 말며 부러워하드래도 그것은 自己의 것이 되지 안코 점점 不幸한 가운대로 빠진다고…

넘치는 이솝의 情과 그러한 訓戒에 마음이 움직이여 화살을 마진 듯이 가슴속이 울인 '엔누스'는 그 후에 얼마 아니 되여서 죽어 버렷다.

그러나 '에지부도' 王 '네구데나보오'의 挑戰에 對하야 이솝이 엇더한 手段을 썻느냐 하면 그는 몃 마리의 鷲의 색기를 어더서 미들 수 업는 일이지만 少年을 籠 속에다 各各 하나식 너허서 空中으로 가지고 가도록 하라고 가르첫다. 드듸여 挑戰을 實行할 봄이 오자 그는 鷲의 색기와 少年의 一行을 짜러 '에지부도'로 타고 갓다. 이솝이 죽은 줄만 알고 어려운 問題를 提出한 '네구데나보오' 王은 그가 온 것을 보고 大端히 놀내엿다. '네구데나보오' 王은 꿈에도 生覺지 안엇는 일이기 때문에 —— 萬若에 이솝이 살어 잇다는 것을 알기만 하면 하엿드면 '리세루스' 王에게 對하야 그러한 挑戰은 아니 하엿쓸 것이다. 그러치만 이제 와서는 하는 수가 업섯다. 그래서 '네구데나보오' 王은 이솝을 보고 空中에다 塔을 세울 建築家와 엇더한 質問을 하드래도 對答을 할 사람을 다리고 왓느냐고 물엇다. 엇더한 質問이든지 對答할 사람은 自己自身이라고 하며 建築家는 塔을 세울 場所를 가르처 주면 보실 수가 잇다고 對答을 하엿다. 그래서 '네구데나보오' 王은 이솝을 벌판으로 다리고 나갓다. 그때에 鷲의 새기들은 少年들이 잇는 籠을 各各 하나식 물고 空中으로 올나갓다. 少年들은 일제히 소리를 질너 材木과 돌을 달나고 하엿다.

"보시는 바와 가티 나는 陛下를 위해서 建築家를 다려왓쓰니 建築할 材料를 그들에게 주십시요" 하고 이솝은 '네구데나보오' 王에게 말하엿다.

'네구데나보오' 王은 그 問題는 '리세루스' 王이 勝利를 하엿다고 自白을 하엿다. 그러나 역시 탈을 벗지 못하고 다음과 가티 이솝에게 問題를 提出하엿다.

"이 '에지부도'에 잇는 牝馬들이 '빠비로니아'에 잇는 牝馬의 우름소리를 듯고 懷姙을 하는 것은 무슨 까닭인가? 그 對答이 듯고 십다."

이솝은 그 對答할 猶豫를 그 잇흔날까지 밧고 旅館으로 돌아오자 少年을 보고 그 잇흔날 고양이 한 마리를 잡어서 매를 때리며 길로 썰고 오라고 일넛다. 고양이를 崇拜하는 習慣을 가진 '에지부도'의 사람들은 그 動物이 虐待 밧는 것을 보고 自己네들이 侮辱을 當하는 것가티 生覺을 하엿다. 그리하면서 少年의 손에서 虐待를 밧는 공양이를[359] 빼서々 王에게다 訴訟을 하엿다. 그때에 이솝은 왕에 압호로 불이여 나왓다.

"이 動物은 우리나라의 神의 하나이라는 것을 몰으는가? 엇제서 무슨 일노 그와 가티 虐待를 하엿는가?"

하고 '에지부도' 王이 물은즉 이솝은

"그러면 엇제서 '리세루스' 王에게 對하야 無禮한 말을 하엿습닛가! 어제 밤에 저 고양이는 '리세루스' 王에게 大端히 正確하게 時간을 가르처주는 숫닭을 殺戮하엿습니다."

하고 對答하엿다.

359 '고양이를'의 오식이다.

朴趤影 譯, “이솝의 生涯(十三)”, 『매일신보』, 1932.9.25.

그 말을 듯고

‘에지부도’ 王은

“그것은 거짓말이다.”

하고 소리를 질넛다. “엇더케 짤분 시간에 저 고양이가 그 먼 곳을 갈 수가 잇서?”

“그러면 어제 陛下가 말슴한 것은 엇더케 우름소리를 듯고 또 懷姙을 함닛가?”

하고 이솝은 對答하엿다.

그 후에 ‘에지부도’ 王은 ‘헤리오보리스’로부터(下部 ‘에지부도’ 都會, ‘나이루’ 河畔에 잇다.) 有名한 學者들을 불너다 饗宴을 베풀고 그 座席으로 이솝을 불넛다. 席上에 모든 學者들은 이솝에게 여러가로[360] 물엇지만 그중에 第一 어려운 問題는

“열루[361] 洞里에 둘너 잇는 한 개의 기둥을 中心 삼어 大宮殿이 하나 잇다. 그런대 열두 洞里에는 各各 壁이 설흔식이 잇다. 그 壁의 周圍로 二人의 女子가 서로 돌여가면서 散步를 하고 잇다. 그런대 그 女子가 하나는 희고 하나는 검다.”

하고 말하엿다. 이솝은 그 말을 듯고

“그런 問題쯤은 우리나라에서는 三尺童子라도 풀어낼 수가 잇다” 하고 말하며 다음과 가티 說明을 하엿다.

“宮殿은 世界, 기둥은 月, 壁은 날자, 그 周圍에는 밤과 낫이 밧귀여 가며 散步를 한다.”

그 잇흔날 ‘네구데나보오’는 心腹 臣下를 보아 놋코 이러케 말하엿다.

360 ‘여러 가지로’의 오식이다.

361 ‘열두’의 오식이다.

"독갑이가티 생긴 그 사람에게 나는 恥辱을 當하게 되지 안엇는가? 그러컨만 그대들은 가만히 잇는가?"

그 말을 듯고 그중에 한 사람이 그러면 이번에는 이솝더러 問題를 제출하라는 것이 엇더켓느냐고 하엿다. 그래서 듯지도 못하든 어려운 問題를 提出하라고 하엿다.

이솝은 '네구데나보오' 王이 '리세루스' 王에게서 이천 '다랑'의 돈을 취해왓다는 借用證書를 맨들어서 그것을 단々히 封한 대로 '네구데나보' 왕에게 주엇다. 開封하기 前에 '네구데나보오' 왕의 臣下들은 그 封套 속에 잇는 것이 自己네들이 아는 것에 틀임이 업쓰리라고 生覺을 하엿다. 그러나 開封을 하고 證書를 보자 '네구데나보오' 王은 화가 나서 아래와 갓티 부르지젓다.

"이것은 멀정한 거짓 證書다. 내가 언제 '리세루스'에게서 돈을 취여 왓서. 여긔 잇는 이 사람들이 證人인대."

"말슴한 바와 갓티 저의들도 그런 말을 들은 적이 업습니다오" 하고 臣下들은 對答하엿다.

"그러타면 여러분이 말슴하든 問題는 提出한 貌樣이 되엿습니다그랴." 하고 이솝은 말하엿다.

그와 갓티 아모리 한대도 이솝의 智慧를 當할 수가 업는 줄 안 '네구데나보오' 王은 이솝과 '리세루스' 王에게 만흔 선물을 주어 이솝을 돌여보냇다.

이솝이 '에지부도'의 女王의 奴隷이엿다고 쓴 사람도 잇지만 그것은 먼처 말한 바와 갓티 이솝이 '에지부도'로 旅行하엿든 것이 大體로 原因이 된 것 갓다. 그리고 '에지부도' 女王 '로트뻬'는 여러 사람을 戀人으로 가러들인 有名한 女王이다. 지금에도 여러 사람들이 嘆賞을 하는 '비라미트'[362] 중에 第一 적은 '비라미트'를 세웟다고 한다.

---

362 피라미드(pyramid)를 가리킨다.

朴赵影 譯, "이솝의 生涯(十四)", 『매일신보』, 1932.9.27.

그중 적은 그 '비라미트'는 優秀한 技術을 낫하내엇다고 한다.

'빠삐로니아'로 돌아온 이솝을 大端한 歡喜와 感謝의 뜻을 가지고 '리세루스' 王은 마저들엿다. 王은 나무로 그의 彫像을 맨들나고 命令을 하엿다. 그러나 그는 見聞을 넓히려는 慾望으로 그러한 名譽도 헌신짝 버서바리듯키 던저 바렷다. 다시 한 번 希臘의 全土를 遍歷하기 위해서 그는 寵愛를 밧뜬 宮殿을 써나며 '리세루스' 王에게 作別을 告하엿다. '리세루스' 王은 두 눈에 눈물을 흘이며 이솝의 손목을 잡고 다시 돌아와서 餘生을 갓티 보내자고 神壇 압헤서 祈禱를 하고 이솝을 노아 보냇다.

이솝이 발을 들여논 都會 중에서 '데루휘'[363]가 第一이엿다. '데루휘'의 市民들은 깁버하면서 이솝의 말에 귀를 기우렷지만 — 그들은 조금도 敬意를 表하려고 하지 않엇다. 그들은 輕蔑히 하엿다. 이솝은 그들을 사나운 波濤우헤 뜬 몽둥이로 譬諭하엿다.

"멀니서 보면 무엇인지 모르겟스나 莫大한 價値가 잇는 것갓티 보히지만 압헤서 보면 아모 價値가 업는 몽동이로 보힌다."

이솝이 그러케 譬諭한 것은 無價의 結末을 주고 말엇다.

몽둥이로 譬諭를 當한 '데루휘'의 市民들은 이솝을 極度로 미워하며 復讐의 불길이 타올나서 (한편으로는 自己네들의 聲價가 失墜될가 두려워서) 이솝을 죽이려고 決心을 하엿다. 그래서 그들은 目的을 달하기 위해서 이솝의 옷 속에다 神靈 압헤 놋는 聖甁 한 개를 감추어 두엇섯다. 그와 가티 그들은 이솝을 竊盜와 不敬罪로 몰아서 死刑을 하게 하엿다.

그런 줄은 꿈에도 몰으고 이솝은 '데루휘'를 써나서 '퍼시트'를 차저가려 닛가 '데루휘'의 市民들이 急히 달여와서 그들은 二口同聲으로[364] 이솝이

363 그리스의 고대 도시 델포이(Delphi)를 가리킨다.

364 '異口同聲으로'의 오식이다.

聖瓶을 집어 갓다고 非難을 하엿다. 먼저부터 아지 못하는 이솝은 神에 盟誓하며 事實을 否認하엿다. 그러나 '데루휘'의 市民들은 이솝의 짐을 헤치고 옷 속에서 瓶을 끄내엿다. 그때에 이솝은 百方으로 辯明을 하엿지만 不敬罪로 取扱하는 대는 막을 길이 업섯다. 그래서 하는 수 업시 이솝은 '데루휘'로 끌이여가서 鐵鎖에 얼키여 土獄 속으로 들어가고 말엇다. 이솝은 여긔서 一生을 맛치고야 말게 되엿다. 그는 恒常 武器인 機智를 縱橫히 活動을 식히며 寓話를 들여주어도 그의 一身을 빼칠 수가 업시 '데루휘'의 市民들은 그를 오직 嘲笑할 쑨이엿다. "한 마리의 개고리가 놀너오라고 쥐를 招待하엿다. 쥐에게 水泳을 식히기 위해서 개고리는 自己의 발에다 쥐의 발을 잡어맷다. 그러케 하고 물속으로 들어간즉 개고리는 물속에다 쥐를 빠틀여 죽이려고 물속으로 점점 쩔고 들어갓다. 그러나 不幸한 쥐는 물우에서 苦悶을 하고 잇섯다. 그리자 그때 맛츰 肉食鳥가 그것을 보고 물우로 날어와서 맨 것을 끌을 수가 업는 개고리를 쥐와 함께 잡어먹어 바렷다…… 陰險劣惡한 '데루휘' 市民들아! 우리들보다 强한 者가 그 이약이와 가티 나의 復讐를 하여 줄 것이다. 나를 滅하면 그대들 역시 滅할 것이다." (『이솝 寓話集』에 「鼠와 개고리와 鷲」 參照)

愈愈히 이솝은 刑場으로 껄이여 나가게 되엿쓸 째 틈을 타 달어나서 '아쏘로'[365] 神의 祠堂으로 들어갓다.

朴趂影 譯, "이솝의 生涯(十五)", 『매일신보』, 1932.9.28.

그러나 '데루휘'의 市民들은 조곰치도 人情事情 容恕가 업시 그를 그곳에서 껄어내엿다.

"그대들은 이 避難處까지 侵拏하는가? 오직 적은 祠堂에 不過하다고 生

365 아폴로(Apollo)를 가리킨다.

覺하며 神을 慾하는[366] 것에 틀임이 업지 안은가? 그러치만 姦邪한 마음을 가진 그대들은 이 神의 祠堂에서 어느 때이고 安全한 場所를 어들 수가 업쓸 것이다. 짝정버래의 嘆願을 물에치고 그곳에 避難을 하고 잇뜬 톡끼를 奪取한 鷲와 갓튼 運命이 그대들에게도 올 것이다. 그래서 鷲의 子孫들은 '쭈삐다-' 神의 무릅에서 刑罰을 밧엇다." (우에 쓴 이약이는 『이솝 寓話集』에 「鷹과 甲虫」 參照)

그와 갓티 하여 여러 가지의 例를 들어 說明을 하엿지만 '데루휘'의 市民들은 조곰치도 마음을 돌이지 안엇다. 그래서 '데루휘'의 市民들은 드듸여 이솝을 놉흔 斷崖 우에서 썰어틀여 죽여 바렷다.

그가 죽은 지 얼마 아니 되여서 猛惡한 疫病이 '데루휘'의 全土를 휩쓸어 剿滅할 만한 暴威을 주고 말엇다.

그때에 '데루휘'의 市民들은 두려운 生覺을 禁치 못하야 엇더케 하엿쓰면 神의 怒함을 鎭怒할 수 잇겟느냐고 神託에게 물엇다. 그리한즉 그들이 犯한 大罪를 償하고 죽은 이솝의 靈魂을 慰勞하는 외에는 다른 道理가 업다고 말하엿다. 그리자 '데루휘'의 市民들은 이솝을 위하여서 '비라미트' 하나를 세웟다. 그들이 犯한 大罪에 對하여서 激憤을 表示한 것은 單 天上의 神뿐이 아니라 地上의 人間들도 그러한 賢人을 일은 대 對하야 復讐를 하엿다. 그때에 希臘에서는 官吏를 派遣하여서 '데루휘'人에 罪를 調査하야 그들에게 嚴酷한 刑罰을 주엇다. (꿋)

366 '辱하는'의 오식으로 보인다.

李定鎬, "百號를 내이면서 創刊 當時의 追憶", 『어린이』, 제10권 제9호, 1932년 9월호.

『어린이』 잡지의 창간 당시를 지금에 잇서 도리켜 생각할 때 비록 어리엿슬 때이나마 여러 가지로 감개무량한 일이 한두 가지가 아닙니다.

그때만 하드라도 경향을 물론하고 어린사람의 집단(集團)! 어린사람을 상대로 하는 잡지!(몃 해 전긔해서 崔南善 氏 主幹의 『少年』과 『붉은저고리』 吳天錫 氏 主幹의 『새동무』가 잇섯지만) 보통 간행물로 崔南善 氏 번역의 『검둥의 설음』[367]을 제처 노코는 아모것도 업는 아조 막막하든 때엿습니다.

이러케 막막하든 그때 — 어른들의 당치도 안은 권위 아래 온갓 억압(抑壓)과 말하는 인형 노릇만 하여 오든 조선의 어린사람들에게도 일대 광명을 얻게 되엿스니 그것이 곳 어린사람의 해방운동을 의미한 집단으로 〈천도교소년회〉의 출현과 아울러 어린사람의 예술운동을 의미한 『어린이』 잡지의 탄생이엿습니다.

이를 관련하야 우리는 당시 이 운동의 열렬한 창도자로써 『개벽』 잡지의 중임을 가지신 小春 金起田 씨와 日本 留學生으로 게시든 小波 方定煥 씨를 맛게 되엿습니다.

그때의 조선의 사회란 온갓 것이 묵은 것에서 새것에로 깨여나는 도정임에도 불구하고 어(이상 18쪽)린사람의 문제란 그와 하등 관련이 업는 듯이 냉시(冷視)하야 그 존재부터 인정되지 안헛습니다.

그러나 두 분의 헌신적 노력으로 인하야 모-든 난관을 돌파하고 이를 단행하기로 하야 집단에 잇서서는 金起田 씨의 힘을 빌고 『어린이』 잡지에

367 『검둥의 설음』(新文館, 1913)은 "피쳐, 스토우 원져 리광슈 초역"(1쪽)이라 되어 있어, "최남선"이 아니라 "이광수(李光洙)"가 번역하였다. "新文館"의 실질적 운영자인 최남선(崔南善)이 번역한 것으로 오인한 것이다.

잇서서는 개벽사의 후원과 方定煥 씨의 힘을 빌어 긔여코 지금으로부터 九年 전인 一九二三년 三月 一日에 지금 이 百號의 시초인 창간호를 내엿습니다.

당시 『어린이』 편즙에 잇서서는 순전히 東京에 가 게신 方 씨의 손으로 원고와 체재까지 짜여 나왓고 이에 대한 선전 또는 일체 집무에 잇서서는 그때 소년회원의 한 사람으로 잇든 필자가 개벽사의 한 귀퉁이를 빌어 이를 담당하고 잇섯습니다. 그러나 우리들의 이 고심 이 노력은 아모런 효과를 나타내이지 못하엿스니 이는 당시의 사회적 환경은 물론 부형의 무지 어린사람 자체의 무자각으로 긔인하야 낙망만 주엇슬 뿐이엿습니다.

행길 까에다 또는 잡지와 신문에다 커다라케 광고를 내이고 누구든지 자긔의 주소와 일홈만 적어 보내면 이 귀중한 책을 한 책씩 거저 보내 준다고 하여도 불과 十七八人의 청구자가 잇섯슬 뿐이요 정말 우리들의 생각가치 어린 사람을 위하야 안타까웁게 경영해 주는 이조차 전혀 업섯습니다.

그럼에도 불구하고 우리는 물질적으로 또는 정신적으로 온갓 희생을 다해 가면서 계속한 결과 비로소 오늘의 十萬을 넘겨 헤일 수 잇슬 만한 『어린이』의 지지자를 어덧슴은 물론이요 이로 인하야 어린사람의 예술운동과 동시에 어린사람 전체 운동의 긔틀을 잡어 노케 한 것을 못내 깃버하는 바입니다.

이제 백호를 마지함에 잇서 특히 눈물겨운 일은 본지의 창간 당시부터 오래동안 자애로운 어머니 아버지가치 별별 고생을 다해 가면서 이것 하나를 키우노라고 온갖 노력을 다하든 方定煥 氏와 閔泳純[368] 氏를 닐허바린 것입니다.(이상 19쪽)

---

368 閔泳純(?~1929)은 독립운동가로 일제강점기인 1912년 천도교에 입교하였다. 1914년 천도교 제3대 교주 손병희(孫秉熙) 밑에서 종무원 서기로 일하기도 했고, 1918년 이광수(李光洙)와 『독립신문』 편집원으로 일하기도 했다. 1919년 3·1운동 때는 독립선언서 제작과 배포에 힘썼고 이후 『개벽(開闢)』의 인쇄인으로 활동하였는데 1926년 『개벽』이 일제에 의해 강제로 폐간되면서 요시찰 인물이 되었고 마침내 1929년 일제의 고문으로 인해 사망하였다.

崔泳柱, "回顧 十年間", 『어린이』, 제10권 제9호, 1932년 9월호.

『어린이』의 거러온 길을 도라다봅니다.

조선소년운동의 첫 번 홰불이 켜질 때 새 목숨을 세상 우에 내노흔 후 그 뒤 十年 동안 만흔 곡절 만흔 파란에 싸혀 가면서 거러오든 길을 도라다봅니다.

언제고 어떤 일이고 큰 고팽이를 넘어슨 다음에 지나온 일을 더듬어 생각할 때는 거기 그리운 정과 대견한 늣김이 떠오릅니다.

『어린이』가 十年 자라오든 길을— 조선 어린 동무들에게 "백" 번째의 책을 꿈여 내노흐면서 지나온 길을 더듬어 생각하는 우리들의 감회에도 역시 그리운 정과 대견한 늣김이 서로 얽흐러저 잇습니다.

×

나 자신이 『어린이』를 처음 대하든 때 그리고 『어린이』의 일을 도우어 드리게 되든 일 그것도 모다 꿈같고 그림 가튼 긔억입니다. 그러나 그것보담도 『어린이』 잡지가 격근 가지가지 일이 더욱 새롭게 생각됩니다.

×

엽서로 주소만 통지하면 책은 거저 보내 드리겟다는 광고를 각 신문지에 두 번 세 번 내엿스나 귀 기우리고 눈녁여 주는 이가 업섯든 그 十年 전 일! 그러케 무심히 생각해 주든 그 『어린이』가 그러케 미미하든 『어린이』가 오늘의 『어린이』 잡지로 버더 온 것은 스스로 장하고 대견한 늣김을 자어 줍니다.(이상 20쪽)

책을 빼아끼고 편즙실에 잇든 이들이 모다 ×××에 붓들니어 가서 ××× 속에 가치어 고생하든 일! 『개벽』이 발금되고 개벽사의 생명이 위급해지든 그날 『어린이』의 목숨도 그만인가 보다 하고 가슴 답답해 하든 기억! 모다가 새롭게 생각납니다.

×

그러나 그러한 기억에 석기어 즐겁고 반갑든 기억도 가치 떠오릅니다.

더 백히고 또 더 백혀도 모자란다. 더 보내여라! 모자란다. 큰일 낫다— 하고 외치든 일!

밤을 새워 가면서 신이 나서 이번 號에는—이번 책은—하고 회의를 거듭하고 거듭해 가면서 원고를 모으든 일!

선생님 참 재미잇습니다. 참 고맙습니다 하고 매일에도 백 장 이백 장씩 감사 격려의 편지를 전선 독자에게 받든 일! 모다가 그립게 생각되는 것뿐입니다.

『어린이』의 버더 나가는 힘이 굉장한 것을 보고 너도나도 하고 조선에 소년잡지가 생기어나든 기억! 그럴 때마다 『어린이』는 이런 때가 유혹에 걸리기 쉬운 때라고 단속을 굳게 하고 경쟁보다 내용을 더 충실히 하자! 눈앞에 경쟁보다 우리 뒤의 어린 동무를 생각하여라! 하고 뜨거운 열과 힘을 가지고 밀고 나가든 생각!

자랑이 아니라 다른 잡지도 이러한 달콤하고 즐겁든 추억이 잇겟느냐 싶은 생각까지 나게도 합니다.

×

우에 여러 가지 생각키우는 것보담도 더 『어린이』가 자랑하고 싶게 생각나는 것은 처음부터 오늘까지 어떠한 곤란 어떠한 난관을 당하든 조곰도 굽힘 업시 그 뜻을 굽히지 안코 오즉 조선 어린이의 앞날을 위하야 서로 간극 업시 나아온 것! 그것입니다. 十년이 하로 이틀이 아니어든 더욱 그것이 대견하게 아조 대견슬업게 생각됩니다.(이상 21쪽)

×

나는 이 글을 쓰면서 무척 가슴을 괴롭게까지 하며 생각키우는 이가 있습니다. 『어린이』를 탄생식힌 산파엿고 길러 준 어머니엿고 또 『어린이』 대장이든 소파 방정환 선생의 생각입니다. 한 몸의 괴롬은 조곰도 돌보지 안코 오즉 뜨거운 열성과 끈기를 가지고 반석처럼 움즉이지 안코 『어린이』의 성장에만 힘을 써 주시엇습니다.

선생을 통하야 생각나는 일도 무척 만습니다만은 나에게 남겨 준 조히는 그것을 쓸 자리를 갓지 못하게 합니다. 다만 선생은 결국 앞으로 나히를 만히 남겨 노코 "일"에 지치어 일즉이 이 영광스러운 날에 자리를 가치 하지 안코 먼저 세상을 떠나가시엇습니다. 생각하면 이 또한 『어린이』 十年 회고입니다.

×

『어린이』는 十年을 자라 왓고 백 번째의 새 책을 내놋습니다. 그러나 우리의 목적은 十年에 끄칠 『어린이』가 아니요 백 책으로 매즐 일이 아닙니다. 우리의 모-든 일은 지금부터 이제부터입니다.

둔하되 둔하고 능력 업고 주변 적은 우리나 다만 앞으로 전에 비하야 아니 열 곱 스무 곱 더 노력과 노력을 다하야 『어린이』를 앞으로 더 자라가게 하고 더 커 가게 하야 조선의 『어린이』 잡지로부터 세계적 『어린이』까지로 나아갈 것을 목표 합니다.

×

조선의 잡지게에서 처음 되는 百號 출판의 경사롭고 영광스러운 날을 맛고 우리는 큰 잔채 큰 노리를 대신하야 앞으로 더 굿건히 나아갈 것을 맹서하고 여러분께 『어린이』의 앞날을 더욱 사랑하고 축복하여 주시기를 바랄 뿐입니다.

그러면 우리 『어린이』 애독자 여러분! 앞으로 더욱더욱 건강하시고 희망으로 전진에 게을르지 안을 것입니다.(이상 22쪽)

閔鳳鎬, "(讀者로부터)오즉 감격이 잇슬 뿐!－讀者의 한 사람으로서－", 『어린이』, 제10권 제9호, 1932년 9월호.[369]

『어린이』가 벌서 百號를 마지하엿다. 연대로 十年! 책 수로 百권! 얼핏 생각하면 쉬운 말인 듯하나 그러나 처지가 다르고 환경이 다른 우리 조선에서 그가치 장구한 시일에 이가치 만흔 책 수를 내인다는 것은 우리 『어린이』가 아니고서는 도저히 꿈도 꾸어 볼 수 업는 일이다.

이것이 『어린이』의 『어린이』 된 보람이요 자랑이겟거니와 이것은 개벽사의 자랑만도 아니요 집필 선생의 깃븜만도 아니다. 우리 조선의 자랑이며 우리 사회의 깃븜이다.

『어린이』가 이만치 자라 나올 때에 그의 슬픔은 얼마이엿스며 그의 눈물은 얼마이엿스랴! 그는 그 새이에 힘드려 나으시고 젓 먹여 기르시든 小波方 先生님을 일헛고 옷을 입히시고 신발을 신겨 주시든 민영순(閔泳純) 先生님을 일헛다. 말 못하는 그는 그때에 얼마나 울엇스며 얼마나 긔막혀 하엿스랴!

그러나 그는 그 반면에 이해 이날을 맛는 깃븜을 어덧다. 깃븜도 이에서 더 큰 깃븜이 업스며 즐거움도 이에서 더 큰 즐거움이 업슬 것이다.

그는 우리 외로운 소년소녀들의 유일한 동무요 참된 지도자로서 얼마나 만흔 깨우침을 주엇스며 얼마나 큰 힘을 길러 주엇는지 모른다. 생각할 때에 우리는 감격에 넘치는 눈물을 금치 못한다. 오즉 감격! 감격이 잇슬 뿐이다.

우리는 여긔서 새삼스럽다 할는지 모르나 개벽사의 이 위대한 공로를 감사하며 『어린이』의 앞길을 축복하야 마지못한다.(이상 23쪽)

369 원문에 '信川 閔鳳鎬'라 되어 있다. 황해도 신천이다.

金亨起, "(讀者로부터)소리처라", 『어린이』, 제10권 제9호, 1932년 9월호.[370]

귀여운 우리의 단 하나인 『어린이』야! 십년 동안 어린 네 몸에 얼키인 한 페-지 역사를 들어 볼 때 내가 만약 시인(詩人)이엿드면 지구ㅅ뎅이(이상 23쪽)가 흔들리도록 힘껏 마음껏 너의 역사를 을퍼 보고 싶다.

우리의 단 하나인 『어린이』야! 방방곡곡에 도라다리면서 한 폭 수건을 머리에 동이고 짐도 푸르며 무쇠를 녹이는 불뎅이 옆에서 메질도 하며 지게를 지고 소도 먹이는 무산아동의 까막눈을 타파하고 글 한 자라도 가르켜 주며 잠자는 의식을 이르켜 주느라고 얼마나 허긔ㅅ증과 성화ㅅ증과 조갈증에 몸과 마음이 시달렷스며 당하지 못할 박해와 고초인들 얼마나 당하얏스며 닥처오는 쓰라림과 넘어가기 어려운 난관에서 얼마나 헤매엿스며 너의 몸과 가슴에는 얼마나 상처를 바덧느냐.

그러나 승리자인 『어린이』야! 뇌성벽력과 검은 구름, 미친 바람의 험한 고비와 어려운 시절을 지나서 광명천지로 툭 튀여나온 것이 얼마나 귀엽고 긔특한 지 모르겟다.

씩씩하고 튼튼한 『어린이』야! 이제는 소년대중이 너를 부르며 너를 찾는다. 어려웁고 괴로웁든 너로서 오늘의 결과를 이룬 것이 참으로 감격하다. 나는 가슴에 톡 찬 깃븐 마음으로 너를 마지하며 끝으로 웨치노니 오! 나의 영원한 벗 『어린이』야 한거름 또다시 앞으로 나오며 대지가 꺼지도록 큰 소리를 처라.(이상 24쪽)

370 원문에 '仁川 金亨起'라 되어 있다.

李相寅, "(讀者로부터)千萬年까지", 『어린이』, 제10권 제9호, 1932년 9월호.[371]

만세! 만세! 백호마지만세! 반가워라 百호야!
十여성상을 끈임업시 꾸준이 걸엇구나.
아니 우리三千里江山 넓은들판에
인내로써 긴세월을지나오며
길모르는우리에게 등불을드렷고나
반갑다 깃브다 『어린이』 우리 귀여운 동무를
한업시 무러뜯고십다 그래도 시원치못해
아니 눈물겨운 목소리로 부르고십다
『어린이』동무여! 억개를겨눠라 끝날까지
百호야! 너는百호다 우리의 무산아동의
백가지 서름을 백번이나 하소연하자!
百년 百萬년을 가도록 서름을 푸러다오

× × ×

만세! 만세! 百호마지만만세!
우리六百萬동무를
길러줄사명을 지고가는
『어린이』여 네사랑은 거즛이 업고나
자라나는 六百萬동무들 (이상 24쪽)
거즛에서 참으로!
미지근한긔운에서 뜨거운긔운으로!
힘잇는회초리를 갈겨가며 길러다오
대지우에다가 생명수를파고서

371 원문에 '永同 李相寅'이라 되어 있다.

넘치는그물로 문맹퇴치에 대어주고
흐르고 흘러 남음이 잇거라
百호야! 또다시百萬년까지!

桂潤集, "(讀者로부터)『어린이』 萬歲－『어린이』를 愛讀하는 아우에게", 『어린이』, 제10권 제9호, 1932년 9월호.[372]

아우야 네가 겨울이면 옆에다 『어린이』를 놓고 읽으면서 색기를 꼬앗지! 봄이면 거름 실코 밭 갈으며 여름이면 김을 매며 분주한 몸이니까 책 읽어 볼 틈이 잇섯겟느냐마는 그래도 네가 『어린이』를 호랑에[373] 호(號)마다 느코 논드렁에서 밭드렁에서 틈틈이 읽는 것을 금년 녀름도 이 형은 보고 남모르게 눈물지엿네!

아우 永哲아! 너의 어린 마음! "우리들은 배워야 살며" "읽어야 살며" "아는 데까지"라는 표어(標語)를 이웃집 사랑방 벽에 부치고 이 괴로운 녀름밤에도 네가 어린 야학생을 다려다 놓고 모든 힘을 쓴다 하니 아! 참 반가운 소식! 깃분 소식! 고금(古今)에 없을 일일세!

아우야 너의 품에 잠시라도 떠나지를 않는 『어린이』가 너도 이미 잘 아는 바이겟지만은 이번 호(號)가 창간(創刊)한 지 일백호(一百號)가 아니냐! 말이 하도 쉽게 백호! 십년이나 십년이면 강산(江山)도 변한다고 하엿스니 그동안 기나긴 십년 동안을 『어린이』가 우리 가난한 조선에 태여나서 얼마나 많은 고통을 당하엿겟느냐! 배도 곺아 보앗슬 것이고 구진 땀도 흘려 보앗슬 것이 아니냐!

그래도 장하다! 『어린이』는 그동안 모든 고난을 당하면서도 우리들 가난

372 원문에 '鐵山 桂潤集'이라 되어 있다.
373 '호주머니'의 방언이다.

한 육백만(六百萬)의 동무들을 위하여 잇는 힘을 다하여 왓스니 이번『어린이』백호 기렴(百號記念)에 우리 가난한 동무들은 얼마나 깃버 뛰며 즐거워할 바냐!

아우야! 네가『어린이』를 사랑하느니만큼 오늘 너도 잇는 힘을 다 내여 야학생을 다리고 우렁차게『어린이』백호 기렴 만세(百號記念萬歲)를 부르며 우리 가난한 소년대중의 참다운 동무가 되려는『어린이』를 끝끝내내 사랑하며 한사람의 독자 동무라도 늘여 주도록 함을 빌며 지면관계로 이만 하고 붓을 놋는다. —끝— (이상 25쪽)

南鐵人, "最近 少年小說 評", 『어린이』, 제10권 제9호, 1932년 9월호.

나는 이제 붓을 드러 최근 내가 읽은 소년소설을 중심으로 하야 그 독후감보다 한거름 더 나아가서 그 작품들의 무자비한 검토와 감상을 간단히 써 볼랴고 합니다.

최근에 읽어 본 소년소설이래야 각 소년잡지를 통하야 겨우 십 편이나 될까 말까 합니다.

그런데 그 십 편이라는 소년소설 거의 전부가 우수운 모순과 작자의 인식 부족과 그리고 너무나 비현실적으로 또는 너무나 추상적으로 마치 구름을 잡는 것가치 막연하게 꿈여 노앗다는 것을 유감이나마 나는 여긔서 말 안흘 수 업는 것입니다. —— 아니! 오직 이것뿐이겟습니까. 작자들은 그들의 가진 바 곰팡내 나는 케케묵은 젊은 인테리-의 소뿌루성을 그 자신의 작품을 통하야 여지없이 폭로하고 잇스며 또 되지도 안는 어려운 문구(어려운 문구보다도 실상인즉 그 작품과는 아무 관게도 업는)를 작품 속에 느러노코 잇습니다. 이것은 그 작품을 만드러 내기 위하야 그런 문구를 내건 것이 아니고 신통한 문구를 발견햇다고 그 작자 스스로 은근이 깃버하든 끄테 나는 이러한 신통한 문구를(이상 36쪽) 가지고 잇다는 것을 수백만 근로소년대중에게 자랑하기 위하야 얼토당토안는 작품을 비저내 논는 것입니다. 이러한 작품이 때때로 나의 눈에 드러오는 것입니다. 우리들은 이 여러 가지 점에 대하야 엄격하고도 무자비한 자긔 비판을 끄림업시 하지 아니하면 안 되겟습니다.

그러면 맨 먼저 우리들의 선배인 **송영(宋影) 씨의 작품「브나로드」(『별나라』 팔월호 소재)**를 검토하기로 합시다.

「브나로드」! 먼저 제목만 보아도 주제(主題)에 적극성이 잇서 보입니다. ××일보사의 '브나로드' 운동을 테-마-로 한 만큼 나는 절대로 큰 기대를 가지고 단번에 쭉 내려 읽지 안흘 수 업섯습니다. 그러나 다 읽고 나서 보니 나는 그 작품에 대하야 큰 불만을 안 가질 수 업섯습니다. 아니 그것보다도 우리들의 선배인 송영 씨의 너무나 크다란 인식부족을 아니 발견할 수 업섯습니다.

이 작품에 나타나는 덕성이 — 그는 그 동리에서 제일 잘사는 김 구장의 큰아들이다. 덕성이는 서울 어느 전문학교에 단이고 잇스며 한 달에 팔십원인지 백원인지 갓다 쓴다고 한다. 그리고 이번 ××일보사의 '브나로드' 운동에 참가하야 오날 밤 야학으로 이 동리 '브나로드' 운동의 첫거름을 앞으로 옴겨 노케 되엿다. 야학에 모여든 아해와 어른들은 모다 한 오십명쯤 된다.

덕성이는 연설을 시작하엿다.

"여러분 우리들은 배워야 합니다. 우리들이 가난한 것은 무식한 데서 나온 까닭입니다"(방점 필자)하면서 무슨 소리인지도 모르게 떠든다.

그때 칠성이 형은 비웃는 드시 중얼거렷다.

"여보 선생 무식해서 가난하다고요? 임성모네(잘사는 사람의 일홈)는 원 ㄱ자도 몰으는데 잘살지 안소."(방점 필자)

무두 이 소리가 그러타는 듯시 중얼거렷다.

"그럼 만복이는 그럿케 아는 게 만어도 밤낫 굶기만 하는데."

"그리게 말야."

우리들도 재미가 나서 덕성이를 놀리는 듯 처다보고 우섯다.

우리들의 송영 씨는 이러한 것으로 ××일보사의 '브나로드' 운동을 비판할나고 하엿습니다. "우리들이 가난한 것은 무식한 데서 나온 까닭입니다"하(이상 37쪽)고 덕성이가 떠드니까 "여보 선생 무식해서 가난하다고요? 임성모네는 원 ㄱ자도 몰으는데 잘살지 안소" 하는 것으로 과연 ××일보사의 '브나로드' 운동의 정체를 백일하에 폭로할 수가 잇슬까?

배움에 굼주린 근로대중에게 계몽운동은 절대로 필요합니다. 그러나 ××일보사의 계몽운동은 절대로 불필요한 것이며 오히려 한거름 더 나아가서 근로대중에게 크다란 해독을 끼처 주는 것입니다. '브나로드' 운동에 관한 우수운 표어 몃 가지를 공공연하게 내걸고 시달리는 근로대중의 자라나는 ××의 싹을 가위질할랴고 하는 그 ××일보사의 '브나로드' 운동이 그 얼마나 근로대중의 일상생활과 정반대의 길을 것고 잇스며 그 얼마나 그 이름 조흔 '브나로드'라는 것을 통해서 근로대중의 일상××을 말×할랴고 하는 것인가! 우리들은 그들의 이 모든 빗 조흔 가면을 여지업시 벳기고 폭로하며 따라서 그들의 ××적 행동에 대한 과감한 ××을 근로대중에게 가르처 주지 안흐면 안 되겟습니다. 그럿습니다! 우리들은 ××화 급 ××화한 그들의 정체를 전면적으로 여지업시 폭로하야서 근로대중의 머리ㅅ속에 잘 드러백히게 해야 할 것입니다.

콘트 형식으로 하기 때문에 이러케 단편적으로 희미하게 썻다고도 생각 안흘 수 업스나 암만 단편적이라고 할지라도 이 작품이 너무나 유치하고 너무나 그 '브나로드'의 근본 성질을 조곰도 폭로치 못하고 조곰도 수만흔 근로소년대중에게 리해식히지 못하는 작품이 되여 버렷습니다. "우리들이 가난한 것은 무식한 데서 나온 까닭입니다." 그리고 "임성모네는 원 ㄱ자도 몰으는데 잘살지 안소" 하는 이런 것으로 '브나로드' 운동을 비판할랴 한 것은 우리들의 송영 씨의 큰 실수라고 안 할 수 업스며 이때 와서는 송영 씨의 인식부족과 두뇌의 단순함을 안이 드를 수 업습니다. 오직 나는 주제의 적극성을 다분이 가진 이런 작품을 좀 더 생생하게 좀 더 구체적으로 좀 더 명확하게 그리고 좀 더 근로소년대중의 머리ㅅ속에 잘 드러가게 살니여서 수백만의 근로대중에게 한 개의 위대한 선물로 던저 주는 날을 손곱아 기다려 마지안는 바입니다.

그러면 다음으로 **승응순(昇應順) 군의 「비오는 밤」(『신소년』 팔월호 소재)**으로 옴기겟습니다.(이상 38쪽)

벽소설 형식으로 쓴 짤막한 작품입니다. 첫재로 부자연하게 맨드러 논 감이 울어납니다. 둘째로는 이 작품에 크다란 모순이 잇는 것입니다. 그러면 이 작품에 나타나는 모순은 그 무엇일까? 나는 작자에게 반문합니다. 옵바가 그런 ××적 ××××자이면 왜 공장에 단이는 그의 어린 누이 경애를 잘 깨우처 주지 아니하엿스며 의식의 눈을 뜨게 하지 안 하고 경애로 하여금 어리디 어린 자기를 일터로 보내 노코 알는 어머니를 두고서 옵바는 밤낫 무엇을 하려 도라단이나 하며 옵바를 원망케 하고 왜 "제-기 대가리꼴

해 가지고……." 이러케 그의 옵바에 대한 반감을 가지게 하엿느냐 말입니다. 만약 옵바가 어린 누이 경애로 의식의 눈을 뜨게 하엿스면 "옵바 걱정 마르세요. 아무 걱정 마르세요" 하고 부르짓는 그 경애는 벌-서 이전부터 찬란한 그의 압길을 바라보고 그 얼마나 미소 지엇슬 것이 아니냐? 그리고 옵바의 행동이 너무나 막연합니다. 글 한 줄을 쓰더래도 뜨거운 열을 부어서 좀 성의 잇게 써야 되지 안켓습니까. 좌우간 이 작품을 제작한 작자의 성의는 이 작품을 통하야 하나도 볼 수 업고 다만 이 「비오는 밤」은 한 개의 붓작난 외에는 아무것도 아닌 것을 여기에 단언하여 두며 좀 성의 잇게 써 주기를 작자에게 말해 둡니다.

다음에는 **정청산(鄭青山) 군의 「이동 음악대」(『신소년』 팔월호 소재)**입니다.

이 작품은 좀 새로운 맛이 잇습니다. 그러나 좀 막연한 데가 만습니다. 복동이가 한 연설 가운데 "…… 상략 …… 우리들의 아버지 어머니 동생 아저씨들은 지금 배를 움켜쥐고 잇습니다. 한 달 동안 일을 안 합니다. …… 하략 ……" 하고 잇습니다. 그러면 그들은 무슨 일로 일을 안 하고 잇습니까? 그것보다도 도대체 그들은 무엇을 하고 잇는 사람인지 알고 십습니다. 나의 생각 가트면 그들은 읍내에 잇는 무슨 공장 노동자 같습니다. 그리고 공장 노동자인 그들이 ××을 이르켯다고 상상됩니다. 또 이 작품의 끝에 이런 글이 잇습니다.

이 동리를 떠난 어린 동무들은 그 후 사흘 만에 읍내에 왓다. 그러나 그전 아저씨들은 업고 새로운 아저씨들이 잇슬 뿐이엇다. 다섯 동무는 모든 것이 못 미덥엇스나 할 수 업시 그 아저씨들과 손을 잡엇다. 이 손을 잡은 것이 실패엿다. 그 나믄 이들은 몸성히 잇게 되고 다섯 어린동무들은 그전 아저씨들(이상 39쪽)은 그전 아저씨들을 쪼처가고 말엇다(방점 필자)……고. 처음엔 나는 이 글 가운데 잇는 소위 새로운 아저씨라는 것이 과연 무엇인지 확실히 알 수가 없섯습니다. 그러나 이 새로운 아저씨가 흔이 잇는 ×× 간부인 것을 희미하게 알 수가 잇섯습니다. 우리는 이러한 막연한 곳을 명확하게 잘 표현해야 하겟습니다. 이래서는 수백만 근로소년대중들은 이 작품의 테-마-를 알 수가 업스며 아울러 이 작품을 잘 리해할 수가 업슬 것입니다. 그리고 이 작품에 크다란 "위험(危險)"이 하나 잇습니다.

그러면 그 위험은 무엇인가 다섯 동무는 모든 것이 못 미덥엇스나 할 수 업시 그 아저씨들(×× 간부)과 손을 잡엇다고 하엿습니다. 이 얼마나 크다란 오유입니까. 이 얼마나 크다란 패북주의적[374] 행동입니까. 우리들은 ××××라는 탈을 쓰고 뻔뻔스럽게도 수백만 근로대중을 긔만하는 그런 ×× 간부의 가면을 조곰도 사정업시 벳겨 버리고 대중들 앞에 폭로해야 할 것입니다. 그럼에도 불구하고 작자는 왜, 다섯 동무는 모든 것이 못 미덥엇스나 할 수 업시 그 아저씨들과 손을 잡엇다고 썻느냐 말입니다. 이때 와서 작자의 머리ㅅ속에는 그들과의 "타협"이라는 생각뿐이 떠돌지 안 햇든 가요 작자여! 왜 그들과의 과감한 "××"이라는 것을 생각하지 안햇느냐 말입니다. —— 한시라도 이저서는 아니 되는 그들과의 과감한 "××"을 왜 이저버렷드냐 말입니다. 작자는 그 아래다 이 손을 잡은 것이 실패엿다고 하엿습니다. 물론 실패지요 실패보다도 수백 보의 퇴각입니다. 오! 비참한 패북입니다.

작자에게 몃 가지 부탁은 우에 말한 오유(誤謬)를 속속히 곳칠 것이며 그리고 그전 아저씨들은 어떠케 되여서 업서젓는가? 또 새로운 아저씨(×× 간부)들은 어떠케 되여서 그들의 눈아페 나타낫는가? 또 하나 다섯 어린동무들은 그전 아저씨들의 뒤를 어떠케 되여서 쪼차가고야 말엇는가?를 좀 구체적으로 명확하게 보여줄 것이며 앗가도 말햇지만 더욱히 그들은 무엇을 하는 사람들인지 —— 를 좀 똑똑히 알려주고 ×× 간부의 ××적 ×동의 폭로에 드러가서는 조곰도 끄림업시 무자비하게 여러 독자들 아페 공개해야만 되겟습니다. 유감이나마 정 동무는 이런 새로운 테-마-를 발견해 가지고 이러케 큰 오유를 범한데 대하야는 정말 무자비하고도 엄격한 자긔비판을 해야(이상 40쪽) 된다는 것을 일러 주고 다음으로 옴겨 가겟습니다.

---

374 '패배주의적'의 오식이다. 일제강점기의 필자들 가운데 "패배(敗北)"를 "패북"으로 읽는 경우가 더러 있었다.

리동우 군의 「보리이삭 줍는 소녀」(『어린이』 칠월호 소재)에도 결함이 더러 잇습니다. 그러나 묘사에 드러가서는 꽤 세련된 솜씨를 가젓습니다.

한동안 아모도 입을 여는 이는 업섯다.

다만 버석버석하는 낫질 소리와 묵거 던지는 보리딴의 으스러지는 소리 그러고 각금 놀랜 개고리가 보리 폭을 차며 다라나는 소리가 들릴 뿐…….

여긔 와서는 여간 세련된 묘사가 아닙니다. 그러나 군! 다음과 가튼 것은 빼어 버리는 것이 조흡니다.

유월의 한낮 —— 백열화한 태양은 적염(赤焰)의 혓바닥으로 대지를 할고 지나간다.

우리는 이런 어려운 형용사를 빌려 오지 안 해도 근로소년대중들이 잘 아라들을 만한 쉽고도 선이 굵은 형용사가 만습니다. 군 가튼 그런 형용사를 쓴다고 그 작품의 가치가 놉하진다고는 할 수 업습니다.

보리이삭 줍는 소녀들이 밭 임자에게 쫏겨 가는 급한 발자죽 소리를 들으며 밭 임자의 보리를 베고 잇는 그들의 아버지와 아저씨 그리고 옵바들의 쫏겨 다라나는 소녀들의 발소리를 드른 그 순간의 심리상태를 좀 구체적으로 명확하게 묘사하엿드면 퍽 생생한 긔분이 흘럿슬 것입니다.

그러고 리 군! 다음과 가튼 쓸데업는 글줄을 속속히 빼여 내버릴 것입니다.

—— 그가 ××서 ○○사업을 하다 발각되어 숨어 잇다는 데 장차 먼 외국으로 가리란 풍설이 잇긴 하지만 ——

이것은 이 작품에서는 너무나 쓸데업는 말이며 또 우수운 모순을 이루어 가지고 잇는 것입니다. 나는 리 군에게 하나 무러봅니다. ○○사업을 하다 발각되여 숨어 잇는 사람이 아니 그래 공공연하게 백주에는 김을 매고 밤에는 야학에서 교편을 잡고 잇슬 수가 어듸 잇겟습니까! 또 그 사람이 작년 겨울부터 와 잇다 하니 그 사람이 바보이면 모르겟지만 보통 사람 가트면 피신하러 온 사람이 그러케 한가한(한가하다고 그런 의미의 한가가 아니다) 노릇을 하고 잇겟느냐 말입니다.

또 "진숙아! 그래 왜? 떠러진 이삭만 줍지 안코 가위를 가지고 다니면서 성한 보리이삭을 잘릿단 말이냐. 그러니까 혼이 나는 것이지."(이상 41쪽)

피신 온 야학 선생이 밭 임자 앞에서 인숙에게 한 말입니다. 이 얼마나 밭 임자의 비위를 맞춘 말입니까! 이런 급소(急所)를 빠저나갈려고 일시적으로 한 말이지만 이것은 비참한 패북주의에 지내지 안씁니다. 우리에게 이런 말은 절대금물입니다. 우리들은 이런 경우에는 어듸까지 버틔야만 되겟습니다. 그럿습니다! "공격은 최선의 방어"라는 것을 잇지 마러 주십시요.

그리고 마즈막에 잇는 그러케 세 조튼 밭 임자는 묵묵히 서서 쓴 입맛을 다실 뿐이요 입을 열 용긔도 나지 안엇다고 하엿스니 이것은 너무나 부자연합니다. 왜? 밭 임자가 이때 와서 풀이 죽을 것입니까. 나는 오히려 인숙에게 한 야학 선생의 말 때문에 밭 임자는 의긔양양하게 개가(凱歌)를 부를 것이라고 생각합니다.

좌우간 이 작품의 테-마-는 조왓습니다만은 내가 지적해 온 몃 군데의 오유 때문에 생생한 실감을 이저버린 것뿐만 아니라 우수운 모순을 이루어 잇는 것이니 작자는 이런데 류의하여야 되겟습니다.

또 한 개의 리 군의 작품 「**이 빠진 낫**」(『**어린이**』 **팔월호 소재**)에도 크다란 오유를 범하고 잇습니다. 동무들의 편지 한 장으로 의식의 눈을 뜨게 된 주인공 오남이! 나는 작자에게 하나 무러봅니다. 만약 동무들한테 편지가 오지 안엇드라면 오남이는 아직도 의식의 눈을 뜨지 못햇슬 것이냐……고.

동무들의 편지로 말미암아 오남이가 의식의 눈을 뜨게 되엿다고 쓴 작자 리동우 군의 인식부족과 유치한 두뢰와 그리고 너무나 경솔함을 지적하야 드러내지 안흘 수 업습니다. 동무의 편지가 의식의 눈을 뜨지 못한 오남이에게 조곰도 영향이 업다고는 단언하기 어려우나 동무의 편지 한 장으로 오남이가 의식의 눈을 뜨게 되엿다는 것은 작자의 인식부족이라고 안 할 수 업습니다. 작자 리동우 군이여! 군은 저- 류혈의 참극 —— 제일차 세계대전란이 셀비아의[375] 일 청년이 논 한 방의 총소리 때문에 연출되엿다고 생각하고 잇습니다그려! 또 글 셀비아의 일 청년이 한 방의 총을 노치 안헛드라면 그 지긋지긋한 제일차 세게대전란은 절대로 안 니러낫슬 것이라고 생각하고 잇습니다그려! 아닙니다. 아닙니다. 제일차 세게대전란은 셀비아의 일 청년이 논 한방의 총소리 때문에 우연이 이러난 것은 결코 아닙니다. 그러면 제일차 세게대전란은 왜? 이러낫슬까? 나(이상 42쪽)는 여긔서는 이 대답을 피하기로 하겟습니다.

작자 리동우 군이여! 나는 군을 향하야 우렁차게 한번 부르지저 보겟습니다.

오남이는— 아니 의식의 눈을 아직 못 뜬 수십만 근로소년대중은 동무의 편지 한 장으로 인하야 그리 쉽게 의식의 눈을 뜨지 못할 것이요 오직! 그들의 객관적 현실이 그들로 하여금 의식의 눈을 뜨게 하여 준다는 것을!

그리고 또 한 가지 우수은 것은 동무들의 편지 한 장으로 벌-서 의식의 눈을 뜬(작자의 말대로) 오남이가— 백난을 무릅쓰고 노동 야학까지 설치한 오남이가 이 빠진 낫을 보고

"낫을 베릴 돈이 업다고 꺽기랴든 내 마음! 아니다! 아니다! 나는 그런 약자가 아니다! 내게는 숫돌이 잇다. 갈고 갈고 또 갈어 이 빠진 낫에도 싯퍼런 날이 번쩍거릴 그때까지 갈자! 거긔에 우리들의 살림도 빗날 것이 아니냐"……고.

왜? 오남이야 겨우 이러케 부르지젓느냐 말입니다. 오남이는 그 이 빠진 낫을 어저께도 숫돌에 가랏슬 것이며 그저께도 가랏슬 것입니다. 그럿습니다! 의식의 눈을 뜬 오남이는 벌서 이전에 그 이 빠진 낫을 보고 이러케 부르지젓슬 것이 아닙니까! 그런 오남이가 겨우 오날이야 새삼스레히 이러케 부르짓는 것은 이 작품의 앞뒤가 여간 모순된 것이 아닙니다. 우에 말한 바와 가티 이 작품은 작자의 우연과 필연(必然)에 대한 리해가 조곰도 업슨 까닭으로 완전이 실패로 도라가 버렷습니다. —— 그저 한 개의 '오도기바나시'[376]에 지나지 안는 작품이 되여 버린 것입니다.

375 세르비아(Serbia)이다.

「이 빠진 낫」의 작자 리동우 군 한 사람뿐만 아니라 이 우연과 필연에 관하야는 여러 작자들이 적잔은 오유를 범하고 잇는 것입니다. 우리는 엄격한 자긔비판과 함께 이 우연과 필연에 대하야 만흔 연구가 필요하다는 것을 여긔에 말해 둡니다.

다음은 **「일 전 째문에」(『어린이』 팔월호 소재)**다. 이 작품의 테-마-는 국경에 잇는 동무들 외에는 좀 알기가 까다로울 것입니다. 그것은 그러타 하고 작자 정 군은 이 작품의 생명을 잘 표현하지 못햇습니다. 세판[377] 규측에는 가루사탕 두 근까지는 한 푼의 세도 안 물고 통과할 수 잇다고 씨워 잇슴에도 불구하고(이것은 이 작품에는 쓰이지 안엇스나 국(이상 43쪽)경의 신의주 세관 앞에 이러케 공공연하게 써서 붓친 것입니다) 세관리는 형준이의 가루사탕 한 근을 조곰도 끄림업시 잡아떼여 버렷다. 자-작자 정 군! 군은 이곧에다 날카라운 시선을 던젓서야 될 것입니다.

두말할 것 업시 이 작품의 생명은 이곧에 잇는 것입니다. 그런데 정 군은 이곧을 —— 이 작품의 생맹을 잘 표현하지 못햇습니다.

세관 규측에는 가루사탕 두 근까지는 무세로 통과할 수 잇다고 씨워 잇는데 왜? 세관리는 한 근뿐이 안 되는 형준이의 사탕을 잡아떼여 버렷슬까? 옷을 깨끗이 입고 자동차를 달니는 사람은 두 근커녕 멧십 근을 ×××××× ×××××××. 작자 정 군은 여긔서 맛당히 정정당당하게 세관리의 ××을 끄림업시 폭로하여야만 될 것입니다. 그리고 이 작품엔 무엇보다도 국경(國境)다운 색채가 필요합니다. —— 그중에도 날마다 강건너 안동현(安東縣)에 가서 사탕을 사 가지고 와서 그것을 신의주에 갓다 파는 소년소녀들과 ××한 세관리에 대하야 좀 더 세밀하게 구체적으로 여러 독자들에게 알려 주어야 될 것입니다. 다만 이 조고마한 작품으로는 신의주에 사는 사람 외에는 세관리가 왜 무슨 리유로 한 근뿐이 안 되는

376 'おときばなし[御伽話, 御伽噺]'는 "아이들에게 들려주는 옛날이야기, 동화, 무료함을 달래기 위해 하는 이야기"란 뜻의 일본어이다.

377 '세관'의 오식이다.

형준이의 사탕을 떼여 버리는가를 확실히 모를 것입니다.

김장권 군의 「저주」(『어린이』 팔월호 소재)는 퇴폐된 자연주의적 색채가 농후합니다. 긔어코 평을 한다고 하면 글자만 쓸데업시 느러놔 가지고 귀중한 지면만 버렷다고 할까요. 또 소년소설로는 좀 수준이 놉습니다. 김 군에게 하나 부탁은 진실한 "우리들의 작품"을 만히 읽으시기를 바랍니다.

김재순 군의 「홍수가 든 날」(『어린이』 팔월호 소재)와 백학서 군의 「출가자의 편지」(『어린이』 칠월호 소재)는 인도주의적 색채가 농후하다는 것밧에 더 말할 것이 업습니다.

그리고 정흥필 군의 「흙 한 짐」(『어린이』 칠월호 소재)에 대하야 한마듸 하겟습니다.

여보 정 군! 누가 그런 일을 하기가 조와서 하는 이가 세상에 어듸 잇겟습니까! 입술에다 풀칠을 하지 안흐면 안 되여서 그런 위험한 일을 하는 것이 아닙니까! 그럿습니다. 그런 일이라도 하지 안흐면 굶어 죽게 되니까 하는 것입니다. 군은 이런(이상 44쪽) 쓸데업는 말은 차라리 느러노치 말고 ××에게 대한 흙짐 지는 사람들의 ××과 ××등을 좀 더 끄러올려 가지고 전개식혓드면 조왓슬 것입니다.

그리고 정 군! 작품의 맨 끝을 신통하고도 긔묘한 문구로 끝을 맷지 안어도 조흐니 이 작품의 맨 끄테 잇는 그런 되지도 안는 문구는 함부로 느러노치 마러 주시기를 바랍니다.

뜻밧에 이러케 길어젓습니다. 퍽도 지리하섯겟지요. 열 편 남짓한 소년소설들을 읽고 나서 보니 그러케 마음 시원한 작품들은 한 편도 업다고 말 안 할 수 업습니다. 그중에 주제의 적극성을 가지고 잇는 작품은 「브나로드」와 「이동 음악대」엿스나 둘 다 우에 말한 결함을 가지고 잇기 때문에 완전히 실패한 작품이 되고 말엇습니다.

소년소설에 대해서는 이만침 하고 소위 「어린이지 반개년 소년소설 총평」[378]을 쓴 로량근 군에게 한마듸 말합니다. 군은 작품을 일간신문의 삼면 긔사처럼 써서는 안 된다고 왓작 떠드럿지만 군의 쓴 「반개년 소년소설 총평」이 암만 보아도 그야말로 일간신문의 삼면 긔사식으로 종시 일관하엿스니 정말 우수운 현상입니다. 이제부터는 결코 서틀게 함부로 덤비지 말고 좀 자중하기를 충고하여 둡니다. 여가만 잇스면 또 쓰겟습니다.(이상 45쪽)

378 노양근(盧良根)의 「『어린이』 雜誌 半年間 少年小說 總評」(『어린이』, 1932년 6월호와 7월호)을 가리킨다.

虎人, "兒童藝術 時評", 『新少年』, 1932년 9월호.[379]

一. 童話의 重要性

요사이 『新少年』과 『별나라』 誌上에 많이 나는 글을 읽어 볼 때 吾人은 늘 한 가지— 여러 가지 中에도 우선 한 가지만의 가장 큰 不滿을 늣기고 잇다. 그것은 卽 童話가 적은 것이다.

小說이나 童謠나 隨筆 같은 것은 몇 가지식 내이면서도 童話는 한 달에 한 가지 내이거나 말거나 하야 童話를 아조 업수히 넉이는 傾向이 現著하다.

첫재로 童話作者, 卽 作家가 없는 것 같다. 그리하야 兒童藝術作品을 쓰는 사람마다 거의는 小說이나 童謠 같은 것에만 힘쓰는 것 같다. 童話를 쓸 만한 힘이 잇는 사람까지 童話는 않 쓰고 小說만 쓴다.

요사이 우리 兒童藝術에 있어서 童話는 確實히 賤待視 된 存在이다. 이에 反하야 부르조아 兒童藝術에 있어서는 녯날보다는 좀 덜하나 지금도 依然히 童話가 中心 —— 全兒童藝術의 —— 이 되야 있다. 여긔에는 까닭이 잇다. (1) 무엇보다도 技術 問題이다. 부르조아 兒童藝術家는 몇 十年前붙터 傳統的으로 傳授되야 온 技(이상 17쪽)術을 가젓다. 그러나 푸로레타리아 兒童藝術運動者는 푸로 兒童藝術의 發生된 歷史가 짧은 까닭에 獨自的技術을 아즉 完全히 確持하지 몯하얏다. 부르조아 兒童藝術은 歷史家 길은 만큼 그 技術이 洗練될 대로 되엿지만 푸로레타리아 兒童藝術은 歷史가 짧어 技術의 確持를 保證할 만한 결을이 없엇든 것이다. (2) 다음에는 푸로레타리아 兒童藝術運動者는 아즉 兒童에 對한 理解가 적다. 그리하야 童話의 重要性을 確的히 認識하지 못하얏다고 할 수 잇다. (3) 셋재로는 (2)와 같은 處地에 잇슴으로 푸로레타리아 兒童藝術家 一般이 小說보다 童話를 가비여히 본다. 이에 反하야 부르조아 兒童藝術家는 兒童 敎化上에 있어서

379 '虎人'은 송완순(宋完淳)의 필명이다.

의 童話의 重要性을 잘 알아서 지금까지도 ── 않이 지금은 더욱더 童話를 兒童藝術의 中樞를 삼아 가지고 意識的, 組織的으로 努力하고 잇다. 悲運에 直面한 彼等은 最後의 希望과 全念을 어린이에게다 두고 어린아희들을 부르조아的으로 敎化시키랴 하는 것이다.

어린이! 그들은 글자대로 全人生의 싹이다. 그리고 그들의 藝術的 敎化는 童話와 童謠가 그 中樞가 않 될 수 없는 것이다. 그러컨만 푸로레타리아 兒童藝術作家— 않이 一般 푸로 兒童藝術運動者는 푸로레타리아 階級의 싹이요 希望인 어린이의 藝術的 敎化에 있어서 너무나 가장 重要한 童話를 問題 外로 본다. 이것은 큰 誤謬가 않일 수 없다.

兒童藝術의 中樞인 童話를 無視하고서는 그 兒童藝術運動이 正常的으로 발은 軌道를 밟고 發展할 수는 없는 것이다.

지금의 우리 兒童藝術은 과연 發展되얏다. 그러나 좀 더 沈着히 생각하야 볼(이상 18쪽) 때에 그 發展이란 것이 部分部分인 것을 否認할 수가 없다. 卽 全體가 均等하게 發展되지를 못한 것이다. 그러면 그것만으로 참다운 發展이라고 떠드는 것은 早計이다.

이 不均衡적 發展의 主因은 童話의 無視에 잇는 것은 말할 나위도 없다.

그럼으로 앞으로는 一般 푸로레타리아 兒童藝術運動者는 倍前의 注意와 誠力으로 童話 創作에 힘써야 한다. 또 푸로레타리아 兒童雜誌도 새로운 童話作家의 出現에 對하야 極히 注力하지 않으면 않 된다.

童話는 小說보다 짓기가 어려웁다. 우리들의 童話가 沈滯된 原因도 以例의 세 가지 外에 이러한 것인 까닭에도 잇겟지만 그러트라도 무엇을 첫번부터 잘할 수는 없는 것인 만큼 그것을 無視한다든지 厭症을 낸다든지 絶望을 늣긴다든지 하는 것은 어리석은 일이다.

童話! 그것은 兒童藝術의 中樞이다. 부르조아에 있어서나 푸로레타리아에 있어서나 이것은 움즉일 수 없는 事實이다. 그러면 기동 없는 집이 잘 서 있을 수 있을까. 없을 것은 세 살의 어린애도 알 것이다.

푸로레타리아 兒童藝術은 무엇보다도 먼저 이 기동을 세우지 않으면 않 된다. 기동 없이 대들보만 세우랴는 努力이 얼마나 우스운 徒勞의 짓이냐.

하나 우리는 마치 그러한 喜劇的 誤謬를 犯해 온 것을 애써 否認할 것도 없다. 잘못은 고치는 것이 賢明하고 勇敢한 것이지 숨기는 것은 어리석고 더러운 짓이다.

二. 雜誌에 對한 所感 몇 가지

『新少年』과 『별나라』는 푸로레타리아 兒童 全部의 雜誌이다. 그것은 어는 몇몇 사람만의 雜誌는 않이다.(이상 19쪽)

그런데 『新少年』 表紙에 "少年科學文藝雜誌"라 하얏고 『별나라』에는 "少年少女科學文藝雜誌"라는 頭題를 붙이엿다. 이것은 좀 덜 생각한 것이 않인가 한다. 웨 그러냐 하면 이러한 頭題를 붙이면은 그 雜誌의 意味의 範圍가 좁아지는 까닭이다.

該誌의 編輯者들은 어떠케 생각하고서 "少年少女"라는 말을 쓰는지 모르나 一般兒童 全體를 모다 少年少女라고 부르는 것은 좀 더 생각해 볼 필요가 잇지 않을가 한다. 아모러케 부르든지 그것에 拘碍되지 않고 實際에 있어서만 잘하면 되지만 名稱의 不分明은 往往히 뜻밖의 喜劇的 過誤를 招來키 쉬운 것이다. 우리는 每事에 正確하지 않으면 않 된다. 그러컨만 『新少年』과 『별나라』의 編輯 동무들은 雜誌 內容에는 兒童 全體를 相對로 한 여러 가지의 글을 실리면서도 表紙에는 다만 "少年少女"라고 하야 相對者의 둘레를 좁게 잡앗다. 아마도 兒童 全體를 다 少年少女로 보아 그러케 한 듯하나 決코 兒童 全體가 少年少女라는 일홈에 該當할 수는 없다.

어릴 유(幼) 字나 아희 아(兒) 字나 젊을 소(少) 字는 決코 同一한 意味의 글자가 않이다. 그것이 서로 關聯은 잇는 것이지만 똑같은 意味의 것은 않이다. 더구나 젊을 소 字와 어릴 유 字는 그 사이가 너무나 동떨허지는 것이다. 幼 字나 兒 字에는 어리다는 意味가 包含되지만 少 字에는 어리다는 意味보다 컷다는 意味가 보다 많이 包含된 것이다. 다시 말하면 少 字는 青年이란 青 字에 가까운 字이다. 그럼으로 少年이라는 것은 兒童과 青年의 中間的 存在인 것이다. 兒童으로 보면 成熟될 대로 된 存在이지만 青年으로 보면 조곰 설은(未(이상 20쪽)熟) 存在인 것이다. 그러기에 自古로 兒童을 幼兒, 小兒, 童男, 童女 等等으로 부르기는 햇지많은 小兒라 하야

"졻은 아희"라는 意味로 불르지 않엇다. "졻은 아희!" 얼마나 웃으깡스러운 일홈이냐.

그러면 少年은 어떠케 處置해야 할 것이냐. 兒童의 圈內에 너을 것이냐 靑年의 圈內로 보낼 것이냐? 이것을 깊이 생각해 볼 問題이나 나는 이러케 생각하고 잇다. 卽 少年은 兒童의 圈內에 너을 것이라고. 그것은 이러한 理由에서이다. —— 卽 少年이라는 일홈에는 幼年이라는 일홈의 內容이 靑年이라는 일홈의 內容보다 적게 包含된 것은 事實이며 일홈뿐 않이라 實際에 있어서도 그러타. 하나 달은 한편으로는 또 靑年이라는 일홈의 內容보다 兒童 卽 아희라는 일홈의 內容이 더 包含되얏스며 實際에 빛우어 보아도 亦是 그러타. 少年을 一○○이라 하야 그 안에 包含된 各 要素를 分類하면 이러할 것이다.

幼年性	一○	
兒童性	五○	少年性
靑年性	四○	

그러면 幼年과 兒童의 어린아희的 性質이 靑年的 性質보다 二○이 더한 만큼 當然히 少年은 兒童 一般의 圈內에 너어야 할 것이다.

그러나 이것은 年齡을 아래와 같이 區別하야서만 適用될 수 잇다.

幼年(兒童 一般의 第一期)	滿四歲	—	七歲
兒童(〃 第二期)	滿八歲	—	十三歲
少年(〃 第三期)	滿十四歲	—	十七歲

(注) 但, 右는 標準年齡임

이것은 임의 내가 여러 곧에서 試하야 보고 고치고 한 것인데 결코 쓸데 없는 작란은 않일 것이다. 兒童은 年齡에 딿아(이상 21쪽)서 그 意識 程度의 如何도 測量할 수 잇는 것이다. 年령을 無視하고는 兒童을 問題 삼는 것부터 愚極한 일이다. 그러면 兒童이라는 것을 特別히 第二期로 區分하면서 어찌하야 幼年 少年까지도 兒童一般의 名稱 內에 總括하느냐고 할 사람도 있을 것이다. 그러나 그것은 이러한 理由에서이다. 卽 (1) 幼年이나 少年은 모다 아희의 性質을 많이 包含하얏다. 幼年은 어리다는 즉 젓내 난다는 意味를 가진 어린이이지만은 그들을 가르처 "어린아희"라고 할 수도 잇다. 幼年의 性質을 分類하면 이럴 것이다.

嬰兒性 六○
兒童性 四○ 幼年性

그럼으로 우리는 幼年도 一般 兒童으로 보아 좋은 것이다. 때문에 兒童一般이라는 데에 幼年과 少年을 너을 수 잇슬 것이다.

(2) 兒童一般에 幼年과 少年을 너으며 또 달리 兒童이라는 特殊 名稱을 부치어 區別함은 兒童一般의 第二期야말로 참된 意味의 "아희"라는 일홈에 該當할 것 같아서 그런 것이다. 兒童은 젓내 나는 幼年과 靑年 내 나는 少年의 中間的 存在로 兒童의 일홈 —— 다시 말하면 童男童女의 일홈을 부치기에 가장 適當하다고 생각한다.

嬰兒性 一○
幼年性 七○ 兒童性
少年性 二○

以上의 說明에 依하야 大綱 짐작하얏슬 줄 안다.

그러면 우리의 兒童藝術이 決코 작란이 않인 以上 우리는 兒童一般을 嚴正히 區別하야 作品도 그에 準해 가지고 製作하지 않으면 않 된다. 지금 少年少女 云云(이상 22쪽)하야 幼年까지도 少年이라 부르고 取扱하는 사람이 많으나 그것은 前에(지금도 그러치만) 부르조아 兒童藝術家輩가 科學的, 理論的 그리고 現實的 硏究도 없이 아모러케나 부르든 말버릇을 고대로 引繼하야 잘못 부르고 잘못 생각하는 것에 不過할 것이다. 우리는 그것을 徹底히 고치지 않으면 안 된다고 생각한다. 文字遊戲가 않이고 儼然한 現

實이 要求하는 것이다.

以上의 理由에 依하야 우리는 『新少年』 『별나라』의 "少年少女" 云云을 "兒童"이라고 고치엇스면 한다. 그리고 內容도 좀 더 兒童一般을 相對한 것이엇스면 한다. 너무나 少年的에만 偏向된 늣김이 있다.

『新少年』의 每月 講座는 좀 더 쉽고 조리잇게 썻스면 한다. 퍽 有益한 것이기는 하나 늘어만 놓는 것이 첫재가 않이다. 그러나 『별나라』에는 너무 講座에 等閑하는가 싶다.

다음으로는 실리는 글에 對하야서인데 어떤 때에는 아모 보잘것없는 隨筆과 日記 같은 것을 큼직하게 내인다. 隨筆에 얻을 것이 많으나 그러타고 된 것 않 된 것을 크게 실린다는 것은 좀 생각해 볼 일이다. 그 대신 作文을 別로히 欄을 두어 내어주엇스면 한다. 우리는 부르조아 雜誌처럼 讀者를 홀하게 보아서는 않 되나 그러타고 아모 글이나 함부로 실리는 것도 좋지 못하다. 『新少年』 『별나라』 이 푸로 兒童雜誌가 된 後로는 讀者欄을 事實上 없이 한 듯하나 그것은 좀 생각해 볼 일이 안일가 한다. 그 精神만은 좋으(이상 23쪽)나 그것의 廢止 如何로 부르조아적 階級的 優越感을 打破한 것이라고 생각해서는 잘못이다. 讀者欄을 두드라도 記者와 讀者 사이의 階級的 優越感을 없이 할 수가 잇는 것이다. 特히 어린 새 일군들 —— 배호는 過程에 잇는 어린동무들의 未熟한 글을 原文에 大書 發表함으로 하야 어린 그들의 마음ㅅ속에 잘아날 虛榮心을 생각해 보라. 우리는 어린 그들에게 허ㅅ된 誇張과 까닭 없는 驕慢心을 북도도아 주어서는 않 된다. 吾人은 여러 가지의 必要에 依하야 讀者欄을 特設할 必要가 잇다고 본다. 그러고서도 부르조아 雜誌같은 階級을 徹廢할 수 잇스리라고 생각한다.

(註) 以上의 兒童一般 各 時期의 性質 區別의 數字 —— 퍼센테이지 —— 는 그 時期 時期의 中間年齡을 準하야 가지고 平均하게 멕인 것임으로 年齡이 느는 데 딿아서 多少 달라질 것이다. 例하면 兒童(第二期)의 年齡 八歲인 때에는 幼年期를 지낸 지 얼마 못 됨으로 보라 다분히 幼年틔가 있을 것이나 차차로 나희가 많아저서 十三歲 때에 가면 少年期가 머

지 않엇슴으로 少年틔가 나기 빌옷할 것인 때문에 時期는 같지만은 나희 한두 살의 差異로 그 性質은 좀 달를 것이다. 그러나 그런 것을 모다 따지자면 生年月日時까지도 問題 되고 또 그것은 不可能하며 그러케 할 수 잇다 해도 그러면 일도 되지 않는 것이다. 그리하야 나는 다만 그 時期의 中間을 標準 삼아서 그 平均數字를 案出해 멕인 것에 不過하다.(이상 24쪽)

昇曉灘, "朝鮮少年文藝團體消長史稿", 『新少年』, 1932년 9월호.[380]

朝鮮의 文藝復興이라 稱呼할 만한 그 過去가 原來 얼마 못된다. 따라서 朝鮮의 新文學運動이 提唱된 歷史가 極히 짧다. 그中에도 朝鮮의 少年文學이 생겨난 것은 훨신 뒤에 일이니 그 胚胎期를 溯求한다면[381] 崔南善 氏의 『少年』 雜誌 時代부터라 할 수 잇겟지만 가장 참된 意味로 朝鮮의 少年文學의 草創期는 반짝하고 光明이 現出되엿다가 다시 살아진 朝鮮의 暗黑時期를 破碎식히는 己未運動의 暴風이 지나가고 各 部門의 朝鮮의 新文化運動이 猛烈히 再燃되는 그 歷史的 時期에서 조곰 뒤느저 當時 東京 留學中에 잇든 故 方定煥 氏 等 〈색동會〉 諸氏를 中心으로 하야 생겨난 『어린이』 雜誌와 申明均 氏의 主幹으로 되어 京城 以文堂 發行으로 되엿든 『新少年』 雜誌가 創刊된 그 時期라 함에 누구나 異議가 업슬 것이다.

그러나 〈색동會〉의 活動과 『어린이』와 『新少年』보다 二三年 뒤느저 創刊된 『별나라』를 중심으로 한 〈별탑會〉의 活動은 原則으로 朝鮮 少年의 歷史에 드는 것이 正(이상 25쪽)當하겟고 少年 自身의 손으로 組織되여 活動하기 始作한 朝鮮少年文藝團體의 純粹한 그것은 一九二四年頃에 京城의 尹石重 君의 發起로 組織된 〈깃븜社〉라고만 할 수 업슬 것이다.

〈깃븜社〉는 朝鮮少年文藝團體의 元祖이면서 當時 自然發生期의 朝鮮少年文藝의 總本營이엇다.

〈깃븜社〉 諸君은 諸君만의 作品만을 『깃븜』이라는 謄寫 同人誌를 年四期로 發行하면서 『어린이』 雜誌를 舞臺로 하야 諸君의 作品活動은 猛烈하엿스니 當時 〈깃븜社〉 同人 諸君의 作品은 習作時代로 잇는 全朝鮮 文學少年들의 조흔 模範이엇다.

作曲된 童謠로 只今까지 불녀지는 童謠의 泰平이 當時 諸君의 손으로

380 '昇曉灘'은 승응순(昇應順)의 필명이다.

381 '遡求한다면'의 오식이다.

創作된 作品인 것은 事實이다. 尹石重 君의 「옷둑이」 「고향길」 徐德出 君의 「봄편지」 崔順愛 君의 「옵바생각」 申孤松 君의 「쪼각빗」 崔貞化 君의 「수레」 尹石重 君 徐德出 君 尹福鎭 君 申孤松 君 四人 合作의 「슯흔 밤」 等이 이것이 조고만 例이다.

그다음 一九二六年 봄에 와서 〈깃븜社〉 同人으로 잇는 尹福鎭 君이 大邱에서 〈등대社〉를 創立하엿고 마찬가지로 〈깃븜社〉 同人인 任東爀 君이 京城 市外 東幕에서 〈芳年社〉를 組織하엿다.

〈등대社〉와 〈芳年社〉가 〈깃븜社〉를 模倣한 것만은 事實이것만 〈깃븜社〉와는 完全히 獨立된 것이엇다. 그러타고 〈깃븜社〉에서 脫退한 것도 안이요 〈등대社〉와 〈芳年社〉 同人은 依然히 〈깃븜社〉 同人으로 잇는 사람이 만헛다. 〈등대社〉는 『등대』라는 謄寫 雜誌를 二號까지 發行하엿스며 『개나리』라는 童謠 謄寫集을 發行하엿다. 그때 〈등대社〉 同人으로는 尹福鎭 君 外에 大邱에서 師(이상 26쪽)範學校 在學 中이든 申孤松 君 大田의 宋完淳 君 金川에 잇는 昇應順 君 等이엇다.

〈芳年社〉에서는 『芳年』이라는 謄寫 雜誌를 發行하려고 原稿만 모와 노코 發行치는 못하엿든 줄 안다.

一九二七年에 와서 開城 金永一 君 玄東濂 君 等의 發起로 〈少年文藝社〉가 創立되엿다. 〈少年文藝社〉에서도 全朝鮮的으로 同人을 募集하야 謄寫 同人誌를 計劃하는 同時에 當時 京城 市外 阿峴里에서 發行하는 『少年界』 雜誌面에 두 페-지式을 每日 獨点하야 "少年文藝社同人作品特輯欄"을 일우엇섯다. 〈少年文藝社〉에서는 結局 同人誌는 못 發行하고 말엇는 줄 안다.

이 해에 慶南 陜川에서는 李聖洪 君이 〈달빗社〉를 創立하야 亦是 謄寫 雜誌 『달빗』을 二號까지 發行하엿다.

그다음 一九二八年에 일으러 當時 京城에 와서 잇는 昇應順 君이 마침 三水에서 京城 〈새벗社〉로 入社한 崔鳳河 君과 發起하야 〈글쏫社〉를 創立하엿다. 同人으로는 그때 『少年朝鮮』을 編輯하는 朴弘濟 君 李王職雅樂部에 단이는 太在福 君 成慶麟 君 그리고 崔 君 昇 君 等으로 京城에 잇는

文學少年에만 局限하엿다가 一九二九年 五月에 일으러 崔鼎河 君의 落鄕을 契期로 하야 〈글꼿社〉를 〈朝鮮少年文藝協會〉로 變更하고 會員을 全朝鮮으로 募集하엿다. 京城에 잇는 同人으로는 李明植 君(君은 朝鮮之光社를 나와 飄然히 朝鮮을 버린 後 只今 어대로 갓는가?) 李東珪 君 申順石 君 李圭容 君 具直會 君 鄭台益 君 等이 늘고 地方 同人으로는 永川 安平原 文川 金敦熙 君 陜川 李聖洪 君 載寧 吳慶鎬 君 定平 蔡奎三 君 安岳(이상 27쪽) 禹泰亨 君 等 外 多數로서 京城 本舘에는 出版部, 演藝部, 圖書部를 두어 出版事業 外에 少年文藝講演, 巡廻圖書舘 設置 等 만은 事業을 大規模的으로 計劃하엿건만 物質的 苦痛과 조치 못한 客觀 情勢 미테서 멧 號의 巡廻 雜誌만 發行한 外에 一九三○年 下期부터 빈 看板만 玉仁洞 會舘에 달어 두게 되엿다.

一九二九年 一九三○年의 이 두 해는 全朝鮮的으로 大同小異한 少年文藝團體가 수업시 叢生하엿다. 材料가 업서 이곳에 詳述함은 엇지 못하것만 咸北에서 許水萬 君의 發起한 〈白衣小童社〉가 잇섯고, 春川에는 洪銀杓 君의 發起한 〈홰ㅅ불社〉가 잇섯고, 鎭南浦에는 鄭明杰 君의 組織한 〈붓춤社〉가 잇섯다. 모다 別로 事業的 成果는 업섯고 〈붓춤社〉에서는 一年을 通하야 少年文藝界에 功勞 만은 동모를 一年에 두 名式 選拔하야 年功賞을 주는 것을 一九三○年 봄 엇던 雜誌에 發表하고 一九二九年度의 選拔된 두 사람을 同時에 發表한 일이 잇섯다. 이때 選拔되여서 〈붓춤社〉의 名譽賞을 탈 두 사람은 咸興의 某 君(일홈을 니젓다)과 京城의 昇應順 君 兩君인데 決局 賞品은 아모것도 업고 말엇다. 苦笑할 만한 事實이다.

要컨대 一九二九年, 一九三○年은 朝鮮少年學이[382] 생긴 以來로 重大한 變革을 일운 해이다. 날날이 變하야 가는 世界情勢의 急激히 몰녀 들어오는 思潮 짜라서 갑작이 묵어워진 客觀 情勢는 아직 自然生長期로 잇든 少年文藝의 동산에 颱風을 일으키고 가는 곳마다 葬送과 分裂과 批判을 일으키엇다. 白色 灰色의 모(이상 28쪽)든 것이 末路의 悲運을 맛남을 짜라 叢生하

382 '朝鮮少年文學이'에서 "文"이 탈락된 오식이다.

든 有名無實의 만은 少年文藝團體들이 破裂과 淸算의 運命을 맛남은 當然한 일이엇다.

一九三一年度에 일으러 晉州 鄭祥奎 君의 發起한 〈새힘社〉는 在來의 모든 少年文藝團體의 延長이 決코 안이엇다. 그리고 一九三一年 여름에 京城에서 宋影 李東珪 洪九 君 等의 發起로 〈朝鮮少年文學硏究會〉를 創立하야 確乎한 푸로 少年文學의 確立을 期하다가 結局 李 동무의 희생만을 내이고 마럿다.[383] 同下期에 尹石重 君 申孤松 君 昇應順 君 等 發起한 〈新興兒童藝術協會〉로 〈깃븜社〉의 再興의 計劃은 안이엇다.

그러나 날날히 甚하야만 가는 朝鮮의 客觀 情勢는 〈새힘社〉의 壽命도 짤게 만들엇고 〈新興兒童藝術協會〉도 萬般 準備를 整頓하엿다가 結局 不許可되여 創立總會도 못 열고 말엇다.

그러케 되여 一九三二年度(今年)에 와서는 回顧에 冷落한 感慨를 禁하기 어렵다.

그러면 過去가 黃金時期이엇고 이제로부터의 朝鮮의 少年文藝는 所謂 「下坂」[384]를 나려가는 것인가?

筆者는 決코 그러타고 생각지는 안는다. 朝鮮 少年文壇이 한 時期의 歷史를 決算한 것만은 事實이엇만 過去의 自然生長期의 그것보다는 全然 별다른 意味로의 新銳 諸君의 活躍의 홰ㅅ불이 반듯이 멀지 안을 것을 밋는다.

아모리 客觀的 情勢가 吉치 못하다고 永遠한 沉滯가 잇스리라는 것은 原則을 逆知하는 理論이다.

그러나 過去에 잇든 그 情熱은 또 한 번 우리 少年文壇에서도 보고 십구나.(이상 29쪽)

---

383 1932년 1월 31일, 『新少年』 주간 이동규는 서대문 외 행촌동(杏村洞) 자택에서 출판법 위반으로 서대문경찰서 고등계원에게 검거되어 엄중한 가택수색으로 일기장과 서적 등 다수한 증거서류 등을 압수당하였다.(「新少年 主幹 被捉」, 『중앙일보』, 32.2.6)

384 '坂下'의 오식으로 보인다. 일본어 "사카시타(さかした〔坂下〕)"는 "고개를 내려간 아래쪽. 고개 밑"이란 뜻이다.

洪北原, "近代 文豪와 그 作品", 『新少年』, 1932년 9월호.

> 이제 우리의게 感銘 잇는 作品을 나어 준 近代文學家와 그 作品을 생각해 봄도 그리 無意味한 일은 아닐 것이다. 그러나 이것은 傳記도 아니요 評論도 아니요 오직 그들의 生活과 作品에 對한 斷片的 記錄일 뿐이다.

맑씸 · 꼴키(Maxim Gorky)

꼴키는 一八六八年 露西亞에 나은 近代文學者 中 가장 悲慘한 經歷을 갖인 사람이다. 出生하야 얼마 안 가 그의 어머니를 잃고 四歲 때에 아버지를 마저 잃고 九歲에 또 祖父를 잃은 남어지 孤兒가 되여서 轉轉의 悲慘한 歷史를 지읏게 되엿스니 엇던 때는 製圖師의 弟子로 엇던 때는 模様畵工의 弟子로 또 엇던 때는 '로서아'를 흘으는 '볼카河'를 오르나리는 汽船에 '뽀이'로 麵麭製造所의 職工으로 —— 엇던(이상 36쪽) 때는 주리고 疲困한 몸에 秋雨 나리는 하로밤을 野天에 지새우는 等 그의 二十이 채 못 된 몸으로써 그는 人生의 辛酸을 모다 맛보고 生과 鬪爭하든 남아지 二十歲 時에는 그 苦痛을 堪耐할 바이 업서 '피스톨' 自殺을 企圖한 일쫓아 잇섯다. 그는 푸로레타리아엿다. 最下層에서 헤매인 慘憺한 人間의 鱗片이엇다.[385]

그렇나 一八九三年(當二十五歲)에 비로소 때의 大家 '코로렌코'[386]에게 알닌 바 되여 그 文才를 認證 밧게 되자 드디어 文壇의 寵兒가 되엿스며 近代 '푸로레타리아' 文豪의 한 자리를 차지하게 되엿다.

그리하야 '꼴키'는 이와 같이 屈曲 많은 悲慘한 經歷을 經하는 中 確乎不拔한 勇士가 되여서 그 人生觀을 體得함에 이르렀다. 따라서 그의 作品

---

385 '鱗片이엇다.'의 오식으로 보인다. "鱗片"은 "비늘의 조각. 또는 비늘 모양의 얇은 조각"이란 뜻이다.

386 코롤렌코(Vladimir Galaktionovich Korolenko, 1853~1921)는 러시아의 소설가로 체호프(Anton Pavlovich Chekhov)와 고리키 중간에 위치하는 작가이며, 『숲이 술렁이다(Les shumit)』(1868) 등의 훌륭한 작품을 남겼다.

人物은 모다 不屈不撓 社會에 反抗하고 理想에 向하야 突進한 豪邁한 人物이다. 그의 生活은 그의 作品이엇다. 그만치 그의 作品은 熱과 力의 作品이엇고(十行 略) 헛되히 슯허하고 탄식하며 "人間은 한덩이의 틔끌이다"라고 절망해서는 안 된다.

이 말만 보아도 그의 人間으로서의 覺悟와 文學者로서의 態度를 머추어 알기에 足할 것이다. 그 作品은 實노 多數이다. 그러나 代表的 名作品으로는 다음에 數篇이다.

「最下層」「밤주막」「동무」「어머니」「그의 三人」「첼카쉬」「올으푸 夫婦」「소리개의 노래」「몰봐」 (이상 37쪽)

李定鎬, "嗚呼 方定煥－그의 一周忌를 맞고", 『동광』, 제37호, 1932년 9월호.

小波! 朝鮮 어린이들의 가장 敬慕의 과녁이든 童話의 아버지! 그를 世上에서 잃은 지도 발서 一年이 넘엇다. 이제는 그의 이름조차 우리들의 입에서 차차 살아저 가고 잇는 생각을 할 때 특별히 그가 끼치고 간 偉大한 業跡을 생각하고 새삼스레 悲痛한 느낌이 떠오름을 禁할 수가 없다. 그는 어렷을 때부터 몹시 不幸한 이엇다. 일즉이 慈愛로운 어머니를 여인 지 얼마 안 되어 또한 둘도 없이 믿고 의지하엿든 多情한 누님마저 잃엇다. 그리하여 家庭的으로 恩惠 받지 못한 그는 글字 그대로 波瀾重疊한 온갓 苦難을 맛보고 자란 朝鮮의 不運兒엿다.

짧으나 짧은 三十三 平生을 오즉 高貴한 땀과 눈물로만 싸우면서 少年運動과 其他 여러 가지 事業에 心血을 바처 온 드문 일꾼의 하나이엇다.

×

그는 고달팟다. 너무도 고달팟다. 남달리 世上을 위하야 많은 일을 하느라고 그의 몸은 몹시도 고달팟다. 두 가지 雜誌 編輯만에도 고달플 터인데 學校 일, 少年會 일, 또 집안일에 고달프다, 고달프다 못하야 아조 시들어 바리고 말엇다. 그의 고달픈 얼골의 그의 그 시들은 얼골의 우슴을 보기 前에 그의 닦어 논 花壇에 꽃과 열매가 맺기 前에 그는 아깝게도 우리들의 앞을 떠나고 말앗다. 그의 一週年 追悼會를 끝마춘 오늘에 다시금 그의 生前을 追憶할 때 여러 가지로 눈물겨운 情景이 내 가슴을 허득이게 한다.

×

그는 性格이 매우 嚴格한 便이면서도 부드러웟고 느리면서도 圓滿한 便이엇다. 그리고 또한 마음씨까지 몹시 착한 이엇다. 事業을 위하여서는 不眠不休의 勞力을 아끼지 않앗다. 불상한 어린 사람들을 위하여서는 自己의 살이라도 깎아 줄 듯이 多情하엿다.

童話 巡回를 단니다가 地方 어린이 愛讀者의 딱한 情景을 보고는 불러 올려다가 이곳저곳에 就職을 시키어 준 일이 한두 번이 아니엇으며 길꺼리에서 飢寒에 우는 불상한 어린 '룸펜'에게 자기의 주머니를 털어(이상 80쪽) 바치기도 한두 번이 아니엇다. 그는 이러케 어린 사람이라면 그 級을 가리지 않고 한결같이 慈愛롭게 굴어 준 朝鮮의 '페스탈롯치'엿다.

×

그는 또한 演說을 잘하엿다. 그중에도 더욱이 童話口演에 잇어서는 그를 따를 만한 사람이 아즉까지는 全혀 없다고 斷言할 만치 잘하엿다. 하여간 그의 演說은 聽衆에게 感激을 주지 않고는 못 백일 만큼 熱과 힘이 잇엇다.

또 아모리 어려운 演說이라도 누구나 듣고 곳 理解할 수 잇을 만치 通俗的인 데에는 머리를 숙이지 않을 수 없엇다.

또 그이의 童話는 어린 사람의 心性을 左右하고도 남을 만하엿다. 울리고 웃기는 것을 自己의 音聲과 表情 하나로 左右하는 天才的 辯說家이엇다. 그리하여 演壇을 거치어 또는 放送局의 '마이크로폰'을 通하야 朝鮮의 어린 사람들을 얼마나 울리고 웃기엇는지 그 數를 헤일 수가 없다. 맨 처음의 處女 演說이 겨우 열대여섯 살 땐데 日本 雜誌에서 읽은 探偵小說과 興味 잇는 이야기를 추리어 七時間이나 게속해서 하엿으되 聽衆이 조곰도 倦怠를 느끼지 않엇다 한다. 이만큼 그는 어렷을 때부터 이 方面에 對한 硏究와 조예가 컷다.

그뿐 아니라 四 五年 前에 어느 少年會에서 童話會가 열렷을 때 아즉도 記憶에 남아 잇지만 그때에 選擇한 題目이 「산드룡의 유리구두」라는 슬픈 이야긴데 內容은 繼母 슬하에서 자라나는 '산드룡'이 繼母의 다리고 온 두 딸 때믄에 몹슬 학대와 구박을 받앗으나 結局 나종에 훌늉히 된다는 것이엇다. 勿論 會館 안은 죄다 우름판이 되엇는데 이야기가 끝나자 갑자기 婦人席에 잇든 할머니 한 분이 두 눈이 퉁퉁 붓도록 느끼어 울면서 두 손을 合掌하고 그의 앞으로 오더니

"선생님 참말 감사합니다" 하고 허리를 굽혀 몇 번이나 절을 하엿다.

그는 얼뜻 생각에 더운 때 수고하엿단 소리로 잘못 알고 "천만에요. 도리

어 갓지않은 이야기를 들으시느라고 더 괴로우셋겟습니다" 하니까 할머니는 질겁을 하다십이 몸자세를 바꾸면서

"아니 더운신데 괴로우셋겟지만 그 보다도 그 불상하고 마음착한 '산드룡'이를 나종에 잘되는 것으로 끝을 막아 주서서 감사하다는 말슴입니다" 하고 두 손을 합해 빌엇다는 逸話까지 잇다. 이만콤 그는 童話에 잇어 日本의 大衆도 꼽는 巖谷小波[387] 씨나 久留島武彦[388] 씨를 凌駕할 만치 훌늉한 手腕을 가진 분이엇다. 그는 이뿐 아니라 "어린이날" 記念 때에는 밤을 며칠씩이나 새이다십이 하여 정작 當日에 가서는 演壇에서 코피를 줄줄 흘리면서도 "朝鮮의 어린 大衆이여! 福되게 잘 크소서. 잘 자라소서!"를 몇 번이나 불럿는지 모른다. 또 開闢社에 관게를 가진 후부터 社의 일을 위하여서는 自己의 苦難도 죄다 잊고 努力을 거듭하든 이엇다.

그리고 그는 머리가 좋은 이엇다. 體軀도 크지만 그 크어다란 머리속은 마치 "요지경" 속 같이 多方面에 對한 재조덩이가 꼭 드리박이어서 그 머리가 한번 움지기어질 때마다 그의 입에서는 놀라운 案이 툭툭 튀어나왓다. 아모리 어려운 일 時急한 일이 생기드라도 남이 애를 태울 만치 泰然한 태도로 앉어서도 힘드리지 않고 그의 偉大한 머리 하나로 턱턱 解決하곤 하엿다. 雜誌 編輯에 잇어서도 營業에 잇어서도 또는 一般的으로 當하는 難關도 쉽게 打開해 나갓다. (第 一一六 頁에 續) (이상 81쪽)

(第八一 頁에서 續)우리가 다 當하는 서름이지만 社會的으로 그러케 獻身的 努力을 한 지 햇수로 八 九年이 되건만 자기 집 하나가 없이 이리저리 쫓겨 단니면서 貰집 신세를 지으면서도 그의 努力이 꾸준하엿든 것을 보면 그 의지가 얼마나 꿋꿋하엿으며 얼마나 큰 情熱家이엇던 것을 可히 알 수가 잇다. 끝으로 나는 그이의 샘솟듯 하는 그 情熱! 그 좋은 머리! 그 仁慈한 마음! 그 남 못 따를 辯說! 이 모든 것이 얼마나 아까운지 모르

387 이와야 사자나미(巖谷小波, 1870~1933)는 메이지(明治)에서 타이쇼(大正) 시기에 걸쳐 활동한 일본의 작가이자 아동문학가이다.

388 구루시마 다케히코(久留島武彦, 1874~1960)는 일본의 아동문학자로 일본 보이스카우트 운동의 기초를 닦았다.

겟다.

×

그가 短命하엿든 것도 自己의 몸을 돌보지 않고 여러 가지 事業에 過度한 勞力을 한 것이 그 原因의 하나가 아니엿슬까 한다.(이상 116쪽)

"讀書室－尹石重童謠集", 『東光』, 제37호, 1932년 9월호.

尹 君의 童謠는 朝鮮의 創作童謠界에서 가장 獨創力을 가진 것 中의 하나로 定評이 잇다. 이 童謠集 一卷은 尹 君의 重要한 作品을 網羅한 外에 李象範, 安碩柱, 李承萬, 金奎澤 外 諸氏의 揷畵가 잇고 또는 朝鮮 作曲家의 創作曲과 外國 作曲에 마춘 曲譜들을 合하야 실렷다. 읽고 보고 또 노래 부를 수 잇게 된 童謠集이다.

尹 君의 童謠 中에 가장 特色잇는 것은 所謂 生活詩의 要素를 童語로 表現한 것이라고 하겟다. 普通 "天眞爛漫" 型의 童謠가 자칫하면 千鞭一律의[389] 自然頌에 빠지기 쉬운데 尹 君은 特히 兒童의 生活, 心理, 葛藤 等을 읊엇고 一步 나아가서는 兒童의 生活을 通하야 社會生活의 批判을 試하엿다. 이제 그 特殊한 作風을 두어 가지 引用으로서 紹介해 두자.

누나 나는 신을 접때 잃어 버린뒤
입때까지 새신발을 못 사 왓다우
아빠 신던 헌 신발이 잇긴 잇지만
거름이 걸려야죠 너무 커서요.
(누님 전상서)

×

그러지 않아두 오늘 왼 종일
종이 봉지 二千장을 부처 놧단다.
………
밤새워 三千장을 마자 부치면
내일은 갓다 주고 돈타온단다.
(누나의 답장)

×

389 '千篇一律의'의 오식이다.

허수아비야 허수 아비야
여기 쌓엿든 곡식을 누가다 날라가디?
....
그리구 순이네 식구들이
간밤에 울며 어떤 길루 가디?
(허수아비야)

×

八月에도 보름날엔 달이 밝건만
우리누나 공장에선 밤 일을 하네
공장누나 저녁밥을 날라다두고
휘파람 불며 불며 돌아 오누나.
(휘파람)

이 밖에도 많이 잇으나 그만하자.

自然의 變遷, 日常生活의 조고만 에피쏘드 等을 잡아 가지고 틀림없는 用語와 新鮮한 멜로디의 솜씨를 보여 준 것은 童謠界의 큰 收獲이다. 그리고 童謠에 주린 朝鮮 어린이들에게 큰 선물이다. 特히 普通學校 幼稚園 等의 좋은 教材로 推薦하고 싶다. (定價 八十錢 京城 蓬萊町 一丁目 七五 新舊書林 發行 振替 京城 二八五二) (이상 127쪽)

K. "尹石重童謠集", 『신동아』, 제2권 제9호, 1932년 9월호.

朝鮮에는 詩人이 많다. 童謠詩人은 더 많은 것 갓다.

그러나 詩다운 詩 童謠다운 童謠를 골나 보랴면 每日每日 싸히는 投稿—엄청나게 만흔 詩뎀이 속에서도 감을에 콩나기보다 찻기 힘든다. 三四調나 四四調로 羅列해 논 所謂 童謠라는 것을 닑으면 머리쌀이 찝흐려질 만치 어려운 文句 아기네들노는 想像은커녕 꿈도 못 씰 構想들을 보고 "이것도 童謠라고" 하는 悲鳴을 저절노 내게 된다. 詩보다도 童謠는 더 짓기 힘든다. 半白의 老人이라도 童謠를 쓸 때만은 어리고 야들야들한 "아기네 마음"을 가저야 하고 아울너 藝術的 香氣가 도는 말들을 써야 하기 때문에 간혹 童謠인 듯한 韻文이라도 닑어 보면 어른들의 유치스런 하소연을 그린 것이나 모래알을 씹는 듯한 딱々한 글들이다.

尹石重童謠集! 以上과 같은 現 童謠作界에 한 개의 金星이라고 부르고 십흔 出現이다. 童謠 三十五篇— 읽어 보면 읽는 自身까지 아기 같은 마음을 가지고 그 속으로 드러가서 淨化되여 純眞스러운 마음을 가지게 되는 듯한 아름다운 童謠들이다. 일즉이 洪蘭坡童謠作曲集에서 尹 君의 아름다운 노래들을 만히 보앗고 各 유치원 普通學校에서 노래해 왓다. 가장 만히 불녀지고 널니 알려진 것은 「휘바람」 「꿀돼지」 「우산 셋이 나란이」 「고향길」 등이다. 「꿀돼지」 갓흔 것은 保育學校 合唱隊가 公會堂에서 音樂會 때 노래해서 그 아름다운 그러나 아기네들만이 가질 수 잇는 無邪氣한 諷刺를 數만흔 사람들이 감상하엿든 것이다.

童謠에서 흔히 볼 수 잇는 追憶詩나 傳說童謠는 한 편도 업다. 그리고 모두가 作者 自身이 아기가 되여 童心 그대로를 그린 童謠들이다. 남의 우서운 꼴을 보고 率直하게 비웃고 남의 안타가운 꼴을 보고 속이 답々해서 소리치는 그런 童謠이다. 「밤굽기」 一節

밤세톨을 굽다가 제가 다태고

울긴 울긴 왜울어 누가 어쨋나

× ×

그래두 또우누나 에그저런 못난이
아가리 딱딱 벌려라 열무김치 드러간다

소의 一節

소야 소야 가지마라
김서방말 듣지마라
채쭉을 꺾어
버리기 전엔
죽어두 안간다구 너두 버텨라

等은 그 代表될 만한 詩句이다.

한 가지 더 特異한 것은 尹 君의 童謠만이 잇는 것이 안이고 그 童謠와 雙璧이 될 만치 音律이 고읍고 쉽고도 아름다운 맬로듸로 作曲까지 兼해 끼웟기 때문에 童謠를 읽으며 同時에 노래 불늘 수 잇게 되엿다. 幼稚園에서나 普通學校에서 널니 使用될 수 잇게 된 貴重한 童謠 作曲集이다. (K)

(이상 89쪽)

소년운동

丁洪敎, "(一人一文)어린이가 울고 웃음이 조선의 울고 웃음－크나 적으나 단합하라", 『조선일보』, 1931.2.18.

압날에 잘살자면 어린이를 사랑하자! 그리고 힘것 가르치자 하고 여러 어린 동모들 압헤 어룬들이 웨치는 소리를 여러분들은 잘 들엇슬 것이외다. 이 소리를 들을 때마다 조선의 어린 동모들의 짐은 더욱더욱 한 겹 두 겹 묵어워지는 것이외다. 평범스럽게 바람결에 시치여서 귀밋흐로 흘려보내서는 안 될 것입니다. 여러분의 건강(健康)은 우리 조선의 건강이며 여러분의 몸에 병(病)들면 조선이 병든 것이며 여러분의 깃분 웃음은 우리 조선 사람의 깃붐이며 여러분의 울음은 이 역시 우리 조선 사람의 울음이올시다.

□……□

이러한 여러분 어린 동모들의 일거일동(一擧一動)은 무엇이든지 다－ 조선이 움직이는 것과 가튼 것입니다. 이와 가티 묵어운 짐을 지고 중대한 책임(責任)을 가진 여러 어린 동모들은 엇지 한담(閒談)으로 날을 보낼까 봅니까? 압날의 사회(社會)는 조흔 사회이든 그른 사회이든 지금의 어린이들이 차지할 바입니다. 우리의 조선 사회는 썩엇다면 아조 썩엇스며 문허젓다면 다－ 문허저서 씃이면 씃까지 도달한 우리들의 세상입니다. 이러면서도 조선 사람들은 서로서로 으르렁거리며 애써 만들어 노흔 모됨을[1] 부시랴고 하며 남의 하는 노릇은 전부가 납부며 자긔가 하는 노릇만 조타 하야 어룬들까지 서로서로 싸홈을 일삼고 잇는 형편입니다.

□……□

이러한 힘을 한테 모듸여서 한거름으로 발을 마추워서 갱생(更生)의 조선을 만들고자 하면 오죽이나 조치 안케습니가? 여러분 어린 동모들이이여! 우리 조선의 짱은 오즉 지금에 자라나는 이곳저곳에 흐터저 잇는 여러분 어린 동모들의 활동을 기다리고 잇는 것입니다. 압날의 사회를 행복이

1 '모듬을'의 오식이다.

복바치게 할 조선의 건설자(建設者)는 누구이겟습니까? 생각해 보십시요. 재터리에 담배ㅅ대 두다리며 고리대금(高利貸金)의 책장을 뒤적어리며 바둑 장긔를 두며 날을 보내이는 로인에게 잇지 안흐며 당(黨)과 파(派)의 당파를 지음으로 일삼는 장년(壯年)에게 잇지 안은 것이올시다. 다만 천진한 가운데 자라나는 여러분 어린이들이 그 건설자이올시다. 여러분은 조선을 운전하여 갈 장래의 운전수(運轉手)이며 압잡이(嚮導者)이며 행복의 열쇠를 가진 주인공입니다. 이러한 여러분은 지금부터 엇지 하여야 할 것입니가? 가장 큰 문제입니다.

□……□

이러한 절대의 중대한 책임을 질머진 여러분은 먼저 배우기에 힘써야 할 것이면 둘재로 마음과 마음을 서로서로 얼거 노흐며 정신과 정신을 한테 뭉치여서 족음이라도 올타는 일이면 한 보조(步調)로 걸어 나갈 것이올시다. 이럭케 하기 위하야 적게로는 학교면 학교 안에서 단합이며 공장이면 공장 안에서 단합하고 동리이면 동리에서 단합하여야 할 것입니다. 그리하야 크게 전조선적으로 한 덩어리가 될 것입니다. 그러기 위하야 조선의 어린 동모들은 우리의 아동란(兒童欄)으로 배우기 위하야 모듸이며 힘을 기르기 위하야 이 집안으로 정신과 마음을 뭉처 노키 바랍니다.

崔靑谷, “(一人一文)남을 위하야 일을 합시다”, 『조선일보』, 1931.2.25.

이 세상에서 제일 큰 힘이 다른 사람을 위하야 산다는 것이 힘 가운데도 가장 큰 힘이라고 하겟습니다. 이런 굿세힌 힘을 가진 사람이 이 세상에서 얼마나 될가요? 누구나 무론하고 사람들은 그 사람 그 사람마다 각각 자긔의 입 한아만 위하야 달은 사람은 죽든 말든 도라보지도 안코 날마다 날마다 사라간다고 하겟습니다. 그리하야 사람 사람이 서로서로 싸호며 이 집과 저 집이 싸호며 사회와 사회가 서로 싸와서 나종에는 갑(甲)과 을(乙) 나라가 수백만식의 사람을 식키여서 총칼을 사용하며 대포를 사용하야 한 가지의 쏙가튼 사람이면서 복색만 다르면 목숨을 빼아서서 사람 만히 죽인 나라가 가장 위대한 나라며 세계의 제일가는 나라라고 하게 되는 것이 아닙니까! 이 얼마나 무서운 노릇입니까? 우리들은 이러한 가운데에서 날마다날마다 자라나며 사라가게 되는 것입니다.

□……□

이와 가티 무서운 세상에서도 우리들 어린 사람 가운데에서 이 멧칠 전에 가장 큰 힘을 발휘(發揮)하고 깨긋히 이 세상에서 서로 싸호는 사람들에게 모범을 보히고 세상을 써난 귀엽고도 아즉 십이삼 세라는 악가운 나히로 가련한 어린 동모의 소식을 여러분은 잘 아실 줄 압니다. 이것은 전라남도(全南) 광주(光州)에서 이러난 사실로써 한 번에 공부하며 날마다 놀든 동모들과 한가지로 학교에서 멀지 안은 냇가의 어름 우흐로 어름은 지치려 나갓다가 동모 한 사람이 고만 잘못하야서 어름이 잘 얼지 안헌 곳으로 잘못 들어가서 차듸찬 물 가운데로 빠지게 된 것을 본 동모들 가운데 한 사람인 동모가 깜작 놀나여서 여러 동모들에게 어서어서 학교에 가서 선생께 말슴을 하여서 오시도록 하면 나는 그동안 재를 건저 놀 터이라고 한 후 자긔의 깨긋이 입은 옷은 무론 —— 목숨까지도 돌보지 안코 동모를 구하겟다는 귀여운 마음으로 뛰여들어서 건저 주랴든 동모와 한가지로 다시 도라오지 못할 멀-고 먼 나라로 이 세상을 등지고 간 어린 령(靈)을 여러분은 엇덕케 생각하십니까?

□……□

이야말로 세상에서 둘도 업는 큰 힘이올시다. 동모를 사랑하며 남을 위한다는 이 힘을 죽기는 죽엇지만 남기고 간 어린 동모와 가티 조선의 륙백만 어린 동모들은 다— 가저야 할 것입니다. 그럿타면 실지로 사랑하며 다른 사람을 위한다면 이 세상에서 싸홈이라는 일홈이 업서질 것이며 자연히 자긔가 잘되면 집안이 잘됨을 따라서 이 사회도 잘될 것이라고 생각합니다. 조선의 어린 동모여! 이 광채찰란한 큰 힘을 남기고 간 어린 동모의 령 압헤 고요히 고개를 숙이고 그런 힘을 밧도록 하여 주기 바랍니다.

社說, "朝鮮 어린이날－獨自 紀念은 有用", 『조선일보』, 1931.4.7.

一

"어린이날"은 朝鮮의 한 祝日로 되엇다. 每年 五月 첫 日曜日이 어린이날로 決定되어 벌서 멧 해재 이날을 紀念하게 되엇다. 어린이가 人生의 싹이오 民族의 "순"이오 社會의 꼿으로서 全人類的 祝福의 갑어치가 잇는 것은 새로히 말할 必要가 업는 것이지만 이 社會的 要求에 依함이런지 지금까지 해마다의 어린이날은 京鄕을 뭇지 안코 자못 盛況 속에 紀念하게 되엇다. 첫재 어린이 그들은 純眞 그것처럼 社會 各層의 一般的인 贊揚을 밧는 것과 둘재 이러한 純眞한 어린이들의 祝福에는 어써한 政治的 處地에 잇는 사람이고 그 順成을 冷視하면 하엿지 일부러 干涉 或은 沮害할 理由가 업는 데에 因함이다. 今年에 잇서서도 오는 五月 三日의 첫 日曜日을 잡어서 이 紀念의 擧行을 準備하는 터이니 平靜보담은 차라리 寂寥를 늑기는 이 즈음에 반듯이 活潑 및 潑剌한 式의 行列이 進行될 것을 預期하여 남음이 잇슬 바이다.

二

여긔에 잇서 어린이 關係의 一部 機關에서 朝鮮 獨自의 어린이날이 國際的 無産少年'데이'의 統制에 써나는 것이란 意味에서 反對의 意向을 가진 바 잇다 하니 이것은 아즉 正確한 意思表現이라고까지에는 못 미츤 바 잇스나 그러나 그 見解의 妥當치 못한 것은 우선 이에 指摘하여 둘 必要가 잇다. 朝鮮의 問題가 國際的 一連鎖를 써나서 孤立 또 排他的 存在는 잇슬 수 업스나 朝鮮이란 地域 朝鮮人의 集團 그 傳統과 當面의 傾向 및 利害를 同一히 하는 具體的인 特殊의 事情이 저절로 朝鮮 獨自的의 情感意識 및 一定한 實踐的인 作爲를 要하는 바이니 어린이날에 잇서서도 全然 同一한 理由에 依하야 獨自的인 紀念의 날로 가질 수 잇는 것이다. 祖上崇拜와 長上偏重的인 過當한 道德觀念에서 어린이들의 擁護 伸長되어야 할 意味로서도 이날은 一定한 初期的 價値를 가지는 터이지만 現下 朝鮮의 어린

朝鮮人的 處地에서도 그 擁護 및 伸長의 意識을 培養 生長케 하는 點으로서 朝鮮 어린이날의 獨自的 紀念의 必要가 充分한 것이다.

三

現在의 어린이날은 各層의 어린이가 總合하는 것이다. 그것도 現下의 朝鮮의 處地로서 더욱히 全혀 未來의 사람들인 어린이인 處地로서 아모 不可한 理由를 發見할 수 업다. 쏘는 質的 變化는 社會行進의 一定 必然한 過程이어서 朝鮮人의 多數가 無産化하고 어린이 時代부터 無産少年的 意識 및 그 洗練을 가질 情勢 쏘는 그 必要가 잇게 된다면 그의 自然成長的인 傾向과 쏘는 目的意識的인 進出에 依하야 언제인가는 어린이날 紀念이 相應한 쏘는 多大한 變化가 생긴 것을 發見 認識할 날이 잇슬 것이다. 구타여 못처럼 發展하는 어린이날에 向하야 燥急한 反對의 소리를 치자 할 必要는 업슬 것이다. 吾人은 朝鮮 어린이날을 支持 宣揚하기에 서슴을 理由를 가지지 안헛다.

四

朝鮮은 世界의 一區域인 만큼 朝鮮人은 國際의 一市民集團으로서 國際連鎖的의 歷史的 趨向에서 가장 賢明한 相對 對應的의 生活을 生活할 것이다. 그러나 어쩌한 時代에서든지 이미 一定한 地域 一定한 集團으로서 줄잡어서 가장 親近 善解하는 友愛의 集團으로서 그 讀者의 治理하는 生活을 保有할 것이오 쏘 必要로 할 것이다. 그는 全 朝鮮人이 無産化하엿다는 獨特한 境遇를 假定하고서도 그의 自然的인 諸 條件은 이것을 合理化시키는 것이오 억지로 抹殺하여야 할 理由 및 그 必要가 업는 것이다. 그럼으로 國際化 그에 合流投應의 必要는 언제나 是認하면서도 그의 獨自的 地位를 일부러 抹殺할 必要 및 理由는 全혀 업는 것이다. 이것은 識者 先驅者가 한 가지 기픈 留意를 要하는 바이다.

金永喜, "(이날을 마지며, 오월 첫재 공일은 어린이날)자녀에게 욕하지 말고 자유롭게 기르자(1)", 『조선일보』, 1931.4.21.[2]

조선만이 가지고 잇는 "어린이날" 압흐로 멧칠을 남기지 안코서 오월 첫재 공일이 도라오게 되엿습니다. 이날을 엇더케 마지하며 이날부터 우리 일반 가정에서는 어린 아동에 대한 가정교육을 엇지 실현할가 하는 의미에서 오늘부터 멧칠을 두고 소년운동자(少年運動者)의 가정을 차저서 부인의 의견을 발표하게 되엿습니다. 일반 가정에서는 미약하나마 만흔 참고로 보아주심을 바람니다. (丁)[3]

첫봄의 소사오르는 아츰의 햇발을 등에 지고 솔솔 부는 봄바람을 가슴에 안어 가면서 영락정(永樂町)에 잇는 조선에서 오즉 하나인 주로 무산소년(無産少年)을 상대로 하는 『별나라』사를 찻기로 하엿습니다. 그리하야 문어구에 드러스는 긔자에 눈에 씌이는 것은 세 가지의 간판(看板)이엿습니다. 그것은 소년문제연구단체인 〈별탑회〉와 그러고 별나라사이며 "동아인쇄소"란 간판이 서로서로 억개를 견우고 나란히 잇스며 문간을 드러스자 인쇄기계가 요란히 도라가고 잇섯습니다. 시간에 여유도 업슴으로 아츰상을 막 치우고 잇는 안준식(安俊植) 씨 부인 김영희(金永喜) 씨를 대하야 뭇기 시작하엿습니다. 뭇는 긔자의 말을 한참동안 듯든 김영희 녀사는 얼골에 미소를 씌이며 무엇을 알어야지요. 안 선생으로 말하면 그전부터 〈신광소년회(新光少年會)〉이며 〈동양소년소녀회〉를 지도하시엿스며 지금은 『별나라』와 보광학교(普光學校)를 경영하시지만 저는 아모 것도 모름니다. 더군다나 베란간에 당하는 일이니가요! 그러나 물으시는 말슴이니가 간단히 말슴하려고 합니다. 우리 집에는 네 살 먹은 병익(炳益)이와 두 살

2 원문에 '安俊植 夫人 金永喜 女史 談'이라 되어 있다.

3 '丁'은 조선일보사 학예부 기자였던 정홍교(丁洪敎)이다.

된 병혁(炳赫)이의 형제를 기르고 잇습니다. 그리하야 제의 집에서는 어린 아희에게 될 수 잇는 대로 자라나는 기운을 살리기 위하야 욱박지르는 일이 업시 어린아이의 마음을 자유(自由)스럽게 길으는 한편 어릴 때부터 사치로운 옷을 입히지 아느며 무엇을 사 줄 것이 잇스면 안 선생님과 제가 박게 나가 미처 사다 두고서 어린아희들에게 줍니다. 왜－ 그러냐 하면 어렷슬 때부터 돈을 알게 되면 큰일이니까요! 그러고 각금 이러한 일을 당합니다. 길가에나 엽헤 잇는 집에서 어린아회를 함부로 때리며 욕설을 하는 것을 보면 참으로 조선 가정의 무지를 폭로하는 것이 아닙니가. 그럼으로 우리집에서는 어린 것들이 울면 말로써 달내이지 때리거나 욕하는 일을 절대로 업습니다. 이러한 점은 조선 가정에서 만히 고치여야 되겟던군이요 하면 미소를 씌이시며 다시금 말을 계속하야 긔자에 뭇는 말에 대하야 "어린이날"에 어린 것들을 엇더케 대하겟는냐 말슴이지요. 우리 아희들은 아즉 나희가 어림으로 긔행렬(旗行列)에는 참가치 못하나 그날은 될 수 잇는 대로 조흔 음식을 먹이며 새 옷을 입히어서 동물원(動物圓) 가튼 데로 가서 하로동안 유쾌히 놀릴 작정입니다.(사진은 김영희 녀사)

孫溶嬫, "(이날을 마지며, 오월 첫재 공일은 어린이날)자라는 자녀를 중추인물로－사 남매 양육하는(2)", 『조선일보』, 1931.4.22.[4]

흐리터분한 하늘 밋흐로 배움의 바다를 차저가는 무데이 무데이 뭉키여 가는 남녀학생의 틈을 비집어 가며 별궁(別宮) 담을 바른 편에 씨고서 소격동(昭格洞)의 골목으로 연필(鉛筆) 슷을 압세우고 거름을 빨니 하엿습니다. 긔자의 가는 곳은 오래동안 조선의 소년운동을 위하야 일본(日本)의 유학(留學)할 때부터 만흔 힘을 쓴 방정환(方定煥) 씨의 가정을 찾기로

---

4 원문에 '方定煥 夫人 孫溶嬫 女史 談'이라 되어 있다. '孫溶嬫'은 손용화(孫溶嬅)의 오식이다.

하엿습니다. 그리하야 문 어구에 드러서는 긔자에게 우선 미안하게 생각케 된 것은 녯날 속담에 가는 날이 장날이라는 격으로 때마츰 이 동리의 청결하는 날이엿슴으로 집안의 기구를 왼통 내여노코서 소제에 분주하고 잇는 것입니다. 엇지하든 냇친 거름이니까! 하고 긔자는 방정환 씨 부인 손용화(孫溶嬅) 녀사를 차저서 인사를 한 긔자의 마음에는 우선 손용화 녀사의 뚱뚱하신 체격으로 보아서 방 씨와 천정인 분이로군아 하고 생각케 되엿습니다. 인사를 쯧나인 후 사명을 달하기 위하야 이런 말 저런 말 노써 손용화 녀사에게 뭇기 시작하엿습니다. 녀사는 한참동안 빙글빙글 미소를 씌이고 아모 말슴이 업다가 글세요 무엇을 알여야지요 하시며 여전히 미소를 씌우시다가 우리 집에는 어린 것이 사 남매(四男妹)가 잇는데 큰아이는 금년 열네 살 먹은 운용(云容)이와 다음으로 열두 살 된 녀자아이 영화(榮華)며 일곱 살 먹은 하용(夏容)이며 네 살 된 영숙(榮淑)가 잇습니다. 큰아이 운용이로 말하면 지금 중학교에 다기니가[5] 자긔가 아라서 하지만 아레로 삼 남매는 가정에서 만히 가정교육에 노어 하는[6] 잇습니다. 그리하야 우리 집에서 어린 아희들을 가정의 쏫과 가티 역이여서 가정의 중추 격으로 우리는 한갓 심부름만 하는 사람이 될 쑨입니다. 그리고 물으시는 잡지(雜誌) 문제는 무론 될 수 잇는 대로 조선에서 나는 소년소녀 잡지면 대개로 아버지가 갓다 주기도 하며 자긔들이 사서 보도록 하야 될 수 잇스면 과학(科學)이 만히 실니는 잡지를 만히 읽키고 잇습니다. 그러고 다른 것은 아버지 되는 방 선생이 아라서 하심으로 더 무러보아 주시지 마십시요 아모 것도 모르니가요! 미소를 씌이시며 작구 회피하시랴 하는 손용화 녀사에게 긔자는 쑤준 쑤준히 무름을 게을니하지 안엇습니다. "어린이날에 대해서 말슴입니까" 무론 아버지가 게시니까 져는 엇더케 하겟고 지금 말할 수 업습니다. 그리고 제의 사진 말슴입니가? 방 선생은 지금까지 집안 식구와 사진을 박아서 본 일이 업스며 더욱이나 제에게 사

5 '단기니가'(다니니까)의 오식이다.

6 '노어 하는'은 '노력하고'의 오식으로 보인다.

진을 막으라는[7] 말까지 업는 까닭에 사진이라고는 어려서 박은 것밧게 업습니다.

權奉廉, "(이날을 마지며, 오월 첫재 공일은 어린이날)개성에 따라서 양육을 달리하자(3)", 『조선일보』, 1931.4.23.[8]

춘래불사춘(春來不似春)이라는 녯 시와 가치 임의 봄이 무궁화의 꼿 속으로 기여든 지 오래이엿지만 오히려 산과 들에는 흰 눈이 쌀니여서 봄은 왓지만 봄이 아니라는 요지음 계절은 때를 억제치 못하야 꼿 소식을 전하야 주랴는 가는 비가 촉촉히 나리든 하늘이 명랑하게 개인 그 줄기를 밟바서 얼마 전에 새로운 보금자리를 이루운 소년척후운동(少年斥候運動)에 일홈이 놉흔 현동완(玄東完)[9] 씨의 가정을 찾기 위하야 종로서의 담을 끼고 원한에 무치인 긴 한숨이 석기인 공긔를 마시여 가며 이리저리 헤매이다가 현동완 씨의 댁을 차저서 부인 권봉렴(權奉廉) 녀사를 맛나게 되엿습니다. 그리하야 긔자는 대개 온 뜻을 말하고 뭇기를 시작한 바 권봉렴 녀사는 북그러운 빗에 우숨을 먹음고 글세 무엇을 알어야지요. 더욱이나 가정생활이라고는 아시다십히 멧칠이 되지 못함으로요! 그러나 물으시는 바이니 간단히 말할여 합니다. 조선의 가정은 다른 나라 가정의 비하야 모-든 것이 떨어저서 잇는 한편 어린아희의 양육하는 방법도 말할 수 업는 처지에 잇습니다. 조선의 아버지나 어머니는 자긔들이 무슨 불평한 일이 생기면 고얀스리 아모 죄도 업는 자긔들 자녀에게 화풀이를 하니 어린아희가 무슨 죄가 잇습니가? 그리하야 자라나는 어린아희들에게 납분 습관을 보여 주게 되며

---

7 '박으라는'의 오식이다.

8 원문에 '玄東完 夫人 權奉廉 女史 談'이라 되어 있다.

9 창주(滄柱) 현동완(玄東完, 1899~1963)은 서울 출신으로 1917년 조선중앙YMCA학관을 졸업하였다. 1918년부터 YMCA 간사가 되어 일생을 YMCA와 더불어 살았다.

쓸데업는 일에 거저 눌으기만 하야 섇족섇족 소사오르는 긔운을 뭇질으게 돼지 안습니가? 그럼으로써 유치원(幼稚園)에는 자모회(慈母會)가 잇서서 한달이면 한번씩 될 수 잇는 한도에서 커 가는 귀여운 어린아희들에게 욱박지를지 말고 자유롭게! 유쾌하게! 또는 질겁게! 양육하자고 항상 말하고 잇는 것입니다. 그러고 어느 방면으로 아동을 기르는 것이 조켓느냐고요? 글세요 그것은 어린아희가 자라날 적에 각각 개성(個性)이 잇는 만큼 부모가 되니는[10] 그 자녀의 개성을 잘 살피여서 양육하는 것이 조흘 줄 압니다. 왜 그러냐 하면 개성을 모르고 잘못 양육하다가는 압길을 그릇치는 일이 잇는 까닭입니다. 그러고 어린이날에는 될 수 잇스면 어린아희의 긔행렬과 아울너 가정과 가정 —— 아니 조선 사람이면 누구든지 한아도 빼여노치 말고 다― 알도록 주최하시는 분이며 소년을 지도하시는 분은 적극적으로 노력하시여야 할 것입니다. 여긔 짜라서 일반 가정에서는 이날을 마지하야 어린이에게는 일상도 그럿케 하여야만 하겟지만 더욱키 이날에는 자녀만을 위하야 사는 것이 되여서 가정 전체가 아동을 위하야 조흔 이야기를 말해 주며 복등(福燈) 가튼 것을 다라서 어린 마음을 질겁게 해 주며 하는 것이 퍽 조을 줄 압니다. (사진은 권봉렴 녀사)

金貞媛, "(이날을 마지며, 오월 첫재 공일은 어린이날)어릴 째부터 독물에 주의!(4)", 『조선일보』, 1931.4.25.[11]

조선 녀성운동의 최고 진영(最高陣營)인 〈근우회(槿友會)〉를 찾기 위하야 한편으로 전선 〈형평사(衡平社)〉의 대회 소식을 드르면서 긔자는 공평동으로 다름질을 첫습니다. 그러나 회관에 드러선 긔자는 락망하기를 마지

10 '된 니는'(된 이는)의 오식으로 보인다.

11 원문에 '槿友會 金貞媛 氏 談'으로 되어 있다.

아넛스니 회관에는 아즉 아모도 오지 안헛스며 여긔 짜라서 정종명(鄭鍾鳴)[12] 씨의 검거(檢擧) 소식이엿습니다. 여긔에서 긔자는 엇지할 수 업시 현금 〈근우회〉의 간부로써 우리 녀성운동의 맹렬한 투쟁을 하고 계신 김정원(金貞媛) 씨의 주소를 무러 가지고 차저가 김정원 씨를 맛나게 되엿습니다. 허둥지둥 도라다니든 긔자는 인사도 변변히 하지 못하고 문간에서부터 뭇기 시작하엿는 바 정원 씨는 행주치마에다가 물 무든 손을 씨스며 글세요! 소년운동(少年運動)도 우리 전체운동의 일부 운동이지만 그 방면으로 별로히 연구한 바가 업습니다. 그러고 베란간에 무르시는 말슴이니 책임(責任) 잇는 말슴을 할 수 업게 됩니다 하며 책임적 말슴을 작구 피함을 긔자는 념체불고하고 무름을 게을니하지 안엇습니다.

◇　　　◇

여긔에서 정원 씨는 긔자의 너머나 뭇는 말에 억제치 못하야 하엿튼 조선의 어린사람을 지도하는 방면은 무론 우리들 계급(階級)운동의 한갓 부분운동이니만큼 말할 것도 업시 계급적으로 진출하여야 할 것입니다. 엇더한 사람의 말을 드르면 어린사람에게는 오즉 순결한 천진성(天眞性)만이 가지고 잇고 계급성은 업다고 하지만 그것은 절때의 모순이올시다. 왜? 그러나 하면 어린이날이라는 것은 각각 그 부모(父母)가 업시는 생산(生産)을 할 수가 업게 되는 바 여긔에 짜라서 부모가 나흔 어린이에게는 반듯이 부모에게서 바든 유전성(遺傳性) 잇게 되는 바 부모에게 바든 유전성이란 그 부모 그 부모가 바든 사회적 생활노써 어든 바라고 하겟습니다. 이런

12 정종명(1895~?)은 전라남도 목포(木浦) 출신의 독립운동가다. 1925년 5월 박원희(朴元熙), 김필애(金弼愛), 정칠성(丁七星), 허정숙(許貞淑: 許憲의 딸), 주세죽(朱世竹: 朴憲永의 부인), 오수덕(吳壽德) 등 20여 명과 함께 사회주의 사상을 배경으로 한 최초의 여성단체인 〈조선여성동우회(朝鮮女性同友會)〉를 서울에서 조직하였다. 1927년 2월 〈신간회(新幹會)〉가 조직되자, 5월 27일 앞의 〈조선여성동우회〉 회원들과 김활란(金活蘭), 유영준(劉英俊), 최은희(崔恩喜), 박원민(朴元玟) 등과 함께 〈근우회(槿友會)〉를 조직하였다. 평론 「運動을 攪亂하는 忘評忘論을 排擊함―赤兒의 所論을 읽고」(『조선일보』, 27.12.12)와 동화 「보리 한 알」(『중외일보』, 26.12.2) 등 다수의 아동문학 작품을 발표한 박홍제(朴弘濟)는 정종명의 아들이다.

말을 하게 되면 지도하는 방법을 엇지하겟느냐 하겟지만 이것을 간단히 대답하게 되면 조선의 륙백만 어린이를 가진 이가 순연히 노동 농민의 속한 부모인 짜닭에 자연적으로 계급적 지도가 필요하게 되는 것입니다.

◇ ◇

그러고 이날에 잇서서 이러한 계급에 잇는 가정에서 특별히 한갓 주의할 것은 소년독물(少年讀物)이올시다. 지금까지 조선에서 발행한다는 소년잡지를 보면 순전히 신화(神話)와 몽환담(夢幻談)이며 그럿치 안으면 미담(美談) 가튼 종유가 만흔 바 이러한 것은 절대로 배격하지 아느면 안 될 것입니다. 싀골에 잇는 농민들이 녯날에 캐캐묵은 소설 『조웅(趙雄)전』이나 『소대성(蘇大成)전』 가튼 것을 조화한다고 그것을 우리가 보고서 그대로 잇슬 수가 업는 것입니다. 이와 가티 우리의 미래운동을 생각케 되면 어린 사람이 지금까지 읽어 왓다는 우에 말한 종유의 잡지를 배격하며 자연과학(自然科學)을 만히 실니인 잡지를 만히 읽키도록 하는 것이 조흘 줄 압니다.(사진은 김정원 씨)

李應爕, "(이날을 마지며, 오월 첫재 공일은 어린이날)우리 집에서는 산 교훈으로 지도!(5)", 『조선일보』, 1931.4.26.[13]

도라가든 긔계가 쉬이고 검엇케 소사오르든 연긔조차 쉬인 공장의 굴독을 바라보며 긔자는 동대문 밧 신설리(新設里)에 잇는 심치녕(沈致寧) 씨의 부인 리응섭(李應爕) 녀사를 만나기 위하야 모든 공장의 담을 끼고 돌며 납작납작 업드리여 잇는 누른 집 첨아 새이와 회색빗 양철 집웅 새이를 헤매이게 되엿슴니다. 부군 심치령 씨는 오래 전부터 조선청년운동(靑年運動)에 전신을 밧치여서 〈서울청년회〉의 간부(幹部)며 〈중앙청년동맹

---

13 원문에 '靑總委員 沈致寧 夫人 李應爕 女史 談'이라 되어 있다.

(中央青年同盟)〉의 간부를 력임하야 지금은 조선청년운동의 최고 집단(集團)인 〈조선청년총동맹(朝鮮青年總同盟)〉의 상무집행위원(常務執行委員)으로 잇서서 한편으로 요지음 이러나는 모-든 운동의 해소(解消) 문제를 연구하며 한편으로 청년운동의 진전책을 생각코 전위무대에 서서 투쟁하는 투사인 동시 부인 리응섭 녀사는 부군 심 씨를 위하야 곤란과 싸와가며 날마다 날마다 식검언 긔계의 도라가는 공장에서는 녀직공(女職工)의 생활을 계속하고 계신 바 긔자를 만나게 된 리 녀사는 엄숙하고도 온공한 자태로 여긔까지 차저옴을 무엇이라고 감사한 말슴을 할는지요? 그러고 제의 집에서 항상 모든 운동의 정세(情勢)를 이야기할 때에 조선의 소년운동에 대해서도 듯기는 하엿습니다마는 어듸 연구한 바가 잇서야지요. 그리고 더욱키나 책 가튼 것은 드려다보지도 못하엿고 해가 소스며 공장으로! 해가 떨어지면 이 오막싸리 집으로! 이 모양이니 저로서 무슨 말슴을 하겟습니가? 여긔에서 긔자는 말을 돌리어서 물엇습니다. 네 어린 것들 말슴입니가? 형제입니다. 여덜 살 된 재은(載殷)이와 네 살 된 재정(載貞)이가 잇습니다. 발서 두 아이가 잇스니 하며 약간의 고통스러운 우슴을 씌이며 이 형제가 자라면 아버지의 유전을 바더서 무론 사회운동의 력군(役軍)이 되겟지요? 하며 쏘한 미소를 씌우십니다. 큰아이를 학교에 보내느냐고요? 보시다십히 가정이 이와 가티 곤궁함으로 요즘 가튼 사회에 지금의 긔계적 교육이라도 바들 수 업게 된 저의 집 자녀로서는 우리의 가정의 큰 교훈이라는 것은 우리 가정의 산 교훈이올시다. 그리하야 이것이 실천적 교훈으로 압날에 력군을 만드는 큰 힘이올시다. 그러고 집안에서 어린사람을 엇더케 대하느야고요? 네 —— 우리 집에서는 돈이 잇는 쌜으조아지가 항상 어린사람들에게 쓰는 말인 너는 참 양반이다! 자라면 부자가 되여라! 무엇하라! 하는 봉건적 관념을 자아내는 말은 일체에 사용치 안코 언제든지 어린아희에 대하야 너는 자라면 새날에 새 사회를 건설할 역군이 되여라 하며 고취식키고 잇습니다. 그런 까닭에 집에서 아버지 되는 이가 일본서 발행하는 『소년전긔(少年戰旗)』 갓흔 책을 읽고서 거기에서 이야기를 하여 주고 합니다. 그러고 어린이날에 잇서서는 재래의 흐리

터분한 긔념 가튼 것은 좀 재미업게 생각하는 한편 될 수 잇는 대로는 새 방침을 세워가지고 우리 집과 가튼 업는 집 자식을 상대로 하는 운동을 이르키엇스면 합니다. 여긔 짜라서 어린이날이 국제적(國際的)으로 진출하야 국제 무산소년데-(國際無産少年日)이가 되엿스면 합니다. 그러고 어린아희들에게 새옷을 입혀서 야외 산보 가튼 것을 한다는 것은 전연 허식이라고 생각하며 유한계급에 할 일임으로 우리 집에서는 이러한 일은 하지 안코저 합니다.

沈瀅宜, "(이날을 마지며, 오월 첫재 공일은 어린이날)부모가 연구하며 주택지를 선택(5)", 『조선일보』, 1931.4.29.[14]

금년 드러서 처음이라고 할 만하게 관화객(觀花客)들의 마음을 조리여 가며 밤새도록 게속하고 아츰짜지도 쉬일 줄 모르는 봄비를 마저가며 서대문 밧 독립문(獨立門)을 바라고 행촌동(杏村洞)으로 발길을 두웟슬 째는 붉은 옷 입고 쇠사슬 찬 이들이 무학재 고개로 너머오는 쓸쓸한 바람에 자긔들의 파무친 한숨을 보내며 일터로 나가고 잇섯습니다. 행촌동 어구에 드러선 긔자는 임의 오년 전에 조선의 짱을 써나서 머-ㄹ니 북간도(北間島)로 드러간 조철호(趙喆鎬) 씨의 부인 심(沈) 녀사를 맛나기 위하야 비탈우흐로 질비하게 잇는 자그마한 집들을 물샐 틈 업시 뒤지여서 천신만고를 거듭하여 가지고 심 ■사를[15] 만나게 되엿습니다. 부군 조철호 씨로 말하면 임의 세상에서 아는 바와 가티 조선에서 소년군(少年軍) 운동으로써는 호시(嚆矢)로써 조선서는 제일 처음으로 여덜 사람의 회원으로써 소년군을 조작한 후 이 운동에 만흔 활동을 하다가 엇지할 수 업는 사정으로 가정을

---

14 원문에 '趙喆鎬 夫人 沈瀅宜 女史 談'이라 되어 있다.

15 '심 ■사를'은 "심 녀사를"의 오식이다.

니저버리고 북간도로 써난 후 가진 풍파를 다 격그면서 쓸쓸이 사라가는 심 녀사는 긔자를 대하매 금방 우름이나 나오실 것가티 비참한 안색으로 저에게는 아모런 재미도 업슬 뿐 아니라 이 세상에서 사라나갈 용긔조차 업습니다. 다만 마음을 부치고 산다는 것은 지금 자라나는 일곱 살 먹는 어린 것에게 잇습니다. 이 애가 세 살 적에 조 선생이 간도로 드러가섯는바 어느듯 저와 가티 자랏습니다 하시면서 저는 지금 와서 조 선생의 생각은 별노히 나지를 안습니다. 무소식이 희소식이라고 잘 잇겟지 하고 잇슬 뿐입니다. 그러시면서 긔자가 뭇는 말에 어듸 무엇을 아라야지요! 더욱이나 이 모앙으로[16] 세상을 등지고 숨어서 사는 몸이 무엇이라고 말하겟습니가! 저에게는 아모런 의견도 업스나 참으로 어린아희를 키우며 여긔 짤아서 성년(成年)까지 만드러 놋는다는 것은 큰 문제이야요! 조선의 아버지나 어머니는 어듸 자녀들을 교양할 두뢰를 가지 니가[17] 십 분이면 팔활은 업다고 하여도 과언이 아이니가요! 저는 이것을 철저이 늣기엇습니다. 자녀를 가르치려면 부모된 자신이 사랑하는 자녀를 위하야 몸을 건신하는 가운데 여러 가지로 연구의 연구를 하여야 되겟다는 것이올시다. 어듸 조선의 부모는 그럿습니가! 그러고 이러케 말하면 엇지 생각하실는지는 모르시지만 어린아희를 기르는 부모는 주택지(住宅地)를 잘 선택하여야만 되겟다는 것임니다. 왜 그러냐 하면 어린아희들은 모방성(模倣性)이 만흔 까닭에 무엇이든지 보면 보는 대로 함으로 엽집에서 하는 노릇을 조튼 납부든 번짜라서 하게 되는 것입니다. 그럼으로 자라나는 어린 아희에게 대하야 압날에 큰 관계가 만타고 철저히 늣기엿습니다.

이러한 여러 점으로 보아서 어린이날을 당하야 이 방면으로 연구하는 분은 적극적으로 활동을 하야 무식계급에 잇는 가정을 위하야 만흔 노력을 하여 주심을 바람니다.

---

16 '모양으로'의 오식이다.

17 '가지 니가'(가진 이가)의 뜻이다.

社說, "어린이의 권리-사회는 이것을 보장하라", 『동아일보』, 1931.5.3.

一

여러 해를 나려오며 조선의 어린이들을 위하야 직혀 온 날이 또 이르렀다. 따 우에 새싹이 햇발의 따스한 젖을 받아먹고 무럭무럭 자라나는 이 기절을 당하야 삼천리에 가득 찬 어린이의 부르지즘은 우리로 하야금 희망을 가지게 하며 또한 책임을 느끼게 하는 것이다.

조선의 희망인 소년소녀 동무들이어 무럭무럭 자라소서. 힘차고 날내고 활발하고 끼끗하게 크소서. 이것이 이날을 당한 우리의 축복이다.

그러는 동시에 우리는 이 축복이 헛된 데로 돌아가지 안키 위해서는 우리가 어린이에게 대한 의무를 깨닷고 그들이 마땅이 가저야 할 권리를 보장해 주어야 된다는 것을 크게 웨처야 되겟다.

二

조선의 어린이처럼 학대를 받고 잇는 이들은 드물 것이다. 그들은 배ㅅ속에서 나오면서부터 우리들의 가난함과, 무식함과, 욕심 많음과, 미신과, 저만 아는 것과, 무책임함을 인하야, 그리고 우리네 사회의 모든 제도의 불비함을 인하야 참으로 사람의 아들딸답키 못한 삶을 보게 된다.

우리의 어린이들은 열 살 되기까지에 거의 절반은 전염병과 폐염과 위장병으로 죽어 버리고 만다. 또 살아나는 대부분도 영양불량과, 긔생충과, 발육의 불완전으로 씩씩하게 자라지 못한다.

또 그들의 절반 이상이 문명한 사람의 당연한 권리라고 할 초등교육도 받지를 못하고 무식한 이란 수치스러운 이름을 평생 질머지고 다니게 된다. 혹 학교에 가드라도 자연스럽고 완전한 교육을 받기도 어렵거니와 그나마 교실에서 주린 배를 움켜쥐고 공부하기와 월사금이 업어서 교문 밖에서 우는 일이 종종 잇다. 공장의 몬지 많은 공기에 페인이 되는 동무는 얼마며 몸이 돈에 팔리어 사람의 범위를 벗어난 노레생활을 하게 되는 동무는 얼만가.

우리 어린이들에게 건강을 다고. 우리 어린이들에게 교육을 다고. 우리 어린이들에게 생활의 권리를 다고.

이 부르지즘에 귀를 기우림으로써 우리 자란 사람들은 이날의 뜻을 깨다를 것이다.

"어린이날－아기네를 두신 父母님들께", 『동아일보』, 1931.5.3.

一

근래에 해마다 어떤 날을 무슨 날로 정해서 긔념도 하고 선전도 하는 일이 류행합니다. 五월 一일을 메이데이라고 해서 로동자의 절일을 삼아 선전문을 뿌리며 시위운동을 하는 것이나 또 우리 조선에서 五월 첫재 일요일을 "어린이날"이라고 해서 이날에는 특별히 전조선 사람이 어린 아들딸들에 관한 것을 생각도 하고 어린이에 관한 강연도 듣고 글도 보고 또 어린이들이 대를 지어 시위 항렬도 하는 것 같은 것이 다 이런 일입니다. 이 앞에도 혹은 녀자날이라든지 조선민족날이라든지, 농민날이라든지, 과학날, 예술날이라든지 이런 날들이 생길 줄로 생각하거니와 이것은 좋은 일이라고 믿습니다.

二

어린이날에 우리는 무엇을 할가. 몇 가지 여러 부모님들과 같이 생각해 보랴고 합니다.

(1) 어린이를 존경하십시다. "아이가 무엇" —— 이러한 생각도 말고 말도 말고 어린이들을 스스러운, 그러고도 소중한 손님으로 알아서 그들의 뜻을 존중합시다. 그들의 정당한 요구를 무시한다든지, 또는 욕설하고 따리든지 하는 것은 귀중한 손님을 그리하는 것보다도 더욱 죄가 큽니다. 그뿐더러 감수성이 예민한 어린이들은 이러한 비인격적 대우에서 좋지 못한 성질을 배우게 됩니다.

(2) 어린이를 두신 가정에서는 만사를 어린이를 중심으로 하고 표준으로 하십시다. 흔히 우리 조선 가정에서는 어린이를 어른들의 소유물, 부속물, 긔껏 대접한대야 노리개로 아는 경향이 많으니 이것은 크게 옳지 아니합니다. 자녀가 가정의 희망이오 장래인 것을 분명히 아는 사람으로는 반드시 부모 자신을 중심하지 아니하고 자녀를 중심으로 해야 할 것이외다. 부모편에서 생각하기를 어린 자녀는 민족에게셔 양육하기를 위임 받은 왕자로

알아야 마땅할 것입니다. 만일에 어느 한 편이 희생되지 아니하면 아니 될 경우가 잇다고 하면 그때에 희생할 자는 부모라야 할 것이오 자녀여서는 아니 될 것입니다.

三

(3) 어린이가 맨 먼저 배와야 할 인사는 "고맙습니다" 하는 것입니다. 누가 무엇을 주거든 "고맙습니다" 집안에서 심부름하는 사람이 무엇을 해 주거나 주더라도 "고맙습니다" 하하는[18] 것을 가르처야 할 것입니다. 고마운 줄 감사할 줄을 아는 것 인생의 일생이 감사할 것으로 찬 것을 아는 것은 도덕의 근본요령입니다.

물장수가 물을 길어다 줄 때에 "고맙게", 우편배달부가 편지를 갓다가 줄 때에 "고맙게", 부엌일하는 어멈이 밥을 지어 줄 때에 "고맙게", 인력거부가 끌어다 줄 때에 "고맙게" 생각하도록 아기네들을 가르치실 것입니다. 만일 아기들이 저는 높은 사람 남은 낮은 사람 남은 저를 위해 주는 사람으로 알게 된다면 그것은 그 아기가 페ㅅ병이나 문동ㅅ병이 든 것만큼이나 큰 일입니다. 우리는 남을 섬기는 것으로 본분을 삼을 것이지 남에게 섬김을 받음을 당연하게 알 것이 아닙니다.

평등과 감사와 봉사(섬기는 것)는 아기네의 옷고름에 채워줄 가장 소중한 노리개입니다.

四

(4) 아기네들을 이리 꼬부리고 저리 휘고 해서 마치 좀ㅅ스러운 원정이 나무 맨들어 놓듯 할 것은 아닙니다.

아기네는 천연스럽게 쾌활하게 내버려둘 것입니다. 오직 힘써서 금할 것은 거즛말, 욕심, 리긔주의, 남을 낮후 보는 것, 떼쓰는 것 등이니 뛰지 말어라 웃지 말어라 작난 말어라 나가지 말어라 가만히 앉엇거라 절을 하여라 이런 것으로 어린이들을 구찮게 굴지 말 것입니다. 우리 아기네로 하여곰 제 맘대로 소리치고 웃고 뛰고 놀고 작난하게 할 것입니다. 이렇게 자라

18 '하는'에 '하'가 한 번 더 들어간 오식이다.

는 아기네들은 반드시 건전하고 유쾌한 사람이 될 것입니다.

五

여러분! 우리의 희망은 어린이들께 잇습니다. 조선 민족의 희망도 어린이들에게 잇습니다. 우리는 아모리 해서라도 우리 어린이를 우리보다 나은 사람으로 길어내지 아니하면 아니 됩니다. 우리보다 참되고, 우리보다 의리 잇고 우리보다 헌신적이오 우리보다 친절하고, 우리보다 용긔 잇고 ── 우리보다 힘잇는 사람으로 길어내지 아니하면 아니 됩니다.

社說, "朝鮮 어린이날", 『조선일보』, 1931.5.3.

一

五月 三日 이달의 첫 日曜日을 삼어서 例年처럼 "어린이날"의 紀念과 그 行列을 하게 된다. 어린이는 人生의 出發로서 社會에 나서는 첫거름이오 그들을 뭉치는 勢力은 將來를 결정하는 자라 가는 勢力이니 어린이 때부터 잘 길르고 잘 가르치어 時代와 社會에 맛당한 마음과 뜻과 밋 그 긔운을 길러 주는 것이 매우 緊切한 일이다. 朝鮮의 社會는 어린이의 養育에 잇서서도 아즉 올흔 표준이 서지를 못하야 數만흔 어른들은 지금도 아이들을 자긔들의 가진 물건처럼 녀기어 어린이를 어린이 自身의 處地대로 소중하게 대접하지 안는 그를 인도하고 가르치는 데에 常識에 버스러저서 욕하고 때리는 종놈에 對한 일처럼 하니 이것은 다만 사람의 社會의 問題만으로도 크게 깨닷고 고칠 바이오 어린이날에 四百萬 어린이들에게 외치고 또 날로 날로 깨우처 줄 일이다. 더구나 온 세상 어머니 아버지 언니 누의님 된 이들에게 새로히 외처서 더 한 번의 깨다름과 고침이 잇기를 재축하며 또는 두고두고 서로 일르고 精神 차려 갈 일이다.

二

둘재는 朝鮮의 어린이가티 가여운 이들은 업다. 그것은 모다 朝鮮 그것이 당하고 잇는 事情 때문에 그러한 것이지만 이것을 어린이 압흐로 보건대 朝鮮 땅의 朝鮮의 형편과 朝鮮의 대여 내려오는 이약이와 우리의 社會를 지금까지 지켜 오고 부지하여 오고 좃케도 하고 고생도 하고 깃버도 하고 근심도 하여 오든 事蹟을 바더 오는 날을 이여 갈 마음과 늣김과 긔운을 차려 가도록 할 수 업게 되니 이것도 欠 되는 일이며 어린이날에 닥처서 朝鮮의 어린이들이 또렷한 "朝鮮 어린이"인 자리에서 朝鮮 어린이의 마음과 늣김과 깨다름으로 꼿꼿이 서서 나아갈 수 잇도록 그 새 눈과 새 귀와 새 머리 새 가슴을 열어 주도록 하여야 할 것이다. 단 한 번에 이것을 徹底히 할 수 업는 바이면 두고두고 때와 틈과 계제를 쏘처가면서 이 때문에 힘써야 할 것이다. 朝鮮의 어린이는 어려운 자리에 잇다. 어려운 이들은 어린 때부터 똑바로 어려운 自己들의 신세를 깨닷고 그 대신에 애당초부터 밧작 精神 차려 나가감이 조흘 것이다. 朝鮮의 모든 어린이들아! 이 朝鮮은 녯날녯날부터 우리의 보금자리이오 또 넓고 넓은 세상에서 누구에게로 依賴하거나 기대서 지낼 바가 아니오 오즉 우리 어린이들이 자라갈스록 먼저 간 이와 압서서 헤치고 나간 어른들과 모든 뜻 늣김 긔운이 서로 맛는 자라 가는 동무들과 함띄 힘에 벅차도록의 힘ㅅ것의 일해 나아가기에 새로운 決心을 가저야 할 것이다. 그리고 우리들 어른 된 이들은 언제나 이 어린이날을 우리를 自身으로 똑바로 쥐고 나아가도록 씃씃내 가다듬어 나아가야겟다.

곡명거사, "우리 '어린이'들의 前途－어린이날을 보내면서", 『조선일보』, 1931.5.5.[19]

나는 우리 어린이들의 前途를 생각할 때마다 깃거운 늣김을 이기지 못함은 決斷코 漠然히 "靑年有望"이라든지 "前途洋洋"이라든지 等 廉價의 熟語에다가 그 基礎를 두어서 그러함은 아니고서 실상으로 今後 우리 어린이들의 所感 時境은 우리 成長者들의 그것과는 判然不同하야 그 進路의 順調的으로 展開될 事는 자못 의심할 餘地도 업슴으로써 함이니 엇지하야 그런고 하니 그들의 腦膜에는 支那文化의 傳統的 印象이 처저 잇슬 수 업슴으로요 그들의 心意에는 班常 又는 四色偏黨의 殺人的 差別概念이 남아 잇슬 수 업슴으로요 그들의 四肢에는 活潑한 運動術이 써러저 나갈 수 업슬 터임으로요 그들의 結婚 生涯는 아모리 일직 되여도 十二三歲頃에는 實現 不能임으로요 그들의 知識은 新世紀의 新興 事實만이 그 主樞를 지을 터임으로요 그들은 苟且한 妥協과 過度한 謙恭과를 斷然 排斥할 터임으로요 그들의 相對者는 全世界的으로 또 亦是 그들의 同格 又는 同感者들일 쑨임 —— 等 日月보다도 昭然한 各 理由로서이다. 이 預想을 더욱이 確保堅障키 爲하야 果然 一大의 吉兆가 뵈여 오니 그것은 卽 우리 어린이들의 相貌體格 等이 漸漸 우리 陳人들의 그것보다 매우 훌륭하게 되여 오는 그것이다. 그러하나 그들의 前途가 果然 順風掛帆의 歲로 進拓되야 가자 함에는 爲先 吾輩父兄階級者間에서 注意할 若干의 件事가 不無하니 卽 —— 激勵는 못할망정 阻碍는 하지 마라야 하겟다. 叱打는 하지 안는 代에 暗示는 間斷업시 주어야 하겟다. 孝誠을 强要치는 아는 同時에 早起早寢의 美風을 提誘하여야 하겟다. 良書美籍과 潔服好食(美食은 아니다)

---

19 '곡명거사'는 변영만(卞榮晩, 1889~1954)이다. 변영만의 자(字)는 곡명(穀明)이고 호는 산강재(山康齋), 삼청(三淸), 곡명(曲明), 백민거사(白旻居士) 등이 있다. 외무부장관을 지낸 변영태(卞榮泰)와 『명정사십년(酩酊四十年)』의 저자인 수주(樹州) 변영로(卞榮魯)는 변영만의 동생들이다.

을 供給하여야 하겟다. 그리고서 漸次 그들에게 溫突生活을 廢止하야 주어야 하겟다. 酒草吸食의 惡習을 防止하여야 하겟다. 砂糖加入의 諸 飮食物을 家庭 內에서 徹底的으로 全廢하여야 하겟다.(溫突砂糖의 關說은 五月號『青年』에 詳載) 그리고 要件 中에도 要件으로 우리 自身들부터 "어린이" 氣分으로 生活하기를 努力할 것이다. 다시 말하면 우리 朝鮮人은 全的으로 한번 童穉化 하지 아니하면 아니 되겟다 함이다. 地上天國의 門은 어린이 손에 依하야 비로소 열릴 것이다.

安俊植, "(少年講座)우리들의 설날, 國際 少年데－", 『별나라』, 통권50호, 1931년 5월호.

동무들아! 오늘은 오월 첫공일이다.

일터에서 버리하시는 우리들의 어머니 할머니 아주머니 누나들이 긔운 잇게 날쒸시고 압흐로 나아갈 결심을 하시는 날 "만국부인의 날"이 지난 三月 初八日이엿스며 아버지 아저씨 형님들이 일터에서 쒸여나오서서 긔운 잇게 날쒸시고 압흐로 나아갈 결심을 하시는 '메－데－'가 오월 초하로날인 것과 갓치 우리 세게 소년소녀들이 한데 모여 쒸고 놀고 모든 일을 결심하는 날이 잇스니 이날 이곳 오월 첫공일 "국제 소년 데－"다.

지금까지 조선에서는 이날을 "어린이날"이라 하야 다만 긔나 들고 노래나 부르고 길거리를 휘휘 단이엿슬 뿐이엿다.

五月 첫공일.(今年은 五月 三日) 이날은 과연 우리들의 경졀이다. 우리들의 "설"이다. 때와 땀에 저린 기름옷을 입은 공쟝의 우리 어린동무들 흙이 뭇고 거뮈줄이 얽키고 쓰(이상 2쪽)러진 무명옷을 입은 농촌의 어린동무들이 일터에서 쒸여나와 긔운차게 씩々하게 날쒸고 불으짓는 설날이다. 우리들은 우리들의 아버지 어머니 형님 누나 아주머니들과 쪽갓치 세력 만코 긔운 만코 돈 만흔 자들에게 눌여서 지내 왓다.

공장의 어린 동무들은 새벽부터 아버지와 형님 아저씨들을 짜러 밤중까지 긔계를 붓들고 피땀을 흘녀 가며 일을 해 왓스며 농촌의 어린누나들은 새벽부터 어머니 아주머니를 짜러 밧으로 들로 나아가 농사지여 나려왓다. 그러나 우리들은 먹을 것이 업다. 입을 것이 업다. 그것뿐만은 안이다. 일터가 업서 그나마도 일 못하는 우리들이 얼마나 만은지 모른다.

그리하야 세게의 뜻이 갓튼 어린 동무들은 한마음으로 힘 잇게 소리치며 일어낫다. "팡을 다고. 일터를 다고." 이날이 곳 오월 첫공일날이다.

동무들아! 삼월 초팔일의 "어머니날"이나 오월 초하로의 아저씨날이나 오월 첫공일의 우리들의 날이다. 그 큰 포부와 결심에 잇서 다 가튼 우리들의 날인 것을 잊지 말자!

동무들! 해마다 푸른 하날 맑고 종달새 놉히 우는 오월 첫공일의 우리들의 날을 굿게 직히자. 힘 잇게 직히자!

오월 첫공일 만세!
국제소년데— 만세!
우리들 만세! (이상 3쪽)

洪淳烈, "어린이날이란 무엇이냐", 『별나라』, 통권50호, 1931년 5월호.[20]

"어린이날"이란 무슨 날이며 무엇을 하는 날인가? 그리고 우리는 그날 꼭 해야 하고 꼭 직혀야 할 것은 무엇이냐? 가차운 일본(日本)만 해도 "어린이날"이란 것은 업다. 물논 달은 나라는 말할 것도 업시 어린이날이란 것은 차저볼 수 업다. 그러면 우리는 남의 나라가 갓지 안은 이러한 날을 가젓스닛간 자랑하야 할 것이냐. 아니다. 그것은 자랑이 되지 못한다. 왜? 그것은 가장 약하기 때문이다. 조선을 제처 논 달은 나라들은 우리들이 어린이날이라 하고 다만 소년소녀들만 노래하고 뛸 때 아버지 어머니 형님 누님 누구나 그날은 마음대로 평상시에 못 불으든 노래도 불으고 못 내 보든 힘도 낼 수 잇는 것이다.

그러나 이상하게도 그날은 노동자나 농민이 안이면 그러한 힘을 못 내 보는 것이다.

즉 이날이 '메-데-' May Day라고 불으는 날이다.

조선서도 이날 남과 갓치 일 년 동안 가슴에 가더 두엇든 슯흠 억울 모든 것을 자유롭게 하소연하고 짧흔 하루나마 깁부게 지내러 하얏든 것이다.

그러나 우리가 아다십히 지금까지 실행을 하지 못하게 되엿다.

그러면 우리는 "어린이날"이 조선에 잇서서 무엇을 말하는 것인가.

우리는 재래에 잇는 유희적 긔분을 버서나 참된 그날의 할 일을 알어야 한다.

그날을 다만 무조직하게 행렬을 지여 가지고 "어린이날"이라고 인쇄한 약 광고나 휘돌으고 아무 힘업는 노래나 멧 마듸 불은다고 어린이날이 되는 것이 안이다. (以下 五頁 畧) 一九三一. 三月 卅日 (이상 14쪽)

---

20 '洪淳烈'은 홍구(洪九)의 필명이다. 「별님의 모임」(『별나라』, 1933년 12월호, 39쪽)에 "洪九氏 洪淳烈 氏십니다. 京城府 都染洞 二七이십니다. (係)"라고 밝히고 있다.

嚴響, "(實際訓練)우리들의 설날, 國際少年데를 엇더케 마지할가?", 『별나라』, 통권50호, 1931년 5월호.[21]

◇ 새벽에 일즉 일어나서 행장을 차릴 것

새벽에 일즉 일어나서 행열에 참가할 준비를 하여야 한다.

우리들에게 고흔 옷이 업슬 것은 물론이다. 그러나 될 수 잇는 대로 깨긋하면 조켓다. 그러타고 깨긋한 옷이라야 되는 것은 안이다. 공장에 일하다가 나온 기름때에 저린 옷이라도 조타. 밧 갈다가 논 갈다가 흙과 거믜줄이 범벅된 뚜러진 옷이라도 조타.

그러니까 일부러 옷을 깨긋한 것으로 가러 입어야만 될 필요는 업다. 제군들의 어머니 아주머니 누나는 제군들의 옷을 자조 빨어 대려 줄 시간의 틈을 갓지 못하엿다. 그것은 과도한 로동들을 쓰닐 사이 업시 하시기 때문이다. 일즉이 일어난 뒤에 옷을 단々이 매고서는 골목〱 동무들을 불너 모아야 한다. 가만히 방에 안저서 누가 불느러 올 때까지 기다리고 잇스면 못쓴다. 오월의 초순이면 더구나 아침이면 쌋쓴지는 안치만치[22] 그다지 치웁지야 안타. 엷은 옷 구멍 난 옷이나마 악을 물고 용긔를 내여야 할 것(이상 47쪽)이다.

불너 모은 동무가 하나식 둘식 만어지거든 미리 모이기로 약속하엿든 큰 마당으로 가서 합해야 한다.

제군이 열 명 백 명 모혀 드는 것을 물그럼이 처다보고 섯는 제군들의 행렬에 들어올 자격이 업는 도련님 아가씨들의 불어워하는 듯한 얼골을 제군은 너무 과히 놀여 주지 말어라. 훌적이는 꼴이 보기 실치 안느냐.

◇ 까닭 업시 흥분되지도 말며 까닭 업시 겁내지도 말어야 한다

동무들이 만히 모이면 — 더구나 가튼 생각을 가지고 모이는 동무가 만흐

---

21 '嚴響'은 엄흥섭(嚴興燮)의 필명이다.

22 '안치만'에 '치'가 한 번 더 들어간 오식으로 보인다.

면 만어질수록 가슴은 울넝거려지고 힘은 더욱더 커지는 것을 자연이 늣겨질 것이다.

그러타고 공연이 마음이 뒤숭숭해지고 울넝～～ 자리를 못 잡으며 여긔저긔로 눈이 팔여 바려서는 못쓴다. 이럴 때일수록 마음속을 가다듬어 더한층 침착해저야 할 것이며 침착해저야만 행렬에서 억으러지지도 안코 규율(規律) 잇게 걸어 나아갈 것이다.

제군이 압흐로 행렬을 지여 나아가는 좌우에는 그대들는 행동을 주의하여야 한다. 그러나 조곰도 무서워하여서는 못쓴다. 겁을 내여서 어름어름하면은 애껏 깃부고 기운의 날이 오히려 실코 빠저나가 바리고 십흔 못난 생각이 날는지도 모를 것이다. 그러니까 조곰도 겁을 내여서는 못쓴다.

◇ 노래는 놉흐게 크게 부를 것, 숨은 고르게 천々이 쉴 것

발마추어 긔를 들고 거리를 나아갈 때 우리들의 목에서 나오는 노래는 푸른 五月의 한울을 깨여저라 하고 우렁차게 울닐 것이다.

압헤 서서 노래를 지휘(指揮)하는 이의 군호를 마추어서 노래소리는 박자가 맛도록 발자욱과 맛추어 불너야 한다.

발길이 빨으면 노래가 급해질 것이다. 노래가 급해지면 숨(呼吸)결이 급해지고 숨이(이상 48쪽) 급해지면 노래를 오래 불을 수 업슬 것이다.

우리들의 행진을 계속하는 동안 노래를 긋치지 안코 불느기 위하야 거름거리를 너무 급하게 해서는 못쓴다.

◇ 압헤서 너무 빨니 가지 말 것

나보다 압헤 슨 사람을 작고 밀며 속히 가자고 재촉하여서는 못쓴다. 뒤에 슨 사람의 짜러오는 정도를 생각지도 안코 자긔만 작고 걸어가도 못쓴다.

흐트러지々 안코 보기 조흔 행렬을 갓기 위하야(보담 더 규율 잇는) 압과 뒤와 엽헤 사람을 늘 주의하야서 걸어야 한다.

◇ 손에 들은 긔나 삐라는 함부로 해서는 못쓴다

여러분에게 난우에 준 긔(旗)가 잇스면 그 긔는 행진을 다하도록 찌저지々 안토록 주의하여야 할 것이다.

그가 쑤러저 길바닥에 궁굴며 그폭이 찌저저 바람에 날니면 그 산만한 풍경(風景)이 오히려 보기 실혀질 것이다.

그뿐만 안이라 압헤나 뒤에나 가운데에 서서 삐라를 들고 행렬밧게 사람을 줄 때에는 더욱 주의하야서 주어야 한다. 활동사진 광고나 약 광고처름 길바닥에 써러트리여서는 못쓴다. 늙은이 어른 신사 숙녀 진절하게 난우어 주어야 한다.(이상 49쪽)

丁洪敎, "우리의 어린이날을 국제소년 데－로 정하자!", 『어린이』, 제9권 제4호, 1931년 5월호.

어린이날은 어린이들을 위하야 만드러 노흔 날입니다. 그러면 이 어린이날을 조선뿐만 아니라 전 세계(全世界)적으로 거행하느냐? 하면 그럿치 안코 이날은 조선 —— 아니 우리의 어린 사람들만이 가지고 잇는 날이올시다. 그리하야 임이 지나간 여러 해 동안을 두고서 십삼도(十三道) 조선 각지에서 六百萬 어린 소년 소녀가 이 거룩한 명절에 긔를 두르며 기-ㄷ다란 행렬을 지여서 용장하게 노래를 부르며 부모와 사회와 또 일반 어른들에게 요구하는 여러 가지의 스로간(標語)을 적은 긔ㅅ발을 들고 단이게 된 것입니다.

그러면 이날은 어느 달 어느 날이라는 것은 여러분이 임의 잘 아시는 것과 가티 해마다 오월(五月) 달 첫재 공일(第一 日曜日)이올시다. 이삼년 전까지는 오월 일일로써 정하여서 거행되엿섯든 바 조선 각지에 잇는 수백만의 어린 사람의 모듬인 소년회(少年會)를 한데 모아 어린 사람의 최고 본영(本營)인 〈조선소년총련맹(朝鮮少年總聯盟)〉이 생기(組織)게 된 후부터 오월 첫재 공일노 정한 것이올시다 —— 왜 —— 고치엿는가 하면 오월 일일은 세계 각국(各國)에서 해마다 굉장스럽게 거행되는 로동제(勞働祭)— '메－데－'임으로(이상 4쪽) 이날과 한가지로 어린이날이 거행된다면 사회 일반에서 생각하기를 로동제일인지—어린이날인지를 분간키 어려울 뿐만 아니라 이날을 떠나서 어린이날은 어린이만 가질 어린이날을 만들고자 하는 뜻 아래에서 일자(日字)를 변경하기까지에 이르른 것이올시다.

그리하야 작년도만 하드라도 소총(少總)이 부실부실한 가운데에서 어린이날을 거행하엿는 바 전 조선 각지에서 소년단체가 참가한 것이 일백삼십여 곳이나 되게 된 것이올시다. 이와 가티 어린이날은 우리들 조선만이 가지고 잇는 만큼 금년(一九三一年度)만 하드라도 오월 삼일인 오월달 첫재 공일이—이 깃거운 압날의 우리 조선의 모-든 여러 가지 책임

(責任)을 두 억개에다 가득 질머지고 자라나는 조선의 어린 동모들의 희망이 가득히 찬 어린이날이 도라오게 되엿슴으로 지나간 해에 아모 일을 하지 못하고 날을 보내고 잇섯든 소총이 단독으로 하는 것보담도(소총만이 할 수도 잇지만) 좀 더 원만히 거행하기 위하야 여러 소년 단체의 련합단체가 한가지로 소총과 련합하야 어린이날중앙련합준비회(中央聯合準備會)를 이날만을 위하야 임시로 조직하야 가지고 만반에 준비를 하게 된 것이올시다.

이러한 지음 서울 한 모통이에 잇는 일부 소년단체와 잡지 지사(雜誌支社)에서 어린이날 반대동맹(反對同盟)을 조직하여 가지고 재래의 거행된 어린이날은 조선만이 가지고 잇슬 뿐으로 국제적(國際的)이 되지 못한다는 리유로 금년부터 국제무산소년데-(國際無産少年日)를 직히자는 결의를 하게 되엿습니다. 이것은 누구나 찬성치 안을 수 업습니다. 조선의 무산소년대중을 위하며 쏘 모든 나라와 한가지로 보조(步調)를 가티 한다는 의미에서……그러나 한 번 더 문제를 박구워서 생각케 된다면 지금까지 국제무산소(이상 5쪽)년일이라는 것의 거행됨이 별노히 업섯스며 로서아(露西亞)의 피오넬 운동이 잇게 되는 바 우리가 가지고 잇는 어린이날을 이즐수는 업다고 생각합니다 —— 우리가 이러한 처지에 잇는 조선에서 압날에 당도하여 올 모-든 일을 생각지 안코서 —— 그저 국제국제적만 한다면 좀 우습게 생각지 안을 수 업는 것이올시다. 이것은 것지도 못하면서 날으는 격이라 할 수 잇는 바 이보담도 우리의 어린이날이 날을 짜라서 이날의 뜻을 일반 조선 사회에서 업서서는 안 되겟다는 생각을 갓게 됨을 짜라서 이날을 우리 무산 소년이 가지고 잇는 날노 만들며 한거름 더 나가서 우리 전체의 소년 대중이 가지고 잇게 되는 동시 전 세게 각국이 이날을 국제소년일노 거행케 하도록 우리들이 노력하는 것이 어느 편으로 보든지 큰 의의가 잇슬 듯합니다.

——(四月 八日 記)——

崔靑谷, "生命의 紀念日―'어린이날'을 마즈며", 『어린이』, 제9권 제4호, 1931년 5월호.

공장(工場)에서! 농촌(農村)에서! 어촌(漁村)에서! 학교(學校)에서! 가정(家庭)에서! 가두(街頭)로! 가두(街頭)로! 조선의 어린 동지여! 우리가 가지고 잇는 질거운 "어린이"(이상 6쪽)날을 당하야 얼마나 깃겁읍습니까?

압날의 행복을 부르지즈며 날쒸고 긔렴하는 조선이 나은 오직 하나인 우리들 "어린이날"은 드듸여 당도하엿습니다.

공장에서 일하는 어린 동지여! 농촌에서 일하는 어린 동지여! 어촌에서 바다와 싸오는 어린 동지여! 학교에서 공부하는 어린 동지여! 불행히 불구의 몸이 되여 집안에 잇는 어린 동지여! 용감한 힘을 뽐내여 씃까지 이 긔렴을 직켜야 할 것입니다.

남과 유달게 조선의 어린이가 세계 독특한 "어린이날"을 가진 것은 어대로 보든지 의미가 깁다느니보다 세계의 소년으로 하여금 질거웁게 하는 우리의 긔렴의 날을 누구의 원조! 누구의 간섭! 다 집어치우고 우리 스사로 직혀야 할 것입니다.

조선을 써나서는 어느 나라 치고 우리들이 가진 "어린이날" — 少年日— 이 업습니다.

적다고 못할 십년의 력사를 가진 "어린이날"을 가진 조선과 — 어린 동지여 얼마나 질거웁니까?

그러나 우리가 조선이 나은 "어린이날"이라고 조선 사람의 어린이만이 이날을 직히며 긔렴하느니보다 국제적으로 이날을 전세게 어린이로 하여금 직히도록 할 필요가 잇습니다.

각가운 일본서도 조선의 소년으로만 조직된 우리들의 자랑인 이 "어린이날"을 얼마나 불어워하는지 모릅니다.

여러분 어린 동지여! 가장 이 질거운 이날에 나로서 하고 십흔 말삼은 퍽 만습니다. 그러나 나는 더 길다랏케 말슴치 안켓습니다. 왜?요 우리의

"어린이날"이 무슨 날이며 무엇을 하는 날인 줄은 발서 여러분이 다 아시고 게심으로? 단지 조선의 "어린이날"을 국제적으로 직키도록 힘쓰자고! 하는 말 한마디만 더 첨가해 두고 그만두겟습습니다.(이상 7쪽)

金起田, "(父兄께 들녀 드릴 이야기)－어린이날의 희망", 『어린이』, 제9권 제4호, 1931년 5월호.

어린이날! 이 세계가 비록 넓다 하나 즉 우리 조선의 어린이에게뿐 잇서진 이 어린이날도 어느덧 十年째 되는 긔렴을 당하게 되엿습니다. 해마다 마지하는 이날이라 할지라도 금년은 특히 十年째 된다는 것을 생각할 째 이날에 대한 늣김이 스사로 새로운 바 잇습니다.

一九一九年 뒤으로 우리 조선 사람들의 민족적으로 새로 살아나려 하는 정렬(情熱)이 한참 불부틀 째에 압날 조선의 주인 되는 六百萬 少년 남녀를 음죽이는 어린이날은 작정되엿습니다.

★

어린이날!이야말로 오늘날까지 거의 어린이를 닛고 사라 오던 우리 조선의 一千萬 부형 어른들에게 대한 일종의 정시(이상 8쪽)적(定時的) 경고가 되는 동시에 우리 六百萬 소년 남녀에 대한 승리(勝利)와 희망의 날이 되는 것입니다.

一九二二年브터 이 어린이날이 긔렴되기 시작하야 글로 말로 행렬로 또 그 밧게 모든 모양으로 이날을 직혀 오는 十年의 동안에 우리 조선의 부형급 또는 소년층 또 민중에게 준 충동(衝動)과 교훈은 실로 절대한 것이 잇슬 것입니다.

★

우리는 이날의 지내온 력사를 생각하야 감회가 무량함이 잇는 동시에 압흐로의 이날이 더욱 더욱 조선 소년대중의 승리와 광명이 차저오는 데에 잇서서의 중요한 날이 될 것을 확신하고 십습니다.

째는 쏫 웃고 새－ 노래하는 五月의 첫 봄! 명일 조선의 불 붓는 희망과 그든 신렴을 표명하는 거－륵한 어린이날은 또 한번 닥처왓습니다.

六百萬 되는 어린이 자신들은 물론이요 一千萬 父兄 모자 되는 어른들까지도 다－ 가티 이러나 이날의 깃븜과 승리와 희망을 축복하는 동시에 조선

소년운동의 새로운 정돈과 진작(振作)에 대한 관심과 분발이 잇기를 원하고 십습니다.(이상 9쪽)

文責記者, "(세계각국 어린이운동, 一)(현재 대원 팔백만명)씩씩하게 자라는 러시아의 피오닐－건강한 러시아의 아동들", 『조선일보』, 1932.1.1.[23]

현재 '싸벳트 러시아'에서는 어린 사람들의 문제를 가장 중대시 하야 지도(指導)방법을 두 가지(二種)로 나누워서 지도하고 잇습니다. 그것에 첫재는 무엇보담도 먼저 가르치여야만 되겟다는(敎育) 것이며 둘재는 튼튼한 러시아의

일군을 만드러야만 되겟다는 데에서 운동(運動) 방면을 힘쓰고 잇습니다. 우리 '러시아'에서는 십오세까지를 소년으로 하야 '피오니－르'대에 가입하게 되어 잇스면 십륙세 이상부터는 청년운동에 투사로 나서게 되는 것임니다.

◇　◇

그리하야 년령별노 지도하는 데 잇서서는 여덜 살까지는 '러시아'의 국법(國法)이 엇더하다는 것을 잘 알게 하는 동시에 실행하는 방법(方法)을 지도하며 어린 사람들의 심리(心理)를 잘 참작하야서 '싸벳트 러시아' 련방에

새로운 건설(建設)을 지도하게 되며 팔 세 이상부터는 실제운동 방법을 지도하게 됩니다.

◇　◇

그리하야 현재 '러시아'에는 군, 현, 학교, 공장 등에는 어듸든지 '피오니－르'대가 조직되여 잇서서 십세 이상 십오세 까지의 가입한 '피오닐－르'은

팔백만명에 달하야 씩씩하게 자라면서 새로운 모교를 향하야 전진하고 잇습니다. 여긔에 잇서서 '싸벳트 러시아' 련방에서는 '피오니－르' 운동을

23 '文責記者'는 '문장에 관한 책임은 기자에게 있다'는 뜻이어서, 글쓴이를 '文責記者'로 하였다. '露國總領事 이트킨 氏 談'으로 되어 있어 기자와 '이트킨' 씨의 대담으로 보인다.

적극적으로 진전식키키 위하야 학교 교육 이외에 '러시아'에서 계획한 건설 사업 중에 한 가지로서 만흔 경비를 드리여서 전국 각 공장에다가 여러 가지로 설시(設施)하면서 잇습니다.

◇ ◇

그러고 우에 말한 바와 가티 '피오니-르'의 건강 문제에 대하야 주력하고 잇는 바 여름

가튼 때에는 각처에서 림간(林間)과 해변(海邊)에 모듸여서 야영(野營)을 하면서 신체를 단력식키는 외에 집단(集團)생활을 하야 집단의식을 어려슬 때부터 머리속에 너어 주게 됨니다. 이와 가티 아동에게 대한 건강 문제에 힘을 쓰고 잇는 까닭에 여긔에 대한 수자(數字)로써 표시(表示)된 바를 보게 되면 '싸벳트 러시아' 련방에 아동

사망률은 영미(英米) 등 세계 각국보다 헐신 덜하야 건강한 아동— 씩씩한 압날에 일쑨이 만히 자라나고 잇는 것을 표현하고 잇습니다.

◇ ◇

그리하야 최근 '러시아'에서는 교육 방면— 운동 방면에 잇서서 규칙적으로 착착 완전한 지도긔관(機關)을 설시하고 잇슴으로 전국 '러시아'의 '피오니-르'은 영리하고도 건강하게 '러시아'의 새로운 건설과 아울러

압날을 향하야 뻐더나가고 잇습니다. 아즉 엇더한 점으로 보면 부족한 점이 만치만 이러한 점을 작구 생각하야 아동긔관을 더욱 건설하고 잇슴으로 얼마 후에는 완전한 지도긔관이 되리라고 생각함니다. 그런데 끗흐로 한 말슴할 것은 우에 잇서서 빠지엿는 바 칠세로부터 십세까지를 '피오니-르'의 준비가 되여 잇는 바 그 새이에 일홈을 '옥새푸렛트' '피오니-르'이라고 하고 잇습니다. (文責 記者)

丁洪敎, "朝鮮少年運動 槪觀－今後 運動의 展開를 望함(一)", 『조선일보』, 1932.1.1.

먼저 말

우리들 어린사람들의 운동이 이러난 후 금년과 가티 침체(沈滯)를 거듭한 해는 업스리라고 하겟슴니다. 실제 운동(實際運動) 방면으로 보든지 소년문예운동(少年文藝運動) 방면으로 보든지 참으로 조용하게 일 년을 보내엿다고 하겟슴니다. 다만 금년 일 년에 소년운동선상에서 일반적으로 성대히 거행하엿다는 것이 해마다 거행되는 오월 첫재 공일인 어린이날의 긔념이며 적게 말하면 〈경긔도소년연맹〉에서 거행한 소년축구대회로써 그 외에는 아모런 것이 업는 것입니다. 이야말로 질로 보든지 량으로 보든지 전부가 침체를 계속하며 금년의 일 년을 보내게 되엿슴니다. 그러고

소년문예 방면을 보면 멧 개의 소년잡지로써(완전하다 할는지?) 소년문예를 발표하며 각금 각금에 신문지상에 발표함이 잇섯스나 새로운 맛을 씌인 것은 보지 못하엿슴니다. 이와 가티 두 가지 운동이 순연히 한산한 가운데 빠지어서 방향을 잡지 못하고서 一九三一년을 보내게 된 것임니다. 그러면 여긔에는 이와 가티 된 원인이 잇슬 것임니다. 여긔에서 먼저 이 원인을 규명하기 전에 먼저 조선의 소년운동의 초대(初代)로부터 오늘날까지의 한 페지 력사를 전시하고 나종에 긔록할가 합니다.

◇ ◇

조선의 소년운동(少年運動)은 일천구백십구년도에 조선의 다른

부문운동과 아울러 진주 광주 등지에 시작되엇슴니다. 그리하야 이곳을 긔점으로 하야 전조선 각지에서는 이곳저곳에 소년회 간판이 걸니게 되엇슴니다. 그리하야 일천구백이십이년에 서울에서 〈천도교소년회(天道敎少年會)〉와 일천구백이십삼년에 〈반도소년회(半島少年會)〉가 창립됨을 짜라서 경성에도 만흔 소년회가 설치하게 되엿슴니다. 그러하던 중 일천구백이십사년에 〈서울청년회〉에서 새로운 목표와 새로운 의식으로써 서울소

년단(서울少年團) (이하 2줄 가량 해독 불가) 습니다.

이와 가티 조선의 소년 운동이 이러난 지

삼사년에 방향전환(方向轉換)의 소년단체를 조직하자는 소리가 들리게 된 것임니다.

이와 가티 진전하야 나오는 중 일천구백이십사년에 신문 관계자와 잡지 관계자며 서울의 소년지도자가 모듸에서 〈소년운동협회(少年運動協會)〉라는 협의긔관이 조직됨을 짤아서 그해부터 오월 일일을 "어린이날"로 정하야 어린 사람의 애호운동(愛護運動)을 일반사회적으로 웨치며 가두의 행진으로써 어린이의 권익을 웨치게 되엿습니다.

그뒤 일천구백이십오년에 서울에 이곳저곳에 창업되여 잇는 소년회들이 한데 모듸에서 경성소년지도자련맹인 〈오월회(五月會)〉를 조직하야

우선 경성만이라도 소년운동의 통일 전선을 취하게 되엿는바 그때에 선언과 강령은 이러하엿슴니다.

◇ 宣言 ◇

우리는 圓滿한 理想과 遠大한 抱負와 堅實한 實力으로써 聯盟의 目的을 貫徹코저 이에 宣言하노라.

◇ 綱領 ◇

一. 우리는 社會進化 法則에 依하야 少年總聯盟을 締結함

一. 共存共榮의 精神으로 京城少年事業의 增進을 圖謀함

一. 相扶相助의 主義도 人類共存의 思想으로써 時代潮流에 順應코저 하야 少年聯盟을 完全 充實히 達成코저 한다.

이러한 주장 아래에서 그해 일 년 동안을 여러 사업으로써 지도에 노력한 후

일천구백 이십오년에는 오월 일일인 "어린날"을[24] 〈오월회〉 주최 아래에

24 '"어린이날"을'의 오식이다.

서 전조선적으로 거행하게 되어 조선의 소년운동을 통일식키고저 노력하게 되엿습니다.(계속)

丁洪教, "朝鮮少年運動 概觀－今後 運動의 展開를 望함(二)", 『조선일보』, 1932.1.9.

그리하야 〈오월회〉에서는 통일적 목적을 달성키 위하야 전조선순회강연이며 순회동화회 등을 개최하야 아동운동에 대한 의의이며 동화를 보급시키는 동시에 지방 각 소년회와 련락을 취하게 되엿다. 이와 가티 조선소년운동의 지도방침(指導方針)을 통일식키고저 노력하든 〈오월회〉에서는

일천구백 이십칠년의 어린이날을 경과한 후 전조선의 통일긔관(機關)을 조직하고저 〈조선소년련합회창립준비회(朝鮮少年聯合會創立準備會)〉를 조직하는 동시에 준비에 대한 선전문을 배포하게 되엿다. 그리하야 동년 칠월에 복잡한 문제 가운데에서 대립적 입장에 처하야 잇든 〈소년운동협회〉와 〈오월회〉는

구든 악수 아래에서 발긔대회(發起大會)를 개최하게 되엿다. 이때에 참가단체로는 사 개 련맹(四個聯盟)과 륙십사 개 단체가 참가하게 되엿다. 그리하야 그 즉석에서 선언(宣言)과 강령(綱領)을 작성하야 배포하게 된 바 그것은 이러하엿습니다.

◇ 宣言 ◇

離散으로부터 統一 集力에 氣分的 運動에서 組織的 運動으로 우리 少年運動은 方向을 轉換할 絶對 必要에 當面하엿다.

이 重大한 時期에 立한 우리는 오늘까지의 온갓 事情과 障隔을 超越하야 一致相應한 全 運動의 統一을 期하고 이에 〈朝鮮少年聯合會〉를 創立한다.

◇ 綱領 ◇

一. 本會는 〈朝鮮少年運動會〉의 統一的 組織과 充實한 發展을 圖함

一. 本會는 朝鮮少年運動에 關한 研究와 그 實現을 圖함

◇ ◇

이와 가튼 선언과 강령 아래에서 전조선의 소년단체는

상호상응하야 일천구백이십칠년 십월에 〈조선소년련합회(朝鮮少年聯合會)〉를 창립하엿습니다. 이와 가티 련합회가 창립됨을 싸라서 〈소년운동협회〉와 〈오월회〉는 해체(解體)하게 되엿습니다. 이로써 조선의 륙백만 소년을 지도하려는 소년운동단체는 완전히 한 보조로 굿게 뭉치게 되엿습니다. 그 뒤에 〈소년련합회〉는 일천구백이십팔년 사월에 제일회

정긔총회에서 동맹제(同盟制)를 채용하는 동시에 〈소년총동맹〉으로 조직을 변경하게 되엿습니다. 그러고 멧 해 동안 "어린이날"을 오월 일일로 거행하든 바를 오월 첫 공일로 일자 변경을 하게 되엿습니다. 그 원인은

오월일일의 로동제일인 '메데이'와 "어린이날"과 서로 상충됨으로 "어린이날"과 '메데이'를 서로 살이기 위하야 일자를 견경하게[25] 된 것임니다. 그리하야 그해부터 전조선의 소년단체는 오월 첫 공일로 "어린이날"을 거행하게 되엿습니다.

◇ ◇

우에 말한 것과 가티 련합회를 동맹제로 고치고 쌀라서 종래의 자유련합제(自由聯合制)이든 조직을

민주주의적 중앙집권제(中央集權制)를 채용하는 동시에 다음과 가튼 강령과 표어를 작성하게 되엿습니다.

◇ 綱　領 ◇

一. 本 總同盟은 朝鮮少年의 權利 及 利益을 主張 代表함

二. 削除

三. 本 總同盟은 全 朝鮮 少年大衆의 鞏固한 組織의 完成을 期함

◇ 標　語 ◇

一. 文字普及은 少年期부터 하자.

---

25 '변경하게'의 오식이다.

一. 農村少年 敎養을 普及하자.
一. 迷信的 少年運動에 대하야 徹底히 排擊하자.
一. 機會主義的인 二重運動을 排擊하자.
一. 朝鮮 兒童圖書舘 設置를 實行하자.
一. 少年 人身賣買에 對한 防止運動을 하자.
一. 十八歲 以下 早婚 防止運動을 하자.
一. 少年 危險 作業, 幼年 勞働 防止運動을 하자.

이와 가티 굿세인 표어와 강령으로 제일선을 출발하려 할 지음에 경찰 당국에서는 동맹제 채용은 올치 안타 하야 금지를 밧게 되엿습니다.

丁洪教, "朝鮮少年運動 概觀－今後 運動의 展開를 望함(三)", 『조선일보』, 1932.1.12.

여긔에 잇서서 새로히 선거된 중앙간부들은 여러 가지로 방책을 토구하여 보앗스나 만일 회명과 제도를 고치지 안으면 조선 소년들의 총진영인 중앙긔관은 집회금지가 되든지 그럿치 안으면 해체의 운명에까지 이르게 됨으로 엇지할 수 업시 회명을 변경하야 〈조선소년총련맹(朝鮮少年總聯盟)〉으로 고치게 됨을 짜라서 조직체(組織體)도 달니하야 일면일소년회(一面一少年會)제로 하여 군부에 군부련맹 도에는 도련맹을 조직하도록 하고 이 뜻을 전조선에 흐터저 잇는 세포(細胞)단체에게 성명서와 한가지로 가부(可否)의 의견을 서면(書面)으로 무러보게 되엇습니다. 그리하야 **부득이한 경우**라고 회답이 온 곳이 반수 이상이엿슴으로 회명 변경의 대한 결정은 완전히 끗을 막고서 제이단(第二段)으로써 총련맹에서는 도련맹을 조직키에 착수하게 되엿던 것임니다. 그리하야 제일 착수로 경상남도(慶南)과 경긔도(京畿)와 전라남도(全南) 세 곳에다가 도련맹을 조직키 위하야 중앙에서는 활동케 되엿습니다. 이와 가티 활동하는 일천구백이십팔년 팔월에 경남 밀양(密陽)에서 마산, 동래, 밀양, 온양, 통영 수산 등의 각지 소년회 대표자가 회합하야 위치를 밀양으로 두기로 하고(지금은 마산으로 이전) 여러 가지 사항을 토의한 후 〈경남도소년련맹〉을 조직케 되엿습니다. 그러고 그달 이십구일에는

경성에서 수원, 장단, 인천, 의정부, 서강 등의 각지 소년회 대표자가 모듸여서 성황리에 〈경긔도소년련맹(京畿道少年聯盟)〉을 조직하게 되엿습니다.

丁洪敎, "朝鮮少年運動 槪觀-今後 運動의 展開를 望함(四)", 『조선일보』, 1932.1.15.

그러고 이달에 전라남도에다가 〈전남소년련맹〉을 쏘한 조직하기 위하야 창립 장소를 광주(光州)로 정하고 각지에서 륙십여 명의 대의원이 회합하야 창립총회를 개최하려든 차에 당국으로부터 도련히 집회금지(集會禁止)를 밧게 되엿습니다. 그리하야 대의원들은 간담회라도 열고자 무등산 증심사에서 모엿다가 경성에서

파견한 중앙 간부를 위시하야 그 즉석에서 전부 검속되게 되여 나종에 일곱 명만 검사국까지 너머가서 체형까지 밧게 되여 〈전남도련맹〉은 뜻과 가티 조직치 못하고 마럿습니다.

그 후 총련맹에서는 특별히 소년애호주간(少年愛護週間) 등을 설시하며 기타 여러 가지 사업으로 소년지도에 노력하든 일천구백이십팔년 십이월에 정긔총회(定期總會)를 열게 된 바 처음부터 대회장의 분위긔는 이상하게 흐르게 되여 경성에서 파견한 〈경성소년련맹〉의 대의원들이 퇴장(退場)하는 등 분규가 일게 되엿습니다. 그리하야 그 후에 속회(續會)까지 열리게 되여 간부가 두 번식 선거 되는 등 조선의 장래를 마틀 소년들을

지도한다는 소년단체로써 사회의 면목이 업슬 만치 불상사가 생기게 되엿습니다.

여기에 대한 커다란 원인은 총동맹(總同盟)이 총련맹으로 회명을 변갱하는[26] 동시에 일변일소년회제를[27] 채용하야 운동선상을 홀란케 햇다는 데서 문제는 생기게 된 것임니다.[28] 그리하야 정긔대회는 원만이라는 것보담도 불평 가운데서 간부를 각각 선거하며 서류가 업서지며 하는 불상사가 련발하며 씃을 맛게 되엿습니다. 그리하야 그해부터 분산(分散)에서 단결(團結)로 총진영인 총련맹까지 조직하고 도련맹을

조직하는 등 여러 가지 방면으로 계단을 밟아서 잘 진전되든 우리의 소년운동선상을 다시금 혼란상태로 지내게 되는 동시에 아모런 사업에도 착수치 못하게 되엿습니다.

이와 가티 지낸 지 멧 달이 못 되여서 오월 첫재 공일인 우리의 "어린이날"을 마지하게 되자 속회에서 선거한 중앙간부는 선거 후에 그동안 혼란된 운동선상을 수습함에 전력을 다 들이는 동시에 전조선적으로 어린이날을 착수하게 되엿습니다.

그리하야 전조선에 잇는 소년단체는 이에 향응하야 방방곡곡에서 원만하게 어린이날을 거행하게 되여 백이십여 단체의 참가와 사만여 명의 어린이 동원으로 새로운 조선의 건설을 부르짓게 되엿습니다. 그리하야 어린이날을 경과한 후부터

각 소년회에서는 새로히 정긔대회를 소집하자는 등 재조직을 하자는 등 새로웁게 더 굿세게 단결하자는 소리가 전선에 가득하엿습니다.

---

26 '變更하는'의 '更'을 '갱'으로 잘못 읽은 것이다.

27 '일면일소년회제를'의 오식이다.

28 문제가 생겼다는 내용은 다음을 참고할 수 있다. "鬪爭과 組織을 否定하는 것은 確實히 運動의 解消와 ××使者로의 轉化를 爲한 反動이 아닐 수 업다. 그것은 卽 强力的인 支配階級의 압헤의 軟弱한 屈服이오 또 屈服함으로서 現 制度의 發惡을 維持하고 擁護하는 一翼的 任務를 모름직이 遂行하는 것임으로서다.(저— 반동적인 소년애호주의를 보라! 소위 일 면 일 소년회제의 정체를 규명 폭로하라!)"(金成容, 「少年運動의 組織問題(二)」, 『조선일보』, 29.11.27).

丁洪敎, "朝鮮少年運動 槪觀－今後 運動의 展開를 望함(五)", 『조선일보』, 1932.1.16.

그리하야 일천구백이십구년 십일월에 중앙에서는 재차 정긔대회를 소집하야 정긔대회를 열고 견고한 조직체를 만들고자 하엿스나 지방마다 경비문제로 상경치 못하게 되엿스며 상경한 십명 내외의 대의원으로는 도저히 불가능함으로 엇지할 수 업시 대회는 류회되고 말엇습니다. 그리하야 오늘날까지 해마다 "어린이날"만을 중앙의 지휘로써 거행하면서 별다른 진전을 보지 못하면서 침체 중에 서 잇게 된 것임니다.

이와 가티 중앙이 침체한 가운데에 잇는 짜닭에 여긔에 짜라서 지방의 소년운동도 별다른 진전이 업시 간판만을 유지하는 우리의 소년운동을 엇지하여야 할 것인가? 오늘에 조선의 사회운동은 어느 부분이나 다 한가지로 별다른 투쟁이 업는 동시에 〈신간회〉 운동도 만흔 파란 가운데에서 해소(解消)까지 하기에 이르게 된 것이 안임이다. 그러면 여긔에 아모런 능력이 업시

간판만을 가지고 잇는 소총(少總)도 차라리 해소하고 마는 것이 조흔 방침이 아일가— 파괴가 잇스면 건설이 잇스니가— 그러나 만약 새로운 건설을 바랄 것 갓흐면 이왕에 조직 하에서 오늘날까지 나려온 진영을 엇더한 방법으로든지 전조선에 잇는 지도자 제씨와 소년회 간부 제씨는 서로서로 조흔 대책을 강구하야 과거보담도 더 굿세힌 집단으로써 투쟁하야 나가도록 하는 것이 우리들이 한가지로 취할 선결책(先決策)이 아인가 합니다. 오늘에

세계소년운동을 살피여본다면 각각 그 나라마다 어린 사람들을 위하야 만흔 경비를 드리여서 여러 가지 사업에 착수하고 잇는 중 '싸벳트 러시아' 가튼 나라에서는 '러시아'의 오개년(五個年)에 계획 한아로 여러 가지로 '피오니-르'에 사업을 착수하야 현재 각 군현마다 '피오니-르'대를 조직하야 현재 '피오니-르'대에 가입한 회원만 팔백만 명에 달한다고 합니다.

그러면 우리는 이러한 세계적 경향을 비치어서 더욱이나

조선의 현실을 살피여 가지고 우리의 소년운동에 새로운 갱생이 잇도록 하지 안으면 안 될 것임니다.

丁洪教, "朝鮮少年運動 概觀－今後 運動의 展開를 望함(六)", 『조선일보』, 1932.1.19.

여긔에서 일천구백삼십이년을 마지하는 우리들은 조선에 소년운동을 위하야 새로운 비약이 잇지 안으면 안 되리라고 생각합니다. 우리들은 지도자를 상대로 하는 우리의 운동이 아니고 륙백만 조선의 어린 사람들의 장래 이것보담도 조선의 압날을 위하야 이러난 소년운동일 것입니다. 여긔에서 우리는 스사로 지도한다는 그 책임이 과연 얼마만이나 중대함을 생각지 안으면 안될 것입니다.

그럼으로 우리들 지도자 제씨는 우리들 사이에 지난해에 소소한 리론이 서로 다른 점이 잇다 하야 중대한 조선의 소년운동을 혼란한 가운데에

침체케 한다면 이것이야 말로 사회의 큰 죄인들이 될 것입니다. 그럼으로 우리들은 다 각각 해결책을 강구하야 과거의 서로 그릇됨을 전부 청산(清算)하는 동시에 침체 속에서 잠자고 잇는 전조선의 이백여 소년단체는 리론(理論)만을 압세우지 말고 우리 소년운동의 자체를 실제 방면으로 새로운 단결(團結)과 진전이 잇도록 하여야만 하겟습니다.

그러면 엇더한 방법을 취하여야 할 것인가 —— 먼저 생각할 문제는 전조선에 잇는 소년회 지도자(指導者)나 간부(幹部)는 엇더한 방법으로든지 한자리에 모듸여야만 하겟습니다. 만일 경비 문제로 모힐 수가 업다고 하면 서면(書面)으로라도 하여야 하겟습니다. 그리하야 거기에서 엇더한 모듬의 회명을 부치고 그곳에서 여러 가지로 발전책을

강구하도록 하여야 하겟습니다.

여긔에서 필자 자신은 소년 지도자 제현이나 간부 제씨에게 간절히 제의하고자 하는 것은 일천구백삼십이년 우리의 명절인 오월 첫재 공일 "어린이날"을 마지하기 전에 우리들은 륙백만 조선의 소년을 위하야 침체되여 잇는 소총의 진영(陣營)을 새로운 방침으로써 복흥식히여야[29] 하겟습니다. 그러하기 위하야 우에도 말한 것과 가티 중앙(中央)에서 소년회대표자협의회(少年會代表者協議會)를 개최하자는 의견인 것입니다. 그리하야 서로 타협하여 가지고 소총복흥총회(少總復興總會)를 여러야만 하겟습니다. 그리하야 일천구백삼십이년도의 우리들은 새로 방향(方向)으로써 나아가야 하겟습니다.

그러케 하야 과거보담도 더 굿세게 뭉치어지어야 되겟습니다. (씃)

여러 가지 문제로 더 길게 쓰고자 하엿스나 시간에 여유가 업슴으로 미비한 그대로 씃치게 됩니다.

---

29 '復興식히여야'의 '부흥(復興)'을 '복흥'으로 잘못 읽은 것이다.

安丁福, "少總 沈滯와 그 打開策에 對하야(一)", 『조선일보』, 1932.2.10.

조선소년운동은 일천구백이십팔년도 〈조선소년총련맹〉 제이회 정긔대회 이후로부터 그 대세는 기우러지기 시작하얏다. 그럼으로 우리들은 조선소년운동의 혼란 침체(混亂沈滯)된 현상과 그 원인(原因)을 밝히 알랴면 먼— 역사(歷史)를 더듬는 것보다도 소총 제이회 정긔대회 상황과 그 이후의 진행 상태를 정당히 구명(究明)하는 데에서 더욱이 그 원인을 잘 알 수가 잇슬 것이다. 그러나 우리 소년운동의 혼란과 침체는 말하는 사람이 잇스면서도 아직까지 그 원인을 밝힌 사람은 업섯다.

그럼으로 나는 본보 신년호로부터 실리인 동지 정홍교(丁洪敎) 씨의 「朝鮮 少年運動 槪觀—今後 運動 展開를 望함」[30]이란 론문이 발표됨에 큰 긔대를 가지고 정성으로 읽엇다. 그러나 그 론문은 나의 긔대를 퍽은 억으러트리고 말엇다. 그것이 더욱 개념에만 흘너 나감이 그럿타.

그러나 나는 이 붓을 들어 정 씨의 론을 평하랴는 것이 아니요 진실로 조선소년운동을 위하는 의미에서 더욱 동지의 "론"을 중이 생각함으로 이 붓을 들게 된 것을 미리 말하야 두며 쏘한 이번은 정 씨의 론문을 읽으면서 생각한 것만 쓰는 대 끈일 것을 거듭 미리 말하야 둔다.

30 정홍교의 「朝鮮 少年運動의 槪觀—今後 運動의 展開를 望함(전6회)」(『조선일보』, 32. 1.1~19)을 가리킨다.

安丁福, "少總 沈滯와 그 打開策에 對하야(二)", 『조선일보』, 1932.2.13.

一. 沈滯와 原因

소년운동의 침체된 현상을 론하랴면 소총 제이회 정긔대회 상황을 알어야겟단 것은 우에서도 말한 바 잇지마는 그것은 다른 동지도 단편적으로 론한 바도 잇고 필자도 전 『중외일보(中外日報)』 지면을 빌어 발표한 바가 잇섯스며[31] 그쁜 아니라 지금 그것을 세밀하게 론하기에는 지면관계도 잇고 하야 이곳에서는 간단히 말슴하고 다음 긔회로 약속하고 넘어가랴 한다.

먼저 소총 제이회 대회가 큰 파란을 이르키게 된 원인을 알랴면 그 대회를 중심으로 하고 모인 인물과 그들의 중심 리론(理論)을 잘 살피는 데 잇다. 그러면 그 인물들이란 누구일까? 그것을 갈나 보면 소위 속회파(續會派)와 불법파(不法派)로 난호인 대로 보는 것이 조켓다. 속회파는 당시 중앙간부와 그를 지지하는 일파이요 불법파는 마산(馬山) 리원(利原) 등의 동지로서 〈경남도소년련맹〉을 중심으로 하고 모인 것이다.(그러나 경남도맹의 전부는 아니엿다.) 그리고 이들을 싸고도는 리론은 "동맹"과 "련맹" 쌔문에 잇다. 그것은 전번 총회에서 련합회를 총동맹으로 고치인 것을 중앙간부가 서면대회(書面大會)로써 곳치엿기 쌔문이다. 그 리유는 당국으로부터 총동맹은 허가하야 줄 수 업다고 함으로 그러나 지방 동지들 중에는 전연 이것을 밋지 안코 더욱 중앙간부를 의심하게 되엿든 것이다. 그리하야 그 리면에는 커다란 불만이 싹이 자라서 큰 화근을 만들고야 말엇스니 그들 지방 동지들 중에는 서울의 가튼 의지를 가진 사람과 단단한 약속으로 제이회 대회를 림하기를 굿게 약속들을 하얏스니 그것은 당시 년령을 숙이고[32]

31 안정복의 「派爭에서 統一로−어린이날을 압두고(上,中,下)」(『중외일보』, 30.4.21~25)와 「全國 同志에게 少總 再組織을 提議함」(『중외일보』, 30.6.6)을 가리킨다.

32 문맥상 '속이고'의 오식으로 보인다.

소년회 소속원도 아님에 모-든 것을 돌아보지 안코 대회에 림하고야 만 몃 사람이 잇섯스니 이들이 발각됨으로 그것을 알게 되얏다.

그러면 그들은 무엇 때문에 그런 일까지 하얏슬가. 그것은 전연 중앙간부를 타락의 인물로 보앗기 대문이다. 그리하야 그들을 구축하기 위하야 그리하엿든 것이다. 그러나 뜻대로 되지 안코 량파 대립 항쟁은 더욱 극렬하야 갓섯다.

그리하야 항쟁이 길어짐으로서 일시 긔분으로 남의 권유로 날뛰든 사이비(似而非) 소년운동자들은 권태를 늣기고 물너가게 되엿스며 이것이 원인으로 소총은 중앙긔관으로서의 긔능을 발휘할 만한 힘을 일케 되얏슴으로 소총 제삼회 대회 류회(流會) 원인도 여긔에 잇섯든 것이다.

이러케 난관 난관을 거듭하는 동안에 지방 동지들 중에 모모 사건에 관계로 영오(囹圄)의[33] 몸이 된 동지도 잇고 또는 일약 동화작가로 전환 잇게 되엿스며 실로 소년운동은 말할 수 업는 분산 상태에 빠지게 되엿다.

安丁福, "少總 沈滯와 그 打開策에 對하야(三)", 『조선일보』, 1932.2.14.

그리하야 일천구백삼십년 삼십일년도의 "어린이날"을 정롯는[34] 소총 명의로 거행하얏다고 하나 그것은 전연 그럿치 안엇다. 당시의 소총은 도모지 움지기지 못할 상태에 잇섯다. 그리하야 그해 어린이날은 그대로 넘기여 보내기가 섭섭하야 림시로 어린이날준비위원회(準備委員會)를 조직하고 그해의 어린이날을 거행하얏든 것이다. 그리고 그해에 어린이날을 지나고

33 '영어(囹圄)의'의 오식이다.

34 "드러내거나 나타남"이란 뜻의 '정로(呈露)' 곧 '정로는'으로, "'어린이날'을 드러내기는 소총 명의로 거행하얏다고 하나"의 뜻으로 보인다.

경남 동지들이 경성에서 소총대회를 개최하랴고 하다가 그대로 류회되고 말고 그대로 또다시 일천구백삼십일년도 "어린이날"을 맛게 되얏스니 우리 소년운동이 어린이날만을 위하야 잇는 것이 아니요 그것이 최대에 목적이 아닌 이상 두 해 동안이나 소년운동의 본영인 소총이 부동상태에 잇슴에도 그것을 타개할 만한 엇더한 방법을 세우지 못하고 또한 이번 어린이날을 맛는다는 것은 조선의 장래를 생각하거나 자라나는 륙백만 어린 사람을 생각할 때에 한심한 일이 아니라고 할 수 업섯다. 그리하야 우리들은 삼십일년을 잡어들며 새로운 긔분으로 모-든 것을 깨긋이 청산(淸算)하고 한시밧비 소총 타개책을 강구하기를 제의(提議)하얏든 것이다. 그러나 그것은 뜻대로 되지 안코 또한 이해 어린이날도 갓갑게 되얏다. 그러는 사이에 삼월 금음이 되야 멋멋 사람이 모이여 또한 작년과 가튼 행동을 되푸리하고 잇스니 이해도 어린이날중앙준비위원회(中央準備委員會)를 조직하얏다는 것이다. 이야말로 얼마나 한심한 일이냐. 그리하야 도처에서 반대의 소리가 일어낫다. 연강(沿江) 등지의 각 소년회를 비롯하야(반대 이유 달느지만) 경성에서도 〈취운소년회〉를 비롯하야 어린이날보다도 완전한 소총을 세워 놋차는 제의가 잇게 되얏다. 그러나 결국 어린이날을 치르고 그 준비회를 소총타개책협의회로 하기로 하얏든 것이나 어린이날을 치르고 난 다음에는 각각 헤여저 다시 만나기가 어려웟스니 조선소년운동이 얼마나 비참한 상태에 잇는가를 잘 알 수가 잇슬 것이다. 그리하야 그 후로 소총 문제에 대하야는 한 번도 모여 보지를 못하얏든 것이다.

우리들은 어듸까지든지 지난 일을 바른 대로 모르는 사람에게 알여야 완전이 운동을 세울 수도 잇스며 성공(成功)할 수도 잇슬 것이다. 동지(同志) 여러분. 지금 우리 운동의 침체 원인이 정 씨의 말과 가티 서로 리론(理論) 싸홈만 하야 그리 된 것은 아니올시다.

오히려 지금 생각하면 넘우도 서로 주의 주장(主義主張)의 대한 론의(論議)가 업섯기 때문에 하등 리론에 통일을 보지 못하고 우리 운동은 극도(極度)로 혼란(混亂)되엿는 것이올시다. 그리고 넘우 중앙(中央)으로서 무책임하게 전반 운동 상황을 조사 발표하야 주지 안어서 지방(地方) 동지로서는 도모지 중앙 사정(事情)을 모르게 되엿슴으로 우리 소년운동은 오늘과 가튼 비참한 경우에 빠저 잇게 된 것이올시다.

동지 여러분. 이리하야 지금은 소총(少總)이 유야무야(有耶無耶)한 공각상태(空殼狀態)에 잇스며 여러분의 힘이 아니고는 조금도 움지기지 못할 경우에 빠저 잇습니다. 그럼으로 우리들은 하로라도 속히 소총 타개책(少總打開策)을 즉 소총 재조직(再組織)하기에 힘을 모아야 될 것이올시다.

安丁福, "少總 沈滯와 그 打開策에 對하야(四)", 『조선일보』, 1932.2.17.

一. 解消問題

일본 로동당 일파에서 해소론이 대두되여 한동안 소란을 일으키고 당의 분렬까지 보게 되엿섯스며 이것이 곳 조선으로 건너 드러와서 우리 사회운동권 내에도 직입(直入)적으로 해소론이 성화(星火)가티 일어나게 되얏섯다. 〈신간회〉를 해소하자 〈근우회〉를 해소하자 등 여러 곳에서 제각기 해소론을 들고 일어나게 되엿다.

그리하야 이 문제로 우리 사회운동자 여러분은 머리를 알엇든 것이다. 그러나 결국 강렬한 해소론자는 〈신간회〉를 해소하고 말엇다.

그런데 이 해소론은 우리 소년운동 내에도 론의가 되고 잇스니 이것이 그럿케 지금 중대한 문제는 되지 안엇지만 그럿트래도 일시적 착각으로 중대한 일에 큰 화를 끼치는 수도 잇슴으로 미리 이곳에서 일언(一言)을 하야 두랴고 한다.

여기에 대하야는 우리는 여러 말을 하지 안으려고 한다. 그것은 벌서 우리에게 한 경험이 잇스닛가.

〈신간회〉 해소파는 맹렬히 해소를 주장하야 결국 해소하야 노코 해(年)

를 넘도록 엇더한 후비 방침을 실행함이 잇섯든가. 아직도 엇더한 방침을 세우지 못하고 잇다. 물론 여긔에는 ××의 ×압도 한 리유(理由)는 되겟지만 그것보다도 그만한 준비를 하지 안엇기 때문이다.

파괴(破壞)가 잇서야 건설(建設)이 잇다고 하지만 재건(再建)할 힘이 업시 파괴만 하는 것은 오히려 무의미할 뿐만 아니라 패망(敗亡)할 것이다.

그럼으로 우리들은 무의의한 맹목적 해소론을 어대까지든지 배격(排擊)하여야 할 것이며 인식부족(認識不足)자를 깨우처 주기에 힘써야 될 것이다.

소년운동은 모-든 사회운동(社會運動)보다도 그 지도(指導)방침이 까다라운 것이다. 그럼으로 청년운동이나 일반운동과 방침을 그대로 뎍용하려는 것은 큰 오해(誤解)이요 이야말로 인식부족자이다. 그럼으로 우리들은 한 가지 방침을 세우려 할 때는 만은 생각과 토의(討議)가 충분한 다음에 실행함이 일에 실패가 적을 것이다.

一. 少總 打開 方針

상술한 바와 가티 오늘날 소총이 움지기지 못할 경우에 잇슬 뿐만 아니라 그 일홈조차도 차즐 곳이 업시 되여 잇다.

그러면 우리들은 그대로 이 현상만 바라다보고 한탄만 하고 잇슬 것인가. 아니다. 그것은 넘어도 피 업는 사람의 할 일이다. 적어도 동지 여러분은 륙백만 조선의 어린 사람을 지도(指導)할 책임이 잇지 안은가. 그럿타면 조선의 장래를 생각하야 조선의 어린 사람을 바라볼 때 얼마나 가삼이 쓸아린 일이며 쏘한 급한 일이라 한겟습니다.[35]

---

35 '하겟습니다.'의 오식이다.

安丁福, "少總 沈滯와 그 打開策에 對하야(完)", 『조선일보』, 1932.2.24.

그럼으로 필자는 이곳에 간단이 소총 재조직 방법을 제안(提案)하랴 한다. 그러나 각지 의견에 쌀아 달을 것임으로 속히 조흔 방법을 내여 노아서 쉽사리 일을 맨들기 바라며 이것을 쓰노라.

가. 形式은 소총 재조직 대회 형식으로 할 것이며 장소는 경성에서 개최할 것

나. 時日은 금년 명절인 어린이날 안으로 개최하되 삼월 중순이나 혹은 하순경에 할 것

다. 다음은 大會를 누가 개최하야겟나가 문제인데 이것은 중앙인 경성의 각 소년단체(少年團體)의 지도자(指導者)와 그 유의자가 협력하야 조음만 희생을 하드라도 대회 개최하기 까지의 모-든 준비를 하야서 개최할 것

라. 경비는 대회 개최까지는 경성 각 소년단체에서 담당하고 지방 동지들은 그간에 엇더케 하야서든지 大會 개최일 내로 경성에 도착하도록 극력 준비할 것

이상에 몃 가지를 들어 말하얏거니와 이것을 실행하고 못하는 것은 한갓 동지들의 성의(誠意) 여하(如何)에 잇는 것이다.

그럼으로 경성의 동지들은 소총 재조직대회 개최 준비하기에 극력 로력(努力)하여야 할 것이며 지방 동지들은 기어코 이번은 참석하도록 힘써야 될 것이다. 그리하야 원만한 조선 소총을 재조직하야 놋차.

一. 쓰리말

이상으로 미비하나마 붓을 노려고 하것니와 씃흐로 한마듸 더 하려는 것은 조선 소년운동은 맛치 어린이날만 위하야 일어난 것가티 되여 잇다. 이것은 극히 잘못된 일이다.

그럼으로 동지 여러분은 지나간 해(年) 가튼 잘못된 행동을 되푸리하지

안토록 속히 서들어서 금년도(今年度) 어린이날인 명절은 소총 명의로 거행하도록 하게 할 것이다.

그리고 이 글을 읽으시는 분으로 그릇됨이 잇스면 반듯이 조흔 대로 곳치어 주심을 간절이 바라오며 또 소총 문제에 잇서서 만은 토의가 잇기를 바란다. 끗.

安俊植, "어린이날準備會에 對한 公開狀", 『중앙일보』, 1932.4.26.

所謂 朝鮮의 "어린이날"이란 것이 그 出發을 右翼 民族主義者의 屈服忍從 溫順 等等의 一種 動物愛護運動과 가튼 데에서 出發한 것은 여긔에서 새삼스러히 말할 必要가 업다.

더욱이 점점 兩便 對立이 深化한 今日에 잇서서는 單純한 "愛護運動"에서 一步 前進해서(六字 略) 道具가 된 것은 더- 말할 必要도 업다.

여긔에는 이 "어린이날"의 本質이나 또는 이 "어린이날"을 싸고도는 한 뭉치 '그릅'에 對한 暴露 批判 가튼 것은 쓸 性質이 안임으로 다만 今年度 卽 昭和 七年度의 새로 形成된 "어린이날"準備會가 가진 不法行動을 指摘하여써 나의 態度를 明瞭히 하려는 一種 公開에 끄치려는 바이다.

×

어느 날 新聞엔가 例年과 가튼 版에 박은 듯한 "準備會" 消息과 따라 점 더 露骨化한 '스로강' 紀念 프로와 및 準備委員의 氏名이 列한 가운데 나의 姓名이 끼여 잇섯다.[36]

勿論 나에게 承諾을 求한 것은커냥 그와 가튼 問議 通知 等의 何等의 行動도 업시 自己네끼리 어듸서 엇더케 決議햇는지도 모르게 發表하여 버리엿다.

내가 어린이날을 支持하는 사람이라고 假定하드래도 그 不法行爲에 對하야 不平이 잇겟거든 하물며 反對하는 나로서는 如干 憤慨햇든 것이 아니다.

그래서 곳 準備會로 그 不法을 詰하고 그 取消 及 謝告 廣告를 今月 二十日까지 發表해 달라고 要求하엿든 바 二十日이 지나도록 何等의 消息

36 「어린이날 紀念 準備會 臨時組織-중앙 준비긔관으로써 委員 及 部署 等 決定」(『중앙일보』, 32.4.16)에 따르면, '準備委員' 명단에 趙喆鎬, 鄭聖采, 丁洪敎, 安俊植, 李定鎬, 李元珪, 丁世鎭 등의 이름이 올라 있다.

도 업고 그에 對한 廣告도 업섯다.

이것이 얼마나 可憎한 準備會의 行動이냐?

더욱히 "거짓말 말아" "敬語를 쓰자" 等等을 看板 삼은 所謂 神聖한 準備會로 잇서서는 넘우나 不法行爲인 것이다.

滿天下 讀者 諸君과 더욱히 가튼 少年運動 圈內에 잇는 同志 諸君에게

新聞에 發表된 나의 姓名을 보고 疑惑과 誤解를 품고 잇슬 것을 생각할 때에 이것을 公開 아니할 수 업서서 이 一文을 抄한 것이다.

씃흐로 天下 同志와 어울너 準備會의 行動을 압흐로 더한층 警戒치 아니하면 아니 될 것을 말해 둔다.

時評, "어린이날 紀念", 『조선일보』, 1932.5.1.

×

朝鮮에서 五月의 첫 공일을 어린이날로 定하여 年年이 紀念한 지는 벌서 今年으로 十週年을 마지하게 된다. 그리하여 今年에도 어린이날中央準備會의 主催로 京城을 中心으로 全朝鮮 各地 六百萬 少年을 動員식혀 七百餘處에서 一齊히 이날을 紀念하게 되엿다 한다.

어린이가 그 民族 그 社會의 將來를 約束하는 原動力이라는 것은 말할 것도 업거니와 이 어린이들의 成長 發展은 그 民族 發展 段階의 重要한 地位를 占하니마치 어린이들의 힘은 크고 어린이들의 世界는 偉大한 것이다.

×

朝鮮의 少年運動은 十年의 歷史를 갓게 되엿다. 이 十年이란 歲月은 歷史上으로는 넘우도 짤분 期間이다. 그러나 이 짤분 期間 內에 朝鮮少年運動은 적지 안흔 進展을 보아 왓다고 할 수 잇겟다. 그러나 現在의 朝鮮의 少年運動은 아즉까지 分派的이오 分散的 運動의 領域을 버서나지 못하고 잇는 것이 속일 수 업는 嚴然한 事實이며 또 最近에 잇서서는 少年運動의 이데올로기 問題로 論難이 甚하여 過去 分散的인 朝鮮少年運動은 只今에 와서 階級對立의 二大 陣營으로 난호이게 되엿다. 少年運動을 階級的으로 領導하느냐의 與否는 極히 現段階 朝鮮에서 注目할 點으로 今後 朝鮮少年運動에 적지 안이한 影響이 잇슬 것이라고 본다.

×

未來의 世界를 堅固히 建設하기 爲하여 未來의 健全한 民族을 만들기 爲하여 朝鮮의 어린이를 좀 더 잘 키우자! 이것이 朝鮮少年運動의 意義요 어린이 父母들의 要望인 것이라면 어린이 敎養問題는 社會的으로 重大한 意義가 잇는 것이다. "세살 때의 버릇은 여든까지 못 곳친다"는 朝鮮의 俚諺도 잇거니와 어렷슬 째의 敎養 如何는 將來 成人일 째 社會的으로 活動

함에 잇서서도 적지 안흔 關係가 잇는 것이다. 在來로 朝鮮에서는 父母가 子女를 所有物視하고 그들의 個性을 넘우도 拘束하여 왓슴으로써 그들의 成長期에 잇서 적지 안은 害毒이 만헛나니 이는 子女敎育에 잇서서나 커-다란 矛盾이다. 자라나는 싹을 아모 써리김 업시 成長케 함으로써 또 이를 善히 指導함으로써 어엽분 쏫과 完全한 結實을 어들 것이니 今日의 어린이날을 當하여 父母된 者 맛당히 어린이 敎育에 거듭 銘心할 것이며 六百萬 朝鮮의 어린이는 總動員하여 이 歷史的 記念行列에 參加함으로써 躍動하는 그대들의 自由로운 부르지즘과 갓치 그대들의 健全한 未來를 約束할 지어다.

丁洪敎, "어린이날을 당하야 륙백만 동무에게－이날을 뜻깁히 마지합시다", 『조선일보』, 1932.5.1.

오늘은 여러분의 날입니다. 즉 말하자면 조선의 륙백만 어린 동모들을 위하야 만드러 노은 날인 것입니다. 어느 때에도 그러치만 이날은 한거름 더 나아가서 단체적으로써 도회로 농촌(農村)으로 또는 외국(外國)에까지 가두(街頭)에서 옥내(屋內)에서 여러분 어린 동무들이 여러 가지의 문제를 가정(家庭)과 사회에 요구하는 동시에 어린이 여러분의 자신이 또한 어른들이 바라고 잇는 묵어운 책임을 질머지는 날이라고 하겟습니다. 압흐로 여러분 륙백만 어린 동무들은

조선을 위하야 굿세게 일하실 여러분인 것입니다. 조밥을 먹든 가정을 쌀밥을 먹도록! 긔운이 업는 조선의 사회(社會)를 활긔가 잇도록! 여러분의 그 부드러운 주먹을 힘것 쥐고 조그마한 발로 조선의 땅을 굿세게 발브면서 새로운 건설(建設)을 위하야 활동하실 여러분인 것입니다. 그럼으로 압날의 우리의 사회와 여러분의 가정이 지금보다 더 허무러지든 지 잘되든 지가 모두가 륙백만 어린 동모들에게 잇는 것입니다. 여긔 잇서서 조선의 어린 동모들은 깁히 생각하는 바가 업지 안어서는 안 될 것입니다. 요사이에 세계(世界)는 점점 문명(文明)에 문명을 더하야 극도에까지 이르고 잇는 이때인 것입니다. 그리하야 어느 나라든지

새로운 긔계를 발명하고 새로운 물건을 만이 발견할사록 다른 나라를 누르고 잇는 것입니다. 그러고 어느 누구를 물론하고 한 자의 글자를 어더 알고 사회를 위하야 한거름의 활동을 더할사록 그 사람은 사회에서 쪽쪽한 사람인 것입니다. 그럼으로 륙백만 조선의 어린 동모들은 여러분을 위하고 조선의 사회를 위하야 잘 지도(指導)하는 바를 듯지 안코서 한가로이 세월을 보내며 그릇된 길을 밟아서는 안 될 것입니다. 학창에서 공부하는 어린 동모는 한 자라도 열심이 배워서 머리속에 작구 싸아 노키에 힘쓸 것이며 공장의 소년은 그곳에 잇는 긔계 가튼 것에 대하야 그 리치를 틈틈이 알도

록 노력하여야만 되겟습니다. 그러고

농촌에서 김매고 농사짓는 어린 동모들은 광이를 쥐고 일할 때마다 농사에 대하야 연구하며 지게를 지고서라도 한 자 두 자 글로써 연구를 하여야만 하겟습니다. 이것이 여러분의 자신을 위할 쑨만 아니라 한거름 더 나아가서 조선의 사회를 잘 되게 하는 것입니다. 그럼으로 오늘의 어린이날을 당한 조선의 륙백만 소년소녀 여러분은 지난날에 그릇된 생각이 잇스면 전부 업새버리고 새로운 길을 밟도록 힘쓰시오 여러분! 여러분의 건강(健康)은 조선의 건강이요! 여러분의 배움(工夫)는 조선의 배움이며! 여러분의 활동은 조선의 활동인 것입니다.

安丁福, "어린이날－父母들은 깁히 생각하라", 『조선일보』, 1932.5.1.

어린이날은 지금으로부터 十一年 前 一九二二年부터 京城에서 少年問題 硏究하시는 분들과 社會 有志 여러분이 少年解放運動 卽 少年運動을 좀 더 널리 一般的으로 徹底히 理解식히고저 五月 一日을 擇하야 어린이날로 定하고 每年 記念하야 오다가 五月 一日은 메이데이임으로 五年 前부터 將來 朝鮮에서도 메이데이 記念을 擧行하게 되면은 서로 가튼 날에는 支障이 만켓슴으로 日字를 變更하야 工場에서도 學校에서도 다― 놀 수 잇는 五月 第一曜日로 變更하얏든 것이 今年에는 쏘 가튼 날로 되엿습니다. 압흐로는 두 명절이 다 살도록 조흘 대로 生覺하여야 될 것입니다.

◇

五月을 擇하야 그달 中에서 하로를 어린이날로 定하게 된 것은 五月에 온갓 草木의 싹(芽)들이 어머니의 젓(乳)과 가튼 五月의 단비(雨)를 마시면서 웃줄웃줄 씩씩하게 커 가는 째이며 온 大地의 온갓 것이 이째로부터 活氣잇게 살어나아가는 째임으로 五月달은 到處에 新生의 소리가 넘처흐르는 째임으로 이 五月을 어린이달(月)이라고 하야 이달 中에서 一日을 擇하야서 어린이날로 定하얏다고 합니다.

◇

"어린이는 人生의 싹입니다." 우리가 花草밧헤서 어린 싹이 잘 커서 쏫이 보기 조케 잘 피기를 바라랴면 어린 싹을 잘 각구어서 싱싱하게 자라도록 어릴 적에 功을 들이여야만 花草밧헤는 燦爛하고 탐스러운 쏫을 볼 수가 잇슬 것이며 조흔 열매(實)도 어들 수 잇슬 것입니다.

그와 한 가지로 우리가 家庭의 幸福과 社會의 隆盛을 願하는 사람으로 어찌 어린이를 等閑히 生覺할 수 잇슬 것입니까. "어린이는 未來의 主人입니다." 사람이 어린 싹을 잘 培養함으로 찬란한 쏫과 조흔 열매를 어더 볼 수 잇는 것과 가티 우리 家庭이 幸福된 家庭으로 우리 社會가 빗나는 社會

로의 發展을 볼 양이면 오직 어린이를 잘 키우고 잘못 키우는 데에 달닌 것입니다.

굿세인 社會도 영리한 社會도 오직 어린이를 健全하게 쏙쏙하게 기르는 데에서만 볼 수 잇슬 것입니다.

◇

조선에 잇서서 어린이날은 決코 어린이愛護宣傳運動에만 긋치는 것이 아닙니다. 당초에 少年運動이 朝鮮에 發生하게 된 때에도 少年을 倫理的 壓迫으로부터 解放하야 少年도 사람인 以上 사람다운 人格을 달나는 父母 階級에 抗議를 이으킨[37] 것이 아닙닛가.

그리하야 어린이날은 그 反抗運動의 한가지 行動이엿든 것입니다. 그런대 여기에서는 여러 말슴을 避하기로 하거니와 어린이를 直接 鬪士나가티 생각하고 게신 분이 잇는 것은 압날의 少年運動을 爲하야 퍽 念慮되는 일입니다. 긋흐로 한 말슴 더 하거니와 어린이날은 絶對로 動物虐待防止運動 싸위에 愛護運動은 압니다.[38] 이러케 생각하는 사람은 너무도 無知하야 말하기 어려운 일이올시다. 오늘은 어린이날 滿十週年 紀念日인 어린이날이올시다.

---

37 '일으킨'의 오식이다.

38 '愛護運動은 아닙니다.'의 오식으로 보인다.

靑谷生, “어린이날에 指導者 諸賢께-새 陣營을 展開시키자”, 『조선일보』, 1932.5.1.[39]

금년의 “어린이날”노써 어린이날의 십주년이 되엿다. 이와 가티 십주년을 경과하는 동안에 조선의 소년운동은 얼마마한 성과가 잇섯는가! 한번 살펴보면 여러가지의 성과라 할 것도 잇섯슬 것이고 그릇된 바도 잇섯슬 것이다. 그러고 운동의 진전되는 긔세 잇섯스며 쇠퇴하는 바도 잇섯도다. 그러면 현재의 조선소년운동은 엇더한가? 이것은 나로서는 입을 빌녀 말할 때가 이미 느젓다. 다만 금년의 “어린이날”을 당하야 압날에 소총을 엇지하면 조켓는가 하는 문제인 것이다. 나도 이 일에 대하야 별 생각이 업시 드러안젓지만은 여러분 지도자 제씨에게 바라고자 하는 것이다. 소년총련맹이 굿세인 진영(陣營)으로써 중앙에 그 긔ㅅ발을 날닌 지 이년만에 소소한 리론의 상위와 제삼 정긔대회 때에 재미스럽지 못한 일로써 말미암아 현재의 소총이 유지하고 잇다고 하겟다. 이 얼마나 조선의 소년대중을 위하야 유감된 바인가! 소총은 지도자의 소총이 아니고 조선의 어린 사람들을 위하야 총결합을 한 단체인 이상 여러분 소년 지도자 제씨는 한거름의 양보로써 두 거름의 진전을 생각하야 과거의 조그마한 파란과 서로 리론만을 주장하지 말고 새로운 리론과 새로운 조직으로써 현재의 소총을 재건설하도록 힘써 주엇스면 조켓다. 어느 누구는 소총에 해소(解消) 문제를 비치고 잇스나 이 문제도 여러분의 확입된 리론이 잇슨 후에 가(可) 부(否)를 결정할 것이다. 그럼으로 십 주년을 맛는 금년도의 “어린이날”을 경과한 후 무엇보담도 지도자 여러분은 소총 문제를 중심 하로 리론을 한데 모듸여서 재건설의 노력하심을 바라는 바이다. 만일 중앙 지대든지 그러고 어듸서든지 집회(集會)하기에 경비문제가 생길 것 가트면 서면(書面)으로라도 속히 촉진하기를 바라는 바이다. 여긔에 잇서서 금년의 “어린이날”은 조선소년운

39 ‘靑谷生’의 최규선(崔奎善)의 필명이다.

동 선상에 잇서서 새로운 한 페지의 광휘 잇는 력사를 짓도록 전선 지도자 제씨는 만드러 주기 바란다.

社說, "明日의 主人", 『동아일보』, 1932.5.1.[40]

一

五月 一日 메이데이는 全世界的 勞働祭다. 五月 第一 日曜, 어린이날은 朝鮮的 어린이의 名節이다. 勞働階級은 發展하는 社會의 明日의 登場者다. 어린이는 再興하는 朝鮮 文化의 明日의 일꾼이다. 今年은 이 두 날이 걸처서 왓다. 今日의 現實에 滿足을 感하지 않고 不絶히 明日의 보다 더 나은 生活을 翹望하는 우리로서는 希望의 名節을 歡喜로서 마지아니할 수 없다. 朝鮮의 山川아 草木아 이날만은 기쁨의 鍾을 울리어라. 춤을 추어라.

二

메이데이

世界的 勞働祭인 메이데이라 하지마는 나라마다 環境을 따라 그 지나는 것이 다르고 主義를 따라 그 지키는 것이 조곰식 다르다. 或은 官民이 總出動하야 一大祝典을 올리는 곳도 잇고 嚴嚴한 彈壓下에 모든 集會가 禁止되는 나라도 잇을 것이다. 그 中間으로는 制限된 自由下에서 集會하는 곳도 잇을 것이요 或은 衝突의 慘事가 잇는 곳도 잇을 것이다. 朝鮮으로 말하면 年來로 이날이 寂寥한 것만은 否認치 못할 事實이다. 첫재로는 組織 勞働層의 量이 적고 또는 이날의 意義의 把握된 範圍가 廣汎하지 못한 關係로, 그리고 言論 集會의 自由가 制限되어 잇는 關係로 이날의 記念은 아직은 一部 先覺者의 小規模의 集會가 잇을 뿐이다. 그것은 어떠하든지 간에 이 名節의 意義가 歷史的으로는 勞働階級의 社會的 進出의 辛酸한 苦鬪를 象徵하는 것이요 現實에 잇어서는 全世界의 勤勞階級의 希望과 力量을 表象하는 것이다. 朝鮮의 勤勞階級도 남갈이 光明의 明日을 맞을 날이 잇

40 이 사설은 「明日의 主人」이란 큰 제목 아래, 「메이데이」, 「어린이날」, 「養正의 凱旋」 등으로 이루어져 있다. 마지막 「養正의 凱旋」은 양정고보(養正高普)가 '東京驛傳競走'에 우승한 것을 축하하는 내용이어서, 이곳에서는 생략하였다.

도록 힘써야 할 것이라.

三

어린이날

朝鮮은 낡은 것을 버려야 한다. 그리고 새것을 지어야 하겟다. 낡은 제네레슌은 가야 하고 새 제네레슌이 이 땅의 主人이 되어야 하겟다. 家長 中心, 어른 中心의 思想은 없어저야 하고 어린이 中心의 새 思想이 社會를 支配해야 하겟다. 새로운 제네레슌을 形成할 朝鮮의 어린이들, 그들을 위하야 現 제네레슌은 모든 것을 犧牲해야 한다. 우리의 잇는 힘 잇는 정성을 다하야 새 時代의 主人公을 위하야 길을 닦고 舞臺를 예비하고 힘을 길러 주어야 한다. 朝鮮의 希望은 오직 이곳에 잇다. 이것이 어린이날의 起源의 本意인 줄로 안다. 씩씩한 일준이[41] 되어라. 참된 사람이 되어라. 우리는 그들 어린 時代에게 부탁하고 싶다. 끓는 마음으로 그들의 前途를 祝福하고 싶다. 그뿐으로서만 안 된다. 우리는 또한 그들 어린이에게 그의 個性을 充分히 發揮할 機會를 주어야 한다. 주도록 애쓰는 것이 우리의 義務다. 그들에게 健康의 機會를 주라. 教育의 機會를 주라. 오늘에 이런 긔회를 享有치[42] 못하는 어린이들이 얼마나 많은고. 어린이날을 當하야 더욱이 이 問題가 생각난다.

41 '일꾼이'의 오식이다.

42 '享有치'의 오식으로 보인다.

"어린이날에 가정에 고함", 『동아일보』, 1932.5.1.

一

해마다 하로를 "어린이날"로 정하야 전 민족이 그날 하로에 어린이에 대한 모든 반성, 계획의 긔회를 삼는 것은 심히 좋은 일입니다. 어린이날을 다만 시가로 항렬을 지어 다니는 것만으로 알지 말고 각 가정이 이날을 어린이의 가장 큰 명절로 여겨서 새로운 행실을 가르치거나, 새로운 습관을 길우게 하는 첫날로 하고 또 어른들도 어린이에게 대하야 취한 과거의 정책의 잘못된 점을 교정하고 앞에 취할 새로운 정책을 세우는 것은 심히 필요한 일인가 합니다. 이 어린이날은 오늘에는 세계적인 것이어니와 조선에서는 아즉 역사가 짧고 또 어룬들의 어린이에게 대한 관심이 아즉 부족하야 그 정신이 철저하지 못한 것이 유감입니다.

二

에렌 케이[43] 여사는 二十세긔를 어린이의 세긔라고 하엿거니와 인류는 어린이가 어떻게 소중한 것인지, 한 민족의 문명이 얼마나 어린이에게 달린 것인지, 약하던 민족이 강하여지고, 못살던 민족이 잘살게 되는 것이 얼마나 어린이의 양육, 훈련에 달린 것인지, 또 어린이란 잘 양육, 훈련하면 몸도 튼튼하고 정신도 튼튼한 어룬이 되지마는 잘못 양육, 훈련하면 몸도 약하고 정신도 약한 어룬이 되는 것인지를 새삼스럽게, 통절하게 자각하게 되엇습니다. 그래서 선진 민족들은 어린이의 먹을 것, 입을 것이며, 어린이의 작난ㅅ감, 작난터이며, 어린이의 자는 시간, 낮잠 자는 시간이며, 어린이와 해ㅅ별, 어린이와 산, 어린이와 바다, 이 모양으로 어린이의 건강에 관한 것을 많은 돈과 많은 사람을 들여 연구하고 연구한 결과는 열심으로

43 엘렌 케이(Key, Ellen Karoline Sofia, 1849~1926)는 스웨덴의 여성 사상가로 근대 여성 운동의 선구자로 휴머니즘 입장에서 남녀평등, 여권 신장을 주장하였다. 저서에 『생활선』, 『아동의 세기(世紀)』, 『여성 운동』 등이 있다. 특히 『아동의 세기』(1900)는 각국의 언어로 번역되어 신교육운동의 지침서가 되었다.

실행하며, 또 교육, 훈련 방법에 관하여서도 때리는 것, 욕하는 것, 꾸짖는, 벌 씨우는 것, 칭찬하는 것, 규률 지키는 것, 복종하는 것, 남을 사랑하는 것, 엉석부리는 것, 귀애 주는 것, 성내는 것, 달래는 것, 위협하는 것, 이와 같은 것과 어린이와의 관계를 심리학적으로, 경험으로 연구하야 낫븐 습관을 길우지 않도록, 좋은 습관을 길우도록, 감정은 곧게, 활발하게 그러나 절제 잇게 발달하도록, 의지는 곧게 굳게, 결코 휘거나 변치 않게 발달하도록, 지식은 과학적으로 정확하게 유용하게 발달하도록 전력을 다합니다.

三

그런데 우리 조선ㅅ 사람은 아직도 어린이를 어룬의 한 부속물, 노리개로 알고 또 어린이에 대한 지식이 부족하여서 그 음식, 의복, 거처, 행동에 주의할 줄을 모릅니다. 그래서 몸은 약하게, 거즛말장이로, 교만하게, 말 안 듣게, 이긔주의적이게, 게으르게, 맘이 약하야 휘기 잘하고 변하기 잘하게, 용긔가 부족하야 견딀성, 냅들성이 부족하게, 단체를 위하여서는 일심하고 복종하게 제 몸을 바치는 정신이 부족하게, 독립자존하는 맘이 부족하고 의뢰, 추수하는 일이 많게 길러지는 일이 많읍니다.

우리는 이것을 곧히고

(1) 가정에서는 자녀를 중심으로 하라, 자녀를 위하야 어룬을 희생하라.
(2) 건강한 사람이 되도록
(3) 의지 굳은 사람이 되도록
(4) 감정이 원만한 사람이 되도록
(5) 미신적이 아니오 과학적인 사람이 되도록
(6) 개인주의 사람이 되지 말고 단체주의 사람이 되도록
(7) 의뢰하는 사람이 되지 말고 독립자존하는 사람이 되어 제일은 제가 하도록
(8) 그러면서도 부모나 교사나 법이나 약속이나, 지도자를 존중하야 복족하는[44] 사람이 되도록.

44 '복종하는'의 오식이다.

자녀를 양육하라.

이 十개 조로 오늘에 조선의 사백만 가정이 굳게 맹세하기를 바랍니다.

“어린이날의 유래와 의의”, 『동아일보』, 1932.5.1.

회수로 十一회, 해수로 十주년을 맛는 “어린이날”. 어쩌케 정해진 것이며 어썬 의미를 가진 것인가. 소년소녀 여러분은 벌서 다 아실 터이지마는 이날을 마즈며 이날의 유래를 한번 되푸리해 보는 것도 아주 의미 업는 일은 아닐까 합니다.

금년은 우연히 이날이 五월 초하로가 되지마는 정해 노코 초하롯날로 된 것이 아니오 五월 첫공일날에 거행하는 것을 원측으로 한 것입니다.

조선에 소년운동이 생긴 이후 처음 멧 해 동안은 극히 미미하게 지내오다가 一九二二년 봄에 당시 동경에 잇은 〈색동회〉와 〈경성천도교소년회〉와 기타 경성에 잇는 소년 단체와 의론하야 五월 첫 공일로 어린이날을 정햇습니다.

그 후부터 해마다 널리 선전이 되고 차차 이날에 대한 리해가 퍼저서 지금은 전조선 六백만 어린이가 거이 다 이날을 자긔네의 명절로 알게쯤 되엇습니다.

그러면 어린이날을 하필 五월달로 정한 것은 무슨 의미가 잇는가 하면 五월은 하눌이 맑고 해ㅅ볏이 짜스하고 공긔가 조하 자연히 유난히 아름다워지는 째임으로 자연의 아들 쌀인 소년소녀에게 가장 친근한 시긔인 까닭입니다.

이런 조흔 시긔를 택하야 어린이들은, 더구나 오래 턱업시 눌리어 지내든 조선의 어린이들은 그 조고마하고 귀여운 입을 버려 생명을 갑슬 목청썻 부르지저 알리기로 한 것입니다.

어른들은 그들의 부르지즘에 귀를 기우려 그들로 하여금 참으로 자연스럽게 힘잇게 자라는 데 도음이 되어야 할 것입니다. 어린이는 래일의 일꾼입니다. 우리의 희망이 모두 그들에게 달려 잇습니다. 그들을 잘 자라게 하고 잘 기름으로서 우리의 래일이 빗날 수 잇는 것입니다.

五월 첫 공일! 이날은 다만 어린이들의 명절로쁜만 아니라 어른들도 이날을 의미잇게 마자주어야 할 것입니다. 그리하야 빗나는 래일이 이날로부터 싹트고 샘솟아야 할 것입니다.

李定鎬, "(兒童問題講話 4)'어린이날' 이야기", 『新女性』, 제6권 제5호, 1932년 5월호.

> 五月 첫 일요일! 이날은 해마다 "어린이날"입니다. 이 거륵한 긔렴의 날이 창정된 지도 임의 해가 거듭하야 十年이 넘엇것만 四月 八日이나 五月 단오는 잘 알어도 이 "어린이날"을 아는 어머니는 모다 세여도 몃 분이 되지 안는 모양입니다. 우리에게 명절이 잇다면 이보다 더 큰 이보다 더 희망 만흔 조흔 명절이 업겟것만 이때까지 이 거륵한 날을 그냥 무관심하에 넘겨 버린 어머니가 만습니다. 우리의 현재 생활이 아모리 악착하여도 명일의 희망! 그것이 업다면 우리는 죽은 사람이나 맛찬가지입니다. 그럿습니다. 우리의 살어날 길 우리의 잘 살어갈 길은 오직 어린이를 잘 키우는 데 잇습니다.

돈 업고 세력 업는 탓으로 조선 사람은 이때까지 나려눌리고 짓밟히여 압흐고 슯흔 생활만 하습니다. 그러나 이럿케 불상한 사람 중에서도 그 쓰라린 생활 속에서도 또 한층 더 나리눌리고 학대 바드면서 무참하게 짓밟혀만 잇서 온 참담한 중에 더 참담한 인생이 조선의 어린이들이엿습니다.

학대 바덧다면 오히려 한목 사람의 갑이나 잇섯다 할까— 갓 나서는 부모의 재롱감 작난감이 되고서는 어른들 일에 편하게 씨우는 긔게나 물건이 되엿슬 뿐이요 한목 사람이란 갑이 업섯고 한목 사람이란 수효에 치우지도 못하엿습니다.

어른보다 十년 二十년 새로운 세상을 지여낼 새 밋천을 가지고도 무지(無智)와 인습(因習)(이상 64쪽)으로 인하야 어른들의 주머니 속 물건이 되고 二十년 三十년 낡고 병드른 어른의 발밋헤 눌려만 지내엿습니다.

×

부모는 뿌리(根)라 하고 거기서 나온 자녀는 싹(芽)이라고 조선 사람도 늘 말해 왓습니다. 그럿타면 뿌리는 싹을 위하야 땅속에 드러가서 수분(水分)과 지긔(地氣)를 뽑아 올려 보내 주는 사명 때문에 필요한 것이요 귀중한 것입니다. 그러나 조선의 뿌리란 뿌리는 왼통 그 임무를 니저바리고 뿌리가 근본이니까 웃자리(上座)에 안저야 한다고 싹 위에 가 올너 안저 왓습니다. 뿌리가 위로 가고 싹이 밋흐로 가고— 이럿케 거구로 변태(變態)를 부려 왓기 때믄에 뿌리와 싹이 함께 말너죽엇습니다. 그 시체가 지금 우리들의 꼴이겟습니다.

×

三十살에 아들을 나엇스면 아버지는 발서 三十년 뒤진 사람이요 그 아들은 三十년 압 사람입니다. 아모리 잘 낫서도 아버지는 발 뒤로 밀니우는 사람이요 과거의 명부에 드러가는 사람입니다. 그러나 그 아들은 아즉 코를 흘니고 아모것도 모를지라도 그는 일즉이 아버지가 못하던 모-든 일을 할 수 잇는 위대한 생각과 힘을 가젓습니다.

그럿습니다. 어린사람은 압흐로 나가는 사람이요 아버지는 뒤로 밀리우는 사람입니다.

우리들이 지금의 이 괴로운 처지에서 그래도 살려고 애를 쓰는 것은 오즉 "내일의 희망"이 잇기 때문입니다. 지금의 생활이 아모리 악착하여도 지금보다 좃케 변할 "내일의 희망"이 잇는 고로 해서 이 설음 이 고통을 오히려 닉여 가면서 살고 잇다는 것은 아모도 부인치 못할 사실이겟습니다.

그러면 "내일"이란 그것이 우리의 압헤 잇느냐? 뒤에 잇느냐? 하면 시계의 바눌이 뒤로 돌지 안는 이상 아츰 해가 서쪽에서 솟지 안는 이상 그것은 말할 것도 업시 우리 뒤에 잇슬 것이 아니요 언제든지 압헤 잇슬 것입니다.

그러나 이때가지 조선의 집집에서는 이와 반대로 모다 늙은이가 새 사람을 끌고 뒤로만 갓섯습니다.

어린사람이 가는 곳은 새 세상이요 새 일터입니다. 그러나 늙은이의 가는 곳은 무덤입니다. 아모리 섭섭하여도 이것은 피치 못할 사실입니다.

그런데 조선에서 가장 늙으니—웃어른—가 인솔자가 되여 전 가족을 잇끌고 무덤으로만 갓습니다. 무덤으로 가지[45] 실혀서 도라스는 사람이 잇스면 이는 부명을 거역하는 불효자라 하야 왼 가족은 물론이요 전 동리가

---

45 '가기'의 오식이다.

결속하여 가지고 위협과 박해를 해 왓(이상 65쪽)습니다. 재하자는 유구무언이라 하야 아모 말 말고 그저 무덤으로 따러 가는 것이 가장 올흔 도리라 하엿습니다. 웃어른이 너무 완고할 때 재하자로서 간할 수 잇다는 것이 용허되여 잇스나 그러나 세 번 간해서 듯지 안커던 울면서 따러가라 하엿습니다. 울면서 울면서 무덤으로 가라는 것이엿습니다.

이리하야 새로 자라는 인물들쑨만이 우리의 기둥감이요 들보감이것만 이들을 위하지 안코 앗기지 안코 존중하지 안코 무지한 자긔네의 고집 그대로 한결가티 뒤로만 뒤로만 몰고 다러나서 모다 쓸데업는 병든 인간을 만들어바렷습니다.

이러고도 보다 나은 생활 보다 나은 행복을 바랏스니 이보다 더 긔맥힌 일이 또 어대 잇겟습니까?

그러나 이와 반대로 좀 깨엿다는 외국을 좀 기웃이 넘겨다 보십시요. 이들은 발서 어린사람 문제가 얼마나 지중지대한 것을 안 지가 임의 오래엿습니다. 어린사람을 잘 키우고 못 키우는 것이 곳 자긔네 사회와 국가를 보다 더 굿건히 하고 보다 더 빗내는 데 어써케 중대한 관게가 잇슴에 눈뜬지가 임의 오래이란 말슴입니다.

그리하야 이들은 완전히 어린이 중심의 생활을 하여 왓습니다. 집도 어린이를 위하야 음식도 어린이를 위하야 심지어 산보도 노리도 어린이들 중심으로 그리고 그것도 부족하여서 어린이만의 공원이 잇고 유원지가 잇고 어린이를 위한 책이 수업시 나오고 학교의 부족함이 엄고 그리고도 부족하여서 소년단(少年團)이 잇고 쎄오닐(少年探險隊)이 잇고— 이리하야 영국에서는 황실의 내친왕(內親王)이 반듯이 그 총재(總裁)가 되는 법이요 미국에서는 현 대통령이 실혀도 총재가 되여야 하고 고 전 대통령이 부총재가 되는 법이요 싸벳트 러시아에서는 '쎄오닐'의 본부와 유원지를 전부 혁명전 황족의 거처하든 굉장한 궁전 안에 두엇스며 갓가운 일본만 하드라도 전국 소년단의 본부 사무소를 내무성 안에 두고 각각 그 새 생명을 기르기에 전력을 기우려 오는 터입니다.

×

이상과 가티 종래의 조선 소년은 그 가정에 잇서서나 사회 잇서서나 아모런 지위도 인정되지 못하야 그들의 인격은 유린되고 정서는 고갈되고 총명은 흐리우고 건강은 모손되야 말하자면 말할 수 업슬 만치 참담한 처지에 빠저 잇는데다

－(此間 二行 不得已 略)－

조선 사람의 경제생활이 파멸됨으로 해서 밋처진 조선 소년 대다수의 운명은 한층 더 긔구하게 되엿습니다. 이들은 자긔 가정의 생활난으로 인하야 공(이상 66쪽)사립보통학교 서당 긔타 강습소 가튼 데서 공부하는 약 七十만명의 어린사람을 제한 외의 약 五百三十여만 명의 어린 사람은 전혀 문맹이 되고 말을 쑨 아니라 그들은 대개 새벽으로부터 밤중까지 공장과 농장에 구치되여 견댈 수 업는 노력에 종사하는 동시에 그들의 총명과 건강은 완전히 괴멸되여 잇는 것입니다.

이러함에 불구하고 몃 해 전까지 우리 사회에서는 이것을 문제조차 삼지 안엇습니다.

－(此間 三行 不得已 略)－

문화적으로 또는 사상적으로 한층 또 한층 깁히 뿌리가 백혀짐을 짜라 여러 갈내의 부분 운동(部分運動) 구체 운동을 니르킴이 되엿스니 지금의 말하는 이 어린이 운동도 그중에 하나엿습니다. 그리하야

"어린이는 조선의 새싹이다"

－(此間 二行 不得已 略)－

하는 표어 아래 비로소 이에 대한 방대한 각성과 아울너 발날한 운동이 이러낫습니다.

지금으로부터 十一년 전 五月 초하로를 긔하야 몃 천년 동안 나리 눌리고 짓밟혀만 잇던 조선의 어린이는 비로소 고개를 처들고 새 세상을 지어 낼 조선의 새싹은 웃줄웃줄 뻐더나기 시작하엿습니다.

어린이運動의 發現과 "어린이날"의 創定

一九二○年 경상남도 진주(晉州)에서 처음으로 소년회가 이러난 것을

비롯하야 경성에서 〈천도교소년회〉가 창립되고 그 뒤를 니어 경향 각처에서 소년회가 벌 쎄가티 이러낫습니다. 그리하야 一九二二年 봄에 경성 〈천도교소년회〉에서는 당시 동경에 잇는 〈색동會〉—(이 會는 일즉이 동경에 류학하는 故 方定煥 씨 외 면면 사람의 발긔로 형성된 아동문제연구단체입니다.)—외 기타 경성에 잇는 소년단체와 의론하야 매년 五月 초하로를 "어린이날"로 정하고 이날을 긔하야 전 조선 六百여만의 어린사람들로 하여금 일제히 한날한시에 소년운동 자축 시위를 하기로 하고 그해 五月 초하로부터 이를 실행해 온 것입니다.

물론 이 "어린이날" 긔렴이 첫해에 잇서서는 일반에게 대한 선전이 미급한 관계상 그에 대한 의식이 명확하게 되지 못하야 큰 성과를 엇지 못하엿스나 해가 거듭함에 싸라 놀나운 성적을 엇게 되야 一九二五年의 이날에는 처음으로 조선 전국에서 약 三十여 만의 어린사람이 이 운동에 참가(긔렴식과 행렬에 참례한 것을 표준한 것)하는 성황을 이루엇습니다.

그러면 "어린이날"은 근본으로 어쩌한 의의를 가(이상 67쪽)진 것이며 쏘 하필 五月 초하로(지금은 五月 첫 공일)를 선정한 것은 무슨 쯧인가? 여긔에 대한 것을 간단히 말슴하겟습니다.

어린 사람 편으로 본다면

"사람의 갑에 치우지도 못하고 나리눌리고 짓밟혀만 잇던 자긔네들이 비로소 처음으로 고개를 놉즉이 처들고 활개를 쭉 펴고 생명의 갑을 차저온 유일의 명절날인 동시에 十三도 도마다 골마다 왼 조선 사람이 한갈가튼 마음으로 자긔네를 위하야 깃버해 주고 자긔네를 위하야 생각하고 자긔네의 생명을 위하야 빌어 주는 깃거운 날입니다."

"쏘 소년운동의 긔세와 위력을 일반에게 보히여 그 운동의 의의와 진행을 년복년(年復年)으로 새롭게 하고 착진식혀 가는 '자긔네 운동의 시위의 날'입니다."

어른에 편으로 본다면

"유소년 보육(保育)의 날"로 작정하고 이날만은 어린사람 키우는 데 대해서 진검하게 생각하고 연구하는 날로 알어 두면 조흘 것입니다. 그리하야 우선 아래에 몃 가지를 실행해 주십시요.

★ 어린이는 어른보다 더 새로운 "사람"입니다

내 아들놈 내 딸년 하고 자긔 물건으로 알지 말고 자긔보다 한 겹 더 새 시대 새 인물인 것을 알아주십시요. 자긔 마음대로 굴리려 하지 말고 어린이의 뜻을 존중하도록 하십시요.

★ 어린이를 어른보다 더 놉게 대접해 주십시요

어른은 뿌리라 하면 어린이는 싹입니다. 뿌리가 근본이라고 위에 올라 안저서 싹을 나리누르면 그 나무는 죽어 버릴 것입니다. 뿌리가 싹을 위해야 그 나무 그 집 운수는 뻐처 나갈 것입니다.

★ 어린이의 생활을 항상 즐겁게 해 주십시요

심심하게 깃븜 업시 자라는 것처럼 자라나는 사람에게 해로운 일은 업습니다. 즐겁게 깃겁게 해 주어야 어린이의 몸과 마음이 활작활작 커 갑니다.

★ 어린이는 항상 칭찬해 가면 길러 주십시요

칭찬만 하면 주저넘어진다고 생각하는 것은 큰 잘못입니다. 칭찬을 잘해 가며 길너야 어린이의 용기(勇氣)와 자신(自信)하는 힘이 늘어 갑니다.

★ 어린이를 결코 욱박질으지 마라 주십시요

가정교육은 엄해야 한다는 것이 잘못되여서 사람의 일생을 망처놋습니다. 욱박질을 때마다 뻐더 나가는 어린(이상 68쪽)이의 긔운이 밧작 줄어듭니다. 그러케 길리운 사람은 자라서도 변변치 못하고 남에게 쉴리고 뒤지고 하잘것업는 샌님이 됩니다. 잘못한 일이 잇스면 순순히 타일르시되 결코 야단하거나 욱박질르지 마십시요.

★ 어린이의 몸을 자조 주의해 보아 주십시요

어린이가 무엇을 즐긔나 몸과 마음이 엇더케 변해 가나 항상 주의해 보아 주십시요. 내버려두엇다가 잘못된 후에 야단하거나 후회하는 것은 어른들의 큰 잘못입니다.

★ 어린이에게 언문 잡지를 자조 읽혀 주십시요

어린이에게는 언문 잡지를 읽히십시요. 그래야 생각이 넓고 깁허지고 한편으로 부드럽고도 고상한 인격을 가지게 됩니다. 과자나 돈 주지 마시고 잡지를 읽혀 주십시요.

이 닐곱 가지만이라도 실행하도록 노력해 주십시요.

五月 달로 작정한 것?

"어린이날"을 하필 五月 달로 작정한 것은

一. 다른 아모 때보다도 하눌이 유특하게 조와지기 때문입니다.(이상 69쪽)

二. 다른 아모 때보다도 해ㅅ볏이 유특히 조와지기 때문입니다.

三. 다른 아모 때보다도 공긔가 유특히 조와지기 때문입니다.

四. 다른 아모 때보다도 자연이 유특히 새로워지기 때문입니다.

그럼으로 세게에 유명한 시인(詩人) 처 놋코 五月을 축복치 안는 사람이 업습니다.

그리하야 서양에서는 어린이들을 축복하는 "꼿제사"가 五月 초하로에 잇서 여러 가지 흥미잇는 노리를 하는데 이를 "五月祭"라 일흠하엿스며 중국에서는 초ㅅ나라 충신 굴원의 죽음을 긔렴하는 五月 단오의 명절날이 잇서 이날은 조선의 어린 소녀들도 창포 뿌리에 색칠을 하야 머리에 꼿는 둥 그네를 뛰는 둥 자미잇는 노리가 잇습니다. 또한 희랍(希臘) 력사에 五月 초하로는 꼿피고 닙 돗고 세상이 새로워진 즐거운 날이라 하야 수백수천의 어린사람이 "종달새"보다도 일즉이 이러나 새봄을 마지러 들로 나갓다는 긔록이 잇는 것으로 미루어 보드라도 이 五月 달은 하여간 어린이의 명절로 제일 적당한 시긔입니다.

이렇케 좃코 희망과 새 생명의 상징이라 할 五月 달을 특별히 "어린이의 날"로 긔렴하고 즐기게 된 것은 대단히 뜻깁고 또 무한 깃분 일입니다.

五月 첫 공일! 五月 첫 공일! 이날의 새로 뻣는 새 힘과 새싹과 가티 우리들의 어린동무들도 희망 만케 자라고 커가야 할 것이며 몃 만년 가도 변하지 안을 이날의 행복과 함께 특별히 이날을 짜라 잡아 "어린이날"로 정하고 세상에 만흔 어른들과 함께 생각하고 일하고 빌자는 의미에서 이 "어린이날"이 생겨진 것입니다.

─(紙面關係로 少年運動 沿革 略합니다)─ (이상 70쪽)

李定鎬, "(五月과 어린이날)朝鮮少年運動 小史－今年의 어린이날을 앞두고", 『신동아』, 제2권 제5호, 1932년 5월호.

(前略) 조선의 어린 사람은 그 가정에 잇서서나 사회에 잇서서나 아모런 지위도 인정되지 못하야 그들의 인격은 유린되고 정서는 고갈되고 총명은 흐리우고 건강은 모손되야 말할 수 업는 처지에 빠저 잇는데다 (五行 略) 이들은 자기 가정의 생활난으로 인하야 공사립보통학교, 서당 기타 강습소 가튼 데서 공부하는 약 七十萬 명의 어린 사람을 제한 외에 약 五百三十여萬 명의 어린 사람은 전혀 문맹이 되고 말을 쁜 안이라 그들은 대개 새벽으로부터 밤중까지 공장과 농장에 구치되여 견될 수 업는 노역에 종사하는 동시에 그들의 총명과 건강은 완전히 파멸되고 잇는 것임니다. 이러함에 불고하고 몃 해 전까지 우리 사회에서는 이것을 문제좃차 삼지 안엇슴니다. (八行 略)

"어린 사람은 조선에 새싹이다." (二行 略) 라는 표어 아래 이에 대한 방대한 각성과 발달한 운동이 이러낫슴니다.

그리하야 지금으로부터 十一년 전 五月 초하로를 긔하야 몃 천년 동안 나리눌니고 짓발펴만 잇든 조선의 어린이는 비로소 고개를 처들고 외치기 시작하엿슴니다. (三行 略)

少年運動의 發現과 經過

소년단체의 출현이 반듯이 소년운동의 발현이라 볼 수는 업스나 소년운동의 발흥 경로를 더듬는 째는 스사로 소년단체의 발흥으로붓터 이야기하지 안으면 안 될 것이다.

물논 우리 조선에도 개화운동이 이러나자붓터 또는 긔독교가 들어오자붓터 다소의 어린 사람을 상대로 하는 집회 단체가 업지 안엇스나 그것은 주로 선전 혹은 문자의 기송(記誦) 또는 그들 간의 희락(戱樂)을 목적한 것인 바 이는 소년운동으로서의 소년단체라 할 수 업고 적어도 어린 사람의 처지와 형편을 의식하고 그 의식 밋헤서 어썬 목적을 세우고 그 목적을 일우기 위하야 정말 운동적으로 이러난 것은 아모래도 기미운동 이후에서 차저낼 수박게 업습니다.

대체 이러한 전제 밋헤서 조선 소년단체의 발흥된 자최를 차지면 一九二〇年(庚申) 겨울에 경상남도 진주(晋州)에서 姜敏鎭, 金敬浩 씨 외 몃 분의 발기로 〈진주소년회(晋州少年會)〉가 창립되며 소년회라는 일음이 비로소 신문지상을 통하야 세간에 전해지게 되엿습니다.

그런데 이 소년회에서는 발긔 즉시로 조선 ××××를 부르기로 결의한 것이 곳 당국에 알녀진 바 되여 이들은 전부 검거를 당하고 소(이상 31쪽)년회는 곳 해산되고 말엇습니다. 엄정한 의미로 보아서 이 소년회를 발긔한 그들이 한 조선 사람으로서의 순전히 ×× 만세를 부를 것이 그 회의 성립 내의로 하는 이외에 보다 더 한거름을 들어가 한 소년으로서의 처지와 형편을 의식하고 거기의 상응한 운동을 이르킬 것까지를 내용으로 하야 그 회를 발긔햇든 것인지는 몰으나 하여간 그 회는 회원 다수가 희생(최고 一年半을 위시하야 대개 약 一年의 刑을 밧엇습니다)됨과 갓치 중절되고 말은 고로 이상 더 말할 근거가 업지만 이 일이 잇슨 지 약 사 개월 만에 경성에서 〈텬도교소년회(天道教少年會)〉가 생기엿습니다. 이를 게긔로 一九二一年 이후로 경향 각처에서 소년 단체가 우후죽순갓치 생겨젓습니다.

그리하야 一九二四년에 소년운동 지도자와 소년 잡지 관게자와 신문사 관게자가 모히여 〈소년운동협회(少年運動協會)〉 — 非常設 — 라는 협의 기관을 조직하고 그해 오월 초하로를 "어린이날"로 정하야 어린이 애호운동의 제일 첫 봉화(烽火)를 들어 사회적으로 크듸 큰 충동과 자극을 주엇습은 물논이오 어린이의 권익을 위하야 크게 외침이 잇섯습니다.

그 뒤 一九二五年에 역시 소년 지도자들의 회합인 〈五月會〉 — 常設 — 가 조직되여 전선적으로 지도 이론의 통일과 또는 선전보급에 힘써 왓습니다.

그러나 〈소년운동협회〉와 〈五月회〉와의 주장 상 알특으로[46] 一九二六年

46 '알륵으로'의 오식으로 보인다. "알륵(軋—)"은 "알력(軋轢)"과 같은 말이다.

一九二七年의 "어린이날"은 각각 양편에서 분립 거행하는 불상사가 이러낫습니다.

그리다가 一九二七年 "어린이날"을 경과한 후 몃々 운동자의 발의로서 통일기관으로 〈전조선소년련합회창립준비회(全朝鮮少年聯合會創立準備會)〉를 조직하는 동시에 반목 상충하는 량 단체가 서로 구든 악수로써 이 련합회 기관의 발기회를 개최하게 되엿습니다. 이때에 참가한 단체로는 사개련맹(四個聯盟)과 六十四 개의 세포단체가 참가하는 성황을 일우엇습니다. 그리하야 그 대회에서 선언(宣言)과 강령(綱領)을 작성 발표한 바 그것은 아래와 갓습니다.

◇ 宣 言 ◇

離散으로붓터 統一 集力에 氣分的 運動에서 組織的 運動으로 - 우리 少年運動은 方向을 轉換할 絶對 必要한 時期에 當面하엿다. 이 重大한 時期에 立한 우리는 오늘까지의 온갓 事情과 障隔을 超越하야 一致相應한 全運動의 統一을 期하고 이에 〈朝鮮少年聯合會〉를 創立한다.

◇ 綱 領 ◇

一. 本會는 朝鮮少年運動의 統一的 組織과 充實한 發展을 圖함

一. 本會는 朝鮮少年運動에 關한 硏究와 그 實現을 圖謀함

이상과 갓흔 선언과 강령 아래서 전 조선의 소년단체는 상호 상응하야 一九二七年 十月에 〈조선소년연합회〉를 창립하엿습니다.

이 통일적 련합기관의 조직으로 인하야 〈소년운동협회〉와 〈五月會〉는 필연적으로 해체되고 비로소 조선의 六百여 만 어린 사람의 지도단체인 소년회는 완전히 단결되엿습니다.

이것이 조선소년운동력사에 잇서 가장 괄목할 게기엿습니다.

그 뒤에 〈소년련합회〉는 다시 一九二八年 四月 제일회 정기총회에서 절대다수의 의견으로 련맹체이든 그 조직을 동맹제로 변경하게 되엿습니다.

그리고 여러 해 동안을 게속하여 五月 一日에 거행하든 "어린이날" 기렴

을 '메이데-'와 혼동하지 안키 위하야 —— 즉 두 기렴을 죄다 완전하게 하기 위하야 五月 첫 일요일로 곳치엿습니다. 그리고 이상과 같이 종래의 자유련합제이든 그 조직을 민주주의적 중앙집권제(民主主義的中央集權制)를 채용하는 동시에 그 강령과 표어도 아래와 같이 변경 작성하게 되엿읍니다.

◇ 綱　領 ◇

一. 本總同盟은 朝鮮少年의 權利 及 利益을 主張 代表함

二. 削除(發表 不能)

三. 本總同盟은 全朝鮮 少年大衆의 鞏固한 組織의 完成을 期함 (이상 32쪽)

◇ 標　語 ◇

一. 文字 普及은 少年期로부터 하자.

一. 農村少年敎養을 普及하자.

一. 迷信的 少年運動에 對하야 徹底히 排擊하자.

一. 機會主義的인 二重運動을 排擊하자.

一. 朝鮮兒童圖書館을 實施하자.

一. 少年 人身買賣의 防止 運動을 하자.

一. 十八歲 以下의 早婚 防止 運動을 하자.

一. 少年危險作業 幼年勞働 防止運動을 하자.

이러한 강령과 표어 아래서 가장 굿세게 제일선에 나서려 할 때 돌연히 당국으로부터 동맹제는 불온하니 련맹제로 하라는 명을 받고 간부들은 그 대책을 토구하엿으나 간섭이 간섭이니만치 눈물을 먹음고 다시 그 조직을 변하야 총련맹으로 하는 동시에 일면(一面) 일소년회제로 하야 군부에는 군부련맹 도에는 도련맹을 조직하도록 하고 우선 경기, 경남, 전남 세 곳에다가 도련맹을 두기로 하엿읍니다.

그리하야 경기, 경남은 별반 문제가 없이 순조로 잘되엿으나 전남도련맹 조직 당시에 집회 금지를 밧고 "무등산"에서 간담회를 열엇든 것이 당국

의 오해를 바다 중앙 간부의 몃 사람이 즉석에서 검속되여 체형까지 바닷습니다.

그 후 一九二八年 十二月에 정기총회를 열게 된 바 중앙위원 대 지방 대의원 간에 의견충돌로 분규가 이러나서 두 쪽으로 분렬되는 동시에 위원을 각각 선거하는 등 별별 풍파가 다 이러낫습니다.

여기에 대한 주요 원인은 동맹제가 련맹제로 변함에 잇서 지방 대의원의 중앙위원 불신임안이 문제의 발단이 된 것이라 합니다.

이리하야 분산에서 통일로 깃꺼운 현상을 보여 주든 소년운동은 재차의 분렬을 면치 못하게 되엿습니다.

이로 인하야 이해의 "어린이날"은 소총 명의를 씌우고 거행햇스나 실상은 〈경긔도소년련맹〉과 일반 유지의 힘뿐으로 가장 원만히 그리고 성대히 거행이 되엿습니다.

그리하야 이해(一九二九)의 "어린이날"이 지난 후 경향을 통하야 다시 대회를 소집하자는 의견이 일치하야 十一月에 중앙에서는 재차 대회를 소집하야 다시 견고한 조직체를 형성하려 하엿으나 대회 구성 대의원의 인수 부족으로 또한 부득이 류회되고 말엇읍니다.

이리하야 재작년(一九三〇)과 작년(一九三一)의 "어린이날"도 역시 소총의 집권 상실로 〈경기도소년련맹〉과 기타 몃々 운동자의 련합으로 이를 거행하엿읍니다.

이로 인하야 二三년 동안의 소년운동은 순전히 "어린이날" 긔렴에 긋첫슬 뿐이오 운동 자체에 잇서서는 아모런 진전도 보지 못하고 지금까지 그 존재를 의심할 만치 침체상태에 빠지고 말엇습니다.

×

금년도의 "어린이날"도 소총의 그 분규사건이 아즉도 해결되지 안은 이상 물론 소총 명의로의 "어린이날" 기렴은 근본적으로 안 될 것이고 작년과 같이 〈경기도소년련맹〉이나 그렇지 안으면 재경 각 세포단체의 지도자나 기타 유지들의 련합으로 이를 거행할 것으로 믿는 바 일간 거기 대한 회합이 잇다니까 그 석상에서 침체의 타개책에 대한 새로운 론의도 잇을 것이라

불원하야 조선의 소년운동은 다시 새로운 조직 아래 새로운 진전에로 발날한 활동이 전개될 것을 부언해 두는 바입니다.

"어린이날"의 創定과 그 意義

소년운동의 발현과 동시에 一九二二年 봄에 경성 〈천도교소년회〉에서는 당시 동경에 잇는 〈색동회〉(이 會는 일즉이 동경에 류학하는 故 方定煥 씨 외 몃々 사람의 발기로 형성된 아동문제연구단체입니다) — 와 기타 경성에 잇는 소년 단체와 의론하야 매년 五月 초하로를 "어린이날"로 정하고 이날을 기하야 전조선 六百여 만의 어린 사람들로 하여곰 일제히 한날한시에 소년운동 자축 시위를 하기로 하고 그해 五月 초하로부터 이를 실행해 온 것입니다.

물론 이 "어린이날" 기렴이 첫해에 잇어서는 일반에게 대한 선전이 미급한 관계상 그에 대한 의식이 명확하게 되지 못하야 큰(이상 33쪽) 성과를 언지 못하엿으나 해가 거듭함에 따라 놀라운 성적을 얻게 되여 一九二五年의 이날에는 처음으로 조선 전국에서 약 三十여 만의 어린 사람이 이 운동에 참가(긔렴식과 행렬에 참례한 것을 표준한 것)하는 성황을 이루엇습니다.

그러면 "어린이날"은 근본으로 어떠한 의의를 가진 것이며 또 五月 초하로를 선정한 것은 무슨 뜻인가? 여기에 대한 것을 간단히 말슴하겟습니다.

어린 사람 편으로 본다면

"사람의 갑에 치우지도 못하고 나리 눌리고 짓밟혀만 잇던 자기네들이 비로소 처음으로 고개를 놉늦이 처들고 활개를 쫙 펴고 생명의 값을 차저온 유일의 명절날인 동시에 十三도 도마다 골마다 윈 조선 사람이 한갈가튼 마음으로 자기네를 위하야 기뻐해 주고 자기네를 위하야 생각하고 자기네의 생명을 위하야 빌어주는 깃거운 날입니다."

"또 소년운동의 기세와 위력을 일반에게 보히며 그 운동의 의의와 진행을 년복년(年復年)으로 새롭게 하고 착진식혀 가는 '자기네 운동의 시위의 날' 입니다."

어른의 편으로 본다면

"유소년 보육(保育)의 날"로 작정하고 이날만은 어린 사람 키우는 데 대해서 진검하게 생각하고 연구하는 유일의 날로 알아두어야 합니다. 그리하야 우선 一. 어린이는 어른보다 더 새로운 사람인 것을 알어야 할 것이오 二. 어린이를 어른보다 더 높게 대접할 것을 잊지 말어야 할 것이며 三. 어린이의 생활을 항상 즐겁게 해 주어야 할 것이요 四. 어린이는 항상 칭찬해 가며 길러 주어야 할 것이며 五. 어린이를 결코 욱박질르지 말어 주어야 할 것이오 六. 어린이의 몸을 자조 주의해 보아 주어야 할 것이며 七. 어린이에게 언문 잡지를 자조 읽혀 주도록 할 것 등만이라도 알고 실행하도록 노력해야 할 날입니다.

五月달로 작정한 것?

"어린이날"을 하필 五月 달로 작정한 것은

一. 다른 아모 때보다도 하늘이 유특하게 조와지는 것

二. 다른 아모 때보다도 햇볏이 유특히 조와지는 것

三. 다른 아모 때보다도 공긔가 유특히 조와지는 것

四. 다른 아모 때보다도 자연이 유특히 새로워지는 것

그러므로 세계의 유명한 시인(詩人) 처 놓고 五月을 찬미하지 안은 이가 없고 세게 어느 곳 사람 처 놋코 이 五月을 축복지 안는 사람이 없읍니다.

그리하야 서양에서는 어린이들을 축복하는 "꽃제사"가 五月 초하로에 잇서 여러 가지로 홍미잇는 노리를 하는데 이를 "五月祭"라 일홈하고 중국에서는 초ㅅ나라 충신 굴원의 죽음을 긔렴하는 五月 단오의 명절날이 잇서 이날은 조선의 어린 소년들도 창포 뿌리에 색칠을 하야 머리에 꼿는 둥 그네를 뛰는 둥 자미잇는 노리가 잇고 또한 희랍(希臘) 력사에 五月 초하로는 꽃피고 닙 돗고 세상이 새로워지는 즐거운 날이라 하야 수만의 어린 사람이 "종달새"보다도 일즉이 이러나 새봄을 마지러 들로 나갓다는 기록이 잇는 것으로 미루어 보드라도 이 五月 달은 하여간 어린이의 명절로 제일 적당한 시기입니다.

이렇게 좋고 희망과 새 새명의 상징이라 할 五月 달을 특별히 "어린이의 날"로 기렴하고 즐기게 된 것은 대단히 뜻깊고 또 무한 기쁜 일입니다.

五月 첫 공일! 五月 첫 공일! 이날의 새로 뻣는 새 힘과 새싹과 같이

우리들의 어린 동무들도 희망 만케 자라고 커 가야 할 것이며 몃 만년 가도 변하지 아늘 이날의 행복과 함께 어린이들의 앞길에 영원한 행복이 잇서지라고 특별히 이날을 따로 잡아 "어린이날"로 정하고 세상에 만흔 어른과 함께 생각하고 일하고 빌자는 것입니다.

×

끝으로 말할 수 없이 침체상태에 잇는 현금의 소년운동의 타개책으로 우론이나마 긔초하려 하엿든 것이 본지의 편즙체절의 절박과 지면 초과 또는 기타 나 개인의 밧뿐 사정으로 인하야 거기까지 밋지 못하엿음을 크게 유감으로 생각하는 바 긔회를 보아 다시 발표하기로 하고 그만 붓을 놋습니다. (끗) (이상 34쪽)

찾아보기

ㄴ

ㄷ

ㅅ

ㅈ

ㅊ

ㅋ

ㅌ

ㅍ

엮은이

류덕제 柳德濟, Ryu Duckjee

경북대학교 대학원 문학박사(1995)
대구교육대학교 국어교육과 교수(1995~현재)
The State University of New Jersey(2004),
University of Virginia(2012) 방문교수
대구교육대학교 교육대학원장(2014~2015)
한국아동청소년문학학회 회장(2015~2017)
국어교육학회 회장(2018~2020)

논문

「『별나라』와 계급주의 아동문학의 의미」(2010)
「일제강점기 계급주의 아동문학의 방향전환론과 작품적 대응양상 연구」(2014)
「윤복진의 아동문학과 월북」(2015)
「송완순의 아동문학론 연구」(2016)
「일제강점기 아동문학가의 필명 고찰」(2016)
「김기주의 『조선신동요선집』 연구」(2018) 외 다수.

저서

『한국 아동청소년문학연구』(공저, 2009)
『학습자중심 문학교육의 이해』(2010)
『권태문 동화선집』(2013)
『현실인식과 비평정신』(2014)
『한국아동문학사의 재발견』(공저, 2015)
『한국현실주의 아동문학연구』(2017) 외 다수.

E-mail : ryudj@dnue.ac.kr

1931.2~1932.9

한국 아동문학비평사 자료집 4

2019년 10월 30일 초판 1쇄 펴냄

엮은이 류덕제
발행인 김흥국
발행처 보고사

책임편집 황효은
표지디자인 손정자

등록 1990년 12월 13일 제6-0429호
주소 경기도 파주시 회동길 337-15 보고사 2층
전화 031-955-9797(대표), 02-922-5120~1(편집), 02-922-2246(영업)
팩스 02-922-6990
메일 kanapub3@naver.com / bogosabooks@naver.com
http://www.bogosabooks.co.kr

ISBN 979-11-5516-922-3 94810
979-11-5516-863-9 (세트)

정가 50,000원